ULRIKE RENK

Die Jahre der Schwalben

aufbau taschenbuch

ULRIKE RENK, Jahrgang 1967, studierte Literatur und Medienwissenschaften und lebt mit ihrer Familie in Krefeld. Familiengeschichten haben sie schon immer fasziniert, und so verwebt sie in ihren erfolgreichen Romanen Realität mit Fiktion.

Im Aufbau Taschenbuch liegen ihre Australien-Saga, die Ostpreußen-Saga, die Seidenstadt-Saga und zahlreiche historische Romane vor. Zuletzt erschienen von ihr »Eine Familie in Berlin – Paulas Liebe«, »Ursula und die Farben der Hoffnung« und »Fine und die Zeit der Veränderung«, die neue große Saga um die Dichterfamilie Dehmel.

Mehr Informationen zur Autorin unter www.ulrikerenk.de

Frederike ist mit Ax verheiratet, muss jedoch kurz nach ihrer Hochzeit erfahren, dass ihr Mann ihr seine tödliche Krankheit verheimlicht hat. Statt einer gemeinsamen Zukunft auf Sobotka muss Frederike das Gut, die Ländereien und die große Trakehnerzucht selbständig bewirtschaften, während ihr Mann in einem Sanatorium in Davos ist. Zunächst scheinen seine Heilungschancen gut zu stehen, dann jedoch verschlechtert sich sein Zustand rapide, und Ax stirbt. Frederike ist fassungslos – wie soll sie, Anfang zwanzig und verwitwet, dieses Schicksal bewältigen? Es folgen arbeitsame und einsame Jahre, in denen Frederike beweisen muss, dass sie dem Erbe ihres Mannes gewachsen ist. Dann lernt sie bei ihrer Jugendfreundin Gebhard von Mansfeld kennen. Doch ihr gemeinsames Glück ist nur von kurzer Dauer, denn wenig später kommt Hitler an die Macht, und die von Mansfelds sind – als entschiedene Gegner der Nazis – schon bald nicht mehr sicher …

ULRIKE RENK

Die Jahre der Schwalben

ROMAN

atb aufbau taschenbuch

MIX
Papier | Fördert
gute Waldnutzung
FSC® C083411

ISBN 978-3-7466-3351-0

Aufbau Taschenbuch ist eine Marke
der Aufbau Verlage GmbH & Co. KG

9. Auflage 2023

Umschlaggestaltung www.buerosued.de, München
unter Verwendung von Motiven von © Lee Avison / Trevillion Images
und © Carlos Caetano / Arcangel
Gesetzt aus der Adobe Garamond durch die LVD GmbH, Berlin
Druck und Binden CPI books GmbH, Leck, Germany
Printed in Germany

www.aufbau-verlage.de

Für Sophie, Friederike und Moritz zu Putlitz

Und für Christian Loefke, meinen Lieblingsbruder

Die Güter, die Bewohner und die wichtigsten Leute

FENNHUSEN

Die Familie

Erik und Stefanie von Fennhusen

Eriks Stiefkinder:

Frederike von Weidenfels geb. 1909

Fritz von Fennhusen geb. 1911

Gerta von Fennhusen geb. 1913

Gemeinsame Kinder:

Irmgard (Irmi) geb. 1921

Gisela (Gilusch) geb. 1922

Erik geb. 1924

Albrecht (Ali) geb. 1927

Die Leute auf Fennhusen

Hans – Kutscher

Meta Schneider – Köchin

Leni – 1. Hausmädchen

Gerulis – 1. Hausdiener

Inge – Zimmermädchen

Koslowski – Schweizer

Nachbarn und Freunde der von Fennhusen

Familie von Hermannsdorf

Familie von Husen-Wahlheim

Rudolph von Hauptberge

Familie von Olechnewitz

Familie von Larum-Stil

SOBOTKA

Alexander (Ax) von Stieglitz

Die Leute auf Sobotka

Lore – Köchin
Gustav – Diener
Igor – Bursche
Piotr – Bursche
Jusuf – Schweizer
Frans – 1. Hausdiener
Minna – 1. Hausmädchen
Frau Dahlhoff – Mamsell
Stanislav (Stanis) – Stallmeister
Jan Mazur – Leiter des Gestüts
Heinrich von Aaken – Verwalter
Ruth von Aaken – Frau des Verwalters
Isaak Otto von Aaken – Sohn des Verwalters
Esther Lisbeth von Aaken – Tochter des Verwalters
Rachel Charlotte von Aaken – Tochter des Verwalters

LESKOW

Walter und Adelheid geb. Hofer von Lobenstein (Heide) zu Mansfeld

Die Leute auf Leskow

Joseph – 1. Hausdiener
Anna Jobst – Köchin
Hedwig – 1. Hausmädchen
Fritz – 2. Diener

Frieda – Küchenmädchen
Willi – Kutscher
Fred Spitzner – Schäfer
Fritz Dannemann – Inspektor

MANSFELD BURGHOF

Gebhard zu Mansfeld

Die Leute auf Mansfeld Burghof

Blumenthal – Gärtner
Ilse – Hausmädchen
Lore – Köchin
Ursa Berndt – Sekretärin
Paula – Wäscherin
Else – Kindermädchen
Nikolaus Pirow – Verwalter
Wanda – Kinderfrau

GROSSWIESENTAL

Werner (Skepti) und Thea zu Mansfeld

Kapitel 1

Fennhusen, Frühjahr 1930

Es regnete ohne Unterlass, aber es war ein milder Regen, der die Luft zu reinigen schien. Frederike wischte über die Scheibe und sah hinaus in die vertraute Umgebung. Die ersten Kirschblüten öffneten sich, nun da das Frühjahr endgültig den Winter verdrängt hatte.

»Wie jeht es Ihnen?«, fragte Hans leise. Der alte Kutscher war nicht mit dem Landauer zum Bahnhof gekommen, sondern mit dem Automobil.

»Ach Hans, für dich bin ich doch immer noch Freddy«, seufzte Frederike. »Das war schon immer so und wird auch so bleiben.«

Hans räusperte sich. »Nun ja, du bis awwer jetzt 'ne verheiratete Frau, Baronin von Stieglitz.«

»Ja.« Frederike senkte den Kopf. Seit neun Monaten war sie mit Ax verheiratet, und nun kehrte sie zum ersten Mal nach Fennhusen, auf das Gut ihrer Familie zurück. Ihre Gefühle waren gemischt. »Wie geht es allen?«

»Irmi und Gilusch machen sich prächtig. Und Klein Erik hat anjefangen zu reiten«, sagte Hans schmunzelnd. »Ali wird immer mehr zu 'nem Dickkopf. Mittem werden wir noch Spaß haben.«

»Das habe ich gehört.« Frederike lächelte. Trotz des großen Altersunterschieds lagen ihr die vier kleinen Geschwister aus der dritten Ehe ihrer Mutter ebenso sehr am Herzen wie ihre beiden anderen Halbgeschwister, die schon erwachsen waren und nicht mehr auf dem Gut wohnten.

»Das Irmichen is een kleener Wirbelwind, awwer reiten kannse fast so jut, wie du.« Hans klang so stolz, als ob er über seine eigene Familie sprechen würde.

Wieder schaute Frederike nach draußen. Sie hatte das Gut Fennhusen in den letzten zehn Jahren immer als ihr Zuhause, ihre Heimat betrachtet, doch das war nun vorbei. Was würde Mutter sagen? Wie würde sie sich verhalten? In den letzten Monaten hatte Frederike sich geweigert, ihre Mutter zu treffen, aber nun musste sie sich dem Gespräch mit ihr stellen.

Hans lenkte das Automobil durch die Toreinfahrt, der nasse Kies knirschte unter den Reifen. Auf den ersten Blick hatte sich nichts verändert, dort waren die Stallungen, die Häuser des Gesindes, das runde Blumenbeet vor dem Treppenaufgang, das ihre Mutter angelegt hatte. Die Narzissen waren schon fast alle verwelkt, aber die Tulpen öffneten ihre Blüten.

Sobald der Wagen stand, stieg Frederike aus. Sie holte tief Luft. Es roch nach frischem Regen und feuchter Erde. Sie liebte diese Schauer im Frühjahr, die die Natur zum Erwachen brachten.

Die Eingangstür wurde geöffnet, ihre Mutter winkte.

»Komm rein, Freddy«, rief sie. »Du wirst noch ganz nass. Nicht, dass du uns krank wirst.«

Wütend kniff Frederike die Augen zusammen. Krank? Nun ja, ihre Mutter hatte sie wahrhaftig mehr ausgesetzt, als nur einem Regenschauer. Langsam ging sie zum Haus, stieg die Treppe empor.

»Guten Tag, Mutter«, sagte sie steif und streckte Stefanie von Fennhusen die Hand entgegen. Ihre Mutter zog überrascht die Augenbrauen hoch und schüttelte Frederike kurz die Hand.

»Wenn du es so willst«, murmelte Stefanie verletzt, drehte sich um und ging in die große Diele. »Ich habe dir dein Zimmer herrichten lassen. Möchtest du einen Tee?«

»Mir wäre ein heißes Bad lieber.«

»Darf ich Ihren Mantel nehmen?«, fragte Inge, das Hausmädchen. »Ich werde ihn zum Trocknen nach unten bringen.«

»Danke, Inge.«

»Sag Leni Bescheid, dass sie das Bad einlassen soll. Ich hoffe, der Ofen ist angeheizt.«

»Sofort, gnädige Frau.« Inge eilte nach unten ins Souterrain, wo sich die Gesinderäume und die Küche befanden.

Am liebsten wäre Frederike ihr gefolgt, wäre eingetaucht in die Wärme und die Düfte der Küche und hätte sich von Schneider, der Köchin, verwöhnen lassen – so wie früher. Aber nichts war mehr wie früher.

»Einen Tee, solange du auf das Bad wartest?«, wollte Stefanie wissen. Ihre Stimme klang nun kühler.

»Ich nehme lieber etwas Stärkeres.«

»Freddy! Freddy!« Irmi stürzte die Treppe hinunter und sprang Frederike in die Arme. »Endlich bist du da. Bleibst du hier? Ziehst du wieder zu uns zurück? Bitte, bitte, bitte.«

»Irmikind, mein Irmikind. Du wirst zu groß und zu schwer, als dass ich dich tragen und rumschwenken könnte«, sagte Frederike und drehte sich einmal mit ihrer Schwester im Kreis, bevor sie sie wieder auf dem Boden absetzte. »Wo ist Gilusch?«

»Gilusch ist auf ihrem Zimmer, und da bleibt sie heute auch«, sagte Stefanie und zog die Stirn in Falten. »Du kannst sie morgen begrüßen. Die Jungs sind im Kinderzimmer, denen kannst du nachher hallo sagen.«

Frederike sah Irmi fragend an, ihre kleine Schwester nickte ernst. »Gilusch war frech«, flüsterte sie.

»Zu Mutter?«, flüsterte Frederike zurück.

»Ja, und zur Lehrerin.«

»Grundgütiger. Wieso das denn?«

»Wer flüstert, lügt«, sagte Stefanie laut und streng. »Willst du jetzt einen Drink, oder willst du weiter Kinderspielchen spielen? Ich dachte, aus dem Alter bist du raus!«

»Oh, oh«, seufzte Frederike.

»Geh lieber«, meinte Irmi leise, »sonst bekommst du auch noch Stubenarrest.«

Frederike lachte laut auf. »Ich komme nachher noch zu dir«, versprach sie ihrer Schwester. Dann folgte sie der Mutter in den kleinen Salon, in dem Stefanie auch ihren Sekretär hatte.

»Bourbon? Cognac? Sherry? Gin?«

»Gin-Fizz nehme ich gerne.« Frederike folgte. Die Atmosphäre war mehr als kühl, was nicht überraschend war.

Stefanie goss sich selbst einen Sherry ein und läutete nach Gerulis, dem ersten Hausdiener.

»Meine Tochter möchte einen Gin-Fizz«, sagte sie ihm.

»Freddy! Wie schön, dass du endlich wieder hier bist.« Gerulis lächelte, dann wurde sein Gesicht wieder ernst. »Einen Gin-Fizz, sehr gerne, gnädige Frau.«

Sie setzten sich gegenüber in die beiden Sessel, die vor dem Kamin standen, und schwiegen sich an, bis Gerulis den Drink brachte.

Stefanie konnte eisern schweigen, das wusste Frederike aus Erfahrung. Also biss sie die Zähne zusammen, hob das Glas und zwang sich zu lächeln. »Cheers, Mutter.«

»Prost, Freddy.«

»Ist Onkel Erik da? Ich muss ihn dringend sprechen.«

»Er kommt gleich, im Moment ist er noch mit dem Inspektor auf den Feldern. Der Winter war lang in diesem Jahr. Wir haben schon April, aber wir konnten erst jetzt den Dung ausbringen. Bis letzte Woche lag noch Schnee.«

»Ja, bei uns auch.« Frederike räusperte sich, nippte noch einmal am Gin. »Was macht Fritz?«, fragte sie und hoffte, dass es leichthin klang.

»Er ist in Berlin und studiert Technik. Außerdem will er einen Pilotenschein machen.« Stefanie schüttelte den Kopf. »Er war schon immer verrückt nach mechanischen Dingen.«

Frederike lächelte. Ihr Halbbruder Fritz aus der zweiten Ehe ihrer Mutter war nur zwei Jahre jünger als sie. Sie erinnerte sich noch gut daran, wie er als Kind immer alles auseinandergebaut und untersucht hatte.

»Und Gerta?«

»Sie ist immer noch krank. Im Herbst hatte sie einen Infekt mit hohem Fieber und hat sich noch nicht davon erholt. Im Moment ist sie auf der Kurischen Nehrung. Ich hoffe, dass die Seeluft ihr guttut. Das hatte ich dir aber geschrieben.« Stefanie sah sie an. »Doch du beantwortest meine Briefe ja nicht, möglicherweise liest du sie gar nicht.«

Frederike hielt die Luft an, dann trank sie das Glas in einem Zug leer und stellte es auf das Tischchen neben ihr. »Ich werde mal schauen, ob mein Bad schon fertig ist«, sagte sie, stand auf und ging zur Tür.

»Um sechs gibt es Essen. Vielleicht ist Erik schon früher da, dann lasse ich dich rufen.«

»Danke.«

»Ich weiß, dass du mir böse bist, aber ich wollte nur das Beste für dich«, sagte Stefanie.

»Das Beste? Das Beste? Mutter, du hast mich in eine Ehe mit einem todkranken Mann gedrängt, im vollen Bewusstsein, wie es um ihn steht. Obwohl ich dich mehrfach gefragt habe, hast du es geleugnet. Ax hat Tuberkulose, das ist eine schwere und sehr ansteckende Krankheit. Vielleicht habe ich es auch schon. Ansonsten werde ich wahrscheinlich sehr jung Witwe werden.« Sie schnaufte.

»Man kann es behandeln …«, sagte Stefanie unsicher. »Und es gibt Tests. Hast du dich testen lassen?«

Frederike starrte sie wütend an.

»Außerdem hat er es schon einmal überwunden, vielleicht gelingt es ihm diesmal auch.«

»Mutter, er hat es nie überwunden, es gab nur einen Stillstand. Das weiß ich jetzt, und du wusstest es auch.«

»Wie … nun, wie geht es ihm?« Stefanie klang verlegen. »Du warst doch bei ihm?«

»Ja, ich war bei ihm. Schon mehrfach. Zuletzt über Weihnachten. Es war nicht so, wie ich mir das erste Weihnachtsfest mit meinem Ehemann vorgestellt habe.« Frederike biss sich auf die Innenseite ihrer Wange, dann drehte sie sich um, öffnete die Tür und ging. Sie war wütend, zu wütend, um noch länger mit ihrer Mutter zu sprechen. Vielleicht würde sie sonst Dinge sagen, die sie später bereute.

Für einen Moment stand sie unschlüssig im Flur, doch dann zog es sie ins Souterrain zu den Leuten – wie die Angestellten des Gutshauses genannt wurden. Sie öffnete die Tür, die zum Treppenhaus führte, und ging nach unten.

Vorne lagen die Räume mit den Vorrats- und Weinkellern. Nach hinten raus fiel das Gelände etwas ab, und dort war das Souterrain fast ebenerdig mit dem Hof. Rechts und links lagen die Gesinderäume und das Leutezimmer, wo die Hausangestellten das Essen einnahmen, vor Kopf war die große Küche. Schon als Frederike die Treppe hinunterging, hörte sie das Klappern der Töpfe und Pfannen, das Klirren des Geschirrs, und vor allem hörte sie die durchdringende Stimme von Frau Schneider, der Köchin.

»Erbarmung, wollt ihr beim Spülen einschlafen? Nun ljecht mal eine Hand zu! Wir haben Arbeet zu erlediejen. Dat Essen wartet nich!«

Frederike öffnete die Tür zur Küche, und sofort fühlte sie sich wieder zu Hause. Es roch nach frischem Brot, ausgelassenem Speck, nach Braten und Soße. Auf dem Herd kochte das Wasser, Eier wurden aufgeschlagen, die Mädchen rannten, schnippelten, kneteten, fluchten, und im Zentrum stand Schneider, die Köchin. Sie schaute auf und sah Frederike an.

»Marjellchen, na endlich. Hab schon jedacht, du kommst nie wieder runter zu uns.«

»Erbarmung«, sagte Frederike und lachte, »das würde ich mir nicht erlauben.«

»Komm, lass uns an meinen Platz jehn. Da hamwe Ruhe.« Die Köchin, sie schien Frederike noch breiter als früher, kämpfte sich zur Fensterfront vor. Darunter stand ein großer Tisch, auf dem das Haushaltsbuch der Köchin lag. Frederike setzte sich auf die Bank, Schneider ließ sich schnaufend auf ihrem gepolsterten Stuhl nieder, der schon bessere Zeiten gesehen hatte, den sie sich aber weigerte, ersetzen zu lassen.

»Wie jeht es dir, Kindchen? Und wie isses mit dem Lorechen? Un was is mit deim Mann? Isser wieder jesund? Hach, so viele Frajen. Iss erst ma was. Inge, bring sießes Brot und Butter, das Marjellchen is jankerich nach jutem Essen.« Dann lehnte sie sich zurück, faltete ihre Hände über dem voluminösen Bauch und sah Frederike an. »Blass biste«, sagte sie leise. »Nun sach schon.«

»Ach Schneider, was soll ich sagen? Schreibt Ihnen Lore denn nicht?«

»Manchmal. Aber das sind nur Briefe, Marjellchen. Ich will wissen mehr. Wie jeht es dir?«

Inge, eins der Mädchen, kam und stellte dampfendes Brot, frische, süße Butter und Marmelade auf den Tisch. Sie knickste verlegen und ging dann wieder.

»Es geht mir gut.« Frederike senkte den Kopf. »So weit.«

»Erbarmung, dat is jelogen. Und das weeßte ooch. Nu sach schon.«

»Ax ist in Davos. Er ist sehr krank, obwohl es ihm langsam bessergeht. Lore ist eine wahre Hilfe, ohne sie wäre ich verloren.«

»Meen Lorechen«, sagte die Köchin stolz. »Ich hab sie anjelernt.«

Frederike musste lächeln. »Das ist wahr. Sie zu haben, ist ein Stück Heimat in der Ferne.«

»Sind see jemein zu dir? Die Leute?«, fragte die Köchin leise.

»Gemein? Nein.« Frederike schüttelte den Kopf. »Gemein sind sie nicht. Aber sie akzeptieren mich auch nicht. Nicht richtig. Ich bin die Frau des Gutsherrn. Aber er ist seit unserer Hochzeit im letzten Jahr nicht mehr auf dem Gut gewesen.« Sie lachte bitter auf. »Ich werde erst im Herbst einundzwanzig, sie nehmen mich nicht für voll. Das kann ich ja verstehen, aber ich muss das Gut trotzdem führen, nur weiß ich nicht, wie.«

»Marjellchen.« Die Köchin lehnte sich vor, drückte Frederikes Hand. »Nun iss ma erst, und dann jehste nach oben und nimmst een heißes Bad. Das Mädchen hat alles vorbereitet. Und dann kommt der Jnädigste, und der wird schon wissen, wasse machen sollst.« Sie nickte und schob Frederike den Teller hin.

Erst wollte Frederike nichts essen, doch der Duft des Brotes war zu verführerisch, und sie langte zu. Es schmeckte köstlich, besser als alles, was sie auf Sobotka, dem Gut ihres Mannes, in den letzten Monaten gegessen hatte. Und das, obwohl Lore – die Köchin dort – von hier stammte.

Schließlich aber ging Frederike nach oben. Sie hatte ihre Hündin Fortuna auf Sobotka gelassen, weil Frederike nach diesem unleidlichen Besuch auf Fennhusen noch nach Berlin zu ihrer besten Freundin Thea fahren wollte. Doch nun, als Frederike ihr Zimmer betrat, fehlte ihr der Hund. In den letzten Monaten war Fortuna immer an ihrer Seite gewesen, hatte sie sogar nach Davos begleitet.

»Freddy!« Leni stand strahlend im Zimmer. »Ich habe schon deine Sachen ausgepackt, und das Bad ist auch bereit. Wie geht es dir denn?«

Leni schien alt geworden zu sein. Graue Strähnen mischten sich unter das blonde Haar, Falten hatten sich um den Mund und in den Hals des Zimmermädchens eingegraben.

War das schon vorher so? dachte Frederike erstaunt. Ich bin mit Leni aufgewachsen, sie ist in der Familie, seit ich denken kann. Natürlich wird sie älter – ist es mir vorher nur nie aufgefallen?

»Oder soll ich dich jetzt siezen?«, fragte Leni leise nach und schaute zu Boden.

»Unfug. Natürlich nicht.« Frederike lachte auf. Sie ging auf das Dienstmädchen zu und umarmte es. »Es ist so schön, dich zu sehen. Und mir geht es so weit gut. Die Umstände sind schwierig.«

»Das haben wir alle gehört. Wie geht es dem Gnädigsten?«

»Es wird besser. Aber es dauert.« Frederike hatte keine Lust, noch weiter darüber zu sprechen. Es war immer so schmerzhaft, und jedes Mal kochte die Wut auf ihre Mutter erneut hoch. Wie hatte Stefanie es bloß zulassen können? Nicht nur zulassen, sie hatte Frederike geradezu ermutigt, diese Ehe einzugehen. Diese Ehe mit Ax von Stieglitz, der nicht nur vierzehn Jahre älter war als Frederike, sondern auch noch schwer an Tuberkulose erkrankt.

Leni war schon das Hausmädchen von Stefanie gewesen, als die Familie noch in Potsdam gewohnt hatte – sie kannte Frederike von klein auf und wusste ihre knappe Antwort zu deuten.

»Ich habe schon das Wasser ins Bad gelassen und werde noch heißes nachfüllen. Brauchst du Hilfe beim Auskleiden?«, fragte sie.

»Danke, Leni, das ist wundervoll. Und seit wann brauche ich Hilfe beim Auskleiden?« Frederike zwinkerte dem Zimmermädchen zu. »Bitte sorg dafür, dass nachher Gin-Fizz für mich bereitsteht. Irgendwie muss ich ja den Abend mit meinen Eltern überstehen.«

Frederike zog sich aus, legte neue Kleidung zurecht. Auf Sobotka hatte sie viel Personal – aber sie brauchte es nicht. Der Haushalt lief, zwar noch nicht wie am Schnürchen, aber er lief. Sorgen machte ihr das Gut selbst. Sie konnte zwar dem Haushalt vorstehen, aber wie man ein so großes Gut führte, das wusste sie nicht. Ax war ihr keine Hilfe und würde es in absehbarer Zeit auch nicht sein. Deshalb musste sie unbedingt mit Onkel Erik, ihrem Stiefvater, sprechen. Und darum war sie hier.

Nun aber ging sie über den Flur und in das Badezimmer. Dampf waberte durch den Raum, der große Spiegel war beschlagen. Frederike legte den Bademantel auf den Schemel und stieg in die gusseiserne Wanne mit den Klauenfüßen. An der Seite lag die duftende Seife, die Schneider selbst herstellte. Frederike liebte den Geruch, sie würde die Köchin bitten, ihr einige Seifenstücke mitzugeben. Dann hätte sie wenigstens den Geruch der Heimat auf Sobotka.

Kapitel 2

»Freddy, was für eine Freude, dich zu sehen.« Erik von Fennhusen schloss seine Stieftochter in die Arme. »Wie geht es dir?«

»Mir geht es gut, Onkel Erik. Aber ich muss mit dir reden.«

»Ja, ich habe deine Briefe bekommen. Es dauert wohl noch, bis das Essen serviert wird. Lass uns in den Salon gehen. Möchtest du etwas trinken?«

Frederike schaute sich um. »Wo ist Mutter?«

»Sie hat noch zu tun und wird erst zum Essen zu uns stoßen.«

Frederike versuchte ihre Erleichterung nicht zu zeigen. »Ich hätte gerne einen Gin-Fizz und dazu eine Karaffe Wasser.«

»Mit einem Spritzer Zitrone? Nicht zu kalt, aber auch nicht zu warm?« Erik von Fennhusen zwinkerte ihr zu. Das war eine Familienanekdote und bezog sich auf den ersten Hauslehrer, den Frederike und ihre Geschwister gehabt hatten. Er bestand immer auf einer Karaffe Wasser an seinem Pult, mit etwas Zitrone. Und er hatte daraus fast jeden Morgen ein Drama gemacht.

»Wasser à la Obermann wäre ein Traum«, sagte Frederike und lachte auf. »Herrje, wie lange das her zu sein scheint – eine Ewigkeit.« Sie folgte Erik in den Salon. Im Kamin brannte altes Tannenholz – sehr harzig –, immer wieder knackte es.

Frederike stellte sich vor den Kamin und streckte die Hände aus. »Ich liebe diesen Geruch.«

»Tanne ist kein gutes Brennholz, aber dies ist wenigstens abgelagert. Gin-Fizz wolltest du?« Onkel Erik ging zur Anrichte und mixte die Drinks. »Eis und Zitronensaft ist schon da. Gerulis hat wohl mitgedacht, Gin-Fizz ist ja dein Lieblingsdrink.« Er nahm die Gläser, kam zu Frederike. »Bitte.«

»Ich bin froh, dass du dir die Zeit nimmst. Ich weiß, du hast sie eigentlich gar nicht.«

Sie setzten sich in die beiden Sessel am Kamin und sahen sich an. Obwohl Erik von Fennhusen der dritte Mann ihrer Mutter war, war er doch der einzige wirkliche Vater, den Frederike erlebt hatte. Ihr leiblicher Vater, Fred von Weidenfels, der erste Mann ihrer Mutter, war schon vor Frederikes Geburt bei einem Jagdunfall tödlich verunglückt. Stefanie hatte dann Egbert von Fennhusen geehelicht und zwei weitere Kinder – Fritz und Gerta – bekommen. Doch ihr zweiter Mann starb schon am Anfang des großen Krieges, der Europa verwüstete. 1920 hatte Stefanie dann Erik geheiratet, einen Vetter ihres zweiten Mannes, und vier weitere Kinder bekommen. Alle Kinder mit dem Namen *von Fennhusen* waren erbtechnisch abgesichert, Frederike – geborene *zu Weidenfels* – war das nicht. Das letzte Geld ihrer Erbschaft hatte die Mutter in Kriegsanleihen untergebracht, doch diese waren inzwischen keinen Pfennig mehr wert. So war Frederike mittellos, aber nicht ohne Heimat – das hatte ihr ihr zweiter Stiefvater Erik versichert. Auf Fennhusen war sie immer willkommen. Seine inzwischen ältliche Schwester Edeltraut und ihre Freundin Martha, beide hatten ihre Verlobten im Krieg verloren, lebten seit Jahren ebenfalls auf dem Gut. Frederike hätte auch als Mamsell in eine Anstellung gehen können, sie hatte das nötige Wissen zur Hauswirtschaft und Gutsleitung auf einer Schule in Bad Godesberg erworben, doch alles kam anders.

Eriks Schützling, Ax von Stieglitz, hatte Frederike umworben und ihr Herz gewonnen. Nun war sie zwar mit Ax verheiratet, aber bei weitem nicht so glücklich, wie sie gehofft hatte.

»Es tut mir sehr leid, Freddy«, sagte Erik leise und hob sein Glas. »Du weißt, deine Heimat ist hier, egal was passiert. Cheers.«

Frederike zögerte kurz, aber dann nahm sie einen Schluck. »Und du weißt, dass das nicht stimmt«, sagte sie dann. »Ich habe hier keine Heimat mehr.«

»Deine Mutter hat es nicht böse gemeint, Freddy.«

»Sie wusste es. Ich habe sie gefragt. Vor der Verlobung und vor der Hochzeit. Sie hat es immer geleugnet. Immer. Aber sie wusste es. Sie hat mich ins Messer laufen lassen, Onkel Erik. Wieso hat sie das getan?«, fragte Frederike verzweifelt. »Hast du es auch gewusst?«

Erik schüttelte den Kopf. »Ich wusste, dass er als Kind Tuberkulose hatte, aber er galt lange als geheilt.« Erik räusperte sich. »Wie geht es ihm, und wie sind die Prognosen? Sei ehrlich, Freddy. Mit mir kannst du es sein.«

Frederike hob die Arme. »Keine Ahnung. Es ging ihm sehr schlecht, als er letztes Jahr nach Davos kam. Inzwischen ist es besser. Ich war jetzt mehrfach da und habe ihn besucht. Wenn es so weitergeht, kann Ax vielleicht zum Sommer hin nach Hause. Aber sicher ist das nicht. Und belastbar ist er auch nicht.« Sie vergrub das Gesicht in den Händen. »Ich weiß einfach nicht mehr weiter.«

»Und der Inspektor?«

»Er ist das größte Problem. Aber ich habe gar keine Ahnung, wie man so ein Gut leitet. Wir haben neuntausend Morgen Land – davon sind etwa zweitausend Morgen Nutzwald. Es gibt die Pferdezucht, die Land- und die Forstwirtschaft. Ich kann den Haushalt führen und den Gutsgarten bewirtschaften, aber das Gut führen, das kann ich nicht.«

»Hast du Unterlagen mitgebracht?«

Frederike nickte. »Der Inspektor wollte sie mir nicht aushändigen, aber ich habe ihn gezwungen. Sie sind in meinem Zimmer. Soll ich sie holen?«

»Jetzt nicht. Jetzt feiern wir einfach, dass du da bist. Um alles Weitere kümmern wir uns später. Ich helfe dir, versprochen.«

»Danke, Onkel Erik.« Das erste Mal seit langem fühlte sie sich erleichtert und aufgehoben. Erik von Fennhusen sagte nie etwas leichthin, auf sein Wort war immer Verlass. Er würde ihr helfen, und er würde Lösungen finden.

»Ihr habt es eigentlich noch leichter als wir – das Gut liegt in Polen, und ihr könnt eure Waren ohne Zollabgaben verkaufen. Bei uns wird es immer schlimmer. Alles, was ins Reich geht, wird doppelt versteuert. Aber es soll ja bald den Deutsch-Polnischen Roggenvertrag geben, der den Handel erleichtern soll.«

»Ax wollte immer nur ins Reich verkaufen, der Inspektor sieht das auch so. Ich sehe das anders.«

»Da hast du recht, Freddy. Es geht nicht um Patriotismus in dieser Zeit, es geht ums Überleben. Und das wird nicht einfacher werden.«

»Aber der Young-Plan wird uns doch helfen.«

»Das bezweifele ich sehr. Der Young-Plan ist Augenwischerei. Seit dem Versailler Vertrag kämpfen wir mit diesen Reparationszahlungen. Egal wie sie es drehen und wenden – durch die Zahlungen ist das Reich geknebelt und gefesselt. Und nach dem Schwarzen Freitag sehe ich tatsächlich schwarz. So viele Leute haben Geld an der Börse verloren in den letzten Jahren, warum sollten sie Anleihen aufnehmen? Es gibt zig Arbeitslose und die Zahl steigt.«

»Was hältst du von der NSDAP? Sie ist in aller Munde ...«

»Geh mir weg mit diesen Rechtspopulisten. Die haben doch keine Ahnung von Politik und dem Weltgeschehen. Sie sehen nur ihre Chance darauf, plötzlich an die Macht zu kommen. Sie wollen alles verändern, Deutschland wieder groß machen – Donnerlittchen –, wie soll das denn gehen und überhaupt: warum? Das Kaiserreich war zum Schluss ein Schuss in den Ofen, und zwar ein gewaltiger. Deutschland ist ein schönes Land, ohne Frage, aber wir sind nicht besser als andere Länder. Wer das behauptet, hat keine Ahnung.« Onkel Erik hatte sich in Rage geredet. Nun sah er Frederike an. »Tut mir leid, ich wollte mich nicht so aufregen. Möchtest du noch etwas trinken?«

»Ich bin so froh, dass ich mit dir reden kann. Auf Sobotka habe ich niemanden. Bis zum Essen nehme ich aber lieber nur noch Soda«, meinte Frederike und lächelte. »Du glaubst also, dass der Young-Plan scheitert?«

»Ich glaube, dass die Weimarer Republik scheitert«, entgegnete Erik düster. Dann hob er den Kopf und sah Frederike an. »Und wie wird das mit Ax weitergehen? Er schreibt mir, aber seine Briefe sind sehr nebulös. Er hofft viel, schreibt aber wenig darüber, wie es tatsächlich mit ihm aussieht.«

»Der Professor ist guter Hoffnung, wenn Ax sich weiterhin so erholt.

Aber Ax ist schwach. Ein Spaziergang kostet ihn alle Kräfte, danach muss er erst wieder ruhen.« Frederike seufzte. »So habe ich mir meine Ehe nicht vorgestellt.«

»Das glaube ich. Und es tut mir sehr leid.«

»Du kannst ja nichts dafür. Ich wäre nur froh, wenn du mir bei den Finanzen helfen würdest. Das ist wirklich grauenvoll. Ich verstehe die Bücher einfach nicht.«

»Eigentlich solltest du das auch nicht müssen«, murmelte Onkel Erik in sein Glas. »Du solltest lieben und reisen und Spaß haben. Du solltest leben. Wann, wenn nicht jetzt?«

»Ich liebe ihn ja«, sagte Frederike leise.

»Wirklich?« Onkel Erik sah sie an. »Wirklich? Weißt du denn überhaupt, was Liebe ist? Es tut mir alles so leid, mein Schatz.«

In diesem Moment erklang der Essensgong, und beide waren erleichtert. Sie mochten und schätzten sich, aber schwere Themen an- und auszusprechen lag ihnen beiden nicht.

»Schneider wird für dich gezaubert haben. Das ganze Personal war aus dem Häuschen, als sie hörten, dass du kommst.« Erik nahm Frederikes Ellenbogen und geleitete sie in die große Diele. Vor dem Esszimmer stand schon Tante Edeltraut. Stefanie kam die Treppe hinuntergeeilt, Irmi im Schlepptau.

»Ich darf mit euch essen!«, sagte Irmi stolz und nahm Frederikes Hand.

Gerulis öffnete die Tür zum Esszimmer – es war alles wie früher. Frederike fühlte sich aufgehoben und vertraut, aber dennoch kam sie sich wie ein Gast vor. Sie gehörte nicht mehr zu diesem Haushalt, und sie würde nie wieder wirklich dazugehören.

»Der Winter war hart und lang«, erklärte Stefanie. »Es gibt noch nicht viel junges Gemüse. Und vom Spargel ist noch lange nichts zu sehen.«

»Mama … das weiß ich doch.«

»Ich wollte es nur gesagt haben.« Stefanie lächelte, das Lächeln erreichte allerdings nicht ihre Augen. »Aber Brunnenkresse und Bärlauch konnten wir schon ernten. Deshalb gibt es ein Kräutersüppchen als Vorspeise.«

»Liebe Freddy, wie geht es dir? Wir haben dich ja ewig nicht gesehen!«, fiel Tante Edeltraut Stefanie ins Wort. »Dass du Weihnachten nicht hier warst, hat uns fast das Herz gebrochen.«

»Ich war in Davos … bei Ax«, sagte Frederike zögerlich.

»Das muss ein wunderschöner Ort sein. Das hört man immer wieder. Und wie geht es Ax?«, fragte Tante Edeltraut.

Frederike seufzte. Sie beschloss, der Fragerei ein Ende zu setzen. »Ax ist krank, er ist schwerkrank. Dem Professor zufolge wird er nicht mehr gesund werden. Aber er kann sich erholen, und das tut er nun ja auch in Davos in der klaren Bergluft. Aber richtig, richtig gesund wird er nie wieder. Er ist invalide, lungenkrank und wird es zeit seines Lebens bleiben.« Frederike suchte den Blick ihrer Mutter. »Er ist schwach, zu schwach, um eheliche Dinge zu vollziehen. Aber laut dem Professor sollten wir das sowieso nicht tun, weil ich mich anstecken könnte. Bisher hatte ich Glück, ich habe mich nicht infiziert. Aber ich habe auch schreckliche Angst davor. Ich habe in Davos etliche Lungenkranke kennengelernt. Auch junge Frauen, die schon am Ende ihres Lebens stehen.« Frederike schaute in die Runde, ihr Lächeln war bitter. »Diese Frauen werden vielleicht in den nächsten Jahren sterben. Ich fühle mich mumifiziert – ich bin zwar gesund, aber mit einem kranken Mann verheiratet. Ich kann darauf hoffen, dass es ihm bessergeht und er nach Hause kommen kann, aber eine normale Ehe und Kinder werden wir nie haben – außer ich setze mein eigenes Leben aufs Spiel. So hat es mir der Professor erklärt.« Frederike nahm einen großen Schluck aus ihrem Weinglas. »Ihr fragt, wie es Ax geht. Vielleicht wollt ihr das wirklich wissen. Aber wollt ihr auch wissen, wie es um unsere Ehe steht und ob ich den von Stieglitz einen Erben schenken werde? Das wird wohl nicht der Fall sein, denn so sehr ich Kinder mag, mein Leben ist mir kostbarer. Ich werde es nicht leichtfertig aufs Spiel setzen.« Frederike schnaufte. »Habe ich nun alle Fragen beantwortet? Oder möchtest du noch irgendetwas wissen, Mutter?«

Stefanie von Fennhusen wandte sich ab. »Kind, das ist entwürdigend. Muss das sein?«, hauchte sie.

»Und die Wölfe?«, fragte Irmi. »Was ist mit den Wölfen? Hast du sie noch?«

Überrascht sah Frederike ihre Halbschwester an. Dann lachte sie auf. »Du schaffst es, mich mit einem Satz auf den Boden zurückzuholen. Das ist phänomenal. Danke, Irmikind.«

»Aber … aber ich will doch nur wissen, was mit den Wölfen ist«, antwortete das kleine Mädchen verwirrt.

»Sie gibt es noch. Und die Jungwölfin scheint trächtig zu sein. Ich hoffe, sie wirft.«

»Du willst die Wölfe behalten?«, fragte Stefanie. »Die bringen doch keinen Nutzen.«

»Oh, wirklich?« Frederike schlug die Hände an die Wangen, dann lächelte sie. »Das ist richtig, Mutter, die Wölfe bringen keinen Nutzen, sie kosten nur – Zeit, Geld und Platz. Es ist ein unnützer Luxus, sie zu halten. Andere Leute haben Gehege mit Pfauen – wir haben Wölfe. Das war mal schick, jetzt ist es das nicht mehr.« Sie schüttelte den Kopf. »Aber Ax liebt die Wölfe. Und ich tue es auch. Wir werden uns wahrscheinlich von einigen Sachen trennen müssen – in erster Linie von Personal. Ich kann den Gutshaushalt nicht mehr so führen wie in der Kaiserzeit. Ich werde Leute entlassen müssen. Aber solange Ax lebt, werde ich die Wölfe behalten. Er liebt sie.«

Sie wandte sich zu Irmi. »Die Wölfe bleiben.«

Irmi lachte und schlug in die Hände. »Ich hätte gerne einen Wolfswelpen. Können wir nicht auch Wölfe halten, Papa?«

»Darüber reden wir später.« Erik von Fennhusen räusperte sich. »Gerulis, es ist Zeit für den nächsten Gang.«

Nach dem Essen holte Frederike die Bücher aus ihrem Zimmer und ging in Onkel Eriks Büro.

»Ich habe nicht gewusst«, sagte er leise, »dass es so schlimm um Ax steht. Und deine Mutter wird es auch nicht gewusst haben. Trag es ihr nicht nach.«

»Ich fürchte, ich bin weit davon entfernt, es ihr zu verzeihen«, gestand Frederike. »Das Kind ist in den Brunnen gefallen, lass uns nicht mehr darüber reden.« Sie schob ihm die Bücher zu. »Dieses Thema ist allerdings wohl auch nicht besonders angenehm. Ich schäme mich ein wenig, dass ich dich um Hilfe bitten muss, du hast ja nun wahrlich selbst genug zu tun.«

»Ich bitte dich, Freddy, es ist doch selbstverständlich, dass ich dir helfe.« Er setzte sich die Brille, die er seit einiger Zeit hatte, auf die Nase und nahm die Bücher vor und versenkte sich darin. Frederike lehnte sich zurück. Sie mochte das Arbeitszimmer ihres Stiefvaters, hatte es schon immer geliebt. Im Kamin knisterte ein Feuer, draußen war es inzwischen dunkel. Die Sessel knarrten immer ein wenig, wenn man sich darauf bewegte, aber sie rochen so herrlich nach altem Leder. Der Teppich auf dem Parkett war abgetreten, aber ohne ihn konnte sie sich das Zimmer nicht vorstellen.

Die Regale an den Wänden waren mit Büchern vollgestopft. Auch diese, fand Frederike, hatten einen sehr eigenen, vertrauten Geruch.

Auf dem Kaminsims tickte die Uhr. Gerulis, der erste Hausdiener, zog sie jeden Morgen mit einem Schlüssel auf, den er an seinem Bund um den Gürtel trug.

Frederike verknüpfte so viele Erinnerungen mit diesem Zimmer, mit dem ganzen Gut. Hier war sie sehr glücklich gewesen. Dieses Gefühl, zu Hause zu sein, hatte sie auf Sobotka nicht. Vielleicht noch nicht, hoffte sie, denn schließlich wohnte sie noch kein Jahr dort.

Aber es war nicht nur der Inspektor, mit dem sie Kummer hatte, es war auch das übrige Personal, das sie nicht wirklich ernst zu nehmen schien. Einzig Lore, die Köchin, die sie von Fennhusen mitgenommen hatte, gab ihr Halt.

Aufgrund von Ax' Krankheit gab es auch keine Gesellschaften und keine großartigen sozialen Kontakte. Die Nachbarn hatten ihr am Anfang Höflichkeitsbesuche abgestattet, aber kennengelernt hatte sie niemanden so wirklich.

Sie hatte Ax' Arbeitszimmer übernommen, traf sich dort jeden Morgen mit der Mamsell und besprach mit ihr den Tag. Auch den Gärtner und den Inspektor bestellte sie fast täglich ein. Dennoch fällte der Inspektor die meisten Entscheidungen eigenmächtig und berichtete ihr erst im

Nachhinein davon. Es war nicht so, dass Frederike viel von der Landwirtschaft oder der Verwaltung eines Gutes verstand, aber die Vorgehensweise des Inspektors störte sie mächtig. Sie hoffte, dass ihr Stiefvater ihr hier weiterhelfen konnte.

Erik hatte sich in die Bücher vertieft. Er nahm ein Blatt Papier, einen Stift und notierte sich verschiedene Dinge. Frederike kannte ihn, sie wusste, in solchen Momenten sollte man ihn am besten nicht stören, also hing sie weiter ihren Gedanken nach.

Übermorgen würde sie nach Berlin fahren und sich mit Thea treffen. Seit ihrer Hochzeit hatte sie Thea nicht mehr gesehen, und sie freute sich sehr auf diesen Besuch. Zwar war sie mehrfach nach Davos gefahren, aber das waren ja Krankenbesuche gewesen, und außer dem Luftkurort und dem Gut hatte sie in den letzten Monaten nichts anderes erlebt. Sie hatte ihren Hengst Kobold eingeritten, hatte mit Fortuna das Gut erkundet, und sie hatte sich um die Wölfe gekümmert. Die meiste Zeit aber verbrachte sie damit, das Gut zu leiten. Und, das musste sie sich eingestehen, sie machte es nicht besonders gut.

Onkel Erik schaute auf. »Hast du mit Ax über die Zahlen gesprochen?«

»Nur im Ansatz. Er kann sich nicht lange konzentrieren.«

»Und was sagt der Inspektor zu den Zahlen? Warum habt ihr die Jungpferde verkauft? Den Weizen solltet ihr wirklich nicht ins Reich verkaufen, hier sind die Zölle viel zu hoch. Das Gut liegt doch in Polen – ihr könnt es in Polen verkaufen.«

»Genau deshalb bin ich ja hier. Der Inspektor hat es gemacht und mich vor vollendete Tatsachen gestellt.«

»Der Inspektor entscheidet das selbst? Ohne das mit dir zu besprechen?«

Frederike streifte die Schuhe ab und zog die Knie an, sie versank beinahe in dem großen Sessel. »Ganz genau«, sagte sie dann leise. »Ich habe keine Ahnung von der Gutsführung. Den Haushalt kann ich leiten, und das gelingt mir so weit ganz gut, aber was wann wie auf den Feldern gepflanzt werden soll, das weiß ich nicht. Ich weiß auch nicht, welche

Getreidesorten gut sind und wie die Feldfolge sein sollte.« Sie seufzte. »Auch vom Nutzwald habe ich keine Ahnung. Und der Inspektor spricht einfach nicht mit mir.«

»Aber war das denn schon immer so? Ich hatte das Gefühl, dass sich Ax gut um das Gut kümmert. Manchmal hat er mich um Rat gefragt, aber grundsätzlich schien er alles im Griff zu haben.«

»Er hat dem Inspektor vertraut – aber der Inspektor hat auch früher nie selbst entschieden, sondern wichtige Entscheidungen mit Ax abgesprochen. Das geht jetzt allerdings nicht. Ich hoffe, das wird sich zumindest wieder ändern, wenn Ax zu Kräften kommt.«

»Das kann ja aber dauern, und ihr müsst jetzt die Felder bestellen. Bisher ist nur wenig Saatgut für dieses Jahr vermerkt. Das kann einfach nicht sein. Ihr könnt ja die Äcker nicht brachliegen lassen. Wir haben April, die Arbeit geht jetzt los, aber die Vorbereitungen hätten schon längst getroffen werden müssen.« Erik nahm nachdenklich die Brille ab und massierte sich den Nasenrücken.

»Ich weiß«, sagte Frederike leise. »Den Garten habe ich unter Kontrolle, und mit dem Gärtner bin ich d'accord.«

»Ich hatte nichts anderes von dir erwartet, mein Kind. Du kannst ganz sicher den Haushalt führen, ein Gut zu bewirtschaften ist eine Nummer zu groß für dich. Aber du wirst es lernen – weil du es musst.« Er stöhnte leise auf. »Es tut mir so leid. Was haben wir dir angetan?«

Frederike straffte die Schultern. »Ich trage es Mutter nach, dass sie mir nichts über Ax Erkrankung gesagt hat, aber angetan habt ihr mir nichts. Ich habe mich für Ax entschieden, weil ich ihn liebe.«

»Man könnte die Ehe annullieren lassen …«

»Onkel Erik!« Frederike war entsetzt.

»Ihr habt sie ja nicht … vollzogen …«

»Aber … aber … nein, das geht nicht.«

»Denk darüber nach, Kind.«

»Nein. Das kann ich Ax' nicht antun. Und vielleicht irrt sich der Professor ja auch. Man braucht Zeit, um diese Krankheit zu bekämpfen. Und es gibt Erfolge.«

»Ich bin froh, dass du so denkst – so liebevoll über deinen Mann denkst und redest. Ich sehe sehr wohl, wie schwer das alles für deine noch so jungen Schultern ist und was du alles zu stemmen hast.« Wieder rieb er sich den Nasenrücken, seufzte. »Ich würde gerne nach Sobotka fahren und mit dem Inspektor reden, wenn du nichts dagegen hast.«

»Wie bitte? Das würdest du wirklich tun?«

»Ja, und zwar so schnell wie möglich.«

»Das bedeutet?«

»Morgen. Mit dem Auto brauchen wir fünf Stunden, wenn wir gut durchkommen.«

»Morgen? Das ist nicht dein Ernst.« Frederike setzte sich auf, schlüpfte in ihre Schuhe. »Aber ich wollte doch …«

»Auch hier auf Fennhusen gibt es viel zu tun«, unterbrach Erik sie. »Gerade jetzt im Frühjahr. Das weißt du ja auch. Ich kann meinem Inspektor allerdings vertrauen. Wir haben alle nötigen Dinge besprochen. Ich könnte also morgen … ach nein, morgen ist ja die Viehauktion in Graudenz, zu der ich mit dem Schweizer wollte. Wir brauchen einen neuen Bullen für die Milchkühe.« Er brummelte vor sich hin, überlegte. »Nächste Woche. Wir fahren nächste Woche nach Sobotka. Zum Glück ist ja noch Stammkapital da, du bist nicht mittellos, dein Mann hat mehr Geld als ich, auch wenn mein Gut besser läuft als seins.« Erik lachte leise. »Wie lange wolltest du bleiben?«

»Bis übermorgen. Dann wollte ich für ein paar Tage nach Berlin zu Thea fahren.«

»Das passt doch. Auf dem Rückweg kommst du hier vorbei, und wir fahren gemeinsam nach Sobotka.«

»Onkel Erik – von Berlin aus muss ich durch den polnischen Korridor fahren, wenn ich hierhin will. Nach Sobotka ist es mit dem Zug für mich einfacher.«

»Natürlich, natürlich … dann treffen wir uns dort. Ich komme mit dem Automobil. Ich hasse Zugfahrten.«

»Ich weiß.« Frederike lächelte. »Danke, dass du das machst.«

»Ich habe es dir versprochen, und ich halte meine Versprechen, Kind.«

Erik von Fennhusen lachte auf. »Da bist du erwachsen und verheiratet, und ich nenne dich immer noch Kind. Aber das wirst du für mich bleiben.«

»Ich finde es schön und keineswegs unangemessen.«

»Dann geh du mal zu Bett, du bist nach dem langen Tag sicherlich müde. Ich werde mich noch ein wenig mit den Büchern beschäftigen.«

»Danke, Onkel Erik. Du bist der beste Vater, den ich mir vorstellen kann, auch wenn du nicht mein leiblicher bist.«

»Ach Kind, jetzt werde ich sentimental … «

Kapitel 3

Den nächsten Tag verbrachte Frederike mit ihren Halbgeschwistern auf dem Gut. Sie gingen in den Stall und besuchten den Schweizer, der Koslowski hieß und nicht aus der Schweiz kam, aber die Oberaufsicht über die Milchwirtschaft des Gutes hatte. Im Stall gab es einige Neuzugänge und einige alte Bekannte. Ihr Pony Dups lebte immer noch, jetzt wurde es von Irmi und Gilusch geritten. Für Frederike war es schon längst zu klein.

»Hast nen neuen Gaul?«, fragte Hans, der Kutscher, sie.

»Kobold. Ein Ostpreußisches Warmblut …« Frederike musste sich das Lächeln verkneifen.

»Ein echter Trakehner, wir sind ja hier nich in ’nem Gerichtshof, der Rassen bestimmt. Und? Wie isser?«

»Leichtgängig, gute Vorderhand, springfreudig. Aber noch jung und ein wenig ungestüm. Er ist nicht so … fest, wie es Lorbass war.« Frederike senkte den Kopf. Ihr Hengst Lorbass hatte eine Kolik bekommen und war vor knapp zwei Jahren gestorben.

»Du kannst nich einen Gaul mittem anderen vergleichen. Dat geht nich, Marjellchen. Die sind alle eijene Charaktere. Und wenne jut mittem auskommst, umso besser. Würd mir jerne mal deinen Kobold anschauen.«

»Vielleicht komme ich im Herbst mit ihm zur Jagd hierher.«

»Na, das wäre ja ein Bockbierfest, Freddychen. Dat würd mir freuen!«

Irmi zeigte ihr all die frisch geworfenen Lämmchen, Fohlen, Kälbchen und natürlich die zwei Würfe der Hofhunde.

»Papa sagt, den nächsten Wurf von Fortuna bekommen wir auch? Er spricht immer wieder davon«, meinte das Mädchen aufgeregt. »Wir haben ja ihre Tochter, Parza, aber sie ist noch nicht alt genug, um zu werfen, sagt Papa.«

»Damit hat er völlig recht. Wo ist denn Parza?«

»Bei Gilusch. Was ich ungerecht finde, denn Gilusch hat ja auch Helena. Ich habe gar keinen eigenen Hund.« Plötzlich strahlten ihre Augen. »Aber vielleicht kann ich ja eines der Wolfswelpen von dir haben?«

»Warum hast du keinen eigenen Hund?«, fragte Frederike, nahm die Hand ihrer Schwester und ging zurück mit ihr zum Haus.

»Weil … weil ich mich nicht wirklich kümmere, sagt Mama. Aber das stimmt nicht. Sie hat mir Kaninchen gegeben, im Verschlag. Aber Kaninchen sind langweilig. Und ich sollte mich um die Puten- und Gänseküken kümmern, aber die beißen und sind … na ja, irgendwie doofe Vögel. Das wollte ich nicht. Mama versteht das nicht, um einen Hund würde ich mich kümmern. Immerzu.«

Frederike lachte. »Was ist mit Dups, kümmerst du dich um sie?«

»Natürlich!« Irmi blieb empört stehen. »Hat jemand etwas anderes behauptet?«

»Nein, Irmikind.« Frederike konnte das Lachen kaum unterdrücken. »Aber nimm für ein halbes Jahr ein paar Karnickel in Pflege, füttere sie, miste die Ställe aus, kümmere dich um Schneiders Küken – dann wird Mutter dir einen Hund erlauben.«

»Meinst du?«

»Ich weiß es, Schatz.« Frederike umarmte die kleine Schwester und zog sie mit sich. »Jetzt lass uns in die Küche gehen, Schneider hat bestimmt eine Leckerei für uns.«

In der Küche saß Gilusch auf der Bank unter dem Fenster. Als sie Frederike sah, sprang sie auf und hüpfte auf sie zu.

»Freddy! Freddy!«

»Liebste Gilusch, durftest du dein Zimmer endlich verlassen?«

Gilusch nickte, schob die Unterlippe vor. »Mama ist immer so streng.«

»Du bist immer so frech.« Irmi drehte ihr eine lange Nase, dann schnupperte sie. »Schneider, du hast Glumsebällchen gemacht!«

»Ei sicher. Und Baiser hab ich ooch jebacken. Da drieben steht die Dose. Nehmt euch.«

Die beiden Mädchen stürmten zur Anrichte.

»Erbarmung, was is mit dir, Freddychen? Magst du nix Sießes mehr?«

»Danke, Schneider, im Moment nicht. Ich nehme an, dass du heute Abend wieder so ein üppiges Mahl kredenzen wirst.«

»Ei, jibbt meene Hiehnerbeene, schön in Buttermilch einjelegt und dann ausjebacken.«

»Obwohl Lore bei dir gelernt hat, schmecken ihre Hühnerbeine nicht so gut wie deine. Ich weiß noch, dass Fritz immer sagte, dass er für sie töten würde.« Frederike lachte.

»Ei, das sacht er heite awwer och noch. Der liebe Bowke, wird awwer Zeit, das er och mal wieder herkimmt.«

»Es ist herrlich, mal wieder in deiner Küche zu sein.«

»Da fiel ich mich aber gebumfidelt, Marjellchen. Dabei haste doch och ne scheene Kiche, habse ja jesehen.« Sie sah Frederike nachdenklich an. »Scheen isse wohl, aber wohl fühlen tuste dich nich, oder?«

Frederike schüttelte den Kopf. »Das kommt bestimmt noch. Wenn Ax erst einmal wieder zu Hause ist.« Sie biss sich auf die Lippe.

»Erbarmung«, murmelte Schneider. »Ei, das wollen wir mal hoffen.«

Tatsächlich wurde am Abend wieder reichlich aufgetischt. Die Stimmung war jedoch kühl. Stefanie redete nur das Nötigste und sah ihre Tochter kaum an. Auch über Tag hatten sie sich nicht gesehen und gesprochen.

Onkel Erik ignorierte den Frost, der in der Luft lag, und erzählte munter von der Viehauktion.

»Und jetzt haben wir einen neuen Bullen?«, tat Tante Edeltraut interessiert.

»Ja. Ein Prachtexemplar. Ich denke, er wird für ganz wunderbare Kälbchen sorgen.« Erik blickte auf, es schien so, als würde er erst jetzt die schlechte Stimmung wahrnehmen. »Geht es dir nicht gut, Steff?«, fragte er verwundert.

»Mir ist gestern etwas auf den Magen geschlagen«, sagte Stefanie. Sie sah

Frederike an, kniff dabei die Augen ein wenig zusammen. »Aber das ist nicht der Rede wert. Man muss nicht alles aussprechen, was einen beschäftigt, nicht wahr? Manche Dinge relativieren sich oft im Laufe der Zeit.«

»Hast du jemanden auf der Auktion gesprochen?«, versuchte Tante Edeltraut das Thema zu wechseln.

»Ich habe den unsäglichen Koch gesehen, aber natürlich habe ich kein Wort mit ihm gewechselt.«

»Wer ist das?«, fragte Frederike. »Den Namen kenn ich gar nicht.«

»Erich Koch ist der Gauleiter der NSDAP in Ostpreußen«, erklärte Tante Edeltraut. »Diese Partei hat immer mehr Zulauf.«

»Besser die, als die KPD«, meinte Onkel Erik. »Wir alle wünschen uns, dass Hindenburgs Osthilfeskandal vergessen wird und er etwas mehr Einfluss nehmen kann, ohne dass ihm Korruption vorgeworfen wird.«

»Und wer ist nun dieser Koch?«

»Ein durch und durch unangenehmer Mensch. Er ist nur auf seinen Vorteil bedacht.« Onkel Erik schüttelte den Kopf. »Das meinen von Hermannsdorf und von Husen-Wahlheim, unsere Nachbarn, auch – mit ihnen habe ich mich in Graudenz getroffen.«

»Wie geht es ihnen? Wir werden uns doch sicher zu Pfingsten treffen.«

»Spätestens, Edel. Wir haben natürlich über die Landwirtschaft gesprochen. Der Winter war hart und lang, da geht es ihnen genauso wie uns. Letztes Jahr konnten wir schon drei Wochen früher die Gülle und den Dung ausfahren.«

»Müssen wir uns Sorgen machen?«, fragte Stefanie.

»Noch nicht. Es kommt darauf an, wie schnell sich jetzt die Böden erwärmen und wir aussäen können.«

»Eigentlich hängt immer alles vom Wetter ab, und das können wir nicht beeinflussen«, sagte Frederike. »Bei uns hat es vor zwei Wochen schon getaut, und der Dung ist auf den Feldern.« Sie seufzte.

»Aber das ist doch gut, Kindchen«, meinte Tante Edeltraut.

»Das wäre es, wenn der Inspektor vernünftiges Saatgut gekauft hätte«, sagte Onkel Erik und räusperte sich. »Ich fahre nächste Woche für zwei Tage nach Sobotka, um nach dem Rechten zu sehen.«

»Jetzt? In dieser Zeit? Wo du auf unserem Gut so gebraucht wirst?«, fragte Stefanie empört.

»Freddy braucht Hilfe.« Er senkte den Kopf, dann schaute er Stefanie an. »Wir sind mit dafür verantwortlich, dass sie in dieser unglücklichen Lage steckt, und natürlich werden wir ihr helfen und sie unterstützen. Das steht ja wohl außer Frage.«

»Nun gut, wie du meinst«, sagte Stefanie indigniert. »Sollen wir die Tafel aufheben? Vielleicht werden die Gespräche ja drüben am Kamin etwas angenehmer.«

»Ich hole mir nur schnell mein Strickzeug«, sagte Tante Edeltraut. »Du kannst mir schon einen Likör einschenken.«

Auch Frederike stand auf. Sie ging hoch in ihr Zimmer, nahm sich ihre Strickjacke und nutzte die Zeit, um sich kurz frisch zu machen. Die Worte ihrer Mutter waren eine Kampfansage gewesen. Doch Frederike war jetzt erwachsen. Sie ließ sich nicht mehr in die Schranken weisen, so wie Irmi oder Gilusch. So schnell bekam Mutter sie nicht klein.

Dann ging sie langsam wieder hinunter. In der großen Diele standen immer noch die zwei großen Ohrensessel – dahinter hatte sie sich als Kind oft versteckt, um zu lauschen. Die Tür zum Salon schloss nicht richtig, das hatte sie noch nie, und jetzt war das immer noch so. Diesmal jedoch kroch Frederike nicht hinter den Sessel, sie nahm darauf Platz und versuchte zu verstehen, was im Salon gesprochen wurde.

»Wie konntest du nur?«, fuhr Stefanie ihren Mann an. »Freddy ist erwachsen. Sie muss mit ihren Problemen selbst fertig werden.«

»Steff, ich bitte dich. Freddy hat diese Probleme durch uns, durch dich. Wusstest du, wie krank Ax ist? Wusstest du es?«, schnaubte Erik.

»Dass er Schwindsucht hat, wusste ich. Aber das wusstest du doch auch.«

»Er hatte es als Kind und galt als geheilt. Dass es nicht so ist, habe ich erst nach ihrer Hochzeit erfahren.«

»Was einmal geheilt werden kann, kann es auch beim nächsten Mal. Sie soll sich nicht so anstellen, Ax ist in den besten Händen, er kann noch einen Erben mit ihr zeugen.«

»Steff!« Erik klang entsetzt. Frederike zog die Knie an, schlang die Arme um ihre Beine und hörte weiter zu. »Der Professor hat gesagt, dass diese Art von Kontakt gefährlich sei. Das willst du deiner Tochter doch nicht zumuten, nur damit es einen Erben gibt, der dann vielleicht auch noch Vollwaise wird.«

»Noch ist das so, aber das kann sich ja ändern. Günter von Großmannshausen hatte Schwindsucht und hat danach noch Kinder gezeugt, ebenso Friederich von Eckenstein, Herbert zu Glockhausen – es gibt etliche Beispiele. Schwindsucht ist heilbar.«

»Bis zu einem gewissen Stadium. Und Ax scheint das überschritten zu haben.«

»Papperlapapp. Freddy will sich nur nicht darauf einlassen. Im Moment ist alles für sie Drama – sie alleine auf dem Gut, der schwerschwerkranke Mann, die arme Freddy.« Stefanie lachte bitter auf. »Ich habe schon mehr überstanden als sie.«

»Ja, das hast du. Und du wünschst ihr deine Erfahrungen bestimmt nicht, oder, Steff? Und deshalb fahre ich nach Sobotka und helfe ihr. Der Inspektor dort scheint ein Idiot zu sein.«

»Er ist schon seit Jahren auf Sobotka, und bisher hat er seine Arbeit immer gut gemacht.«

»Ist die Katze aus dem Haus, tanzen die Mäuse auf dem Tisch. Die Bücher sind auf jeden Fall nicht in Ordnung.«

»Du kannst nicht noch ein zweites Gut führen, vor allem nicht eines, das so weit weg und so groß ist.«

»Das weiß ich auch, Steff. Aber Freddy kann es auch nicht alleine. Und deshalb werde ich ihr helfen. Ende der Diskussion.«

»Freddy ist nicht deine Tochter, sie ist noch nicht einmal mit dir verwandt. Du hast hier Familie, die dich braucht.«

»Ich will ja nicht hinziehen, sondern nur für ein paar Tage nach dem Rechten sehen. Es stimmt, sie ist nicht meine leibliche Tochter, sie ist noch nicht einmal eine von Fennhusen. Sie ist die Tochter aus deiner ersten Ehe. Als ich dich geheiratet habe, habe ich die Verantwortung für sie genauso übernommen wie für Gerta und Fritz.«

»Wie du meinst«, sagte Stefanie schnippisch.

Frederike hörte Schritte auf der Treppe. Das würde Tante Edeltraut sein. Schnell ging Frederike zur Tür, die ins Souterrain führte, öffnete sie leise, stieg zwei Stufen hinab und wartete. Als Tante Edeltraut die Diele erreichte, ging Frederike wieder nach oben und tat so, als wäre sie gerade aus der Küche gekommen.

»Na, warst du bei Schneider naschen? Hat dir das Essen nicht gereicht?« Tante Edeltraut lächelte.

»Niemand kann so gut kochen wie unsere Schneider«, sagte Frederike ausweichend.

»Das stimmt. Ich hoffe, mein Bruder hat mir schon einen Likör eingeschenkt. Die leckeren Liköre, die Schneider ansetzt, unterstützen die Verdauung ungemein.« Sie öffnete die Tür zum Salon. »Da sind wir wieder«, sagte sie fröhlich und nahm auf dem Sofa Platz. »Mein Likör, Erik?«

»Kommt sofort. Und du, Freddy? Noch einen Gin?«

»Das wäre zauberhaft.« Für einen Moment sondierte Frederike die Lage. Ihre Mutter saß auf einem der Sessel und starrte in das Kaminfeuer. Sie sah grimmig aus. Der Sessel neben ihr war noch frei, auf dem Tischchen neben dem dritten stand Onkel Eriks Glas. Schnell entschied Frederike sich dafür, neben Tante Edeltraut Platz zu nehmen. Tante Edeltraut nahm ihr Strickzeug zur Hand. In fast jeder freien Minute strickte sie Socken in allen Größen – die bekamen dann die Leute zu Weihnachten.

»Was macht Tante Martha?«, fragte Frederike. »Ich habe mich gewundert, dass sie nicht hier ist.«

Tante Martha war eine alte Freundin von Edeltraut. Beide hatten ihre Verlobten im großen Krieg verloren, der Europa verwüstet hatte. Früher war Martha nur zur Sommerfrische nach Fennhusen gekommen. Dann hatte sie die Sommerfrische immer länger ausgedehnt, und schließlich war sie ganz geblieben. Und sie war von Fennhusen, genau wie Edeltraut – Eriks Schwester –, nicht mehr wegzudenken.

»Martha ist bei Gerta, wusstest du das nicht? Sie sind auf der Kurischen Nehrung.«

»Dass Gerta dort ist, hat mir Mutter gesagt.«

»Nun, Martha begleitet sie … dem armen Mädchen geht es ja so schlecht.«

»Ich dachte, sie ist nur dort, um wieder zu Kräften zu kommen nach ihrer Krankheit?« Frederike runzelte die Stirn. »Mutter, was hat Gerta denn?«

»Einen seltenen Ausschlag«, antwortete Stefanie kurz. »Das wird schon wieder.«

»Wir machen uns große Sorgen, denn keiner weiß so recht, was sie genau hat«, sagte Edeltraut sorgenvoll, ohne auf Stefanies Aussage zu achten. »Jedenfalls ist Martha mit ihr gefahren, und das ist auch gut so. Das Kind braucht jemanden an seiner Seite.«

Oh, dachte Frederike erstaunt, der Ton zwischen Tante Edeltraut und Mutter ist wieder schärfer geworden. Da scheint es Konflikte zu geben.

»Nun, Gerta ist fast erwachsen. Sie ist zwar schwach, aber nicht pflegebedürftig. Sie hätte die Zeit dort auch alleine verbringen können«, antwortete Stefanie. »Und ich konnte ja nun auf keinen Fall mitfahren und die kleinen Kinder hier alleine lassen. Da stimmst du doch zu, Edel?«

»Natürlich, Stefanie.« Tante Edeltraut nahm das Glas mit dem Likör, das Erik ihr reichte, trank einen großen Schluck. »Dennoch geht es dem Mädchen schlecht. Ich bin ja immer noch der Meinung, dass man sie im Reich bei einem Professor vorstellen sollte. Bisher ist sie ja nur in der Provinz behandelt worden.«

»Wenn der Aufenthalt auf der Kurischen Nehrung keine Wirkung zeigt, werden wir das sicherlich tun«, sagte Erik versöhnlich. »Du fährst morgen nach Berlin, Freddy?«

»Ja, ich nehme den ersten Zug um zehn. Dann bin ich abends bei Thea. Ich freue mich sehr darauf. Soll ich Thea fragen? Ihre Eltern kennen bestimmt Koryphäen, was jede Krankheit angeht.«

Edeltraut lachte. »Das stimmt. Aber Mimi und Heinrich sind doch gar nicht in der Hauptstadt, oder täusche ich mich da? Ich meine, sie wären nach Amerika gereist.«

»Tatsächlich? Amerika …«, sagte Frederike schwärmerisch. »Da möchte ich auch mal hin.«

»Dann musst du dich beeilen«, sagte Onkel Erik düster. »Ich denke mal, in ein paar Jahren wird das nicht mehr möglich sein.«

»Wieso?«

»Es gab gerade erst eine Verordnung gegen fremdrassige Einflüsse. Ich habe es heute Morgen in der Zeitung gelesen. Musik, Tänze und andere Einflüsse von Schwarzen werden verboten. Und das wird noch mehr werden, da kannst du dir sicher sein.«

»Was bedeutet das denn? Dass man keinen Jazz mehr hören, keinen Shimmy-Shimmy oder Charleston mehr tanzen darf?«, fragte Frederike entsetzt.

»Genau das bedeutet es. Ich finde es einerseits gut, wenn wir patriotisch sind, wenn wir uns auf unsere Kultur besinnen, aber dieser Rechtsruck geht durch das ganze Land, und er beängstigt mich.«

»Patriotisch.« Edeltraut seufzte auf. »Unser letzter Patriotismus hat uns in den Krieg geführt. Daran kann ich nichts Gutes sehen.«

»Das war doch der Kaiser, Edel. Er wollte den Krieg. So sind wir doch nicht alle«, sagte Stefanie entschieden. »Aber seit dem Kriegsende und den Versailler Verträgen ist es fast so, als müsste man sich schämen, deutsch zu sein. Schaut doch nur mal, was sie mit Ostpreußen gemacht haben. Sie haben es abgespalten. Und die Sache mit dem polnischen Korridor ist aberwitzig. Und jetzt hat Hindenburg auch noch das Liquidationsabkommen unterschrieben.« Sie seufzte ebenfalls.

»Das Abkommen bringt uns Erleichterung, Steff«, wandte Erik ein.

»Aber nur kurzfristig.« Tante Edeltraut klapperte eifrig mit ihren Stricknadeln. »Der Versailler Vertrag ist unser Ruin – langfristig. Auch wenn die Reparationszahlungen nun als Anleihen verkauft werden. Nach dem Schwarzen Freitag ist das alles mehr als fraglich.«

»Die NSDAP ist furchtbar, aber sie hat einige Ideen, die tauglich sind«, meinte Stefanie und stand auf. »Möchte noch jemand einen Drink?«

»Jazz zu verbieten ist nicht tauglich«, murmelte Frederike. »Und muss es dann nicht auch ›Getränk‹ statt ›Drink‹ heißen?«

»Willst du Haare spalten?« Stefanie lachte auf. »Es wird ja nicht alles verdammt, was amerikanisch oder englisch ist. Es geht um die Neger, um die fremden Rassen.«

»Vor allem um die Juden, das ist ein Elend«, seufzte Tante Edeltraut.

»Es gibt jüdische Schwarze?«, fragte Frederike verblüfft.

»Hast du die Politik in den letzten Monaten nicht verfolgt, mein Kind?« Stefanie gab ihr noch einen Gin. »Vielleicht gibt es auch jüdische Schwarze, aber grundsätzlich sind das zwei Paar Schuhe.«

»Und beide ähnlich entsetzlich«, murrte Tante Edel. »Die wollen Köpfe vermessen, um die Rasse festzustellen. Und die Arier sollen viel wertvoller sein als alle anderen Rassen. Was für ein Unfug.«

»Nein, Mutter, ich hatte die letzten Monate einfach viel zu viel zu tun. Du weißt schon – das Gut, der kranke Mann, die Reisen nach Davos und wieder zurück, mit Politik habe ich mich nicht beschäftigt, eher mit Krankenakten und Arztberichten.«

»Du musst nicht gleich ausfallend werden«, herrschte Stefanie ihre Tochter an. »Ich wusste nicht, wie schlimm es ist. Das habe ich nicht gewusst.«

»Dass er krank ist, wusstest du schon.«

»Ja, ich wusste, dass die Krankheit wieder ausgebrochen ist. Aber es kann immer noch heilbar sein. Willst du mir das jetzt bis zu meinem Lebensende vorhalten?«

»Ich fürchte, das werde ich.« Frederike nahm ihr Glas, stand auf und prostete allen zu. »Ich wünsche euch noch einen schönen Abend.« Dann ging sie.

In der Diele holte sie tief Luft. Es hatte sie Kraft gekostet, ihrer Mutter so gegenüberzutreten, aber es hatte auch gutgetan. Die letzten Monate hatte die Wut in ihr gebrodelt, wie in einem Vulkan kurz vor dem Ausbruch. Und jetzt hatte Frederike ihrer Mutter die Stirn geboten – das erste Mal.

Kapitel 4

Am nächsten Morgen weckte Leni, das erste Hausmädchen, Frederike.

»Guten Morgen«, sagte sie fröhlich und stellte den Krug mit dem heißen Wasser auf dem Waschtisch ab. Dann zog sie die Vorhänge auf. »Es scheint ein herrlicher Tag zu werden. Endlich, nach all dem Regen.«

»Wie … wie spät ist es?«, fragte Frederike verschlafen.

»Halb sieben. Um sieben ist wie immer die Andacht unten im kleinen Salon. Brauchst du Hilfe beim Anziehen?«

»Halb sieben – das ist ja mitten in der Nacht.« Frederike zog sich das Kissen über das Gesicht.

»Nein, halb vier ist mitten in der Nacht. Da müssen die Stubenmädchen aufstehen. Halb sieben ist eine durchaus passable Zeit. Brauchst du nun Hilfe?«

»Nur beim Aufwachen, alles andere schaffe ich schon«, murmelte Frederike und drehte sich zur Seite.

»Gut.« Leni zog ihr das Daunenbett weg. Im Raum war es empfindlich kalt, denn der Ofen war nicht an.

»So habe ich das nicht gemeint.« Frederike griff nach der Decke. »Ein Feuer wäre schön.«

»Der Ofen wird so schnell nicht warm, das lohnt sich jetzt nicht mehr. Du fährst doch schon nach dem Frühstück. Soll ich dir beim Packen helfen?«

»Danke, aber ich habe fast alles schon gestern gepackt – das meiste hatte ich gar nicht herausgenommen.« Frederike lächelte. »Und jetzt bin ich wach.«

»Wann stehst du in Sobotka auf?«

»Später. Wir halten keine Andacht. Das Frühstück nehme ich in der

Gesindeküche ein – gegen neun, dann sind die Leute schon längst fertig und oben muss nicht eingedeckt werden. Es ist praktisch … irgendwie.«

»Aber … das ist doch nicht richtig. Du isst im Leutezimmer?«

»Warum nicht?«

»Wegen dem Respekt. Du bist keine von ihnen. Du musst sie anleiten. An deiner Stelle würde ich morgens eine kurze Andacht halten. Früh. Aber jetzt musst du dich beeilen.«

»Jawohl!« Frederike salutierte und grinste Leni an, dann stand sie auf.

Hatte Leni recht? Darüber würde sie mit Ax sprechen. Auch Ax hatte nie Andachten gehalten, war spät aufgestanden, doch die Leute hatten ihn immer respektiert und respektierten ihn noch. Sie, Frederike, war die neue Frau, die sehr junge Frau des Gutsherrn. Sie war zudem noch zugezogen und fremd. Und sie hatte es in all den Monaten nicht geschafft, diese Fremdheit abzulegen. Das muss ich ändern, dachte Frederike und wusch sich schnell und flüchtig. Das Wasser war zwar warm, das Zimmer jedoch kalt. Außerdem hatte sie die lange Fahrt nach Berlin vor sich. Erst mit der Kutsche oder dem Automobil zum Bahnhof, dann die Zugfahrt, dann bis zu Theas Wohnung. Danach würde sie ein Bad brauchen. Jetzt schon gruselte sie sich vor der langen Reise. Aber die Freude auf das Wiedersehen mit Thea überwog.

Schnell zog sie sich an und eilte nach unten. Onkel Erik, ihre Mutter, Tante Edeltraut, die Kinder und die Leute warteten schon im kleinen Salon. Sie nickten Frederike zu, lauschten dann der Tageslosung und der kurzen Lesung aus der Bibel. Danach verschwanden die Leute wieder schnell, sie mussten ihre Arbeit erledigen, und die Zeit drängte immer.

Onkel Erik ging in sein Büro, ihre Mutter nickte Frederike nur kurz zu, setzte sich dann an ihren Schreibtisch und überprüfte die Bücher – sie würde sich nach dem Frühstück mit der Mamsell besprechen. Die Kinder folgten dem Mädchen nach oben. Nur Frederike und Tante Edeltraut blieben zurück.

»Du fährst heute wieder?« Tante Edeltraut nahm auf einem der Sessel Platz, zeigte auf den anderen neben sich. »Wir hatten noch gar keine Zeit, wirklich miteinander zu reden.«

»Gleich, nach dem Frühstück.« Frederike setzte sich.

Für einen Moment schwiegen sie sich an, aber dann begannen beide gleichzeitig zu sprechen.

»Du hast wohl …«, sagte Tante Edeltraut.

»Ich weiß nicht, was ich machen soll …«, sagte Frederike.

Sie sahen sich an und lachten.

»Du zuerst«, meinte Frederike.

»Steff und du … nun, ich verstehe, dass du wütend bist, aber so ist das doch kein Zustand.« Tante Edeltraut seufzte.

»Was meinst du denn, was ich machen soll?«, fragte Frederike verblüfft.

»Du könntest auf sie zugehen. Sie ist deine Mutter.«

Frederike rückte auf dem Sessel zur Seite, sah Edeltraut an. »Bitte was?«

»Nun, Stefanie ist deine Mutter. Sie … leidet auch darunter, dass du es so schlecht getroffen hast …«

»Ich bitte dich, Tante Edel. Sie hat mich verschachert wie ein Stück Schlachtvieh. Sie wusste, wie krank Ax ist und was es bedeutet.«

»Das wusste sie nicht, ich schwöre es dir.«

»Woher willst du das wissen?«

»Weil sie nach Berlin gefahren ist, um mit einem Professor darüber zu reden. Sie war völlig aufgelöst, als sie wiederkam. Das war nach eurer Hochzeit und nachdem Ax nach Davos gebracht wurde. Sie wusste zwar, dass er krank ist, hat aber gedacht, man könne es heilen.«

»Das kann man auch – aber nur bei bestimmten Fällen.«

»Ihr ist das inzwischen auch klar. Damals, als sie dir Ax so anempfohlen hat, war es das nicht.«

»Du hast ja keine Kinder«, sagte Frederike nachdenklich. »Aber kannst du dir vorstellen, wie es wäre, welche zu haben?«

Edeltraut lachte auf. »Nein, ich habe keine Kinder. Aber ich habe euch. Sechs Nichten und Neffen und dich. Ich habe an eurer Entwicklung teilgenommen. Natürlich an den Kindern meines Bruders mehr, weil sie hier auf dem Gut geboren wurden und ich vom ersten Tag an dabei sein konnte. Aber du bist mir sehr ans Herz gewachsen, und ich fühle genauso mit dir, Gerta und Fritz wie mit Irmi, Gilusch, Klein Erik und Ali.«

»Hättest du …?«, fragte Frederike leise.

»Wenn ich es gewusst hätte?« Edeltraut rieb sich über das Gesicht. »Dass er nicht ganz gesund ist, wusste ich. Aber was er hat, nicht. Und nein, wenn du mich so direkt fragst. Wärst du meine Tochter, hätte ich dir geraten, beide Beine in die Hand zu nehmen und zu laufen.«

»Siehst du.«

»Aber ich bin nicht deine Mutter, und ich bin vor allem nicht Stefanie. Ich urteile, entscheide und handele in vielen Bereichen ganz anders als sie.«

»Wie hältst du dann aus, hier mit ihr zu leben?«

»Ich kenne meine Position, Kind.«

»Position …«, murmelte Frederike.

»Dich belastet doch noch etwas anderes? Erzähl es mir.«

Frederike nickte. »Weißt du noch, als wir vor zehn Jahren hierherkamen? Mutter hatte keine Ahnung, wie man ein solches Gut führt. Du hast es ihr beigebracht, ihr geholfen. Ich habe hier gelernt und zwei Jahre lang die Schule in Bad Godesberg besucht. Ich weiß jetzt, wie man ein Gut führt – was ich aber offensichtlich nicht kann, ist, das Personal zu überzeugen. Sie nehmen mich nicht ernst.«

»Wie bitte?«, fragte Edeltraut erstaunt. »Wo liegt dein Problem?«

»Die Leute … sie akzeptieren mich nicht. Irgendwie. Natürlich nehmen sie die Vorhänge ab und waschen sie, wenn ich es ihnen sage. Aber sie machen es, zwei Tage nachdem ich es gesagt habe – vorher war angeblich immer zu viel zu tun. Dabei weiß ich, was zu tun ist und was sie machen. Das ist bei allen Sachen so. Sie machen es, aber nicht dann und wie ich es will. Ich komme mir lächerlich vor, und ich habe keinen Gatten, der meine Position stärkt oder festig. Mutter hatte Onkel Erik. Ich bin ganz alleine.«

»So geht das nicht. Sie dürfen dir nicht auf der Nase herumtanzen.« Tante Edeltraut überlegte. »Aber ich kann das nicht beurteilen, bevor ich es nicht gesehen habe. Was hältst du davon, wenn ich Erik begleite? Er will doch nächste Woche nach Sobotka fahren. Ich fahre mit und schaue mir die Küche an. Ist die Köchin nicht von hier? Eine Lena?«

»Lore. Ja, Schneider hat sie angelernt.«

»Und was sagt sie?«

»Ich glaube, sie sitzt zwischen den Stühlen, das arme Mädchen. Sie ist gut, und sie scheint die Küche auch im Griff zu haben, aber … Extrawünsche oder Ausnahmen sind schwer durchzusetzen. Ich möchte auch nicht, dass sie sich zwischen mir und den Leuten entscheiden muss.«

»Doch, das muss sie. Sie muss sich ganz und gar für dich entscheiden. Und dann muss sie es durchstehen. So etwas kann ein paar Wochen dauern, und vielleicht muss man auch Personal ersetzen, aber es gibt kein Leute-gegen-Gutsführung. Das geht immer schief. Also darf ich nächste Woche kommen?«

»Ob du darfst?« Frederike sprang auf und umarmte Edeltraut. »Es wäre mir eine große Freude.«

»Gut. So machen wir das«, sagte Edeltraut lächelnd.

»Aber …«, Frederike ging einen Schritt zurück, »… was wird Mutter sagen?«

»Sie wird mir und meinem Bruder eine gute Reise wünschen. Nun mach dir doch nicht so viele Gedanken. Deine Mutter will im Grunde ihres Herzens, dass es dir gutgeht – sie hat kein Händchen dafür, es dir zu zeigen, und manche ihrer Aktionen sind auch eher … nun, fragwürdig. Aber eigentlich will sie nur dein Bestes.«

»Ich denke darüber nach, vielleicht hast du ja recht.« Frederike war froh, dass Gerulis just in diesem Moment den Gong schlug. »Für einen starken Kaffee würde ich gerade morden«, murmelte Frederike und eilte ins Esszimmer.

Eigentlich hatte sie gehofft, nach dem Frühstück noch ein wenig Zeit mit ihren Halbgeschwistern verbringen zu können, aber dann kam Leni zu ihr auf das Zimmer.

»Die Gnädigste schickt Hans und Daniel nach Graudenz. Sie sollen dort ein paar Sachen erledigen. Sie lässt dir ausrichten, dass du deshalb jetzt schon aufbrechen musst, dann kann dich Hans am Bahnhof absetzen.«

»Der Zug geht erst in zwei Stunden …«

»Ich weiß.« Leni senkte den Kopf.

»Oh!« Frederike verdrehte die Augen. »Sie ist großartig. Sie weiß, wie sie mich stilvoll aus dem Haus werfen kann, ohne dass sie eine Schuld trifft. Ich habe es Mutters Gesicht angesehen, es wurde förmlich grün, als Edel bei Tisch sagte, dass sie Onkel Erik nächste Woche begleitet. Ja, ich habe Edel gefragt und nicht Mutter … aber Mutter hat sowieso keine Zeit. Die hat sie nie.«

»Die Bestellungen in Graudenz hat deine Mutter schon letzte Woche gemacht. Heute sollten die Sachen da sein.« Lenis Stimme klang ganz klein.

»Es ist entzückend, wie du meine Mutter in Schutz nimmst, aber auch verständlich – du bist ihre Kammerzofe. Aber Hans muss doch nicht jetzt schon fahren – es spielt doch keine Rolle, ob er um elf oder um eins in Graudenz ist, nicht wahr? Aber ich werde jetzt über eine Stunde am Bahnhof sitzen müssen.«

»Darüber hat sie bestimmt nicht nachgedacht. Soll ich noch einmal mit ihr sprechen?«, fragte Leni.

»Darüber hat sie ganz gewiss nachgedacht. Die ganze Zeit während des Frühstücks. Ab dem Zeitpunkt, als Tante Edel sagte, dass sie mit nach Sobotka fährt. Ab da ist nämlich die Temperatur im Speisesaal auf den Gefrierpunkt gefallen. Ich habe es gemerkt, aber ich wusste nicht, was sie sich danach als Strafe ausdenkt. Und nein, du wirst nicht mit ihr sprechen.« Frederike stand auf, öffnete ihren Koffer, wühlte darin herum. »Sag Hans, dass ich in zehn Minuten bereit zur Abfahrt bin. Ich werde mich nur noch einmal umziehen – der Situation entsprechend.«

Zehn Minuten später eilte sie nach unten. Stefanie stand wartend in der Diele.

»So willst du fahren?«, fragte sie entsetzt. »Das … sind ja Hosen.«

»Ja, sehr praktisch, wenn man einige Zeit auf zugigen Bahnhöfen verbringen muss, und heutzutage außerdem noch très chic.« Sie zwinkerte ihrer Mutter zu.

»Ich bitte dich, du siehst ja aus wie ein Flittchen. Wenn es wenigstens weite Hosen wären … aber die sehen ja eher wie Reithosen aus.«

Frederike schaute an sich hinunter. »Findest du? Jetzt, wo du es sagst – ich glaube, es sind Reithosen. Andere besitze ich nicht. Egal, ich muss jetzt los. Hans hat einen wichtigen Termin, er muss mich jetzt schon zum Bahnhof bringen. Wo ist Onkel Erik?«

»Er ist mit dem Inspektor in den Ställen.«

»Dann kann ich mich nicht verabschieden, das ist bedauerlich. Bitte richte meine Grüße aus. Ich freue mich darauf, ihn nächste Woche auf Sobotka zu sehen. Auf Wiedersehen, Mutter.« Eilig küsste sie Stefanie links und rechts auf die Wange, dann wandte sie sich zur Tür. »Übrigens – du bist natürlich nächste Woche auch herzlich eingeladen, falls du Onkel Erik und Edel begleiten möchtest.«

»Ich überlege es mir«, sagte Stefanie, und es klang wie eine Drohung.

Frederike zuckte mit den Schultern und ging.

Der Bursche brachte ihr Gepäck, und sie nahm im Wagen Platz. Hans setzte sich an das Lenkrad und seufzte.

»Es tut mir leid, Marjellchen.«

»Du kannst nichts dafür.« Frederike lächelte tapfer und legte die Hand auf seinen Arm. »Es macht nichts.«

»Erbarmung, Freddy, dat stimmt so nich. Ich bin ja noch jut im Deez und nich dasselig. Ich weeß, dass das ein Streit deiner Bagage ist, awwer du musst es ausbaden. Das ist nich richtich. Kannst mich nicht lackmeiern.«

»Du weißt, wie Mutter sein kann.«

»Und es wird schlimmer und schlimmer«, murmelte Hans. »Mir tun die Kinderchen manchmal wirklich leid.«

»Sie werden es überleben, das haben wir ja auch.« Frederike lehnte sich zurück und dachte nach. »Wie lange brauchst du nach Graudenz?«

»Ei nu, ich denke, eene Stunde.«

»Dann bring mich doch einfach dort zum Bahnhof. Ich habe ja gültige Papiere, da ich ja jetzt in Polen wohne.«

»So ist mein Marjellchen«, lachte Hans laut auf. »Du verbiesterst nich, du suchst nach Lösungen. Fein, so machen wir dat.«

Sie erreichten Graudenz rechtzeitig, Frederike konnte sogar noch einen Kaffee im Bahnhofsrestaurant trinken. In Fennhusen gab es so etwas nicht – nur den zugigen Bahnsteig. In der Toilette zog sie sich schnell um, sie hatte ihr Kleid in ihre Handtasche gesteckt, und dort verstaute sie nun die Reithose.

Der Zug kam, und sie stieg ein. Nur wenige Leute stiegen zu oder aus. Graudenz lag im polnischen Korridor, und die Züge wurden hier verplombt, die Vorhänge zugezogen. Obwohl sie es nicht anders kannte, hatte die Fahrt für Frederike immer einen seltsamen Beigeschmack, so als würde man durch Feindesland reisen.

Während sie im Zug saß, ging ihr viel durch den Kopf. Zum Glück musste sie nicht umsteigen. Sie hatte zwar nur einen Koffer und eine Tasche, aber dennoch war es immer umständlich, denn nicht immer fand man einen Kofferträger.

Als sie in Berlin in den Bahnhof einfuhren, war der Zug schon lange wieder entplombt und die Vorhänge geöffnet worden. Immer wieder hatte es auf der Fahrt Verzögerungen gegeben, und vor allem der Grenzübergang vom polnischen Korridor ins Reich hatte entsetzlich lange gedauert.

Doch nun waren sie endlich angekommen. Frederike nahm den Koffer und ihre Tasche und stieg aus. Verwundert sah sie sich um. Seit über einem Jahr war sie nicht mehr in Berlin gewesen, das letzte Mal kurz vor ihrer Hochzeit.

Suchend sah sie sich auf dem Bahnsteig um. Eine Frau in überdimensionierten weiten Hosen und mit einem Hut, der einem den Atem verschlug und ihr gleichzeitig fast die Hälfte des Bahnsteigs sicherte, kam ihr entgegen.

»Hallo, Süße«, hauchte Thea, nahm dann den Hut ab, schüttelte ihre Haare, die locker in Wellen gelegt waren, und lachte Frederike an. »Ich bin's!«

»Gute Güte«, krächzte Frederike. »Thea! Ich dachte gerade, es wäre Marlene Dietrich.«

»Du kennst sie?«

»Nicht persönlich, Thea.« Frederike schüttelte den Kopf und zog die Augenbrauen hoch. »Du etwa?«

»Ich habe sie zweimal gesehen und einmal sogar hallo gesagt. Aber jetzt ist sie ja leider nach Amerika abgereist.« Thea verzog das Gesicht. »Aber woher kennst du sie?«

»Ich habe ihre Filme gesehen, so wie die meisten anderen im Reich auch … was glaubst du denn?« Mit großer Erleichterung nahm Frederike wahr, dass Thea einen Burschen mitgebracht hatte, der ihr Gepäck nahm und zum Ausgang ging. Frederike hakte sich bei ihrer Freundin unter. »Ich bin so froh, hier zu sein«, gestand sie.

»Und ich bin froh, dass du endlich da bist.« Thea blieb stehen und musterte ihre Freundin. »Du hast dich nicht viel verändert«, sagte sie und klang überrascht.

»Warum sollte ich?«

»Weil … weil … weil ich dich nicht mehr gesehen habe, seit du verheiratet bist.« Thea lachte nervös auf.

»Und die Ehe sollte mich verändert haben?« Frederike kicherte.

»Na-tür-lich! Oder etwa nicht? Mach mich nicht schwach. Ich dachte, das wäre der große Wendepunkt im Leben.«

»Willst du etwa heiraten?« Frederike war überrascht.

»Aber sicher.«

»Wen? Und wann? Und warum weiß ich davon nichts?«

»Das erzähle ich dir in Ruhe. Jetzt komm erst einmal mit. Hast du einen Wunsch? Hummer? Austern? Rinderfilet? Eis? Schwofen? Koks?«

»Ein Bad wäre grandios.«

»Ein Bad? Freddy, du bist so provinziell, ich fasse es nicht.« Thea lachte auf. »Ein heißes Bad ist kein Problem.«

»Ich bin ganz leicht glücklich zu machen.« Frederike versuchte zu lachen und war froh, dass ihre Freundin schon dem Ausgang entgegenstrebte und nicht mehr auf sie achtete.

Kapitel 5

»Das ist ja phänomenal!« Frederike streckte sich in der Wanne aus. An der Seite stand ein Glas Champagner, und überall brannten Kerzen. Das Wasser ging fast bis zum Rand – auf Fennhusen hatten sie immer nur zwei Handbreit bekommen, weil der Wassertank nur eine gewisse Menge auf einmal heizen konnte. Und auf Sobotka war der Tank defekt, und das Wasser musste in den letzten Monaten wieder aus der Küche hochgeholt werden. Deshalb hatte sie in nie mehr als einer Handbreit mit Wasser gefüllten Wanne ein Bad genommen – immerhin waren das schon sechs Kannen Wasser, welches das Mädchen hochschleppen musste.

Sobotka war ein großes, ein reiches Gut, aber es zerfiel. Das Haus musste renoviert werden, an jedem Ende ging etwas kaputt oder war es schon. Es gab einen unglaublichen Stau an Sachen, die eigentlich gemacht werden mussten. Ax hatte sie mit ihr zusammen planen und in Angriff nehmen wollen – aber Ax war nun zu krank. Jetzt war es an ihr, Entscheidungen zu treffen und Aufträge zu vergeben, aber dazu fühlte sie sich nicht in der Lage. Es war wie verhext.

»Bist du im Schaum?«, fragte Thea und klopfte an die Tür. »Darf ich hereinkommen?«

»Du immer. Es ist nicht abgeschlossen.«

»Meine Liebe, wie schön, dass du endlich hier bist.«

Auf dem Weg vom Bahnhof zur Wohnung hatten sie kaum geredet.

»Ich habe dich so vermisst«, gestand Frederike.

»Ich dich auch. Aber erzähl …« Thea setzte sich in den Sessel neben der Badewanne mit den goldenen Klauen. Sie nahm ein Glas, schenkte sich Champagner aus dem Kühler ein, der auf dem Tischchen stand. »Ich weiß ja fast nichts mehr von dir. Du bist in Polen verschollen.«

»Du weißt, dass Ax krank ist?«

»Das allerdings hörte ich und konnte es kaum glauben. Auf meine Briefe hast du auch nicht geantwortet. Ich bin schon glücklich, dass du überhaupt hier bist, sonst würde ich fast denken, es gäbe dich gar nicht mehr.«

»Tut mir leid«, sagte Frederike ehrlich betrübt und tauchte noch ein wenig tiefer in den Schaum ein. »Mein Leben ist ein großes Unglück und eine Katastrophe.«

»Aber wie geht es Ax denn?«

»Nicht gut. Er ist schwach. Und krank. Und das wird sich voraussichtlich auch nicht nennenswert ändern.«

»Aber er wird doch wieder gesund?«

»Vielleicht. Irgendwann. Man weiß es nicht.«

»Und … ich meine eure Ehe? Wie führt ihr sie?«

»Gar nicht, Thea. Und ich möchte auch nicht darüber sprechen, das deprimiert mich zu sehr.«

»Das kann ich verstehen. Du bleibst bist nächste Woche? Dann werde ich dich aufheitern. Was willst du machen? Tanzen? Filmpalast? Ausgehen? Trinken werden wir sowieso.« Thea lachte.

»Alles, egal welche Reihenfolge.« Frederike legte den Kopf in den Nacken und schloss glücklich die Augen.

»Was hast du mit Marlene Dietrich gesehen? Ich finde, sie ist eine tolle Frau.«

»Lass mich überlegen – ich habe ›Ich küsse Ihre Hand, Madame‹ und erst letzte Woche ›Der blaue Engel‹ mit ihr gesehen.«

»Wo?«

»Wieso fragst du das denn?« Frederike grinste frech. »Glaubst du, nur weil ich in Polen wohne, bin ich außerhalb der Zivilisation? In Posen haben wir Lichtspielhäuser, aber die meisten Filme habe ich bei Ax in Davos gesehen. Da gibt es täglich zwei Filmvorführungen. Die besuche ich immer …« Ihre Stimme wurde leise. »Was soll ich auch sonst machen?«

Thea drehte schweigend das Glas in der Hand, trank es mit einem Schluck leer, schenkte sich nach.

»Kennst du den Schauspieler Carl von Bäumer?«, fragte Frederike. »Er lebt wohl hier in Berlin.«

»Den schönsten Mann der UFA?« Thea kicherte. »Ja, den kenne ich tatsächlich.«

»Ich habe drei Filme mit ihm gesehen und bin fast geschmolzen. Der ist so eloquent, so elegant … so beeindruckend«, schwärmte Frederike.

»Und so schwul.«

»Was?«

»Na ja, das sagt man zumindest. Er soll ein Techtelmechtel mit einem Kommissar haben, der schon im ganzen Reich auf sich aufmerksam gemacht hat. Von Bäumer ist immer an seiner Seite.«

»Kannst du mich mit ihm bekannt machen?«

»Du willst ihn wirklich treffen?«

»Einmal eine wirkliche Berühmtheit treffen … ja, das fände ich schön. Bist du dir sicher, dass er homosexuell ist?«

Plötzlich wand sich Thea in ihrem Sessel. »Ich habe das zumindest gehört. Ihre Verbindung wäre natürlich rechtlich nicht korrekt – sie verstoßen gegen den Unzuchtparagraphen. Aber wer weiß schon, ob die Gerüchte stimmen und ob sie nicht nur beste Freunde sind.« Sie lachte auf. »Ich meine, ich sitze auch hier mit dir im Bad und schaue dir zu, wie du dich einseifst, aber daran ist doch nichts Unzüchtiges.«

»Aber selbst wenn, wüsste es niemand.« Frederike lachte auf.

»Das …«, sagte Thea zögerlich und plötzlich viel ernster, »weiß man heute nicht mehr so genau. Die Wände und Türen scheinen Ohren zu bekommen. Es wird schwerer, noch zu vertrauen. Gerade auf der Leuteebene gibt es immer mehr Braune.«

»Du meinst Anhänger der NSDAP?«

»Ja, sie hat einen enormen Zulauf. Hast du das nicht auf dem Bahnhof gesehen? All diese Männer in diesen schrecklichen Uniformen? Die Uniformen sind von dieser Partei ausgewählt, sie sind nicht militärisch. Die Männer könnten auch alle als Hanswurst herumlaufen, es hätte die gleiche Relevanz.«

»Noch. Onkel Erik glaubt, dass sie an Macht gewinnen.«

»Das tun sie ohne Frage, und das ist ja so beängstigend. Diese Partei verspricht Dinge, die es dem einfachen Mann nur schwerer machen werden, durchs Leben zu kommen – aber das sieht der normale Mann, der Arbeiter, nicht. Er sieht nur die anderen Dinge, die die NSDAP auch verspricht. Lauter abstruse Dinge wie Vollbeschäftigung und Lossagung vom Versailler Vertrag. Deutschland soll wieder groß werden. Grundgütiger. Das haben wird doch gerade hinter uns und sind gescheitert. Ein zweites Mal brauchen wir das nun wirklich nicht.«

»Du interessierst dich für Politik?«, fragte Frederike verblüfft. »Seit wann?«

»Werner tut es.« Thea senkte den Kopf. »Die ganze Familie ist so politisch.«

»Werner? Welcher Werner?« Frederike schaute sie überrascht an. »Ich kenne niemanden, der so heißt. Oder doch?«

»Werner zu Mansfeld, ich glaube, du kennst ihn noch nicht.« Thea biss sich auf die Lippe. »Er war allerdings schon bei den letzten Entenjagden dabei – genau wie seine Brüder. Aber ich glaube, sie waren im anderen Vorwerk und wir hatten einfach nie wirklich Kontakt.«

»Es ist etwas Ernstes, oder?«

»Ja.«

»Zu Mansfeld ...« Frederike grübelte. »Wo kommen sie her? Ich habe den Namen schon gehört.«

»Sie haben ihre Güter in der Prignitz.«

»Natürlich. Das sind quasi Nachbarn von den von Armins. Die kennt Tante Edel über ihre beste Freundin.«

»Die Welt ist ein Dorf. Ein kleines Dorf.«

»Wo hast du ihn getroffen? Und wie ernst ist es? Ich will alles wissen!«

»Ach, irgendwo, auf einer Gesellschaft, einer Einladung, ich weiß es gar nicht mehr.« Thea senkte den Kopf. »Wir haben uns unterhalten. Und dann ist er hier aufgetaucht und hat Mutter gefragt, ob wir etwas zusammen unternehmen können. Sie war und ist entzückt.«

»Tante Mimi ist entzückt? Dann muss er ja wirklich grandios sein ... im Sinne von Wunschschwiegersohn.«

»Er ist gar nicht so schlimm. Im Gegenteil, er ist wirklich schnieke. Nur manchmal ein wenig pessimistisch oder skeptisch, fürchte ich. Mir gegenüber hat er das noch nicht gezeigt, aber seine ganze Familie nennt ihn ›Skepti‹.«

»Deine Mutter ist entzü-hückt«, säuselte Frederike und lachte.

»Sie ist eher von der Familie entzückt als von ihm. Du weißt doch, wie das ist.«

»Erzähl mir mehr. Womit hat dich Skepti erobert?«

»Einfach mit seinem Charme. Du musst ihn kennenlernen, dann wirst du es sehen. Am Wochenende ist er in Berlin. Du bleibst doch wie geplant bis nächste Woche?«

»Jetzt auf jeden Fall.« Frederike ließ sich zurück ins warme Badewasser gleiten. »Und heute Abend will ich tanzen gehen. Ist das möglich?«

»Tanzen in Berlin? Nein, das wurde letzte Woche verboten.« Thea lachte, das Lachen perlte aus ihr heraus. »Natürlich können wir tanzen gehen.«

»Charleston? Den Shimmy? Können wir Jazz hören? Ich liebe Jazz.«

»Freddy – so kenne ich dich ja gar nicht, so hungrig. Aber natürlich können wir tanzen gehen. Und auch Shimmy und Charleston. Warum auch nicht?«

»Onkel Erik sagt, dass es eine Verordnung gegen fremdrassige Einflüsse gibt und kein Jazz mehr gespielt werden darf. Und nach der Musik darf man auch nicht mehr tanzen. Alles, was mit Negern zu tun hat, ist verboten.«

»Stimmt.« Thea lachte laut auf. »Aber es hält sich keiner daran. Genauso wenig wie an den Unzuchtparagraphen. Wir sind in Berlin, und hier ist erlaubt, was gefällt. Also – genieß dein Bad. Danach gibt es einen Imbiss, und dann machen wir das Nachtleben unsicher. Ich finde das knorke! Phänomenal. Dass ich das noch einmal mit meiner gesetzten und verheirateten Freundin Frederike erleben darf, himmlisch!« Sie stand auf, prostete ihrer Freundin zu.

Der kleine Imbiss bestand aus Lachshäppchen, Kaviar und Gurkensandwiches. Es gab auch ein wenig heiße Tomatensuppe. Frederike war ausgehungert. Seit dem Frühstück hatte sie nichts mehr gegessen. Eigentlich hatte ihr Schneider ein Essenspaket für die Fahrt mitgeben wollen, doch wegen ihres überhasteten Aufbruchs war es nicht dazu gekommen. Frederike hatte sich noch nicht einmal von den Leuten verabschieden können, und das tat ihr bitter weh.

»Tanzen. Wir gehen tanzen.« Thea hatte sich in Schale geworfen und musterte Frederike. »Du siehst umwerfend aus. Très chic, wo hast du denn das Kleid her?«

Frederike trug ein Kleid aus weißer Seide, mit kurzen Flügelvolants an den Schultern. Es war eng auf Taille geschnitten und lief tulpenförmig aus – mit Volants ab dem Knie.

»Ich habe es mir in Davos anfertigen lassen. Aber du ...« Frederike stockte der Atem. »Das ist ja die Wucht.«

Theas Kleid war bodenlang und geschlitzt. Es war aus blauem Samt und ohne Ärmel.

»Dein Kleid ist unsagbar schön. So etwas bekommt man also in Davos? Da lohnt es sich ja fast.« Thea senkte beschämt den Kopf. »So habe ich das nicht gemeint. Es ist schrecklich, dass Ax so krank ist, und hoffentlich geht es ihm bald besser.«

»Das wollen wir alle wirklich hoffen.«

»Du willst nicht darüber reden, oder?«

Frederike holte tief Luft. »Es gibt nicht viel zu sagen. Er hat Schwindsucht, Tuberkulose. Das hatte er wohl schon als Kind, aber damals konnte es geheilt werden. Nun ist die Krankheit wieder ausgebrochen. Offene Tuberkulose im Moment. Sein Zustand bessert sich, aber ob er geheilt werden kann, wissen die Ärzte noch nicht. Sie sehen es zuversichtlich. Wenn es ihm bessergeht, kann er im Sommer nach Hause kommen.« Frederike schüttelte den Kopf. »Ich weiß nicht, was ich denken soll. Ich habe einen kranken Mann geheiratet, und meine Ehe ist bisher eine Farce.«

»Aber du liebst ihn?«

»Ich liebe Ax, so wie ich ihn kennengelernt habe – ja, er war älter, aber demnach auch lebenserfahrener und so … gütig. Er war reifer, und ich dachte, ich könnte mich einfach in seine weit geöffneten Arme fallen lassen und lernen, was das Leben so bietet. Er würde mir alles zeigen. Und nach und nach könnte ich Aufgaben übernehmen.« Frederike schluckte. »Aber so war es dann nicht. Ich habe ihn geheiratet, und er war krank. In der Hochzeitsnacht ist er zusammengebrochen und damit auch all unsere Pläne und Träume.« Sie lachte bitter auf. »Und jetzt stehe ich da und soll alles alleine machen. Das kann ich nicht.«

»Was musst du alleine machen?«, fragte Thea leise.

»Das Gut führen, Entscheidungen treffen, ich soll sogar festlegen, wann die Burschen das Torfklo leeren. Was weiß ich denn davon?«

»Grundgütiger.« Thea füllte noch einmal die Champagnertulpen. »Cheers. Lass uns alle Sorgen in den nächsten Stunden vergessen.«

»Ein guter Plan.« Frederike nahm das Glas und leerte es. »Cheers!«

»Und jetzt stürzen wir uns ins Nachtleben. Zuerst gehen wir essen und danach tanzen. Ich hoffe, deine Schuhe sind bequem, vor morgen früh werden wir nicht zu Hause sein.«

»Liebe Güte, so etwas habe ich noch nie gemacht.« Frederike kicherte.

»Ich weiß, und deshalb wird es höchste Zeit. Es kann ja nicht sein, dass du auf diesem Gut in Polen verwest, lange bevor du gestorben bist.«

Sie nahmen ihre Jacken. Der Chauffeur hatte den Wagen schon vorgefahren.

Frederike starrte auf die Straßen, auf denen es nur so wimmelte. Überall fuhren Automobile, dazwischen Pferdefuhrwerke und Motorräder. Mancher Fahrradfahrer schlängelte sich halsbrecherisch zwischen den Fahrzeugen hindurch. Aber auch die Bürgersteige waren reichlich gefüllt.

»Was machen die Menschen alle um diese Uhrzeit auf der Straße?«, fragte sie verblüfft.

»Die eine Hälfte hat jetzt Feierabend und geht nach Hause, die andere stürzt sich ins Nachtleben.« Thea lachte. »Das war letztes Jahr schon so, meine Süße. Und auch in den Jahren davor.«

»Darauf habe ich nie so geachtet. Letztes Jahr war ich immer nur dann in Berlin und im Reich, wenn es etwas für die Hochzeit zu organisieren gab – die Aussteuer, mein Kleid. Ich weiß, wir sind zweimal in einem Club gewesen, aber ich hatte vergessen, wie trubelig es hier ist.«

»Eine Weltstadt. Fast wie Paris oder New York.«

»Ich war weder in Paris geschweige denn in New York bisher. Noch nicht einmal bis Venedig bin ich gekommen«, sagte Frederike traurig.

»Eure Hochzeitsreise? Ich bin zuversichtlich, dass ihr sie nachholen könnt. Wenn Ax erst einmal im Sommer nach Hause kommt, geht es bestimmt aufwärts«, versuchte Thea sie zu trösten.

»Lass uns lieber über deinen Beau sprechen.«

»Mein Beau – wie das klingt. Wir sind noch nicht verlobt. Aber ich hoffe, das wird bald geschehen.«

»Kennst du seine Familie schon?«

»Seine Brüder. Sie treten oft im Dreierpack auf. Und dann sind sie äußerst amüsant. Seine Eltern lerne ich demnächst kennen. Wahrscheinlich hängt es von meinem Eindruck bei ihnen ab, ob er sich mir erklärt oder nicht.«

»Das wirst du schon meistern.«

»Ich werde mich zumindest redlich bemühen.« Sie lächelte verschmitzt.

Der Chauffeur ließ sie am Pariser Platz heraus.

»Ich habe zu Ehren des Abends einen Tisch im Adlon für uns bestellt«, sagte Thea.

»Bist du wahnsinnig?«

»Nein. Papa zahlt.« Thea lachte und hakte sich bei ihrer Freundin unter. »Meine Eltern sind gerade in Amerika unterwegs. Aber Papa hat mir gekabelt, dass ich dich nach Strich und Faden verwöhnen soll. Auch ihnen tut es so leid, was mit Ax ist.«

»Allen, nur meiner Mutter nicht.«

»Das kann ich gar nicht glauben. Nach dem Essen gehen wir ein wenig flanieren – wir werden ganz sicher einen Club finden. Und danach den nächsten. Und sollte nirgendwo etwas los sein, gehen wir eben ins Regina.«

»In den Tanzpalast? Da war ich einmal letztes Jahr zusammen mit Fritz und einem seiner Freunde.«

»Vielleicht treffen wir Fritz sogar. Ich habe ihn öfter in der Stadt gesehen in den letzten Monaten.«

Frederike blieb stehen. »Daran habe ich gar nicht gedacht. Natürlich. Er studiert ja hier. Ich habe ihn lange nicht gesehen. Weihnachten war ich nicht auf Fennhusen, sondern in Davos …«

»Wie es sich für eine ordentliche Ehefrau gehört. Nun komm, ich sterbe vor Hunger.« Thea zog ihre Freundin mit sich.

Im Adlon wurden sie schon erwartet. Das Essen war phantastisch, und immer wieder musterte Frederike die anderen Gäste. Ihr fiel gar nicht auf, dass sie genauso gemustert wurde, was nicht nur an ihrem eleganten Kleid lag. Sie hatte sich verändert. Durch die Sorge und die Last, die sie zu tragen hatte, war sie reifer und erwachsener geworden – und das strahlte sie auch aus. Sie wirkte so, als würde sie in sich ruhen, was allerdings nicht stimmte.

Doch Thea bemerkte die Blicke der anderen verblüfft. Sie beobachtete ihre Freundin, aber was für die anderen reif aussah, war im Grunde nur Resignation. Ihr tat Frederike leid, und sie schwor sich, alles daranzusetzen, um Frederike aufzumuntern.

Nach dem Essen gingen sie über die Allee und Unter den Linden entlang. Trotz der späten Stunde war immer noch viel los auf den Straßen. Sie bogen in die Friedrichstraße ein und schlenderten in aller Ruhe bis zur Chausseestraße, wo schon bald die lauten Klänge eines Kontrabasses und einer Trompete bis auf die Straße drangen. Unzählige Clubs reihten sich dort aneinander.

»Hier ist es lustig«, sagte Thea. »Hier fangen wir an!«

Es wurde tatsächlich eine lange Nacht. Aber zum ersten Mal seit langer Zeit vergaß Frederike ihre Sorgen und Ängste. Sie tanzte, sie steppte, sie trank und sie flirtete, als wäre sie nicht verheiratet. Es tat ihr gut, Aufmerksamkeit zu bekommen. Die Musik, der Krach und sicherlich auch der Champagner und Gin, die in Strömen flossen, taten ihr Übriges, um Frederike vergessen zu lassen.

Es dämmerte schon, als sie sich mit dem Taxi zurück zu dem Haus der von Larum-Stils bringen ließen.

»O Gott«, seufzte Frederike, als sie aus dem Taxi stieg, und hielt sich an ihrer Freundin fest. »Alles schwankt und dreht sich.«

»Du bist betrunken. Ich auch. Das macht aber nichts, das muss so sein.« Sie bezahlte das Taxi und führte Frederike zum Haus. Zuerst hatte sie Schwierigkeiten, den Schlüssel ins Schloss zu stecken, aber endlich gelang es ihr. »Will…ste nochwas essen?«, nuschelte sie und gähnte. »De Köchin hat beschtimmt nochwas da.«

»Bett. Ich will nur ins Bett.« Frederike griff nach dem Treppengeländer, zog sich langsam hoch. »Das war phä-no-me-nal! Danke, Süße!«

Kapitel 6

Es war lange nach Mittag, als Frederike mit Kopfschmerzen erwachte. Das Mädchen, sittsam gekleidet und mit einer weißen, gerüschten Schürze, stand neben ihrem Bett. »Guten … Morgen«, sagte es leise und unterdrückte ein Grinsen. »Das gnädige Fräulein hat mich beauftragt, Ihnen Wasser, Kaffee und Aspirin zu bringen.« Sie wies auf das Tablett, das auf dem Nachttisch stand. »Wenn Sie noch etwas möchten oder Hilfe brauchen, klingeln Sie bitte.« Sie ging zum Fenster und zog die Vorhänge zur Seite. Das helle Sonnenlicht fiel in das Zimmer.

»Mach das zu, bitte, mach es wieder zu«, stöhnte Frederike und trank hastig von dem Wasser. Ihr Mund fühlte sich an, als wäre dort der alte Pelzkragen von Tante Edeltraut statt einer Zunge. Sie nahm die Aspirin, schluckte sie herunter, spülte mit einem Schluck des starken Kaffees nach und musste würgen. Schnell ließ sie sich zurück in das Kissen fallen. Das Zimmermädchen hatte das Zimmer verlassen, ohne die Vorhänge zuzuziehen. Stattdessen hatte sie auch noch den einen Flügel des Fensters geöffnet. Der Lärm der Straße drang zusammen mit der kühlen Luft des Frühlingstages in das Zimmer, hämmerte an Frederikes Schläfen.

Sie schloss die Augen, aber das machte es nicht besser. Im Gegenteil, immer noch schien sich alles zu drehen und das Zimmer zu schwanken. Dazu die schier mörderischen Kopfschmerzen und das grässliche Gefühl, in der letzten Nacht Dinge gemacht zu haben, die sich nicht schickten.

Frederike konzentrierte sich auf einen feinen Riss in der Stuckdecke. Das Zimmer hörte allmählich auf zu schwanken, und sie konnte sich sogar hinsetzen. Das Wasser hatte sie bald ausgetrunken, den bitteren Kaffee auch, aber ihr Mund glich immer noch der Sahara.

Entweder ich stehe auf, dachte sie, oder ich muss klingeln. Oder beides. Sie entschloss sich, erst einmal zu klingeln und um eine weitere Karaffe Wasser zu bitten.

Und um ein Bad.

Danach ging es ihr besser. Langsam knurrte ihr auch der Magen, der allerdings noch sehr empfindlich war.

»Im Salon steht Frühstück, Gnädigste«, sagte das Mädchen mit einem verstehenden Lächeln.

Sehr vorsichtig ging Frederike die Treppe hinunter, doch jeder Schritt wurde fester und sicherer.

Im Salon lag Thea auf der Chaiselongue, ein Glas mit einer trüben Flüssigkeit in der Hand. Sie hob es hoch, schwenkte es, das Klirren von Eiswürfeln war zu hören. »Bitter Lemon, ich schwöre darauf. Steht auf der Anrichte. Da sind auch eingelegte Heringe, Spreewaldgurken und Rührei mit extra viel Salz. Außerdem Schwarzbrot.«

»Eure Köchin weiß, was gut ist«, sagte Frederike und schenkte sich ein Glas mit der bitteren, chininhaltigen Limonade ein, tat Eiswürfel hinzu. »Halleluja, was für eine Nacht. Muss ich mich für irgendetwas schämen?«

Thea dachte nach. »Ich glaube nicht. Und ich?«

»Um ehrlich zu sein, kann ich mich nicht erinnern.« Frederike setzte sich. »Das machen wir nie wieder.«

»Natürlich machen wir das wieder. Wir sind jung, wir sind in Berlin.« Thea setzte sich auf. »Du hast niemanden umgebracht, du hast niemanden in Verlegenheit gebracht, du hattest Spaß. Den hattest du doch?«

»Ich glaube schon. Soweit ich mich erinnere.« Frederike verzog das Gesicht. »Aber ich war noch nie in meinem Leben derart betrunken und möchte es auch nie wieder sein.«

»Das kann man ja einschränken. Heute Abend haben wir Gesellschaft, da wird es ein wenig ›gesitteter‹ zugehen.«

»Gesellschaft?«

»Ich habe deinen Bruder angerufen. Er hat heute Abend noch nichts vor. Er wird wohl einen Freund mitbringen, und wir gehen gemeinsam aus.«

»Fritz?« Frederike strahlte. »Das ist wunderbar. Aber bitte halte mich davon ab, Alkohol zu trinken.«

»Niemals. Wann, wenn nicht jetzt, Freddy? Aber aus Erfahrung weiß ich, dass du heute nicht viel trinken wirst. Zwei Tage, dann bist du wieder bereit dafür.«

»Nein, nie wieder Alkohol.«

Thea lachte auf. »Wir werden sehen.«

»Ich studiere Luftfahrttechnik«, erklärte Fritz. Sie hatten sich in einem kleinen Lokal getroffen, in dem Fritz einen Tisch bestellt hatte. »Ich bin dabei, meinen Pilotenschein zu machen«, sagte er stolz.

»Und dann?«, fragte Frederike schockiert. »Du willst als Pilot arbeiten?«

»Als Luft-Hansel.« Thea lachte. »Ich bin schon vier Mal geflogen. Inzwischen gibt es ja einige Linienflüge. Es ist so aufregend!«

»Die Lufthansa ist zwar großartig«, sagte Fritz, er klang aber abfällig, »doch das ist nicht das, was ich will. Ich will Flugzeuge entwickeln und testen.« Seine Augen leuchteten.

»Das klingt großartig. Freddy, dein Bruder wird Testpilot und entwickelt Flugzeuge, ist das nicht knorke?«

»Hast du keine Angst?«, fragte Frederike und nahm noch etwas Brot nach. Als sie in das Lokal gekommen waren, hatten Fritz und sein Freund schon gewartet. Das lag am irrwitzigen Verkehr – eine Droschke war umgekippt, und dahinter hatten sich die anderen Vehikel gestaut, auch das Automobil der Familie von Larum-Stil, in dem Frederike und Thea saßen. Der Chauffeur fluchte wie der Kutscher auf Fennhusen, und Frederike kam aus dem Lachen nicht heraus.

»Wenn ich gewusst hätte, dass alles so ist wie zu Hause, nur größer und voller, wäre ich schon längst öfter bei dir gewesen. Der Gedanke an die große Stadt hat mich immer geängstigt.«

»Dabei ist Berlin wie ein Dorf. Aber wie meinst du das?«

»Letztens wollte ich zum Bahnhof, und da ist Bauer Kaluschkes Karren umgekippt, und wir standen dahinter und mussten warten. Ich habe mich dann – also zwei Stunden später, nachdem all der Dung von der Straße war – direkt nach Posen bringen lassen. Das waren zwei Stunden mehr zu fahren, aber immerhin musste ich dann nicht mehr umsteigen.«

Doch schließlich hatten sie das Lokal endlich erreicht. Fritz hatte einen Freund mitgebracht, und als Frederike ihn sah, klopfte ihr Herz. Es war Rudolph von Hauptberge. Sie hatte ihn vor zwei Jahren kennengelernt und eine lockere Brieffreundschaft gepflegt. Rudolph war witzig, gescheit und amüsant gewesen. Irgendwann war ihre Korrespondenz eingeschlafen. Zu der Zeit hatte sich Frederike für Ax entschieden und seinen Antrag angenommen.

»Freddy …« Rudolph sah sie überrascht an. »Ich dachte, deine Schwester kommt …«, sagte er zu Fritz.

»Freddy ist meine Schwester.« Fritz lachte. »Du hast Gerta erwartet?«

»Keine Ahnung. Verzeihung.« Rudolph räusperte sich. »Ich bin unglaublich unhöflich.«

»In der Tat.« Thea gab Fritz die Hand, ignorierte Rudolph und setzte sich. »Wir hatten Pech, eine Droschke war umgekippt, und wir kamen nicht durch. Deshalb haben wir uns verspätet. Und jetzt brauche ich dringend einen Drink.«

Frederike blieb stehen, Rudolph hatte sie noch nicht begrüßt. Sie sah ihn an.

»Rudolph?«

»Frederike.« Er biss sich auf die Lippe, streckte ihr die Hand entgegen. »Meine Güte, das ist ewig her.«

»Das sagen meine Eltern, wenn sie Leute treffen, die sie vor dem großen Krieg das letzte Mal gesehen haben.« Frederike lächelte. »Unser letztes Treffen war vor zwei Jahren.«

»Zwei Jahre? Weißt du das genau?« Rudolph setzte sich und wirkte unsicher.

»Ja. Du nicht?« Auch Frederike setzte sich und lächelte ihn an.

»Ich habe deinen letzten Brief am 25. August 1928 bekommen.« Er schaute zu Boden. »Und ich habe ihn nicht beantwortet.«

»Das stimmt.«

»Ich habe den Brief noch. Bald darauf hörte ich, dass du dich verlobt hast, und dann hast du geheiratet.«

Sie saßen sich gegenüber, schauten sich an, ihre Blicke trafen sich. Vor zwei Jahren, als sie Rudolph das erste Mal getroffen hatte, war er faszinierend gewesen – jung, lebenshungrig und neugierig. Er hatte keine festen Ziele, trieb eher durch das Leben. Rudolph war das komplette Gegenteil von Ax, der ein gestandener Mann war und wusste, was er wollte.

Dennoch erinnerte Frederike sich an die Gefühle, zart, wie eine junge Pflanze, die sie für ihn empfunden hatte. Und nun saß er vor ihr, lächelte sie an.

»Wie geht es dir?«, fragte er zögernd.

»Das ahnst du nicht?«

»Du bist verheiratet.« Rudolph schaute sich um. »Ist dein Mann auch hier? Kommt er noch?«

»Das ist doch nicht zu fassen«, zischte Thea. »Der Gipfel der Unhöflichkeit.«

»Ruhig, Thea, ruhig«, sagte Fritz und hob die Hände. »Rudolph war lange in Amerika und ist gerade erst zurückgekommen.«

»Was hast du in Amerika gemacht?«, fragte Frederike.

»Landwirtschaft. Ich soll das Gut der Familie in Schlesien übernehmen und habe die neusten Methoden studiert. Es ist irre, was es heute für Möglichkeiten gibt, wenn man die richtigen Maschinen einsetzt.« Er schien für das Thema zu glühen.

»Ja, der Fortschritt ist enorm. Alles entwickelt sich so schnell«, sagte auch Fritz.

»Wir sollten dennoch etwas zu essen bestellen und vor allem etwas zu trinken. Meine Kehle ist trocken wie die Wüste Gobi.« Thea lachte.

»Mir reicht Wasser«, winkte Frederike ab.

Sie hatten einen wunderbaren, einen fröhlichen Abend. Frederike hatte lange nicht mehr so viel gelacht. Als sie im Bett lag, dachte sie darüber nach. Es war so anders gewesen als zuvor. Gestern war sie mit Thea aus gewesen, hatte getrunken, getanzt – alles, als gäbe es kein Morgen mehr.

Sie hatte vergessen, sich betäuben wollen. Ihr Kummer, das Gefühl, in einer Falle zu sitzen und keinen Ausweg zu sehen, war in den letzten Wochen und Monaten immer stärker geworden. Die Liebe, die sie Ax gegenüber empfunden hatte, war zu Mitleid geworden. Er tat ihr leid, ganz sicher tat er ihr leid, und sie hatte immer noch tiefe Gefühle für ihn. Aber die romantische Liebe war verschwunden. Ax bot ihr keine starke Schulter, an die sie sich anlehnen konnte – im Gegenteil, er brauchte ihre Unterstützung. Sie musste nicht nur das Gut führen, Entscheidungen treffen, mit den Ärzten reden, sondern sollte gleichzeitig auch noch seine emotionale Stütze sein und ihn aufbauen und ihm Zuversicht geben. Eine Zuversicht, die sie nicht empfand.

Dennoch täuschte sie es vor, alleine schon, um ihn nicht im Stich zu lassen und ihm Hoffnung zu geben. Doch es war niemand für sie da. Noch nie zuvor hatte sie sich so einsam und alleine gefühlt wie im Moment.

Und deshalb war dieser Abend auch so seltsam und so besonders, sie hatte gar nicht – oder nur kaum – an Ax gedacht. Sie hatte mit Fritz gelacht, seinen spannenden Geschichten gelauscht, hatte mit Rudolph diskutiert und mit Thea gescherzt. Es war so wie früher gewesen. So wie vor ihrer Hochzeit, als noch keine Last auf ihren Schultern lag.

Ich bereue die Hochzeit mit Ax nicht, sagte sie sich und kniff die Augen fest zusammen. Ich liebe Ax, und alles wird irgendwann gut werden. Er wird gesund, und wir werden ganz normal leben können. Es dauert nur noch ein bisschen.

Sie belog sich selbst und wusste es, aber das war einfacher, als sich der Wahrheit zu stellen.

»Sehen wir uns morgen?«, hatte Rudolph zum Abschied gefragt. Sie war der Antwort ausgewichen, aber je länger sie darüber nachdachte, umso mehr wollte sie ihn sehen. Es war so schön, die Leichtigkeit zu spüren, mit der Rudolph das Leben nahm.

Das ist nicht gerecht von mir, dachte sie und schaltete das Licht aus. Ax kann schließlich nichts dafür, dass er krank ist.

Mit diesem Gedanken schlief sie ein.

»Herr von Hauptberge hat seine Karte abgegeben«, sagte Thea am nächsten Morgen. »Er möchte dich heute treffen.«

»Davon sprach er gestern schon«, sagte Frederike leichthin und schenkte sich Kaffee ein. Anders als auf Fennhusen, wo es um sieben ein gemeinsames Frühstück gab, wurde bei den von Larum-Stil ein Frühstücksbuffet gereicht. Kaffee stand in einer Warmhaltekanne auf der Anrichte, daneben Brot, frische Brötchen, Butter, verschiedene Sorten Aufschnitt, Räucherfisch und Käse. Rührei und gekochte Eier konnte man frisch aus der Küche bestellen. Frederike fand es herrlich luxuriös.

»Was habt ihr denn vor?«, wollte Thea wie nebenbei wissen und schlug die Zeitung auf.

»Er will mit mir ins Museum. Welche Pläne hattest du für heute?«

»Meine Pläne mit dir beschränken sich auf den Abend. Da habe ich Karten für das Varieté. Davor hast du freien Ausgang.« Thea lächelte. »Wenn du das möchtest.«

»Du kannst mitkommen …«

»Liebelein, ganz sicherlich nicht. Zum einen war ich bestimmt schon zehnmal in der Ausstellung. So interessant es ist, tote ägyptische Könige zu sehen, nach einer Weile gibt es nichts Neues mehr zu entdecken.« Sie zwinkerte Frederike zu. »Zum anderen glaube ich, dass dir dieser Kontakt ganz guttun wird.«

»Wirklich?« Frederike nahm sich ein Brötchen, etwas Aufschnitt und überlegte, ob sie wirklich ein weichgekochtes Ei haben wollte. Sie setzte sich an den Tisch, sah nachdenklich den Eierbecher an, der auf Theas Teller stand.

»Hart? Weich? Oder gerührt, pochiert? Ein Spiegelei?« Thea lachte und klingelte nach dem Mädchen.

»Das ist so viel Aufwand …«

»Dafür werden sie bezahlt. Und sie bekommen mehr Geld als die Leute bei euch auf Fennhusen. Also – Hart? Weich? Rührei?«

»Zwei 5-Minuten-Eier wären ein Träumchen.«

»Dann sollst du sie haben.« Thea gab die Order weiter. »Das war doch gar nicht so schwer, oder?« Sie setzte sich wieder an den Tisch.

»Ich habe trotzdem immer Hemmungen. Soll ich mich wirklich mit Rudolph treffen? Du magst ihn nicht.«

»Pff. Was soll das heißen? Ich fand ihn gestern zu Anfang etwas uncharmant, aber er hat sich anschließend wirklich gebessert. Er hat dich zum Lachen gebracht – und das brauchst du gerade. Also triff dich mit ihm. Du wirst ja nicht gleich eine Affäre mit ihm anfangen.«

»Gott bewahre«, sagte Frederike, der das Brötchen fast im Hals stecken blieb.

»Wobei …«, Thea lachte auf, »… das auch nicht so dramatisch wäre.«

»Doch! Ich könnte Ax nie betrügen.« Frederike schüttelte energisch den Kopf. »Mit jemandem ins Museum zu gehen ist doch noch kein Betrug, oder?«

»Kommt darauf an, was ihr da tut.« Thea lachte wieder. Dann legte sie ihre Hand auf Frederikes Arm. »Mach dir keinen Kopf, Süße. Du hast etwas Freizeit verdient. Und Vergnügen. Ich bin mir sicher, es gibt noch Karten für das Varieté. Soll ich für Rudolph auch eine bestellen? Ich könnte dort anrufen. Und vielleicht will Fritz ja auch mit? Das war gestern sehr lustig mit den beiden.«

»Was würde denn dein Werner dazu sagen?«, fragte Frederike zweifelnd.

»Wenn er in der Stadt wäre, würde ich ihn fragen. Aber das ist er nicht. Leider. Du musst ihn unbedingt kennenlernen, vielleicht klappt das ja am Wochenende. Ansonsten würde er gar nichts dazu sagen, weil er es nicht erfährt. Warum sollte ich schlafende Hunde wecken? Es ist nichts dabei, sich mit anderen Menschen zu treffen, Freddy. Wirklich nicht. Mit dem Ehering hast du nicht automatisch auch Handschellen angelegt bekommen. Ich bin mir sicher, dass Ax möchte, dass du dich zwischendurch amüsierst.«

»Wirklich?«

»Aber ganz bestimmt. Ruf Rudolph an und sag zu.«

»Nun gut, dann mache ich das.«

»Und frag ihn, ob er heute Abend mit in das Varieté will.«

»Nein, Thea, das wäre zu viel.«

»Es ist deine Entscheidung. Was immer du tun willst – du darfst diese Woche bestimmen. Ich finde, das hast du dir verdient.«

»Ich bin so froh, dass du meine Freundin bist«, sagte Frederike und umarmte Thea, dann ging sie in die Diele, wo das Telefon an der Wand hing und rief die Vermittlung an, ließ ein Gespräch zu Rudolph durchstellen.

Zwei Stunden später brachte Theas Chauffeur Frederike zur Museumsinsel. Frederike konnte sich daran erinnern, dass ihre Mutter ein paarmal mit ihnen im Neuen Museum gewesen war – doch das war, bevor sie nach Fennhusen zogen. Damals hatte sie alleine schon der Säulengang vor dem Museum beeindruckt.

»Freddy!« Rudolph schwenkte seine Mütze und kam auf sie zugelaufen. »Ich freue mich, dass du Zeit für mich hast.«

»Ich war ewig nicht mehr hier«, sagte sie. »Zuletzt als Kind. Damals trug Fritz noch kurze Hosen.« Sie reichte Rudolph lächelnd die Hand. »Er ist immer weggelaufen und hat unsere Mutter zur Weißglut getrieben.«

»Dann ist es ja gut, dass er heute nicht dabei ist. Ich glaube nämlich, dass er einige dieser kindischen Verhaltensweisen noch nicht abgelegt hat.«

»Wahrscheinlich wird er das nie.«

Sie verbrachten einen wunderbaren Tag im Museum. Frederike war überrascht, wie viel Rudolph über die Exponate wusste.

»Ich habe hier viel Zeit verbracht«, erklärte er. »Ich hatte mal den Wunsch, Archäologe zu werden. Aber den Zahn hat mein Vater mir schnell gezogen. Dennoch ist es weiterhin mein Steckenpferd.«

»Aber woher weißt du so viel?«

»Ich habe einige Vorlesungen von Gustav Schwantes an der Volkshochschule in Hamburg besucht. Das allerdings darf mein Vater nicht erfahren.« Er grinste verschmitzt.

»Warum nicht? Was hat er dagegen, und weshalb bist du nicht Archäologe geworden?«

»Liebste Freddy, ich bin der älteste Sohn der Familie, und ich habe ein Gut in Schlesien zu führen, wie du doch wohl weißt.«

»Ja.« Frederike senkte den Kopf. »Die Güter. Unser großes Erbe und unser Vermächtnis.« Sie klang verbittert. »Ich wollte immer Ehefrau und Mutter sein. Ich wollte einem Gut vorstehen. Und jetzt bin ich in meinem goldenen Käfig gefangen.«

»Aber dann hast du doch das erreicht, was du immer haben wolltest. Was ist jetzt daran verkehrt?«, fragte Rudolph nachdenklich.

Frederike lachte bitter auf. »Ich bin verheiratet, aber ich habe keinen Mann. Ich werde keine Kinder haben. Ich habe zwar ein ›Erbe‹ zu verwalten, aber es wird niemanden geben, der es erben könnte. Nach meinem Tod fällt das Gut an Ax' Verwandtschaft zurück. Ich werde mein Leben lang für irgendeinen Cousin zweiten oder dritten Grades arbeiten.«

»Sind die Prognosen für deinen Mann wirklich so schlecht?«, fragte Rudolph leise.

»Das weiß man noch nicht. Er befindet sich auf dem Weg der Besserung, aber ganz genesen wird er vermutlich nicht. Dazu kommt, dass er sehr viel älter ist als ich. Aber lass uns bitte nicht mehr über ihn reden, das fühlt sich falsch an.«

»Ich wollte dich nicht traurig machen.« Er nahm ihren Arm. »Sollen wir essen gehen? Ich kenne ein kleines, aber hinreißendes Restaurant gar nicht weit von hier. Bodenständige Küche.«

»Bodenständige Küche … das klingt genau nach dem, was mich jetzt aufheitern würde. Du hast nämlich recht – mein Magen knurrt, und Hunger macht mich trübsinnig.«

»Gut, dann lass uns gehen«, sagte Rudolph fröhlich.

Es war schon später Nachmittag, als Frederike in das Haus der von Larum-Stils zurückkehrte. Thea lag auf dem Sofa und las.

»Nun?«, fragte sie ihre Freundin. »Wann seht ihr euch wieder?«

»Wie kommst du darauf, dass wir uns wiedersehen?« Frederike wurde rot.

»Du strahlst. Ich gehe davon aus, dass ihr einen schönen Tag hattet und das sicherlich wiederholen wollt.« Thea kicherte.

»Wenn das Wetter hält, wollen wir morgen in den Tiergarten. Möchtest du mitkommen?«

»Auf gar keinen Fall.«

Kapitel 7

»Himmelherrgottsakrament!«, schimpfte Erik von Fennhusen als er aus dem Wagen stieg. Es regnete seit einer Woche, und entsprechend schlammig waren die Straßen. »Ihr müsst eure Zufahrt unbedingt aufschottern. Man kommt ja nicht mehr durch.«

Frederike kam ihm mit einem Schirm entgegen. »Schön, dass du da bist, Onkel Erik«, sagte sie, küsste ihn auf die Wange und gab ihm den Schirm. Einen zweiten Schirm hatte sie in der Hand, spannte ihn nun auf und ging zur Beifahrerseite, öffnete die Tür und half Tante Edeltraut aus dem Automobil.

»Liebelein«, stöhnte Tante Edeltraut auf, »mein Bruder kann sein modernes Vehikel loben, wie er will, aber mit dem Zug oder gar mit dem Landauer wäre die Fahrt entschieden bequemer gewesen. Mein Rücken bringt mich um.«

»Im Landauer wärst du gestorben bei dem Wetter«, gab Erik zurück. »Und du hasst lange Zugfahrten.«

»Ich hasse lange Automobilfahrten seit dem heutigen Tag noch mehr. Ich hatte mehrfach mit meinem Leben abgeschlossen, so wie du um die Kurven gerutscht bist.«

»Ich kann ja nichts dafür, dass es hier keine Straßen, sondern nur Schlammwege gibt«, brummte Erik.

»Wollt ihr euren Schlagabtausch nicht drinnen fortsetzen? Am Kaminfeuer?«, fragte Frederike und lachte. »Es ist so schön, euch hierzuhaben. Lore hat extra für euch einige Köstlichkeiten zubereitet.«

»Ich hoffe, Ax hat dir ordentlichen Alkohol gelassen. Ich brauche ein Glas.« Onkel Erik öffnete den Kofferraum, sah sich um. »Hast du keinen Burschen? Soll ich das alleine tragen?«

»Igor! Piotr!«, rief Frederike. Die beiden Burschen kamen um die Ecke geschossen. Sie hatten wohl im Hintereingang gewartet. Schnell griffen sie die Koffer und Taschen und trugen sie zum Haus.

»Du scheinst sie ja doch im Griff zu haben«, murmelte Onkel Erik und stapfte durch die tiefen Pfützen zum Portal. Vier wuchtige, mit Wein bewachsene Säulen, zwei auf jeder Seite, begrenzten den klassizistisch gehaltenen Eingang des Gutshauses, den ein dreieckiger Giebel krönte. Doch niemand bewunderte heute den Anblick des prächtigen Hauses. Der Regen strömte, und an den hölzernen Weinreben, an denen sich gerade die ersten, verzagten Blätter zeigten, lief das Wasser hinab. Es tropfte, es goss, es spritzte. Alles war nass.

Frederike stellte die Schirme aufgespannt auf den Boden vor den Ofen, öffnete die Tür zum kleinen Salon. »Hier ist es gemütlicher als drüben im großen Salon«, erklärte sie. »Und der Raum ist auch leichter zu beheizen.«

»Ich hatte vergessen, wie groß Sobotka ist«, seufzte Tante Edeltraut.

Minna, das erste Dienstmädchen, kam herbei und nahm ihnen die Mäntel ab.

»Was möchtet ihr trinken?«, fragte Frederike leichthin und ging zur Anrichte.

»Einen Bourbon. Wo ist dein erster Diener?« Onkel Erik sah sich erstaunt um. »Sollte er uns nicht die Getränke anbieten und sich um unser Gepäck kümmern?«

»Ich habe ihn gefeuert.« Frederike räusperte sich. »Abgesehen davon, dass ich das Personal drastisch reduzieren muss, um Kosten zu sparen, war er nicht zuverlässig.«

»Das bedeutet?« Tante Edeltraut setzte sich in einen der Sessel am Kamin, streckte ihre Hände dem wärmenden Feuer entgegen.

Frederike schüttelte den Kopf.

»Nun spuck es aus«, sagte Onkel Erik und klang barsch. »Wir sind hier, um dir zu helfen. Aber wir müssen die Fakten kennen.«

»Herrje, er hat geklaut.« Frederike seufzte. »Er sieht das nicht so, sagt, Ax hätte ihm das immer zugestanden – am Anfang habe ich auch nichts gesagt, doch dann wurde es auffällig und immer mehr …«

»Was?« Tante Edeltraut setzte sich auf.

»Alkohol. Und auch Geld.« Frederike senkte den Kopf. »Ich denke, es liegt daran, dass sie mich nicht ernst nehmen. Lore kämpft in der Küche. Sie ist eine hervorragende Köchin, aber ihre Bücher stimmen nie. Es liegt nicht an ihr – aber Wareneingang und Ausgaben haben Defizite.«

»Was sagt Lore dazu?«

»Sie ist verzweifelt und fühlt sich auch nicht ernst genommen. Sie möchte zurück nach Fennhusen.«

»Ein Desaster. Du bist ja kein Backfisch, Freddy«, meinte Onkel Erik ernst. »Du bist eine gestandene Frau und fähig, ein Gut zu führen. Auf Fennhusen hast du es mehr als einmal bewiesen. Aber die Leute müssen zu dir stehen, und hier tun sie es offensichtlich nicht. Es ist gut, dass du den ersten Diener entlassen hast. Wenn der Schludrian erst einmal Einzug gehalten hat, ist es schwer, ihn wieder auszutreiben, aber es ist möglich.«

»Ich muss grundsätzlich etwas ändern, was das Personal angeht, solange Ax nicht hier ist. Die Kosten fressen mich auf. Dieses ganze Haus ist eine Sickergrube, was Ausgaben angeht. Das Geld verschwindet einfach, ohne dass ich weiß, wohin.«

»Und deshalb sind wir da. Ich habe die Bücher, die du mir mitgebracht hattest, geprüft und mit unserem Inspektor durchgesehen. Da sind etliche Ungereimtheiten. Aber jetzt ist sicherlich nicht die richtige Zeit, das alles anzugehen. Das sollten wir auf später verschieben.«

»Oh, es tut mir so leid«, sagte Frederike. »Natürlich. Ihr habt eine lange und anstrengende Fahrt hinter euch. Eure Zimmer sind fertig – in deinem Zimmer, Onkel Erik, steht eine Wanne. Ich lasse sie sofort füllen. Tante Edel, du kannst das Bad benutzen.« Sie klingelte nach dem Mädchen. »Ich hoffe, eure Sachen sind inzwischen ausgepackt. Um halb sieben gibt es Essen.« Sie sah zur Kaminuhr. »Reicht das?«

»Anderthalb Stunden sind durchaus angemessen. Danke, meine Liebe. Du machst das hervorragend.« Onkel Erik schaute in sein inzwischen geleertes Glas. »Darf ich um einen weiteren Drink bitten? Ich habe das Gefühl, dass meine Knochen aus Eis sind.«

Frederike nahm die Karaffe mit dem Bourbon und gab sie ihm.

»Nimm sie mit hoch. Ich lasse mir eine weitere aus dem Vorrat holen.« Dann drehte sie sich zu ihrer Tante um. »Ich habe mir erlaubt, Marillenlikör in dein Zimmer bringen zu lassen. Lore hat ihn letztes Jahr nach Schneiders Rezept angesetzt. Er ist köstlich.«

»Wenn es nach Schneiders Rezept ist, war es nicht anders zu erwarten. Danke, meine Liebe.« Tante Edeltraut stand auf, streckte sich. »Ein heißes Bad wird sicher Wunder wirken.«

»Ich nehme noch gerne ein Glas mit dir.« Erik schenkte sich nach. »Wie war es in Berlin?«

»Es war traumhaft schön. Nicht nur das Wetter.« Frederike lächelte. »Es hat mir sehr gutgetan, aus der Tristesse zwischen Gut und Davos herauszukommen.«

»Das glaube ich gerne.« Erik klang nachdenklich. »Wie ist denn die Stimmung in Berlin? Man hört so allerlei.«

Frederike setzte sich, starrte in das Kaminfeuer. »Es ist anders als früher. Vielleicht sehe ich das auch nur so, weil ich mich verändert habe. Ich bin nicht mehr der Backfisch, der ich vor zwei Jahren war, als wir mein Brautkleid in Berlin haben schneidern lassen.«

»Natürlich hast du dich verändert, aber auch alles andere ist im Wandel.«

»Die Stadt scheint förmlich unter Strom zu stehen. Überall laufen Uniformierte herum – sei es die KPD oder die NSDAP. Und es gibt immer wieder Raufereien, sogar Straßenschlachten.« Frederike schluckte. »Ich war mit Thea im Varieté an einem Abend. Da kam ein Schlägertrupp herein … es war beängstigend.«

»Ist euch etwas passiert?«, fragte Erik besorgt.

»Nein, das nicht. Aber Angst hat es mir schon gemacht. Sie hatten es auf die Transvestiten abgesehen – dabei sind das so lustige Leute, die niemandem etwas zuleide tun.«

»Die NSDAP hat einen enormen Zulauf.« Erik schüttelte den Kopf. »Ich verfolge das mit großer Besorgnis.«

»Die Weimarer Republik ist sicherlich nicht besonders erfolgreich«, meinte Frederike. »Sie wird scheitern, sagt Ax.«

»Im Moment ist die Weimarer Republik die stabilste Demokratie in Europa. Schau dich doch um – in Russland sind die Kommunisten, in Italien die Faschisten. Frankreich ist instabil – die wechseln ihre Regierung wie andere ihre Unterhose.« Erik räusperte sich. »Entschuldigung, Freddy.«

»Aber du bist beunruhigt?«

»Hindenburg ist eigentlich ein Garant für eine sichere Führung. Der alte Mann ist ein Fuchs. Und er würde Ostpreußen nie verraten – im Gegenteil. Aber der Rechtsruck gibt mir zu denken, ganz sicher. Und anders als Ax hoffe ich sehr, dass die Republik noch lange bleibt.«

»Die Reparationszahlungen brechen uns das Genick, meint Ax.«

»Uns, liebe Freddy, nicht. Aber dem kleinen Mann, den Arbeitern und dem Mittelstand. Da hat er schon recht. Brüning tut alles dafür, dass wir aus den Zahlungen entlassen werden, doch ich bezweifle, dass diese Hoffnungen sich erfüllen.« Erik seufzte auf und erhob sich. »Ich lass mal meine trüben Gedanken zurück und freue mich auf eine warme Wanne und ein leckeres Essen.«

»Ich bin so froh, dass du hier bist«, gestand Frederike. Sie ging zu ihm und küsste ihn auf die Wange. »Es bedeutet mir wirklich viel.«

Lore ließ an diesem Abend ordentlich auftragen. Es war ihr ein besonderes Anliegen gewesen, ihren ehemaligen Arbeitgeber exquisit zu verköstigen. Frederike hatte ihr das Haushaltsbudget ein wenig angehoben, und es war extra für den Besuch geschlachtet worden.

Nun gab der Garten noch nicht viel her, und das im feuchten Sand gelagerte Gemüse war schon recht schrumpelig. Nur Giersch und Brennnesseln spross, im Gewächshaus gab es die ersten frischen Salatblätter.

Aber Lore hatte alles darangesetzt, um ein gehobenes Mahl anbieten zu können.

Als Vorspeise gab es eine kräftige Brühe mit Einlage. Immerhin legten die Hennen wieder, wenn auch noch nicht reichlich.

»Das schmeckt wie zu Hause«, lobte Tante Edeltraut. »Vielleicht sogar ein bisschen besser. Ich werde mich morgen mit Lore unterhalten. Die

Suppe hat eine interessante Tiefe – ein etwas anderer Geschmack als die, die Schneider uns serviert. Um ehrlich zu sein, finde ich diese Brühe sogar ein wenig besser. Was meinst du, Erik?«

Erik schaute seine Schwester erstaunt an. »Es schmeckt wie eine Rinderbrühe. Schön kräftig und vor allem heiß. Was meinst du mit Tiefe?«

»Na, da ist noch ein Geschmack … im Abgang nennt man das beim Wein. Es schmeckt köstlich nach Rinderknochen und hat ordentlich Röstaromen, aber da ist noch etwas anderes«, sinnierte Tante Edeltraut.

»Es ist ein Stück Räucherspeck aus der Schwarte, den Lore mitkocht. Dann seiht sie die Suppe ab und entfettet sie. Aber der Geschmack bleibt.«

»Das ist interessant. Ich glaube nicht, dass Schneider das jemals so gemacht hat.«

»Nein. Ich glaube, das war ein Zufallsprodukt. Irgendwann im Winter hat Lore Suppe gekocht und hatte noch dieses Stück Räucherschwarte. Sie hat es einfach dazugegeben, und das hat mir gut gefallen.«

»Wunderbar. Ich werde Schneider davon berichten.«

»Alles, was Schneider nicht selbst einfällt, lehnt sie kategorisch ab«, sagte Frederike amüsiert.

»Sie wird es ausprobieren.«

»Daran besteht jetzt kein Zweifel mehr«, murmelte Erik und zog den Kopf ein.

Nach der Suppe gab es eine Pastete und eben den ersten Salat.

»Das ist Giersch, und das sind doch Brennnesselblätter«, sagte Tante Edeltraut erstaunt. »Das ist köstlich. Und die Salatsoße ist es auch. Warum verwendet Schneider keinen Giersch?«

»Oh, das tut sie. Allerdings nur für die Leute und das Gesinde. Auch die Schnitter bekommen das. Uns hat sie es nie serviert. Ich mag allerdings den bitteren, aber auch frischen Geschmack. Außerdem ist es eine gute Möglichkeit, das Unkraut zu verwerten. Alles irgendwie zu verwerten wurde in Bad Godesberg ganz großgeschrieben.«

»Hast du noch Kontakt zu deinen ehemaligen Mitschülerinnen?«, fragte Onkel Erik.

»Ich korrespondiere häufig mit Annchen und Lottchen Greinsmann. Sie haben uns mit ihrer Mutter und ihrem Bruder Walter einmal auf Fennhusen besucht, erinnerst du dich?«

»Greinsmann – das klingt nicht nach Adel.«

»Sie machen in Eisen und Stahl.«

»Jetzt weiß ich wieder, wen du meinst. Die Mutter war … nun, sagen wir – besonders.«

Frederike lachte. »Die Mutter wird von allen, auch von ihren Kindern, nur ›die Fregatte‹ genannt.«

»Ich kann mich gar nicht erinnern«, sagte Tante Edeltraut nachdenklich. »Fregatte? Kommen sie von der Küste?«

»Nein, aus Bayern. Der Name liegt wohl zum einen an ihrer Frisur, zum anderen an ihrem Wesen«, erklärte Frederike belustigt. »Ich habe vor, sie demnächst zu besuchen.« Dann senkte sie den Kopf. »Allerdings nur, wenn wir das Gut in den Griff bekommen.«

»Mach dir keine Sorgen, Kind«, beruhigte Onkel Erik sie. »Das werden wir. Ich habe einen Plan.«

»Er hat immer einen Plan, und meistens funktioniert er auch«, sagte Tante Edeltraut und wartete gespannt auf den nächsten Gang.

Es gab Kabeljau mit Champignonsoße und Rübenstampf.

»Ganz wie es unsere Schneider macht«, lobte Edeltraut.

Zum Hauptgang wurde Ferkel serviert, dazu die letzten Wurzelgemüse, danach gab es eine Eisbombe und zum Abschluss Käsegebäck.

»Über deine Küche kann man sich nicht beschweren, Freddy. Die ist tadellos.«

»Lore ist eine tolle Köchin, aber sie hat Probleme mit den Leuten und fühlt sich hier nicht wohl. Sie möchte zurück, und dann wäre ich ganz alleine hier …« Frederike kämpfte gegen die Tränen an. »Manchmal gehe ich abends nach unten in die Küche, nur um eine vertraute Stimme zu hören.«

»Du musst deine Kontakte hier pflegen, Freddy. Einen guten Draht zum Personal zu haben ist wichtig, aber du musst die Distanz einhalten. Wirklich.« Tante Edel schenkte sich noch einmal vom Likör nach. »Du hast hier einen sozialen Stand, den du pflegen musst. Ax hat es schon nicht getan in den letzten Jahren. Eure Verlobung zu Silvester und dann die Hochzeit waren die einzigen gesellschaftlichen Veranstaltungen, zu denen er auf Sobotka eingeladen hat.« Sie warf Frederike einen vorwurfsvollen Blick zu.

»Gute Güte, Edel«, lachte Erik auf. »Bevor Steff zu uns nach Fennhusen kam, haben wir zwanzig Jahre keine gesellschaftlichen Veranstaltungen abgehalten. Mach das arme Mädchen nicht verrückt.«

Frederike stand auf und nahm ihr Glas. »Wollen wir noch einen Schluck in der Bibliothek nehmen? Dann können die Leute abräumen.«

Erik nickte ihr dankbar zu.

»Ich würde lieber zu Bett gehen.« Edeltraut nickte ihnen zu. »Wir haben morgen sicherlich genug zu tun.«

»Das Gespräch mit Freddy und dem Inspektor geht vor. Danach kannst du dich mit ihr um die Leute kümmern.«

Der Blick, den Edeltraut ihrem Bruder zuwarf, war lang und eisig. »Natürlich geht der Inspektor vor. Und wenn ich mit den Leuten geredet habe, kannst du ja mit Freddy die Gesellschaften planen.«

»Gute Nacht, Edel«, sagte Erik und klang erschöpft. Er wartete, bis sie die Tür hinter sich geschlossen hatte, sah dann Frederike an. »Es tut mir leid.«

»Lass uns hinübergehen«, schlug Frederike vor. »Ich dachte eigentlich, dass Mutter und Tante Edel sich verstehen und gemeinsam den Haushalt verwalten.«

»Das war so, aber seit einiger Zeit hat es sich geändert. Stefanie hat sich geändert.«

Frederike rückte die beiden Sessel in der Bibliothek an den Kamin, füllte Eriks Glas.

»Trinkst du nichts?«, fragte Erik.

»Doch, ich mixe mir einen Martini. Ich habe nur Wein zum Essen getrunken.«

»Keinen Gin-Fizz?« Erik lächelte. »Ich weiß, dass es immer dein Lieblingsgetränk war.«

»Und Mutter trank am liebsten einen Sidecar, Tante Edel nur Likör und Tante Martha Bloody Mary.« Frederike lachte leise. »Ich mag immer noch Gin-Fizz, aber wir haben hier oben kein Eis, und ich möchte nicht klingeln.«

»Warum?« Erik kniff die Augen zusammen.

»Weil … es ihnen Mühe macht, schätze ich.«

»Freddy, du solltest jetzt läuten und dir Eis, Zitrone und Soda bringen lassen. Du bezahlst die Leute dafür, dass sie diese Dinge tun. Es ist schön, dass du an sie denkst und sie nicht überfordern willst, aber es ist tatsächlich ihre Aufgabe, es zu tun. Du willst einen Gin-Fizz? Dann lass dir die Zutaten kommen. Ihr werdet nach diesem Winter sicherlich noch Eis haben.«

»Natürlich haben wir Eis.« Frederike wusste, dass Erik recht hatte. Sie wollte sich weder bei den Leuten anbiedern noch sie schonen, aber sie wollte sie auch nicht über Gebühr beanspruchen. Einen goldenen Mittelweg zu finden, war gar nicht so einfach, hatte sie erfahren. Wahrscheinlich gab es so was gar nicht. Stefanie, Frederikes Mutter, hatte sich darüber nie Gedanken gemacht. Sie zog einfach den Klingelzug und verlangte nach Eis.

Frederike ging zur Tür, zog an der Klingel. Frans, der alte Diener, kam kurze Zeit später.

»Ich hätte gerne einen Gin-Fizz«, sagte Frederike und versuchte ihrer Stimme die nötige Kraft zu geben.

»Eis, Soda, Zitronensaft. Sehr wohl, Gnädigste.« Frans nickte.

»So schwer war das doch gar nicht.« Erik lächelte ihr zu und reichte ihr die Hand. »Komm, wir setzen uns.«

»Doch, es war schwer«, sagte Frederike leise.

»Aber du musst es lernen und machen. Die Leute wissen, dass du Hemmungen hast, und deshalb tanzen sie dir auf der Nase herum.« Erik setzte sich, streckte die Beine aus.

»Ja, ich weiß, dass das eins meiner Probleme ist.«

»Und die anderen sind?«

»Die Finanzen. Ax … mein Leben …«

»Du bist Anfang zwanzig. Wer weiß, was dir das Leben noch zu bieten hat.«

»Ich bin verheiratet, aber ich führe keine Ehe, Onkel Erik. Und das werde ich wahrscheinlich nie.« Frederike räusperte sich. »Wieso hat Mutter sich verändert?«

Erik holte tief Luft. »Ich wünschte, ich wüsste es. Vielleicht ist es der Druck, sieben Kinder zu haben. Gut, du bist versorgt – aber Gerta scheint schwerer krank zu sein, als wir dachten.«

»Das wusste ich gar nicht. Ich habe mich nur gewundert, dass sie meine Briefe nicht beantwortet. Ist sie immer noch auf der Kurischen Nehrung?«

»Ja, aber nächste Woche fährt sie zu einem Spezialisten nach Berlin. Steff wird sie begleiten.«

»Was ist es denn?«

»Frag mich etwas Leichteres – du weißt doch, ich verstehe solche Frauensachen nicht. Sie hat eine seltsame Krankheit.«

Frans klopfte und brachte die Getränke. »Soll ich Ihnen den Drink mixen, Gnädigste?«, fragte er.

»Danke, Frans, das mache ich selbst.« Sie nickte ihm zu.

»Brauchen Sie sonst noch etwas, Gnädigste?«

Frederike schaute zu Erik, er schüttelte den Kopf.

»Danke, wir sind versorgt.«

»Falls etwas ist, klingeln Sie.« Frans dreht sich um und ging.

»Wer ist er? Er sieht älter aus als Gerulis«, fragte Erik.

»Er war früher auf dem Nachbargut angestellt. Es ist auch nur eine Notlösung. Ich muss wirklich überlegen, was ich noch an Personal brauche. Manchmal überlege ich, in eins der Gesindehäuser zu ziehen und das große Haus ganz zu schließen.«

»Grundgütiger, Freddy. An so etwas darfst du noch nicht einmal im Schlaf denken. Du bist eine ostpreußische Gutsherrin und solltest etwas mehr Stolz und Rückgrat beweisen. Es gibt immer mal wieder schwierige Zeiten im Leben, aber es ist nie das Ende. Frag deine Mutter, sie hat schwere Zeiten hinter sich.«

Frederike verdrehte die Augen. »Mutter ist gerade ein rotes Tuch für mich.«

»Ja, das weiß ich. Aber vielleicht überdenkst du deine Sicht noch einmal. Sie stand zweimal ohne Mann, aber mit Kindern da. Das ist für eine Frau nicht einfach. Aber sie hat es gemeistert.«

Frederike stand auf, mixte sich einen Gin-Fizz, schenkte Erik noch einmal nach. »Hast du dir nie überlegt, dass du vielleicht ihr Notnagel warst?«, fragte sie dann leise.

Erik nahm das Glas, sah in die prasselnden Flammen des Kaminfeuers, immer noch heulte der Wind um das Haus, und der Regen tropfte kontinuierlich. »Ich könnte jetzt entrüstet sein, dass du so etwas ansprichst, dass du so etwas überhaupt denkst. So solltest du nicht über deine Mutter denken – es ist abwertend. Und es macht mich ein wenig traurig, dass du solche Gedanken über mich hast. Denn sie werten auch mich ab.«

Frederike biss sich auf die Lippen.

»Aber ich bin dir nicht böse, und ja, tatsächlich ist mir der Gedanke schon vor unserer Hochzeit gekommen. Steff brauchte jemanden, der sie und die Kinder versorgte. Mit mir als Ehegatten hatte sie zumindest zwei Kindern ein Erbe verschafft, denn wir sind eine Familie.«

Frederike setzte sich wieder, schaute Erik an. Er lächelte.

»Was du aber nicht weißt, ist, dass ich schon immer unsterblich in deine Mutter verliebt war, schon als sie Gertas und Fritz' Vater heiratete. Ich war so eifersüchtig auf meinen Cousin, der auch mein Ziehbruder war, du wirst es nicht glauben. Wochenlang habe ich mich in meinem Zimmer eingeschlossen und Absinth getrunken.«

»Onkel Erik!«

»Ja, das war so. Wirklich. Nun gut, ich konnte Steff nicht haben, also meldete ich mich bei der Armee, als der große Krieg ausbrach …«

»Du warst bei der Armee? Das wusste ich nicht.«

»Nein, war ich nicht.« Er lachte auf. »Ich wurde nicht genommen, weil ich das Gut in Fennhusen schon damals führte. Wir hatten kriegswichtige Güter – nämlich Weizen, Roggen und natürlich die Pferde. Mein Cousin, der zweite Mann deiner Mutter, wurde anstandslos aufgenommen. Drei

Monate lang war mein Neid noch grüner und größer. Er hatte alles, was ich mir erträumte. Dann ist er gefallen.« Onkel Eriks Stimme wurde leise.

»Danach wurde ich demütiger«, fuhr er fort. »Ich war ja gut mit Steff bekannt, fuhr öfters ins Reich und habe sie und euch besucht, habe versucht, unauffällig Dinge zu übernehmen, die ihr Mann ansonsten gemacht hätte. Ich habe euch unterstützt, euch auf das Gut eingeladen, habe auch Rechnungen übernommen … ich habe deine Mutter umworben, nicht sie mich.«

»Das wusste ich nicht.«

Erik nickte. »Deshalb erzähle ich es dir. Es hat lange gedauert, bis deine Mutter auf mein Werben eingegangen ist. Wir haben viel Zeit miteinander verbracht, haben viel geredet. Ihr ging es immer um euch – um ihre Kinder. Und dabei auch gerade um dich. Sie hatte Sorge, dass du nicht richtig behandelt wirst, weil du keine von Fennhusen bist – aber ich glaube, da müssen wir uns im Nachhinein keine Vorwürfe machen.«

»Nein.« Frederike schüttelte den Kopf. »Auf keinen Fall. Ich habe mich immer als Teil der Familie gefühlt.« Sie seufzte. »Bis zu meiner … Verlobungszeit. Oder auch schon davor. Ich hatte das Gefühl, auf dem Viehmarkt zu sein. Erst bekam ich das Pferd, dann den Hund. Und dann wurden die Jagden veranstaltet. Ich wurde präsentiert, und nein, es war nicht aufregend und schön – es war beängstigend.«

»Aber du liebst Ax doch?«

»Auf jeden Fall liebe ich den Mann, den ich geheiratet habe – aber der ist er nicht mehr. Ax hat sich so verändert, seit er in Davos ist. Ich verstehe es – er ist krank, er ist schwach … er macht sich Sorgen um seine Zukunft, sein Leben. Das alles verstehe ich. Aber ich glaube nicht, dass er mich versteht, geschweige denn, dass er sich Gedanken über mich macht.«

»Grundgütiger.« Erik nahm Frederikes Glas, ging zur Anrichte, mixte ihr einen weiteren Gin-Fizz. »Das wusste ich so nicht. Ja, er ist krank, sehr krank – aber wie allein er dich lässt, überrascht mich. Ich kenne Ax, seit er klein war. Mit seinem Vater war ich immer gut befreundet. Für mich war er eine Art Ziehsohn. Doch seit eurer Hochzeit und seiner Verlegung nach Davos habe ich nur zwei Postkarten von ihm bekommen. Meine

Briefe hat er nicht beantwortet. Ich nahm an, das wäre seinem Gesundheitszustand geschuldet.«

»Das ist auch richtig so – Ax ist zu schwach, irgendetwas zu tun, und sei es, einen Brief zu schreiben.«

»Ich sollte auch nach Davos fahren«, sagte Erik nachdenklich.

»Und was würde das bringen?« Frederike lachte trocken.

»Ich könnte mit ihm reden, ihm sagen, wie es dir hier ergeht und dass du ihn brauchst.«

»Um Gottes willen, Onkel Erik, das darfst du nicht tun. Ax kämpft um sein Leben. Wenn du ihm jetzt noch ein schlechtes Gewissen machst, wird es nicht besser, sondern schlimmer. Er liebt mich.«

»Liebst du ihn?«

Frederike überlegte. »Ja«, sagte sie dann zögernd.

Kapitel 8

»Die Zustände sind nicht tragbar«, sagte Erik nun das dritte Mal.

Sie waren früh am Morgen aufgestanden, hatten sich im Büro mit dem Inspektor getroffen.

»Warum haben Sie noch kein Saatgut gekauft? Jetzt ist die Zeit, um Weizen und Roggen auszubringen. Aber ohne Saatgut?«

»Wir haben noch etwas vom letzten Jahr«, versuchte sich der Inspektor zu verteidigen. »Außerdem haben wir auf bessere Preise gehofft.«

»Sind Sie des Wahnsinns? Die Preise für Weizen fallen seit Jahren. Wann sollte es denn noch bessere geben. Ich sehe in den Beständen mehrere Hektar brachliegen. Wieso?«

»Nun ja, weil eben die Preise gefallen sind. Da machte es keinen Sinn, die Felder zu bestellen.«

»Sie lassen die Felder brach? Es gibt noch nicht einmal Gründünger?«

»Wiese, die wächst von selbst.«

»Und wie wird sie genutzt? Als Weide? Für Heu?«

»Wir nutzen diese Flächen nicht«, sagte der Inspektor stoisch.

»Noch nicht einmal als Weide?«

»Wir haben die Vieh- und die Pferdezucht heruntergefahren. Und es gibt Weiden in der Nähe des Gutes.«

»Warum?«

»Es lohnt sich nicht. Die Ausfuhrsteuern sind zu hoch.«

»Warum verkaufen Sie nicht hier? Auch Polen braucht Weizen, Roggen, Heu, Vieh, und tatsächlich sind auch Pferde begehrt. Vor allem Trakehner.«

»Das möchte ich nicht. Ich bin Deutscher, und ich werde die polnische Nation nicht unterstützen. Ich verkaufe nur nach Deutschland, ich bin

Patriot. Wenn Sie das anders sehen, dann gebührt Ihnen Schande und Verachtung«, sagte der Inspektor und stand auf. »Ich habe meine Aktionen und Tätigkeiten mit Ax von Stieglitz abgesprochen, er hat alles genehmigt. Ich weiß nicht, warum wir dieses Gespräch führen.« Er sah Frederike an. »Wenn Sie, Gnädigste, der Nation nicht so zugetan sind wie ihr Mann, dann sind Sie vielleicht falsch hier. Dies ist ein deutsches Gut. Mit deutschen Werten.«

»Guter Gott«, seufzte Frederike sprachlos und sah Onkel Erik an. Sie wusste einfach nicht, was sie darauf erwidern sollte.

»Mein lieber Mann«, sagte Onkel Erik, und seine Stimme klang freundlich. »Nationalpatriotismus ist sicherlich eine gute Sache, aber ein Gut zu führen hat nicht viel damit zu tun. Wenn man ein Gut führt, dann muss man die Felder bestellen. Man muss säen und ernten. Der Boden muss bearbeitet werden, und zwar in einer bestimmten Fruchtfolge. Wenn er zu lange brachliegt, wachsen dort nur Gras und Kräuter und die Bodennarbe verfilzt – dann wird es schwer, den Boden wieder aufzupflügen. Aber all das wissen Sie sicher, mein guter Mann.« Er sah den Inspektor eindringlich an. »Ein Gut muss bewirtschaftet werden, und gerade in diesen schweren Zeiten ist es unglaublich, gute Felder nicht zu bestellen.«

»Wenn wir die Felder bestellen und den Ertrag dann ins Reich verkaufen, fressen uns die Abgaben und Steuern auf. Wir haben fast gar keinen Gewinn.«

»Dann wird der Ertrag eben nicht ins Reich verkauft.«

»Was?« Der Inspektor starrte Onkel Erik wütend an. »Das geht nicht. Das ist ideologisch nicht richtig. Wir sind Deutsche, und wir bauen Weizen für das Reich an und für niemanden sonst.«

»Wer sagt das?«

»Der Gauleiter.«

»Guter Mann, wir sind hier in Polen, und hier gibt es keinen Gauleiter. Halluzinieren Sie?«

»Ich kenne Erich Koch, und ich weiß, dass wir bald keinen polnischen Korridor mehr haben werden. Alles, was früher einmal zu Deutschland gehörte, wird wieder im Reich vereint sein. Auch diese Provinz.«

»Sind Sie von Sinnen, Mann?« Erik stand auf. »Sie machen sich lächerlich. Und strafbar.«

»Sie sind derjenige, der die Augen verschließt. Adolf Hitler wird uns in das Dritte, das große Reich führen. Und bis dahin gilt es, auszuhalten und die Feinde zu schwächen. Und wenn es von unten ist, indem man keinen Weizen anbaut.«

»Was Sie damit schwächen, sind das Gut und der Boden.« Onkel Erik schien sichtlich fassungslos. »Das kann nicht Ihr Ernst sein. Die Felder müssen bewirtschaftet werden, damit sie ertragreich bleiben.«

»In ein, zwei Jahren kann man das alles aufholen. Und dann arbeiten wir für das Reich!«

»Was für ein Schwachsinn«, entfuhr es Erik. »Das meinen Sie doch nicht ernst.« Er sah den Inspektor an. »Doch«, sagte er dann ernüchtert. »Sie meinen das so.«

»Natürlich! Wir tun alles für das Reich.«

»Sie jetzt nicht mehr.« Erik klang auf einmal müde. »Hiermit entlasse ich Sie aus Ihrer Tätigkeit.«

»Was? Das können Sie gar nicht«, sagte der Inspektor empört.

»Er vielleicht nicht, aber ich. Ich habe die Generalvollmacht über das Gut.« Frederike lächelte milde. »Und ich glaube, es ist das Beste, wenn Sie gehen.«

»Ihr Mann wird das nicht zulassen. Er ist mit mir einer Meinung.« Der Inspektor stampfte auf.

»Das wird sich noch zeigen, aber für den Moment ist es unerheblich. Ich entlasse Sie mit sofortiger Wirkung.«

Der Inspektor schaute zu Erik, dann wieder zurück zu Frederike, schüttelte den Kopf. »Nun gut. Wie Sie wollen, dann gehe ich. Ich werde dem Gauleiter melden, dass hier antinationalsozialistische Umtriebe am Werk sind. Heil Hitler!« Er streckte die Hand aus, schlug die Hacken zusammen, drehte sich knackig um und verließ das Büro.

»Grundgütiger«, seufzte Erik. »Gut, dass dieser Abschaum weg ist.«

»Aber was mache ich nun?« Frederike war erleichtert, dass der Inspektor gegangen war. Er hatte ihr Beklemmungen bereitet, und dem nationalsozialistischen Gehabe konnte sie nichts abgewinnen, auch wenn diese Gesinnung immer mehr Anhänger fand. Doch ganz ohne Inspektor konnte sie das Gut nicht führen.

»Heinrich von Aaken ist der Sohn eines Bekannten von mir. Der dritte Sohn. Er hat Landwirtschaft studiert und ist recht fit, was die neuen agrarwirtschaftlichen Dinge angeht. Vorläufig kann er kein Gut seiner Familie übernehmen, deshalb sucht er eine Stellung. Ich habe ihm Sobotka angeboten, und er ist interessiert. Er kommt übermorgen. Ein netter Mann und kein Nationalsozialist. Er ist wohl etwas links, aber im verträglichen Rahmen.«

»Du hast schon im Vorfeld Ersatz gesucht?«

Erik nickte.

»Du bist unglaublich, Onkel Erik, danke!«

»Er wird den Karren aus dem Dreck ziehen, so wie ich ihn einschätze. Ich könnte das auch oder unser Verwalter – aber wir haben Fennhusen und damit genug zu tun. Was hier abläuft, ist eine Mangelwirtschaft. Die Böden und Gegebenheiten sind alle da, der Verwalter hat sie brachliegen lassen – für das Reich –, prüft, was für ein Schwachsinn. Dieses Gut liegt in Polen und natürlich verkauft man die Agrargüter in das Land, in dem das Gut liegt. Was nützt es, wenn man tausend Hühnchen kilometerweit verfrachtet – sie werden auch vor Ort gegessen.« Erik redete sich in Rage und merkte es. »Meine Liebe, es tut mir leid, dass ich laut geworden bin.«

»Werde ruhig noch lauter«, sagte Frederike lachend. »Ich bin so froh über deinen Vorschlag. Aber wird dieser von Aaken die Stelle wirklich annehmen?«

»Hast du ein Gesindehaus für ihn? Er würde mit Frau und Kindern kommen.«

»Ja, habe ich – aber es bis morgen … egal, lass uns in das Esszimmer gehen, dann kannst du noch einen Kaffee trinken. Ich habe gleich ein Treffen mit Tante Edel, der Mamsell und Lore.« Frederike seufzte.

»Von Aaken kommt erst einmal alleine, um sich das Gut anzusehen und sich einen Überblick zu verschaffen. Seine Familie wird später nachkommen.«

»Wunderbar, ich lasse ein Gästezimmer herrichten.«

»Während du mit Edel und der Mamsell sprichst, werde ich mir das Gestüt anschauen«, sagte Erik. »Dazu hätte ich auch noch Verbesserungsvorschläge – wenn du erlaubst.«

»Dir immer«, sagte Frederike dankbar.

Das Gespräch mit Tante Edeltraut, der Mamsell und Lore verlief friedlicher, als Frederike erwartet hatte. Es stellte sich heraus, dass der Inspektor die Leute gegen Frederike aufgewiegelt hatte.

»Er glaubt, Sie sind zu jung, um das Gut zu führen, Baroness«, sagte die Mamsell und senkte beschämt den Kopf. »Von Ihren neuen Methoden hielt er gar nichts. Er ist reichstreu und seit ein paar Monaten bei der NSDAP. Wir sollten die Gemeinde und den Bezirk korrumpieren – und hier auf dem Gut damit anfangen, zumindest solange Sie sich nicht öffentlich auf die Seite der Nazis stellen. Es tut mir sehr leid.«

»Der Inspektor ist Geschichte«, sagte Frederike seufzend. »Ein neuer Verwalter wird schon bald kommen. Für ihn und seine Familie brauche ich eines der Gesindehäuser. Was ist da frei?«

»Es gibt im Moment zwei Häuser, die leer stehen, und wenn der Inspektor geht, haben wir drei.«

»Der Mann kommt mit Familie – Frau und Kinder. Ich weiß nicht, wie viele Kinder.«

»Dann kommt nur das alte Verwalterhaus in Frage«, sagte die Mamsell nachdenklich. »Da ist aber einiges zu machen. Wann trifft er denn ein?«

»Morgen schon – aber ohne Familie. Bitte bereiten Sie eines der Gästezimmer für ihn vor.«

Die Mamsell nickte und notierte etwas auf ihrer Liste.

»Gut«, sagte Tante Edeltraut zufrieden. »Damit konnten wir hoffentlich die Ungereimtheiten in den Abrechnungen erklären. Dennoch haben wir Probleme mit dem Haushaltsgeld.«

»Ja, die Kosten sind zu hoch«, gab die Mamsell zu. »Früher hatten wir immer einige Frauen aus dem Dorf, die nach Bedarf eingesprungen sind. Der Inspektor legte aber Wert auf arische Angestellte.«

»Ich fasse es nicht«, empörte Frederike sich. »Wieso weiß ich von diesen Dingen nichts?«

»Ich sollte es Ihnen nicht sagen«, gestand die Mamsell. »Und ich wollte Sie, in Ihrer Lage, nicht auch noch damit belasten. Wir alle haben gehofft, dass der Gnädigste nach ein paar Wochen wieder hier sein würde – aber das war ja nicht der Fall. Und so wurde das Spiel des Verwalters zu einer Spirale.«

»Das haben wir ja jetzt aufgebrochen«, meinte Tante Edeltraut resolut. »Aber wie senken wir die Kosten? Was schlagen Sie vor, Mamsell?«

Die Mamsell dachte nach. »Wir haben eine Köchin«, sie nickte Lore zu, »zwei Küchenmädchen, wovon eine auch kochen kann – nicht so wie Lore, aber sie kann einige Dinge übernehmen. Dann haben wir zwei Spülmädchen, die auch niedrige Hausarbeiten übernehmen, drei Zimmermädchen. Frans als ersten Diener – aber das ist nur eine Notlösung. Frans ist einfach zu alt, er schafft die Arbeiten nicht mehr. Deshalb haben wir auch noch zwei junge Diener – sie sind aus dem Reich und mehr am Aufbau eines Gaus interessiert als an den anfallenden Arbeiten. Es sind Parteifreunde des Inspektors, die er hierhergeholt hat. Auch zwei der Zimmermädchen hat der Inspektor über die Partei geschickt bekommen – Ilse und Armhild.«

Frederike schüttelte fassungslos den Kopf. »Mir wurde gesagt, dass es kaum Personal gibt, wir also dankbar sein müssen, wenn wir überhaupt jemanden haben.«

»Wir missen das anders aufteilen«, fuhr Lore dazwischen. »In Kiche ich brauche Leute, die anpacken kinnen. Die Blanka kann kochen, die will ich behalten. Sie lernt schnell und jut. Die Zofia is 'n bisschen langsam, awwer sie jibt sich Mihe, die is auch jut. Awwer Zimmermädchen brauchen wir keene drei. Nich, wenn wir den eenen Fligel eh jeschlossen halten.«

»Da hat Lore recht«, sagte die Mamsell. »Es kommt darauf an, wie das Haus in Zukunft geführt werden soll. Der Gnädigste hatte mehr Personal eingestellt, weil er ein größeres Haus führen wollte – nach Ihrer Vermählung. Aber nun …«

»Wir müssten den linken Flügel erst einmal sanieren, bevor wir ihn wieder nutzen können. Den rechten Flügel im Übrigen auch«, sagte Frederike nachdenklich. »Ax hatte große Pläne …«

»Nun ist Ax nicht da, Freddy«, warf Tante Edeltraut ein. »Du musst dir überlegen, was du willst. So wie ich es verstanden habe, sind drei Mädchen im Moment zu viel. Wie wurde das früher gehandhabt?«

»Wenn es Gesellschaften gab, kamen Frauen aus dem Dorf und haben geholfen. Aber wir hatten lange keine Gesellschaften – bis Silvester letzten Jahres. Da hat es nur mit Ach und Krach geklappt. Wenn wir aber wieder regelmäßig Frauen aus dem Dorf zu Arbeiten heranziehen würden, würde es auch besser laufen«, sagte die Mamsell.

»Wir werden sowieso umdenken und umstrukturieren müssen«, erklärte Frederike. »Unsere Erzeugnisse werden wir hier verkaufen und nicht mehr ins Reich verfrachten. Der Umsatz muss gesteigert werden, also brauche ich mehr Helfer aus dem Dorf. All das wird sich ändern. Und dann kann ich darüber nachdenken, das Haus zu sanieren und könnte auch wieder mehr Leute einstellen. Sie sollten von hier sein, Einheimische. Ich werde darüber nachdenken. Aber die beiden Zimmermädchen müssen dessen ungeachtet gehen. Hätten wir tageweise Hilfe, die wir uns dazuholen können?«

»Ja.«

»Wunderbar. So machen wir das. Was ist mit dem Gesinde?«

»Der Inspektor hat fast alle entlassen …«

»Und was machen sie nun?«

»Einige sind weggezogen, nach Posen oder Warschau. Aber die meisten haben keine Perspektive.«

»Ab jetzt haben sie hoffentlich wieder eine. Ich setze auf den neuen Verwalter. Dann werden wir auch auf dem Gut wieder Stellen vergeben können – und zwar an die Dörfler.«

»Gnädige Frau«, sagte die Mamsell und schluckte, »ich hatte mit mir gerungen, ob ich die Stelle kündige … aber nun sehe ich, dass es wieder aufwärtsgeht. Danke.« Sie stand auf, nickte allen zu und ging.

»Ei, das war ja man ein Jespräch«, seufzte Lore.

»Willst du immer noch zurück nach Fennhusen?«, wollte Tante Edeltraut wissen.

»Erbarmung. Jetzt bleiwe ich hier und schau mir an, ob es klappt. Wäre ja noch schöner, wenn ich och abhauen würde. Muss ja bei der Jnädigsten bleiben, nich wahr?«

»Danke, Lore«, sagte Frederike erleichtert.

»Ei, und jetzt geh ich inne Kiche und werde kochen.« Lore strich über ihre Schürze und streckte die Schultern. »Wäre ja jelacht, wenn we dat nich hinbekommen.« Eilig ging sie nach unten.

»Ich hätte jetzt gerne ein Likörchen.« Tante Edeltraut lächelte zufrieden.

»Ja, das haben wir uns verdient.« Frederike ging zur Anrichte und schenkte ihnen beiden ein. »Ich setze viel auf den neuen Verwalter. Onkel Erik hat ihn ausgesucht, ich vertraue seinem Urteil. Aber ich weiß nicht, wie Ax das alles finden wird.«

»Ax wird froh sein, dass du dich kümmerst. Fährst du demnächst wieder nach Davos?«

»Eigentlich erst im Juni. Aber ich glaube, sobald der neue Verwalter hier ist und wir miteinander auskommen, werde ich zu Ax fahren. Ich muss Dinge mit ihm besprechen. Auch wenn ich eine Generalvollmacht habe, mag ich nicht alles über seinen Kopf hinweg entscheiden.«

Tante Edeltraut nickte. »Du hast es nicht leicht, Kind.«

»Wer hat das schon«, murmelte Frederike.

Onkel Erik und seine Schwester blieben noch zwei Tage. Erik wollte den neuen Aufseher in das Gut einweisen. Heinrich von Aaken schien ein echter Glücksgriff zu sein, und Frederike verstand sich auf Anhieb mit ihm. Er wurde sich mit Erik schnell einig und beschloss, direkt auf dem Gut zu bleiben. Seine Familie würde in ein paar Wochen nachkommen, sobald das Gesindehaus bezugsfertig war.

Nach Edeltrauts und Eriks Abreise setzte sich Frederike an ihren Schreibtisch, nahm einen Bogen Briefpapier und den Füllfederhalter.

»Mein Liebster«, schrieb sie, kaute dann auf dem Füller.

Durch Onkel Eriks Initiative und seinen Einsatz, dadurch, dass er einen neuen Verwalter besorgt hatte, war ihr eine große Last von den Schultern genommen worden, und die Erleichterung spürte sie schon. Dennoch würde sie auch von Aaken erst einmal beaufsichtigen müssen.

Viele Dinge auf dem Gut mussten sich ändern, und sie hatte diejenige zu sein, die die Zügel führte. Und immer noch fühlte sie sich nicht bereit und reif genug dazu. Was wusste sie schon vom Agrarmarkt, von der Fruchtfolge, vom Ackerbau und der Milchwirtschaft? Sie wusste, wie man einen Gutsgarten zu bestellen hatte, wie man das Gemüse und die Früchte verwertete und haltbar machte, aber von der Pferdezucht hatte sie keine Ahnung.

Ax hatte sie durch sein Schweigen über seine Krankheit in die kalte Realität gestoßen, und sie merkte immer mehr, wie übel sie ihm das nahm. Sie wusste auch, dass diese Gefühle keine gute Grundlage für eine Ehe waren. Aber sie hatte ja gesagt, und somit waren die Weichen für ihr Leben gestellt, und sie musste das Beste daraus machen.

Mein Liebster, las sie und nahm den Füllfederhalter wieder in die Hand.

In den letzten Tagen ist viel auf Sobotka passiert, und ich möchte Dir davon berichten. Ich bin mir nicht sicher, ob Du meine Meinung teilen und meine Entscheidungen nachvollziehen kannst, hoffe es jedoch sehr.

Ich hatte Dir schon mehrfach berichtet, dass ich mit den Abrechnungen des Gutes Probleme hatte – unsere Kosten steigen, aber die Einnahmen sind gesunken. Außerdem hat der Inspektor eigenmächtig einige Dinge unternommen, die ich nicht gutheißen konnte. Er hat die meisten Felder und Äcker in diesem Frühjahr nicht bestellt, noch nicht einmal für das nötige Saatgut hat er gesorgt. Auf meine Fragen bekam ich keine Antworten. Da ich Dich nicht noch mehr damit belasten wollte, habe ich meinen Stiefvater um Rat gefragt. Er hat mit dem Verwalter von Fennhusen die Bücher geprüft und ist dann angereist, um mit dem Inspektor zu sprechen.

Ich weiß nicht, ob Dir bewusst war, wie nationalsozialistisch der Inspektor ist – jedenfalls wollte er das Reich fördern und Polen von unten sabotieren. Das geschah allerdings auf Kosten des Gutes.

Es ist alles zu lang, um es in einem Brief zu erklären, aber ich komme Dich demnächst wieder besuchen, und dann können wir darüber sprechen. Gerne bringe ich auch die Bücher mit, um sie Dir zu zeigen.

Wieder hielt Frederike inne. Sie merkte, dass sie versuchte, sich zu rechtfertigen, zu erklären. Und sie merkte auch, dass sie sich nicht sicher war, ob Ax ihr zustimmen würde.

Onkel Erik riet mir, den Inspektor zu entlassen. Ich bin seinem Rat gefolgt. Auch zwei der neuen Zimmermädchen habe ich entlassen. Wie wir weiter mit dem Haus und dem Personal verfahren, müssen wir noch entscheiden – aber das hat sicherlich etwas Zeit. Viel wichtiger ist es, das Gut wieder rentabel zu bewirtschaften. Deshalb habe ich einen neuen Verwalter eingestellt – Heinrich von Aaken. Er entstammt einem alten Junkergeschlecht aus der Mark Brandenburg, ist der dritte Sohn der Familie. In Berlin und in England hat er Landwirtschaft studiert und interessiert sich sehr für fortschrittliche Methoden. Er wird mit seiner Familie im alten Verwalterhaus wohnen, was wir aber erst noch herrichten müssen.

Wieder setzte sie den Füllfederhalter ab und dachte nach.

Von Aaken, schrieb sie dann weiter, *hat mir versprochen, dass er schnellstmöglich Saatgut besorgen und die ersten Felder bestellen wird. Den Dung und die Jauche haben wir schon ausgefahren. Endlich sind die Böden nicht mehr gefroren, und einige Felder können schon jetzt bearbeitet werden.*

Auch was die Pferdezucht angeht, ist er ein Kenner – seine Familie züchtet selbst. Der Inspektor hat letztes Jahr nur drei Stuten decken lassen, so dass wir kaum Nachwuchs haben. Die Jährlinge hat er unter Preis verkauft, aber immerhin sind die Zwei- und Dreijährigen eingeritten.

Du wunderst dich sicher, dass das Gut offensichtlich so schlecht geführt wurde – und sicherlich liegt es auch daran, dass ich davon bisher keine Ahnung hatte. Deshalb bin ich äußerst froh über Onkel Eriks Hilfe.

Er wollte versuchen, Dich telefonisch zu erreichen – aber ich habe ihm erklärt, wie schwierig es ist. Meist bist Du ja auf der Terrasse zur Luftkur. Das war nur die halbe Wahrheit. Frederike hatte ein paar Mal in Davos angerufen, aber die Telefonate mit Ax waren mühsam. Die Verbindung war meist schlecht, er war müde oder unkonzentriert. Deshalb schrieb sie ihm lieber.

Mein lieber Ax, ich hatte meinen nächsten Besuch im Juni geplant, eigentlich in der festen Überzeugung, Dich dann mit nach Hause nehmen zu können. Nun habe ich nichts weiter von Dir oder Deinem Arzt gehört. Ich hoffe, dass ich bald Nachrichten positiver Art von Dir bekomme.

Ich werde nun sehen, wie es mit von Aaken läuft, und dann nach Davos fahren. Auf dem Weg möchte ich gerne meine alten Klassenkameradinnen Annchen und Lottchen besuchen. Ich hoffe, wir werden uns schon im nächsten Monat wiedersehen.

Du fehlst hier.

In Liebe

Deine Frau

Frederike

Ich hätte, dachte sie, »du fehlst mir« schreiben sollen, aber es wäre nicht aus tiefstem Herzen gekommen, musste sie feststellen.

Frederike klebte den Brief zu und brachte ihn Frans, damit er ihn zur Post gab.

Kapitel 9

»Valentina«, rief Frederike leise und öffnete das Gatter zu dem großen Gehege im Brachwald. Dieser Teil des Waldes war sehr hügelig und von drei Bächen durchzogen. Der Boden war schlecht und deshalb, so hatte ihr Ax erklärt, lohnte es sich nicht, den Wald zu bewirtschaften. Stattdessen hatte er einige Hektar umzäunen lassen und hielt dort seit Jahren ein zahmes Wolfsrudel.

Im Jahr vor ihrer Hochzeit waren mehrere Wölfe gestorben, nur drei hatten überlebt – der Alphawolf Cantaloup, die erste Fähe Balandine und die zweite Fähe Valentina.

Frederike hatte sich schon bei ihrem ersten Besuch in die Wölfe verliebt. Wann immer es ihr möglich war, ging sie in das Gehege und übernahm die Fütterung.

»Valentina!« Frederike stellte den Eimer mit den Fleisch- und Küchenabfällen auf den Boden und schloss das Gatter wieder. Fortuna, ihre Hündin, legte sich vor dem Tor auf den Boden und wartete. Die Wölfe und die Hündin hatten beschlossen, sich zu ignorieren – ein guter Entschluss, wie Frederike fand.

Im Gehölz knackte es, und Frederike kniff die Augen zusammen, schaute ins dichte Unterholz und sah ein paar Augen. Dann sprang die junge Fähe schon hervor und lief zu ihr.

»Da bist du ja, meine Süße. Wo sind denn Cantaloup und Balandine?« Suchend schaute sie sich um. Hinter einem Baum stand der große Alphawolf. Er würde ihr nichts tun, das wusste Frederike sicher, aber so zutraulich wie Valentina war er nicht.

Frederike gab Valentina ein paar Hühnerherzen und warf Cantaloup einen großen Knochen, an dem noch reichlich Fleisch hing, zu.

Lore jammerte jedes Mal, wenn Frederike die Abfälle aus der Küche holte. »Aus dem Knochen kinnt ich noch eine jute Brühe kochen, Jnädigste. Das ist viel zu jut, ummes den Wilfen zu jeben.«

»Ich weiß. Aber wir haben eine Abmachung«, erklärte ihr Frederike geduldig. »Ein Drittel aller Fleischabfälle ist für das Rudel.«

»Die kriejen mehr allse Schweine, dabei kann man die Wilfe nich schlachten, die Schweine awwer schon.«

»Lore«, sagte Frederike kopfschüttelnd und nahm den Eimer.

Jetzt sprang Cantaloup aus dem Gebüsch, holte sich den Knochen und zernagte ihn genüsslich.

Valentina nahm vorsichtig ein Hühnerherz nach dem anderen aus Frederikes Hand. Trotz ihrer spitzen Zähne und des kräftigen Kiefers hatte die Fähe Frederikes Haut noch nie geritzt. Die Wölfin leckte Frederikes Finger ab, legte den Kopf schief und bettelte nach mehr. Wieder griff Frederike in den Eimer, holte ein Stück Fleisch hervor. Sie hob den Zeigefinger, und die Wölfin setzte sich hin, wedelte eifrig mit der Rute, dabei verzog sie die Lefzen, so dass es aussah, als würde sie grinsen.

»Brav.« Frederike gab ihr das Stück Fleisch, schaute wieder ins Gebüsch. »Wo ist Balandine? Balandine!«, rief sie lockend und schnalzte mit der Zunge. Aber obwohl sie immer wieder rief, ließ sich die Wölfin nicht blicken.

Nach einer Weile leerte Frederike den Eimer aus. Falls Balandine irgendwo im Gebüsch hockte, würde sie sicher gleich kommen und sich ihren Anteil holen. Die Wölfe litten keinen Hunger, noch mussten sie jagen. Deshalb kam es selten zu Futterstreitigkeiten. Balandine war trächtig – vielleicht hatte sie inzwischen geworfen?

Morgen bei Tageslicht gehe ich durch das Gehege und schau nach ihr, nahm sich Frederike vor. Sie hatte noch ein Stück Speckschwarte in der Tasche, das sie aus der Küche gemopst hatte, als Lore gerade nicht hinsah. Dies gab sie Valentina zum Abschied. »Bis morgen, meine Süße.«

Die Wölfin hob den Kopf und heulte kurz auf. Dann verschwand sie wieder im Gebüsch.

»Ich habe Wölfe gehört«, sagte Heinrich von Aaken beim Abendessen. Solange seine Familie noch nicht da war, hatte Frederike ihn zu sich eingeladen. Eigentlich gehörte er an den Leutetisch – oder hätte mit der Mamsell und dem ersten Diener zusammen speisen können –, doch er entstammte einer Adelsfamilie, und somit schien es Frederike angemessener, ihn zu sich an den Tisch zu bitten. Außerdem hasste sie es, alleine zu essen, und war meist selbst nach unten zu den Leuten gegangen. Doch das hatte Tante Edeltraut ihr nun strengstens verboten.

»Wie willst du ein Haus leiten, wenn du mit den Leuten an einem Tisch isst? Das funktioniert nicht, mein liebes Kind«, hatte sie entrüstet gesagt. Frederike war das im Grunde bewusst gewesen, sie hatte es aber ihrer Einsamkeit zugeschrieben.

»Es waren ganz sicher Wölfe. Ich hätte nicht gedacht, dass es in dieser Gegend noch welche gibt. Wir sollten eine Jagd ansetzen.«

Frederike sah von Aaken überrascht an. »Eine Jagd? In dieser Jahreszeit? Worauf denn? Die jungen Rehböcke sollte man erst ab Mai schießen. Sie müssen doch erst einmal wieder Futter zusetzen.«

»Rehe?« Nun sah von Aaken überrascht auf. »Nein, für Niederwild ist jetzt noch keine Saison. Es ist überhaupt keine Jagdsaison. Aber Wölfe? Die Schafe lammen jetzt ab, und wir haben schon einige Milchkühe mit ihren Kälbern auf den Weiden stehen. Wir wollen doch nicht, dass die Jungtiere gerissen werden.«

»Sie wollen Wölfe jagen?« Frederike lachte auf. »Das geht nicht.«

»Wölfe … sind Raubtiere …«, sagte von Aaken irritiert.

»Richtig. Aber Cantaloup, Balandine und Valentina sind es nicht. Entschuldigen Sie, ich bringe Sie in Verlegenheit. Wir haben ein Gehege mit Wölfen hinten im Brachwald. Etwa einen Kilometer hinter den Stallungen. Das habe ich vergessen, Ihnen zu erzählen. Diese Wölfe sind zahm – jedenfalls fast.«

»Ein zahmes Wolfsrudel? Wirklich?«

Frederike nickte.

»Darf ich sie sehen? Aus wirtschaftlicher Sicht sind Wölfe eine Katastrophe für ein Gut, das waren sie zumindest früher. Heute gibt es ja kaum noch welche in dieser Region. Aber als Tiere finde ich sie faszinierend.«

»Gerne. Ich wollte morgen früh sowieso das Gehege durchsuchen. Balandine, eine der beiden Fähen, habe ich seit ein paar Tagen nicht mehr gesehen, und ich mache mir etwas Sorgen um sie.«

»Sie betreten das Gehege?«

»Natürlich. Ich bin gerne bei den dreien. Wobei Valentina mein Liebling ist, wie ich zugeben muss.«

»Erstaunlich«, sagte von Aaken und nahm sich ein weiteres Schnitzel. »Wirklich erstaunlich. Ich bin gespannt.«

Auf Tante Edels und Onkel Eriks Rat hin hatte Frederike die Morgenandacht auf Sobotka eingeführt. Es fiel ihr schwer, so früh aufzustehen, aber sie biss die Zähne zusammen. Allerdings sprach sie nur die Tageslosung, und danach beteten alle zusammen das Vaterunser, eine Ansprache und Auslegung der Bibelverse ersparte Frederike sich und den Leuten.

Nun nahm sie das Frühstück und das Abendessen gemeinsam mit dem Verwalter ein, mittags war er meist unterwegs, und sie ließ sich nur eine Kleinigkeit bringen. Durch die Mahlzeiten und die Andacht bekam ihr Arbeitstag eine andere Routine. Sie merkte, dass ihr das gefehlt hatte, und schätzte es wert.

»Ich habe mir das alte Verwalterhaus angesehen«, sagte von Aaken an diesem Morgen nachdenklich. »Vielleicht sollten wir es gemeinsam begehen.«

»Ich fürchte, dort gibt es einiges zu tun?«

Von Aaken nickte. »Das Haus steht schon seit geraumer Zeit leer. Das Dach ist undicht, und die Böden sind zum Teil morsch. Auch gibt es kein Bad, nur einen Abort im Hof …« Er zuckte mit den Schultern. »Mich stört das mit dem Abort nicht so sehr, aber ich fürchte, meine Frau sieht das anders.«

»Ich kann Ihre Frau gut verstehen. Nun, dann werden wir eine Sickergrube ausheben und ein Bad anlegen lassen müssen.«

»Ja, aber gerade jetzt brauche ich fast jeden Mann auf den Feldern.

Andererseits hätte ich meine Familie gerne bei mir. Sie fehlt mir«, sagte er leise.

»Aber natürlich.« Frederike schaute ihn an. »Ich habe eine großartige Idee. Warum bin ich nicht schon früher darauf gekommen? Wir haben den linken Flügel – da könnten Sie mit Ihrer Familie wohnen, solange das Verwalterhaus instand gesetzt wird. Dort steht zwar auch nicht alles zum Besten, aber bewohnbar können wir ihn sicherlich in ein paar Tagen machen. Es gibt ein Badezimmer mit Badeofen. Und ein … nun ja – Torfklo, aber immerhin ist es nicht im Hof.«

»Sie meinen, meine Familie sollte mit hier ins Gutshaus einziehen?«

»Warum nicht? Im Moment bewohne ich dieses riesige Haus ganz alleine. Sie sind gerade Gast, aber sonst ist hier niemand außer den Leuten. Die Räume stehen leer. Das ist doch eine gute Idee.«

»Ich weiß nicht, was meine Frau sagen würde. Sie ist daran gewöhnt, ihren Haushalt selbständig zu führen. Hier wären sie und die Kinder Gäste …«

»Es wäre doch nur vorübergehend. Und Ihre Frau könnte mitentscheiden, was im Verwalterhaus umgebaut wird.«

»Dach und Böden … ein Bad. Ich denke, da gibt es nichts Weiteres.«

»Was ist mit Elektrizität? Ich wollte sowieso die Stromleitungen bis zu den Gesindehäusern ziehen lassen. Sie sollten elektrisches Licht haben. Und ein paar Steckdosen.«

»Wofür?«

»Nun, es gibt inzwischen sogar elektrische Teppichkehrer, habe ich gelesen. Das ist zwar für uns im Moment noch utopisch, aber alles entwickelt sich weiter.« Frederike war ganz begeistert von ihrem Einfall. »Ich finde, wir sollten die Zimmer im linken Flügel für ihre Familie herrichten. Ich werde gleich mit der Mamsell darüber sprechen und alles so schnell wie möglich in die Wege leiten.« Ihre Augen glitzerten, und ihre Wangen glühten vor lauter Euphorie.

»Denken Sie lieber noch einmal darüber nach«, meinte Heinrich von Aaken skeptisch. »Wir haben drei Kinder. Isaak ist neun und die Zwillinge sind sechs. Esther und Rachel sind sehr lebhaft.«

»Wie wunderbar. Sehen Sie denn nicht, wie dringend dieses Haus Leben braucht?«, fragte Frederike leise.

Von Aaken sah sie lange schweigend an, nickte dann. »Ich verstehe, was Sie meinen. Aber meine Familie kann Ihnen nicht Ihre fehlenden Kinder ersetzen.«

»Das weiß ich.« Frederike senkte den Kopf. »Ich habe viele Halbgeschwister, die ich sehr liebe. Mir fehlt hier Lachen und Fußgetrappel, Streit und Freude. Alles, was in so ein großes Haus gehört.«

»Wenn ich darf, versuche ich nachher, ein Telefonat mit meiner Frau zu führen. Das ist nicht ganz einfach – bei uns ist nur in der Post ein Telefonapparat. Jemand muss meine Frau dorthin holen, und dann muss ich auch erst einmal eine Leitung bekommen.«

»Versuchen Sie es. Es wäre ja nur vorübergehend, und ich würde mich freuen. Wirklich.«

»Gut.« Von Aaken legte seine Serviette beiseite und stand auf. »Wir sprechen uns nachher?«

»Wie immer.« Frederike lächelte. Obwohl sie sich jeden Tag nun zweimal bei den Mahlzeiten sahen, hatten sie die tägliche Besprechung beibehalten und bemühten sich, beim Essen nicht nur über Dinge, die das Gut betraf, zu reden.

»Und vergessen Sie nicht die Wölfe. Ich will sie wirklich sehen.« Von Aaken nickte ihr zu und ging.

»Wie könnte ich die Wölfe vergessen«, murmelte Frederike belustigt. Sie trank ihren Kaffee aus, ging dann in ihr Büro. Fortuna, die in der Diele gewartet hatte, folgte ihr.

Frederike hatte Ax' Arbeitszimmer übernommen. Darin stand ein großer Schreibtisch aus Eiche, die Wände waren bedeckt mit Regalen. Es gab einen Schrank, in dem die Bücher des Gutes aufbewahrt wurden. Zum Jahresanfang wurde ein neues Buch eröffnet, in dem die Gewinne und Ausgaben und auch alles andere, was das Gut betraf, eingetragen wurden.

Am ersten Januar hatte Frederike das erste Mal selbst ein neues Buch erstellt. In der Woche nach Weihnachten hatte sie die letzten drei Bücher studiert. Die Aufgabe, die sie zu meistern hatte, war ihr als fast nicht zu bewältigen erschienen. Ax war zu müde, zu schwach oder zu unkonzentriert gewesen und wollte sich nicht mit dem Thema beschäftigen. Im letzten Jahr, als sie urplötzlich die Leitung des Gutes übernehmen musste, hatte sie einfach die Eintragungen weitergeführt und erst mit der Zeit verstanden, was sie bedeuteten. Heute wusste sie, dass der Inspektor sie die meiste Zeit belogen hatte, und das durfte nicht noch einmal vorkommen. Auch wenn sie damit haderte, wie ihre Ehe verlief, wie es dazu gekommen war und was ihre Zukunft bringen würde – das Gut stand über allem. Es musste erhalten werden.

Nun schlug sie das Haushaltsbuch auf. Wie man dies führte, wusste sie genau. Sie hatte die Haushaltsführung sowohl in der Gartenbauschule in Bad Godesberg wie auch auf Fennhusen gelernt.

Fortuna, die auf einer Decke zu ihren Füßen lag, streckte sich einmal, gähnte dann laut, bevor sie sich zusammenrollte. Nachdenklich sah Frederike ihre Hündin an. Vor zwei Jahren hatte sie das erste und bisher einzige Mal geworfen. Onkel Erik hatte Frederike ermuntert, Fortuna bei der nächsten Hitze decken zu lassen.

»Würdest du wollen?«, fragte sie den Hund leise. »Es müsste bald wieder so weit sein. In der Nachbarschaft soll es zwei Rüden geben, die in Frage kommen. Ehrlich gesagt, ich beneide dich«, gestand Frederike leise. »Wenn es doch bei uns Menschen so einfach wäre …«

Sie dachte über ihren Vorschlag nach, dass von Aakens Familie hier im Haus einzog. Es wäre praktisch – genug Platz war vorhanden, und der Verwalter hätte endlich wieder seine Lieben um sich. Aber war ihr Wunsch nicht tatsächlich vor allem egoistisch? Sie war einsam. So sehr sie auch versuchte, den Gedanken zu verdrängen, es gelang ihr nur selten.

Sie seufzte. Noch immer kannte sie kaum jemanden von den Nachbarn, in den letzten Monaten hatte sie einfach nicht die Kraft gefunden, Kontakt mit ihnen aufzunehmen oder sich ein gesellschaftliches Leben aufzubauen. Ax hatte sich in all den Jahren kaum in die Gesellschaft eingebracht, er war ein Eigenbrötler – inzwischen wusste Frederike auch, warum. Umso schwerer fiel es ihr nun, neue Verbindungen herzustellen.

Dass es so nicht weiterging, wusste sie. Es war wichtig, die Nachbarn zu kennen und irgendwie mit ihnen auszukommen. Wie hat Mutter das damals gemacht? Sie hat ein Fest veranstaltet. Aber wie kann ich Leute hierher einladen, wenn mein Mann in Davos ist und ich nicht weiß, ob er jemals wiederkommt?

Sie seufzte erneut. Ich muss dafür eine Lösung finden, es wird mir schon etwas einfallen. Je länger ich warte, umso schwieriger wird es vermutlich. Sicher halten mich jetzt schon alle für eine schräge Schachtel.

Natürlich war es egoistisch, die Familie des Verwalters ins Haus zu holen, aber sie sehnte sich so sehr nach anderen Menschen, nach Ansprache, Gesprächen und vor allem nach Kinderlachen. Was würde sie nicht alles darum geben, selbst ein Kind zu bekommen.

Ich bin bestimmt die einzige verheiratete Jungfrau auf der Welt, dachte sie und schloss die Augen. Sie wusste, dass Thea schon längst Erfahrungen gemacht hatte, und auch einige ihrer anderen Freundinnen hatten sich nicht bis zur Ehe aufgehoben. Sie hatte das nie richtig gefunden, doch jetzt bedauerte Frederike, nicht mutiger gewesen zu sein.

Diese Gedanken sind unfair Ax gegenüber, schalt sie sich und schüttelte ärgerlich den Kopf. Stattdessen sollte sie lieber in das Haushaltsbuch schauen. Der April war ein undankbarer Monat – fast noch schlimmer als der März. Im Garten wuchs noch nicht viel, aber der Vorratskeller leerte sich, und das eingelagerte Obst und Gemüse ging zur Neige oder war kaum noch genießbar. Immerhin legten die Hühner wieder Eier und bereicherten so die Küche.

Die Mamsell klopfte. »Gnädigste?« Wie immer brachte sie ein Tablett mit Kaffee und zwei Tassen mit, stellte es auf dem kleinen Tisch am Kamin ab und schenkte ihnen beiden ein.

»Mamsell Dahlhoff«, sagte Frederike und stand auf. »Schön, dass Sie da sind.« Das sagte sie jeden Morgen. Es hatte eine Weile gedauert, bis es sich richtig anfühlte, aber nun war es wirklich so.

»Guten Morgen, Gnädigste. Das Wetter scheint endlich besser zu werden.«

»Der Regen war gut, aber nun brauchen wir etwas Sonne und Wärme.«

»Der Gärtner war heute Morgen bei mir. Wir haben, trotz des strengen Winters, wenige Verluste im Garten, soweit man es sehen kann. Die ersten Pflanzen treiben schon wieder aus.«

»Das ist gut. Ich werde mich heute Nachmittag mit ihm treffen und die Pflanzpläne besprechen.«

»Die Milchkühe kalben im Moment, und das scheint unproblematisch zu sein«, sagte die Mamsell und schaute dann in ihr eigenes Haushaltsbuch. »Gestern konnte die Magd sechsundfünfzig Eier einsammeln, vorgestern waren es nur zweiundvierzig. Also steigert sich die Legeleistung auch wieder.«

»Wie läuft der Haushalt ohne die beiden Zimmermädchen, die wir entlassen haben?«

»Es ist etwas schwierig, da eins der Spülmädchen erkrankt ist. Es ist wohl nichts Ernstes, aber sie fiebert und hustet. Ich habe im Dorf nach Hilfe gefragt, und zwei Frauen werden uns in den nächsten Tagen unterstützen.«

»Wir werden mehr Hilfe brauchen«, sagte Frederike nachdenklich und sah die Mamsell an. »Unser neuer Verwalter Herr von Aaken möchte gerne, dass seine Familie herzieht.«

»Das alte Verwalterhaus ist in einem schlimmeren Zustand, als ich gedacht hatte. Ich war gestern erst dort. Es wird Zeit brauchen, bis es bewohnbar ist.«

»Das sagte er auch.« Frederike biss sich auf die Lippe. »Deshalb habe ich mir überlegt, dass seine Familie ins Haupthaus einzieht, so lange, bis das Verwalterhaus instand gesetzt ist.«

»Ins Haupthaus? Hierhin?«

»In den linken Flügel, dachte ich.«

Die Mamsell nahm die Kaffeetasse und trank einen Schluck, dann sah sie Frederike an. »Sind Sie sicher, dass Sie das wollen?«

»Warum?«

»Es wäre gut, den linken Flügel wieder zu öffnen, da stimme ich Ihnen zu. Aber auch da muss das ein oder andere noch getan werden, bevor dort jemand dauerhaft wohnen kann.«

»Ist es machbar?«

Die Mamsell nickte. »Viel schneller, als das alte Verwalterhaus wiederherzustellen. Die Idee ist nicht schlecht, denn von Aaken ist gut für das Gut. Er wirbelt zwar mächtig herum und will viel verändern – aber das ist ja nicht verkehrt. Er hat moderne Ansichten und wird das Gut sicherlich wieder aus dem Schlamm holen, ohne irgendwelchen politischen Ideologien zu folgen.« Sie schnaufte. »Ich hoffe, Sie nehmen mir das nicht übel.«

»Nein, gar nicht. Gerade in diesen Zeiten nicht.«

»Das wird noch schlimmer werden«, sagte die Mamsell düster.

»Ich möchte das nicht glauben. Aber man weiß es nicht.«

Für einen Moment schwiegen die beiden Frauen.

»Zurück zu Ihrem Plan«, unterbrach die Mamsell dann das Schweigen. »Wir brauchen vielleicht drei Tage, wenn ich genügend Hilfe aus dem Dorf bekomme, um den Flügel herzurichten. Das wären aber auch nur Flickmaßnahmen. Eigentlich müsste dort grundsätzlich etwas getan werden.«

»Das ist mir bewusst. Erst mal provisorisch die Räume herrichten, dann zeitgleich das alte Verwalterhaus fertigmachen und anschließend den linken Flügel gründlich renovieren – was halten Sie davon, Mamsell?«

»Das klingt nach einem guten Plan. Allerdings können wir das nicht eigenhändig organisieren. Wir brauchen den Zimmermann und etliche andere Handwerker. Wir werden den Verwalter bei der Durchsetzung benötigen, denn er muss die Leute für diese Aufgaben freigeben.«

»Da es für ihn und seine Familie ist, wird er es wohl tun.« Frederike notierte sich ein paar Dinge auf ihrer Liste. »Ich werde gleich mit ihm darüber sprechen.«

»Gut. Dann sagen Sie mir, was er meint, und ich werde versuchen, Arbeitskräfte aus dem Dorf zu bekommen. Gibt es sonst noch etwas?«

Frederike schüttelte den Kopf. »Ich glaube nicht. Das Essen für die nächsten Tage steht ja schon fest, große Abweichungen kann es aufgrund der Vorräte ohnehin nicht geben. Solange wir die Leute und das Gesinde satt bekommen …«

»Vielleicht müssen wir noch zwei Ferkel schlachten. Jetzt beginnt die harte Zeit auf den Feldern, und die Leute wollen auch ihre Gärten bestellen.«

»Wenn wir Ferkel zum Schlachten haben, dann schlachten wir sie.«

»Gut.« Die Mamsell stand auf, nahm das Tablett mit dem Kaffeeservice und ging zur Tür. Dort blieb sie stehen, drehte sich dann um. »Gnädigste?«

»Ja?«

»Sind Sie sich sicher, dass Sie die Familie des Verwalters im Haus haben wollen?«, fragte sie leise.

»Warum?«

»Entschuldigen Sie, wenn ich meine Meinung kundtue, aber es erscheint mir so, als wollten Sie die Familie herholen, damit das Haus mit Leben gefüllt wird …«

»Damit haben Sie durchaus recht, Dahlhoff.«

»Aber … wird es Ihnen nicht weh tun?«, fragte die Mamsell leise.

»Vermutlich. Irgendwie. Anderseits braucht dieses Haus nichts mehr als Leben. Sonst stirbt es nämlich.«

Kapitel 10

»Dort leben sie?«, fragte Heinrich von Aaken, als sie am Gatter standen.

»Ja, das Gehege umfasst knapp drei Hektar Wald.« Frederike stellte den Eimer mit den Fleischabschnitten am Gatter ab und sah den Verwalter unschlüssig an. »Ich war schon gestern hier und habe sie gefüttert«, sagte Frederike. »Das hatte ich nicht bedacht.«

»Das bedeutet?«

Frederike lachte auf. »Das können Sie natürlich nicht wissen, aber wir füttern die Wölfe nur alle zwei bis drei Tage, nicht täglich. In der freien Natur haben sie auch nicht jeden Tag einen Jagderfolg.«

»Werden sie nicht ungemütlich, wenn sie nicht jeden Tag zu fressen bekommen?«

»Eigentlich werden sie immer zutraulicher, je hungriger sie sind. Sie wissen ja, dass wir ihnen Futter bringen. Wölfe sind schlau.«

»Natürlich. Suchen wir sie jetzt?«, fragte von Aaken aufgeregt.

Frederike räusperte sich. »Ich habe sie gestern schon gefüttert«, erklärte sie noch einmal. »Das bedeutet, dass sie heute nicht sehr hungrig sind. Mich kennen sie. Sie kennen die Wölfe nicht.«

»Oh«, sagte von Aaken. »Wenn sie hungrig wären … das verstehe ich nicht. Wölfe, die nicht hungrig sind, greifen doch nicht an, oder?«

»Wölfe, die hungrig sind, gehen auf die Jagd. Menschen gehören nicht zu ihrem Beuteschema. Wölfe, die satt sind, verteidigen aber ihr Revier – und dieses Gehege ist ihr Revier. Mich kennen die drei, Sie aber nicht.«

»Jetzt verstehe ich. Ich wäre ein Eindringling.«

»Vermutlich.« Frederike war unschlüssig.

»Sie glauben also wirklich, dass mich die Wölfe angreifen würden?«

»Um ehrlich zu sein, weiß ich das nicht. Ich vermute, dass Balandine, die erste Fähe, geworfen hat. Sie ist trächtig, und ich habe sie seit ein paar Tagen nicht mehr gesehen.«

»Und nun?«

»Ich gehe hinein, und Sie warten hier.«

»Sie wollen alleine hineingehen?«, fragte von Aaken verblüfft. »Haben Sie denn wenigstens eine Waffe dabei?«

»Was?«

»Ein Gewehr? Eine Pistole? Oder einen mit Eisen verstärkten Stab?«

»Wofür?«

»Damit Sie sich wehren können.«

»Die Wölfe tun mir nichts.«

»Wie können Sie sich so sicher sein, Gnädigste?«

»Sie haben mir noch nie etwas getan. Ich weiß es einfach.« Frederike öffnete das Tor. »Aber Sie sollten lieber hier draußen warten.« Sie lächelte versöhnlich. »Die Tiere sollten Sie erst kennenlernen.«

»Ich bin mir gerade nicht sicher, ob ich das will. Und ich weiß nicht, ob ich Sie alleine in das Gehege gehen lassen sollte«, sagte von Aaken verunsichert.

Frederike lachte. »Aufhalten können Sie mich nicht.« Sie öffnete das Tor, trat in das Gehege und schnalzte leise. »Valentina. Cantaloup. Balandine.« Sie schloss das Tor hinter sich, ging zu dem Baumstamm, der auf der Lichtung lag, und setzte sich. »Normalerweise«, sagte sie zu von Aaken, der hinter dem Tor gespannt wartete, »kommen sie.«

»Und wenn nicht?«

»Dann gehe ich weiter.« Frederike schnalzte wieder. »Valentina«, rief sie in einem leisen Singsang. »Komm!« Im Gebüsch raschelte es. Gespannt sah Frederike dorthin. Dann lief ein Kaninchen panisch und hakenschlagend davon. Einer von ihnen ist da, dachte Frederike zufrieden. »Valentina?«

Die Wölfin kam durch das Unterholz, stürmte fast auf Frederike zu. Ihre Rute zuckte freudig. Sie legte sich vor Frederike auf den Boden, streckte die Beine hoch und ließ sich den Bauch kraulen.

»Du bist meine Beste.« Frederike hockte neben der Wölfin, kraulte sie, fasste ihre Pfoten an. »Sie ist kitzelig«, sagte sie zu von Aaken, der wie gebannt am Gatter stand und die beiden beobachtete. »Wenn ich ihre Pfote leicht berühre, dann will sie sich kratzen.«

»Wie ein Hund«, sagte von Aaken verblüfft.

Valentina sah ihn an, dann stand sie auf und ging bis zum Zaun, schnupperte. Sie schaute von Aaken mit ihren hellbraunen Augen an, die Ohren angelegt, dann drehte sie sich um, ging zurück zu Frederike, die immer noch auf dem Baumstamm saß.

»Ich glaube, sie hat Sie akzeptiert.« Frederike kraulte die Wölfin hinter den Ohren. »Kommen Sie doch zu uns.«

»Dort … da hinten …« Von Aaken zeigte zum anderen Ende der Lichtung. Dort stand Cantaloup.

»Canta«, rief Frederike fröhlich. »Canta, komm!«

Der Wolf ging erst zögerlich, dann immer eifriger auf sie zu. Valentina lag wieder auf dem Boden, ließ sich kraulen. Der Alphawolf roch kurz an ihrer Hand, leckte sie dann. Er schaute zum Zaun, sah den Verwalter an, schnüffelte dann an dem Eimer mit dem Futter.

»Wo ist Balandine?«, fragte Frederike Cantaloup leise.

Der Wolf starrte auf den Eimer.

»Na gut«, sagte Frederike und gab ihm etwas Fleisch.

»Woher haben Sie das Fleisch?«, fragte von Aaken.

»Die Köchin sammelt Abfälle. Sie macht es nicht gerne, denn sie wurde geschult, alles zu verwenden – aber wir haben eine Abmachung. Außerdem habe ich eine kleine Prämie ausgesetzt – die Dörfler legen Fallen für Hasen, Kaninchen und Raubvögel. Sie bekommen etwas Geld, wenn sie mir die Elstern und Krähen bringen – und die Abfälle der anderen Fänge. Natürlich verwenden sie das gute Fleisch, die Keulen und das Filet der Kaninchen und Hasen selbst. Das finde ich auch legitim. Es hat sich herumgesprochen, dass ich für Fleischabfälle eine kleine Summe zahle, eigentlich haben wir immer genug.«

»Sie dürfen Hasen jagen?«

»Nur mit Fallen. Und auch nicht in unserem Jagdrevier, sondern nur abseits der Felder.«

Frederike stand auf, von Balandine war nichts zu sehen. Sie rief die junge Wölfin zu sich. »Valentina! Wo ist Balandine?«

Die ältere Fähe war weitaus weniger zutraulich als die junge Valentina, aber es war noch nie vorgekommen, dass sie mehrere Fütterungen verpasst hatte.

»Ich werde sie suchen«, sagte sie zu von Aaken.

»Wenn Sie in einer halben Stunde nicht zurück sind, hole ich die Leute und Waffen.«

»Grundgütiger, nein, das tun Sie nicht. Es wird schon nichts passieren.« Langsam ging Frederike in das Gehege. Es gab so etwas wie Pfade – Strecken, auf denen die Wölfe immer liefen. Sie hatten das Unterholz niedergetrampelt. Die Pfade waren schmal, und manchmal waren sie auch nur eine Art Tunnel, die unter den Brombeeren hindurchführten. Im Gehege gab es zwei Höhlen. Eine Höhle war natürlich entstanden, und die Wölfe nutzten sie im Winter manchmal als Bau, um dort Schutz zu suchen. Ansonsten wechselten die Lagerstätten. Die andere Höhle war eine alte Wurfhöhle, die eine der Fähen für einen früheren Wurf gegraben hatte. Vielleicht, dachte Frederike, hatte Balandine sie nun bezogen. Der Weg dorthin war schwer begehbar, und immer wieder musste sie sich durch das Unterholz kämpfen, aber schließlich erreichte Frederike sie. Valentina folgte ihr, von Cantaloup war nichts mehr zu sehen. Entweder war er am Gatter geblieben oder hatte sich auf die andere Seite des Geheges zurückgezogen.

»Balandine?«, rief Frederike leise. »Balandine?«

Valentina blieb plötzlich zurück, zeigte ein deutlich unterwürfiges Verhalten. Aus der Höhle war ein Knurren zu hören, aber auch leise Fiepsgeräusche.

»Oh, wie wunderbar«, sagte Frederike entzückt und leerte den Inhalt des Eimers auf dem Boden aus. »Lass es dir schmecken, meine Große.« Dann zog sie sich vorsichtig zurück. Eine Fähe, die gerade geworfen hatte, war unberechenbar – selbst wenn man sie gut kannte. Balandine würde alles tun, um ihren Wurf zu verteidigen.

»Haben Sie sie gefunden?«, fragte der Verwalter sichtlich erleichtert, als Frederike aus dem Gebüsch auftauchte.

»Ja, sie hat geworfen.«

»Wie viele Welpen?«

»Ich bin nicht in die Wurfhöhle gekrabbelt.« Frederike lachte. »So viel Respekt habe ich dann doch vor den Tieren, dass ich nicht so leichtsinnig bin.«

»Ich bin froh, dass Sie wieder da sind.« Von Aaken nahm ihr den leeren Eimer ab. »Habe wirklich überlegt, ob ich Sie gleich alleine suchen gehe oder die Leute alarmiere.«

»Gut, dass Sie weder das eine noch das andere gemacht haben«, sagte Frederike. Sie schaute noch einmal zurück ins Gehege. Valentina stand auf der Lichtung und sah ihnen hinterher.

»Sie haben wirklich eine Bindung zu den Wölfen. Es sind wunderschöne Tiere«, sagte von Aaken, »aber ich würde mich nicht in das Gehege wagen.«

»Wenn Sie das so empfinden, sollten Sie es auch nicht tun. Die Tiere spüren Ihre Angst. Das macht Sie zu Beute. Ich habe keine Angst vor ihnen.«

»Bewundernswert.«

In den nächsten Tagen herrschte hektische Betriebsamkeit auf dem Gut. Der linke Flügel wurde geöffnet, die Räume gründlich gelüftet und geputzt. Frederike ging aufmerksam durch jedes Zimmer, besah die Böden, die Fenster, die Wände und die Möblierung.

Bei ihr im rechten Flügel gab es ein Badezimmer mit Ofen und einer Wanne. Es gab ein abenteuerliches Wasserklosett, das aber immerhin funktionierte, und fließendes Wasser an den beiden Waschbecken. Im linken Flügel gab es zwei kleine Kammern mit jeweils einer Torftoilette – ein Holzsitz mit Aussparung, darunter ein Eimer, der mit Torf gefüllt war –, eine Art Plumpsklo im Haus. Der Eimer wurde vom Burschen jeden Morgen geleert und mit frischem Torf gefüllt. Dann gab es einen ehemaligen Abstellraum, in dem ein gusseisernes Öfchen mit einem großen Topf stand. Daneben eine Zinkwanne. Im Topf auf dem Ofen konnte man Wasser erwärmen. Das Wasser musste allerdings aus der Küche oder aus dem anderen Flügel herbeigeschleppt werden.

»Untragbar«, beschloss Frederike. »Wir brauchen hier oben ein zweites Bad mit fließendem Wasser. Außerdem ein vernünftiges Klosett mit Spülung. Die Zimmer sind in Ordnung – die Tapeten sind alt, aber das können wir alles neu machen, nachdem die Familie hier gewohnt hat. Ich möchte heute noch mit dem Zimmermann und dem Spengler sprechen.« Sie sah die Mamsell an, die ihr folgte. »Wer ist für die Installationen hier im Dorf zuständig?«

»Ich bitte Sie, Gnädigste, da gibt es niemanden. Wer hat denn schon auf dem Dorf ein Klosett?«

»Und wer hat das Bad im rechten Flügel installiert?«

»Das war jemand, den der Gnädigste aus Posen hat kommen lassen. Der Zimmermann und der Spengler haben mit ihm Hand in Hand gearbeitet.«

»Gut. So machen wir es wieder. Wie lange hat das damals gedauert?«

»Einige Wochen …«, sagte die Mamsell leise.

Frederike wirbelte herum. »Wirklich?«

Die Mamsell nickte bedauernd.

»So lange können wir nicht warten.«

»Lieber Herr von Aaken«, sagte Frederike bei ihrem täglichen Treffen, nachdem Frederike den linken Flügel begutachtet hatte. »Ich möchte Sie bitten, mir zu folgen.«

»Wollen wir nicht erst die …«

»Nein«, unterbrach sie ihn. »Alles, was das Gut angeht, können wir gleich noch besprechen, jetzt gibt es wichtigere Dinge.«

Seit Frederike jeden Morgen um sechs aufstand, um sieben die Andacht hielt, dann mit dem Verwalter frühstückte, ritt sie auch jeden Tag wieder. Direkt nach dem Frühstück ging sie in den Stall, machte ihren Hengst Kobold fertig und stieg in den Sattel.

Für sie hatte es sich als praktisch erwiesen, direkt nach dem Aufstehen ihre Reithosen anzuziehen, und aus Bequemlichkeit behielt sie die bis kurz vor dem Abendessen an. Sie war den ganzen Tag auf dem Gut unterwegs, ging in die Gärten und auf die Felder, kontrollierte die Ställe und Werkstätten, die dem Hof angegliedert waren. Sie wusste, manch einer sah ihr burschikoses Auftreten mit Entsetzen, aber tatsächlich war es zweckmäßiger, als im Rock oder Kleid umherzulaufen.

Abends allerdings, bevor sie sich mit dem Verwalter zum Essen traf, nahm sie ein Bad, frisierte die Haare und zog sich damenhaftere Kleidung an. Auch einen Spritzer Parfüm legte sie auf und genoss es.

Nun aber stapfte sie in Reithosen und Stiefeln die Treppe nach oben, öffnete die Tür zum linken Flügel. Draußen wehte ein frischer Wind und zog nun durch die Räume, wehte den muffigen Staubgeruch weg.

»Hier könnten Sie mit Ihrer Familie wohnen«, sagte Frederike. »Allerdings ist die Badezimmersituation nicht angemessen. Wir haben nur dieses provisorische Bad. Und die Torfklos.« Sie öffnete die Türen zu den Kammern. »Hier«, sagte sie und zeigte auf einen Raum am Ende des Flurs, »werde ich ein ordentliches Bad einbauen lassen mit fließendem Wasser und daneben ein Klosett. Ich habe schon nach den Handwerkern verlangt. Aber … es wird dauern.« Sie sah von Aaken an. »Ihre Familie könnte am Wochenende einziehen. Bis dahin haben wir alles geputzt. Aber eben nur eine bedingt akzeptable sanitäre Situation.«

Von Aaken ging schweigend durch die Räume, schaute sich die Fensterrahmen an, strich über die ein oder andere Kommode. »Was ist mit den Möbeln?«, fragte er leise.

»Das liegt bei Ihnen.«

»Nun, wir haben Möbel …«

»Die werden Sie ja sowieso hierherbringen. Die Schränke und Kommoden können auf den Speicher, außer Sie möchten das ein oder andere Stück benutzen. Hier könnte man Ihr Schlafzimmer einrichten, dort drüben die Kinderzimmer. Dann hätte man noch einen Raum für ein Kindermädchen, aber das könnte auch in der Mansarde schlafen.«

»Oh, wir haben kein Kindermädchen, das können wir uns nicht leisten.«

»Nun ...«, Frederike zögerte, »... sicherlich bekommen wir schnell ein Mädchen aus dem Dorf, das Ihrer Frau helfen könnte. Was sagen Sie?«

»Ich ... ich bin sprachlos.«

»Wenn erst die Putzkolonne hier durchmarschiert ist, sieht alles viel manierlicher aus. Die Böden werden wir bohnern, die Fenster werden natürlich geputzt, die Vorhänge gewaschen.«

»O nein – ich bin beeindruckt von der Größe und Eleganz.«

»Und von der Güte des Mobiliars? Ich weiß, es entspricht nicht den Ansprüchen, aber wir werden es so schnell wie möglich ändern. Und wenn die Handwerker erst einmal zu Gange sind, können sie auch gleich das alte Verwalterhaus auf Vordermann bringen.«

»Wir haben keine Ansprüche«, sagte von Aaken und senkte den Kopf. »Ich glaube, meine Familie hat noch nie so gewohnt. Wir haben immer mit Unterkünften auf einem Gut oder im Dorf vorliebnehmen müssen, und fließendes Wasser und ein Klosett gab es nirgendwo. Auf dem Gut meines Vaters ist das anders – aber dort können wir nicht unterkommen.«

»Wo wohnt Ihre Frau denn jetzt?«, fragte Frederike leise.

»In einer feuchten Wohnung in der Nähe von Danzig. Dort hatte ich meine letzte Stelle, bin aber wegen Differenzen mit dem Gutsherrn gegangen.«

Frederike lehnte sich an den Türrahmen. Sie hatte ihn nie gefragt, weshalb er so schnell die Stelle auf Sobotka hatte annehmen können, sie vertraute Onkel Eriks Empfehlung vollkommen, doch nun war sie neugierig geworden. »Welche Differenzen waren das?«

»Sie waren politischer Natur.« Von Aaken streckte das Kinn vor. »Ich habe da meine Prinzipien.«

»Die da wären?« Frederikes Stimme wurde dünn. Sie musste an den alten Inspektor und seine Einstellung denken. Hatte sie nach der Pest die Cholera bekommen?

»Ich handele nicht nach irgendwelchen seltsamen Vorstellungen. Ich urteile nach Können und nicht nach Rasse – wie auch immer man die einteilt. Ein Mensch ist ein Mensch. Er hat entweder Fähigkeiten, oder er hat sie nicht. Von seinem Glauben oder seiner Herkunft hängt so etwas nicht ab.«

Frederike stieß erleichtert die Luft aus, die sie angehalten hatte, ohne es zu merken. »Gott sei Dank«, murmelte sie. »Dann sind wir uns ja einig, ich denke nämlich ähnlich.«

»Das sagte Ihr Stiefvater, sonst wäre ich gar nicht hierhergekommen.«

»Und was meinen Sie?«, fragte Frederike nun und drehte sich um. »Können wir die Räume Ihrer Familie zumuten?«

»Ja.« Von Aaken strahlte. »Darf ich meine Frau anrufen? Wann dürfen sie kommen? Zum Wochenende hin?«

»Wir werden hier eine Baustelle haben in den nächsten Wochen, das ist Ihnen klar?«

»Das ist völlig egal.«

»Nun gut, dann lassen Sie Ihre Familie herkommen.«

»Können wir wirklich einige der Möbel nutzen? Wir haben nicht so viel …« Er klang verlegen.

»Alles, was Sie gebrauchen können. Auf dem Speicher steht noch mehr.«

»Danke«, sagte er und klang bewegt. »Ich weiß nicht, wann ich jemals jemanden wie Sie getroffen habe. Danke.«

Bevor Frederike etwas sagen konnte, hatte er sich schon umgedreht und war die Treppe hinuntergelaufen.

Verblüfft sah sie ihm hinterher, dann lachte sie auf. Anscheinend hatte sie eine gute Tat vollbracht. Dabei belohnte sie sich ja auch selbst damit, auch wenn der Verwalter das nicht wusste.

Frederike ging zur Hintertreppe und stieg auf den Dachboden. Dort stand neben der Tür eine Petroleumlampe, die sie entzündete. Der Speicher in diesem Teil des Hauses war voll mit Koffern, Kisten und Möbeln. Sie nahm die Lampe und ging langsam über den Speicher. So einen Dachboden gab es auch auf Fennhusen. Dorthin wurde alles gebracht, was nicht mehr gebraucht wurde. Sie und ihre Geschwister hatten dort bei schlechtem Wetter stundenlang spielen können. Es Koffer voller alter Kleider aus Seide, Leinen und Spitze. Es gab Unterröcke, die auf Rahmen gespannt waren und die sie als Verstecke benutzten, es gab Unmengen an Stoffen, Schals und Umhängen, mit denen sie sich verkleideten und in alte Welten eintauchten.

Immer, wenn sie an dieses Spiel dachte, hatte sie das Kribbeln des Staubs und den Geruch des Mottenpulvers und der Lavendelsäckchen, die überall verteilt waren, in der Nase.

Und jetzt war es ebenso. Nur dass hier oben seit Jahren niemand mehr gespielt hatte. Hierhin waren Sachen immer nur verbracht und dann vergessen worden.

Dort hinten stand eine alte geschnitzte Wiege. Frederike wandte sich ab – das war wohl die Familienwiege, und sie zu sehen tat ihr weh.

Aber dort vorne stand ein altes großes Puppenhaus. Hatte von Aaken nicht Zwillingsmädchen? Frederike beschloss, zwei Burschen nach hier oben zu schicken und das Puppenhaus holen zu lassen. Der Küfner sollte es sich anschauen und instand setzen. Bestimmt gab es auch noch etwas für den Sohn. In einer Ecke fand sie einen Seifenkistenwagen. Der Lack war lädiert, aber ansonsten sah das Fahrzeug noch gut aus. Vielleicht würde er sich darüber freuen.

Sie überlegte – was interessierte ihre Halbgeschwister auf Fennhusen? Eigentlich vor allem die Tiere.

Es wird Zeit, dachte sie dann fröhlich, dass Fortuna wieder wirft. Mit diesem Gedanken ging sie nach unten.

Kapitel 11

»Jemand kommt«, sagte die Mamsell zu Frederike und stand auf. »Erwarten Sie Besuch?«

Sie saßen bei ihrem morgendlichen Treffen und besprachen den Tagesablauf und zusätzlich die Arbeiten, die am Haus und im alten Verwalterhaus vorgenommen wurden. Es gab Arbeiter zu verpflegen, sie brauchten Frauen aus dem Dorf, um das Gutshaus zu putzen. Frederike hatte nicht damit gerechnet, dass der Badumbau so viel Dreck machen würde.

»Besuch? Nein.« Aber auch Frederike hörte das Knattern des Automobils auf der Zufahrt zum Gut. Sie trat neben die Mamsell an das Fenster. »Ob das schon die Familie des Verwalters ist?«

»Hoffentlich nicht, wir sind noch nicht einmal annähernd fertig, und sie sollen doch erst übermorgen kommen«, sagte die Mamsell nervös.

»Vielleicht ist es mein Bruder.« Frederike lächelte. Fritz hatte ihr geschrieben und angekündigt, dass er sie demnächst besuchen kommen wollte. Aber es klang nicht nach seinem Opel Laubfrosch – der knatterte nämlich schon von weitem erkennbar.

»Ihr Bruder? Wir haben gerade kein Gästezimmer zur Verfügung.« Die Mamsell klang geradezu panisch.

»Mein Bruder ist nicht sehr anspruchsvoll, den könnte man auch auf dem Heuboden platzieren, solange er genug zu trinken bekommt.« Frederike lachte leise. »Aber er fährt einen Frosch, und dies ist ein größeres Automobil.«

»Ihr Stiefvater?«

»Aber ohne Ankündigung?«

Beide Frauen schauten gespannt in die Einfahrt, ein großer schwarzer Wagen schob sich um die Kurve.

»Das ist ein Horch«, sagte Frederike verblüfft. »Ich kenne niemanden, der einen Horch fährt.«

»Sie können Autos auseinanderhalten?« Die Mamsell schüttelte den Kopf. »Diese jungen Leute«, murmelte sie. »Ein Automobil ist ein Automobil. Die meisten sind schwarz oder grau, wenige sind grün …«

Frederike lachte glockenhell auf. »Haben Sie eigentlich einen jüngeren Bruder? Das habe ich Sie nie gefragt.«

»Doch, ich habe einen jüngeren Bruder. Er ist Priester und interessiert sich nicht für Vehikel.« Die Mamsell rümpfte erst die Nase, dann lächelte sie. »Aber vermutlich muss man mit der Zeit gehen. Ich könnte Ihnen jeden Kutschentyp sagen, sogar die aus England. Eine Weile habe ich Magazine bezogen, die neue Kutschen beschrieben.«

»Welten tun sich auf, Mamsell. Darüber müssen wir noch einmal reden. Aber jetzt schauen wir, welchen Gast wir begrüßen können.«

Seit dem Besuch von Tante Edeltraut, der Entlassung der beiden Mädchen und des Inspektors und einiger anderer Änderungen lief der Haushalt sehr viel besser, und auch die Verständigung mit der Mamsell war für Frederike einfacher geworden. Sie hatte das Gefühl, ernster genommen zu werden. Wahrscheinlich hatte auch die morgendliche Andacht das Ihre dazu beigetragen – die Leute merkten nun, dass sich Frederike für das Gut einsetzte, dass sie früh aufstand und den ganzen Tag mit der Verwaltung Sobotkas betraut war. Das hatte Frederikes Autorität gefestigt.

Die beiden Frauen gingen in die Diele und zur großen Eingangstür, öffneten sie. Der Wagen, tatsächlich eine Horch Limousine, hielt vor der Treppe, und Rudolph von Hauptberge sprang heraus.

Seit ihrem Besuch in Berlin vor vier Wochen hatte er ihr zwei kurze, aber witzige Briefe geschrieben. Aber nichts hatte darauf hingedeutet, dass er sie besuchen wollte.

»Rudolph?«, fragte Frederike verblüfft. »Was machst du hier?« Sie ging ihm entgegen und spürte, wie ihr Herz klopfte.

»Ich dachte, ich besuche dich, schau mir dein grandioses Gut an.« Er ignorierte ihre ausgestreckte Hand, nahm sie in den Arm und drückte sie an sich. Er roch so gut – nach Seife, Leder und ein wenig nach sich selbst.

Für einen kleinen Moment lehnte sie sich gegen ihn, spürte seine Wärme und hörte seinen Herzschlag durch das Hemd. Es war eine seltsame Vertrautheit, und in ihrem Bauch kribbelte es.

»Komm«, sagte sie und nahm seine Hand, zog ihn mit sich. »Komm herein. Wie schön, dass du da bist.« Es war keine Floskel, wurde ihr klar, sie freute sich wirklich sehr, ihn zu sehen. »Du hast gar nicht geschrieben, dass du kommst.«

»Ach Freddylein«, gestand Rudolph, »mit dem Schreiben habe ich es nicht so. Das solltest du doch inzwischen wissen. Ich schreibe eine Seite, dann finde ich alles töricht und zerreiße das Blatt, fange noch mal von vorne an. Meist werden es nur kurze, nichtssagende Nachrichten, weil ich nicht weiß, wie ich mich ausdrücken soll.« Er blieb stehen und sah sie an. »So bin ich nun mal.«

»Aber jetzt bist du hier. Wie lange kannst du bleiben?«

»Eigentlich dürfte ich gar nicht hier sein. Es ist Aussaatzeit, die Felder werden bestellt und all diese Dinge. Aber manchmal muss man Prioritäten setzen – ich kann nicht schreiben, aber fahren. Darf ich ein, zwei Tage bei dir verbringen?«

»Natürlich.« Frederike runzelte die Stirn. »Wobei es gerade etwas hektisch auf dem Gut ist. Wir müssen einiges instand setzen, und ich lasse ein neues Bad einbauen … überall ist Staub und Schutt, und ich wusste gar nicht, wie dreckig es wird, wenn man Leitungen einziehen lässt. Jetzt weiß ich es …«

»Ich komme ungelegen.« Rudolph blieb abrupt stehen. »Ich hätte doch schreiben oder anrufen sollen.«

»Nein, es ist alles gut so, wie es ist. Ich freue mich, dass du hier bist. Und die Freude ist noch größer, weil sie so unerwartet kommt.«

»Dabei soll doch Vorfreude die schönste Freude sein.« Er zwinkerte ihr zu und lachte.

»Vielleicht … zu Weihnachten ist das so. Aber unerwartete Geschenke sind auch phänomenal, und du bist heute mein unerwartetes Geschenk. Und jetzt komm endlich herein.«

Die Mamsell stand immer noch in der Halle.

»Dies ist ein Freund meiner Familie – Rudolph von Hauptberge. Ich weiß, wir sind nicht vorbereitet, aber finden wir ein Zimmer für ihn? Und können wir das Essen anpassen?«

Sie hatten gerade besprochen, dass in den nächsten zwei Tagen nur einfaches Essen gereicht werden würde. Am Samstag, wenn die Familie des Verwalters eintraf, sollte es ein größeres Willkommensmenü geben.

»Ich rede mit Lore«, sagte die Mamsell. »Da wird wohl das ein oder andere Huhn daran glauben müssen«, sagte sie leise und verschmitzt. »Aber wir finden Lösungen.«

Rudolph schaute sich in der Halle um. »Das ist großartig«, sagte er beeindruckt. »Schon alleine die Auffahrt zum Gut ist phantastisch. Ich wusste, dass Sobotka eins der größten Güter hier ist, aber dass es so ist, hätte ich nicht gedacht.«

»Das Gebäude ist zwar nicht baufällig, aber im Moment hat es die besten Zeiten hinter sich. Wir haben oben nur ein Bad mit fließendem Wasser, nicht durchgängig Elektrizität – also stell dich auf Petroleumleuchten und Torfeimer ein.«

Rudolph lachte auf. »Ich werde mich ganz wie zu Hause fühlen. Aber Freddylein – ich bin deinetwegen hier. Ich habe kein Hotel gesucht, nicht das Adlon – ich wollte dich sehen.« Er schaute sie an, und ihre Blicke tauchten ineinander. Frederike wurde ganz warm. Sie konnte ihre Gefühle nicht einordnen und war verwirrt.

»Wobei habe ich dich gestört? Du hast doch sicherlich etwas gemacht?«

»Ich hatte meine morgendliche Besprechung mit der Mamsell – wir haben den Tag geplant, die Essen, was die Leute, das Gesinde und die Arbeiter bekommen.«

»Wart ihr fertig?«

Frederike biss sich auf die Lippen. »Nein.«

»Dann führe es zu Ende. Ich will Zeit mit dir verbringen, aber ich will dich nicht von deinen Tätigkeiten abhalten. Wenn du erlaubst, laufe ich den ganzen Tag hinter dir her.«

Frederike öffnete die Tür zu ihrem Arbeitszimmer. Fortuna hatte dort auf einer Decke vor dem Kamin gelegen, nun stand sie auf und kam ihnen entgegen, beschnüffelte den Besucher.

»So wie mein Hund?«, fragte Frederike.

»Das ist eine wunderschöne Bracke. Herrje, die ist wirklich schön.« Rudolph kniete sich nieder, ließ Fortuna an seinen Händen schnuppern. Die Hündin legte sich auf den Boden, streckte die Beine empor, er kraulte ihren Bauch. »Ich züchte Jagdhunde. Ich hätte den perfekten Rüden …«

»Du bist ja wie mein Stiefvater«, sagte Frederike belustigt. »Möchtest du Kaffee?«

»Gerne.«

»Wir werden etwas brauchen, um dein Zimmer für dich herzurichten.«

»Das ist überhaupt kein Problem. Darf ich mich einfach auf dem Gut umsehen? Ich nehme diese Schönheit hier mit.«

»Wolltest du mir nicht hinterherlaufen?«, fragte Frederike schmunzelnd.

»Wahrscheinlich ist das keine so gute Idee, ich würde dich von deiner Arbeit abhalten.«

»Du darfst dich umsehen, du darfst Fortuna ausleihen, aber ich werde deinen Wagen kontrollieren, wenn du wieder fährst – dieser Hund bleibt hier bei mir. Magst du vielleicht später ausreiten?«

»Sehr gerne.« Er grinste. »Ich schätze übrigens deine elegante Kleidung. Das hat etwas.«

Frederike schaute an sich herunter. Sie trug einen Strickpullover, der schon Kontakt mit Motten gehabt hatte, aber weit, warm und bequem war. Und natürlich hatte sie die inzwischen ausgeleierten Reithosen an.

»Du liebes bisschen«, murmelte sie entsetzt. »Wie außerordentlich peinlich.«

»Gar nicht. Es spiegelt dich wieder.«

»Eine heruntergekommene Frau in Reitkleidern. Was sagt das nur über mich aus?«

»Dass du deine Arbeit machst. Ich bewundere dich.« Er erhob sich, trat zu ihr und küsste sachte ihre Wange. »Und jetzt hätte ich gerne einen Kaffee, heiß, stark und mit Zucker.«

Frederikes Wange brannte. »Ich lasse dir Kaffee bringen, heiß, stark und süß. Um eins essen wir. Vorher wird dein Zimmer sicherlich fertig sein, so dass du dich frisch machen kannst.«

»Perfekt. Danke. Und jetzt kümmere dich ohne schlechtes Gewissen um dein Gut, denn ich bin derjenige, der ein schlechtes Gewissen haben sollte. Da komme ich einfach so unangekündigt daher und stelle alles auf den Kopf …«

Diesmal war es Frederike, die ihn auf die Wange küsste. »Danke, dass du hier bist.« Dann drehte sie sich um und ging. Ihr Herz war ein junger Specht im Buchenwald und klopfte wild.

Frederike ging hinunter ins Souterrain. »Mamsell?«

Lore stand direkt hinter der Küchentür. »Wer ist es?«, fragte sie aufgeregt. »Kenne ich ihn?«

»Bitte lass einen heißen, starken Kaffee hochbringen. Und Zucker.« Frederike konnte ihr Lächeln kaum unterdrücken. »Weißt du noch damals, als wir dieses ›rustikale‹ Erntefest auf Fennhusen ausgerichtet haben? Da kam doch ein Gast, der gar nicht bei uns wohnen sollte.«

»Ich erinnere mich«, sagt Lore und kicherte. »Er war so wat von sich überzeujt, das war 'n Erlewwnis. Das isser?«

»Ja, das ist er. Ein Freund von Fritz. Ich habe ihn in Berlin getroffen.«

»Hat er sich angekündigt?«, fragte die Mamsell mit schiefem Unterton.

»Nein«, sagte Frederike entschuldigend. »Das hat er nicht. Und es macht Umstände, ich weiß.«

»Gerade jetzt …« Die Mamsell seufzte laut auf.

»Wir haben noch ein Gästezimmer im rechten Flügel. Das grüne Zimmer.«

Die Mamsell nickte und zog die Stirn kraus. »Wir könnten ihm eine Zinkwanne aufstellen und einen Paravent – so wie dem Verwalter. Sie können sich ja nicht mit zwei Männern das Bad teilen.«

»Das stimmt, Mamsell, das wäre unfassbar unschicklich. Aber nur, wenn ich es gleichzeitig mit ihnen benutzen würde.« Frederike verkniff sich das Lachen. Seit von Aaken hier wohnte, teilte sie sich das Bad mit ihm – zeitlich abgesprochen –, und die Leute wussten es natürlich. Dennoch wurde so getan, als ob es nicht so wäre.

»Zinkwanne und Paravent!« Die Mamsell sah Frederike streng an.

»Gut, dann machen wir das so.«

»Und das Essen?«

Frederike schaute zu Lore. »Wir hatten nur Kartoffeln mit Soße geplant. Das … wäre ein wenig zu schlicht mit Gast.«

»Erbarmung, das stimmt.« Lore nickte. »Awwer das kriejen wir hin. Ich habe da Stubenkieken, die könnte ich in Buttermilch einlejen, so wie es Schneider jetan hat. Und dann ausbraten.«

»Köstlich. Ja, bitte, mach das. Aber für heute Abend und für morgen brauchen wir auch etwas.« Frederike sah von der Mamsell zur Köchin. »Es muss kein großartiges Menü sein, aber lecker.«

»Ei, mach dir mal keene Sorje. Magst ihn, den Rudolph?« Lore sah sie an und kniff dabei ein Auge zu.

»Ja, ich glaub schon. Er ist nett.« Dann wandte sich Frederike der Mamsell zu. »Wie sieht es mit dem linken Flügel aus? Wie weit sind wir?«

»Die Rohre werden am Wochenende verlegt. Die Löcher wurden schon durch die Böden gebohrt. Große Löcher für Wasser und noch größere für das Abwasser. Aber das muss wohl so sein. Die Rohre für die Elektrizitätsleitung sind deutlich kleiner. Aber damit jedes Zimmer Licht hat, muss noch einiges geschehen.«

»Wenn wir einmal dabei sind, sollten wir das durchziehen.«

Die Mamsell nickte zustimmend. »Die Arbeiter bekommen heute Mittag eine Suppe und Brot mit Auflage, zum Abend Kartoffelstampf mit dem letzten Wurzelgemüse. Morgen schicke ich Igor in den Wald, er soll Kaninchen holen …«

»Nein, warten Sie«, sagte Frederike nachdenklich. »Ich werde morgen mit Rudolph Niederwild jagen.«

»Wir haben noch April«, gab die Mamsell zu bedenken.

»Genau – den 25. April haben wir heute. In sechs Tagen ist der erste

Mai, und ab da dürfen Maiböcke geschossen werden. Als ob diese paar Tage etwas ändern.« Frederike schnaubte.

»Nun, eigentlich hält sich niemand daran. Ein Maibock wäre nicht schlecht. Wir haben aber auch zehn Ferkel, denn eine Muttersau ist gestorben. Und wir bekommen sicherlich nicht mehr als drei von ihnen bei anderen Säuen unter.«

»Erbarmung, Fleesch haben wir jenuch, awwer die frischen Sachen fehlen – wir haben kaum Salat, die Kartoffeln sind schrumpelig, die Bete alt«, gab die Köchin zu bedenken.

»Giersch, Brennnesseln, Portulak, Brunnenkresse?«, schlug Frederike vor.

»Ei, isst er das denn?«

»Natürlich. Haben wir Reis?«

»Ei sicher, den habe ich vom Händler gekooft«, sagte Lore. »Is noch 'n halber Sack da.«

»Gut. Dann gibt es Reis statt Kartoffeln. Was ist mit Flusskrebsen?«

»Erbarmung, is noch zu frih fir Flusskrebse, und wir wissen nich, obse sich wieder erholt ham. Gab ja diese Krankheit, wose alle jestorben sind. Awwer Forellen hammwe. Und da is noch der olle Karpfen im Teich, den ich wechhaben will. Wird zu jroß, das Biest.«

»Den Karpfen gibt es am Sonntag, wenn die Familie vom Verwalter eingezogen ist.« Frederike nickte zufrieden.

»Ei, am Sonntag wird es ein tolles Menü jeben, dafir lech ich meene Hand ins Fiier.«

»Danke, Lore.« Frederike schaute zur Mamsell. »Was ist mit den Zimmern im linken Flügel?«

»Bis morgen habe ich sie alle sauber, auch wenn wir nächste Woche wieder putzen müssen, wenn die letzten Rohre verlegt werden. Das macht einen Dreck, das glaubt mir kein Mensch.«

»Ja, das hätte ich auch nicht erwartet. Aber die Frauen aus dem Dorf machen das hervorragend. Vielleicht können wir sie irgendwie belohnen?«

»Vergeben Sie Deputate auf die kommende Ernte. Geld ist nichts mehr wert, und die nächste Inflation kommt bestimmt.«

»Nun seien Sie mal nicht so negativ, beste Mamsell. Aber das mit den Deputaten überlege ich mir.«

»Können Sie nachher mit mir durch die Zimmer gehen und alles kontrollieren?«, bat die Mamsell. »Ich habe das Gefühl, dass man den Arbeitern permanent auf die Finger schauen muss, sie machen mehr Pausen als sonst etwas.«

»Natürlich.« Frederike schaute auf ihre Armbanduhr. »Gegen drei?«

Die Mamsell nickte zustimmend.

»Gut, dann setze ich mich jetzt mit dem Verwalter zusammen. Bitte lass Kaffee hochbringen«, sagte Frederike zu Lore.

»Ei, der is schon fertich.«

»Wir haben einen Gast«, erzählte Frederike dem Verwalter. »Ein Freund der Familie, er ist überraschend gekommen und bleibt zwei Tage.«

»Er hat einen Horch«, sagte von Aaken voller Bewunderung.

Frederike lachte leise. »Ja, das hat er.«

Von Aaken schaute nachdenklich aus dem Fenster. »Es macht mir nichts aus, heute mit den Leuten in der Küche zu essen.«

»Wie bitte?« Frederike sah ihn verblüfft an. »Wieso das denn?«

»Die gemeinsamen Essen mit Ihnen sind schon nach dieser kurzen Zeit, die ich auf Sobotka bin, ein Genuss – nicht nur das Essen, sondern ich schätze auch Ihre Gesellschaft und unsere Gespräche. Aber wenn ein Freund der Familie da ist, bin ich ein Fremdkörper und störe. Das möchte ich nicht.«

»Lieber, bester Herr von Aaken, natürlich werden Sie gemeinsam mit uns speisen. Herr von Hauptberge führt das Familiengut seiner Familie in Schlesien. Wir werden sicherlich eine Menge Gesprächsstoff haben. Und selbstverständlich werden Sie anschließend auch noch einen Drink und einen Kaffee mit uns zusammen nehmen, bevor sich alle zur Nacht verabschieden.«

»Aber Baronin von Stieglitz, das geht doch nicht …«

»Natürlich geht das. Und jetzt lassen Sie uns über das Gut sprechen. Ich habe gehört, dass eine Muttersau gestorben ist?«

»Richtig. Sie war alt, und eigentlich war es ein Wunder, dass sie noch einmal trug. Ich weiß nicht, warum sie nicht schon vorher geschlachtet worden ist. Aber das Werfen war dann zu viel für sie. Zwei der Ferkel sind schon gestorben, drei versuchen wir gerade anderen Muttersauen unterzuschieben. Das klappt nicht immer.«

»Nun, jedenfalls hat die Küche im Moment genug Fleisch.«

»Die Frischlinge haben kaum was auf den Knochen.« Von Aaken seufzte. »In Posen gibt es ein paar Fälle von Euterfieber, ich habe den Schweizer zu größter Sorgfalt angehalten. Wir haben dreißig tragende Milchkühe in diesem Jahr.«

»Hoffentlich geht der Kelch an uns vorüber«, sagte Frederike leise. »Wie sieht es mit der Feldwirtschaft aus?«

Nach und nach besprachen sie alle wichtigen Details des Gutes.

»Ich werde nachher den Umbau oben kontrollieren«, sagte Frederike zum Abschluss. »So gegen drei. Möchten Sie nicht auch kommen und sich die Zimmer anschauen?«

»Heute Nachmittag wollte ich auf die Weizenfelder und mir den Zustand der Böden ansehen. Ich werde das nicht schaffen.«

»Ihre Familie kommt morgen?«

»Ja, ich habe nichts Gegenteiliges gehört.« Seine Wangen färbten sich leicht.

»Sie freuen sich«, sagte Frederike und nickte zufrieden. »So muss es sein.«

»Ja, tatsächlich kann ich es kaum noch erwarten.« Er lachte und stand auf. »Wir sehen uns dann beim Abendessen.« An der Tür zögerte er. »Gibt es eine Kleidungsvorschrift?«

Zum Abendessen wechselte Frederike meist in ein Kleid oder Rock und Bluse, manchmal auch in eine elegante Hose. Richtig fein machten sie sich nicht. Auch von Aaken zog sich um – aber er trug dann ebenfalls nur einen sauberen Anzug und keinen Frack oder Abendsakko.

»Nein, keinen Dresscode. Wir machen das so wie immer, nur das eine Person mehr am Tisch sitzen wird.«

»Dann freue ich mich auf die Gesellschaft«, sagte er, aber Frederike merkte ihm an, dass ihm nicht ganz wohl dabei war.

Sie für ihren Teil war heilfroh, dass von Aaken zugegen sein würde. Nachdenklich pfiff sie nach Fortuna, aber der Hund lag gar nicht auf seiner Decke – natürlich nicht, Rudolph hatte ihn mitgenommen. Langsam ging Frederike in die Halle, nahm ihre Jacke von dem Garderobenständer, der verborgen in einer Ecke stand, zog sie über und ging dann nach draußen. Die Sonne schien, aber es war frisch. Immer noch drohte Bodenfrost, aber langsam gingen die Temperaturen nach oben. Frederike ging in den großen Gemüsegarten, der zum Gut gehörte und hinter dem Haus lag.

Victor, der Gärtner, und seine Gehilfen waren schon lange bei der Arbeit. Sie wollte mit ihm die Neubepflanzungen besprechen, aber plötzlich merkte sie, dass sie erst einmal nachdenken musste. Rasch machte sie kehrt, ging an der Remise vorbei. Dort stand ihr Opel und daneben der Horch von Rudolph. In der Tiefe der Scheune waren die Pferdewagen untergestellt – der Landauer, der kleine Gig und die Wagonette. Es gab natürlich noch einige Leiterwagen und Fuhrwerke, aber die standen im Wirtschaftshof des Gutes.

Hinter der Remise war der Stall mit den Gebrauchspferden. Die Zuchtpferde waren ein ganzes Stück vom Gut entfernt in großen Stallungen untergebracht.

Frederike ging durch das große zweiflügelige Tor – die Flügel waren schon, so wie fast jeden Tag, in der Früh geöffnet worden. Sie hätte sie alleine nicht aufbekommen, oder nur mit Mühe. Zum Glück war in das eine Tor eine kleine Tür eingepasst worden, so dass sie immer – zu jeder Tag- und Nachtzeit –, zu den Pferden gelangen konnte.

»Stanis?«, rief sie und betrat die Stallgasse. »Stanislav, bist du hier?« Stanislav war der Stallmeister des Gutes. Seit vor knapp zwei Jahren ihr Hengst Lorbass hier in der Stallgasse an einer Kolik gestorben war, hatte Frederike ein enges Vertrauensverhältnis zum Stallmeister aufgebaut. Sie beide liebten Pferde – und das war eine gute Basis. Und beide schätzten das Wissen und den Umgang mit den Tieren des anderen.

»Ich bin hier inne Ecke.« Stanis kam mit einem breiten Lächeln und viel Stroh im Haar herbei. »Jnädigste. Was kann ich für Sie tun?«

»Ich würde gerne ausreiten.«

Stanis schaute sich um. »Ei, das is kein Problem. Dem Kobold hammwe schnell gesattelt.«

»Ist er schon geputzt?«

»Weeß ich nich. Paule, is der Kobold schon fertich?«, brüllte der Stallmeister durch die Gasse.

»Ne«, kam es aus einer der Boxen.

»Gut, dann putz ich ihn«, sagte Frederike. Sie nahm einen der Putzeimer, die aufgereiht an der Wand standen. Darin waren Kardätsche, Striegel, Hufkratzer, Bürste und Kamm. Aus der großen Kiste am Eingang holte sie noch ein paar schrumpelige Äpfel.

»Na, mein Guter«, sagte Frederike, als sie in die Box ging. Hungrig nahm der junge Hengst einen der Äpfel und zerkaute ihn.

Langsam und mit System striegelte und bürstete Frederike ihr Pferd. Sie war froh, dass Onkel Erik sie und ihre Geschwister damals, als sie noch Kinder waren, gezwungen hatte, alles von der Pike auf zu lernen – Pferd putzen, satteln, trensen, Stall ausmisten und füttern. All das hatten Gerta, Fritz und sie machen müssen, bevor sie reiten durften. Heute fehlte Frederike oftmals die Zeit für diese Aufgaben. Meistens holte sie Kobold gestriegelt und gesattelt ab, führte ihn nach dem Ritt zurück in eine saubere Box, wo er dann gefüttert wurde. Oft ritt sie ihn noch nicht einmal trocken, das übernahm einer der Burschen.

Doch diesmal nahm sie sich die Zeit. Sie brauchte sie, um nachzudenken.

Rudolph war plötzlich gekommen, unerwartet, unangekündigt. Er hatte keinen Platz in ihrer Welt, in dem Gefüge, das sie sich gerade mühsam zusammenzimmerte. Im Gegenteil, er riss Wunden auf, Begehrlichkeiten.

Hätte, wäre, würde – alles Wörter, die sie aus ihrem Wortschatz gestrichen hatte.

Sie war mit Ax verheiratet, sagte sie sich und strich mit dem Striegel über den Rücken ihres Pferdes.

Ich bin mit Ax verheiratet, ich bin mit ihm verheiratet. Ich bin an Ax gebunden. Ax liebt mich. Er liebt mich, und ich habe ja gesagt. Ax ist mein Gatte, ich sollte ihn lieben.

Immer und immer wieder bürstete sie Kobold, bis sein Fell glänzte, dann sattelte sie das Pferd, führte es nach draußen. Für einen Moment verweilte sie nachdenklich auf dem Hof – es gab noch so viel zu tun –, aber dann stieg sie auf, schnalzte leise, und Kobold ging in einen leichten Trab.

»Auf zu den Feldern«, sagte sie und lenkte ihn auf den Wirtschaftspfad.

Das erste Grün zeigte sich an den Bäumen, überall roch es nach feuchter Erde, nach frischem Gras, nach den ersten Blumen. Sie kamen durch eine Lichtung, auf der Bärlauch stand und intensiv duftete. Frederike schloss die Augen. So riechen Frühling und neues Leben, dachte sie beglückt und traurig zugleich.

Ich liebe den Frühling, ich liebe die Ferkel, die Kälbchen und die Lämmer, die kleinen Küken und das erste Grün auf den Feldern. Das Leben besteht aus Entstehung und Vergänglichkeit, aber meine Ehe mit Ax beherrscht die grausame Vergänglichkeit – seine. Und ich stehe daneben und muss es mit ansehen. Ich werde keine Kinder mit ihm haben. Und ich werde nie wieder lieben dürfen.

Rudolph … sein Name bohrte sich in ihre Gedanken. Er war so anders als Ax. Jünger natürlich, und er stand ganz anders im Leben. Er genoss es, fuhr nach Berlin und Hamburg, obwohl auch er ein Gut zu führen hatte. Ax war eigentlich nur auf politische Versammlungen gegangen, hatte sich für den Bauernbund und die Rückführung der Güter in das Reich interessiert. Er hatte eine große Abneigung gegen die Nationalsozialisten, aber dennoch dem Inspektor fast freie Hand gelassen – aber vielleicht war er zu dem Zeitpunkt schon zu krank gewesen, um die Machenschaften, die sich anbahnten, zu durchschauen.

Ax ist Ax – aber was ist mit mir, fragte sich Frederike. Rudolphs plötzliches Auftauchen verwirrte sie. Rudolph war ein kluger, gebildeter Mann, und er hatte diesen trockenen Humor, den sie liebte. Er war witzig, vital und … interessiert. Frederike schloss die Augen.

Daran darf ich noch nicht einmal denken, sagte sie sich und ließ die

Zügel locker. Sie waren durch den Wald hindurchgeritten und hatten die Felder erreicht. Kobold streckte den Hals und lief los.

Der Wind strich Frederike ins Gesicht, wehte manchen trüben Gedanken davon. Doch alle wurde sie nicht los. Sie versuchte ihren Kopf frei zu machen, für ein paar Augenblicke nicht mehr nachzudenken und nur das Gefühl des galoppierenden Pferdes unter sich zu genießen. Sie spürte die warme Haut, hörte das Schnauben und roch den gesunden Schweiß des Tieres.

Das ist Leben, dachte sie und war für einen Augenblick glücklich.

Kapitel 12

»Das Essen war vorzüglich«, lobte Rudolph. »Das Fleisch war unglaublich zart.«

»So sollte es sein.« Von Aaken lehnte sich zurück. »Es war das Fleisch von den Ferkeln einer Sau, die verendet ist.«

»Immerhin hat sie uns noch dieses Geschenk gemacht. Es ist traurig, wenn Tiere sterben, aber hier wie bei uns sind wir doch ein Wirtschaftsunternehmen und müssen diese Dinge mitnehmen, wie sie kommen«, meinte Rudolph. »Die Soße war ein Traum, das solltest du deiner Köchin ausrichten, Freddy.«

»Sie wird sich freuen.« Frederike winkte Frans, der erneut die Gläser füllte. »Schön, dass es geschmeckt hat.«

Bisher hatten sie nur etwas Konversation betrieben, hatten sich beschnuppert.

»Wollen wir nach nebenan gehen?«, fragte Frederike und versuchte ungezwungen zu klingen. »Wer möchte einen Kaffee, wer etwas anderes? Es darf auch geraucht werden.« Sie lächelte und stand auf.

»Du rauchst?«, fragte Rudolph verblüfft. »Ich weiß, dass Thea raucht und es très chic findet …«

»Nein, ich rauche nicht. Aber du dürftest, wenn du wolltest.« Frederike lachte leise. »Mein lieber und guter Verwalter schätzt eine Zigarette nach dem Essen, und sie sei ihm gegönnt.«

Die drei wechselten in den Salon, wo das Feuer im Kamin prasselte und eine behagliche Atmosphäre schuf.

»Sie sind sich ziemlich vertraut, das überrascht mich«, sagte Rudolph zu von Aaken.

Heinrich von Aaken lachte. »Eigentlich nicht. Oder – doch, ja, inzwischen. Ich bin erst seit einigen Tagen auf dem Gut, aber die Gnädigste und ich verstehen uns zum Glück sehr gut.«

»Ach so?« Rudolph zog eine Augenbraue hoch.

»Wollen Sie wie immer einen Brandy?«, fragte Frederike von Aaken amüsiert. »Ich nehme – wie immer – einen Gin-Fizz. Und was trinkst du, Rudolph?«

Rudolph räusperte sich. »Ich nehme auch einen Gin-Fizz.«

Von Aaken war ganz in Gedanken zur Anrichte gegangen und hatte sich einen Brandy eingeschenkt, setzte sich nun in den einen Sessel am Kamin und nahm sein Zigarettenetui heraus. »Möchten Sie?«, fragte er Rudolph und hielt ihm das Etui entgegen. Rudolph zögerte kurz, nahm dann eine Zigarette.

»Danke.«

»Wissen Sie«, sagte von Aaken leise, »ich bin sehr froh, hier auf dem Gut gelandet zu sein. Ich bin der dritte Sohn der Familie, und mein großer Bruder hat unser Familiengut übernommen. Mein zweitältester Bruder studiert zusammen mit Fritz von Fennhusen – irgendetwas Technisches. Ich vergesse immer wieder, wie sie das nennen, der Begriff scheint sich auch von Jahr zu Jahr zu ändern.«

»Flugtechnik ist es jetzt«, warf Frederike ein und mixte die Gin-Fizz, reichte Rudolph ein Glas.

»Ja, Flugtechnik. Das alles ist vielleicht spannend und die Zukunft, aber ich wollte immer nur ein Gut führen. Ich bin ein Bauer – von Geburt an, wenn Sie verstehen. Ich habe Landwirtschaft studiert und will neue Dinge ausprobieren, indes – auf unserem Familienbesitz kann ich es nicht, deshalb musste ich mir eine Anstellung suchen.« Er schluckte und senkte den Kopf. »Mein Vater meinte immer, ich sollte doch etwas anderes machen – aber das wollte ich nie. Ich will Felder bestellen, Kühe, Schafe und Pferde aufziehen. Ich will durch Matsch stapfen, den trockenen Staub beim Dreschen einatmen, ich will Weizenkörner in der Hand halten und wissen, dass ich sie habe drillen lassen.« Er atmete tief ein. »Verzeihung, ich bin zu emotional geworden.«

»Mitnichten.« Rudolph sah ihn erstaunt an. »Ich bewundere Ihre Leidenschaft.« Er schluckte. »Ich bin der erste Sohn und der letzte – habe allerdings noch drei Schwestern. Ich wurde dazu verdammt, das Gut zu führen, dabei hätte ich gerne viele andere Dinge gemacht, aber nun leite ich den Familienbesitz. Sicherlich nicht mit so viel Herzblut wie Sie.«

»Verwalter zu sein ist eigentlich besser«, sagte von Aaken und lächelte. »Die Entscheidungen muss die Gnädigste treffen, und Rechnungen zahlt sie auch.«

»Also wirklich!« Frederike tat empört, stimmte dann in das Lachen ein. »Er ist das Beste, was mir passieren konnte. Ich hatte vorher einen schrecklichen Inspektor. Einen Nationalsozialisten. Er hat das Gut heruntergewirtschaftet – absichtlich. Ich wäre bankrottgegangen mit ihm.«

»Dazu hätte es noch eine ganze Weile gebraucht, Gnädigste«, sagte von Aaken. »Die Finanzen stimmen, aber jetzt machen wir das Gut wieder profitabel, und ich bin froh, ein Teil davon zu sein. Und noch glücklicher bin ich darüber, dass morgen endlich meine Familie kommt.«

»Sie haben Familie?«, fragte Rudolph überrascht.

»Ja, mein Sohn ist neun, und die Mädchen sind sechs – Zwillinge. Es ist eine wahre Brut, und meine Frau hat alle Hände voll zu tun. Aber ich vermisse sie sehr.«

»Familie … das wusste ich gar nicht«, murmelte Rudolph. »Ach so.«

»Ja, und sie kommen morgen hierher. Das wird ein anstrengender Tag, zumal ich noch auf die Felder muss. Gnädigste«, er wandte sich zu Frederike, »hatte ich Ihnen schon gesagt, dass die Arbeiter keine Jauche auf die Roggenfelder gefahren haben?«

»Nein«, sagte Frederike, »das hatten Sie nicht. Aber heute gilt die gleiche Regel wie immer – im Salon und im Esszimmer werden keine Gutsthemen erörtert. Dafür gibt es andere Zeiten. Außer, es brennt.« Sie zwinkerte ihm zu. »Das wäre eine Ausnahme.«

»Natürlich. Sie haben so recht. Die Felder sind auch morgen noch da, und heute kann man eh nichts mehr tun. Sie haben eine wunderbare Art, das Gut zu führen.« Er drückte seine Zigarette im Aschenbecher aus und stand auf. »Ich möchte mich für heute Abend verabschieden. Gute Nacht. Wir sehen uns morgen.«

»Gute Nacht.« Frederike sah ihm nach, bis er den Salon verlassen hatte und die Tür hinter ihm ins Schloss gefallen war. Sie wandte sich wieder Rudolph zu, hob ihr leeres Glas. »Möchtest du auch noch?«

Rudolph nickte. »Seltsam«, sagte er dann leise. »Eine halbe Stunde lang war ich furchtbar eifersüchtig auf deinen Verwalter.«

Frederike mixte die Drinks. »Eifersüchtig?«

»So fühlte es sich an. Komisch, oder? Dabei habe ich gar keinen Anspruch darauf. Es war nur diese Vertrautheit, die ihr miteinander zu haben scheint.«

»Er rettet mein Gut.« Frederike reichte Rudolph das Glas, setzte sich in den Sessel ihm gegenüber.

»Ihr scheint euch so nahe zu sein. Er wohnt hier … nicht, dass es mich etwas angeht.«

»Wir sind uns nahe«, gab Frederike zu. »Aber auf eine geschäftliche Art irgendwie. Es geht um das Gut. Und dann …«, sie senkte den Kopf, »… bin ich einsam, und er ist da. Wir reden miteinander, führen Gespräche.«

»Was für Gespräche?«

»Einfach über Dinge. Aus der Zeitung. Was bedeutet es, dass Wilhelm Frick Minister für Inneres und Volksbildung geworden ist? Frick ist in der NSDAP, und Bildung spielt bei der Partei eine seltsame Rolle. Sie wollen arische Kinder, die strammstehen – glaube ich zumindest. Oder dann haben wir über Mahatma Gandhi und seinen Salzmarsch gesprochen. Die Kolonialzeit ist zu Ende, aber wie geht es in den Kolonien weiter und was bedeutet das für uns? Ganz oft sprechen wir über die Zölle und welche weiteren Exportbedingungen noch erfunden werden. Solche Dinge.«

»Politik und Wirtschaft.« Rudolph schüttelte den Kopf. »Was sonst?« Dann sah er Frederike an. »Ich bin ein Idiot.«

Frederike biss sich auf die Lippe, sie wusste nicht, was sie darauf antworten sollte.

»Ich sollte zu Bett gehen.« Rudolph lächelte schmallippig. »Ich benehme mich peinlich.«

»Noch hast du dich nicht ausgezogen und tanzt auch nicht auf dem Tisch.«

»Du bist unglaublich.« Statt aufzustehen, lehnte er sich zurück. »Und du faszinierst mich.«

»Ich bitte dich. Ich bin eine verheiratete Frau, führe ein langweiliges Gut, habe nichts Aufregendes zu bieten. Tagsüber trage ich sogar Hosen.«

»Es ist die Selbstverständlichkeit, mit der du dein Leben führst. Sie hat etwas Berückendes.«

»Du täuschst dich in mir.« Frederike stand auf, ihr Glas war schon wieder leer, und inzwischen spürte sie den Alkohol, aber sie brauchte noch einen Schluck. Diesmal wählte sie den Bourbon. »An mir ist nichts Berückendes, und was du für selbstverständlich hältst, ist Verzweiflung. Ich habe diesen Mann geheiratet, mit seinem Gut, und jetzt muss ich für diese Entscheidung geradestehen.«

»Liebst du ihn?«, fragte Rudolph leise.

»Ich muss jetzt ins Bett.« Frederike stellte ihr Glas abrupt ab und stand auf. »Gute Nacht.«

»Verzeih die Frage. Schlaf gut.«

Frederike ging zur Tür.

»Aber eine Antwort hätte ich dennoch gerne«, sagte Rudolph dann.

Frederike drehte sich zu ihm um. »Ich habe ihn schon geliebt, als ich ihn das erste Mal traf – da war ich elf Jahre alt. Ax hat mich immer verzaubert, und ich war immer fasziniert von ihm. Doch er war viel älter und Welten von mir entfernt. Später hat sich das geändert. Wir hatten ähnliche Interessen – die Gutsführung, Welpen …« Sie warf Rudolph einen strengen Blick zu. »Ich warne dich – lach nicht. Hunde und Pferde gehören zu unseren gemeinsamen Interessen. Ax hat mit mir über Politik gesprochen, über – alles! Er nimmt mich ernst. Und das schätze ich sehr.«

»Das beantwortet nicht meine Frage.«

»Doch, das tut es«, sagte Frederike und ging.

Langsam stieg sie die Treppe empor, Fortuna folgte ihr. Frederike öffnete die Tür zu ihrem Zimmer, das noch nie das gemeinsame Schlafzimmer von ihr und Ax gewesen war. Sie sah sich um. Nach und nach hatte sie Kleinigkeiten verändert. Der Sekretär stand nicht mehr an der rechten Wand, sondern vor dem Fenster. Das Bett hatte sie verschieben, den alten

Baldachin, so romantisch er auch anmutete, abnehmen lassen. Die schweren Gardinen waren auf den Dachboden gewandert, und ein neuer Teppich lag in der Mitte des Raumes. Dennoch war dies nicht ihr Zuhause, irgendwie war sie immer noch Gast eines unsichtbaren Gastgebers.

Ax war wie ein Geist – nicht da, aber doch ständig präsent.

Sie setzte sich an den Ofen, in dem ein sanftes Feuer glomm. Fortuna ging zu ihrer Decke, drehte sich mehrfach im Kreis, bevor sie sich leise seufzend hinlegte. Das Atmen des Hundes hat eine beruhigende Wirkung auf Frederike. Fortuna war kein Geist, sie war immer da.

Der Gedanke an Rudolph verstörte sie. Er war so anders als Ax.

Ax kannte Frederike gefühlt ihr ganzes Leben, Rudolph erst eine Weile. Dennoch verzauberte Rudolph sie mit seiner Art. Ihr Herz klopfte, wenn sie an ihn dachte, ihr Puls beschleunigte sich, und ihr Atem wurde hastig. In ihrem Bauch schien ein ganzer Bienenschwarm zu summen, und wenn sie sich zufällig berührten, war es so, als ob sie einen elektrischen Schlag bekäme. Seit sie ihn in Berlin getroffen hatte, beanspruchte sein Name ein regelrechtes Wohnrecht in ihren Gedanken. Sie dachte darüber nach, was er gerade machte, wie er etwas finden würde, ob er auch über etwas lachen könnte, was sie lustig fand.

Und nun war er hier.

Einerseits freute sie sich, dass er hier war, andererseits hatte sie ein schlechtes Gewissen Ax gegenüber. Sie lachte mit Rudolph, scherzte mit ihm. Sie saß mit ihm am Kamin und führte Gespräche, während Ax in Davos in seinem Krankenzimmer lag.

Liebte sie Ax? Natürlich. Sie hatte sich für ihn entschieden, und sie liebte ihn auf eine sehr vertraute Art und Weise. Aber ihr war auch bewusst, dass es nicht die leidenschaftliche Art der Liebe war, dass es kein Begehren gab und Mitleid eine große Rolle spielte. Eigentlich hatte Ax das nicht verdient – aber auf der anderen Seite hatte er auch nicht mit offenen Karten gespielt.

Sie kannte Ax viel länger und sicherlich auch besser als Rudolph, aber Frederike konnte sich nicht vorstellen, dass Rudolph ihr eine solche Sache verschweigen würde, so wie Ax es getan hatte.

Rudolph weckte Begehren in ihr. Sie wollte ihn anfassen, ihn riechen, seine warme Haut spüren, sich in seinen Armen verlieren.

Waren das unanständige Gedanken? Was würde Thea dazu sagen? Thea würde lachen und ihr sagen, dass sie sich holen sollte, was sie ersehnte.

Ich bin in ihn verliebt, wurde Frederike klar. Doch sie wusste nicht, wie sie damit umgehen sollte. Am besten wäre es, wenn er am frühen Morgen aufbrechen würde und sie sich nie wiedersähen. Aber der Gedanke tat weh. Sie wollte, dass Rudolph blieb. Sie wollte Zeit mit ihm verbringen, mit ihm lachen, reden und sogar schweigen.

Sie hatten keine Zukunft, und anständig war es auch nicht, aber es war ein Lichtblick in dieser schwierigen Zeit.

Langsam zog Frederike sich aus, wusch sich und machte sich bettfertig. Dann schlüpfte sie unter die Decke, löschte das Licht und lauschte. Rudolph kam die Treppe hoch. Sie konnte seine schweren Schritte hören. Vermutlich hatte er noch einen Bourbon getrunken.

Komm zu mir, dachte sie. Komm in mein Zimmer. Jetzt.

Doch er ging an der Tür vorbei, ging weiter, öffnete die Tür zum Gästezimmer, schloss sie hinter sich. Frederike hörte nur noch den tiefen Atem ihrer Hündin und das Knacken des alten Gebälkes. In der Ferne rief ein Käuzchen, und dann heulten die Wölfe. Erst Cantaloup, dann die beiden Fähen. Sie riefen sich Gutenachtgrüße zu.

Frederike schloss die Augen. Wenigstens träumen will ich von Rudolph, dachte sie müde.

Am nächsten Morgen weckte sie Minna, das Mädchen. »Es ist ein herrlicher Tag«, sagte sie fröhlich, zog die Vorhänge zur Seite und öffnete das Fenster. »Ein wenig frisch, aber es wird schön.«

»Lass das Fenster zu, bis ich angezogen bin.« Frederike drehte sich noch einmal auf die Seite, schloss die Augen.

»Geht es Ihnen nicht gut, Gnädigste?« Besorgt trat Minna an das Bett. Sie war immerzu gut gelaunt, summte meist, während sie ihre Arbeit verrichtete.

Frederike mochte Minna, aber an diesem Morgen wäre ihr jemand, der schweigend und mürrisch war, lieber gewesen.

»Doch«, murmelte Frederike. »Ich brauche nur etwas Zeit, um wach zu werden.«

»Zeit haben Sie heute nicht, Sie wollen doch jagen gehen.«

Frederike richtete sich auf. »Ach ja.«

»Ich habe Ihnen die Sachen schon zurechtgelegt. Brauchen Sie noch Hilfe beim Ankleiden?«

»Nein, danke, das schaffe ich so.« Frederike ließ sich wieder in die Kissen sinken. »Wer hat denn gesagt, dass wir heute schon früh ansitzen gehen?«

»Na, so hat es der Gnädigste immer gehalten, sagt die Mamsell.«

»Wie viel Uhr ist es denn?« Draußen war es noch dunkel, der Morgen begann erst vorsichtig zu grauen.

»Halb fünf. Um die Zeit, sagte die Mamsell, ist der Gnädigste immer aufgestanden zur Jagd.« Minna schob die Unterlippe vor. »Wann wollte die Gnädigste denn ausreiten?«

»Abends.« Frederike stöhnte auf. »Hat schon jemand unseren Gast geweckt?«

»Wollte ich jetzt tun«, sagte Minna eifrig. »Warmes Wasser für ihn habe ich auch schon dabei.«

»Lass ihn bloß schlafen.« Frederike zog sich das Kissen übers Gesicht. »Und weck mich in einer Stunde noch mal.«

»Sie wollen nicht aufstehen?«

»Jetzt zumindest noch nicht.«

»Na, ist das zu glauben«, murmelte Minna. »Da hätte ich ja auch noch liegen bleiben können.«

Frederike richtete sich wieder auf. »Wenn du wach sein musst, dann bin ich es auch«, beschloss sie. »Dann weck mal unseren Gast, gehen wir eben in der Früh jagen.«

»Wirklich?« Minna sah sie erstaunt an.

»Ja, wirklich. Und jetzt sieh zu, dass du dich fortmachst.« Frederike schüttelte den Kopf. »Entschuldigung. Bitte wecke Herrn von Hauptberge und sag dann der Köchin, dass sie einen starken Kaffee kochen soll.«

»Das hat sie schon.« Das Mädchen grinste und verließ das Zimmer.

»Soso«, sagte Frederike zu Fortuna und gähnte, »der Gnädigste ging also immer morgens auf den Ansitz.« Ihre Hündin kam zu ihr, reckte sich, streckte ihr dann den Kopf entgegen. Frederike kraulte sie hinter den Ohren. Das warme, weiche Fell fühlte sich schmeichelnd an. »Dir ist es egal«, flüsterte Frederike dem Hund zu, »aber ich hätte gerne noch eine Mütze Schlaf genommen.« Frederike wusste, dass der Tag nun entsetzlich lang werden würde. Es galt Aufgaben zu erfüllen, Fragen zu beantworten, Präsenz zu zeigen und vieles mehr. Thea in Berlin konnte sich immer noch einmal mittags hinlegen, wenn sie es wollte, aber das war Frederike nicht vergönnt. Aber Thea führte noch kein Gut, geschweige denn, dass sie auf die Jagd ging, weil sie Fleisch brauchten.

Fortuna sah sie an, gähnte, ging dann zurück zu ihrer Decke, drehte sich im Kreis und legte sich wieder hin. Frederike lachte auf. »Es ist dir wohl doch nicht egal. Na gut, schlaf noch. Aber gleich musst du mit, daran geht kein Weg vorbei, weder für dich noch für mich.«

Eine halbe Stunde später war sie im Esszimmer. Die Köchin hatte Kaffee gekocht und einen kleinen Imbiss bereitet, außerdem gab es Brotdosen mit Verpflegung, die sie mitnehmen würden.

»Grundgütiger«, murmelte Rudolph von Hauptberge, der kurz nach Frederike herunterkam. »Was für eine nachtschlafende Zeit. Gehst du immer auf den Morgenansitz? Ich wusste gar nicht, dass wir das vereinbart hatten.« Er gähnte, schlug die Hand vor den Mund und schüttelte entschuldigend den Kopf.

»Wir hatten vereinbart, dass wir heute auf den Ansitz gehen, aber die Uhrzeit hat offensichtlich die Mamsell bestimmt. Ich gehe lieber in den Abendstunden ansitzen, es scheint, als sei Ax immer morgens gegangen und die Leute hielten das für Usus. Es tut mir leid. Wenn du wieder zu Bett gehen willst, dann mach das. Dann gehe ich alleine.« Sie wandte den Kopf ab, kniff die Augen zusammen.

»Gibt es Kaffee?«, fragte Rudolph und klang belustigt.

Frederike reichte ihm schweigend eine Tasse.

»Wunderbar«, sagte er. »Jetzt noch Rührei, und der Tag kann beginnen.«

Die Köchin hatte Eier gekocht und auch Rührei angerichtet. Frederike hob den Deckel der Wärmeplatte.

»Rührei und gebratene Pilze. Nun, ich bin gerettet.« Er schaufelte sich ordentlich auf den Teller, setzte sich. »Magst du nichts essen?«

»Ich gestehe, ich bin etwas morgenmuffelig.« Frederike nahm ihre Tasse mit Kaffee, setzte sich neben ihn. »Und ich bin erstaunt, wie vital du so früh bist.« Sie schaute zur Anrichte, wo die Karaffen mit dem Alkohol standen.

»Oh.« Rudolph senkte den Kopf. »Sollte ich beschämt sein?«

Frederike lachte auf. »Ich glaube nicht.«

»Isst du gar nichts?« Er aß mit großem Appetit, nahm sich noch einmal nach.

»Nein. So früh nicht.« Frederike trank ihren Kaffee aus. »Aber die Köchin hat uns Proviant eingepackt. Das werde ich nachher vertilgen, und du wirst zusehen müssen, dass du etwas abbekommst.« Sie lachte leise und stand auf. »Iss in Ruhe und reichlich – wie gesagt, nachher wirst du kaum noch etwas abbekommen. Ich schau nach den Gewehren. Die Pferde sollten schon gesattelt sein, hoffe ich. Hast du einen Lodenmantel?«

Rudolph schüttelte den Kopf. »Ich war nicht auf Jagd eingestellt. Deshalb habe ich weder eine Flinte noch geeignete Kleidung dabei.«

Erst jetzt registrierte Frederike seine Kleidung. Er trug eine Stoffhose und ein Hemd, hatte darüber ein Sakko gezogen.

»So kannst du nicht gehen.« Sie verkniff sich ein Lachen. »Ich schicke das Mädchen, sie soll dir schnell etwas heraussuchen.«

Frederike ging in die Diele und überlegte. Rudolph war etwas größer als Ax, aber nicht viel. Ax' Sachen müssten ihm passen. Sie ging die Treppe hinunter in das Souterrain. Noch war es dort ruhig, erst gleich würde das Tagesgeschäft beginnen.

»Mamsell?« Frederike wollte nicht laut rufen.

»Was machen Sie denn hier, Gnädigste. Ist etwas mit dem Frühstück nicht in Ordnung?« Die Mamsell sah so verknautscht aus, wie Frederike sich fühlte.

»Liebe Mamsell«, sagte Frederike und nahm sie beim Ellenbogen, führte sie in das Gesindezimmer. »Wann habe ich gesagt, dass ich zu Sonnenaufgang ansitzen will?«, fragte sie und bemühte sich, ihrer Stimme einen freundlichen Klang zu geben.

Verwundert sah die Mamsell sie an. »Das wurde hier schon immer so gehalten. Der Gnädigste ist beim ersten Morgengrauen hinaus.«

»Und er ist nie abends zur Jagd gegangen?«

»Nein.«

»Schade, dass wir darüber nicht gesprochen haben, das wusste ich nämlich nicht. Ich bevorzuge es, in der Abenddämmerung auf den Ansitz zu gehen und bei der Bockjagd manchmal auch vormittags, wenn sie zum äsen herauskommen. Aber diese unchristliche Uhrzeit ist nicht meins. Sei's drum.« Sie hielt kurz inne. »Mein Gast hat keine geeignete Kleidung für die Jagd. Bitte lassen Sie eins der Mädchen etwas aus den Sachen meines Mannes heraussuchen. Eine Hose, dicke Socken, ein Flanellhemd – oder einen Wolljumper oder so etwas. Das werden wir doch haben?«

»Sie wollen ihm Sachen vom Gnädigsten geben?« Die Mamsell schaute entrüstet.

»Mein Mann braucht sie im Moment wohl kaum, nicht wahr?« Frederike zog die Augenbrauen hoch.

»Wie Sie meinen.« Die Mamsell drehte sich um und ging steif davon.

Es ist schön, dachte Frederike müde, dass die Leute so loyal Ax gegenüber sind. Es zeugt davon, dass er ein angesehener Gutsherr war.

Frederike ging durch den Hinterausgang zum Hof und langsam zu den Stallungen. Der Kutscher hatte Kobold und ein weiteres Pferd schon gesattelt.

»Soll ich de Pferde zum Einjang brinjen?«, fragte er.

»Ja, bitte. Ich muss noch die Gewehre prüfen.«

Es war das erste Mal, dass sie alleine eine Jagd veranstaltete. Wobei »veranstalten« ein zu großes Wort für diesen Morgen war, der nur schiefzulaufen schien.

Wahrscheinlich, dachte Frederike, werden wir nichts sehen und schon gar nichts treffen, und alle Leute werden hinter meinem Rücken lachen. Aber dann ist das so. Sie straffte die Schultern und ging zurück zum Haus.

Kapitel 13

»Das ist ein tolles Pferd«, sagte Rudolph. »So ein weicher Gang, eine perfekte Vorhand.«

»Du kannst es leider nicht mitnehmen. Atticus gehört meinem Mann.«

Rudolph schien zusammenzuzucken. Frederike biss sich auf die Lippe. Schnell schaute sie sich nach Fortuna um, die ihnen folgte. Auf den Feldern stand der Morgennebel, die Vögel waren schon erwacht und zwitscherten eifrig. Bald würde die Sonne den Nebel vertreiben. Die Luft war noch sehr kühl, aber der Duft des Frühlings war allgegenwärtig.

»Ich liebe diese Jahreszeit«, sagte Frederike leise. »Alles erwacht. Normalerweise gehe ich ja erst abends in den Ansitz, aber diese Tageszeit hat auch einen besonderen Zauber, findest du nicht?«

»Die Frage ist, wie das Niederwild das empfindet.« Rudolph lächelte. »Ihr habt Rehe?«

»Rehe, Stockenten, Fasane, Hasen … alles, was du willst.«

»Habt ihr auch Probleme mit Schwarzwild?«

»Ja, letztes Jahr gab es hier eine große Rotte, die ziemlichen Schaden angerichtet hat. Wenn dir also eine Bache vor die Büchse kommt, kannst du sie gerne schießen. Einen Bassen sowieso.«

»Weißt du, wo ihr Kessel ist?«

Frederike schüttelte den Kopf. »Die Rotte hat sich im Herbst aufgespalten. Ich vermute, dass einige abgewandert sind. Der alte Kessel ist seit einiger Zeit nicht mehr bewohnt, hat der Förster mir berichtet. Aber das Schwarzwild ist immer noch da.«

»Ihr habt viel Wald.«

»Oh ja.«

»Na, mal sehen, ob wir was erwischen.«

»Neulich habe ich bei den Rehböcken einen Mörder gesehen. Ihn würde ich gerne erlegen.«

»Einen Bock mit dolchartigen Spießen? Das ist selten.«

»Ja, aber auch nicht gut. Er kann die anderen Tiere verletzen, und dann gehen sie ein.«

»Also, wenn ich den Mörder sehe oder Schwarzwild, darf ich schießen.« Rudolph nickte amüsiert.

»Nur die alten Bachen oder alte Keiler. Keine Bache, die gerade gefrischt hat.«

»Das versteht sich ja von selbst. Freddy, ich bin nicht das erste Mal auf der Jagd.«

»Es tut mir leid«, murmelte sie. »Natürlich bist du das nicht.«

»Wo ist denn der Ansitz?«

»Ich dachte, wir nehmen einen an den Feldern, in der Nähe der Schnitterhäuser. Dort haben wir sowohl eine gute Sicht auf die Felder als auch in eine Lichtung im Wald dahinter. Es ist nicht mehr weit, und da vorne ist ein kleiner Unterstand für die Pferde.«

»Perfekt.«

Sie banden die Pferde an, hängten ihnen den Futterbeutel um, nahmen die Gewehre und stapften weiter zum Ansitz.

»Ich habe einen Jagdpächter«, erzählte Rudolph leise, fast flüsternd – sie wollten die Tiere ja nicht vorwarnen –, »der kommt jedes Wochenende aus der Stadt zu uns. Er hat eine kleine Hütte gemietet, und sein Revier hat drei Ansitze. Er wechselt immer reihum.«

»Einen Jagdpächter«, sagte Frederike nachdenklich. »Das bringt Geld?«

»Ja, das ist so ein reicher Fabrikschnösel. Aber er jagt nicht, er kommt nur aufs Land, um sich ordentlich einen hinter die Binde zu kippen. Jeden Montag geht die Frau des Försters auf die Ansitze und sammelt die Schnapsflaschen ein. Die Schwarzwildrotte freut es, mich weniger.«

»Dort entlang«, sagte Frederike und wies nach rechts. Der Trampelpfad war schmal, das Gestrüpp dicht. Rudolph ging voran. Nun sah Frederike die zerschlissene Hose, die ihm die Mamsell gegeben hatte. Und auch die Jacke war keinesfalls von Ax. Man hatte in aller Eile Kleidung zusammentragen lassen. Es waren schäbige Stücke, und Frederike schoss die Schamesröte ins Gesicht.

»Die Sachen«, stammelte sie, »die du trägst …«

Rudolph blieb stehen und drehte sich zu ihr um. »Sie sind warm und praktisch.«

»Sie sind nicht von meinem Mann.«

»Nein, das habe ich mir schon gedacht«, sagte er sanft. »Aber das macht nichts. Mir ist es so auch lieber.«

Kurz darauf erreichten sie den Hochsitz und erklommen die Leiter. Sie nahmen Platz, und Rudolph schaute mit dem Fernglas über die Felder. Der Nebel lichtete sich, aber von Wild war noch nichts zu sehen.

Schweigend saßen sie nebeneinander. Frederike spürte die Kälte in den Knochen und die Müdigkeit hinter ihren Augen. Immer wieder sank ihr Kopf nach vorne, und sie drohte einzuschlafen. Nach einer Weile legte Rudolph sachte den Arm um ihre Schultern und zog sie an sich. Er strahlte Wärme aus und Geborgenheit. Frederike lehnte sich an ihn und nickte ein.

Sie wusste nicht, wie lange sie geschlafen hatte, aber es konnte nicht allzu lange gewesen sein, als sie von Rudolph sanft geweckt wurde.

»Dort!«, wisperte er und zeigte auf den Waldrand am anderen Ende des Feldes. Ein Rudel Rehe kam hervor, zögernd streckten sie ihre Köpfe in den Wind.

»Abwarten. Sie kommen heraus«, meinte Rudolph. Aber er täuschte sich. Irgendetwas hatte die Rehe verunsichert, und sie verschwanden wieder. »Verdammt.«

Frederike streckte sich und rückte ein wenig zur Seite. Es war angenehm gewesen, sich an ihn zu lehnen, so vertraut, obwohl sie sich kaum kannten. In ihrem Magen kribbelte es, als ob sie Champagner getrunken hätte.

Rudolph sah sie an, lächelte, legte wieder den Arm um sie. »Schlaf weiter.«

Frederike lehnte sich in seine Armbeuge. »Das ist falsch«, murmelte sie. »Aber es fühlt sich richtig an.«

»Du liebst deinen Mann.«

»Ja und nein.«

»Das verstehe ich nicht.«

»Ich liebe ihn, weil er ein guter Mensch ist, gütig und verständnisvoll. Er ist so klug und weitsichtig.« Frederike stockte.

»Das könnte ich auch alles über meinen Vater sagen«, entgegnete Rudolph nüchtern.

Frederike dachte nach. »Du hast recht. Früher hätte ich auch anders über ihn gesprochen. Aber nun ist er krank.«

»Aber liebst du ihn denn?«, fragte Rudolph wieder.

»Ja. Irgendwie.«

»Irgendwie?«

»Ach verdammt.« Frederike setzte sich aufrecht hin. »Was weiß ich denn von Liebe? Was nutzt mir die Liebe in Gedanken? Er ist nicht da. Er war noch nie da. Wir haben noch nie zusammengelebt, haben keinen Alltag gehabt und auch … auch … sonst nichts. Ich kenne ihn nur als meinen Verlobten – da war er sehr zuvorkommend und liebevoll. Dann haben wir geheiratet, und am Tag nach der Trauung wurde er nach Davos gebracht. Ich bin verheiratet, aber ich habe noch nie eine Ehe geführt. Was willst du denn von mir hören?«

Rudolph schluckte. »Dass es so ist, wusste ich nicht. Ich dachte … also ich habe gedacht, dass ihr wenigstens einige Zeit … also, dass du … ihr …«, stotterte er. Dann kniff er die Augen zusammen, nahm das Fernglas hoch. »Da vorne. Links.« Er reichte Frederike den Feldstecher. »Ist das der Mörder?«

Frederike schaute auf den Waldrand. Wieder kam die Gruppe Rehe langsam hervor. »Ja«, wisperte sie. »Der ganz vorne. Er ist sehr vorsichtig.«

Rudolph nahm das Gewehr hoch, legte es an und schoss. Der Bock steilte auf, fiel dann zur Seite.

»Ein glatter Kammerschuss! Gratulation!«, sagte Frederike beeindruckt und küsste Rudolph auf die Wange.

Rudolph sah sie für einen Moment an, dann senkte er den Kopf. »Danke.«

Ein heißer Stich der Scham ging durch Frederike. Es war unrecht, was sie tat, wie sie sich verhielt. Sie ermunterte Rudolph zu Dingen, die sie nicht erlauben konnte. Sie dachte an Ax, und ihr schlechtes Gewissen wuchs. Schnell stand sie auf und stieg vom Sitz, pfiff nach Fortuna. »Lass uns den Bock sichern.«

Sie stapfte durch das Dickicht am Feldrand bis hin zum erlegten Tier.

Was mache ich nur, dachte sie währenddessen. Wie soll ich mit Rudolph umgehen? Alles in ihr sehnte sich danach, ihn anzufassen, ihn zu küssen, zu schmecken und zu fühlen. Aber gleichzeitig wusste sie, dass es nicht ging. Sie konnte, sie durfte Ax nicht so hintergehen, ihn betrügen. Und sie wollte es auch nicht.

Ax ist in Davos, dachte sie. Und ich bin hier. Ich bin jung und gesund. Und außerdem bin ich einsam, gestand sie sich ein. Ich bin so einsam, dass ich mich über jedes Wort, das mein Inspektor mit mir wechselt, freue. Grundgütiger, das ist schon erbärmlich.

Frederike blieb stehen, wandte sich um. Rudolph war ihr gefolgt. Langsam, aber mit stetigem Schritt, holte er nun auf. Er sah sie fragend an.

»Ist etwas?«

»Ja, es ist eine Menge. Alles eigentlich«, murmelte Frederike. Sie sah ihn an, ihre Blicke tauchten ineinander. Rudolph näherte sich ihr, beugte sich vor. Sie spürte seinen warmen Atem auf ihrem Gesicht, auf ihren Lippen. Frederike schloss die Augen, riss sie dann wieder auf und wich zurück. Es war falsch, sie durfte das nicht tun.

»Freddy …«

»Es tut mir leid.« Sie senkte den Kopf, ging drei Schritte zurück und hob die Hände. »Es schickt sich nicht. Es tut mir leid.«

»Mir tut es nicht leid.« Er ging auf sie zu, nahm ihre Hände. »Ich habe mich in dich verliebt, schon damals, als wir uns das erste Mal gesehen haben. Du hast etwas Besonderes an dir, was dich vor allen anderen auszeichnet. Humor und eine Art von Gewitztheit. Du bist nicht so wie andere Frauen, und das ist mir sofort aufgefallen.«

»Du hast mich für das Dienstmädchen gehalten …«

»Aber für ein besonders hübsches und kluges Dienstmädchen.« Rudolph lächelte verschmitzt. »Und dann wurde mir klar, dass du eine der Töchter warst, ich hätte im Erdboden versinken mögen, so peinlich war es mir. Du musst mich für einen Trottel gehalten haben.«

»Nein, ich fand dich immer schon witzig. Und …« Frederike seufzte. Sie wandte sich um, ging weiter zum Feldrand.

»Und?«, fragte Rudolph, der ihr folgte. »Und was?«

»Meine Mutter hat mich zu der Zeit gedrängt, mich zu entscheiden. Dabei hatte sich noch niemand mir gegenüber erklärt. Es gab einige Interessenten, aber nicht alle passten meiner Mutter. Ihr Favorit war schon immer Ax gewesen. Ax zögerte aber. Damals dachte ich, dass es aufgrund meines Alters sei – ich war ihm zu jung, zu naiv, zu unerfahren und vielleicht zu kindisch. Aber all das stimmte nicht. Er liebte mich damals so wie heute – aber er wusste von seinem Schicksal, seiner Krankheit.« Frederike holte tief Luft.

»Wie hat er die Ehe mit dir eingehen können, obwohl er es wusste?«, fragte Rudolph. »Das ist unanständig.«

»Ax hatte als Kind schon einmal Schwindsucht. Damals wurde er geheilt. Er hat gehofft, dass es diesmal nur eine Atemwegserkrankung sei, keine Tuberkulose. Und wenn doch, so hoffte er wohl, dass er es wieder überstehen würde. Er sagte mir nichts davon. Teilte mir seine Sorge nicht mit. Vielleicht hat er sich auch keine Gedanken gemacht. Ich weiß, er war froh, dass ich seinen Antrag annahm, und er hoffte, noch genügend Zeit zu haben, einen Erben zu zeugen.«

»Wird er gesunden?« Rudolphs Stimme klang drängend, unsicher.

Frederike blieb wieder stehen, sah ihn an. »Das weiß ich nicht.«

Rudolph schüttelte den Kopf. »Das ist nicht fair dir gegenüber.«

»Das Leben ist nicht fair«, sagte Frederike leise. »Ich hatte mir damals erhofft, dass wir weiterschreiben, uns besser kennenlernen … Damals hatte sich Ax noch nicht offenbart. Ich war hin- und hergerissen, fühlte mich von deiner Leichtigkeit angezogen, aber Ax war mir natürlich viel vertrauter. Ich liebte ihn, ich liebe ihn ja immer noch. Und du hast nicht mehr geschrieben …«

»Ich bin doch ein furchtbarer Briefeschreiber. Das liegt mir nicht. Und dann hatte mich deine Mutter beim Abschied zur Seite genommen und mir gesagt, dass du schon versprochen seist. Es wäre noch geheim, aber sicher. Ich dürfte mir keine Hoffnungen machen …«

»Das ist ja die Höhe«, spuckte Frederike empört aus. »Wie konnte sie nur?« Wieder ging sie ein paar Schritte, fiel fast in den Laufschritt. »Meine Mutter hat mein Leben bestimmt. Sie mag es gut gemeint haben, aber es war nie gut. Sie ist schuld daran, dass ich nun hier bin und dass mein Leben in diese Bahnen geraten ist. Ich hasse sie dafür.«

»Deine Mutter wollte sicher nur das Beste für dich …« Rudolph blieb stehen. »Es lag doch auch an mir, Freddy«, sagte er dann.

»Was?«

»Seien wir ehrlich – wenn ich mich mehr ins Zeug gelegt, dich umworben, mit dir in Kontakt geblieben wäre, dann … wer weiß, was dann gewesen wäre. Vielleicht hättest du dich in mich verliebt und hättest Ax' Antrag abgelehnt.« Rudolph zuckte mit den Schultern. »Ich hatte nicht die Traute. Mir schien es wie ein Kampf, der schon vor dem Antritt verloren war. Ax war immer da, immer an deiner Seite, und dann die Worte deiner Mutter … In meinen Augen warst du schon vergeben. Aber vergessen habe ich dich nie.«

»Wir leben im Hier und Jetzt«, sagte Frederike nachdenklich. »Wer weiß, was noch passiert und was aus uns wird.«

»Ich wünschte, ich hätte damals anders gehandelt.«

Sie hatten den Feldrand erreicht. Der Bock lag auf der Seite, er dampfte noch. Fortuna setzte sich neben das erlegte Tier und hob stolz den Kopf, so als hätte sie ihn erwischt.

»Wir können ihn in den Baum hängen und den Förster später hierherschicken, damit er ihn aufbricht und aus der Decke schlägt«, sagte Frederike und beugte sich über den Bock. »Ein glatter Schuss ins Herz. Sehr gut.«

»Ich bin kein Stadtmensch, Freddy.« Rudolph klang fast beleidigt. »Ich weiß, wie man mit erlegtem Waid umgeht. Auch ich habe eine Jagd auf unserem Gut.« Er nahm sein Messer aus der Tasche und brach den Bock auf.

Nachdem er ihn aus der Decke geschlagen hatte, schnitt er einen Streifen des Fells ab, band ihn um die Hinterläufe und hängte den Bock in einen der Bäume.

»Versuchen wir noch, einen Fasan oder zwei Hasen zu schießen?« Er sah Freddy lächelnd an.

»Gerne. Dafür gehen wir auf einen anderen Ansitz.«

Sie vermieden für den Rest der Jagd die schweren und anstrengenden Themen, sprachen über Waid und Wild, die Fluren auf den Gütern und über das Wetter.

Dennoch hingen die bisher gewechselten Worte über ihnen wie eine schwere Regenwolke.

Sie erlegten zwei Fasane, drei Hasen, und auf dem Rückweg lief ihnen noch eine alte Bache über den Weg, die Frederike mit einem schnellen Schuss erwischte.

Das Federvieh und die Hasen nahmen sie gleich mit. Die Bache brachen sie nur auf, hängten sie dann in den nächsten Baum und kennzeichneten die Stelle mit einem Stoffwimpel. Später am Tag würde der Förster einen seiner Burschen vorbeischicken und die Beute abholen.

»Du hast die Innereien nicht vergraben«, sagte Rudolph erstaunt. »Weder beim Bock noch bei der Bache.«

»Das tue ich nie, der Förster hat die Anweisung, die Innereien mitzubringen. Die bekommen meine Wölfe.«

»Du hängst an ihnen, will mir scheinen.«

»Magst du nachher mitkommen, wenn ich sie füttere?«

»Ich dachte schon, du fragst mich nie.« Rudolph lachte auf.

Sie erreichten die Pferde, die sie am Wirtschaftspfad zurückgelassen hatten, stiegen auf und ritten quer über die noch brachen Felder zurück zum Gut.

»Meinst du, ich könnte ein Bad bekommen?«, fragte Rudolph und klang fast verlegen.

»Ja, ganz sicher.« Frederike verkniff sich ein Lachen. »Aber nur in der Zinkwanne in deinem Zimmer. Das Badezimmer werde ich nämlich in Beschlag nehmen.«

»Damit kann ich leben.«

Im Haus herrschte hektische Betriebsamkeit. Die Familie des Verwalters war angekommen und mit ihr etliche Kisten, Kästen, Koffer und Taschen.

»Grundgütiger«, seufzte Frederike. »Das habe ich ganz verdrängt. Geh du schon nach oben, ich werde den Leuten Bescheid geben, dass sie dir heißes Wasser bringen sollen.«

»Ich weiß, es ist noch etwas früh, aber darf ich in deinen Salon und mir einen wärmenden Schluck genehmigen?«

»Liebster Rudolph«, sagte Frederike und lachte, »fühl dich einfach wie zu Hause.«

»Das tue ich.« Er sah sie an, ihre Blicke tauchten ineinander, und für einen Moment standen sie einfach nur da und schwiegen.

»Gnädigste, Frau von Aaken möchte mit Ihnen sprechen«, sagte Minna, eins der Mädchen, verlegen.

Ob sie gerade erst aufgetaucht war oder schon eine Weile dagestanden hatte, wusste Frederike nicht. Ihre Wangen färbten sich rot und glühten.

Rudolph zwinkerte ihr zu und ging nach oben.

»Bitte sag in der Küche Bescheid, dass unser Gast ein Bad nehmen möchte. Wo ist Frau von Aaken?«

»Ich habe sie in Ihr Arbeitszimmer geführt.«

Ruth von Aaken stand am Kamin, streckte dem Feuer ihre Hände entgegen, als Frederike den Raum betrat. Rasch drehte sich die Frau des Verwalters um, und für einen Moment musterten sich die beiden.

»Herzlich willkommen auf Sobotka«, sagte Frederike und streckte ihr die Hand entgegen. »Ich hoffe, die Fahrt war nicht zu anstrengend?«

Frau von Aaken kam auf sie zu, nahm Frederikes Hand. »Danke schön. Es gibt so viel, wofür ich mich bedanken muss«, sagte sie mit einer warmen und melodiösen Stimme.

»Aber nicht doch! Ich bin sehr froh, dass Ihr Mann die Stelle angenommen hat und das Gut so wunderbar verwaltet. Seit er da ist, ist vieles leichter für mich.« Frederike wies auf die beiden Sessel vor dem Kamin. »Möchten Sie einen Kaffee?«

»Ich will Sie nicht aufhalten, Sie haben bestimmt eine Menge zu tun. Ich wollte mich nur vorstellen …«

»Nun, für eine Tasse Kaffee reicht die Zeit alle Male.« Frederike klingelte. »Wo sind Ihre Kinder?« Sie setzte sich an den Kamin, und Frau von Aaken, die sichtlich nervös wirkte, nahm ihr gegenüber Platz.

»Die Kinder erobern wohl das Gut«, sagte sie und lächelte. »Sie waren sehr gespannt. Natürlich wollen sie auch die Wölfe sehen, mein Mann hatte von ihnen berichtet.«

»Ich werde sie mitnehmen, aber ermahnen Sie sie gut, nicht alleine ins Gehege zu gehen. Die Wölfe sind zwar einigermaßen zahm, aber es sind und bleiben Raubtiere.«

Frau von Aaken nickte. »Ich habe versucht, es ihnen nahezulegen.«

»Haben Sie die Räume schon gesehen? Ist alles zu Ihrer Zufriedenheit?«

Minna kam und brachte den Kaffee. Sie schenkte beiden Frauen ein, reichte ihnen die Tassen und ging dann wieder.

»Milch? Zucker?«, fragte Frederike amüsiert. »Das Mädchen ist aus dem Dorf und hilft zurzeit nur aus. Gewisse Dinge weiß sie einfach nicht.«

»Schwarz ist wunderbar. Echter Bohnenkaffee, welch ein Luxus.« Langsam schien sich die Frau des Verwalters zu entspannen. »Ich habe die Räume schon gesehen. Es ist schön, dass wir endlich hier sind, aber ich freue mich darauf, in das Verwalterhaus ziehen zu können.« Sie senkte den Kopf. »Eigentlich steht es uns nicht zu, im Haupthaus zu wohnen.«

»Waren Sie schon dort?« Frederike seufzte. »Leider wird es noch dauern, bis das Verwalterhaus fertig ist. Die Böden müssen erneuert werden, die sind verrottet. Außerdem möchte ich das Haus auf den neusten Stand bringen, aber bisher war es nicht möglich, Masten für die Stromleitung aufzustellen – der Boden war lange gefroren.«

»Ich kann mich gar nicht genug bei Ihnen bedanken«, murmelte Frau von Aaken. »Im Verwalterhaus war ich bisher noch nicht, aber ich möchte es mir heute noch ansehen.«

»Fühlen Sie sich wie zu Hause«, sagte Frederike und lächelte. »Ich bin froh, nicht alleine wohnen zu müssen. Mein Mann ist ja sehr krank …«

»Ja, das tut mir auch sehr leid. Aber wissen Sie, die Kinder sind echte Wildfänge. Ich habe meine wahre Mühe mit ihnen. Vielleicht wird es jetzt besser, wenn wir wieder zusammenwohnen und mein Mann durchgreifen kann.«

»Ich war auch ein Wildfang, und meine Geschwister ebenso. Machen Sie sich keine Gedanken.« Frederike hatte an ihrem Kaffee nur genippt, stellte nun die Tasse wieder auf das Tablett und stand auf. »Wenn Sie irgendetwas benötigen, wenn etwas fehlt oder etwas nicht gut läuft, scheuen Sie sich nicht, mich oder die Mamsell anzusprechen.«

»Liebe Frau Baronin«, sagte nun Frau von Aaken und stand ebenfalls auf. »Ich habe Bedenken, mit Ihnen die Mahlzeiten einzunehmen.«

»Warum?«

»Wir sind bei Ihnen angestellt, es ziemt sich nicht. Und ich habe kein Kindermädchen, das mit den Kindern zusammen essen würde …«

»Das ist doch gar kein Problem.«, Frederike winkte ab. »Machen Sie sich keine Gedanken. Solange Ihre Kinder nicht unter dem Tisch sitzen und vom Boden essen, wird es wohl gehen. Ich freue mich wirklich über ein wenig Leben im Haus.«

»Aber Sie haben einen Gast …«

»Stimmt. Aber er ist auch unkompliziert.« Nun lachte Frederike. »Bitte sehen Sie zu, dass die Sorgenfalten aus Ihrem Gesicht verschwinden. Sie sind nämlich ganz unnötig, glauben Sie mir. Wir sehen uns am Mittagstisch.«

»Ihr Wort in Gottes Ohr …«

Kapitel 14

Frederike war froh, als sie sich endlich in die Wanne gleiten lassen konnte. Das heiße Wasser umschmeichelte sie, wärmte sie auf. Sie schloss für einen Moment die Augen und versuchte, alle Muskeln zu entspannen. Sie war schon länger nicht mehr auf der Jagd gewesen. Freiräume fehlten ihr, Pflichten bestimmten ihr Leben. Heute hatte sie bisher weder mit der Mamsell gesprochen, noch hatte sie überprüfen können, ob der Einzug der Verwalterfamilie reibungslos verlief.

Irgendwas ist ja immer, dachte sie, und ich kann mich nicht um alles kümmern, auch wenn ich das gerne machen möchte.

Ihre Gedanken wanderten zu Rudolph. Von ihm ging eine unglaubliche Anziehungskraft aus. Am liebsten wäre sie aus der Wanne gestiegen und zu ihm gegangen. Sie wollte ihn küssen, ihn schmecken, seine warme Haut spüren. Wenn er lachte, kribbelte es in ihrem Bauch.

Aber das war unmöglich, sie durfte so etwas noch nicht einmal denken.

Ich bin verliebt, dachte sie und setzte sich betroffen auf. Ich bin in Rudolph verliebt, ganz anders als ich es jemals in Ax war. Langsam stand sie auf, nahm das Handtuch und trocknete ihren Oberkörper ab, dann stieg sie aus der Wanne, rubbelte sich trocken, bis ihre Haut ganz rot war.

Es ist falsch, dachte sie. Ich darf nicht in Rudolph verliebt sein. Es schickt sich nicht. Und es ist auch ganz unmöglich.

Sie zog sich an und machte sich in den anderen Flügel auf. Frau von Aaken und zwei der Mädchen sortierten die Kisten und Koffer, hatten mit dem Auspacken begonnen.

»Ist alles in Ordnung?«, fragte Frederike.

»Ich finde nichts wieder.« Ruth von Aaken klang verzweifelt.

»Das ist normal.« Frederike lächelte. »Mit der Zeit gibt sich das.«

»Ich überlege, ob ich wirklich alles auspacke … was glauben Sie, wann können wir in das Verwalterhaus ziehen?«

»Das wird sicherlich noch eine Weile dauern. Ein paar Monate bestimmt«, meinte Frederike. »Aber die Wintersachen können Sie bestimmt eingepackt lassen. Auf dem Speicher ist Platz – einer der Burschen soll die Sachen hochtragen. Ich schicke jemanden.«

»Sie sind wirklich wunderbar«, sagte Ruth von Aaken dankbar.

Ich bin nicht wunderbar, dachte Frederike, während sie nach unten ging, ich bin egoistisch. Ich biete euch diese Wohnmöglichkeit an, um nicht mehr alleine zu sein. Bestimmt, dachte sie dann, habe ich mich deshalb auch in Rudolph verliebt. Wahrscheinlich würde ich vor jedem auf den Boden sinken, der mir nur ein kleines bisschen Aufmerksamkeit schenkt. Der Gedanke schmerzte.

Mit energischen Schritten ging sie hinunter in das Souterrain und besprach sich mit der Mamsell. Schon bald darauf war es Zeit für das Mittagessen. Der Gong ertönte das erste Mal, und Frederike ging in die Diele. Die Kinder des Verwalters warteten schon ungeduldig vor der Tür zum Speisezimmer, von ihren Eltern war noch nichts zu sehen, und auch Rudolph hatte sich noch nicht wieder blicken lassen.

»Hallo«, begrüßte Frederike die drei. »Ich bin Baronin von Stieglitz.«

Der neunjährige Junge machte eine Verbeugung. »Ich bin Isaak von Aaken«, sagte er. »Und dies sind meine Schwestern Esther und Rachel.«

Die beiden Mädchen machten einen Knicks. Frederike reichte beiden die Hand.

Rudolph kam zusammen mit Ruth von Aaken die Treppe hinunter.

»Ihr habt euch schon bekannt gemacht?«, fragte Frederike.

»Ihr lieber Gast hat mir in der letzten Stunde geholfen. Er hat mit dem Burschen die Kisten auf den Dachboden getragen.«

»Ich behalte dich«, sagte Frederike lächelnd. »Du machst ja alles, um unersetzlich zu sein.«

Rudolph biss sich auf die Lippe und grinste verschmitzt. »Das ist reine

Absicht.« Aber sein Lächeln war seltsam schief, fand Frederike. Etwas stimmte nicht, aber nun war nicht der richtige Zeitpunkt, um nachzufragen.

Auch der Verwalter fand sich ein, und Frans öffnete die Tür zum Esszimmer.

»Moment«, sagte von Aaken. »Antreten und die Hände zeigen«, befahl er seinen Kindern. Die drei hatten Glück, ihre Hände waren tadellos sauber.

Das Essen verlief harmonisch. Die Kinder stellten einige Fragen und aßen mit großem Appetit.

»Wir waren im Stall«, berichtete Esther. »Da gibt es Kätzchen.«

»Und es gibt einen bösen Puter, dem sollte man wohl nicht zu nahe kommen«, erzählte Isaak. »Der faucht.«

»Ihr habt doch hoffentlich nicht die Geflügelgehege betreten?«, fragte von Aaken. Er und seine Frau wirkten deutlich nervös.

»Natürlich nicht«, antwortete Isaak. »Wir waren nur gucken und haben noch längst nicht alles gesehen.«

Die Köchin hatte eine Consommé mit Einlage gekocht, danach gab es Kartoffelstampf, gebratenes Ferkel und Wurzelgemüse, dazu einen frischen Salat. Als Nachtisch wurde Klunkermus serviert.

Die Kinder aßen, als hätten sie seit Tagen nichts mehr bekommen. Frederike beobachtete sie amüsiert.

Nach dem Klunkermus wurden die drei unruhig. »Dürfen wir wieder gehen?«, fragte der Junge. »Der Schweizer hat gesagt, wir können im Stall helfen.«

»Bitte, Mama«, flehte eins der Mädchen, die Frederike noch nicht auseinanderhalten konnte. »Da sind zwei Kälbchen, die gefüttert werden müssen.«

Überrascht sah Frederike von Aaken an. »Euterfieber?«

»Nein, zum Glück nicht. Die Kuh hat nicht genug Milch, deshalb haben wir die Kälber weggenommen. Es ist noch eine junge Kuh, und es sind zwei weibliche Kälber, die wollen wir aufpäppeln.«

»Heinrich«, fragte Ruth von Aaken leise, »dürfen die Kinder gehen?«

Der Verwalter schaute Frederike fragend an.

»Grundgütiger«, sagte sie und legte ihre Serviette neben den Teller. »Das müssen Sie entscheiden. Von mir aus gerne. Frans«, rief sie dann. »Kaffee im Salon.« Sie sah die von Aakens an. »Ich glaube, wir müssen reden.«

Rudolph stand auf. »Für mich keinen Kaffee. Ich gehe mit dem Burschen in den Wald und hole das Wild. Danach müsste ich dich aber auch kurz sprechen, Freddy.«

›*Ich muss dich sprechen*‹, der Satz bohrte sich wie ein Dolch in Frederikes Herz. Sie hasste solche Situationen. Was war geschehen? Worüber wollte er mit ihr reden? Hatte er gemerkt, was sie für ihn empfand, und wollte Grenzen ziehen? Sicherlich fühlte er nicht so wie sie. Sie war eine verheiratete Frau, und ihm näherzukommen war undenkbar, dennoch hatte er einen unbestreitbaren Status in ihrem Kopf. Wie peinlich. Sie fühlte sich wie ein Backfisch und benahm sich vermutlich auch so.

Frederike ging in den Salon, das Verwalterpaar folgte ihr. Erst als sie Platz nahmen und Frederike ihre gequälten Gesichter sah, wurde ihr bewusst, dass die beiden auch jede Menge Zweifel plagten.

»Die Kinder ...«, wollte Ruth von Aaken erklären, aber Frederike hob die Hand, unterbrach die Entschuldigung.

»Sie sind Juden?«, fragte Frederike dann geradeheraus. »Ihre Kinder haben jüdische Vornamen.«

»Ich bin gebürtige Jüdin, aber inzwischen konvertiert«, sagte Ruth von Aaken leise. »Ist das ein Problem?«

»Nein, für mich nicht. Aber es erklärt einiges.« Frederike richtete sich auf. »Und allen ist vermutlich bewusst, dass die Politik nach rechts gerutscht ist. Die NSDAP hat mittlerweile einen großen Stellenwert, der hoffentlich nicht noch mehr steigen wird. Aber nicht nur die Partei ist antisemitisch. Das wissen Sie bestimmt besser als ich. Haben Sie deshalb keine Stelle bekommen? Weil Ihre Frau Jüdin ist?«

»Ich bin doch konvertiert ...«

»Liebe Frau von Aaken, es geht doch gar nicht um den Glauben an sich, das Judentum vererbt sich über die Mutter, immer. Mir ist das reichlich wurscht, aber vielen Leuten heute nicht mehr.« Frederike sah auf, das Mädchen kam mit dem Kaffee. »Danke«, sagte sie, »wir nehmen uns selbst.« Sie wartete, bis das Mädchen den Raum wieder verlassen hatte.

»Sie haben recht«, sagte Heinrich von Aaken, »ich hatte Schwierigkeiten, eine vernünftige Stelle zu finden, weil meine Frau Jüdin ist. Die meisten Gutsbesitzer sind sehr konservativ. Ihr Stiefvater ist es zum Glück nicht. Wir kennen uns schon eine Weile, und ich war froh, als er mich Ihnen empfohlen hat. Vermutlich hätte ich mit offenen Karten spielen und diese Familiensituation erzählen sollen … aber ich brauche diese Stelle.« Seine Stimme wurde dünn.

»Mein guter von Aaken, liebe Frau von Aaken, haben Sie keine Sorge. Mich interessiert das nicht – ob sie jüdisch, katholisch, evangelisch oder sonst etwas sind –, das ist allein Ihre Sache. Ich hätte es nur gerne gewusst.« Frederike räusperte sich. »Ihre Kinder sind übrigens entzückend …«

»Sie benehmen sich normalerweise ganz gesittet«, sagte Frau von Aaken und klang ängstlich. »Heute sind sie sehr aufgedreht, alles ist neu für sie.«

Frederike schüttelte den Kopf. »Ich fand sie eher ruhig und sehr lieb. Meine Geschwister und ich mussten mit elf Jahren von Potsdam nach Fennhusen umziehen. Die ersten Tage auf dem Gut waren wir außer Rand und Band und haben nur Blödsinn gemacht.« Frederike lächelte bei der Erinnerung. »Darum geht es mir auch gar nicht. Ich habe zwei Fragen – einmal: sollen Ihre Kinder in die Dorfschule gehen?« Frederike schaute das Ehepaar an.

Die beiden wechselten einen Blick. »Natürlich«, sagte Heinrich von Aaken dann. »Sie müssen doch zur Schule.«

»Richtig, aber vielleicht bekommen sie wegen ihrer Namen Probleme …«, gab Frederike zu bedenken. »Haben Sie schon einmal darüber nachgedacht, ihnen andere Vornamen zu geben?«

»Wir sind protestantisch, und unsere Kinder werden protestantisch erzogen!«, sagte Frau von Aaken entrüstet.

»Ich weiß, was die Baronin meint«, sagte der Verwalter leise, »und wir sollten darüber nachdenken. Die Kinder haben alle Zweitnamen, die nicht offensichtlich jüdisch sind. Isaak heißt mit Zweitnamen Otto, Esther Lisbeth und Rachel Charlotte.«

»Sie wissen, dass es immer mehr Leute gibt, die antisemitisch sind. Die NSDAP gewinnt ständig neue Mitglieder. Es geht mir nicht darum, Sie irgendwohin zu drängen, es geht mir darum, Sie zu schützen. Es wäre schrecklich, wenn Ihre Kinder benachteiligt würden allein wegen ihrer Namen, aber es ist nicht auszuschließen. Wir leben hier in einem Teil Polens, in dem über Jahrhunderte deutsche Adlige und Junker die Güter geführt haben. Und es gibt einen Anteil der Bevölkerung, der sich als deutsch betrachtet. Unglücklicherweise streben diese Leute eine ›Heimkehr in das Reich‹ an. Und die Nationalsozialisten, dieses elende Pack, ziehen die Leute an wie das Licht die Motten.« Frederike schnaufte. Das Thema beschäftigte sie schon länger, aber erst durch den vorherigen Verwalter war ihr klargeworden, dass die Gutswelt schon lange nicht mehr heil war, dass alles bröckelte und zerfiel.

»Ich verstehe, was Sie sagen wollen, Baronin«, sagte Ruth von Aaken leise. »Ich werde darüber nachdenken.«

»Ich will nur Ihre Kinder schützen«, beteuerte Frederike.

Für einen Moment schwiegen alle.

»Sie hatten einen zweiten Punkt erwähnt, Baronin?«, fragte Heinrich von Aaken nervös. »Was gibt es noch zu besprechen?«

»Ich habe mir Gedanken gemacht, was die Schule angeht.« Frederike räusperte sich. »Was halten Sie davon, wenn ich eine Hauslehrerin einstelle?«

»Das … das geht nicht«, sagte die Frau des Verwalters.

»Doch, das geht.« Frederike lächelte.

»Das können wir nicht annehmen.« Plötzlich wirkte Ruth von Aaken verkniffen. »Sie lassen uns hier wohnen, sie bauen das Verwalterhaus um, sie erlauben uns eine Menge Dinge. Ein Hauslehrer stände Ihren Kindern zu, aber nicht unseren. Mein Mann ist bei Ihnen angestellt. Er ist kein Familienmitglied, auch wenn Sie uns gerade so behandeln. Das ist so nicht richtig, und ich möchte das auch nicht. Wir haben schon genügend Dinge, für die wir dankbar sein müssen. Noch mehr wäre unerträglich.« Sie sah ihren Mann an, aber er hatte den Kopf gesenkt. »Heinrich«, wisperte sie, »sag doch auch etwas …«

»Liebe Frau von Aaken«, wandte Frederike ein, »ich verstehe Sie. Aber Sie wissen noch nicht alles.« Nun sah Frederike zu ihrem Verwalter, aber er schaute nicht auf, rührte stattdessen in seiner Kaffeetasse.

»Was weiß ich denn nicht?«

»Ich habe einen sehr guten Schweizer. Er ist schon länger hier auf dem Gut und hat sich sehr bewährt. Nun hat er vor einiger Zeit eine Frau kennengelernt, bei Verwandten. Sie ist nicht aus der Gegend. Sie ist Hauslehrerin und möchte gerne weiter unterrichten. Sie hat nun eine Stelle in Ostpreußen unweit von Graudenz gefunden. Unser Schweizer will sie heiraten und mit ihr umziehen. Ich bin mir sicher, dass er dort schnell eine Anstellung finden würde.« Frederike lächelte. »Einen neuen Schweizer zu finden, wird momentan schwierig werden.«

»Jusuf will gehen?« Endlich schaute von Aaken auf. »Das wusste ich ja gar nicht. Nein, das geht nicht. Er ist gut, sehr gut. Wir müssen ihn halten.«

»Das denke ich mir auch. Wenn wir nun seiner Zukünftigen die Stelle als Hauslehrerin anbieten, bleibt er bestimmt, zumal seine Familie hier wohnt. Wir hätten zwei Fliegen mit einer Klappe geschlagen.« Frederike beugte sich vor. »Liebe Frau von Aaken, ihr Mann ist der Sohn eines Gutsbesitzers. Er kommt aus einer Familie mit Namen und Tradition. Ihre Kinder sollten nicht auf die Dorfschule gehen, wirklich nicht. Für Isaak sind es sowieso nur noch zwei Jahre, dann sollte er in Posen die Oberschule besuchen. Aber die Mädchen … wollen Sie wirklich, dass sie nur begrenzte Bildung erhalten? Mehr ist in der Dorfschule ja meist nicht möglich.«

Frau von Aaken schluckte. »Heinrich?«

»Jusuf will wirklich gehen?« Von Aaken stand auf. »Aber wir können nicht von Ihnen verlangen, dass Sie für unsere Kinder eine Lehrerin einstellen.« Er ging zum Fenster, schaute nach draußen. »Das geht nicht.«

»Wenn Ihre Kinder nicht wären, würde ich der Frau eine andere Stelle anbieten. Ich habe ihre Referenzen noch nicht, die möchte ich natürlich zuerst sehen. Ich wollte aber zuvor bei Ihnen vorfühlen.«

»Natürlich wäre es hundertmal besser, wenn die Kinder hier unterrichtet werden würden«, sagte von Aaken nachdenklich. Er sah Frederike an. »Fragen Sie nach den Referenzen, ich spreche mit Jusuf.« Er nickte ihr zu und ging.

Mit offenem Mund sah seine Frau ihm hinterher. »Das tut mir so leid«, murmelte sie.

»Was?«, fragte Frederike verblüfft.

»Dass er einfach so gegangen ist …«

Frederike lachte auf. »Aber wir haben doch alles so weit geklärt. Ich kann wunderbar mit Ihrem Mann zusammenarbeiten, weil er kein unnützes Wort verliert und nicht um den heißen Brei herumredet. Ich mag seine direkte, kurze Art. Und Sie müssen dringend aufhören, sich zu entschuldigen. Ich bin nicht die Wohlfahrt, und das meiste, was ich tue, tue ich, weil ich davon einen Gewinn habe. Mein größter Gewinn in der letzten Zeit ist Ihr Mann als Verwalter. Das Gut blüht wieder auf, und das war dringend notwendig. Dafür bin ich bereit, einiges zu tun.«

Ruth von Aaken stand auf und reichte Frederike die Hand. »Ich bin trotzdem dankbar. Und Sie haben recht, was die Namen der Kinder angeht. Ich weiß, dass einige meiner Freunde und deren Familien schon Repressalien erlitten haben. Aber es macht mich wütend, ich möchte eigentlich nicht den Kopf einziehen. Ich bin keine Jüdin, aber als eine solche geboren. Es fühlt sich plötzlich an wie ein Makel, den man nicht abwaschen kann.«

»Jude zu sein ist eine Glaubenseinstellung«, sagte Frederike nachdenklich, »kein Makel. Und es wird auch kein Makel werden, nur weil einige Leute das meinen. Sie sollten damit stolz umgehen – einerseits –, aber Ihre Kinder im Moment schützen. Die Zeiten werden vergehen, da bin ich mir sicher.«

»Danke.« Der Händedruck war warm und herzlich. »Danke für alles.«

Nachdem Frau von Aaken gegangen war, atmete Frederike einmal tief durch. Dann ging sie zum Stall und suchte den Schweizer. Sie wollte das Problem so schnell wie möglich lösen.

»Jusuf? Wo bist du?«, rief sie.

»Hier hinten.« Er klang amüsiert, und nun hörte sie auch Kinderlachen. Die beiden Mädchen des Verwalters fütterten die Kälbchen, deren Mutter nicht genug Milch gab. Wären es keine Färsen gewesen, würden sie jetzt schon im Eiskeller hängen, dachte Frederike und bestaunte die großen braunen Augen der Tiere mit den langen Wimpern. Sie wirkten so zart und sanft mit ihren weichen Nüstern und den zuckenden Ohren.

»Die Mädchen machen das ja prima«, sagte Frederike. »Dann können wir uns vielleicht ganz kurz im Hof unterhalten?«

»Natürlich, Jnädigste.« Der Schweizer wirkte nervös, bis Frederike ihm sagte, worum es ging. Dann konnte er das Lächeln nicht mehr verbergen. »Ich spreche jleich heute Abend mit meiner Verlobten. Sie wird überjlücklich sein. Janz sicher wird se hier arbeiten wollen. Und was meine Eltern erst werden sajen. Die kommen aus'm Lachen wohl nicht mehr heraus, weil ich blejbe!«

Zufrieden ging Frederike zurück zum Haus. Sie hatte heute mehr erreicht, als sie erhofft hatte. Dennoch blieb da dieser Kloß im Magen, der drückte und zwickte. Als sie die Treppe erreicht hatte, drehte sie sich um und schaute zum Waldrand. Vom Wirtschaftspfad her war dumpfes Hufgetrappel zu hören. Frederike legte die Hand über die Augen, schaute genauer hin. Es waren Rudolph und der Bursche, die das Wild geholt hatten.

Rudolph wollte auch mit ihr reden. Dieses noch ungeführte Gespräch verursachte ihr die Magenschmerzen.

Besser jetzt sofort als später, dachte sie, gab sich einen Ruck und ging ihnen zum Stall entgegen.

»Hallo!«, begrüßte Rudolph sie lächelnd. »Was machst du denn hier? Ich dachte, du hast unendlich viel zu tun.«

»Das habe ich auch. Aber du sagtest, dass du mich sprechen wolltest. Da habe ich die Gelegenheit beim Schopfe ergriffen.«

Rudolph senkte den Kopf. »Ich habe einen Anruf von meinem Inspektor bekommen. Es gibt Probleme, und ich muss leider morgen zurückfahren.«

»Oh.«

»Wenn ich darf, komme ich aber wieder.«

»Immer, Rudolph, immer.«

Kapitel 15

»Steht die Leitung nach Berlin endlich?«, fragte Frederike Frans.

Der erste Diener schüttelte den Kopf. »Es tut mir leid, Baronin. Da scheint es wohl Schwierigkeiten zu geben.«

»Es gibt immer irgendwelche Schwierigkeiten«, seufzte Frederike und beugte sich wieder über das Haushaltsbuch. »Ich muss noch mit dem Gärtner sprechen«, murmelte sie.

»Soll ich Victor zu Ihnen schicken?«

»Nein, ich gehe nachher in den Garten. Ich muss mir sowieso die Frühbeete anschauen.«

»Ich fürchte, die sind nicht zu retten.«

»Vor einer Woche war die Kalte Sophie, die Eisheiligen sind also vorbei. Wer rechnet denn Ende Mai noch mit so einem Unwetter?«, fragte Frederike empört.

Es war seit Mitte Mai allmählich wärmer geworden. Doch am gestrigen Abend hatte es sich plötzlich zugezogen, die Temperatur sank um mehrere Grad, schwarze Wolken lagen fast auf den Baumwipfeln. Ein eisiger Wind hatte geheult, und dann öffnete der Himmel seine Schleusen – es hagelte zum Teil tischtennisballgroße Körner. Nachdem der Sturm abgezogen war, waren der Park und der Garten des Gutshauses in einem desaströsen Zustand. Überall lagen abgerissene Blätter und Äste, der Rasen war weiß bedeckt mit Hagel.

Frederike war am Morgen nur kurz durch den Garten gegangen. Es sah schrecklich aus, und sie fürchtete das Schlimmste. In den Frühbeeten, die mit Pferdedung gefüllt wurden, hatten sie seit Ende März Salat, Radieschen, Kohl, Spinat und anderes Gemüse ausgesät. Die ersten zarten Pflänzchen hatte der Gärtner inzwischen schon in die Beete gesetzt, die

Frühbeete neu befüllt und die nächste Saat ausgebracht. Da die Frühbeete aufstellbare Glasdeckel hatten und der Pferdedung in den Kästen auch bei wenig Sonneneinstrahlung viel Wärme entwickelte, konnten sie so große Mengen an Gemüse und Kräutern vorkultivieren. Doch nun fürchtete Frederike, dass alles zerstört worden war – dann hätten sie ein großes Problem. Die Gedanken ließen Frederike nicht los. Sie stand auf.

»Ich gehe sofort in den Garten«, sagte sie zu Frans. »Versuchen Sie auch eine Leitung nach Davos zu bekommen.«

Frans nickte und holte ihren leichten Mantel von der Garderobe.

»Machen Sie sich keine zu großen Sorgen, Gnädigste«, sagte er leise. »Wir hatten immer wieder Unwetter und haben das jedes Mal überstanden.«

Frederike ging durch das Gartenzimmer nach hinten hinaus. Einen Moment hielt sie inne, holte tief Luft, dann öffnete sie die Flügeltür, die auf die Terrasse führte. Drei Stufen tiefer lag der sanft abfallende Rasen, und hinter der Hecke, die nun aussah, als hätte ein riesiges Monster sie gerupft, war der Küchengarten.

Die Leute hatten das Gröbste schon entfernt. Von überall her hörte Frederike aber immer noch die Harken und Schaufeln. Abgebrochene Äste und Zweige wurden eingesammelt und im Hof aufgeschichtet, Blätter zusammengekehrt. Die Eiskörner waren inzwischen geschmolzen, nur die Nässe war zurückgeblieben. An diesem Morgen herrschte ein laues Lüftchen, es war angenehm warm, und die Sonne schien von einem blauen Himmel, der wie poliert wirkte. Nur der Blick in die Umgebung war mehr als ernüchternd. Frederike konnte ein paar Tränen nicht zurückhalten. Nachdem von Aaken eingezogen war, lief das Gut endlich wieder. Sie hatten die Pferdezucht erweitert, so dass sie in den nächsten Jahren wieder Gewinn abwerfen würde. Auch die Äcker waren alle bestellt, der Garten bepflanzt. Alle kamen besser mit von Aaken als mit dem alten Inspektor zurecht, selbst der Förster, der einige schrullige Eigenschaften und Einstellungen hatte, lobte den neuen Verwalter in höchsten Tönen.

Inzwischen lebte sie nun gut vier Wochen mit dem Verwalterpaar und ihren Kindern im Gutshaus. Die Verlobte des Schweizers hatte die Stelle als Hauslehrerin angetreten – was sich für alle als vorteilhaft erwies. Sie nahmen die Mahlzeiten gemeinsam ein, und manchmal hatte Frederike nachmittags ein wenig Zeit, die sie mit den Kindern verbrachte. Sie dachte sogar darüber nach, ein oder zwei Ponys zu kaufen.

Im Sommer sollten Irmi und Gilusch für ein paar Wochen nach Sobotka kommen, sie würden sich sicherlich gut mit Lisbeth und Charlotte – wie die beiden Mädchen nun gerufen wurden – verstehen.

Und schon Anfang Juni würde das Verwalterhaus fertig sein, hatte der Vorarbeiter versprochen. Dem sah Frederike allerdings ein wenig mit Wehmut entgegen, denn dann würde es erneut leer in dem großen Gutshaus werden.

Doch nun lenkte sie ihre Gedanken wieder auf die momentane Situation. Sie betrat den Garten, sah sich um.

»Grundgütiger«, murmelte sie entsetzt.

»Es sieht schlimmer aus, als es ist«, sagte Victor, der hinter der Beerenhecke hervorkam.

»Aber … aber …« Frederike schlug die Hände vor das Gesicht. Im Garten sah es aus, als hätte eine Rotte Wildscheeine gewütet. Alles schien verwüstet zu sein.

»Wir ham Glück jehabt«, sagte der Gärtner, zog eine Packung Zigaretten aus der Hosentasche, bot sie Frederike an. Obwohl sie sonst nicht rauchte, nahm sie nun mit zitternden Fingern eine.

»Glück?«

»Der Winter war lang und frostig, deshalb sind de Obstbäume noch nicht so weit wie sonst. Wir ham zwar Verlust, awwer schlimmer wärs jewesen, wenn die Äpfel, Kirschen, Birnen und Pfirsiche schon jrößere Fruchtansätze jehabt hätten. So sind natürlich ein paar Äste ab, aber es steht noch jenügend am Baum.« Victor nickte und gab ihr Feuer.

Sie hatte das Gefühl, dass sie dringend etwas für ihre Nerven brauchte, und da war ihr eine Zigarette lieber als ein Glas Schnaps.

»Ei, wo es gestern so dunkel wurd und der kalte Wind aufzog, hab ich gleich die Strohmatten über de Frühbeete jelecht. Uns sind nur dree Scheiben kaputtjejangen«, sagte Victor und streckte die Brust raus.

»Erbarmung – alles, was we inne Beete jepflanzt ham als Jungpflanzen, is natirlich hin.« Er senkte den Kopf. »Das tut mir leid.«

»Nur drei Scheiben?« Frederike konnte es kaum fassen. Sie hielt die Zigarette mit spitzen Fingern, zog daran, hustete. »Wirklich?« Sie hatten zwanzig Frühbeet-Kästen. Jeder war zwei mal zwei Meter groß.

Victor nickte. »Stellnse sich vor, Jnädigste, inne Nachbarschaft hatt es nich jehajelt. Nur wir hatten das Pech. War wohl eine Wolke direkt überm Gut. Es war windig, kalt, stürmisch, awwer jehajelt hat es nur hier. Hab direkt mit einijen Leuten jesprochen. Wir kriejen Setzlinge. Der eene jibt Kohl, der andere Salat, der dritte Rettich. Und die zweite Saat inne Kästen jedeiht jut. Wir werden nich verhungern. Nie nich. Muss jetzt nur das Wetter mitspielen.«

»Wirklich?« Frederike wischte sich eine Träne von der Wange. »Das ist ja rührend. Wie können wir das denn wieder gutmachen?«

»Ei, da fällt uns schon wat ein.« Er zwinkerte ihr zu. »Hab schon mittem Verwalter jesprochen, ham viele Ferkel dies Jahr – da können wir wohl das eene oder andere als Deputat abjeben.«

»Das klingt wirklich gut.«

»Und nun muss ich ma wieder.« Victor tippte sich an die Mütze. »Jnädigste.«

Etwas beruhigt ging Frederike zurück zum Haus.

»Baronin«, empfing sie Frans, »die Leitung nach Berlin steht.«

Frederike zog den Mantel aus, ging zum Fernsprecher, der an der Wand neben dem Eingang installiert war. »Thea?«

»Meine Liebe«, antwortete ihre Freundin. »Du klingst so weit weg, sprich lauter.«

»Ich bin weit weg.« Frederike lachte zum ersten Mal an diesem Tag. »Wir hatten ein Unwetter, und ich dachte bis gerade, dass ich meine Reise zu dir absagen muss. Aber nun glaube ich, dass ich doch kommen kann. Allerdings erst zwei Tage später.«

»Hauptsache, du kommst überhaupt. Ich habe umwerfende Neuigkeiten.«

»Was denn?«

»Das sage ich dir erst, wenn du hier bist!« Thea kicherte.

»Du hast dich verlobt?«

»Du kommst Donnerstag? Mit dem Zug?«, fragte Thea, ohne zu antworten.

»Ich kann nur bis Samstag bleiben, dann muss ich weiter.«

»Schatz, du kannst erst Sonntag fahren. Du musst einen Samstagabend in Berlin verbringen, daran geht kein Weg vorbei.«

»Na gut«, sagte Frederike langsam und überschlug ihre Pläne noch mal. »Ich komme am Donnerstag und fahre am Sonntag wieder.«

»Phänomenal! Ich freue mich! Ciao!«

Dann war die Verbindung unterbrochen, doch es piepste in der Leitung.

»Hallo?«, sagte das Fräulein vom Amt. »Hier ist die Verbindung nach Davos. Es tut mir leid, dass es so lange gedauert hat, aber der Sturm hat einen Mast zerstört, er ist gerade erst wieder aufgerichtet worden. Und einige Leitungen waren auch in Mitleidenschaft gezogen worden.«

»Danke, ich nehme das Gespräch jetzt an«, sagte Frederike. Es knisterte und knackte in der Leitung. Schließlich meldete sich eine Frauenstimme. »Lungenfachklinik Doktor Steinfels, Davos. Sie möchten Herrn von Stieglitz sprechen?«

»Ja.«

»Einen kleinen Moment.«

Fernsprecher, dachte Frederike, waren eine so glorreiche Erfindung. Innerhalb einer Stunde konnte man jemanden erreichen, der Hunderte von Kilometer entfernt oder sogar in einem anderen Land war. Nun hatte es aufgrund des Sturms etwas länger gedauert, aber ein Telegramm hätte Ax oder Thea frühestens morgen, eher am Tag darauf erreicht. Und sie hätten nicht direkt antworten können. Nun konnte sie mit Ax sprechen, ihm ihre Ankunft mitteilen. Sie hatte ihn seit einigen Monaten nicht mehr gesehen, das letzte Gespräch war auch schon ein paar Wochen her. Jeden zweiten Tag schrieb sie ihm einen Brief und unterrichtete ihn über das Gut, er antwortete meist mit kurzen Postkarten.

Wieder knackte die Leitung, Frederike hörte ein Rauschen und andere

Stimmen, die ganz weit weg zu sein schienen und es vermutlich auch waren. Dann nahm jemand den Hörer auf.

»Freddy?« Es war Ax. Seine Stimme klang fester, sonorer als die letzten Male.

»Hallo Ax«, sagte sie und spürte, wie sich ihre Wangen färbten. Er war ihr Mann, und immer noch hatte sie tiefe Gefühle für ihn, auch wenn die sich veränderten. »Wie geht es dir?«

»Das Wetter war schlecht in den letzten beiden Wochen, das hatte ich dir ja geschrieben. Nur Regen. Zu feucht für mich. Aber ansonsten geht es ganz gut. Ich gehe spazieren«, erzählte er, »wenn das Wetter es zulässt.«

»Das klingt ja gut. Was sagt der Arzt?«

Ax räusperte sich, hustete dann trocken. »Es wird besser, sagt er und ist positiv gestimmt.«

»Dann kannst du im Sommer nach Hause?« Frederike trat nervös von einem Fuß auf den anderen.

»Vielleicht …«

»Ax, ich komme am Sonntag nach Davos, wenn es dir recht ist.«

»Ist etwas passiert?« Nun klang er plötzlich angespannt.

»Ich muss Dinge mit dir besprechen. Und ich möchte dich sehen.« Sie schwieg, wartete auf eine Antwort, aber hörte nur seinen Atem. »Das ist mir wichtig«, fügte sie leise hinzu.

»Ja, mein Schatz, wir haben uns lange nicht gesehen. Gut. Sonntag, sagtest du?«

»Kannst du mich für ein paar Tage in der Pension einmieten, in der ich auch vorher war?«

»Aber du hast es doch sonst immer selbst gemacht, Freddy.« Ax klang verwundert und vielleicht auch ein wenig genervt. »Die Pension ist im Dorf, da muss ich den Hügel hinab.«

»Es ist so kurzfristig, Ax«, bat Frederike und ärgerte sich über sich selbst. »Mach es nur, wenn es dir nichts ausmacht. Ich komme schon irgendwo unter.«

»Nein, nein, das mache ich schon. Du kommst mit dem Zug am Sonntag? Dann bist du gegen zwei hier.«

»Ich werde aus Berlin kommen, deshalb bin ich erst am Abend da. Wenn du mir die Pension buchst, können wir uns am Montag zum Frühstück sehen.«

»Ich habe vormittags Anwendungen.«

»Dann treffen wir uns eben zum Mittag. Du kannst ja schon einen Tisch bestellen.« Frederike lächelte.

»Du könntest mit im Kurhaus essen. Ein Wort an die Mamsell reicht.«

Frederike biss sich auf die Lippen. Sie wünschte sich ein wenig Zeit mit ihrem Mann – in dem großen Speisesaal des Kurhauses war keine Privatsphäre zu finden. »Wie du meinst«, sagte sie nur knapp. »Dann sehen wir uns am Montag.«

»Gut.«

Frederike wartete einen Moment. Die Leitung knisterte, aber ansonsten herrschte Funkstille.

»Ax«, sagte sie dann.

»Ja?«

»Liebst du mich noch?«

Er schwieg wieder. Dann räusperte er sich. »Was für eine absurde Frage«, sagte er und klang erbost. »Gibt es einen Grund, weshalb du sie stellst?«

»Ich wollte es nur wissen.«

Langsam ließ sie den Hörer auf die Gabel gleiten und lehnte sich an die Wand. Das Gespräch hatte sie mehr erschöpft als ein strammer Ritt über die Felder. Aber es war auch eine andere Art der Erschöpfung.

Sie dachte kurz nach, nahm dann den Hörer wieder auf. »Fräulein, hier ist Gut Sobotka. Ich brauche eine Verbindung zum Gut Hauptberge in Schlesien.«

»Ist etwas passiert?«, fragte das Mädchen vom Amt. »Das ist ja schon ihr drittes Gespräch heute.«

Frederike wusste nicht, was sie sagen sollte.

»Ich meine«, fügte dann das Fräulein hinzu, »weil es doch diese Unwetter bei Ihnen gegeben hat. Das weiß ich wegen der Leitungsstörungen. Ich wollte nicht neugierig sein, ich bin nur interessiert.«

Jetzt musste Frederike lachen, das Lachen befreite sie.

»Nein, es ist zum Glück nichts Tragisches passiert, ich muss nur Reisepläne verschieben und das organisieren.«

»Dann ist ja mal gut«, sagte das Fräulein erleichtert. »Wir hatten heute schon ganz andere Anrufe. Östlich von Posen muss es schlimm gewesen sein, da kam man zum Arzt und zum Bestatter kaum mehr durch. Ich stelle Ihre Leitung nach Hauptberge her und melde mich dann wieder.« Sie klang regelrecht fröhlich, dachte Frederike entsetzt, aber vielleicht bekommt man eine dicke Haut, wenn man den ganzen Tag die unterschiedlichsten Gespräche vermittelt. Keiner ruft einen anderen an, wenn man sich nur auf einen Kaffee treffen will, das wäre ja absurd.

Sie hing den Hörer wieder ein, ging in ihr Arbeitszimmer und klingelte nach Frans.

»Ich habe eine Leitung nach Hauptberge angemeldet«, sagte sie ihm.

»Sie wollten doch noch mit Davos sprechen?«

»Die Leitung kam, während ich mit Berlin verbunden war.«

»Gut, dann weiß ich Bescheid. Dann werde ich wieder die kleine Blanka in die Diele neben das Telefon setzen.«

»Geben Sie ihr Kekse.«

Blanka war die sechsjährige Nichte der Mamsell. Ihre Eltern waren auf dem Gut angestellt, und das Kind war oft in der Küche und den Gesinderäumen im Souterrain. Da man Fernsprechleitungen anmelden und manchmal stundenlang auf den Rückruf – dann, wenn die Leitung stand – warten musste, hatte es sich als zweckmäßig erwiesen, jemanden in der Diele neben dem Apparat zu platzieren. Unten in den Gesinderäumen hörte man das Klingeln des Telefons ebenso wenig wie in den Salons oder in Frederikes Arbeitszimmer. Das Telefon wurde auf Sobotka nicht oft benutzt, nur alle paar Wochen vielleicht. Und bisher gingen auch mehr Anrufe nach außen, als hereinkamen. Aber jedes Mal musste überhaupt erst jemand das Klingeln hören, um die Leitung aufnehmen zu können. Die kleine Blanka war froh um die Aufgabe. Frederike hatte ihr ein paar Blätter und Stifte gegeben, sie saß oft in der Halle und malte, während sie wartete, dass das Fräulein vom Amt sich meldete. Natürlich würde Blanka das Telefon, das oben an der Wand angeschraubt war, niemals anfassen. Sie lief nach unten und holte Frans oder die Mamsell.

»Ich gebe ihr Kekse.«, Frans nickte. »Auf Dauer«, sagte er dann, »wird sich der Fernsprecher nicht durchsetzen. Es ist zu schwierig. Nicht alle können ihn stundenlang bewachen lassen und dafür nur Kekse geben.«

Frederike lachte laut auf. »Blanka bekommt ja hoffentlich auch etwas vom Leuteessen. Das muss ich doch wohl nicht erwähnen?«

Frans nickte. »Danke«, sagte er, »ich wollt es nur verifizieren.«

Frederike schnappte nach Luft, versuchte es aber so unauffällig wie möglich zu machen. Da war wohl noch ein Gespräch mit den Leuten nötig. Galt sie etwa als geizige Gutsherrin, dass man wegen eines Essens für ein Kind der Leute nachfragen musste? Das konnte sie sich nicht vorstellen, aber sie würde es klären.

»Im Übrigen wird gleich das Mittagessen serviert.« Frans ging in das Esszimmer und von dort in den Anrichteraum, betätigte den Essensgong zum Mittag das erste Mal.

Schnell lief Frederike nach oben, wusch sich Gesicht und Hände, wechselte die Bluse, die im Garten gelitten hatte, als Frederike die Mistbeete inspizierte. Die Reithose ließ sie aber an. Mittags gab es nur eine Kleinigkeit, das hatte sich im Laufe der Zeit auf Sobotka so eingespielt, weil der Verwalter mittags immer auf dem Gut unterwegs war und es nur selten zum Essen schaffte. Stattdessen wurde abends etwas größer aufgetischt. Dann zog sich Frederike auch um.

Seit die von Aakens auf dem Gut wohnten, hatte Frederike viel mehr Freude an den Mahlzeiten. Sie ging nach unten, dort warteten die drei Kinder und ihre Mutter schon auf den zweiten Gong. Den Kindern war es zu Anfang schwergefallen, sich auf ihre Zweitnamen einzustellen, sie hassten es regelrecht, aber nach einigen Gesprächen fügten sie sich.

»Dieses Gut ist ein Neuanfang für euch und für eure Eltern«, hatte Frederike versucht zu erklären. »Seht es so und nehmt die neuen Namen, die ja aber immer schon eure waren, als Sobotka-Namen. Wer weiß, wenn ihr hier wegzieht, vielleicht nehmt ihr dann wieder euren anderen Vornamen an.«

»Haben Sie auch zwei Namen?«, fragte Otto, der eigentlich Isaak Otto hieß.

Frederike nickte. »Ich heiße Frederike Hermine.« Sie seufzte.

»Das ist doch ein schöner Name«, sagte Lisbeth.

»Frederik ist ein Männername, und so hieß mein Vater, der schon starb, als ich noch nicht geboren war.«

Die drei Kinder sahen sie mit großen Augen an. »Das ist traurig«, sagte die kleine Charlotte.

»Ich wurde nach ihm benannt. Frederike. Aber der Mädchenname lautet eigentlich Friederike – nach Friederich. Ich habe immer wieder Probleme damit.« Frederike lächelte. »Inzwischen habe ich mich aber daran gewöhnt.«

Otto nickte. »Wir heißen ja mit Zweitnamen wirklich Otto, Lisbeth und Charlotte. Es sind nur nicht die Namen, mit denen wir in den ersten Lebensjahren angesprochen wurden, aber es sind unsere Namen.«

»Genauso ist es.« Frederike strich ihm über die Haare. »Ihr macht das schon.«

»Aber die Menschen, die uns wegen der anderen Namen hassen … die sind doof!« Otto senkte den Kopf.

Frederike hockte sich vor ihn, hob sein Kinn an. »Ja, das sind sie. Und niemand sollte sich für seinen Namen oder seinen Glauben schämen oder sich deshalb verstecken.«

»Wir sollen es aber.« Otto biss sich auf die Lippe, zog sie ein.

»Um euch zu schützen. Wir werden alles dafür tun, damit ihr bald wieder Isaak, Esther und Rachel gerufen werden könnt. Wir machen das nicht, um euch zu ärgern. Wir machen das, weil es im Moment einige Leute gibt, die ziemlich seltsame Ansichten haben, was Juden angeht.«

»Wir sind keine Juden«, wandte Lisbeth ein. »Wir sind Protestanten.«

»Das weiß ich. Aber einige Leute wissen das nicht. Und dein erster Name ist ein jüdischer Name. Wir wollen nur Ärger vermeiden.«

»Jesus war Jude«, sagte Otto und streckte das Kinn vor. »Aber Papa sagt, es muss so sein, dann ist es so. Ich bin jetzt Otto und nicht mehr Isaak, und ihr seid Lisbeth und Charlotte. Basta.«

Er sagte das »Basta« so überzeugend, dass Frederike schon wieder lächeln musste, obwohl ihr eigentlich zum Weinen war.

An dieses Gespräch vor zwei Wochen dachte Frederike, als sie in die Diele kam, gerade rechtzeitig zum zweiten Gong.

»Ganz viel ist kaputtgegangen«, sagte Otto. »Der Sturm gestern war unheimlich.«

»Ich hatte Angst«, gestand Lisbeth und setzte sich auf ihren Platz am Tisch.

»Ich nicht.« Auch Charlotte rutschte auf ihren Stuhl. »Wenn wir nicht hier sicher sind, wo dann?« Sie sah in die Runde.

»Du bist entzückend«, sagte Frederike. »Der Sturm gestern war aber tatsächlich zum Fürchten. Natürlich sind wir im Haus immer sicher, da können uns Regen, Hagel und Wind nichts anhaben.«

»Ist viel vernichtet?«, fragte Frau von Aaken leise. »Es sieht verheerend aus.«

»Es sieht zum Glück schlimmer aus, als es ist. Zumindest hier in den Gärten. Was mit den Feldern ist, weiß ich noch nicht.«

»Sie wollten doch nach Berlin und danach zu Ihrem Mann nach Davos.«

»Ich habe die Reise um zwei Tage verschoben. Ich will erst alle Schadensmeldungen abwarten und fahre dann.«

»Aber es ist doch jetzt vorbei«, sagte Charlotte. Minna hatte Kartoffeln, Soße und Brot aufgetragen, und die Kinder langten ordentlich zu.

»Der Sturm ist vorbei«, erklärte Frederike, »aber nun müssen wir schauen, welche Schäden er angerichtet hat. Die Pflanzen in den Frühbeeten haben es nicht überstanden. Kein Salat, kein Spinat, kein Kohlrabi.«

»Bäh, Spinat!« Charlotte verzog das Gesicht. »Um den ist es nicht schade.«

»Doch«, sagte Otto. »Um jede Pflanze ist es schade, denn davon leben wir, du Dummerchen, und das essen wir. Wenn alles kaputt ist, was willst du dann essen?«

»Kartoffeln.« Charlotte nahm sich noch mal nach. »Und die Soße von unserer Köchin. Ich kenne keine bessere Soße als die von Leni.« Sie grinste in die Runde, und auch alle anderen konnten sich nach der Aussage das Lachen nicht verkneifen.

»Sie fahren also übermorgen?«, fragte Frau von Aaken nach dem Essen. Der Tisch war aufgehoben worden, und Frederike hatte ihnen Kaffee in den kleinen Salon bringen lassen. Dort saßen sie oft noch ein paar Minuten nach dem Essen, während die Kinder ihre Mittagsfreizeit im Hof genossen.

»Ja, erst nach Berlin, dann nach Davos.«

»Wann kommen Sie zurück?«

»Ich warte noch auf einen Anruf.« Verlegen senkte Frederike den Kopf. Sie wollte Rudolph wiedersehen. Sie sehnte sich sehr nach ihm. Als er vor einem Monat so schnell abgereist war, hatte er ihr eine baldige Rückkehr versprochen, aber dazu war es bisher nicht gekommen. Nun überlegte Frederike, zu ihm zu fahren, im Anschluss an ihren Besuch in Davos. »Vermutlich werde ich zehn bis vierzehn Tage unterwegs sein.«

»Ich … nun …« Frau von Aaken schüttelte den Kopf. »Wie soll ich es sagen?« Sie klang verlegen.

»Worum geht es denn?«, fragte Frederike überrascht. Sie hatte keine Ahnung, was die Frau des Verwalters bewegte.

»Ich möchte gerne die Mamsell unterstützen«, sagte Ruth von Aaken, »während Sie unterwegs sind. Wenn das nicht zu anmaßend ist. Ich könnte mit in den Garten gehen, die Geflügel- oder Milchbestände mit überwachen. Natürlich könnte ich nicht all das tun, was Sie tun. Aber ich könnte mich einbringen und helfen.«

»Das würden Sie tun?«

»Sehr, sehr gerne.«

»Dann spreche ich mit der Mamsell. Ich bin mir sicher, sie wird erleichtert sein.«

»Sie will sich einmischen?«, fragte die Mamsell empört, als Frederike mit ihr sprach. »Sie wohnen im Haupthaus, essen mit Ihnen, Gnädigste, als Nächstes übernehmen sie das Gut.« Sie spuckte fast aus. »Was werden die von Aakens als Nächstes machen?«

»Sie will Ihnen helfen, Mamsell, in der Zeit, in der ich nicht da bin«, sagte Frederike leise und beschwichtigend. »Aber wenn Sie das nicht wollen …« Frederike hob die Hände.

»Sie will sich um das Geflügel kümmern? Hat sie denn davon Ahnung?«

»Sie kommt von einem großen Gut, ich denke schon. Ansonsten weisen Sie sie ein. Ihr Wissen um unser Geflügel ist natürlich viel größer. Wir machen ja auch nicht alles wie andere, haben unsere eigenen Methoden …«

»Eben!« Die Mamsell dachte nach. »Ich darf sie aber einweisen?«

Frederike nickte.

»Vielleicht wäre es gar nicht so schlecht, Hilfe zu haben«, meinte nun die Mamsell. »Gerade jetzt. Die Küken schlüpfen, die Hühner legen wieder. Da ist viel zu tun.«

»Dann überlassen wir das doch Frau von Aaken.«

Bevor Frederike noch etwas sagen konnte, kam ein Ruf von oben.

»Der Fernsprecher!«

»Ich erwarte noch eine Leitung«, sagte Frederike und stand auf. »Danke, Mamsell.« Eilig lief sie die Treppe hoch.

Kapitel 16

»Wie geht es dir?« Frederike ging Ax entgegen. Sie war am Abend zuvor aus Berlin angekommen, hatte ihr Zimmer in der Pension bezogen.

»Ganz gut.«

Sie musterten sich. Ax reichte ihr die Hand, küsste sie flüchtig auf die Wange.

Seit ihrer Hochzeitsnacht hatten sie sich nicht mehr umarmt, sich nicht richtig geküsst. Inzwischen wusste Frederike auch nicht, ob sie es noch wollte. Niemand konnte ihr sagen, wie ansteckend seine Tuberkulose war.

»Wollen wir uns setzen?« Sie befanden sich im Frühstücksraum der Pension. Ax wies auf einen Tisch am Fenster. »Schön, dass du gekommen bist.« Seine Stimme klang rau und war etwas belegt, er sprach nur leise.

»Du hörst dich schlechter an als beim letzten Mal«, stellte Frederike besorgt fest.

»Es ist nur ein Infekt, meint der Professor. Ich habe mich etwas übernommen. Nun erzähl vom Gut.« Ax lächelte.

»Ich habe die Bücher mitgebracht, soll ich sie holen?«

»Nein. Wozu?«

»Damit du sie überprüfst, die Zahlen siehst.«

»Ich vertraue dir.«

»Das ist schön und gut«, sagte Frederike und lehnte sich zurück, »dennoch ist es das Gut deiner Familie, und ich würde mir wünschen, dass du dich wieder ein wenig mehr einbringst.«

»Du hast doch einen neuen Inspektor eingestellt. Macht er seine Arbeit nicht?«

»Doch, er ist hervorragend. Viel besser als der alte. Ich hoffe, dass wir am Ende des Jahres wieder etwas erwirtschaftet haben werden. Gerade bei der Pferdezucht … aus dem Reich haben wir etliche Bestellungen, aber der alte Inspektor hat letztes Jahr fast keine der Stuten decken lassen, die Jährlinge hat er unter Preis verkauft und Zweijährige haben wir kaum noch. Damit die Zucht wieder anläuft, habe ich einen weiteren Beschäler aus Trakehnen gekauft.«

»Bist du wahnsinnig? Die Preise der Hengste sind doch völlig überzogen.«

»Ax, ich hatte es dir geschrieben und dich um deine Meinung gebeten. Du hast nicht geantwortet. So wie du sowieso auf kaum etwas antwortest, was das Gut angeht.«

Ax schaute aus dem Fenster. »Ich bin krank, Freddy. Was interessiert mich da das Gut?«

»Dann lass es uns deinem Vetter übergeben. Der wartet nur darauf. Ich habe ihn zweimal getroffen, und er ist wirklich interessiert an der Pferdezucht und an dem Gut.«

»Wilhelm? Nein!« Ax schüttelte den Kopf. »Nur über meine Leiche. Solange ich lebe, bleibt das Gut in meiner Hand.«

Wenn es nur so wäre, dachte Frederike und unterdrückte ein Seufzen. Im Moment befand sich das Gut in ihrer Hand.

»Wann kommst du nach Hause, Ax?«, fragte sie leise. »Der Professor sagte doch, du könntest vielleicht im Sommer nach Hause kommen.«

»Ja, das sagte er.« Ax räusperte sich, hustete, ein hohes Husten, das seltsam klang.

»Also kommst du zurück? Das wäre so schön.« Sie lehnte sich über den Tisch, nahm seine Hand, die trocken und warm war. Endlich spürte sie auch wieder ein leichtes Kribbeln, das Gefühl, dass da noch etwas zwischen ihnen war.

Ax zog seine Hand zurück, verschränkte die Arme vor der Brust. »Ich weiß noch nicht«, sagte er dann.

»Ich habe den linken Flügel umbauen lassen. Das habe ich dir ja geschrieben. Der Umbau ist beendet, und es ist wirklich schön geworden. Dort gibt es jetzt ein Badezimmer mit Ofen und fließendem Wasser.

Auch eine Toilette mit Spülung habe ich einbauen lassen, elektrische Leitungen und Licht haben wir dort nun.«

»Und der Verwalter mit seiner Familie wohnt dort? Die Kinder sind sicher laut und lebhaft.« Ax verzog das Gesicht. »Ich kann Lärm nicht mehr gut vertragen.«

»Noch wohnen sie dort. Aber das alte Verwalterhaus ist bald fertig, und dann ziehen sie um.« Frederike sah ihn an, doch er wich ihrem Blick aus. »Kommst du dann zurück nach Sobotka?«

»Der Professor hat mir etwas empfohlen – eine Art Kur. Es ist ein ganz neuer Ansatz, und noch ist nicht bekannt, wie es sich wirklich auf Schwindsucht auswirkt. Er hat mich gefragt, ob ich mir vorstellen könne, es auszuprobieren.«

»Was?«

»In einigen Salzbergwerken hat man erstaunliche Behandlungserfolge bei Tuberkulose erzielt. Der hohe Salzgehalt und die trockene Luft scheinen sehr wirksam zu sein. Viele Patienten haben sich fast vollständig erholt, wenn sie längere Zeit stundenweise in diesen Salzstöcken verbracht haben.«

»Wo sind diese Vorkommen?«

»Es gibt überall welche. In Norddeutschland, an der Müritz, in Bayern …«

»In Polen?«

»Auch dort.«

»Das wäre ja wunderbar. Dann wärst du viel näher bei mir, und ich könnte dich öfters sehen. Du fehlst mir, Ax.«

»Du fehlst mir auch, Freddy«, sagte Ax und hustete wieder. Es klang nervös. »Aber um noch mal auf den Professor zurückzukommen – er meint, für mich wäre ein Aufenthalt am Toten Meer ideal. Dort ist es warm, die Luft ist salzhaltig, ich könnte Bäder nehmen, meine Atemwege würden entlastet und könnten sich regenerieren.«

»Das Tote Meer ist im Orient …« Frederike war fassungslos. »Dort willst du hin?«

»Wenn es mich gesund macht?«

»Aber … aber …« Frederike stand auf, ging einmal durch den Raum, setzte sich dann wieder. »Das ist nicht dein Ernst. Das kann nicht dein Ernst sein.«

»Doch, Frederike. Ich meine das sehr ernst.«

»Wann?«

»Sobald wie möglich.«

»Allein die Reise wird Wochen dauern.«

»Vier Wochen habe ich eingeplant. Es hängt davon ab, wie gut es mir geht.«

»Und wie lange willst du bleiben?«

»Ein halbes Jahr.«

Frederike schluckte. »Ist das mit der Fahrzeit oder ohne? Ich meine, einen Monat hin, sechs Monate da, einen Monat zurück – das macht acht Monate.«

Ax nickte.

»Das willst du wirklich tun?« Sie konnte es immer noch nicht fassen.

»Wenn es mir hilft? Dafür würde ich alles tun.«

»Und was wird mit dem Gut?«

»Du schaffst das schon, Freddy.«

»Nein, Ax. Ich schaffe das nicht. Das ist zu viel. Lass uns das Gut deinem Vetter übergeben. Und dann reise ich mit dir in den Orient.«

Ax seufzte auf. »Es ist rechtlich nicht möglich, ein Fideikommiss abzugeben. Das geht nur im Todesfall.«

»Aber … aber …« Frederikes Gedanken rasten. »Dann überlassen wir das Gut dem Verwalter. Ich reise mit dir, und der Verwalter kümmert sich um alles.«

Nun lehnte sich Ax nach vorne, nahm Frederikes Hand. »Nein. Das ist meine Mission. Es geht um meine Gesundheit, mein Leben. Ich mache ja keinen Ausflug, fahre nicht in die Sommerfrische. Für Frauen ist der Orient nicht gerade geeignet.«

»Leben dort etwa nur Männer?«, fragte Frederike empört.

»Darum geht es doch nicht. Die politische Lage ist – sagen wir mal – angespannt.«

»Die Region steht doch unter britischem Mandat.«

»Das heißt aber nicht, dass es dort sicher ist.«

»Und da willst du hin, Ax?«

»Ich bin ein Mann. Du eine Frau. Dort leben Juden, aber vor allem Araber. Ich fahr dort nicht hin, um mich zu vergnügen, es ist eine Chance für mich, gesund zu werden.«

Frederike senkte geschlagen den Kopf.

Nun fasste Ax ihre Hände, hielt sie fest. »Ich liebe dich, und ich brauche dich. Sobotka ist das Erbe meiner Familie, meines Vaters. Ich brauche jemanden, auf den ich mich verlassen kann. Jemand aus der Familie. Du bist viel besser als jeder Verwalter, weil du verstehst, was ein Gut wie Sobotka für die Familie bedeutet.« Er rang nach Atem. »Schau mich an«, sagte er dann. »Ich bitte dich aus tiefstem Herzen um diesen Gefallen – kümmere dich um das Gut und um die Pferde. Wir haben eine Zukunft, denn bald werden wir wieder im Großdeutschen Reich sein und nicht mehr zu Polen gehören. Und dann wird es bergauf gehen. Bis dahin müssen wir durchhalten. Versprichst du mir, dass du dich um das Gut kümmerst?« Er rang nach Luft, war bleich geworden und schaute Frederike fragend an. »Bitte, Freddy.«

»Ich verstehe dich«, sagte sie. »Ich verstehe, was du meinst, was du von mir möchtest. Darüber werde ich nachdenken.«

Abrupt ließ er ihre Hände los, stand auf. »Ich muss gehen.«

»Wie bitte?«

»Ich muss mich hinlegen.« Ax ging zur Tür.

»Essen wir nachher zusammen?« Frederike stand auf, folgte ihm, fasste seinen Arm an. Er konnte doch nicht einfach so gehen, ohne sich zu verabschieden, ohne ein weiteres Wort.

»Ich lass es dich wissen.« Ax schaute sich nicht um, ging.

Wie vom Donner gerührt stand Frederike da. Eigentlich hatte sie ihm ganz viele Dinge erzählen wollen – über das Gut, den Sturm, die Pferde, die Wölfe … über ihre Tage in Berlin, über ihr Leben, ihre Vorstellungen, Wünsche und Hoffnungen. Aber auch über die Sorgen und Ängste, die sie hatte. Und dann waren da noch die dunklen Wolken, die am politischen Himmel heraufzogen. Doch das alles interessierte Ax nicht. Sie setzte sich wieder an den Tisch am Fenster, schaute auf die Berghänge.

Er ist krank, seine Gesundheit ist alles, was in seinem Fokus liegt. Das sollte ich verstehen und es mitempfinden. Er kann sich nicht um das Gut kümmern, und er kann im Moment auch keinen Gedanken an mich verschwenden. Er braucht seine Kraft, um gesund zu werden.

Aber das tröstete sie nicht. Sie war nach Davos gefahren, um Ax wieder näherzukommen. Hatte davon geträumt, mit ihm zusammen zurückzufahren oder wenigstens einen baldigen Termin zu erfahren, an dem er wieder nach Sobotka kam. Das alles hatte sich nach wenigen Sätzen von ihm zerschlagen. Mindestens ein weiteres Jahr würde sie alleine leben müssen.

Sie fühlte sich einsam, ungeliebt und unverstanden. Und wieder dachte sie an Rudolph. Sie war auch nach Davos gefahren, um einen Funken ihrer Liebe zu Ax wiederzuentdecken und somit der Versuchung zu widerstehen, in die Rudolph sie führte.

Frederike ging in ihr Zimmer, zog sich feste Schuhe und den warmen Mantel an, hier oben in den Bergen der Schweiz war der Frühling erst zaghaft eingezogen, während bei ihnen schon vieles grünte und blühte.

Es war das vierte Mal, dass sie in Davos war, und sie kannte einige schöne Wanderwege. Diesmal hatte sie Fortuna nicht mitgenommen, weil Frederike direkt von Berlin aus nach Davos gereist war. Jetzt vermisste sie ihre Hündin schmerzlich.

Sie dachte an die vergangenen Tage in Berlin, die so unbeschwert und lustig gewesen waren. Sie war mit Thea einkaufen gewesen, hatte ein Teehaus besucht, sie waren zum Essen ausgegangen, und schließlich hatte sie sogar Werner zu Mansfeld kennengelernt, Theas momentanen Favoriten.

Noch hatte er sich nicht erklärt, aber Thea war seinen Eltern vorgestellt worden.

Frederikes beste Freundin war sehr verliebt, was man ihr sogar ansah. Sie hatte sich verändert – war plötzlich ein wenig weicher, weiblicher geworden. Auf ihr Feierverhalten hatte es allerdings bisher keine Auswirkungen gezeigt, wie Frederike amüsiert feststellte.

»Jetzt ist die Zeit dazu«, sagte Thea lachend. »Wenn ich erst einmal verheiratet bin …«

»Du hast recht«, hatte Frederike traurig geantwortet, »dann ist fast alles vorbei.«

Ihre Freundin hatte sie tröstend in die Arme genommen. »Vielleicht wird das ja noch mit euch. Sagtest du nicht, dass Ax bald nach Hause kommt?«

»Ich hoffe es.«

Früher hatte Frederike Thea alles erzählt, aber nun scheute sie sich davor, von Rudolph zu sprechen. Sie wusste nicht, was kommen würde, wusste noch nicht einmal ihre eigenen Gefühle einzuordnen.

Sie war verheiratet, sie konnte sich unmöglich auf eine Liebelei mit Rudolph einlassen. Andererseits sehnte sie sich sehr nach Liebe und Geborgenheit. Ax hatte ihr das versprochen, aber seine Versprechen nie einlösen können. Er war aber kein Hallodri, so wie Theas Vater, der seine Hände von keiner Frau lassen konnte. Ax war eher ein Asket, der sich selbst kasteite. Und durch seine Krankheit war Frederike genauso zur Askese verdammt.

Wenn ich nach Hauptberge fahre, dann … dachte sie und ging noch schneller. Was wird dann passieren? Es? Dürfte sie das zulassen? Aber andererseits, sollte sie ihr Leben lang so weitermachen und innerlich vertrocknen?

Ich bin noch jung, ich bin gesund, ich bin verheiratet. Bitter lachte sie auf, und die Wut auf ihre Mutter und auf Ax ballte sich in ihrem Magen zusammen. Warum haben sie mir das angetan?

Ax wird in den Orient fahren, in den Nahen Osten. Er wird Salzbäder nehmen und sich sonnen, wird salzhaltige Luft einatmen und sich verwöhnen lassen, während ich Hagelschauer aushalten muss und Scherben zusammenfege. Das ist nicht gerecht.

Sie hatte hier in Davos entscheiden wollen, ob sie anschließend zu Rudolph fahren würde. Eigentlich hatte sie darauf gebaut und gehofft, dass Ax ihr die Entscheidung abnehmen oder wenigstens leichtmachen würde. Sie hatte gebetet, dass es ihm deutlich besserginge, sie gemeinsame Zeit verbringen würden und … und vielleicht auch anders wieder zueinanderfinden könnten.

In Berlin hatte sie mit einem Lungenfacharzt gesprochen, der ihr Hoffnung machte. »Wenn die Tuberkulose zurückgegangen ist und über mindestens zwei Jahre nicht wieder ausgebrochen ist, steht einer normalen Eheführung nichts im Wege«, hatte er ihr erklärt. »Aber dafür muss Ihr Mann zuerst als so weit geheilt gelten.«

Davon war Ax, so wie sie ihn heute gesehen hatte, noch lange entfernt. Andererseits, wenn die Therapie am Toten Meer tatsächlich dazu führte, dass er gesund wurde, dann wäre dies ein Hoffnungsschimmer. Und vielleicht könnten sie doch noch irgendwann eine Ehe führen – in vier oder fünf Jahren.

Frederike blieb stehen. Dieser Gedanke war so groß und so entsetzlich, dass sie nach Luft schnappte. Dieser Zeitraum erschien ihr so unendlich lang. In fünf Jahren würde sie sechsundzwanzig Jahre alt sein.

Schaffe ich es wirklich, noch so lange zu warten? Und was, wenn die Therapie keinen Erfolg hat? Wenn er krank und leidend bleibt. Werde ich die nächsten zehn oder fünfzehn Jahre an einen kranken Mann gefesselt sein, der mich immer mehr von sich wegstößt?

Aber was blieb ihr übrig? Eine Scheidung kam nicht in Frage, das hatte ihr ihre Mutter deutlich klargemacht.

»Du denkst nur an dich«, hatte sie gesagt, als Frederike das Thema vorsichtig erwähnte. »Du kannst dich nicht scheiden lassen. Der Makel wäre nicht nur auf dir – wer achtet denn eine geschiedene Frau in unseren Kreisen? Keiner.« Sie sah Frederike mit strengem Blick an. »Und was wäre mit deinen Schwestern? Mit Gerta, Gilusch und Irmi? Als Schwestern einer geschiedenen Frau hätten sie keine Chance, eine passende Ehe einzugehen. Unsere ganze Familie wäre geächtet. Vor allem hier, in Ostpreußen. In Berlin wäre das sicher anders, aber hier, auf den Gütern, liegt unsere Zukunft.«

Frederike wusste, dass ihre Mutter recht hatte. Scheidungen waren gesellschaftlich nicht akzeptiert. Und die Ehe konnte sie nun auch nicht mehr annullieren lassen, auch wenn sie nie vollzogen worden war. Das würde niemand glauben.

Ich muss mich mit meinem Schicksal abfinden, dachte Frederike. Irgendwie.

Doch in ihrem Kopf saß dieser Gedanke, pochte und klopfte, ein kleiner, vorlauter Specht.

Rudolph.

Wenn ich hinfahre und der Versuchung erliege – was dann? Dann habe ich wenigstens einmal gelebt, geliebt, Leidenschaft empfunden. Dann werde ich einmal geliebt, begehrt, verführt. Aus uns kann kein Paar werden, außer … Ax stirbt.

Frederike ging weiter.

Ich will Ax nicht den Tod wünschen, das fühlt sich noch schlechter an als alles andere. Dann lebe ich lieber einsam und allein, führe das Gut.

Aber … aber … habe ich nicht wenigstens diesen einen Moment des Glücks verdient? Einmal spüren, wie es sich anfühlt?

Die Gedanken spielten Fangen in ihrem Kopf, und sie kam zu keiner Entscheidung.

Nach zwei Stunden kehrte sie erschöpft in die Pension zurück. Dort fand sie ein Billett ihres Mannes vor.

»Essen heute Abend um sieben im Restaurant Stübli.«

Nun gut, dachte sie und steckte das Billett in ihre Manteltasche, immerhin das.

»Da ist noch ein Kabel für sie gekommen, Madame«, sagte der Portier und schaute in das Fach hinter sich. »Hier, bitte schön.«

Es war von Rudolph und nur ganz kurz. »Ich freue mich auf dich.«

Frederike biss sich auf die Lippe. Es tat gut, zu wissen, dass jemand sich auf sie freute, auf sie wartete, hoffte, dass sie kam. Aber es machte ihre Entscheidung nicht leichter.

Den Tag verbrachte sie lesend in ihrem Zimmer. Morgen würde sie in die Filmvorstellung gehen, dort lief der nächste Film mit Carl von Bäumer, dem schönsten Mann der UFA. »Comte LeJuste auf der Spur der schwarzen Witwe‹ – auf den Film hatte sie sich schon seit Monaten gefreut. Auf dem Gut fand Frederike im Moment so gut wie nie Zeit, in eine Filmvorführung zu gehen. Ein Filmtheater gab es zwar in Posen, aber auch im Dorfkrug in Sobotka kam alle paar Monate ein Filmvorführer, baute seine Leinwand und seinen Filmapparat auf. Die Leute freuten sich immer, und Frederike sah zu, dass sie an diesem Abend freibekamen. Aber sie selbst hatte jetzt fast nie die Zeit, an den Spektakeln teilzunehmen. Selbst zum Lesen war sie in den letzten Monaten nicht mehr oft gekommen. Auch jetzt wanderten ihre Gedanken immer wieder ab. Wo bloß würde sie das Leben hinführen?

Frederike schloss die Augen. Sie war froh, dass sie das Zimmermädchen gebeten hatte, sie um halb sechs Uhr zu wecken, denn ansonsten hätte sie verschlafen. In der Pension gab es ein Badezimmer auf dem Gang, das sich Frederike reserviert hatte. Sie wollte gebadet, eingecremt und geschminkt zum Dinner mit Ax erscheinen und tat es auch.

»Wunderschön siehst du aus, meine Liebe.« Ax umarmte sie flüchtig. Auch er wirkte vitaler als am Morgen. »Hast du über meinen Vorschlag nachgedacht?«, fragte er sie eifrig.

»Deinen Vorschlag?« Für einen Moment wusste Frederike nicht, was er meinte.

»Dass ich ans Tote Meer reise.«

»Das war ein Vorschlag?«, fragte Frederike verblüfft. »Es klang wie eine Entscheidung.«

»Die ich nicht ohne dich treffen will. Nun hattest du ein paar Stunden Zeit, darüber nachzudenken. Was meinst du?«

Sprachlos sah Frederike ihren Mann an, der die Serviette nahm, sie auseinanderschlug und über seinen Schoß legte, dann nahm er die Speisekarte. »Hier bekommt man sehr gutes Fleisch. Ich gehe oft abends hier essen.«

»Ich dachte, du isst im Sanatorium?«

»Seit es mir bessergeht, brauche ich manchmal eine Abwechslung. Das Essen im Sanatorium ist gut, aber auch fade.«

»Und dann kehrst du hier ein?«

»Davos wächst. Es gibt viele Restaurants und Gasthöfe inzwischen. Dieses ist eines der besten.«

Frederike atmete tief durch. »Der Winter war lang auf Sobotka«, sagte sie dann langsam und leise. »Wir hatten bis in den März Frost, noch Anfang April gab es in manchen Nächten Bodenfrost und Raureif.« Sie nahm ihr Glas Wein und nippte daran.

»Ein Spätburgunder«, erklärte Ax, der die Getränke bestellt hatte. »Sehr samtig.« Er lächelte und prostete ihr zu. Frederike kniff die Augen zusammen.

»Ende März hatten wir im Keller Kartoffelfäule. Und es gab noch nichts Frisches auf den Feldern. Wir hatten noch schrumpelige Möhren, Bete und Rüben. Lenchen hat phantastische Sachen daraus gezaubert. Meist gab es Steckrüben mit Stippsoße. Oder gebratene Rüben. Oder gestampfte Rüben. Ich mag Rüben …«

Ax sah sie an, schüttelte den Kopf. »In Posen gibt es Händler …«

»Hast du in den letzten Monaten einmal auf das Gutskonto geschaut? Ich habe dir die Aufstellungen geschickt.« Frederike verschränkte die Arme vor der Brust. »Ein Mal?«

»Ich bitte dich, auf dem Familienkonto wird genug Geld sein.«

»Seit zwei Jahren hat das Gut hohe Verluste. Ax, wir haben viel Geld verloren durch die Inflation, durch die Währungsreform 1924 hat deine Familie immense Summen eingebüßt. Hast du das alles nicht verfolgt?«

»Wer bist du? Meine Frau oder mein Buchhalter?«, fragte Ax und klang empört. »Ich wollte einen netten Abend mit dir verbringen …«

»Liest du meine Briefe?«

Er schaute zur Seite, sah sie nicht an. »Natürlich.«

»Wir sind in finanziellen Schwierigkeiten.«

»Das kann nicht sein, das war noch nie so.« Nun bohrte sich sein Blick in ihren. »Hast du Schindluder mit den Geldern betrieben? In Berlin bei deiner liederlichen Freundin Thea? Kleider gekauft und solche Sachen?«

»Ax!« Frederike schnappte nach Luft. »Schau mich an. Ich trage ein Kleid, das vier Jahre alt ist. Die Schneiderin hat es umgenäht. Ich habe mir in den letzten Jahren kaum etwas gekauft, wovon auch? Und wann?« Sie setzte sich auf, fühlte den brodelnden Vulkan der Wut in sich. »Ich bin von morgens bis abends auf dem Gut unterwegs.«

»Kommst du nicht gerade aus Berlin?«

»Klingt da ein Vorwurf mit?«, fragte Frederike zurück. »Ja, ich war ein paar Tage bei Thea in Berlin. Aber zuvor war ich wochenlang auf dem Gut. Es hat gehagelt, erst vor ein paar Tagen. Ein Sturm mit großen Hagelkörnern. Drei der Frühbeete sind völlig zerstört. Alle Setzlinge in den Beeten vernichtet. Wenn wir Glück haben, war es noch früh genug, dass nicht alles an Obstblüten abgeschlagen ist. Aber die Bäume haben sehr gelitten. Es sah aus wie nach einem Angriff im großen Krieg an der Somme. Ich habe schon andere Hagelschläge gesehen. Und Stürme. Aber so etwas habe ich noch nicht gesehen. Auch der Gärtner war entsetzt.«

»Pflanzen kann man ersetzen.«

»Ax, es sind die Gemüsepflanzen. Auf den Feldern steht zum Glück noch nichts.«

»Aber wer braucht schon Gemüse, mein Kind?« Er lachte leise. »Wir haben Wald, Pferde und Getreide.«

»Das Gut braucht Gemüse, Ax.« Frederike biss sich auf die Lippe, zog mit den Zähnen daran, bis es weh tat. Der Kellner brachte den Teller mit der Vorspeise – eine Consommé mit Einlage. »Woraus ist diese Suppe gekocht?«, fragte Frederike Ax dann.

»Es ist eine Rinderkraftbrühe, also wird sie aus Rind sein.«

»Ja, aus Rinderknochen und Mark – aber auch aus Wurzelgemüse. Aus Lauch, Zwiebeln, Karotten und Kohl. Und aus Wurzeln – Petersilienwurzeln, Pastinaken und Sellerie. All diese Dinge wachsen in unserem Gemüsegarten hinter dem Park. Erinnerst du dich?«, ihre Stimme klang nun bitter. »Das ist das große Feld, das in Parzellen aufgeteilt ist. Auf manchen stehen Holzstäbe – da wachsen die Bohnen und die Erbsen. Es ist ein großer Teil des Gutsgartens, denn er ernährt das Gut und die Leute. Wir brauchen viele Erbsen, um alle von einem Frühjahr bis zum nächsten zu bekommen. Ende Mai gibt es mit Glück und ohne Hagel die ersten, im Oktober die letzten. Es müssen so viele Erbsen sein, dass sie nicht nur für den täglichen Gebrauch reichen, sondern dass wir auch genügend für den Winter einwecken oder trocknen können. Und wir haben zwar ein großes Gut, eins der größten, aber inzwischen nur einen sehr kleinen Gutshaushalt. Ich habe die meisten Leute entlassen. Aber das habe ich dir ja geschrieben.«

»Warum hast du sie entlassen?«

»Weil ich sie nicht brauche. Ich lebe alleine auf dem Gut. Bevor von Aaken mit seiner Familie kam, war der Westflügel nur eine Last – Zimmer, die geputzt werden mussten, obwohl sie keiner bewohnte. Ich hatte den Flügel geschlossen.«

»Da sind die Gästezimmer …«

»Für welche Gäste denn, Ax? Ich hatte so gut wie keine.«

»Aber man muss doch ein Haus wie Sobotka adäquat führen.«

»Hast du das gemacht?«

Für einen Moment dachte er nach. »Ich war Junggeselle. Natürlich habe ich keine Gesellschaften gegeben. Dafür habe ich dich doch geheiratet.« Die Worte rutschten aus seinem Mund, und er konnte sie nicht mehr zurücknehmen. Sie hingen zwischen ihnen, eine kleine, unheilvolle Wolke.

»Ach?« Frederike zog die Augenbrauen hoch. »Und ich dachte, du hättest mich aus Liebe geheiratet.« Sie tauchte ihren Löffel in die Suppe ein, aß.

Ax saß ihr schweigend gegenüber, rührte die Suppe nicht mehr an.

»Schmeckt es Ihnen nicht?«, fragte der Kellner besorgt.

»Doch, das war sehr köstlich. Sie können abräumen«, sagte Ax.

»Ich habe dich geheiratet, weil ich dich liebe«, sagte er dann leise. »Aber natürlich gehört es zu deinen Pflichten nun auch, das Haus zu führen.«

»Das tue ich, und deshalb hatte ich den Westflügel geschlossen. Als die Verwalterfamilie kam, habe ich ihn wieder geöffnet, und wenn sie ausziehen, schließe ich ihn wieder. Solange sie da sind, habe ich Mädchen aus dem Dorf eingestellt. Wenn ich den Flügel wieder schließe, haben wir vermutlich keine Verwendung mehr für sie im Haus, aber ich werde etwas anderes für sie auftun.« Sie tupfte sich den Mund mit der Serviette ab. »Dein Inspektor hatte zwei Frauen aus dem Reich eingestellt. Sie wohnten in der Mansarde, kosteten uns viel Geld und haben schlecht gearbeitet. Die beiden habe ich zusammen mit ihm entlassen.«

»Was willst du eigentlich von mir«, zischte Ax plötzlich. »Ich komme mir vor wie auf der Anklagebank. Du hast doch freie Handhabe, was das Gut angeht. Du entlässt den Inspektor, stellst einen neuen Verwalter ein, schließt und öffnest Flügel im Haus, wie es dir beliebt.«

»Nein, nicht wie es mir beliebt, sondern wie es das Beste für das Gut ist, Ax.«

»Wunderbar. Du machst das anscheinend prächtig.« Er schnaufte. »Was willst du dann von mir?«

Frederike senkte den Kopf und atmete ein paarmal tief durch, dann schaute sie ihn wieder an. »Ich würde mir wünschen, dass du dich auch wieder für das Gut interessierst, für mich und mein Leben. Dass du meine Briefe liest, sie beantwortest, dass du Entscheidungen nicht nur mir überlässt, sondern sie mitträgst. Ich wünschte mir, es gäbe ein ›wir‹ und nicht nur ein ›du‹ und ein ›ich‹.«

»Ich weiß nicht, was du meinst.« Er knüllte seine Serviette zusammen, schmiss sie auf den Tisch. »Hast du zu viele Filme gesehen? Diesen romantischen Schmarrn mit Marlene Dietrich? Man führt eine Ehe nicht, um ein ›wir‹ zu haben. Das ist doch lächerlich.«

»Ist es das?«

»Natürlich. Du hast als meine Frau Pflichten. Du musst das Haus führen, und eigentlich solltest du mir Erben schenken.« Er kniff die Augenbrauen zusammen. »Und damit das möglich sein wird, fahre ich in den Orient.«

»Ich komme mir vor wie eine Zuchtstute«, sagte Frederike bitter. »Wenn ich dich bitten würde, nicht in den Orient zu fahren …?«

»Warum?«

»Weil ich eine so lange Trennung schrecklich finde. Weil ich dich hier haben will. Weil ich nicht so lange für alles alleine verantwortlich sein will.«

»Nun, tatsächlich habe ich meine Entscheidung getroffen, Frederike. Und jetzt muss ich los.«

»Und unser Essen?«, fragte Frederike, die plötzlich ganz ruhig wurde.

»Es ist bezahlt, genieß es ruhig.« Er schüttelte den Kopf und ging.

Kapitel 17

Venedig, Herbst 1931

»Es ist wunderschön«, sagte Frederike und räkelte sich auf dem Bett. Durch die Terrassentür konnte man auf einen der Kanäle sehen, auf dem die Gondeln schaukelten. »Ich hätte nicht gedacht, dass es wirklich so ist.«

Rudolph lachte. »Alle Klischees erfüllt?«

»Kommt auf das Essen heute Abend an.« Sie zwinkerte ihm zu. »Das gestrige wird kaum zu übertreffen sein.«

»Ich habe einen Tisch in einem kleinen Restaurant reservieren lassen. Allerdings müssen wir über den Canal Grande.«

»Mit der Gondel?«, fragte Frederike entzückt.

Rudolph lachte auf. »Ja. Das macht dir Spaß, oder?«

»Ich finde es wundervoll. Die letzten zwei Tage waren die schönsten meines Lebens!«

Rudolph ging zum Tisch, schenkte sich einen Drink ein. Er wirkte plötzlich ernst.

»Hoffentlich treffen wir niemanden, den wir kennen«, sagte er leise.

Frederike setzte sich auf. »Wäre es so schlimm, wenn wir jemanden treffen? Wir können doch erzählen, dass auch wir uns zufällig getroffen haben. Niemand muss wissen, dass wir zusammen hier sind.«

»Einmal mag das vielleicht gehen.« Er seufzte. »Gerüchte irgendwelcher Art wären nicht gerade förderlich, zumal meine Familie immer mehr Druck macht.«

»Druck?«

Rudolph sah sie an. »Ja. Das ist doch nicht neu. Ich soll endlich heiraten und einen Erben zeugen.«

Frederike ließ sich zurück auf das Bett fallen. »Ach so«, sagte sie trocken. »Dann musst du das wohl machen.«

»Freddy!« Rudolph klang entsetzt. »Du weißt, dass das nicht geht. Ich liebe dich. Ich will dich heiraten, Kinder mit dir haben.«

»Ich bin verheiratet, Rudolph.«

»Lass dich endlich scheiden. Bitte! Wo ist Ax jetzt? Am Toten Meer? In Davos? Oder ist er etwa auf Sobotka? Wie oft war er in den letzten Jahren auf dem Gut?«

»Ach, Rudolph. Jetzt ist er noch am Toten Meer.«

»Bitte trenne dich endlich von diesem Mann. Was hält dich noch bei ihm?«

»Das Eheversprechen«, sagte Frederike und zog die leichte Decke über ihren nackten Körper. Plötzlich fröstelte sie.

»Eine Ehe, die keine ist und noch nie eine war. Warum befreist du dich nicht von diesen Fesseln? Ich verstehe es nicht.«

»Würde ich mich scheiden lassen, Rudolph, könnte ich dich nicht heiraten – das würde deine Familie nicht zulassen, und in der Tiefe deines Herzens weißt du das auch.«

»Ich würde es einfach tun!« Rudolph trank wütend sein Glas aus, schenkte sich noch mal nach.

»Wir haben darüber gesprochen, weißt du noch? Damals, als ich das erste Mal nach Hauptberge gekommen bin. Damals waren wir uns einig, dass dies eine rein private Sache ist – nur zwischen uns – und dass es eine Affäre bleiben wird. Bis zu dem Punkt, an dem einer von uns beiden nicht mehr will oder du heiratest. Erinnerst du dich?«

»Ja, ich erinnere mich. Du kamst aus Davos und warst ganz aufgelöst. Freddy, das ist ein Jahr her.« Er setzte sich zu ihr auf das Bett, nahm ihre Hand, küsste jeden ihrer Finger. »Ich liebe dich«, murmelte er. »Ich liebe dich so sehr.«

Frederike schloss die Augen. Damals war sie voller Verzweiflung nach Schlesien gefahren und hatte Rudolph auf seinem Gut besucht. Sie war verletzt, bis in Mark getroffen vom Verhalten ihres Mannes. Sie suchte Trost, Liebe und Leidenschaft – alles fand sie bei Rudolph. Er war liebevoll, zärtlich, fast schon übervorsichtig, als er erfuhr, dass Ax die Ehe nie vollzogen hatte. Es gab Mittel und Wege, eine ungewollte Schwangerschaft zu verhüten, sicher waren sie aber nicht. Dieses Damoklesschwert schwebte seitdem immer über ihnen.

Treffen konnten sie sich nur selten. Mal ein paar Tage auf Sobotka, die sie gemeinsam verbrachten, dann ein Besuch auf Hauptberge, den sich Frederike irgendwie erschummelte, indem sie Pflichten beiseiteschob. Hin und wieder trafen sie sich auch in Berlin. Dies war ihr erster gemeinsamer Urlaub. Es würde wohl auch ihr letzter sein, dachte Frederike und wurde traurig.

»Du weißt, dass ich dich auch liebe«, sagte Frederike und entzog ihm ihre Hand. Sie stand auf, nahm den Morgenrock und zog ihn an. Dann schenkte sie sich auch einen Drink ein und setzte sich auf den Sessel am Fenster. »Aber du weißt auch, dass ich mich nicht scheiden lassen kann. Natürlich«, sagte sie und nippte an dem Drink, »könnte ich es rein rechtlich. Und danach könnte ich dich heiraten. Aber das tut man nicht – nicht, wenn man aus unserer Gesellschaftsschicht stammt. Scheiden lässt sich das Bürgertum vielleicht oder das Proletariat, aber ›wir‹ – wir tun es nicht. Liebschaften, so wie die unsrige, werden verschwiegen und irgendwie geduldet. Akzeptiert werden sie nur selten – obwohl ich Fälle kenne, wo die Geliebte mit dem Mann zu Anlässen eingeladen wird statt die Ehefrau, die nur auf dem Papier noch die Gemahlin ist.« Sie sah Rudolph an, er hatte den Kopf gesenkt. »Dennoch ist das etwas, was mir widerstrebt. Sollte ich mich scheiden lassen, wäre es ein viel schlimmeres Stigma als eine Affäre. Das weißt du genauso gut wie ich.«

»Wir würden es gemeinsam durchstehen.«

»Die Dreckwäsche, die bei einem solchen Prozess gewaschen werden würde, wäre meine, nicht deine. Ich würde im Fokus des Klatsches stehen. Und nicht nur ich – meine Familie ebenso. Ich habe drei noch unverheiratete Schwestern, deren Chancen, einen vernünftigen Mann abzubekommen, ins Bodenlose sinken würden – und das, obwohl sie eine gute Mitgift haben.« Frederike schüttelte den Kopf. »Das kann ich ihnen nicht antun. Die Schande würde sie verfolgen. Und selbst wenn doch – wir würden heiraten … niemand würde zu unserer Hochzeit kommen.«

»Na und?«

»Niemand würde uns mehr einladen und mit uns verkehren wollen.«

»Selbst wenn.« Rudolph hatte die Stirn in Falten gezogen. »Was interessieren uns andere, wenn wir endlich zusammenleben könnten. Möchtest du das nicht? Immer neben mir aufwachen und einschlafen? Ein gemeinsames Leben führen, statt sich immer nur heimlich zu treffen? Bist du es nicht auch leid?«

»Ja, ich finde es furchtbar, und nein, mich interessiert es nicht, was andere Leute denken.«

»Dann mach es, Freddy.« Er stand auf, kam zu ihr, legte seine Hände auf ihre Schultern und sah sie an. »Mach es, lass dich scheiden, Freddy. Dann heiraten wir.« Er lächelte sanft. »Bitte.«

»Mich interessiert nicht, was andere Leute über mich sagen, aber was wäre mit unseren Kindern?« Freddy erwiderte seinen Blick. Sie lächelte nicht. »Unsere Kinder wären von Geburt an Außenseiter. Einfach nur deshalb, weil ihre Mutter geschieden ist. Du weißt, dass das stimmt.«

»Verdammt.« Rudolph drehte sich um, lief durch das Zimmer. »Verdammt.« Er blieb stehen, sah sie an. »Liebst du mich eigentlich?«

Für einen Moment schockierte Frederike die Frage. Sie schnappte nach Luft, musste an sich halten. Dann stand sie auf, ging zu Rudolph, nahm ihn in die Arme, drückte ihn an sich. Sie roch den Duft seiner Haut, der Seife und ein wenig den der salzigen Lagunenluft, die sich überall niederzuschlagen schien. Sie spürte seinen Herzschlag, die Hufe eines galoppierenden Pferdes auf einem Feld. Sie genoss seine Wärme, die sie zu umarmen schien. Sein Atem an ihrem Hals, seine Lippen auf ihrer Haut.

»Mein Gott, Freddy, ich liebe dich so sehr«, murmelte er.

»Ich liebe dich.«

»Dann lass es uns tun, lass uns heiraten.«

Frederike schüttelte den Kopf. Noch ein letztes Mal drückte sie ihn an sich, sog seinen Duft ein. Dann wandte sie sich ab. »Es geht nicht. Was, Rudolph, was würde mit den Kindern?«

»Und wenn wir keine hätten? Bisher haben wir es doch auch vermieden.«

»Dann könnten wir auch so weitermachen. Deine Familie möchte einen Erben, und sie hat recht.«

Rudolph senkte den Kopf. »Wie kannst du das ertragen? Aushalten?«

»Ich habe keine Wahl, mein Liebster.«

»Aber …«

»Nein, es gibt kein Aber … ich genieße die Zeit mit dir, jeden Moment, jede Sekunde. Ich bin mit dem Menschen, der mir am nächsten steht, in dieser wundervollen Stadt. Was morgen oder nächste Woche ist, weiß ich nicht. Aber heute ist heute, und heute sind wir hier. Wir lieben uns. Es ist schön, zusammen zu sein, in dieser traumhaften Stadt zu sein … essen zu gehen, mit der Gondel zu fahren – all diese Dinge vergehen, sie sind ein Windhauch im Wald des Lebens. Aber die Erinnerungen bleiben mir. Wenn ich auch sonst nichts haben werde – diese Erinnerungen nimmt mir keiner. Niemals.«

»Es ist so verrückt. Wir sind füreinander bestimmt, lieben uns … aber wir können nicht zusammen sein.« Rudolphs Stimme brach.

»Wir sind zusammen. Hier und jetzt.«

»Das reicht nicht für ein ganzes Leben. Schön für dich, wenn es dir genügt, aber ich möchte mehr. Ich möchte dich zu meiner Frau machen, offiziell. Ich möchte mit dir den Tag verbringen, mit dir leben. Neben dir aufwachen und an dich gekuschelt einschlafen. Ich möchte mit dir ausgehen, ohne dass wir uns erklären müssen. Ich möchte Kinder mit dir, ganze Scharen von Kindern. Nicht nur, um einen Erben zu haben, aber auch deshalb. Doch wenn wir jetzt ein Kind bekommen würden, würde es Sobotka erben und rechtlich wäre Ax sein Vater. Ich würde es hassen, daran kaputtgehen.«

»Es stimmt alles, was du sagst«, meinte Frederike leise. »Und wir können nicht länger so weitermachen.«

»Trenn dich, bitte trenn dich von ihm. Lass dich scheiden. Die Zeiten ändern sich. In zehn Jahren wird alles anders sein. Daran glaube ich fest.«

»Wegen der Nationalsozialisten? Das kann durchaus sein. Aber ob es sich zum Besseren wendet?«

»Verdammt, Freddy, dies ist kein Gespräch über Politik, es geht um uns. Um uns beide und um unsere Zukunft.«

»Dabei passieren gerade so viele Dinge in Deutschland, die uns viel mehr beschäftigen sollten. Die Weltwirtschaftskrise, der Machtzuwachs der Braunen.«

Rudolph wandte sich ab, schüttelte den Kopf. »Diese Dinge sind wichtig, und sie sind schwierig. Aber es geht doch hier um uns«, murmelte er.

»Schatz.« Frederike ging zu ihm, doch er drehte sich weg. Sie legte dennoch ihre Arme um ihn, schmiegte ihren Kopf an seinen Rücken. »Ich liebe dich. Ich liebe dich mehr, als ich jemals jemanden bisher geliebt habe. Alles mit dir ist wunderschön. Die Zeit, die wir zusammen verbringen, Liebe mit dir zu machen, die Welt mit dir zu entdecken. Es ist traumhaft.« Sie schluckte. »Und tatsächlich ist es ein Traum, den wir uns erschaffen haben – fernab der Realität.« Wieder hielt sie inne. »So sehr ich es mir wünsche, aber es gibt für uns kein gemeinsames Leben. Das wird es nicht geben, solange ich verheiratet bin, und ich werde mich nicht scheiden lassen.«

»Was wird dann aus uns?« Rudolph drehte sich um, schlang die Arme um sie. »Was ist mit uns?«

»Etwas Wunderschönes, aber leider nicht die Realität.« Frederike schüttelte den Kopf. »Jedenfalls nichts, was wir so weiterführen können.«

»Du willst dich trennen?«

Frederike seufzte. »Nein, das will ich nicht, es bricht mir das Herz, aber wir haben keine Wahl. Deine Familie hat recht – du solltest heiraten und Kinder zeugen. Du verdienst es, glücklich zu werden.«

»Ich bin mit dir glücklich.«

»Es sind nur Momente, Rudolph. Nur kurze Momente. Sie sind so voller Glück, wie manche es in einem ganzen Leben haben. Kurz, aber intensiv. Und ich bin so froh, dass ich das erleben durfte.«

»Was ist, wenn Ax stirbt?«

Frederike sah ihn entsetzt an. »Diesen Gedanken erlaube ich mir nicht. Ich bin immer noch mit ihm verheiratet, und ich wünsche ihm, dass er gesund wird.«

Rudolph ging zum Sessel, ließ sich fallen und seufzte tief. »Ich kann das nicht glauben, Freddy. Du kannst doch nicht alles, was zwischen uns ist, hinschmeißen.«

»Vor mehr als einem Jahr, als ich zu dir nach Hauptberge kam, da hatten wir ein Gespräch. Ich habe dir gesagt, dass ich immer noch Ax' Frau bin und bleiben werde, solange er lebt. Du hast das in Kauf genommen, denn das war Voraussetzung für uns …«

»Aber wir haben doch keine billige Affäre«, sagte er und klang nun wütend. »Dies hier ist viel mehr. Es ist Liebe.«

»Ja, ich weiß.« Wieder klang Frederike traurig. »Aber dennoch …«

»Was machen wir denn nun? Lass uns zusammen weggehen. Nach Amerika. Oder nach Südamerika. Nach Namibia – dort habe ich Verwandte. Lass uns zusammen weggehen und neu anfangen.«

Frederike biss sich auf die Unterlippe, sagte aber nichts mehr. Es war alles gesagt worden, und nichts änderte die Tatsachen. Sie wusste, sie musste Rudolph gehen lassen, ihn freigeben, damit er zu seinem eigenen Leben fand. Es fiel ihr unglaublich schwer, nicht nachzugeben und Hals über Kopf mit ihm wegzulaufen, aber es musste sein, ihm zuliebe.

Sie ging zu ihm, beugte sich vor und küsste ihn sanft. »Lass uns die Zeit in Venedig noch genießen. Lass uns so tun, als gäbe es kein Morgen. Lass uns hier und jetzt sein.«

»Ich weiß nicht, ob ich das schaffe«, sagte Rudolph und senkte den Kopf.

»Ich auch nicht, aber einen Versuch ist es doch wert.«

Vier Tage blieben sie noch. Sie genossen das gute Essen, den Wein, die Wärme und hatten sogar Spaß an den Tauben auf dem Markusplatz. Sie ließen sich von den Gondolieri durch die großen und kleinen Kanäle fahren, lauschten ihren Liedern. Es war eine wundervolle Zeit, sie lachten viel, liebten sich, genossen die Nähe. Über die Zukunft sprachen sie nie wieder. Am Ende der Woche fuhren sie nach Padua und von dort aus mit dem Nachtzug nach München. Dort trennten sich ihre Wege. Frederike fuhr weiter nach Posen, Rudolph in Richtung Berlin.

Sie verabschiedeten sich mit einem Kuss, einem langen, weichen, warmen und sehnsüchtigen Kuss. Ohne es ausgesprochen zu haben, wussten beide, dass dies ein endgültiger Abschied war.

Kapitel 18

Sobotka, Frühjahr 1932

Nervös stand Frederike am Fenster des Salons. Der Kutscher war zum Bahnhof gefahren, um Ax abzuholen. Fast ein Jahr hatte sie ihren Mann nun nicht gesehen. Erst war er am Toten Meer gewesen, dann noch mal zu Untersuchungen in Davos. Die Kommunikation zwischen ihnen war schwierig gewesen, was zum Teil an der Entfernung lag, aber auch daran, dass Ax einfach nicht kommunikativ war. Nun kam er, nach über zwei Jahren, endlich zurück auf das Gut.

»Kann ich etwas für Sie tun, Baronin?«, fragte die Mamsell.

»Haben wir alles für einen Gin-Fizz bereit?« Frederike zwang sich zu lächeln.

»Das haben wir doch immer«, sagte die Mamsell und trat zu Frederike. »Der Baron trank gerne Wodka. Wissen Sie, ob er das immer noch tut?«

»Nein. Er war fast ein Jahr im Orient, ich weiß fast gar nichts über ihn.«

»Das ist schwer für Sie, nicht wahr?«, fragte die Mamsell leise. »Ich will nicht anmaßend oder aufdringlich sein, aber ich muss Sie loben. Sie haben alles hervorragend gemeistert in den letzten zwei Jahren ohne den Gnädigsten. Erst hatten wir von den Leuten ja Zweifel, dass Sie das schaffen, wenn ich das mal so sagen darf.« Sie stockte.

»Meine liebe Mamsell, Sie dürfen das sagen. Ich hatte ja selbst Zweifel bis zur Oberkante Hutkrempe.« Frederike lachte bitter auf. »Ich war zu jung und zu unerfahren für diese riesige Aufgabe. Sie erschien mir wie ein Berg, den ich niemals bezwingen könnte.«

»Dafür haben Sie es aber wirklich gut gemeistert, Baronin«, sagte die Mamsell leise. »Sehr gut sogar.«

»Das ist gar nicht mein Verdienst, das haben wir dem Verwalter zu verdanken.«

»Aber Sie haben von Aaken eingestellt und seine Familie hierhergeholt. Sie haben sie hier verortet, sie hier heimisch gemacht. Dadurch legt er sich noch mehr ins Zeug. Seine Frau ist inzwischen auch ›eine von uns‹ – wenn ich das so sagen darf.« Sie senkte verlegen den Kopf. »Es ist natürlich anmaßend von mir, so zu sprechen.«

»Nein.« Frederike sah sie an. »Gar nicht. Ich bin froh, dass Sie mir das sagen. Wirklich.«

»Sie tun viel für Sobotka. Es ist nicht nur der Verwalter. Sie stehen dahinter, und wir alle merken das. Und wir sind froh darüber.«

»Danke.« Frederike war sprachlos. Für einen Moment dachte sie nach. »Warum sagen Sie mir das jetzt?«

»Ich möchte, dass Sie wissen, dass wir alle hinter Ihnen stehen, Baronin«, erwiderte die Mamsell fast tonlos. »Was auch immer passiert.«

»Ach so.« Frederike nickte. »Und … der Baron?«

»Er war schon so lange nicht mehr hier … wird er bleiben?«

»Das hoffe ich. Sobotka ist sein Gut, sein Erbe.« Frederike seufzte wieder, schaute zur Chaussee. Vor einer Stunde war der Kutscher losgefahren, er sollte schon längst wieder zurück sein.

»Baron von Hauptberge ist auch ein Freund des Barons?«, fragte die Mamsell nun fast flüsternd.

Frederike fuhr herum, sah sie an. »Nein. Er ist ein Freund meiner Familie.« Sie räusperte sich, aber der Kloß in ihrem Hals löste sich nicht. Natürlich waren die Leute nicht blind und taub. Sie hatten die Liaison zwischen ihr und Rudolph mitbekommen, vermutlich missbilligten sie es. »Aber … er wird uns jetzt wohl nicht mehr besuchen kommen.«

Die Mamsell nickte und lächelte. »Machen Sie sich keine Sorgen. Wir alle mögen Baron von Hauptberge. Aber wir alle haben vermutlich vergessen, dass er überhaupt hier war.« Die Mamsell zwinkerte Frederike zu. »Ihr Leben in den letzten Jahren war sehr schwer, und Sie haben alles für das Gut getan, was in Ihrer Macht stand, das haben wir sehr wohl gesehen. Wir müssen uns bei Ihnen bedanken, Baronin.«

Frederike kramte unruhig mit ihren Händen in den Jackentaschen, als würde sie dort nach einer Antwort suchen, die angemessen war – aber sie fand sie dort nicht. Also nickte sie nur.

Endlich konnten sie das Knattern des Automobils auf der Chaussee hören.

»Sind Sie aufgeregt?«, fragte die Mamsell und biss sich sofort auf die Lippen. Frederike nickte nur.

Die Mamsell legte ihr kurz die Hand auf die Schulter. »Ich sehe zu, dass alles bereit ist.«

»Danke.«

Frederike wusste nicht wirklich, was sie erwartete. Die kurzen Kabelnachrichten und die etwas längeren Briefe, die Ax ihr geschickt hatte, waren eher Momentaufnahmen der Reise gewesen. Nach seiner Kur am Toten Meer war er zurück nach Davos gefahren und hatte sich dort gründlichen Untersuchungen unterzogen. Er hatte ihr vor einer Woche nur gekabelt: »Bin geheilt, komme zurück.«

Was genau das bedeutete, ob er wirklich geheilt war und nun seine Position auf dem Gut übernehmen würde oder ob es ihm nur leidlich besserging und er zur Erholung kam, wusste sie nicht.

Sie wusste auch nicht, wie sie zu ihm stand. Natürlich waren sie verheiratet, aber wahre Liebe hatte sie erst durch Rudolph erfahren. Immer noch vermisste sie ihn schmerzlich, und jedes Mal, wenn sie ein Automobil auf der Chaussee hörte, klopfte ihr Herz, und sie hoffte, dass es Rudolph sei.

Obwohl ihr natürlich bewusst war, dass er ihren Wunsch respektieren und daher nie wiederkommen würde. Sie hatten einfach keine gemeinsame Zukunft.

Aber hatte sie die mit ihrem Ehemann? Wie stellte er sich ihre Zukunft vor? Der Mann, der heute heimkam, war inzwischen fast ein Fremder für sie.

Das Automobil fuhr vor, der Kutscher, der nun auch der Chauffeur war, stieg aus und öffnete die Beifahrertür. Jemand stieg aus. Ein hagerer Mann. Ax trug den Hut tief in die Stirn gezogen. Frederike war enttäuscht, seinen Gesichtsausdruck nicht sehen zu können, sie hätte gerne einen ersten Eindruck gehabt, bevor sie ihm gegenübertreten musste. Seufzend fasste sie sich ein Herz, ging in die Diele und ihm entgegen.

»Herzlich willkommen, mein Lieber«, sagte sie.

Ax nahm den Hut ab. Seine Haut wirkte wie dunkles altes Leder, aber er lächelte. Tiefe Falten hatten sich in sein Gesicht eingegraben, wie Radspeichen lagen sie um seine Augen.

Frederike sah ihn an, musterte ihn, versuchte zu erahnen, in welcher Stimmung er war, aber es war, als stünde ein wildfremder Mann vor ihr.

»Dünn bist du geworden«, sagte sie leise.

Er zog den Mantel aus, er reichte Mantel und Hut dem Mädchen, das schon darauf wartete.

»Das ist Minna«, sagte Frederike, doch Ax schaute das Mädchen gar nicht an.

»Es ist schön, wieder hier zu sein«, sagte er endlich. Seine Stimme klang rau und ein wenig heiser, aber viel kräftiger als vor einem Jahr. Überhaupt wirkte er vitaler, seine Augen glänzten lebhaft, und seine Bewegungen waren kraftvoller. Er schien wirklich geheilt zu sein. Ax trat zu ihr, küsste sie leicht auf die Wange und legte seine Hand auf ihre Schulter.

»Meine süße Freddy, wie sehr habe ich diesen Augenblick herbeigesehnt.«

»Du warst lange fort.«

»Ja, das stimmt. Aber jetzt bin ich wieder da, und wir können dort weitermachen, wo wir aufgehört haben.« Er lächelte.

Nein, dachte Frederike und spürte das Entsetzen in ihrem Bauch, nein, so einfach geht das nicht. Das Leben ist weitergegangen, für mich zumindest. Sie schluckte, schluckte noch einmal. »Wo wir aufgehört haben?«, fragte sie fast tonlos.

»Ja, natürlich. Mit unserer Hochzeit«, sagte er und ging durch die Halle.

»Aber … in der Zwischenzeit ist so viel passiert …«

»Lass uns das vergessen und einfach von vorne anfangen.« Er lächelte.

»Vergessen?« Frederike schüttelte den Kopf, doch Ax wischte ihre Worte mit einer Handbewegung weg.

»Ich möchte ein Bad nehmen. Wo ist unser Schlafzimmer? Du hast ja einiges umbauen lassen.«

»Ich habe immer noch das blaue Zimmer. Für dich habe ich das grüne Zimmer im linken Flügel herrichten lassen. Da ist auch das neue Bad direkt nebenan …«

Ax zog die Augenbrauen hoch, sagte aber nichts.

»Komm, ich zeig dir die obere Etage und was ich geändert habe«, sagte Frederike heiterer, als sie sich fühlte. »Gustav kann dein Gepäck nach oben bringen.« Sie sah auf die große Standuhr. »Du hast noch reichlich Zeit für ein Bad und um dich zurechtzumachen. Um halb sieben gibt es Essen. Ich war mir nicht sicher, ob du den Verwalter heute schon treffen möchtest?«

»Nein«, sagte Ax. »Es reicht, wenn ich morgen mit ihm spreche. Du hast ja alles im Griff, da kommt es auf einen Tag nicht an. Gut, dann zeig mir die Zimmer.« Forsch ging er vor, nahm zwei Stufen auf einmal, und Frederike hatte fast Mühe, mit ihm mitzuhalten.

»Du bist wirklich geheilt?«, fragte sie etwas atemlos, als sie oben angekommen waren.

»Die Tests sind immer noch positiv, aber der Professor hat mir erklärt, dass das normal sei. Ich habe natürlich noch Tuberkel im Körper, doch sie sind nicht mehr giftig. Diese Hauttests zeigen eigentlich nur an, dass ich Tuberkulose hatte. Die Röntgenbilder zeigen, dass alles verkapselt und tot ist. Ja, ich bin wieder geheilt.« Er drehte sich zu ihr um und strahlte sie an. »Vor einem Jahr dachte ich noch, dass ich bald sterben werde, und nun sieh mich an.« Er hob die Hände und drehte sich beschwingt im Kreis und lachte.

Seine Euphorie und Freude wirkten ansteckend, das erste Mal seit Wochen empfand Frederike so etwas wie Freude.

»Das ist so wunderbar, mein Liebster«, sagte sie. »Ich freue mich sehr.«

»Tatsächlich hat der Professor gesagt, dass auch einer Familienerweiterung nichts im Wege steht.« Ax' Stimme war leiser geworden, er räusperte sich. »Den linken Flügel hast du umgebaut? Ich könnte doch auch das gelbe Zimmer im rechten Flügel nehmen.«

Im gelben Zimmer hatte Rudolph immer gewohnt. Um nichts auf der Welt wollte Frederike, dass Ax nun dort schlief.

»Den rechten Flügel müssen wir noch renovieren«, sagte sie leise und suchte nach einer glaubwürdigen Erklärung. »Die Fenster sind undicht, es zieht – du willst dich doch nicht direkt erkälten?«

»Das stimmt. Ich muss auf mich aufpassen. Auch habe ich mich in den letzten Monaten nach einer bestimmten Diät ernährt. Darüber werde ich mit der Köchin sprechen müssen.«

»Heute gibt es den ersten Cardy ... und Hühnchen«, sagte Frederike unsicher. »Dazu Salat und vorher natürlich eine Suppe. Die Köchin hat alles schon vorbereitet.«

»Das ist kein Problem. Ich freue mich über gute Hausmannskost. Ich esse nur kein Brot mehr und nur noch wenig Kohlenhydrate.«

»Na, da wird sich Lore ja freuen«, murmelte Frederike und hoffte sofort, dass Ax es nicht gehört hatte. Doch er ging ungerührt zum linken Flügel, öffnete die Tür und blieb stehen. Der Flur war dunkel. Frederike trat neben ihn, drehte den Schalter, und das Licht ging an. »Ich habe hier Strom verlegen lassen. Es gibt auch Steckdosen. Sogar einen Staubsauger habe ich gekauft.« Sie senkte den Kopf und lachte bitter auf. »Aber die Mädchen haben Angst, ihn zu benutzen.«

»Der Fortschritt ist nach Sobotka gekommen, auch die Mädchen werden sich daran gewöhnen. Allerdings bin ich mir nicht sicher, ob ich einen Staubsauger gutheiße.«

»Wieso? Thea würde ihren nicht mehr abgeben, und selbst auf Fennhusen haben sie nun einen. Natürlich werden die großen Perserteppiche immer noch im Winter im Schnee ausgeklopft, aber zwischendurch ist die Maschine doch sehr praktisch.«

»Es ist umstritten, ob die Maschine nicht Bakterien und andere Dinge eher in der aufgewirbelten Luft verteilt und somit den Nutzen des Dreckwegsaugens zunichtemacht«, erklärte Ax. »Aber dass wir hier elektrisches Licht haben, finde ich sehr gut.« Er öffnete die erste Tür, die zu einem der Schlafzimmer führte. »Und hier ist?«

»Hier hat Otto, der Sohn unseres Verwalters, geschlafen.«

»Und jetzt wohnen sie im Verwalterhaus?« Ax sah sich in dem Zimmer um, löschte dann das Licht und schloss die Tür.

»Ja, seit einigen Monaten. Der Umbau hat doch länger gedauert, als ich gedacht hatte. Aber ich konnte die Arbeiter ja auch nicht ständig vom Hof abziehen.«

»Ich glaube, es war gut, dass du sie hast hier im Haus wohnen lassen, bis das Verwalterhaus fertig war. Allerdings bin ich auch froh, dass ich es nicht mitbekommen habe. Drei Kinder hat er, nicht wahr?«

»Otto ist der Älteste, danach kommen noch die Zwillinge Lisbeth und Charlotte.«

»Komisch, ich hatte andere Namen im Kopf.« Er winkte ab. »Aber ich habe vieles nicht wirklich mitbekommen, als es mir so schlechtging.«

»Zum Glück geht es dir ja jetzt besser.« Frederike nahm fast schüchtern seine Hand und drückte sie. Sie war warm und trocken, Ax erwiderte den Händedruck, ging dann aber weiter, öffnete die nächste Tür.

»Dort ist das Bad«, erklärte Frederike.

»Ich bin ja nicht blind«, sagte er. »Das ist … imposant. Wie viel hat das gekostet?«

»Es sieht teurer aus, als es war«, versuchte Frederike zu erklären. »Ich habe die Fliesen günstig erstanden, und einer der Stellmacher ist sehr geschickt und hat sie verlegt und verfugt. Der Schlosser hat die Leitungen angebracht – alle haben geholfen.«

»Nun, ich nehme an, dass es eine gute Investition ist.« Wieder räusperte er sich. »Ist der Badeofen schon angeheizt?«

»Natürlich. Schau, es liegen auch Handtücher für dich bereit.«

»Sehr gut.« Ax schloss die Tür wieder. »Und was ist hier? Hier war immer eine kleine Kammer.«

»Dort ist jetzt die Toilette.«

Ax schaute auch in diesen Raum. »Ein Wasserklosett?«

Frederike nickte.

»Edel geht die Welt zugrunde«, murmelte Ax.

»Ich habe dir über alle meine Pläne geschrieben und hatte immer den Eindruck, du seist einverstanden.«

Ax brummte nur leise.

»Hier ist dein Zimmer«, sagte Frederike und ging voran. Sie schaltete das Licht an und trat zur Seite.

Ax ging in den Raum, ging zum Fenster. »Ich habe immer im rechten Flügel gewohnt. Die Aussicht ist seltsam ungewohnt.« Er drehte sich im Kreis. »Geschmackvoll und zweckmäßig.« Dann sah er Frederike an. »Ich nehme an, das ist nur für den Übergang?«

Frederike wusste zuerst keine Antwort. Zum Glück brachte der Bursche nun die Koffer, stellte sie im Zimmer ab. Das Mädchen war ihm gefolgt.

»Soll ich die Sachen direkt auspacken, Gnädigster?«, fragte Minna.

»Nein. Ich werde zuerst ein Bad nehmen.« Ax schlug das Überbett zur Seite, fühlte am Leinen. »Hier hat der Verwalter mit seiner Frau gewohnt?«

»Einige Wochen, ja. Inzwischen sind sie in das Verwalterhaus gezogen. Das Bett habe ich heute Morgen frisch machen lassen.«

»Soso. Und wie sieht der rechte Flügel aus? Zeigst du mir auch dein Zimmer?«

Es lag eine Kälte und Fremdheit zwischen ihnen, die Frederike sehr verunsicherte. Ax schien die Neuerungen nicht gut aufzunehmen. Überhaupt war er ein ganz anderer Mann als der, den sie geheiratet hatte. Zumindest fühlte es sich so an.

»Wenn du es sehen willst …«

»Nein.« Ax winkte ab. »Die Reise war lang und anstrengend. Ich werde ein Bad nehmen und dann zum Essen kommen.« Er schaute zu Minna. »Du kannst meine Sachen auspacken, während ich im Bad bin. In dem Koffer ist Wäsche, die gewaschen werden muss. In diesem hier sind einige Sachen, die gut auslüften sollten.«

»Ja, Gnädigster.« Minna deutete einen Knicks an. »Ich werde mich darum kümmern.«

»Gut«, sagte Frederike und schaute sich noch einmal um. »Falls du noch etwas brauchst, lass es mich oder die Mamsell wissen.«

Sie ging den Flur entlang und durch die Tür auf die Galerie. Am Treppenabsatz blieb sie stehen. Ich brauche Luft, dachte Frederike, ich brauche dringend Luft. Sie lief die Treppe hinunter, schlüpfte in ihre Stiefel und ging ins Souterrain.

»Haben wir Fleisch?«, fragte sie und zog den Mantel über, den sie von der Garderobe genommen hatte.

»Fir die Wölfe?«, fragte Lore. »Ei, da is 'n Eimer voll.« Sie sah Frederike an. »Erbarmung, brauchst frische Luft, ja? Dann mach mal hinne. Das Essen kichelt schon.«

»Wie lange habe ich?«

Lore schaute auf die große Küchenuhr. »Ei, wie lange brauchste? Eineinhalb Stunden? Nich länger, dann isses verkocht.«

»Das schaffe ich.« Frederike ging durch den Küchenausgang auf den Hof, pfiff nach Fortuna und ging dann mit strammem Schritt zum Brachwald.

Im ersten Jahr ihrer Ehe hatte sie Ax schmerzlich vermisst und sich nach ihm gesehnt. In dieser Zeit hatte sie sich so einsam gefühlt wie noch nie zuvor in ihrem Leben. Sie sollte das Gut leiten, plötzlich eine Baronin sein und hatte von den meisten Dingen keinen blassen Schimmer. Dann hatte auch noch der Inspektor gegen sie gearbeitet und das Gut heruntergewirtschaftet. Sie hatte gekämpft und mit Onkel Eriks Hilfe und dem neuen Verwalter das Gut wieder auf einen guten Weg gebracht. Im letzten Jahr hatten sie nur wenige Fohlen gehabt, in diesem waren es schon fünfzig. Es gab zwei neue Beschäler, um frisches Blut in die Zuchtlinie zu bringen. Echte Trakehner, die natürlich auch einiges gekostet hatten. Aber diese Ausgaben und die für die Instandhaltung des Hauses waren Investitionen in die Zukunft. Dieses Jahr bestellten sie weitere Felder, bauten mehr Weizen und Roggen an. Dafür hatten sie einen Traktor und eine Dreschmaschine gekauft. Diese Entscheidungen hatte sie ohne Ax getroffen, da er in der Zeit am Toten Meer und somit nicht für Frederike zu erreichen war.

Sie hatte sich entwickelt in diesen zweieinhalb Jahren ohne ihn. Sie hatte gelernt, das Gut zu leiten. Inzwischen beherrschte sie die Rechnungsführung, konnte zusammen mit dem Verwalter einschätzen, wie die Ausgaben und Einnahmen sein würden – das natürlich immer abhängig vom Wetter und der Ernte. Und auch davon, wie es in der Zucht lief. Das letzte Jahr hatten sie Glück gehabt, auch in diesem Jahr sah es alles bisher gut aus. Das Wetter spielte mit, sie konnten schon die Frühsaat ausbringen, und auch im Garten spross es. Die Frühbeete waren alle repariert worden, Frederike hatte auch noch zwei weitere anlegen lassen. Da sie inzwischen auch hin und wieder Gäste hatte, war es gut, dass die Vorratshaltung aufgestockt worden war. Außerdem hatten sie im letzten Jahr auch noch die Verwalterfamilie mit verköstigt.

Zusätzlich zu den Kühen hatten sie inzwischen auch die Schaf- und Ziegenherden aufgestockt. Sie hatte vor zwei Jahren auf Onkel Eriks Anraten einen Förster eingestellt, der den Nutzwald bewirtschaftete und auch die Jagden bewachte. Seitdem hatten sie auch in diesen Bereichen höhere Erträge. Onkel Erik hatte ihr gesagt: »Du musst erst einmal investieren, aber dann zahlt es sich langfristig aus. Geld hast du ja auf dem Konto. Du darfst es nicht unnütz ausgeben, sondern solltest sorgfältig darüber nachdenken.« Er hatte sie immer unterstützt, was das Nachdenken anging. Inzwischen war sie fast ein Experte, was Dreschmaschinen und Traktoren anging, sie kannte sich mit Saatgut aus und mit Dünger.

Leider spielte die Politik nicht mit, der Vertrag zwischen dem Deutschen Reich und Polen war immer noch nicht ratifiziert worden, und somit war das Zollabkommen immer noch nicht in Kraft gesetzt worden. Überhaupt machte die Politik Frederike Sorge.

Sie stapfte durch den Wald, die Stirn in Falten gelegt. Tausend Gedanken gingen ihr durch den Kopf, aber eigentlich nur einer, den sie immer wieder verdrängte.

Ax erwartete von ihr, dass sie nun eine Ehe führen würden, eine Familie gründeten.

Sie hatte lange nicht zu hoffen gewagt, dass er geheilt zurückkam. Nun erfreute sich Ax offensichtlich bester Gesundheit und war entschlossen, endlich einen Erben zu zeugen.

Ich kann das nicht, dachte Frederike verzweifelt. Ich kann nicht mit ihm ins Bett gehen. Wenn ich es tue, wird er merken, dass …

Und ich kann ihm nicht sagen, dass ich ihn betrogen habe, während er um sein Leben kämpfte. Er wird nicht verstehen, dass ich genauso gekämpft habe und mir ein Stück Glück gestohlen habe.

Wir haben keine Basis mehr und … wie soll das alles funktionieren? Ich kenne ihn gar nicht mehr, und ich weiß nicht, ob ich ihn noch einmal neu kennenlernen will, jetzt, wo ich weiß, was Liebe bedeutet.

Und wie kann ich mit ihm ins Bett gehen? Ihm eine Ehefrau sein? Alles in mir sehnt sich nach Rudolph, und nur nach ihm.

Sie hatte das Gatter zum Wolfsgehege erreicht. Fortuna war ihr wie immer treu gefolgt, legte sich nun vor das Tor. Frederike gab ihrer Hündin etwas von dem Fleisch und einen dicken Knochen aus dem Eimer.

»Warte«, sagte sie, obwohl sie das gar nicht musste. Fortuna würde warten, bis sie wieder zurückkam, egal, wie lange das sein würde. Dann öffnete sie das Gatter. Balandine hatte im letzten Jahr drei Welpen geworfen, die inzwischen halbwüchsig waren. Es waren ein Rüde und zwei Fähen. Sie waren sehr neugierig und zutraulich und bisher sehr friedlich. Frederike wusste aber, dass die Tage für den kleinen Rüden gezählt waren. Leitwölfe wie Cantaloup würden keinen anderen Rüden in dem kleinen Gehege dulden. Es bestand die Gefahr, dass Cantaloup seinen Sohn in den nächsten Monaten totbeißen würde.

Frederike hatte den drei Welpen nordische Namen gegeben. Die beiden Fähen hatte sie Freya und Svea genannt, den kleinen Wolf rief sie Snorre. Und dieser kleine Wolf hatte ihr Herz erobert. Er war sehr zutraulich und auch sehr verspielt, während seine Schwestern eher distanziert wirkten.

Frederike setzte sich auf den alten Eichenstamm, der auf der Lichtung lag und nicht zu verwittern schien, und wartete.

Bald schon stand Snorre vor ihr, legte den Kopf zur Seite und ließ sich kraulen. Dann kam Valentina aus dem Gebüsch. Sie trabte wie immer leichtfüßig über die Lichtung, ignorierte den Jungwolf und setzte sich vor Frederike hin. Valentina schien zu grinsen, ein wölfisches Lächeln. Vorsichtig, wie immer, nahm sie die Fleischreste aus Frederikes Hand.

Frederike traute der Wölfin voll und ganz, sie nahm ihren Kopf in die

Hände, drückte ihre Stirn gegen die des Tieres. Die Wölfin roch nach Wald, ein wenig feucht, frisch und auch ein bisschen wie die Wildnis. Es war ein angenehmer Geruch, er hatte nicht die Strenge anderer Wildtiere und auch nicht den moderigen und feuchten Geruch nasser Hunde.

»Was soll ich nur tun?«, fragte Frederike Valentina und kraulte die Wölfin hinter den Ohren. Valentina rührte sich nicht, sie schien sich sogar an Frederike zu lehnen. Dann hob sie den Kopf, leckte Frederike über die Wange.

»Ich liebe ihn nicht mehr, Valentina. Ich liebe Rudolph. Aber mit Ax bin ich verheiratet. Was mache ich denn nur?«

Die Fähe trat einen Schritt zurück, hob den Kopf und heulte. Ihr Heulen wurde erwidert. Aus dem Gehege erklang der Ruf der Wölfe. Auch der noch kleine Snorre hob den Kopf und übte ein Heulen. Es gelang ihm noch nicht wirklich, und Frederike musste bei dem Anblick und den Tönen lachen.

»Du kleiner Kerl«, sagte sie und gab ihm einen Putenmagen, kraulte ihn hinter den weichen Ohren, die sich gerade erst aufgestellt hatten, »du bist so zauberhaft.«

Ich werde ihn erschießen lassen müssen, dachte sie traurig, bevor Canta ihn tötet. Irgendwann in den nächsten zwei Jahren. Oder ich finde eine andere Lösung. Vielleicht gibt es ja eine, aber Lösungen schien es im Moment in ihrem Leben nicht zu geben, nur Fragen und Probleme.

Kapitel 19

Als Frans das zweite Mal zum Essen läutete, kam Frederike die Treppe hinunter. Sie hatte sich gewaschen und umgezogen. Ihre Haare waren noch etwas feucht und kräuselten sich im Nacken.

Ax stand in der Diele vor dem Esszimmer und wartete auf sie, streckte ihr die Hand entgegen. »So gefällst du mir viel besser, meine Liebste. In Hosen und mit Pullover schaust du nicht wie eine Baronin aus.«

»Aber die Kleidung ist zweckmäßig und bequem. In Röcken oder Kleidern muss ich erst gar nicht in die Stallungen oder in den Garten gehen.«

Zusammen betraten sie das Esszimmer. Frans hatte den Tisch für sie gedeckt – Ax' Platz war an dem einen Kopfende, und für Frederike hatte er am anderen aufgelegt.

Frederike lachte. »Lieber Frans, vielleicht können wir eine andere Tischordnung einführen. Besser wäre es doch, wenn wir beide in der Mitte und uns gegenüber sitzen würden, meinen Sie nicht? So wie ich mit von Aaken gesessen habe, bevor seine Familie kam.«

Frans schaute zum Tisch, dann zu ihr. Er wurde tatsächlich rot. »Erbarmung, das stimmt natürlich. Ich werde es sofort ändern.« Er eilte zur einen Kopfseite, nahm den Teller und das Besteck, holte dann die Gläser. Frederike war zur anderen Seite gegangen und hatte von dort das Geschirr und Besteck geholt.

»So ist es doch viel besser«, meinte sie zufrieden.

Ax setzte sich, nahm die Serviette, schlug sie auseinander und legte sie auf seinen Schoß. Er wartete, bis Frans in das Anrichtezimmer gegangen war, um die Suppe zu holen.

»Du hast wirklich dem Verwalter so gegenübergesessen?«, fragte er dann.

»Ja, schau, wir können uns ansehen und uns unterhalten, ohne das drei Meter Tisch zwischen uns sind.«

»Was hattet ihr euch denn zu unterhalten? Ich verstehe nicht, warum er nicht mit dem Gesinde gegessen hat.«

»Aber Ax, er hat hier gewohnt, da fand ich es ganz normal, dass er gemeinsam mit mir speist. Ich habe vorher alleine hier gesessen, und du glaubst nicht, wie deprimierend das war.«

»Ah. Soso.«

Frans brachte die Suppe und frisches Brot, schenkte ihnen Wein ein.

Beide warteten wieder, bis er den Raum verlassen hatte.

»Das missbilligst du doch nicht etwa? Ich meine, wir haben nur die Mahlzeiten gemeinsam eingenommen.« Frederike entschloss sich, Ax zu verschweigen, dass sie anschließend meistens noch in den Salon gegangen waren und zusammen einen Drink genossen hatten.

»Worüber habt ihr denn gesprochen?«

»Über dies und das … meistens über das Gut«, log Frederike wieder. Abends hatten sie eben nicht über das Gut gesprochen, sondern über Politik und das Weltgeschehen, manchmal auch ein wenig über Klatsch und Tratsch. Von Aaken entstammte einem großen Adelsgeschlecht, er kannte die meisten Bekannten und Freunde von Frederike. Und auch die ausländischen Adelshäuser gaben einiges an Gesprächsstoff her. Oft hatten sie sich köstlich über die Gerüchte, die nie aufhörten zu kursieren, amüsiert.

Ax warf ihr einen langen, nachdenklichen Blick zu.

»Schöner war es natürlich, als dann seine Familie da war«, fügte Frederike schnell hinzu. »Das war wirklich belebend – mit seiner Frau und den Kindern hier. Irgendwie habe ich es bedauert, dass sie ausgezogen sind. Andererseits ist es so natürlich aber viel leichter und entspannter.«

»Ich muss gestehen, dass ich mir das nicht vorstellen kann.«

»Du wirst sie ja morgen kennenlernen und sie sicherlich auch mögen.«

»Die Kinder?«

»Ich dachte jetzt eher an das Verwalterpaar, aber ja, du wirst sicherlich auch die Kinder treffen. Sie sind viel hier am Haus und in der Küche.«

»Das sollte aber nicht überhandnehmen, die Kinder vom Schweizer laufen ja auch nicht durchs Haus.«

Frederike biss sich auf die Innenseite ihrer Wange und verbot sich, eine Antwort zu geben, die sicherlich nicht freundlich ausgefallen wäre.

Sie aßen schweigend. Frans räumte ab, brachte den nächsten Gang.

»Ich hatte dir geschrieben, dass ich eine morgendliche Andacht eingeführt habe. Möchtest du das ab jetzt übernehmen?«, wollte Frederike wissen.

»Ganz bestimmt nicht«, sagte Ax entsetzt. »Ich hatte mich eh gefragt, warum du das gemacht hast.«

»Nun, es hat mich dem Gut und den Leuten nähergebracht. Außerdem schätze ich inzwischen diesen Beginn des Tages mit den Leuten. Es hat etwas Geruhsames, bevor die Hektik beginnt.«

»Willst du das etwa weiterführen?«

»Wenn du es nicht übernimmst, werde ich es wohl weitermachen, ja.«

»Freddy, das ist nicht deine Aufgabe.«

»Warum nicht?«

»Deine Aufgabe ist es, als Baronin das Gut zu repräsentieren und die Familie fortzuführen.«

»Darüber können wir sprechen, wenn es so weit ist«, sagte Frederike und hustete verlegen. »Meine Aufgabe als Baronin war bisher, das Gut zu führen. Und dazu gehört auch die morgendliche Andacht. Auch Onkel Erik hält es so.«

»Ich schätze deinen Stiefvater sehr, aber das ist eine antiquierte Art, ein Gut zu leiten. Wir haben einen Verwalter.«

»Den hat Onkel Erik auch, dennoch kümmert er sich um alle Belange von Fennhusen. Wie willst du es denn halten?«

»Ich werde sehen, wie dieser Verwalter ist, den du eingestellt hast, und wenn er geeignet ist, darf er das Gut führen. Falls nicht, werde ich jemand Neues suchen.«

»Und wie hast du vor, deine Zeit zu verbringen?«

»Ich möchte reisen, noch einiges sehen. Ich möchte mich wieder in der Gesellschaft bewegen.« Er lehnte sich zurück, tupfte seinen Mund mit der Serviette ab. »Ich bin dem Tod gerade so von der Schüppe gesprungen. Den Rest meines Lebens will ich genießen.«

Frederike nickte und dachte über seine Worte nach. Sie konnte ihn sogar verstehen. Ax wollte sein Leben genießen. Dass Sobotka ihm einen angenehmen Lebensstil ermöglichte, wusste er. Aber was alles daran hing und dass die Instmänner und die Leute ebenso vom Gut abhängig waren wie sie von den Leuten, das war ihm offensichtlich nicht mehr klar.

Vielleicht, so hoffte Frederike, würde er nach und nach das Gefühl für das Gut zurückgewinnen und sich wieder damit identifizieren.

»Hast du schon Reisepläne?«, fragte sie, als sie nach dem Dessert in den Salon gingen.

»Noch nichts Konkretes. Erst einmal möchte ich hier ankommen. Aber ich dachte, dass wir im Sommer unsere Hochzeitsreise nach Venedig nachholen könnten. Du hast dich damals so darauf gefreut.«

Frederike senkte entsetzt den Kopf. Ja, sie hatte sich auf Venedig gefreut, aber nun war sie mit Rudolph dort gewesen und konnte die Lagunenstadt niemals mit Ax gemeinsam bereisen.

»Venedig … der Ruf der Stadt hat sehr gelitten. Und wäre das wirklich ein gutes Klima für deine Lunge?« Sie ging zur Anrichte. »Was möchtest du trinken?«

»Einfach einen Bourbon, wenn du hast.«

»Natürlich. Mit Eis?«

Ax schüttelte den Kopf. Sie füllte zwei Fingerbreit in sein Glas, gab es ihm, mixte sich dann einen Gin Tonic und setzte sich ihm gegenüber an den Kamin. Es brannte nur ein kleines Feuer. Tagsüber war es zwar schon warm, aber nachts wurde es immer noch kühl, und es dauerte, bis sich die dicken Gemäuer aufgewärmt hatten.

Schweigend saßen sie sich gegenüber. Frederike hing ihren Gedanken nach. Sie fühlte sich Ax gegenüber schuldig. Wie hatte sie nur mit Rudolph nach Venedig fahren können? Wie hatte sie überhaupt diese Liaison führen können? Und wie sollte sie nun nur mit Ax weiterleben? Er würde es merken, irgendwann würde er es merken. Und dann würde er sie verurteilen.

»Dies war ein langer Tag«, sagte Ax und trank den Bourbon aus. »Und sehr anstrengend.«

Frederike musterte ihn. Er sah blass und müde aus, aber wahrscheinlich hatte sie auch immer so nach einer Reise nach Davos ausgesehen.

»Bist du … wirklich geheilt?«, fragte sie leise.

Er sah sie an und nickte. »Ja, das bin ich. Hinter uns liegen schwere und schwierige Jahre. Mir tut es sehr leid, dass ich dir das alles aufgebürdet habe, und ich will versuchen, es wieder gutzumachen.« Nun lächelte er zaghaft. »Ich weiß auch, dass in diesen Jahren viel passiert ist und wir nicht dastehen wie bei unserer Hochzeit. Wahrscheinlich müssen wir uns noch einmal neu kennenlernen. Dafür brauchen wir Zeit, du und ich. Aber ich freue mich auf ein Leben mit dir.« Er stand auf, beugte sich über sie und küsste sie sacht auf die Wange. »Gute Nacht.«

»Gute Nacht, Ax.«

Sie sah ihm nach, als er den Raum verließ. Sein Rücken war gerade, aber seine Gestalt so viel dürrer als früher. Er ging langsam und bedächtig. Würde sie sich wieder in ihn verlieben können?

Am nächsten Morgen hielt sie die Andacht, so wie immer. Ax ließ sich nicht blicken. Schnell nahm sie ein erstes Frühstück zusammen mit dem Verwalter ein, setzte sich dann mit der Mamsell zusammen.

»Es wird ein paar Tage dauern«, sagte Frederike, »bis mein Mann wieder hier angekommen ist, denke ich. Heute Abend würde ich gerne die von Aakens zu Tisch bitten.«

»Mit den Kindern?«, fragte die Mamsell.

»Ich weiß nicht. Mich haben sie nie gestört, aber mein Gemahl scheint doch noch sehr dünnhäutig zu sein, schließlich hat er gerade erst eine schwere Krankheit überwunden.«

»Die Kinder können unten essen. Ich werde das mit der Frau des Verwalters abklären.«

»Gut. Was können wir anbieten?«

»Wir haben Lamm. Außerdem noch Forellen und Karpfen. Die Teiche sind gerade erst wieder geflutet worden, noch nicht alle Fische wurden eingesetzt. Auch in den Frühbeeten wächst schon einiges, aber darüber müsste ich erst mit dem Gärtner sprechen.«

»Mit dem Gärtner muss ich auch sprechen. Lore soll einfach zusehen, dass sie ein ordentliches Menü auf den Tisch bringt. Das wird sie schon hinbekommen.«

»Ich müsste jemanden nach Posen schicken oder selbst hinfahren. Wir brauchen so einiges an Hauswirtschaftssachen.«

»Was denn?«

»Die Nähseide geht aus, Knöpfe brauchen wir auch. Die große Frühjahrswäsche steht an, jetzt wo das Wetter es zulässt, dass wir sie draußen bleichen. Außerdem fehlt Stopfgarn.« Die Mamsell zog eine Liste hervor. »Die Köchin braucht Soda, Fondor und Salz. Außerdem hätte sie gerne Pfeffer und Pfefferschoten. Der Gärtner fragt nach weiterem Saatgut und auch einigen Setzlingen. Wir hatten ja in zwei Frühbeeten Schädlinge und haben einiges verloren. Ich würde in Posen zu den Gärtnereien gehen und es dort versuchen.«

Frederike ließ sich den Zettel geben, überflog die Posten. »Haben wir noch genügend grüne Seife? Der Hausputz steht an. Und was ist mit Kerzen und Streichhölzern?«

»Ich werde in der Küche nachfragen. Seife haben wir wohl noch, aber ich würde doch gerne das Pulverwaschmittel, von dem die Werbung so schwärmt, ausprobieren.« Sie legte Frederike eine Zeitungsseite hin. »Sogar neulich bei der Filmvorführung im Dorfkrug gab es einen Film über die besonderen Wirkungen.«

»Wir müssen mit dem Fortschritt gehen. Ich weiß, dass meine Freundinnen im Reich fast alle nur noch Pulverwaschmittel verwenden«, sagte Frederike nachdenklich. »Fahren Sie morgen nach Posen. Sie können die Einkäufe erledigen und sich dann einen halben Tag freinehmen. Hans soll Sie fahren, er kann dann auch freinehmen.«

»Wann müssten wir zurück sein?«, fragte die Mamsell und senkte den Kopf. »Ich würde so gerne mal wieder in ein Lichtspielhaus gehen und eine Wochenschau sehen. Dort wird doch jetzt auch *Fox' Tönende Wochenschau* gezeigt.«

»Natürlich, machen Sie das, Mamsell. Ich würde zu gerne mitkommen – aber das geht im Moment ja nicht.« Frederike zwang sich zu lächeln. »Was müssen wir sonst noch besprechen?«

»Für die große Wäsche habe ich acht Frauen aus dem Dorf bestellt. Wir werden sie natürlich verpflegen.«

Frederike nickte.

»Aber …«, die Mamsell zögerte, »… wie ist es mit der Entlohnung?«

Frederike seufzte. »Geld ist knapp im Moment.«

»Das ist allen bekannt. Sie könnten die Frauen mit Deputaten entlohnen. Die meisten haben nur ein paar Ziegen, aber keine Kuh, weil sie weder genug Land haben, noch das Geld für das Futter bezahlen können. Wir haben genügend Milch, und der Ertrag ist für das Gut nicht ausschlaggebend.«

»Würden sich die Frauen darauf einlassen?«, fragte Frederike skeptisch.

»Die Bitte, sie so zu entlohnen, kam von den Frauen, Gnädigste. Setzkartoffeln und Zwiebeln standen an zweiter Stelle.«

»Dann machen wir das so«, beschloss Frederike.

Sie besprachen noch ein paar Dinge, dann ging die Mamsell. Erst jetzt fiel Frederike ein, dass sie solche Entscheidungen von nun an mit Ax besprechen musste.

Es war schwer genug gewesen, die Leitung des Gutes zu übernehmen, jetzt Ax wieder miteinzubeziehen erschien Frederike als noch schwieriger. Was, wenn er sich gegen ihre Entscheidungen stellte? Sie hob die Hände. Dann war es so, dann konnte er von nun an die Leitung übernehmen. Frederike fühlte sich müde und ausgelaugt. Zu viele offene Fragen standen im Raum. Doch sie hatte keine Zeit, sich auszuruhen, die Besprechung mit dem Verwalter stand an.

Von Aaken wartete schon in der Diele. Frederike begrüßte ihn.

»Lassen Sie sich von Minna einen Kaffee bringen. Ich komme gleich.« Sie schaute in das Esszimmer, doch Ax hatte noch nicht gefrühstückt, die Wärmeplatte stand unberührt auf der Anrichte neben dem Tisch. Sie hob die Deckel. Das Rührei war inzwischen verschrumpelt, und der Speck hatte die Konsistenz von alten Schuhsohlen. Sie pustete die Kerzen unter der Warmhalteplatte aus, klingelte nach dem Mädchen.

»Räum das weg. Wenn der gnädige Herr aufsteht, macht ihr einfach alles neu.«

»Aber … wann steht er auf?«, fragte Minna.

Frederike zuckte mit den Schultern. »Wann immer es ihm beliebt. Er hatte gestern eine anstrengende Reise und ist sicherlich noch erschöpft.«

»Gnädige Frau«, druckste Minna herum, »darf ich etwas fragen, was uns alle beschäftigt?«

»Natürlich«, antwortete Frederike erstaunt. Was konnte das sein, das die Leute umtrieb?

»Wir fragen uns, nun ja, der Gnädigste, er war ja sehr krank. Schwindsucht …«

»Ja?«

»Ist er wirklich wieder gesund?« Minna fragte dies kaum hörbar.

»Ihr macht euch Sorgen? Das müsst ihr nicht. Er ist noch ein wenig schwach, aber gesund ist er wohl doch.«

»Danke. Ich wollte nicht aufdringlich sein.« Minna knickste.

»Mein liebes Mädchen, du bist nicht aufdringlich. Bitte bring dem Verwalter und mir Kaffee und sag mir Bescheid, sobald der gnädige Herr aufgestanden ist.«

Danach sprach Frederike mit dem Verwalter, ging mit dem Gärtner durch die Anpflanzungen und ritt zum Gestüt. Das Gestüt lag etwas außerhalb des Guts. Sie nahm ihren Hengst Kobold, um zum Gestüt zu gelangen. Jede Minute, die sie auf seinem Rücken verbringen konnte, genoss sie. Sie liebte den süßen Geruch des Pferdeschweißes, die dampfende Haut nach einem Galopp über den Wirtschaftspfad. Immer wieder musste sie sich dort über den Hals des Pferdes beugen, weil sich die Äste der Bäume so tief nach unten neigten. Ich muss dem Gärtner sagen, dass wir die Bäume beschneiden müssen, dachte Frederike. Vor dem Gestüt lag ein großer, dampfender Haufen Mist.

Frederike sprang von Kobold, reichte einem der Burschen die Zügel.

»Warum ist das noch nicht auf dem Hof?«, fragte sie verärgert. »Das muss der Mist von mindestens drei Tagen sein. Gerade jetzt brauchen wir den Dung für die Frühbeete und die erste Anzucht.« Ihr Blick suchte den Leiter des Gestüts.

»Es ist der Mist von vier Tagen, Gnädigste«, sagte Jan Mazur, der das Gestüt leitete. Er unterstand dem Verwalter, hatte aber weitreichende Befugnisse.

»Und warum?« Frederike war in den letzten Tagen nicht hier gewesen.

»Der Traktor.« Mazur war kein Mann von großen Worten. Er kaute eigentlich immer auf einem Grashalm und hatte eine Schiebermütze, die er tief ins Gesicht zog. »Der is kaputt.«

»Der Traktor ist kaputt?«, fragte Frederike nach.

»Jau.«

»Und was haben Sie gemacht, um das zu beheben?«

»Ich habe es dem Inspektor gesagt.«

»Wann?«

»Na, heute.« Mazur grinste verlegen. »Hatte vorher keine Zeit. Ham vier neue Fohlen. Wollnse sehen? Prachtstücke.«

»Was für eine Frage, natürlich will ich sie sehen.« Frederike folgte ihm in den großen Stall.

»Drei Hengste, eine Stute. So kann's weitergehen. Je mehr Hengste, desto besser.«

»Sind alle gesund?«

»Ei sicher dat. Alles prima. Gute Pferde.«

Frederike spähte in die erste Box. Das Hengstfohlen trank gerade gierig bei seiner Mutter.

»Der ist von heute Nacht und schon so sicher auf'n Beenen«, sagte Mazur so stolz, als ob es sein Kind wäre. »Nebenan ist das Stutfohlen. Kräftig und gesund, lange Beine, schönes Fell. Ich würd se behalten wollen.«

Frederike schaute in die nächste und dann auch in die zwei weiteren Boxen.

»Wir erwarten noch zwanzig weitere Fohlen in diesem Jahr.« Mazur schien fast zu wachsen. »Und alles läuft gut.«

»Nur der Mist kann nicht im Hof bleiben.«

»Das is man richtig, aber wegschaufeln kann ich auch nich, oder?«

»Ich kümmere mich darum«, sagte Frederike und nahm dem Burschen die Zügel ihres Hengstes aus der Hand, stieg auf und ritt zurück.

Kurz vor dem Mittagessen kam sie wieder auf dem Gut an und suchte gleich nach Hans, dem der Fuhrpark unterstand.

»Der Traktor auf dem Gestüt ist kaputt, hat Mazur mir gesagt.«

»Ei, habe ich schon jehört«, antwortete Hans. »Wird jleich jemand rüberlaufen und es richten, Jnädigste.«

»Danke, Hans.« Frederike wandte sich ab, pfiff nach Fortuna, die ihr immer folgte.

»Jnädigste, auf'n Wort«, sagte Hans leise.

»Ja?«

»Ei, de Mamsell hat jesagt, dass se un ich morjen Nachmittag freiham. In Posen. Is das so richtig?«

Frederike nickte.

»Und wir dürfen ins Lichtspielhaus?«

»Was immer Sie an Ihrem freien Nachmittag tun wollen.«

»Das ist phänomenal. Danke, Baronin.«

»Aber nur, wenn der Traktor bis dahin wieder läuft und der Mist auf den Beeten ist.« Frederike zwinkerte ihm zu. »Komm, Fortuna«, sagte sie dann und ging beschwingt zum Haus. Sie wusch sich flüchtig, nahm sich eine frische Bluse, doch die Hose behielt sie an.

Ax war inzwischen aufgestanden und wartete im Salon auf sie.

»Frans hat schon zum Mittag geläutet«, sagte er.

»Hallo, Ax«, erwiderte Frederike. »Hast du gut geschlafen?«

Ax schnaubte. »Ja, habe ich. Aber wo warst du? Ich habe Hunger.«

»Wann bist du aufgestanden?«

»Vor einer halben Stunde.«

Frederike schaute auf die Kaminuhr, es war fast eins. »Oh, ich hatte gesagt, dass sie dir bis elf Frühstück bereithalten sollen … nun gibt es ja Mittag.« Sie sah ihn an und küsste ihn ganz leicht auf den Mund. Dann nahm sie seine Hand und zog ihn mit sich. »Ich war draußen beim Gestüt. Wir haben drei Hengstfohlen und eine wundervolle Stute. Zuckersüß, kräftig und gesund.« Frederike strahlte geradezu vor Freude. »Ist das nicht wunderbar?«

»Du gehst darin auf, nicht wahr?«, sagte Ax zögerlich.

»Worin?«

»In der Führung des Gutes.«

Frans öffnete ihnen die Schiebetüren zum Esszimmer. Diesmal hatte er direkt die zwei Plätze in der Mitte eingedeckt.

Frederike schwieg, bis sie saßen und Frans die Suppe aufgetragen hatte. Mittags gab es oft nur eine Suppe oder Brühe, danach kalten Braten und etwas Gemüse, Kartoffeln – so noch welche da waren – mit Soße. Auf den meisten Gütern wurde mittags groß und mehrgängig warm gegessen, und nur wenn Gäste kamen, wurde abends die Hauptmahlzeit in mehreren Gängen serviert. Frederike hatte dies schon vor geraumer Zeit auf Sobotka geändert, da sie das erste Jahr über sowieso meist alleine speiste und tagsüber auf dem Gut unterwegs war. Deshalb wollte sie mittags nur eine Kleinigkeit. Auch als der Verwalter einzog, hatte sich dieses System bewährt, und sie hatten es beibehalten, selbst nachdem seine Familie nachgezogen war.

Es gab die erste Spargelsuppe und dazu Brot und frische Butter. Ax aß mit gutem Appetit.

»Du magst es, das Gut zu führen«, fragte er nochmals, nachdem Frans die Teller abgeräumt hatte.

Frederike dachte nach. »Ich hatte keine Wahl, Ax. Ich musste es tun, und jetzt tue ich es. Ich habe eine Aufgabe gefunden. Ich glaube, inzwischen mache ich es recht gut. Allerdings wäre das Gut schon längst bankrott, wenn wir nicht den neuen Verwalter hätten. Hast du ihn schon kennengelernt?«

Ax hüstelte. »Wann denn? Ich bin vorhin erst wach geworden. Es tat gut, nach dieser langen Reise zu schlafen.« Fast klang es so, als sei es ihm peinlich.

»Das glaube ich. Ist das Bett so gut für dich? Die Matratze ist neu mit Rosshaar gestopft.«

»Ja, wunderbar.«

»Nun ja, ich habe mir erlaubt, den Verwalter und seine Frau heute Abend zum Essen einzuladen. Dann könnt ihr euch kennenlernen. Was meinst du?« Nervös sah sie ihn an.

»Eine hervorragende Idee. Ich freue mich darauf.«

Frans brachte den nächsten Gang. Es gab Hühnerbrust aus den Resten von gestern, Bratkartoffeln und ein wenig Salat.

»Das war ein mageres Essen«, meinte Ax, als die Teller abgeräumt waren. »Steht es so schlecht um das Gut?«

Frederike lachte auf und erklärte ihm die veränderten Essensregeln. »Heute Abend wird es reichlich geben, und wenn du jetzt noch Hunger hast, werde ich klingeln. Ich bin mir sicher, es ist noch Suppe da.«

»Nein, danke«, sagte Ax nachdenklich. »Du hast einiges geändert, nicht wahr?«

»Ich hatte keine Wahl. Willst du nun die Gutsbücher sehen?«

»Nein, ich möchte das Gut sehen.«

»Ich lasse für dich satteln. Soll ich mitkommen?«

»Sei mir nicht böse, aber ich glaube, ich muss das erst einmal alleine bewältigen.« Er stand auf und nickte ihr zu.

Verdammt, dachte Frederike, nachdem Ax das Esszimmer verlassen hatte, es ist so schwer mit uns. Wie soll das noch werden?

Frans kam herein. »Darf ich abräumen, Gnädigste?« Sie nickte nur.

Er brachte die Teller in den Anrichteraum und kam mit einem Glas zurück. »Ein Gin-Fizz. Als Gruß aus der Küche«, sagte er und lächelte wissend.

»Das ist viel zu früh«, meinte Frederike.

»Manchmal, aber nur manchmal, muss man Ausnahmen machen. Für die Nerven. Prost, Baronin.«

Kapitel 20

Frederike hatte zwei Gin-Fizz getrunken – einen mittags, einen nach dem Essen. Zum Essen drei Gläser Wein. Und dann noch einen Gin Tonic. Jetzt lag sie in ihrem Bett, und alles schien sich zu drehen. Der Abend mit Ax und dem Verwalterehepaar war netter verlaufen, als sie gehofft hatte. Nur hatten sie gar nicht oder kaum über das Gut gesprochen. Es ging eher um das Kabinett Brüning und seine Machenschaften. Brüning wollte die Osthilfe abschaffen, was für die meisten Güter im Osten einem Genickschuss gleichkam. Alle waren sich einig, dass Reichspräsident Hindenburg dies nicht zulassen würde.

»Hindenburg ist einer von uns«, hatte von Aaken gesagt. »Er wird uns nicht in den Rücken fallen.«

»Er nicht«, meinte seine Frau leise, »aber die vielen Millionen Arbeitslosen. Sie werden Hitler wählen.« Sie klang traurig, fast verzweifelt.

»Hitler ist ein grober Klotz, der keine Ahnung von Diplomatie hat. Seine Berater werden ihm schon den Weg zeigen. Mach dir keine Sorgen«, versuchte von Aaken seine Frau zu beruhigen.

»Da wird nichts passieren«, meinte auch Ax. »Warum sorgen Sie sich?«

»Meine Mutter war jüdisch.«

»Aber Sie sind es nicht. Also hat das keine Bedeutung.« Ax lachte und hob das Glas. »Schön, dass Sie hier sind und mit uns das Gut führen. Auf Sobotka.«

»Auf Sobotka!«

Auch einige unserer Arbeiter sind jüdisch, dachte Frederike. Ich kenne jüdische Familien. Ich kenne Methodisten, Mennoniten, Katholiken und solche, die wie wir protestantisch sind. Was macht die Religion für einen

Unterschied? Aber tatsächlich wurde alles immer antisemitischer, es war bedrohlich. Überhaupt wurde alles immer radikaler. Zum Teil konnte Frederike es verstehen. Vor einem halben Jahr war sie in Berlin gewesen. Die Elendsviertel wurden immer elender. Sie hatte Männer im Alter von Ax im Dreck nach Essensresten wühlen sehen. Hier, auf den Gütern, kam das Elend der Arbeitslosigkeit und des Hungers nicht so an. Es gab sehr viel weniger Geld, und von dem Geld, was es gab, konnte man nicht so viel kaufen, wie nach der Währungsreform. Aber was sie hier hatten, waren Nahrungsmittel. Am Ende des Winters und zu Beginn des Frühjahrs war es nicht besonders üppig, aber Sauerkraut gab es auf Sobotka immer. Und Milch. Und Fleisch. Manchmal nur Hasen oder einige zu früh geworfene Ferkel. Doch auf den Gütern hungerte man nicht.

Frederike zog die Decke bis zum Kinn, schloss die Augen. Es hatte angefangen zu regnen, und der Regen prasselte gegen das Fenster. Im Kamin knackte das trockene Holz, ein Tannenzapfen fing Feuer, explodierte und verbreitete den Geruch von Wald, intensiv und üppig.

Das Klopfen an der Tür hörte sie nicht. Fortuna hob den Kopf, knurrte, knurrte lauter, als die Tür mit einem leisen Knarren geöffnete wurde. Frederike setzte sich auf.

»Wer ist da?«

»Liebling, Freddy, ich bin es.« Ax trat ein. Er trug eine Flasche Wein und zwei Gläser. »Darf ich hereinkommen?«

Was sollte sie antworten? Sie waren verheiratet. Frederike nickte nur, fühlte das Entsetzen, was sich in ihrem Bauch zusammenballte. Sie knetete ihre Hände und spürte die Hitze der Verlegenheit auf ihren Wangen.

Fortuna erkannte Ax, knurrte nur noch leise.

»Wenn sie nicht aufhört, fliegt sie raus«, sagte Ax.

»Sie will mich nur beschützen.«

»Ich bin dein Mann.«

»Das weiß sie aber nicht.« Frederike klang bitter und hoffte, er würde den Tonfall nicht hören.

»Magst du etwas trinken?« Er setzte sich auf den Bettrand, schenkte ihnen beiden ein, reichte Frederike ein Glas.

»Eigentlich hatte ich schon genug … aber ja, gerne. Auf uns. Prost.«

»Auf uns. Und unsere Ehe. Und darauf, dass wir viele Kinder haben werden.« Seine Augen glitzerten. »Du ahnst nicht, wie lange ich auf diesen Augenblick gewartet habe.«

Frederike wusste nicht, was sie antworten sollte. Sie nahm ihm die Flasche ab, schenkte sich noch einmal nach.

»Immer und immer und immer wieder habe ich es mir vorgestellt, während ich in Davos auf einer dieser Liegen auf den Balkonen lag. Ich wusste, solange ich krank war, würde es nie geschehen. Deshalb bin ich auch zum Toten Meer gereist. Entweder wäre ich gestorben und meine Sehnsucht und mein Verlangen nach dir mit mir, oder ich würde geheilt zurückkommen. Und da bin ich.« Er lächelte, stellte sein Glas ab und zog den Morgenmantel aus. Darunter war er nackt. Sein Geschlecht pochte erwartungsvoll.

Frederike schloss kurz die Augen. Dann leerte sie ihr Glas, stellte es auf den Nachttisch und schlug die Bettdecke zur Seite.

»Freddy, ich liebe dich«, murmelte Ax, schob ihr Nachthemd hoch und strich über ihren Körper. Er nahm ihre Brüste in die Hände, drückte sie zusammen. Frederike schloss die Augen. Ax wälzte sich auf sie und drang in sie ein. Sie stöhnte kurz auf, es war schmerzhaft, sie war weder erregt noch bereit, so kannte sie es gar nicht.

»Das erste Mal tut immer weh«, sagte er und stieß fester zu. »Morgen wird es besser.«

Frederike biss sich auf die Lippen, kniff die Augen zusammen. Es dauerte nicht lange, dann stöhnte Ax auf und ließ sich zur Seite rollen.

»Wunderbar«, sagte er leise. »Ich hoffe, es wird ein Junge.« Er drehte sich um, zog die Decke über sich und schlief ein. Sein Atem ging tief und rasselte.

Frederike schluckte, schluckte wieder. Doch ihr Mageninhalt stieg nach oben, ohne dass sie es verhindern konnte. Rasch stieg sie aus dem Bett und lief zum Bad gegenüber. Dort war zwar nur ein Torfklo, denn in diesem Flügel hatte sie noch keine Wassertoilette installiert, aber das machte nichts. Sie übergab sich in den Eimer, einmal, dann noch einmal.

Ax hatte Frederike nicht ausgezogen, hatte nur ihr Nachthemd nach oben geschoben, somit war sie zum Glück nicht nackt. Das ganze Haus schlief, nur im Souterrain spülten die Mädchen noch und räumten auf, das konnte sie hören.

Frederike schlich sich nach unten in den Salon. Auf der Anrichte stand ein Krug mit Wasser. Sie trank ihn leer. Dann ging sie wieder nach oben, legte sich neben den schlafenden Ax. In dieser Nacht machte sie kein Auge zu.

Am nächsten Morgen trat Minna ein, so wie immer. »Guten Morgen, Gnädigste«, sagte sie fröhlich. Frederike sprang auf, wedelte wild mit den Händen und zeigte dann auf das Bett, wo Ax schnarchend lag.

»Oh.« Minna blieb stehen, schaute zum Bett, dann zu Frederike. »Oh«, sagte sie wieder.

»Geh«, flüsterte Frederike. »Geh schnell. Ich komme gleich.«

Minna nickte und verschwand.

Frederike schnappte sich ihre Sachen, die über dem Stuhl hingen. Frische Unterwäsche war in der Kommode, aber die Schublade quietschte. Sie öffnete die Schublade so behutsam wie möglich, nahm die Wäsche, huschte dann ins Bad.

Dort ließ sie sich erst einmal erleichtert auf den Stuhl sinken. Die ganze Nacht hatte sie angespannt neben Ax gelegen, auf seine Atemzüge gelauscht und gehofft, dass er nicht erwachen und sein eheliches Recht ein weiteres Mal einfordern würde. Sie hatte Glück gehabt, Ax schlief tief und fest, auch wenn seine Atemzüge rasselten, was ihn nicht zu stören schien. Er würde ganz sicher wiederum keinen Wert darauf legen, an der Andacht teilzunehmen, sondern würde ausschlafen wollen, was Frederike nur recht war.

An diesem Morgen gönnte sich Frederike den Luxus eines heißen Bades. Sie füllte die Wanne nur zwei Handbreit hoch, aber das reichte. Das heiße Wasser wirkte belebend, und sie schrubbte sich, aber Ax' Berührungen konnte sie damit nicht ungeschehen machen.

Er ist mein Mann, wir sind verheiratet, er hat das Recht dazu, sagte sie sich. Aber konnte er nicht wenigstens ein wenig zärtlicher sein? Leidenschaftlicher? Das, was sie gestern erlebt hatte, kam einem Deckakt im Gestüt gleich, es hatte nichts mit einer Liebesbeziehung zu tun. Immerhin hatte Ax wohl nicht erkannt, dass sie ihre Jungfräulichkeit bereits verloren hatte. Wie sie ihm das hätte erklären sollen, dafür fehlte ihr die Phantasie, es wäre schwer geworden.

Sie wusch sich gründlich mit heißem Wasser, wieder und wieder, schrubbte sich mit der Bürste und Seife ab, stieg dann endlich aus der Wanne und zog die Reithose, eine Bluse und darüber einen Pullover an. Dann ging sie nach unten. Es war zehn nach sieben, und die Leute warteten schon ungeduldig.

»Entschuldigung«, sagte sie und lächelte, las dann den Tagessatz und die Losung.

»Heute spare ich mir eine Ansprache und wünsche allen einen guten Appetit beim Frühmahl!«, beendete sie schlicht die Andacht. Die Mamsell sah sie an.

»Auf ein Wort. Ich fahre gleich mit Hans nach Posen, so wie wir es besprochen haben. Alle wichtigen Dinge für heute habe ich Ihnen notiert«, sagte sie und reichte Frederike einen Zettel.

»Danke. Und genießen Sie den Tag.«

Zum Frühmahl gab es nur Brot, etwas Butter, Marmelade und kalten Aufschnitt. Manchmal auch Käse. Schweigend saßen sich von Aaken und Frederike gegenüber und aßen. Doch diesmal war die Stimmung anders, als würde ein Gewitter in der Luft liegen. Frederike hatte heute nicht die Gelassenheit, sich einer Diskussion mit dem Verwalter zu stellen, deshalb aß sie nur wenig und stand schnell auf. »Wir sehen uns nachher«, sagte sie knapp und ging zur Tür.

»Baronin, ich hätte Sie gern jetzt gesprochen«, meinte von Aaken und klang angespannt. »Sie treffen sich ja heute nicht mit der Mamsell, haben also einen Moment Zeit.«

»Jetzt?«, seufzte Frederike.

»Ich bitte darum.«

Frederike schluckte, drehte dann um und setzte sich wieder. Sie drückte die Klingel. »Dann brauche ich aber noch Kaffee«, sagte sie lächelnd. »Oder werde ich einen Schnaps brauchen?«

»Das will ich nicht hoffen, Gnädigste.« Er klang jedoch ernster, als Frederike gedacht hatte.

»Was ist los?«, fragte sie. »Spucken Sie es aus.«

»Es geht um meine Stellung.«

In diesem Augenblick betrat Frans das Zimmer. »Gnädigste? Sie haben geklingelt?«

»Wir brauchen noch Kaffee«, sagte Frederike. »Bitte.« Sie wartete, bis Frans das Zimmer verlassen hatte. »Was ist mit Ihrer Stellung, von Aaken? Seit eineinhalb Jahren sind Sie jetzt hier. Ich hatte immer das Gefühl, es liefe gut.«

»In der Tat, Baronin. Sir waren uns in vielerlei Hinsicht hilfreich, haben viel für uns getan. Dafür sind wir sehr dankbar.«

»Das klingt so, als wollten Sie gehen?« Frederike rang nach Luft.

»Von wollen kann keine Rede sein. Nein, wir sind hier sehr glücklich. Meine Frau und die Kinder auch.«

»Aber?« Frederike zog die Augenbrauen hoch.

»Ich weiß nicht, wie ich es sagen soll …«

»Indem Sie es tun, von Aaken, spucken Sie es aus.«

»Nun, Ihr Mann … welche Rolle wird er hier spielen? Leitet er nun das Gut? Oder Sie? Wie geht es weiter?«

Frederike biss sich auf die Lippe. In dem Moment brachte Minna den Kaffee. Sie stellte das Tablett mit der silbernen Kanne, den Tassen, dem Zuckerbehälter und dem passenden Sahnekännchen auf den Tisch. Frederike wartete, bis sie wieder gegangen war.

»Ich leite im Moment das Gut, mein lieber von Aaken. Und das werde ich wohl auch weiterhin tun. Wie sehr sich mein Mann einbringen wird, werden wir sehen. Und dann können wir immer noch handeln.«

»Ja«, sagte er und senkte den Kopf. »Das ist es aber eigentlich nicht. Uns macht die politische Entwicklung Angst. Ein Vetter meiner Frau hat Land in Amerika und uns dorthin eingeladen …«

»Sie wollen gehen?«, fragte Frederike entsetzt.

»Von wollen ist keine Rede. Wir haben Angst …«

»Noch hat die NSDAP keinen Kanzler stellen können, sie haben noch nicht mal eine Mehrheit. Ich traue Hindenburg und Brüning zu, dass sie die Situation meistern. Aber wenn Sie die Zukunft Ihrer Familie im Ausland sehen, dann gehen Sie. Bitte tun Sie das. Angst ist immer ein schlechter Nährboden für ein Leben.« Frederike holte tief Luft. Nach Amerika gehen, das hatte ihr auch Rudolph vorgeschlagen. Hätte sie nur eingewilligt. Doch nun hing sie fest, musste ausbaden und ertragen, was sie sich eingebrockt hatte.

Von Aaken nickte. »Sie haben recht. Ich weiß gar nicht, welche Möglichkeiten wir in Amerika hätten. Hier geht es uns gut. Ich werde das noch eruieren.«

»Bitte halten Sie mich auf dem Laufenden, damit ich Vorkehrungen treffen kann, sollten Sie gehen. Aber bitte – wenn es für Ihre Familie günstiger ist und Sie dort eine Zukunft haben, dann gehen Sie.«

»Baronin?«, fragte von Aaken verblüfft. »Die Antwort hätte ich nicht von Ihnen erwartet. Danke.«

Frederike schüttelte den Kopf. »Ich glaube nicht, dass Hitler und die NSDAP eine Zukunft im Reich haben. Im Moment laufen ihnen alle zu, aber bald werden die Menschen erkennen, wie substanzlos ihre Parolen sind und dass Hitler ein Windei ist, jemand, der auf dem diplomatischen Parkett scheitern wird. Aber ich kann Sie und Ihre Familie verstehen. Wenn Sie nur einen Hauch einer Chance dort auf ein besseres Leben sehen, ergreifen Sie sie.«

»Und das Gut?«

»Sobotka?« Frederike zuckte mit den Schultern. »Das Gut hat Jahrhunderte überstanden. Warum sollte es jetzt scheitern?«

»Aber … wenn ich gehe …«

»Liebster Herr von Aaken, keiner ist unersetzlich. Sie machen Ihre Arbeit mehr als gut, wirklich, ich könnte mir keinen besseren Verwalter vorstellen. Aber wenn Sie gehen, werde ich einen anderen Verwalter finden. Vielleicht ist er nicht so gut wie sie, vielleicht ist er sogar noch besser.« Sie zwinkerte ihm zu. »Wer weiß das schon? Und die Verantwortung liegt bei mir.« Sie zögerte kurz. »Aber wenn Sie Ihr Glück in Amerika oder woanders finden sollten, dann machen Sie das. Die politische Entwicklung ist tatsächlich beunruhigend.«

»Wir fühlen uns hier auf Sobotka sehr wohl.«

»Schauen Sie dennoch mit offenem Blick in die Zukunft. Ich werde Ihnen keine Steine in den Weg legen.«

»Danke.«

»War das alles?«

»Wir können jetzt auch direkt die tägliche Besprechung anschließen«, meinte von Aaken. »Wenn es Ihnen nichts ausmacht.«

»Das ist eine hervorragende Idee.«

Frederike war nicht so beim Thema wie sonst. Sie folgte zwar den Worten des Verwalters, aber ihre Gedanken kreisten um Ax. Zum Glück gab es keine großen Entscheidungen zu treffen.

Von Aaken stand auf. »Dann haben wir ja alles besprochen«, sagte er und reichte ihr die Hand.

»Tatsächlich?« Frederike verkniff sich ein Lachen. Sie wusste, er würde ihr ihre Unkonzentriertheit verzeihen und alles veranlassen, was für das Gut nötig war. Sie konnte ihm völlig vertrauen.

Nach der Besprechung ging sie nach draußen, ließ sich ihr Pferd satteln und ritt mit Kobold über die Felder, die gerade bestellt wurden. Die Störche hatten ihre alten Nester bezogen, und die Schwalben flogen hoch in den Lüften. Das war ein gutes Zeichen, es würde nicht regnen.

Erst abends sah sie Ax bei Tisch. Er wirkte aufgeräumt.

»Wie war dein Tag?«, fragte er.

»Wie war deiner?«

»Erholsam. Ich muss sagen, ich fühle mich nach den Jahren seltsam fremd hier. Dabei bin ich auf dem Gut aufgewachsen.« Er lächelte und senkte den Kopf. »Das ist befremdlich.«

Frederike dachte nach. »Nein, eigentlich ist das nicht befremdlich, sondern normal. Du warst lange nicht mehr hier, die Abläufe haben sich verändert. Du musst erst wieder ankommen.«

»Mein Pferd ist tot.«

»Atticus war fast 28 Jahre alt.« Frederike sah Ax an. »Er hatte einen friedlichen Tod.«

»Du hast es mir geschrieben und auch erzählt, aber ich konnte es gar nicht wirklich glauben. Er war immer hier …«

»Ja, das ist schrecklich.« Frederike streckte ihre Hand über den Tisch, griff nach seiner. Plötzlich war da ein Funken, ein Erkennen der Gefühle von damals vielleicht. »Such dir in Ruhe ein anderes Pferd aus. Wir haben ein paar Dreijährige, die gerade eingeritten werden.«

»Ich weiß nicht, ob ich das will«, sagte er nachdenklich. »Aber das ist immer so, wenn man ein Pferd hergeben muss. Kein anderes kann es erst mal ersetzen.«

»Ja, ich vermisse Lorbass immer noch, aber ich möchte Kobold nicht mehr abgeben.«

»Kobold?«, fragte Ax erstaunt. »Was ist das für ein Pferd?«

»Du hast ihn mir zur Hochzeit geschenkt«, sagte Frederike und entzog ihm ihre Hand. »Sollen wir in den Salon gehen?«

»Gerne.«

Schweigend wechselten sie den Raum. Frederike fragte gar nicht, gab Ax direkt einen Bourbon, mixte sich einen Gin-Fizz. Dann setzte sie sich Ax gegenüber an den Kamin. Beide tranken, schwiegen. Es war eine seltsame Atmosphäre.

»In Davos habe ich entweder im Kurheim in der Kantine gegessen oder bin Essen gegangen, wenn es mir so weit gutging. Da waren immer volle Gasträume, und auch im Kurhaus hat man nie alleine gesessen«, sagte Ax leise. »Und jetzt … ist alles anders. Gestern mit den von Aakens fand ich schön.« Er räusperte sich. »Sie können ruhig öfters kommen.«

»Ax, sie haben Familie, Kinder.«

»Wo waren die gestern?«

»In der Gesindeküche.«

»Damit sie mich nicht stören?« Ax schüttelte den Kopf.

»Nun, du hast dich entsprechend geäußert.«

»Aber … wir werden auch irgendwann Kinder haben.« Ax sah sie an.

»Dann kann ich auch nicht fliehen. Und ich erinnere mich gern an die Essen auf Fennhusen mit deinen kleinen Geschwistern. Das war eigentlich immer lustig irgendwie.«

»Es ist lustig, aber nie leise und oft auch anstrengend«, sagte Frederike.

»Jedenfalls fand ich die Gespräche mit den von Aakens sehr belebend. Sollen wir sie nicht regelmäßig zum Essen bitten? Meinetwegen auch mit Kindern. Vielleicht dreimal in der Woche? Montag, Mittwoch und Freitag?«

»Das klingt gut. Ich werde es ihnen vorschlagen. Aber sie überlegen auszuwandern.«

»Warum?«

»Weil ihre Mutter Jüdin war.«

»Grundgütiger. Was soll das bedeuten? Sie sind protestantisch wie wir, nicht wahr?«

Frederike nickte. »Ja, aber die NSDAP schaut bis in die vierte oder fünfte Generation, und alles Jüdische ist verpönt. Wenn das so weitergeht, werden wir ein großes Problem bekommen.«

»Hitler und seine Schergen sind verrückt. Für die ist das Judentum keine Religion, sondern eine Rasse. Damit wird er gnadenlos scheitern. Wer könnte denn jemanden verurteilen, nur weil seine Mutter katholisch war und er nun evangelisch ist? Das ist doch lächerlich. Dieser österreichische Gefreite wird bald schon aus dem politischen Geschäft entfernt werden, und seine Partei mit ihm.« Ax schnaubte.

»Das hoffe ich auch, aber im Reich gibt es die größte Arbeitslosigkeit auf der ganzen Welt. Selbst Amerika, das nach dem Börsencrash gebeutelt war, hat prozentual nicht so viele Arbeitslose wie das Reich. Brüning macht die Wirtschaft kaputt. Und die einfachen Leute, die jetzt auf der Straße stehen, sehen in Hitler einen Heilsbringer. Wie könnten sie auch anders? Er verspricht so viel …«

»Halten wird er es nicht können, und das werden die Menschen sicherlich begreifen. Ich mache mir um den Österreicher keine Sorgen, aber was Brüning so macht, ist bedenklich.«

»Brüning will die Alliierten davon überzeugen, dass wir die Reparationszahlungen nicht leisten können. Dafür nimmt er in Kauf, dass die gesamte Wirtschaft zusammenbricht. Das ist ein X für ein U vormachen.« Frederike lachte bitter auf. »Damit ist keinem geholfen. Zumindest wird er niemals die Osthilfe stoppen können, solange Hindenburg noch lebt.«

»Hindenburg ist ein alter Knochen«, wandte Ax ein.

»Aber er ist zäh.«

»Freddy, er ist alt und majestätstreu.«

»Was ist daran verkehrt? Ich kenne viele Gutsbesitzer, die das auch noch sind.«

»Wir haben eine Demokratie und kein Kaiserreich mehr. Ich weiß, dass Hindenburg viel für das Reich tut, aber ich bin mir nicht sicher, ob er wirklich hinter dem Grundgedanken steht.«

»Solange er Hitler Paroli bietet …«

»Das wird er wohl tun. Hitler wird nicht mehr lange auf der politischen Bühne sein, glaub mir.«

Frederike hoffte, dass er recht behielt.

Kapitel 21

Sobotka, September 1932

Frederike nahm die Post entgegen und sortierte die Briefe. Seit fünf Monaten war Ax nun zurück auf Sobotka. Auch wenn der Anfang etwas holprig gewesen war, hatten sie sich inzwischen aneinander gewöhnt. Große Liebe fühlte sie zwar nicht, aber Vertrauen und Zuneigung. Es hatte ein paar Wochen gedauert, bis er die Gutsgeschäfte wieder betreute, aber nun traf er sich jeden Morgen mit dem Verwalter und besprach alles, was nötig war. Die Ernte stand bevor, und eine Menge Dinge mussten geregelt werden. Frederike war froh, dass sie diesen Teil der Verantwortung hatte abgeben können. Der Gutshaushalt erforderte bereits genug Aufmerksamkeit. Im Frühsommer hatten sie begonnen, ihr gesellschaftliches Leben wieder aufzunehmen, hatten Nachbarn und Bekannte eingeladen, waren eingeladen worden. Jetzt im Herbst standen etliche Jagden an, bei denen sie teilnehmen wollten.

Das Zusammenleben funktionierte, sie hatten jedoch immer noch getrennte Schlafzimmer. Fast jede zweite Nacht kam Ax allerdings in ihr Zimmer und forderte sein Recht als Ehemann. Es war kein leidenschaftlicher Akt und auch kein liebevoller, sie schloss die Augen und ließ es über sich ergehen. Natürlich wusste sie, dass es Ax' größter Wunsch war, ein Kind mit ihr zu zeugen, und auch Frederike wünschte sich Kinder. Aber bisher hatte es leider noch nicht geklappt.

An diesem Morgen war Frederike wie immer früh aufgestanden und hatte die Andacht gehalten. Ax kam noch immer erst zum zweiten Frühstück hinunter. Auch daran hatte sie sich schon gewöhnt.

Nun legte sie die Briefe, die an ihn adressiert waren, sowie die Vossische Zeitung und das Posener Tageblatt auf seinen Platz am Tisch. Sie nahm sich eine Tasse Kaffee und begann ihre Post zu öffnen. Ihre Mutter hatte ihr geschrieben, außerdem gab es einen Brief von ihrer Schwester Gerta. Besonders aber freute sie sich über ein Schreiben von Thea.

Meine liebe Freddy,

ich hoffe, es geht Dir und Deinem Mann gut. Wir haben freudige Nachrichten zu verkünden. Ich habe einem gesunden Jungen das Leben geschenkt, und somit hat das Gut Großwiesental einen Erben. Wir haben ihn Harald genannt.

Die Geburt war lang und anstrengend, aber ich habe alles gut überstanden.

Vor einem Jahr hatte Thea Werner zu Mansfeld geheiratet. Die Hochzeit hatte auf dem Gut der von Larum-Stils stattgefunden und war traumhaft gewesen. Dennoch dachte Frederike nur ungern daran zurück. Damals hatte sie Rudolph das letzte Mal gesehen. Er kam in Begleitung – Charlotte von Bednar hing an seiner Seite, als wäre sie dort festgeleimt. Sie kicherte unerträglich und immerzu, fand Frederike, die Charlotte nicht ausstehen konnte. Und sie gab den beiden keine Möglichkeit, ungestört miteinander zu reden. Erst beim Abschied konnte sich Rudolph davonschleichen.

»Ich hatte noch keine Gelegenheit, dir zu deiner Verlobung zu gratulieren«, sagte Frederike unterkühlt. »Ich hoffe, du wirst glücklich.«

Er schüttelte den Kopf. »Ich mag Charlotte. Aber lieben werde ich immer nur dich.«

»Ich liebe dich auch«, entgegnete Frederike traurig.

»Dann trenn dich von deinem Mann. Ich löse die Verlobung. Wir beide gehören zusammen, Freddy.«

»Es geht nicht.«

Er hatte sie lange angesehen, dann genickt und war gegangen.

Auf der ganzen Rückfahrt hatte Frederike geweint und ihre Worte bereut. Aber eine Scheidung von Ax kam nicht in Frage.

Hätte ich es tun sollen, fragte sie sich nun. Inzwischen hatten sich Charlotte und Rudolph das Jawort gegeben. Auch Frederike war zur Hochzeit eingeladen worden, sie hatte allerdings davon Abstand genommen, das wäre ihr doch zu geschmacklos erschienen.

So sehr sie auch versuchte, nicht darüber nachzudenken, so ertappte sie sich doch immer wieder dabei, dass sie überlegte, wie wohl eine Ehe mit Rudolph ausgesehen hätte. Es wäre sicherlich anders, leidenschaftlicher und auch liebevoller gewesen, aber es hätte sie beide aus der Gesellschaft ausgestoßen. Frederike war sich immer sicher gewesen, dass Rudolph das nicht ertragen hätte. Sie schüttelte die Gedanken ab und nahm Theas Brief wieder zur Hand.

Ich habe mich an das Gutsleben gewöhnt, doch es ist ganz anders als mein früheres Leben in Berlin, das ich manchmal vermisse. Werners Eltern, die auf Leskow leben, haben für jeden ihrer Söhne ein Gut dazugekauft in den vergangenen Jahren. Werner sollte den Burghof übernehmen, wo bis letztes Jahr seine Großmutter ihren Witwensitz hatte. Aber ihm gefiel weder das Haus, noch fand er das Land angemessen für uns. So hat sich sein Bruder Gebhard entschlossen, den Burghof zu übernehmen, und uns Großwiesental überlassen. Das Haus ist sehr schön, das muss ich sagen. Aber mit der Mamsell habe ich so meine Schwierigkeiten. Zum Glück haben wir eine wunderbare Köchin, die viel wettmacht. Sie kann die herrlichsten Kuchen backen und hat die Mädchen gut unter Kontrolle.

Und so siehst Du, ich schreibe Dir über Personal und hauswirtschaftliche Dinge, wie es sich für eine Gutsfrau gehört. Wer hätte das früher einmal gedacht?

Wie geht es denn Dir? Und vor allem Deinem Mann? Er ist ja nach Sobotka zurückgekehrt, das hast Du mir geschrieben, aber seitdem habe ich nur drei oder vier Postkarten von Dir bekommen.

Ich möchte Euch gerne zur Taufe unseres Sohnes einladen, die im Oktober stattfinden wird.

Du darfst bloß nicht erschrecken, wenn der Kutscher aus Leskow euch abholen sollte. Er war im großen Krieg der Bursche meines Schwiegervaters und erzählt gerne zotige Witze auf der Fahrt. Durch den gemeinsamen Kriegsdienst mit meinem Schwiegervater hat der Mann Narrenfreiheit.

Frederike schmunzelte. Sie konnte sich den Kutscher bildlich vorstellen. Es wäre herrlich, dachte sie, wenn wir im Oktober in die Prignitz fahren könnten. Zu lange schon hatte sie Thea nicht mehr gesehen.

Du hättest Freude an den Familientreffen bei uns. Vor allem, wenn mein Schwager Casper kommen sollte. Er ist im diplomatischen Dienst und hat immer viel zu erzählen. Schwiegervater ist manchmal ein wenig knurrig, aber im Grunde ein herzensguter Mensch. Meine Schwiegermutter ist ganz anders als meine Mutter – aber ich mag sie.

Nun bereite ich die Taufe vor – das wird wohl meine Feuerprobe in der Familie. Harry ist das erste Enkelkind, Werners Brüder sind beide noch nicht vermählt. Caspers Gut, Kleinwiesental, wird von Gebhard mitverwaltet. Gebhard ist ein sehr bodenständiger Mann, hat aber einen feinen Sinn für Humor.

Ich überlege schon die ganze Zeit, wer für ihn in Frage käme, aber er scheint einen recht eigenwilligen Charakter zu haben, was Frauen angeht. Das ist schade, denn ich würde meine Schwägerinnen gerne mit aussuchen.

Frederike lachte laut auf. Das war Thea durch und durch.

Ich wette, sie stellt dem armen Schwager alle paar Wochen ein neues Mädchen vor, dachte Frederike belustigt.

Hast Du schon mal ein großes Fest geplant? Bestimmt, las sie weiter. *Ich versuche mich mit der Mamsell abzustimmen, aber sie will keine meiner Vorschläge annehmen. »So etwas haben wir hier noch nie gemacht«, sagt sie immer. Nun denn, dann ist es eben das erste Mal. Das wird doch kein Problem sein. Wenn das so weitergeht, muss Werner sie entlassen, und ich werde mir eine neue Mamsell suchen.*

Frederike ließ den Brief sinken. Das erinnerte sie an die erste Zeit auf Fennhusen, als ihre Mutter noch nicht wusste, wie ein so großes Gut geführt wird, und sich mit der Mamsell angelegt hatte. Auch Frederike hatte am Anfang Schwierigkeiten gehabt, doch zum Glück hatte sich das gegeben. Leicht war es immer noch nicht. Mal verstanden sich die Köchin und die Mamsell, dann gab es aber Streit mit dem Gärtner. Oder eins der Mädchen machte Unfug. Es verging kaum ein Tag, an dem sie nicht irgendeinen Streit bei den Leuten schlichten musste. Das war sehr ermüdend. Eines hatte sie allerdings gelernt – gutes Personal war schwer zu bekommen, und es war besser, auf die Leute einzugehen, als sie zu entlassen und neue zu suchen. Doch diese Erfahrung musste Thea selbst machen.

Meine liebe Freddy, ich würde mich über ein Lebenszeichen von Dir sehr freuen, denn im Moment genieße ich das Wochenbett, brauche nicht aufzustehen und mich um nichts kümmern. Außer natürlich um den kleinen Harry. Ich habe allerdings eine großartige Säuglingsschwester gefunden. Und am meisten würde ich mich freuen, wenn Ihr zur Taufe kommen würdet. Bitte komm. Bitte!

Sei ganz herzlich gegrüßt von Deiner
Thea zu Mansfeld

Frederike nickte. Ja, zur Taufe würde sie gerne fahren. Vielleicht ließ sich das ja einrichten? Sie schaute auf die Uhr und wunderte sich. Es war schon zehn vorbei, und normalerweise kam Ax um diese Zeit zum Frühstück. Um elf traf er sich meist mit dem Verwalter.

In der letzten Woche hatte es permanent geregnet, und Ax hatte sich eine leichte Erkältung zugezogen. Er war in den letzten Tagen auch nie nachts zu ihr gekommen, wirkte abgespannt. Doch dass er erst nach zehn aufstand, war seit den ersten Wochen nicht mehr vorgekommen. Frederike klingelte nach Minna.

»Warst du schon beim gnädigen Herrn?«, fragte sie.

»Es geht ihm nicht gut. Er wollte noch liegen bleiben.«

Nachdenklich stand Frederike auf und ging nach oben. Im Flur vor der Tür zu Ax' Zimmer blieb sie stehen und lauschte. Sie hörte seinen rasselnden Atem und dass er hustete. Sofort kroch Panik in ihr hoch. Sie klopfte an seine Tür.

»Ax? Darf ich hereinkommen?« Ohne auf eine Antwort zu warten, trat sie ein. Ax lag im Bett, er war bleich, schweißüberströmt und hielt sich ein blutiges Taschentuch vor den Mund. Ihre Blicke trafen sich, dann schloss er die Augen.

»Nein!« Frederike konnte es nicht glauben. »Nein!«

»Doch. Es ist wieder da«, sagte er leise und heiser.

»Aber du bist doch geheilt.«

»Das dachte ich auch. Tut mir leid.«

»Und jetzt?«

»Ruf Professor Wagner in Davos an. Bitte.« Er drehte sich zur Seite und sah sie nicht mehr an.

»Ax … vielleicht ist es ja nur …«

»Nein, ist es nicht. Jetzt geh.«

Wie vor den Kopf geschlagen verließ sie das Zimmer. Sie ging nach unten, meldete ein Gespräch nach Davos an. In ihrem Kopf überschlugen sich die Gedanken. Was wird jetzt werden? Konnte er noch einmal geheilt werden? Die Vermittlung sagte ihr, dass es mindestens zwei Stunden dauern würde, bis sie eine Leitung in die Schweiz bekäme. So lange konnte sie nicht hier sitzen und warten. Sie pfiff nach Fortuna, lief über den Hof und zum Stall. Hoffentlich war Kobold noch nicht auf der Weide. Sie hatte Glück. Schnell machte sie Kobold fertig, sattelte ihn. Und dann ritt sie über den Wirtschaftspfad zu den Feldern. Noch hatten sie mit der Ernte nicht begonnen, die Schnitter wurden für die nächste Woche erwartet. Frederike ritt am Wald entlang und zu den Brachwiesen. Dort lehnte sie sich über den Pferdehals, ließ Kobold die Zügel. Er schnaubte, streckte sich und fiel in einen leichten Galopp. Für einen Moment roch sie nur das Gras, den Duft ihres Pferdes und spürte den Wind auf ihrer Haut und in ihren Haaren. Tränen liefen ihr über das Gesicht, aber das merkte sie nicht.

Sie weinte um Ax, aber vor allem weinte sie um sich selbst.

Erst am Nachmittag stand die Leitung nach Davos. Der Professor war kurz angebunden. Er empfahl, Ax wieder in das Sanatorium zu schicken.

»Hier kann ich ihn umfangreich untersuchen. Ich habe ein neues Röntgengerät. Vielleicht ist es ja doch nur ein Infekt, aber das kann ich nur vor Ort beurteilen.«

»Die Fahrt ist lang und anstrengend«, gab Frederike zu bedenken.

»Es ist Ihre Entscheidung«, sagte er lapidar und legte auf.

Frederike fühlte sich wie vor den Kopf gestoßen. Hinzu kam, dass sie mehr und mehr die Besorgnis der Leute spürte.

»Baronin, die Mädchen möchten den linken Flügel nicht mehr betreten«, sagte die Mamsell und senkte den Kopf. »Sie haben Angst.«

»Verständlich. Ich werde mich um meinen Mann kümmern. Bitte lassen Sie Wasser abkochen und mit Essig versetzen. Ein Gefäß mit dieser Mischung sollte oben vor dem linken Flügel stehen. Ich werde damit den Flur wischen und auch alles andere reinigen. Die Bettwäsche muss mit Essig ausgekocht werden.«

»Sie wollen selbst den Flur wischen?«, fragte die Mamsell ungläubig.

»Wollen Sie es etwa tun?«, fragte Frederike etwas bissig zurück. »Entschuldigen Sie, Mamsell. Ja, ich werde es machen. Und ich werde gleich mit Doktor Kolsowski sprechen. Wir alle sollten uns einem Test unterziehen.«

»Grundgütiger.« Die Mamsell schluckte. »So schlimm?«

»Das weiß ich nicht. Mein Mann galt ja als geheilt, als er zurückkehrte. Vielleicht ist dies auch nur eine Lungenentzündung, seine Lunge ist ja sicher noch geschwächt. Aber wir wollen kein Risiko eingehen, und ich werde die Leute auch keinem aussetzen.«

»Ich werde das so weitergeben.«

»Die Köchin soll stärkende Speisen kochen – eine gute Brühe, vielleicht Taubenbrüste. Kein schweres Essen. Und dann werde ich, sobald es geht, einen Transport nach Davos organisieren.«

Frederike ging nach oben. Ax lag immer noch im Bett, aber er schlief nicht. Das Mädchen hatte ihm Essen gebracht, das er jedoch nicht angerührt hatte. Er sah auf, als Frederike eintrat.

»Wie geht es dir?«, fragte sie.

»Besser als heute Morgen. Ich habe Schnupfen. Vielleicht ist es nur eine schlimme Erkältung.«

»Das vermutet der Professor auch, aber er will dich sehen.«

»Nach Davos? Ich wollte nie wieder dorthin zurück.«

»Du musst. Er meint, seine Diagnostik sei die Beste.«

»Das stimmt. Aber wie soll ich dorthin kommen? Die Zugfahrt ist unendlich lang.«

»Ich würde eine Fahrt mit dem Automobil auch bevorzugen. Mehrere Etappen. So wie wir dich damals dorthin gebracht haben.«

»Das klingt vernünftig. Ja, so sollten wir das machen.«

»Du musst aber erst einmal wieder auf die Beine kommen. Und dann fahre ich dich.«

»Was?«

»Nun, ich werde dich die nächsten Tage versorgen, hier auch putzen, und ich werde dich nach Davos fahren. Auto fahren kann ich.«

»Warum?«

»Weil die Leute Angst vor einer Ansteckung haben, Ax. Ich habe mich vermutlich schon angesteckt.« Erst, als sie es aussprach, wurde ihr die Tragweite bewusst.

»Großer Gott, nein!« Er sah sie entsetzt an, schloss dann die Augen. »Das ist alles meine Schuld. Ich hätte nicht mehr hierherkommen dürfen.«

»Du hast gedacht, dass du geheilt seist. Natürlich gehörst du dann nach Hause.« Frederike wandte sich ab und sammelte die blutbefleckten Taschentücher ein.

»Möchtest du ins Bad?«

»Ich werde mich waschen, aber für alles andere fühle ich mich zu schwach.«

»Eine kräftige Brühe wird dich wieder auf die Beine bringen. Wenn du im Bad bist, werde ich dein Bett neu beziehen.«

»Du?«

»Wer sonst?«

»Wir haben Personal.«

»Wie gesagt, sie haben Angst«, sagte Frederike langsam und deutlich, so als würde sie mit einem Kind sprechen.

»Im Sanatorium ist auch Personal. Tuberkulose überträgt sich nicht durch die Luft – nur wenn ich jemanden anhuste und Tröpfchen fliegen«, sagte Ax und klang beinahe beleidigt. »Ansonsten kann jeder mit mir in einem Raum sein.«

»Ja, ich weiß.« Frederike überlegte, wie oft er sie in den letzten Monaten angehustet, angehaucht oder gar geküsst hatte. Ihr wurde übel, und sie musste das Zimmer verlassen.

Im Flur stand schon der Eimer mit dem Essigwasser. Frederike wusch ihre Hände darin, ihr Gesicht. Sie zog den Pullover aus. Dann überlegte sie. Heute war sie Ax noch nicht nahe gekommen, sie hatte nur die vollgespuckten Taschentücher eingesammelt und in einen Korb gelegt. Die würde sie nachher holen. Aber er war letzte Woche in ihrem Zimmer gewesen, hatte in ihrem Bett geschlafen. Eine kalte Hand strich über ihren Rücken, die feinen Härchen stellten sich auf. Sie lief in ihr Zimmer, zog das Bett ab, zerrte die Vorhänge von den Fenstern. Es war ihr egal, dass die Stangen aus den Halterungen rissen. Sie packte alles zusammen, trug es nach unten. Dann ging sie wieder nach oben, schüttelte den Kopf. Es reichte nicht. Sie nahm die Kissen und die Decken, rollte die Teppiche ein. Wie eine Besessene arbeitete sie, schleppte alles in den Hof.

»Na, Jnädigste«, sagte eine ältere, wohlbeleibte Frau zu ihr und grinste – ein fast zahnloses Grinsen. »Hamse Schiss? Glob ich. Hab ich och jehabt. Mein Oller hatte Schwindsucht. Erbarmung, is nun fast finfzehn Jahre her, das.« Sie nickte kräftig.

»Und?«, fragte Frederike, strich sich mit dem Unterarm die Haare aus der Stirn.

»Dod isser. Schon langje. Ei, meine Mudder och, meen Schwajer. So viele. Nach'm Kriech, wissense, Baronin?«

Frederike nickte.

»Erbarmung, mich hattes nie erwischt.« Die Alte lächelte. »Bin die olle Nele aus'm Dorf«, sagte sie dann. »Ich komm, um Sie zu helfen.«

»Bitte?«

»Ei, na was wollnse denn damit machen, Gnädigste?« Nele wies auf den Haufen.

»Verbrennen. Alles.«

»Jut. Ei, ich hole einen Karren.« Und schon verschwand sie um die Ecke.

Frederike setzte sich auf die Treppenstufen. Sie schnaufte. Bisher hatte sie nur ihr Zimmer leergeräumt. Ax war im Bad, seine Bettwäsche musste auch noch gewechselt werden. Das Zimmer musste sie lüften und mit Essigwasser auswischen.

Sie hatte all diese Dinge auf Fennhusen gelernt, Onkel Erik hatte sie und ihre Geschwister immer dazu angehalten, auf dem Gut mitzuarbeiten, und in den Ferien mussten sie und Gerta alle Dinge machen, die auch die Zimmermädchen taten.

»Was muss noch gemacht werden?«, fragte die Mamsell, die plötzlich neben ihr auftauchte und ihr ein Glas Limonade reichte.

»So viel«, seufzte Frederike.

»Ich habe mit den Leuten gesprochen. Einige haben Familienmitglieder gehabt, die auch an Schwindsucht erkrankt waren. Viele fürchten sich, aber ein paar der Frauen nicht. Sie sagen, solange sie nicht in direkten Kontakt mit dem Gnädigsten kommen, sei es nicht so schlimm.«

»Er hustet mit Auswurf. Die Taschentücher habe ich in einen Korb getan.« Frederike zeigte darauf. »Die sollten verbrannt werden. Ebenso seine Bettwäsche. Die Matratzen, Kissen und Decken erst, wenn er abgereist ist. Ich werde das Bett gleich abziehen.«

»Gut. Maria wird dann durchwischen.«

»Wirklich?« Frederike konnte es kaum glauben.

»Sie hat sich freiwillig gemeldet. Wie auch die alte Nele und Danuta. Sie werden Ihnen helfen, die obere Etage sauber zu halten, bis ihr Mann abreisen kann.«

»Stanis muss mir den Wagen fertigmachen.«

»Weshalb?«

»Damit ich Ax nach Davos fahren kann.«

»Baronin? Das ist nicht Ihr Ernst.«

»Oh doch.«

»Gut, ich werde mit Stanislav sprechen. Sie sollten das Bett jetzt abziehen, neu beziehen wird es Danuta. Die neue Bettwäsche ist ja sauber. Und dann wird Maria alles mit Essig desinfizieren. Und Sie sollten ein Bad nehmen und dann etwas essen.«

Frederike sah die Mamsell an. »Danke.«

»Ich werde mich darum kümmern, dass alles verbrannt wird. Machen Sie sich keine Sorgen.«

»Das kann ich leider nicht abstellen«, murmelte Frederike. Müde stand sie auf, ging nach oben. Ax war noch im Bad, sie hörte ihn husten und würgen. Er hatte nie wieder nach Davos zurückgewollt, er hatte sich ein freies und gesundes Leben erhofft. Und nun dieser furchtbare Rückschlag. Er tat ihr sehr leid.

Schnell zog sie die Betten ab, nahm auch seine Wäsche mit und öffnete die Fenster weit.

Nachdem sie alles nach unten gebracht hatte, ging sie in ihr Bad, ließ das Wasser in die Wanne einlaufen. Rudolph hatte ihr zu Weihnachten eine Flasche Badeschaum geschickt. Eigentlich hätte sie das Geschenk von einem verheirateten Mann nicht annehmen dürfen, aber sie hatte sich darüber sehr gefreut und benutzte es nur für besondere Momente.

Diesmal ließ sie die Wanne volllaufen und tauchte dann in das heiße, dampfende Wasser ein. Zuerst verschlug ihr die Hitze den Atem, aber dann entspannte sie sich und streckte sich aus. Sie nahm die Bürste und schrubbte ihre Haut wieder und wieder, bis sie rot und schrundig war, atmete den Dampf tief ein, als ob das jetzt noch etwas nützen würde.

Sie war dreiundzwanzig Jahre alt. Hatte sie sich mit Tuberkulose angesteckt? Würde sie jetzt sterben oder jahrelang dahinsiechen? Und dann fiel ihr noch etwas ein. Sie war überfällig, hätte ihre Regel vor einer Woche bekommen müssen. Wenn sie jetzt ein Kind von Ax trug, dann war es auch dem Tode geweiht. Die meisten Ärzte rieten dazu, eine Schwangerschaft abzubrechen, wenn die Mutter an Tuberkulose erkrankt war. Sie musste dringend mit Doktor Kolsowski sprechen. Er war der zuständige Arzt der Region. Natürlich könnte sie sich auch von Ax' Professor in der Schweiz untersuchen lassen, aber im Gegensatz zu ihrem Mann vertraute sie dem Dorfdoktor mehr.

Frederike stand auf, nahm ein Handtuch und rubbelte sich trocken. Ihre Haut war rot und wund von der Schrubberei, aber sie fühlte sich sauber. Für einen Moment überlegte sie, ob sie sich auch noch mit Essiglösung einreiben sollte, ließ es aber dann. Sie zog sich an, ging in den Flur. Jemand hatte auf den Stuhl neben dem Eimer mit Essigwasser einen Kittel gelegt. Dankbar schloss Frederike für einen Moment die Augen, die Leute dachten mit, dachte an ihr Wohlergehen. Sie zog den bodenlangen Kittel über, ging zu Ax' Zimmer. Überall roch es scharf nach Essig und Lauge.

Ax lag im frisch bezogenen Bett, neben ihm stand ein Tablett, die Suppenschüssel hatte er schon geleert.

»Mir geht es schon besser«, sagte er. »Ich glaube, ich habe kein Fieber mehr.« Dann räusperte er sich, hüstelte.

»Meinst du, wir können uns morgen auf die Reise machen?«

Er nickte. »Ja, ich glaube schon.«

»Brauchst du noch etwas?«

»Nein, danke.«

»Ich sehe nachher noch einmal nach dir.«

Sie war in der Tür stehen geblieben, ging jetzt zurück, zog den Kittel aus, legte ihn auf den Stuhl und wusch ihre Hände in dem Essigwasser. Dann ging sie nach unten.

»Doktor Kolsowski wartet im Salon«, sagte ihr Frans.

Frederike hatte den Doktor schon am Morgen angerufen und ihm von der Situation erzählt.

»Doktor.« Frederike reichte ihm zögernd die Hand, doch er lächelte, nahm ihre Hand und drückte sie fest.

»Wenn ich Angst vor einem Händedruck hätte, hätte ich meinen Beruf verfehlt«, sagte er. »Soll ich Ihren Mann untersuchen?«

»Er möchte zu Professor Wagner in Davos. Es tut mir leid.«

»Soll ich ihn nicht trotzdem einmal abhören und ansehen? Vielleicht ist es ja gar nicht die Schwindsucht.«

»Er hustet Blut.«

»Seine Luftwege sind vernarbt, da kann es schon einmal vorkommen, dass bei einem Infekt ein Äderchen platzt.«

»Wirklich?« Plötzlich hatte Frederike wieder Hoffnung. »Wirklich? Kommen Sie mit.« Sie führte ihn nach oben.

Kapitel 22

»Was ist mit dir?«, fragte Ax, der bleich und schwitzend in den Polstern lehnte. Frederike saß neben Stanislav auf dem Beifahrersitz und drehte sich nun zu Ax um.

»Wieso?«

»Du fummelst immer an deinem Ausschnitt herum«, sagte er grimmig, seine Stimme war ein tiefes Flüstern. »Muss das sein?«

Seit dem Morgen waren sie nun unterwegs und näherten sich Breslau. Die Straßen waren schlecht, es regnete. Gestern Abend hatte Doktor Kolsowski noch bei allen Hausangestellten und auch bei Frederike den Hauttest vorgenommen. Er hatte eine Substanz unter die Haut am Schlüsselbein gespritzt, drei Tage dauerte es, bis ein Ergebnis vorlag. Zudem hatte er von allen Rachenabstriche genommen und würde sie ins Labor nach Posen schicken.

»Der Hauttest zeigt nur an, ob es jemals eine Infektion mit Tuberkulose gab. Bei Ihrem Mann wäre er also positiv – das sagt aber nichts über eine akute Infektion und eine offene Tuberkulose aus. Da ist der Rachenabstrich sicherer. Außerdem dauert es, bis sich eine Infektion zeigt.«

Frederike senkte den Kopf. »Stehen wir bis dahin unter Quarantäne?«

»Unfug. Fast jeder heutzutage hatte schon Kontakt mit Tuberkeln. Aber nicht jeder ist infiziert, und auch von den Infizierten sind nicht alle ansteckend. Tuberkulose im Anfangsstadium lässt sich heute gut bekämpfen und oft auch heilen. Ihr Mann allerdings ist schwerkrank. Er war doch in Davos?«

»Ja, er wurde Anfang des Jahres als geheilt entlassen.«

»Als geheilt?« Der Arzt schüttelte den Kopf. »Wurden Röntgenaufnahmen gemacht?«

»Das weiß ich nicht. Er war zur Therapie am Toten Meer und kam angeblich als geheilt zurück.«

»Wärme, das reizarme, salzhaltige Klima – all das kann zu Verbesserungen führen, aber geheilt war er nicht.«

»Wusste er das?«, fragte Frederike leise.

»Vermutlich nicht. Ich würde gerne die letzten Röntgenaufnahmen sehen. Dann kann ich mehr sagen.«

»Und was ist mit mir?«

»Es ist gut möglich, dass Sie sich angesteckt haben«, sagte Doktor Kolsowski. »Aber das ist kein Grund zu großer Sorge. Man kann es inzwischen heilen, vor allem, wie ich gerade eben schon bemerkte, wenn die Krankheit sich im Anfangsstadium befindet.«

»In Sanatorien und auf Liegen.« Frederike wandte sich ab.

»Nein, es gibt eine Art Impfstoff, eine Injektion, die manchmal mehrfach verabreicht werden muss, aber die gute Ergebnisse erzielt.«

»Welche?«

»Die Friedmann-Impfung … haben Sie davon noch nichts gehört?«

Frederike schüttelte den Kopf.

»Ich halte sie für sehr effektiv und habe auch Kontakt zu vielen anderen Kollegen, die den Stoff ebenfalls einsetzen. Er hilft sogar bei einer fortgeschrittenen Erkrankung.«

»Könnte er meinem Mann helfen?«

»Vielleicht. Ihr Mann kämpft schon viele Jahre gegen den Tuberkel. Der Keim hat sich in seinem Körper ausgebreitet, es ist nicht nur die Lunge betroffen.«

»Haben Sie ihm von dem Stoff berichtet?«

»Ja, aber sein Professor in Davos hält nichts davon.«

Frederike schluckte.

»Es gibt außerdem neue chirurgische Verfahren, die sehr effektiv sind. Der Professor ist führend darin«, sagte Doktor Kolsowski.

»Ax wird operiert werden?«

»Vermutlich.«

Frederike atmete tief durch. »Was ist mit den Leuten auf dem Gut?«

»Ich habe alle untersucht, habe allen den Kontraststoff gespritzt. In drei Tagen haben wir ein Ergebnis.«

»Wie sieht man es?« Auch ihr hatte der Doktor das Mittel unter das Schlüsselbein gespritzt.

»Wenn es Antikörper gegen Tuberkulose gibt, wird sich eine Hautirritation einstellen. Aber«, sagte er und legte ihr die Hand auf den Arm, »das wird auch passieren, wenn jemand eine Tuberkulose schon überstanden hat. Und ... es wird kein Ergebnis anzeigen, wenn die Infektion noch frisch ist.«

»Frisch bedeutet?«

»Die Inkubationszeit kann bis zu drei Monaten betragen«, sagte er.

»Wenn ich mich also gestern erst angesteckt habe, weiß ich es erst in drei Monaten?«

Er nickte.

»Verflucht.«

»Es tut mir leid, Baronin.«

»Wie groß ist die Chance, dass sich die Leute angesteckt haben?«

»Nun ...«, stotterte der Doktor plötzlich. »Er hatte bis vor kurzem keinen Auswurf? Keinen obsessiven Husten?«

»Nein.«

»Dann ist die Gefahr eher gering, außer er hatte ... nun, ähm, nun ... eine Geliebte. Bei ihr wäre das Ansteckungsrisiko hoch.«

»Außer mir ...« Frederike schüttelte den Kopf.

»Wir machen auch bei Ihnen den Test.«

»Ich fahre morgen Ax nach Davos. Erst in sechs Tagen bin ich wieder hier.«

»Das macht nichts. In drei Tagen wird sich das Ergebnis zeigen. Das wird es auch in Davos. Ich gebe Ihnen ein Schreiben mit, und der Professor wird es einordnen können.«

Frederike biss sich auf die Lippe. »Gut«, sagte sie, ging zur Anrichte. »Möchten Sie einen Drink? Ich brauche einen.«

»Baronin, gerne nehme ich einen Drink«, sagte er milde. »Wovor haben Sie so sehr Angst?«

»Vor dem Tod!« Frederike wandte sich zu ihm um, sah ihn an. »Ich bin noch keine vierundzwanzig Jahre, und vielleicht sterbe ich.«

»Das werden Sie nicht. Ich verspreche es.«

»Was möchten Sie trinken?«

»Was trinken Sie?«

»Gin-Fizz.«

Er hatte auch einen getrunken und noch einen zweiten. Dann war er zurück ins Dorf zu seiner Familie gefahren.

Daran dachte Frederike die ganze Zeit, während sie fuhren. Zweimal hatte sie den Platz hinter dem Lenkrad übernommen, und Stanis durfte sich ausruhen, aber jetzt, als sie in die Stadt kamen, hatte er wieder die Führung übernommen.

»Freddy«, zischte Ax wieder. Er klang wütend. »Was machst du da?«

»Machen?« Sie sah ihn fragend an. »Was soll ich hier denn machen?«

»Du zupfst ständig an deinem Ausschnitt«, wiederholte er wütend.

»Ach.« Frederike lachte bitter auf. »Ja, das ist die Impfstelle. Das ist dort, schau, direkt unter meinem Schlüsselbein, da hat Doktor Kolsowski gespritzt. Seitdem juckt es da.«

»Wenn du kratzt, verfälschst du das Ergebnis.«

»Ich kratze nicht, Ax, ich berühre es nur«, sagte Frederike müde.

»Warum?«

»Weil mein Leben davon abhängt.« Sie schaute nach vorne. »Wie weit ist es noch, Stanis?«

»Wir sind jleich in Breslau«, sagte Stanis und sah sie an. »Das schaffen wir.«

»Wo kommen wir da unter?«, wollte Ax wissen. »Ich steig nicht irgendwo ab.«

»Ich habe meiner entfernten Cousine gekabelt. Sie hat ein Gästehaus, das sie uns zur Verfügung stellt«, sagte Frederike.

Zwei Tage später erreichten sie endlich Davos. Stanis und Frederike hatten sich beim Fahren abgelöst. Sie hatten in Wien einen weiteren Zwischenstopp eingelegt und dort in einer kleinen Pension genächtigt.

Frederike war froh, als sie endlich den Luftkurort erreichten. Der Professor hatte schon bald für sie Zeit, was sicher daran lag, dass Ax ein gutzahlender Langzeitpatient war.

Frederike ging zuerst zu dem Professor.

»Wie konnten Sie ihn als geheilt entlassen?«, fragte sie wütend.

»Alles, gute Frau, sprach dafür«, sagte der Professor beschwichtigend. »Auch die Röntgenbilder. Es war erstaunlich.«

»Haben Sie Blutproben und Abstriche genommen?«

»Nein. Wofür? Die sind immer positiv, wenn jemand Tuberkulose hatte.«

»Aber wie kann dann jemand geheilt sein?«

»Nun, Ihr Mann wirkte so – geheilt. Und sein Zustand war entsprechend – kein Husten, keine Auswürfe. Das Röntgenbild zeigt eine verkapselte Tuberkulose.«

Frederike schüttelte den Kopf. »Das reicht Ihnen?«

»Nein, aber Ihrem Mann hat es gereicht. Er wollte nach Hause. Was sollte ich tun?«

»Das heißt, Sie glaubten nicht an eine Heilung?«

»Ich habe es gehofft. Aber für eine Prognose war es zu früh. Er war erst der dritte Patient, der am Toten Meer zur Kur war … ich weiß noch nicht, ob das Klima wirklich heilend ist, und ihr Mann gehört zu den fortgeschrittenen Fällen.« Bedauernd zuckte er mit den Schultern.

Frederike nickte verstehend. Ax hatte geheilt sein wollen. Um jeden Preis. Er wollte zurückkehren und ein normales Leben führen. Im Grunde konnte sie es ihm nicht verübeln. Nur, dass er ihr Leben damit aufs Spiel gesetzt hatte. Wie konnte er so leichtsinnig sein und ihr verheimlichen, dass der Professor, was seine Genesung anging, anderer Meinung war als er selbst?

Würde ein Mann, der sie liebt, zu so etwas fähig sein?

»Wir haben noch Möglichkeiten. Gerade in der Chirurgie sind wir sehr viel weiter als früher. Wenn Ihr Mann stabil ist, werden wir die betroffenen Teile seines Lungenflügels entfernen, und damit hat er gute Heilungschancen.«

»›Gute Heilungschancen‹ – das höre ich seit drei Jahren«, sagte Frederike müde. »Können Sie sich bitte eben meinen Tuberkulosehauttest ansehen?« Sie öffnete ihre Bluse und berichtete ihm, dass Doktor Kolsowski ihr vor drei Tagen das Mittel unter die Haut injiziert hatte. Es juckte, und die Haut war geschwollen.

Der Professor warf nur einen Blick darauf und schüttelte den Kopf. »Sie haben sich infiziert. Das tut mir leid. Haben Sie schon Symptome?« Er nahm das Stethoskop, wollte sie abhören, Frederike wich aus.

Sie sah ihn entsetzt an, und ihr wurde schwindelig. Der Professor schob ihr einen Stuhl hin.

»Sind Sie sicher?«, fragte sie leise.

»Hundertprozentig. Haben Sie Symptome?«, fragte er wieder. »Husten? Nachtschweiß? Fieber?«

Frederike schüttelte den Kopf, dann schlug sie die Hände vor das Gesicht und schluchzte. »Ich werde sterben.«

»Nein, das ist unwahrscheinlich. Wir können es heilen.«

»Haben Sie schon mal etwas von der Friedmann-Impfung gehört?«, fragte Frederike verzweifelt.

»Der Jude Friedmann? Ja, der Impfstoff ist völlig unwirksam und verseucht.«

»Tatsächlich?« Frederike knöpfte ihre Bluse wieder zu, versuchte die Fassung wiederzuerlangen.

»Wie soll ich mit Ihrem Mann verfahren? Soll ich ihn operieren?«

»Verfahren Sie ganz nach seinen Wünschen.« Frederike schluckte, verließ dann den Raum. Auf der linken Seite waren die Toiletten, auf der rechten der Warteraum. Sie ging in die Damentoilette, betrachtete die infizierte Stelle, die dick und gerötet war. Dann zog sie ihre Jacke an und ging in den Warteraum zu Ax.

Sie reichte ihm die Hand. »Stanis hat dein Gepäck inzwischen abgeladen, der Professor wird dich gleich empfangen.«

»Bleibst du nicht?«, fragte er.

Frederike schüttelte den Kopf.

»Ich wünsche dir …«, sie zögerte, »… alles, was du dir wünschst«, sagte sie dann.

»Ich liebe dich, Freddy«, sagte Ax und sah sie an. Frederike erwiderte seinen Blick.

»Ich weiß«, sagte sie. »Aber ich muss jetzt gehen.« Sie holte tief Luft, überlegte, ob sie ihm noch etwas sagen wollte, doch es wären nur bittere Vorwürfe gewesen. Ax hätte noch warten müssen, bevor er zurück nach Sobotka kam. Er hätte auf den Professor hören sollen. Doch das hatte er nicht, und nun hatte er sie angesteckt. Ihre Kehle schnürte sich zu, sie sah sich um. Auf den Terrassen und Balkonen lagen die Kranken in Decken gewickelt. Würde sie bald auch da liegen? Eine Frau kam den Gang entlang, sie blieb stehen, hustete, spuckte in einen Behälter, den sie mit sich führte, und rang verzweifelt nach Luft. Sie schaute auf, sah Frederike an. Ihr Gesicht war noch jung, aber ihre Augen waren uralt.

Ax nickte. »Du willst hier weg. Ich verstehe dich. Solltest du ein Kind von uns tragen, bekomme es, das ist das Letzte, worum ich dich bitte.«

Frederike war schon zwei Schritte den Flur hinuntergegangen, die Worte klangen in ihr nach. Sie drehte sich zu Ax um, ging wieder zu ihm, öffnete die oberen Knöpfe ihrer Bluse.

»Siehst du das?«, fragte sie leise. »Das ist eine Reaktion auf einen Stoff, der Schwindsucht nachweist. Vor drei Jahren gab es keine Reaktion, da habe ich den Test schon einmal machen lassen …«, sie schluckte, »… müssen. Jetzt … jetzt ist er positiv. Du hast mich angesteckt. Mit einer tödlichen Krankheit. Falls ich ein Kind von dir tragen sollte, werde ich es nicht bekommen.« Dann ging sie, ohne sich umzuwenden, hinaus.

Nur knapp schaffte sie es den Gang entlang, dann fand sie eine Bank, die aber außerhalb seines Blickwinkels war, und setzte sich. Frederike fühlte sich schäbig und klein, verletzlich und verletzt. Ax, das wusste sie, würde sterben. Und sie, als seine Frau, sollte an seiner Seite sein. Aber jetzt konnte sie es nicht.

»Baronin?«

Stanis fand sie im Innenhof des Sanatoriums. »Ich hab Se lange jesucht. Jeht es Ihnen jut?«

Frederike wischte sich über die Wangen. Ihre Augen waren tränengeschwollen.

»Knöpf dein Hemd auf«, sagte sie leise.

»Bitte?« Stanis sah sie entsetzt an.

»Nur die ersten drei Knöpfe. Ich will dein Schlüsselbein sehen.«

»Diese Impfstelle? Nun jut.« Stanis entblößte seinen Oberkörper. »Am ersten Tag hat es gejuckt, aber seitdem nicht mehr.«

»Wo war das?« Frederike trat zu ihm.

»Dort.«

Sie nickte, senkte den Kopf. »Du bist gesund.«

»Ei, na sicher. Und Sie?«

Frederike wandte sich ab. »Ich nicht.«

Für einen Moment schwiegen beide.

»Bleiben Se hier?«, fragte Stanis dann leise. »Bei Ihrem Mann?«

»Ich will nach Hause.« Frederike sah ihn an. »Nimmst du mich mit?«

»Erbarmung, natürlich. Lassen Se uns fahren, Baronin. Der Doktor zu Hause hat mir jesagt, er hätt ein Mittel, aber es wär von 'nem Juden.«

»Das hat er mir auch gesagt.«

»Und?«

»Ich werde es nehmen.«

»Jut. Was heißt schon Jude?« Stanislav räusperte sich. »Se sind Protestantin, ich bin katholisch, ist das schlimm?«

Frederike lachte leise. »Danke.«

Wieder wechselten sie sich bei der Fahrt ab. Diesmal hatten sie keinen schwerkranken Mann dabei, mussten nicht so viele Pausen machen. Sie fuhren bis Prag, übernachteten dort in einer kleinen Pension.

Am Morgen traf Frederike Stanis im Flur. »Wie hast du geschlafen?«, fragte sie ihn.

»Jut. So 'n feines Zimmerchen. Aber Se sehen müde aus.«

»Ich brauche Kaffee. Kannenweise«, sie versuchte zu lächeln, aber es gelang ihr nicht.

»Baronin, ich halt viel von Doktor Kolsowski«, sagte er leise. »Und spätestens morjen sind wir auf Sobotka. Er wird Se helfen.«

Sie nickte nur. »Unten gibt es Frühstück«, sagte sie dann.

»Wo sind denn die Jesindezimmer?«

Nun musste Frederike doch lachen. »Du bist ein Gast in dieser Pension, genau wie ich. Ich schlage vor, dass wir gemeinsam frühstücken.«

»Erbarmung … awwer das ziemt sich doch nich.«

»Als ob mir das jetzt noch etwas ausmachen würde.«

Nachdem Stanis sich überwunden hatte, aß er mit großem Appetit, während Frederike nur in ihrem Essen herumstocherte. In der Nacht hatte sie kaum geschlafen, ihre Gedanken drehten sich im Kreis. Sie hatte Angst und fühlte sich Ax gegenüber schuldig. Außerdem war sie sich sicher, dass ihre Erkrankung die Strafe für ihre Affäre mit Rudolph war.

»Möchten Se Ihr Essen nich?«, fragte Stanis und räusperte sich.

»Nein. Hier, bitte.« Sie schob ihm den Teller über den Tisch, trank noch eine Tasse Kaffee.

Er nahm den Teller, sah sie nachdenklich an. »Wir können es heute bis nach Hause schaffen, aber ich jlaube, das wäre zu anstrengend für Se, Baronin. Ei, Se sehn sehr müde aus.«

»Ich will aber nach Hause, Stanis.«

»Ei, dann fahren wir. Ich schaffe das schon.«

»Du hältst an, wenn es nicht mehr geht.«

»Ei, sicher.« Er leckte die Gabel ab, sah sie verlegen an. »Tut mir leid, hab nich so Manieren wie die Herrschaften.«

»Das macht gar nichts. Hast du noch Hunger?«

Stanislav überlegte, schüttelte dann den Kopf. »Wenner Bauch zu voll is, wird der Kopf müde. Und das können wir nich jebrauchen.«

»Dann lass uns aufbrechen.«

Sie holten ihre Sachen und fuhren weiter. Die Straßen hinter Prag waren gut, und schon bald schlief Frederike ein. Das Brummen des

Motors, das Schaukeln des Wagens wiegten sie in den Schlaf. Sie wachte einige Stunden später auf, als Stanis anhielt.

»Wo sind wir?«, fragte sie verwirrt.

»Ei, inner Nähe von Breslau.« Er stieg aus, öffnete die Motorhaube, Qualm stieg hoch. »So ein Dreckschiss!«, fluchte er.

»Was ist passiert?«

»Kühlwasser.« Stanis schaute sich um. Sie waren irgendwo im Nirgendwo. Um sie herum nur abgeerntete Felder. »Erbarmung, dort hinten is wohln Haus, da wird es wohl Wasser geben. Ich jeh mal hin.« Er stapfte los, ohne sich nach Frederike umzuschauen.

Sie setzte sich zurück in den Wagen, sehnte sich nach einem heißen Bad, einer Möglichkeit, sich die Zähne zu putzen oder sich wenigstens etwas Gutes zu tun. Seit fünf Tagen waren sie nun unterwegs, und die Zeit zog sich hin wie Sirup. Ohne es zu wollen, befingerte sie die Impfstelle unter ihrem Schlüsselbein. Sie war größer und dicker geworden.

»Ich werde sterben«, dachte Frederike und schloss die Augen. »Mein Leben ist vorbei.« Die Angst hielt sie umklammert. Sie sah die uralten Augen der vom Tode gezeichneten jungen Frau in Davos vor sich. Wird das ihre Zukunft sein? Sie dämmerte wieder weg, wurde wach, als Stanislav mit einem Kanister Wasser zurückkam und das Wasser in den Kühler füllte. Er schloss die Motorhaube, kam zu ihr und lehnte sich an das Automobil. Sein Gesicht war grau.

»Hast du Hunger?«, fragte Frederike.

Er nickte.

»Ich habe wohl den Großteil der Fahrt verschlafen. Ich habe mir in der Pension ein wenig Essen einpacken lassen. Buletten, gekochte Eier, belegte Brote.« Sie holte den Korb hervor. »Nimm und iss.«

»Danke.« Stanis griff ordentlich zu. Dann sah er auf und sie an. »Baronin, Se müssen auch essen. Hilft ja nüscht.« Er reichte ihr ein Brot. »Nun los.«

Frederike nickte, zwang sich zu essen. Zum Glück hatten sie etwas Bier und einige Flaschen Wasser dabei, so konnte Frederike die Bissen hinunterspülen. Sie war erstaunt, wie recht der Chauffeur hatte, nach der Mahlzeit ging es ihr besser. Aber Stanis ließ den Kopf hängen.

»Du bist müde, nicht wahr? Wie weit ist es noch?«

»Ei, zweihundert Kilometer, übern Daumen jeschätzt. Vier oder fünf Stunden, würd ich meinen.«

Frederike schaute auf ihre Uhr. Es war schon fünf Uhr nachmittags.

»Sollen wir uns eine Pension suchen?«, fragte sie.

»Ich broche nur ene Pause. Ene oder zwee Stunden.« Stanislav biss sich auf die Lippen. »Tut mir leid.«

»Ich kann fahren.« Frederike stand auf, streckte sich und lächelte. »Ich fahre. Und du schläfst. Was meinst du?«

Er sah sie zweifelnd an. »Wirklich?«

»Ich habe geschlafen. Nun würde ich gerne ein Bad nehmen, aber das kann ich ja auf Sobotka.« Sie lächelte ihn an. »Wenn du aber willst, nehmen wir uns Zimmer in Breslau.«

»Ei, ich hatte vorher ja noch nie in 'ner Pension jeschlafen. Toll war das. Aber jetzt möchte ich doch nach Hause.«

»Dann lass mich fahren.« Frederike trank noch einen Schluck Wasser, stieg dann in das Auto ein. »Muss ich irgendetwas beachten?«, fragte sie.

»Erbarmung, meine Schuld, dass wir das Kühlwasser nich kontrolliert ham. War halt zu wenig. Müsste jetzt aber stimmen.«

»Haben wir noch genug Sprit?«

»Ja, ja, hab ich och nachjefüllt. Sollte reichen.« Stanis setzte sich auf den Beifahrersitz, rückte hin und her. Frederike sah ihn an.

»Hey, ich bin doch auch schon vorher gefahren«, sagte sie leise. »Ich kann fahren.«

»Ei, weeß ich, ich hab es Se beigebracht.« Stanis grinste. »Se machen das schon.«

Frederike startete den Wagen, erst stotterte er ein wenig, aber dann schnurrte er wie ein Kätzchen. Schon bald schlief Stanis ein, wachte erst auf, als Frederike anhielt. Es war tiefste Nacht.

»Wo sind wir?«, fragte Stanis.

»Das weiß ich nicht genau. Hinter Gadki«, sagte Frederike. »Aber noch vor Lubon. Irgendwo hier müssen wir nach rechts abbiegen, und dann sollten wir da sein. Aber ich weiß nicht, wo.«

»Ich übernehme, Jnädigste«, sagte Stanis.

»Kannst du das?«

»Jleich«, sagte er und wurde rot. »Erbarmung, ich muss mal erst inne Büsche.«

»Das ist eine hervorragende Idee. Ich rechts, du links.« Frederike lachte und öffnete die Tür. Sie hatte in einem Wald haltgemacht, vor ihnen war eine Weggablung ohne Schilder.

»Ich habe noch Brote und etwas kalten Braten«, bot Frederike dem Chauffeur an, als sie sich wieder am Wagen trafen. »Und noch eine Flasche Bier.«

Wieder aß er hungrig, stopfte alles in sich hinein. Dann zwinkerte er ihr zu. »Ei, das darf ich keenem auf 'm Jut erzählen, unsere Abenteuerreise.«

»Wir müssen erst einmal nach Hause kommen.« Frederike seufzte.

»Erbarmung, das werden wir. Ich fahr wieder.« Er lachte, und Frederike wusste nicht, weshalb. Aber es war ihr auch egal. Die letzten Stunden, die sie konzentriert am Lenkrad verbracht hatte, hatten sie davon abgehalten, sich Gedanken über ihre Zukunft zu machen. Doch nun stürzte die Erkenntnis über die Endlichkeit ihres Lebens auf sie ein, ein Gedankenerdrutsch, der sie begrub.

»Ei, das hamse jut jemacht, Baronin«, lobte Stanislav und bog in eine Einfahrt ein. Vor einer halben Stunde hatte er wieder übernommen. »Wir sind zu Hause.«

»Was?« Sie schlug ihm leicht auf den Arm. »Das hätte ich auch noch geschafft.«

»Na, lassen Se mir den Triumph, die Jnädigste jefahren zu haben«, sagte er grinsend.

»Du hast dir eine Menge verdient, nicht nur diesen Triumph.«

Er fuhr die Einfahrt hoch, hielt vor dem Haupteingang.

Frederike sah ihn an. »Was machst du jetzt?«

»Ei, ich werd wohl erst inne Kiche jehn und dann auf meen Zimmer im Jesindetrakt annem Stall. Wat soll ich'n sonst machen?«

»Kannst du da ein Bad nehmen?«

Stanis schaute sie an, sah ihr in die Augen. »Erbarmung, Jnädigste, ich bin der Stallmeister und der Chauffeur. Aber ich bin keener von Se. Wir Leute baden am Samstag inne Zinkwanne mit'm Wasser ausse Kiche. Heute is aber Donnerstag.«

Frederike nickte. »Möchtest du heute ein Bad nehmen?«

»Was'n das für 'ne Fraje? Baden würde ich jeden Tag, wenn ich könnte.«

»Heute kannst du. Dafür sorge ich. Und auch dafür, dass du noch eine anständige Mahlzeit bekommst. Und dann …«, fügte sie leise hinzu, »werde ich zusehen, dass auch die Leute baden können, und nicht nur an Samstagen.«

»Ne, Jnädigste, das brauchen Se nich. Uns jeht es doch jut, so wie es uns jeht.« Stanis stieg aus, kam zur Beifahrerseite, öffnete ihr die Tür. »Hauptsache, Se werden wieder.«

»Ach Gottchen, ich würde dich knutschen. Aber es wäre nicht angebracht, und ich will dich auch nicht anstecken.«

»Baronin, der Doktor wird Se schon wieder hinkriejen. Bestimmt.«

Frederike nickte. Sie war froh, dass sie zu Hause waren. Umso mehr, weil sie spürte, dass ihre Regel einsetzte. Darüber war sie unendlich erleichtert, auch wenn sie sich immer schon Kinder gewünscht hatte. Aber nicht jetzt und nicht in dieser Situation.

Kapitel 23

»Was ist es?«, fragte Frederike Doktor Kolsowski am nächsten Morgen. »Dieser Impfstoff?«

»Wie genau wollen Sie es wissen?«

Sie saßen zusammen im Salon, Minna hatte Kaffee serviert.

»Ich will alles wissen. Meine Heilungschancen, aber auch, was schiefgehen kann. Beschönigen Sie nichts. Und erzählen Sie mir von dem Impfstoff.«

»Sie wollen alles wissen? Nun, es ist eine lange Geschichte.«

»Erzählen Sie mir die kurze Version.«

»Es war einmal«, begann der Arzt und zwinkerte ihr zu, »eine Riesenschildkröte in Berlin im Tiergarten. Sie starb – das ist dreißig Jahre her.«

»Sie erzählen mir ein Märchen?«

»Nein, ich erzähle Ihnen die kurze Version. Also hören Sie zu. Diese Schildkröte hatte Tuberkulose und starb daran. Kaltblütertuberkulose. Das ist die Form der Tuberkulose, an der auch Kühe und Pferde erkranken. Der Tuberkel – der Erreger – verändert sich, wenn er auf Warmblüter, wie wir Menschen es sind, trifft. Das ist die vereinfachte Erzählung, denn es ist kompliziert, es in kurzer Zeit zu erklären.«

»Diese Schildkröte hat was mit mir zu tun? Nur das interessiert mich.«

»Ein Forscher, ein Herr Friedmann, hat die Tuberkel aus der Lunge der Schildkröte genommen und sie quasi ›gezüchtet‹.«

»Man kann Erreger züchten wie Pferde?«

»Nicht ganz. Das tut man in Petrischalen und Reagenzgläsern. Sie bekommen kein Heu, sondern eine Nährlösung. Aber dann kann man sie ›züchten‹ und untersuchen. Sie teilen sich – das heißt, sie vermehren sich. Und man kann an ihnen Experimente durchführen.«

»Aha«, sagte Frederike.

»Friedmann hat das getan und festgestellt, dass sich diese Schildkrötenstämme von den menschlichen Stämmen unterscheiden.« Er sah sie an, trank von seinem Kaffee. »Können Sie mir folgen?«

»Bisher schon.«

»Sie kennen doch die Pockenimpfung?«

»Natürlich.«

»Bei der Pockenimpfung werden Pockenviren in den gesunden Körper eingebracht, und er bildet Antikörper. Das heißt, der Körper reagiert darauf und versucht den Virus zu töten, mit … wollen Sie das wissen?«

Frederike schüttelte den Kopf. »Ich will wissen, welche Chancen ich habe.«

»Nun, dieser Forscher, dieser Friedmann, hat herausgefunden, dass der Mensch, wenn er mit diesen Schildkrötentuberkeln infiziert wird, Antikörper gegen die menschlichen Tuberkel entwickelt – vereinfacht gesagt.«

»Man kann also dagegen impfen?«

Der Doktor nickte.

»Aber ich bin schon infiziert.«

»Auch dann wirkt der Impfstoff erstaunlich oft.«

»Jedoch nicht immer?«

»Eine Garantie gibt es nicht, nein.«

»Gibt es Nebenwirkungen?«

»Nein, der Impfstoff ist für den Menschen völlig harmlos.«

»Warum wird der Stoff nicht für alle freigegeben?«

»Für alle Dinge im Leben, habe ich erfahren, gibt es immer ein ›Aber‹. Auch hier. Der Impfstoff wurde aus der Schildkröte gewonnen und weiter entwickelt. Später starb eine zweite Riesenschildkröte in Berlin, wieder an Kaltblütertuberkulose. Auch aus ihr hat man die Tuberkelstämme gezogen und gezüchtet. Allerdings hatten beide Tiere auch Streptokokken – das sind andere Erreger. Bei manchen Menschen führen diese zu einer Infektion, die tödlich verlaufen kann.«

»Pest oder Cholera?« Frederike lachte bitter auf.

»Ich habe viel zu diesem Impfstoff gelesen und empfehle ihn. Gerade

Ihnen, Baronin. Sie sind jung, so weit gesund. Ich bin mir sicher, mit ein oder zwei Impfungen können wir die Tuberkulose bei Ihnen besiegen, vernichten. Endgültig.«

»Und dafür muss ich dann in einen Luftkurort?«

»Nein. Ich würde Ihnen jedoch Ruhe verordnen.«

»Wie lange?«

»Drei Wochen.«

»Nur?« Frederike konnte es nicht fassen.

»Danach würden wir weitersehen. Ich möchte sie gerne einmal röntgen, um den Zustand ihrer Lunge zu überprüfen. Und dann in drei Wochen wieder.«

Frederike stöhnte auf. »Muss das sein?«

»Ja, das gehört zur allgemeinen Anamnese – zur Erfassung des Status. Was ist daran verkehrt?«

Frederike stand auf, ging einmal durch den Raum, setzte sich wieder. »Meine Schwester Gerta hatte vor vier Jahren einen Infekt, was auch immer, aber danach entwickelte sie eine schwere Psoriasis. Sie war auf der Kurischen Nehrung, zur Heiltherapie in Karlsbad, aber nichts half. Dann ist sie mit Röntgenstrahlen behandelt worden. Das hat geholfen, die Psoriasis verschwand. Jedoch leidet sie seitdem an grauenvollen Schmerzen. Sie wird immer dünner, und es geht ihr zusehends schlechter. Sie wird jetzt heiraten.« Frederike schluckte. »Die Hochzeit ist in zwei Wochen.« Sie schaute Doktor Kolsowski an, er schüttelte den Kopf. »Sie ist meine Schwester«, flehte Frederike.

»Nein. Sie wollen gesund werden, Baronin? Dann müssen Sie hierbleiben und ruhen. Wirklich ruhen. Viel frische Luft, aber keinerlei Aufregung und Anstrengung.« Er runzelte nachdenklich die Stirn. »Hmm. Sie werden hier keine Ruhe haben, nicht wahr?«, sagte er dann. »Haben Sie Familie, die Sie besuchen könnten?«

»Ja, meine Familie auf Fennhusen.« Frederike biss sich auf die Lippen. »Ich könnte dorthin fahren.« Schnell senkte sie den Kopf, als sie spürte, dass ihre Wangen sich färbten.

»Aber da ist auch die Hochzeit Ihrer Schwester?«, er lachte leise.

»Ja, aber ich bin mir sicher, dass es nicht aufregend werden wird. Seit einiger Zeit gehört sie der Lebensreform an, und ihr Mann auch.«

»Lebensreform?«

»Ja, ihr Motto ist ›Freudigkeit im Herzen‹.« Frederike räusperte sich. »Sie stehen morgens in aller Frühe auf, um Tau zu treten, essen kein Fleisch und trinken keinen Alkohol. Meine Schwester nimmt jeden Tag eine Brennnesseltinktur zu sich, macht Ausdruckstanz im Wald, trägt nur Leinenkleider.«

»Geht es ihr denn dadurch besser?«

»Das weiß ich nicht.«

»Aber die Hochzeit richten Ihre Eltern aus?«

»Ja, aber meine Schwester möchte kein großes Fest. Eigentlich wollte sie ihrem Zukünftigen im Wald einen Eid leisten, statt offiziell zu heiraten, aber meine Mutter lässt dies nicht zu.«

»Um auf das eigentliche Thema zurückzukommen, in den letzten Jahren wurden viele Krankheiten mit Strahlen behandelt. Man hielt die Röntgenstrahlen für die Lösung vieler medizinischer Probleme, bis bekanntwurde, dass die Strahlen auch schädliche Wirkungen haben können. Vor allem dann, wenn sie nicht genau dosiert sind.« Doktor Kolsowski schaute Frederike an. »Heute ist man weiter. Man weiß, dass diese Strahlen zwar bestimmte krankhaft veränderte Zellen zerstören können, aber eben auch gesunde Zellen vernichten. Ich fürchte, das ist Ihrer Schwester passiert. Diese Strahlen können Organe schwer schädigen – Milz, Leber und Lunge. Auch das Herz kann davon betroffen sein.«

»Geht diese Schädigung wieder weg?«

Er schüttelte den Kopf. »Nein, die Organe haben quasi schwere Verbrennungen erlitten.«

Frederike schlug die Hand vor den Mund. »Das bedeutet?«

»Dass Ihre Schwester vermutlich an den Folgen sterben wird. Es ist eine Krux – man hat herausgefunden, dass diese Strahlen zum Beispiel Krebszellen vernichten können, aber falsch angewandt, können sie auch Krebs auslösen.«

»Gerta wird also daran sterben?«

»Nicht zwingend. Wenn sie in guter ärztlicher Betreuung ist, kann man sicherlich noch viel machen, und es gibt jedes Jahr neue Erkenntnisse, wir machen so viele Fortschritte, was die Heilung von Krankheiten angeht.«

»Womit wir wieder bei mir sind.«

»In Posen gibt es einen sehr guten Radiologen, mit dem ich zusammenarbeite. Ich möchte, dass Sie morgen dorthin fahren und Ihre Lunge röntgen lassen. Dann würde ich Sie mit den Friedmann'schen Schildkrötentuberkeln impfen. Überlegen Sie sich, ob Sie auf Fennhusen zur Ruhe kommen. Es ist wirklich wichtig, dass Sie ein paar Wochen nichts tun, wirklich gar nichts. Ihr Verwalter hier führt das Gut wunderbar, er wird es auch ohne Sie schaffen.«

»Sie glauben gar nicht, wie schwer das ist, loszulassen.«

»Doch, das glaube ich Ihnen und weiß es auch selbst. Aber denken Sie über die Alternative nach … wer kümmert sich, wenn Sie nicht mehr sein sollten?«

Frederike seufzte. »Und Sie sind wirklich von dem Impfstoff überzeugt?«

»Ja, das bin ich. Ich habe Ihnen einige wissenschaftliche Berichte darüber mitgebracht, falls Sie daran Interesse haben.«

»Meine Schwester hat auch an den Segen der Röntgenstrahlungen geglaubt.«

»Es ist Ihre Entscheidung. Dennoch sollten Sie morgen nach Posen fahren und sich röntgen lassen. Ich lege meine Hand dafür ins Feuer, dass der Radiologe gut ist. Anhand der Aufnahmen können wir sehen, wie weit die Erkrankung fortgeschritten ist.«

»Hätte man bei meinem Mann erkennen können, ob er noch ansteckend ist?«, fragte Frederike leise.

»Ja.«

»Wie?«

»Durch einen Rachenabstrich und eine Probe des Sputums. Dann muss man eine Kultur anlegen und kann sehen, ob es noch lebende Tuberkel gibt und in welchem Stadium sie sich befinden.«

»Mein Mann hat das nicht machen lassen«, sagte Frederike nachdenklich. »Aber der Professor in Davos kennt diese Methoden?«

Der Blick, den der Doktor ihr schenkte, war voller Mitleid.

»Ja, natürlich kennt er sie.«

Frederike seufzte. »Wissen Sie, ich hätte mir gewünscht, dass mein Mann verantwortungsvoller mit seiner Krankheit umgegangen wäre.«

»Manche Menschen wünschen sich nicht mehr, als wieder gesund zu sein«, sagte der Doktor leise. »Sie wollen nur das – und das ist auch verständlich. Tritt eine zeitweilige Besserung ein, gehen sie von einer Heilung aus und verdrängen alles andere.«

»Wenn ich jetzt sterben sollte, dann hat er mich umgebracht«, sagte Frederike bitter.

»Sie werden nicht sterben, das verspreche ich Ihnen. Jedenfalls nicht jetzt und nicht an Tuberkulose. Lesen Sie die Artikel.« Er stand auf. »Sehen wir uns morgen?«

»Ich fahre nach Posen und lasse mich röntgen. Und danach dürfen Sie mich impfen. Sollte das nicht helfen, kann ich mich ja immer noch meiner Schwester und ihrer Lebensreform anschließen.«

»Ihren Humor haben Sie nicht verloren. Sehen Sie zu, dass es dabei bleibt.« Er reichte ihr die Hand und ging.

Kapitel 24

Fennhusen, Oktober 1932

Frederike hatte sich röntgen und anschließend impfen lassen, dann hatte sie die Gutsgeschäfte ihrem Verwalter übertragen und war nach Fennhusen gereist. Ihre Mutter nahm sie besorgt in Empfang.

»Steckst du uns jetzt alle an?«, fragte Stefanie.

»Noch habe ich keine offene Tuberkulose, Mutter. Ich habe mich infiziert und bin behandelt worden. Wenn du mich nicht hierhaben willst, dann fahre ich wieder.«

»Unfug!« Tante Edeltraut schritt sofort ein. »Das Kind bleibt hier. Was hat dein Arzt gesagt?«

»Ich soll … mich schonen. Und auf Sobotka werde ich nicht dazu kommen.«

»Dann ist es gut, dass du hier bist«, meinte Martha, die beste Freundin von Tante Edeltraut, die schon so lange auf dem Gut lebte, dass sie zur Familie zu gehören schien. »Wir werden dich ein wenig hätscheln und tätscheln, Kind.«

»Solange sie den Haushalt nicht aufhält«, sagte Frederikes Mutter und seufzte ergeben. »Wo bringen wir sie unter?«

»Steff, du wirst ihr doch ihr Zimmer geben, nicht wahr«, sagte Tante Edeltraut.

»Sie ist krank, und ich möchte nicht, dass sie auf unserer Etage schläft, direkt neben den Kinderzimmern.«

»Ich nehme eines der Mansardenzimmer, Mutter«, sagte Frederike leise. »Das ist kein Problem.«

»Dort oben ist kein Bad«, gab Tante Edeltraut zu bedenken. »Nur die Abstellkammer mit dem alten Torfklo.«

»Liebste Tante Edel, ich sieche ja nicht dahin, bin auch nicht körperlich eingeschränkt. Ich soll mich nur schonen. Das Mansardenzimmer ist völlig in Ordnung.«

»Mamsell!«, rief Tante Edeltraut, »Mamsell! Kommen Sie! Jemand soll schnell das Mansardenzimmer für unsere Freddy herrichten.«

Stefanie warf ihrer Tochter einen langen Blick zu. »Musste das sein?«, zischte sie. »Gerade jetzt, wo Gertas Hochzeit ansteht?«

»Ich wollte dabei sein, Mutter.«

»Nun gut. Was ist mit Ax?«

»Er stirbt.« Frederike wandte sich ab. Darüber wollte sie nicht mit ihrer Mutter reden.

»Wirklich?«, sagte Tante Edeltraut entsetzt, die dem Schlagabtausch gelauscht hatte. »Steht das fest?«

»Edel«, meinte nun Martha, »natürlich steht das fest. Jeder von uns stirbt irgendwann. Das ist nicht zu ändern.«

»Aber … aber …« Edeltraut warf ihrer Freundin einen erbosten Blick zu. »Natürlich stirbt jeder irgendwann. Doch Ax ist noch keine vierzig. Steht es so schlecht um ihn?«

»Ich weiß es nicht«, gab Frederike zu. »Es kann sein, dass er sich wieder erholt. Ich habe ihm diesen Impfstoff, den auch ich und ein paar andere auf meinem Gut bekommen haben, nahegelegt, doch er und sein Professor halten nichts davon.«

»Es gibt einen Impfstoff? Das wusste ich gar nicht«, sagte Martha. »Aber nun stehen wir hier in der Diele, und du sollst dich ausruhen. Komm in den Salon und leg dich auf das Sofa. Inge, bring etwas zu trinken und Decken. Los!«

»Ich friere gar nicht«, sagte Frederike und lächelte. »Mir geht es ganz gut. Aber die Reise war lang.«

»Dann ruh dich aus«, sagte Steff. »Wir haben hier genug zu tun, um die Hochzeit vorzubereiten. Du kommst zu keinem günstigen Zeitpunkt.«

»Ihr hattet mich eingeladen.«

»Aber nicht als Rekonvaleszentin. Ich dachte, du kommst und hilfst.«

»Sie kann ja nichts dafür«, meinte Tante Edeltraut und legte Frederike die Hand auf die Schulter. »Gerta ist auch krank, und du gehst nicht so mit ihr um, Steff.«

»Gerta hat keine ansteckende Krankheit, bei ihr sind es die Nerven, davon bin ich überzeugt.«

Frederike hatte keine Lust auf weitere Diskussionen und ließ sich in den Salon führen. Schon bald kam die Köchin Schneider zu ihr.

»Erbarmung, Kindchen, was machst du denn hier? Hab jehört, dass de bist krank?«

»Wird schon wieder, liebe Schneider.«

»Ei, ich mach Hähnchen fir dich, ja? Und Rippchen. Das majste doch, Marjellchen?«

»Ich mag alles, was Sie kochen.«

»Jut. Wir werden dich schon aufpäppeln, Marjellchen, da sei man fir.«

Und so lebte sich Frederike langsam wieder in das elterliche Gut ein. Die ersten Tage war es schwer, nichts zu tun. Sie saß viel auf der Veranda, in dicke Decken gehüllt, denn der Herbst war eingezogen und an manchen Morgen lag schon der Duft von Schnee in der Luft, die ersten Vorboten des Winters. Die Schwalben und die Störche hatten das Gut verlassen, nur noch wenige Wildgänse lasen die Reste auf den Feldern auf, bevor auch sie sich auf die Reise in den Süden machten.

Hier waren sie noch weiter im Osten als auf Sobotka, und das merkte Frederike deutlich. Auf ihrem Gut waren die Schnitter gerade bei der Arbeit, ernteten die letzten Felder ab, aber auf Fennhusen wurde alles schon für den Winter vorbereitet. Noch einmal wurde der Dung ausgefahren und auf die Felder gebracht. Die Frühbeete wurden mit dicken Lagen aus Stroh geschützt, die Keller und Vorratskammern füllten sich. Kartoffeln und Wurzelgemüse wurde eingelagert, Obst und Pilze waren getrocknet worden und wurden nun verstaut. In der nächsten Woche würde geschlachtet werden, gerade rechtzeitig zu Gertas Hochzeit.

Gerta hatte Frederike mit weit geöffneten Armen empfangen.

»Ich freu mich, dass du hier bist«, sagte sie.

»Wie geht es dir?«, fragte Frederike.

Gerta war dünn und blass, hatte tiefe Ringe unter den Augen. Ihre Haare waren strähnig. Überhaupt sah sie schlecht aus.

»Mir geht es gut«, antwortete sie und lachte. »Sehr gut. Bald schon wird es mir noch viel bessergehen. Anton und ich werden ein perfektes Leben führen, weit weg von der ganzen krankmachenden Zivilisation. Wir haben ein Häuschen an der Ostsee gekauft, werden dort leben.«

»Wovon?«

»Wir werden unser eigenes Gemüse anbauen und ganz im Einklang mit der Natur sein«, sagte Gerta schwärmerisch. »Dann werden auch meine Schmerzen verschwinden.«

»Du hast noch Schmerzen?«

»Ja«, gab Gerta zu. »Aber ich glaube, sie werden weggehen, sobald wir all die Lasten hier hinter uns lassen.«

»Ihr wollt euch selbst ernähren?«, fragte Frederike ungläubig.

»Mit all dem, was uns die Natur gibt. Wir essen kein Fleisch, wir leben ganz natürlich. Das solltest du auch«, sagte Gerta.

»Und wie … ich meine, wie finanziert ihr euch?«

»Das Haus und das Land haben wir gekauft – ich hatte noch ein kleines Erbe von meinem Vater, nicht viel. Und Anton hat auch ein kleines Erbe von seinem Großvater. Außerdem hat uns Onkel Erik einen Zuschuss gegeben.«

»Schön, aber was werdet ihr machen … ich meine, womit werdet ihr Geld verdienen?«

»Wir brauchen kein Geld«, sagte Gerta und klang verklärt. »Wir werden von dem leben, was wir anbauen. Das Grundstück ist groß, vielleicht kommen noch ein oder zwei Mitstreiter hinzu, und dann bewirtschaften wir es gemeinsam.«

»Eine Art Kolchose?«

Gerta lachte. »Nicht ganz. Unsere Ideologie ist nicht politisch, sondern freidenkend.«

»Grundgütiger, Gerta«, seufzte Frederike. »Aber wenn dich das glücklich macht …«

»Du solltest dich damit befassen. Ganz sicher hätte dich dieser Keim nicht infiziert, wenn dein Körper gesund gewesen wäre. Du lebst die Marktwirtschaft, arbeitest dich ab, beutest Land und Leute aus ...«

»Liebchen, ich bin krank geworden, weil mein Mann mich angesteckt hat«, sagte Frederike nüchtern. »Das ist so, als wenn man sich mit jemandem ins Bett legt, der Flöhe hat. Am nächsten Morgen hast du sie auch, egal, wie du dich ernährst oder lebst.«

»Flöhe sind auch Lebewesen und gehören zu unserem Lebenszyklus dazu.«

»Das mag sein. Tuberkulose nicht. Und darüber diskutiere ich gar nicht. Wenn du etwas gefunden hast, was dich glücklich macht, dann lebe dieses Leben. Du hast nur eines. Ich wünsche dir alles Gute für die Zukunft.«

»Das ist so lieb von dir«, sagte Gerta sanft. »Und du kannst uns gerne besuchen, auch einmal eine Weile bei uns wohnen, wenn du möchtest.«

»Danke.« Frederike wusste, sie würde dieses Angebot nie annehmen.

Eine Woche später kam auch Gertas Verlobter nach Fennhusen. Er trug weite Leinenkleidung, hatte sehr spezielle Wünsche an die Küche. Schneider nahm es mit Humor.

»Ei, bei mir is noch nie nimmer nich einer verhunjert. Und och den Fratzke werden wir durchfittern«, sagte sie und grinste.

»Es steht schlecht«, meinte Onkel Erik und zog an seiner Zigarre. »Oder was meinen Sie?«

Sie saßen am Abend vor der Hochzeit im Salon. Zwei Wochen war Frederike nun auf Fennhusen. Sie lag auf dem Sofa, lauschte den Gesprächen.

»Wie meinen?«, fragte Anton zu Hansmann, Gertas Verlobter.

»Nun, von Papen hat kaum mehr eine Chance, oder? Er hat das Misstrauensvotum verloren. Es wird wohl Neuwahlen geben. Und dann?«

»Die NSDAP hat Stimmen verloren, Onkel Erik«, sagte Frederike.

»Aber nicht genug. Sie sind immer noch die stärkste Partei.«

»Das ist doch keine Partei.« Frederike setzte sich auf. »Das ist ein Unding.«

»Das siehst du so und ich auch, aber es gibt ganz viele Menschen, die das anders sehen. Und die froh sind, dass die SS und die SA wieder zugelassen wurden.«

»Der nächste Kanzler wird sie hoffentlich wieder verbieten, das sind Schlägertruppen, und sie zersetzen das Reich von unten. Noch dazu dieser Judenhass, der völlig überzogen ist«, schnaubte Frederike.

»Und was, wenn der nächste Kanzler Hitler ist?«, fragte Onkel Erik.

»Das wird Hindenburg nicht zulassen. Niemals.«

»Hindenburg ist fünfundachtzig geworden in der letzten Woche«, sagte nun Hansmann. Frederike sah ihn erstaunt an, bisher hatte er sich nicht großartig geäußert. »Er wird irgendwann von uns gehen. Hitler wartet nur darauf.«

»Und was halten Sie davon?«, wollte Onkel Erik wissen.

»Das wäre unser Untergang. Hitler ist ein Dämon und vom Teufel besessen. Er hat eine ganz schlechte Aura.«

Auch wenn Frederike die Aussage als solche unterstützte, verdrehte sie die Augen. Ihre Schwester und ihr zukünftiger Schwager waren seltsam weltfremd.

Onkel Erik stand auf. »Möchten Sie etwas trinken?«, fragte er Hansmann.

»Nur Wasser oder Tee.«

Onkel Erik reichte ihm ein Glas Wasser, mixte Frederike einen Gin-Fizz, er fragte sie gar nicht mehr.

»Wo bleiben Mutter und Gerta?«

»Sie haben wohl noch viel zu tun. Morgen ist schließlich der große Tag, und wir erwarten einige Gäste.«

»Wir wollten keine große Hochzeit«, sagte Hansmann. »Uns hätte eine intime Zeremonie im Wald genügt.«

»Da Sie ein Mitglied meiner Familie ehelichen, müssen Sie das jetzt wohl über sich ergehen lassen.« Onkel Erik schmunzelte. »Aber es ist ja nur ein Tag.«

Hansmann nickte und stand auf. »Entschuldigen Sie mich. Ich werde noch eine Runde um den See gehen. Das reinigt die Lungen und die Gedanken.«

Frederike sah ihm hinterher. »Was Gerta wohl an ihm findet?«

»Wo die Liebe hinfällt. Gerta hat sich durch ihre Krankheit sehr verändert«, sagte er nachdenklich. »Und zu Hansmann hat mit seinen Lebensreformgedanken einen Nerv bei ihr getroffen.«

»Hast du gehört, wie sie leben wollen?«, fragte Frederike. Die Tür öffnete sich, und Stefanie kam herein.

»Sprecht ihr über ›Fröhlichkeit im Herzen‹?«, fragte sie abfällig. »Ich glaube, ich habe noch nie so etwas Bescheuertes gehört.« Sie ging zur Anrichte, schenkte sich einen großzügigen Drink ein. »Schneider ist völlig aufgebracht.«

»Warum?«

»Gerta möchte morgen kein Fleisch. Und auch kein Geflügel. Und die Brühe muss aus Gemüse gezogen sein, kein Fleischfond.« Stefanie verdrehte die Augen. »Am liebsten hätte Gerta, dass wir Brennnesselsalat und Giersch servieren, aber zum Glück ist dies nicht die Jahreszeit dafür.«

»Wie viel Gäste kommen denn?«, fragte Frederike.

»Etwa zwanzig.«

»Kannst du nicht für sie und ihren Mann einen Extratisch machen – vor Kopf? Und dann zwei Tischreihen rechts und links. Dann können sie ihr Gemüse essen und wir alle etwas Anständiges.«

»Das ist eine wunderbare Idee«, sagte Stefanie. »Warum bin ich nicht darauf gekommen? Dann kann Schneider doch die Rehrücken servieren.«

»Schneiders Rehrücken«, schwärmte Onkel Erik. »Allein dafür lohnt es sich, diese Hochzeit auszurichten.«

Stefanie klingelte nach der Mamsell.

Zusammen mit der Mamsell kamen auch Tante Edeltraut und Tante Martha in den kleinen Salon.

»Ich brauche einen Likör«, stöhnte Tante Edeltraut. »Die Hochzeit deiner Tochter wird zu einer Zumutung, Steff.«

»Was ist denn jetzt schon wieder?«, fragte Stefanie.

»Gerta liegt oben in ihrem Zimmer und heult. Sie will alles absagen.«

»Hat sie begriffen, wie idiotisch dieser Mann ist?«, konnte sich Stefanie nicht verkneifen.

Martha sah sie tadelnd an. »Er liebt sie, so wie sie ist. Mit ihren Schwächen, Schmerzen und ihrer Krankheit.«

Stefanie winkte ab. »Ja, ja. Wir können froh sein, dass sie überhaupt jemand genommen hat.«

Frederike stand auf. »Ich schau mal nach ihr.«

Sie ging nach oben, klopfte an die Tür zu Gertas Zimmer.

»Ich will niemanden sehen«, rief ihre Schwester und schluchzte auf.

»Auch mich nicht?« Frederike öffnete die Tür. »Was ist los?«

»Alles ist so schre-he-hecklich! Ich will nicht heiraten.«

»Dann sag die Hochzeit ab.« Frederike setzte sich zu ihr aufs Bett und streichelte vorsichtig den Rücken ihrer Schwester.

»Aber ich will Anton doch heiraten. Ich liebe ihn.«

»Was ist es dann? Hast du … Angst?«

»Angst?« Gerta hob ihr verquollenes Gesicht. »Wovor?«

»Na, vor … der Ehe und so. Du weißt schon.« Frederike wurde rot.

Gerta putzte sich die Nase. »Du meinst die ehelichen Pflichten?«

Frederike nickte.

Gerta kicherte leise. »Liebste Freddy, Anton und ich wohnen schon seit einigen Monaten heimlich zusammen.«

»Ach?« Das hätte Frederike ihrer kleinen Schwester nicht zugetraut. »Müsst ihr heiraten?«

»Nein«, sagte Gerta traurig. »Ich weiß nicht, ob ich überhaupt Kinder bekommen kann. Die Röntgenstrahlen haben so viel zerstört …«

Frederike drückte ihre Schwester. »Vielleicht wird das wieder«, versuchte sie zu trösten. »Was bringt dich denn dann so auf?«

»Mutter und ihre Vorstellungen. Sie möchte eigentlich so eine Hochzeit, wie du sie hattest. Eine große Gesellschaft. Sie will das aber nicht für mich, sondern für sich. Und ich will das nicht.«

»Sie sagte, wir hätten nur zwanzig Gäste. Das ist nicht viel.«

»Aber es sind lauter Leute, die ich kaum kenne und die ich gar nicht dabeihaben will. Diese Leute sind für Mutter wichtig, aber nicht für mich. Die von Larum-Stils – das sind ihre Freunde. Thea ist deine Freundin, aber nicht meine. Warum wird sie eingeladen?«

»Thea kommt?« Frederike sprang fast auf. »Wirklich?«

»Das steht noch nicht fest. Aber eingeladen ist sie. Mit ihrem Mann, den ich noch nie gesehen habe. Und einen Bruder bringen sie auch noch mit. Und dann kommen die von Hermannsdorfs, die zu Himmelhausens und die von Olechnewitz.«

»Hast du niemanden eingeladen, Süße? Freunde von dir?«

»Doch. Zwei Freundinnen von mir sind gestern angekommen. Sie wohnen in der Pension im Dorf. Sie wollten nicht auf das Gut kommen, sie halten nichts vom Adel. Und ein Freund von Anton wird heute noch erwartet.«

»Was ist mit seiner Familie?«

Gerta schüttelte den Kopf. »Sie hat sich von ihm losgesagt, seit er der Lebensreform folgt.«

»Macht es ihm nichts aus?«

»Nein, wir beide glauben fest daran, dass wir durch eine veränderte Lebensweise zum einen gesünder leben, zum anderen auch etwas für die Welt tun.«

»Liebchen, morgen ist eigentlich dein großer Tag. Aber ihr werdet nicht im Wald heiraten, sondern in der Kirche. Es wird eine eher kleine Gesellschaft geben, aber einige eurer Freunde sind da. Genieß einfach den Tag, sieh über die Dinge hinweg, die Mutter organisiert hat. Sie meint es nicht böse. Der Tag wird so schnell vorbeigehen. Und nächstes Jahr im Frühjahr könnt ihr euch im Wald ein Gelübde schwören – nur ihr. Oder vielleicht nur mit euren Freunden. Das wird dann ›deine‹ Hochzeit.«

»Das haben wir schon geplant – zur Wintersonnenwende. Das ist ein sehr kraftvoller Tag.«

Frederike bemühte sich, nicht zu lachen und ihrer Schwester nicht zu zeigen, was sie von diesen Ideen hielt.

»Meinst du denn nicht, dass du das morgen überstehen kannst?«

»Doch. Du hast recht. Ich werde stark sein.«

»Du solltest es auch ein wenig genießen.«

»Ich werde es versuchen. Bitte Schneider um Eis für mein Gesicht.« Gerta lächelte schief. »Ich möchte morgen wenigstens einigermaßen aussehen.«

»Natürlich. Du wirst eine traumhaft schöne Braut sein«, sagte Frederike.

Die Nacht war kurz, und am nächsten Morgen fuhren schon früh die Wagen der Besucher vor. Inzwischen kamen fast alle mit dem Automobil. Nur die nächsten Nachbarn, die von Olechnewitz und die zu Himmelhausens nahmen den Landauer.

Frederike stand am Fenster ihres Mansardenzimmers und sah dem Geschehen mit gemischten Gefühlen zu. Sollte sie sagen, dass sie Tuberkulose hatte? Aber hatte sie die Krankheit wirklich noch? In ihrem Sputum und im Rachenabstrich waren vor gut drei Wochen keine aktiven Tuberkel gefunden worden. Dennoch war der Hauttest eindeutig gewesen. Inzwischen hatte sie die Impfung mit den Kaltblütertuberkeln nach Professor Friedmann erhalten. Glaubte man Doktor Kolsowski, würden sich nun die menschlichen Tuberkeln nicht mehr weiterentwickeln, und sie würde nie an einer offenen Tuberkulose erkranken. Sie hoffte, er hätte recht, aber auch Ax war so viel versprochen worden im Laufe der Jahre, und er hatte diverse Kuren, Spritzen und Diäten über sich ergehen lassen – ohne wirklichen Erfolg.

Sie hasste ihn dafür, dass er sich nicht noch einmal hatte testen lassen und ohne diesen Test nach Sobotka heimgekehrt war. Sie fand sein Verhalten fahrlässig und sehr egoistisch, aber war sie das nicht auch, wenn sie heute an der Hochzeitsgesellschaft teilnahm? Theoretisch könnte sie inzwischen auch ansteckend sein, ohne es zu wissen. Sollte sie nicht lieber den Tag auf dem Zimmer verbringen? Frederike setzte sich auf das Bett, jetzt wollte sie gar nicht mehr sehen, wer noch alles kam.

»Klopf, klopf!«, rief jemand an der Tür. »Darf ich hereinkommen?« Es war Thea. Sie wartete nicht auf die Antwort, sondern öffnete die Tür, trat ein. »Was machst du hier oben?«

»Thea!« Frederike sprang freudig auf, wich dann zurück. »Vielleicht bin ich krank«, sagte sie dann zögernd.

»Schwindsucht. Ja, das habe ich gehört. Nun komm.« Sie ging auf Frederike zu, umarmte sie. »Ich weiß nicht, wie viele Leute in Berlin Schwindsucht haben. Ich bin mindestens einem täglich begegnet und habe mich wohl noch nicht angesteckt. Du bist doch geimpft worden? Mit diesem Schildkrötenzeugs?«

»Woher weißt du das?«

»Deine Mutter, deine Tante Edel und meine Mutter führen eine sehr intensive Korrespondenz, bei der die eine nicht wissen soll, was die andere schreibt, sich aber alle aufeinander beziehen. Und ich bekomme dann die Quintessenz. Ich weiß alles, meist doppelt und nichts wirklich. Deine Schwester heiratet einen Sozi?« Thea zog Frederike auf das Bett, hielt ihre Hände. »Der ein wenig seltsam ist?«

»Ein wenig?« Frederike lachte auf. »Sagt dir die Lebensreform was?«

»Nackt durch die Wiesen hüpfen, sich fleischlos ernähren und Bäume umarmen?«

»Das fasst die Einstellung der beiden ziemlich gut zusammen.« Frederike räusperte sich. »Hast du keine Angst vor mir?«, wollte sie dann leise wissen.

Thea sah sie an. »Du siehst nicht krank aus. Das heißt natürlich nichts. Aber du hast dich impfen lassen und achtest auf dich. Wärst du mit einer offenen Tuberkulose nach Fennhusen zu der Hochzeit deiner Schwester gekommen? Sollte ich dich so schlecht kennen?«

»Ich weiß nicht, woran man merkt, dass die Krankheit ausbricht. Die Keime trage ich in mir.«

»Woran bemerkt man Schwindsucht.« Thea verdrehte die Augen. »Schwitzt du nachts? Hustest du? Gibt es blutigen Auswurf? Hast du Fieber?«

Frederike schüttelte den Kopf.

»Na siehst du. Hellsehen kann keiner von uns. Jeder um uns herum könnte die Keime in sich tragen. Sollen wir nun alle mit einem Mundschutz umherlaufen?«

»Danke, Thea.« Frederike holte tief Luft. »Deine Worte bedeuten mir viel.«

»Wie geht es Ax?«

»Schlecht. Wenn es ihm ein bisschen bessergeht, wird er operiert. Der Professor verspricht sich viel davon.«

»Und du?«

Frederike schüttelte den Kopf. »Ich weiß es nicht. Wirklich nicht.«

»Aber jetzt ist er wieder in Davos, vermisst du ihn nicht schrecklich?«

»Das meinst du nicht ernst?«

»Aber natürlich. Wäre Skepti weg, würde ich eingehen.«

»Skepti? Ach ja, so nennt die Familie deinen Mann. Ist er wirklich so ein Skeptiker?«

»Manchmal. Ich kann damit leben. Aber ohne ihn möchte ich nicht mehr leben.«

Frederike senkte den Kopf. »So sollte es sein. Bei mir und Ax ist es nicht so.«

»Hat er etwa eine andere?«, fragte Thea empört.

»Das wäre mir egal. Weißt du, für ihn stehen seine Wünsche und Vorstellungen an erster Stelle. Ich bin dafür da, ihm seine Wünsche zu erfüllen – das Haus zu führen und ihm Kinder zu gebären. Dieser Wunsch hat sich nicht erfüllt.« Frederike schluckte. Sie konnte keinem, noch nicht einmal Thea, erzählen, wie froh sie gewesen war, nicht schwanger zu sein. »Es gibt sicherlich noch Therapien für ihn, und vielleicht verbessert sich sein Zustand auch wieder – aber ich werde nie wieder mit ihm zusammenleben. Er war … unehrlich zu mir. Und selbstsüchtig.«

»Das klingt furchtbar«, flüsterte Thea und nahm sie in den Arm. »Das wusste ich so nicht.«

»Nun, es ist nicht zu ändern. Jetzt erzähl mir von dir. Wie geht es dir? Wie war die Taufe? Es tut mir leid, dass ich nicht da sein konnte. Was macht Klein Harry? Wo ist er?«

Thea lachte auf. »Ich habe die letzten Briefe nach Sobotka geschickt, weil ich nicht wusste, dass du hier bist – also: Harry ist noch nicht getauft, ich möchte, dass du seine Patin wirst. Deshalb verschieben wir die Taufe.«

»Was sagt dein Mann dazu?«

»Er ist nicht begeistert, aber ich habe ihn nicht gefragt, sondern ihm meine Entscheidung mitgeteilt. Anders kommt man bei ihm meist nicht weiter.« Thea zwinkerte ihrer Freundin zu. »Ansonsten geht es mir gut, nur dass ich nach der Schwangerschaft nicht mehr in meine alten Kleider passe. Andererseits gibt mir das die Möglichkeit, neue Kleidung zu kaufen.« Sie lachte. »Es muss ja etwas geben, wofür sich Mutterschaft lohnt.«

»Du siehst so schlank aus wie immer.«

»Meine Taille nicht. Und der Bauch schon gar nicht, Freddy. Es ist ein Kreuz, das wir Frauen tragen müssen. Nur gut, dass sich die Mode verändert hat.«

»Und Harry?«

»Wir haben den Kleinen bei der Säuglingsschwester in Großwiesental gelassen. Was sollten wir ihn auch mitnehmen? Meine Schwiegermutter wollte, dass ich ihn stille, aber ich bin doch nicht verrückt und auch weder Ziege noch Kuh.«

»Verstehst du dich mit der Familie?«

»Ja, sie sind nett. Vor allem Gebhard, Werners Bruder. Er ist ein bisschen zurückhaltend, deshalb haben wir ihn auch heute mitgebracht. Deine Mutter hatte nichts dagegen.«

»Meine Mutter ist froh, über jeden Gast. Gerta aber nicht«, seufzte Frederike. »Lass uns nach unten gehen.«

»Von Papen hat das erreicht, was Brüning immer erreichen wollte«, sagte Gebhard zu Mansfeld.

»Aber er wird nicht die Lorbeeren dafür ernten«, meinte Onkel Erik. »Dazu wird es nicht kommen. Seine Tage als Reichskanzler sind gezählt.«

»Ich fürchte das auch. Und ich fürchte, er unterstützt diesen unsäglichen Österreicher, der uns sicher noch viel Ärger machen wird.«

»Kommen Sie, gehen wir rein«, sagte Onkel Erik.

Gerta hatte bezaubernd in ihrem Kleid ausgesehen, auch wenn Stefanie missbilligend den Kopf geschüttelt hatte. Das Kleid aus eierschalenfarbener Seide mit langen Spitzenärmeln ähnelte einer Tunika. Statt eines

Schleiers hatte Gerta einen Kranz aus bunten Strohblumen auf dem Kopf getragen. Ihre Haare fielen lang und fließend offen über den Rücken.

Anton zu Hansmann trug einen hellen Anzug aus Leinen, der weit geschnitten war. Sie gaben sich zwar in der Kirche das Jawort, wollten aber nicht den christlichen Schwur sprechen, sondern gelobten sich gegenseitig die Treue.

Nach der Trauung ging es zurück nach Fennhusen, wo schon Esszimmer und großer Salon vorbereitet worden waren. Die Schiebetüren zwischen den beiden Räumen waren geöffnet. Vor Kopf stand ein Tisch, der für zwei Personen eingedeckt war. Alle anderen nahmen an den beiden großen Tafeln rechts und links des Raumes Platz. Ganz vorne an dem rechten Tisch hatte Stefanie die Freunde des Hochzeitspaares platziert. Sie trugen alle weite, fließende Kleider, die bis auf den Boden reichten.

»Das sind zwar Baumwolle und Seide«, flüsterte Mimi, Stefanies beste Freundin, »aber es sieht aus, als hätten sie Säcke übergezogen.«

Thea trug ein modisches Kleid mit hoher Taille, eng geschnitten und an der Wade geschlitzt. Passend dazu hatte sie ein pelzbesetztes Bolerojäckchen.

»Es sind ihre Freunde«, flüsterte Frederike. »Wir sollten sie respektvoll behandeln.«

Nach dem Essen gab Anton, der frischgebackene Ehemann, bekannt, dass sie – das Brautpaar – und die Freunde nun zu ihrem eigenen Haus fahren und dort auf ihre Art und Weise feiern würden.

Stefanie war sichtbar brüskiert, doch Frederike nahm ihren Arm und führte sie zur Seite. »Mutter, es ist besser so, glaub mir. Lass sie gehen. Sie sind ein wenig wunderlich.«

»Was heißt denn ›auf ihre Art und Weise‹? Wollen sie etwa jetzt im Oktober nackt um die Bäume tanzen?«, schnaubte Stefanie.

»Und wennschon?« Frederike lachte. »Wir müssen ja weder mitmachen noch zuschauen.«

Gerta und ihr Mann hatten schon vor der Hochzeit gepackt, der Plan schien schon länger zu bestehen. Sie verabschiedeten sich, stiegen alle in Antons Auto und fuhren davon.

Onkel Erik winkte noch einmal, auch wenn der Wagen schon um die Kurve verschwunden war, seufzte dann erleichtert auf. »So, und nun können wir einen netten Abend miteinander verbringen. Was möchten Sie trinken, Mansfeld?«

»Einem guten Bourbon wäre ich nicht abgeneigt.«

»Freddy – du wie immer?«

Frederike nickte. Sie ging neben Gebhard zu Mansfeld zurück ins Haus.

»Das war nicht so geplant, nicht wahr? Diese verfrühte Abreise?«, fragte er sie.

»Nicht von meiner Mutter, aber wohl von meiner Schwester. Da prallen Welten aufeinander.«

»Dann ist es gut, dass Ihre Schwester vor dem großen Knall abgereist ist. Wir sind uns vorhin vorgestellt worden, aber ich bin mir nicht sicher, ob ich Ihren Namen …«

»Frederike von Stieglitz. Eine der Schwestern der Braut.«

»Ach, natürlich. Wir haben uns auch auf der Hochzeit meines Bruders gesehen.«

»Das stimmt«, sagte Frederike, obwohl sie sich nicht an Gebhard erinnerte. Aber auf Theas Hochzeit waren über zweihundert Gäste gewesen, von denen sie einige nicht gekannt hatte.

»Wo ist denn Ihr Mann?«, suchend schaute sich zu Mansfeld um. »Ich glaube, ihm bin ich noch nicht vorgestellt worden.«

»Nein, das sind Sie nicht.« Frederike straffte die Schultern. »Er ist nicht hier. Er ist in Davos.«

»Verzeihen Sie mir. Manchmal ist mein Gedächtnis wie ein Sieb. Natürlich – er hat Schwindsucht. Aber war er nicht geheilt?«

»Ein Trugschluss. Leider.«

Zum Glück kam in diesem Moment Onkel Erik mit den Getränken.

»Sie halten auch nicht viel von Hitler?«, setzte er das Gespräch wieder da an, wo sie aufgehört hatten.

»Wer viel von Hitler hält, ist ein Idiot. Leider gibt es sehr viele Leute, gerade auch in unserer Schicht, die sich viel von dem Mann versprechen.«

»Er ist ein Tölpel, ein eitler Pfau und selbstverliebt«, sagte Frederike voller Verachtung. »Er darf nicht Kanzler werden, er wäre eine Katastrophe auf dem diplomatischen Parkett.«

»Er wird einen Beraterstab haben«, sagte Gerald von Olechnewitz, der sich zu ihnen gesellte. »Genau wie Hindenburg einen hat. Und die Berater werden Hitler davon abhalten, Unfug auf dem diplomatischen Parkett zu begehen. Hitler wird dazulernen müssen, aber er wird – da bin ich mir sicher – der nächste Kanzler. Von Papen wird sich nicht halten können.«

»Dazulernen?« Frederike konnte es kaum fassen. »Dieser Klotz ist nicht lernfähig. Was hältst du von ihm?«

Gerald überlegte. »Ja, Freddy, er ist ein Klotz. Aber er verspricht viele Dinge. Dinge, die dem Volk wichtig sind.«

»Und außerdem«, sagte nun Wilfried, Geralds Bruder, der sich ebenfalls zur Runde stellte, »trifft er den Nerv des Volkes und vereint sie wieder durch seine Parolen.«

»Seine unsäglichen Parolen«, meinte Frederike.

»Vielleicht sind sie das, aber wir Deutschen haben nach dem großen Krieg einen Teil unseres Selbstbewusstseins und unseres Selbstverständnisses verloren. Hitler will das dem Volk wiedergeben.«

»Er wird einen Krieg anzetteln, wenn er an die Macht kommt«, meinte zu Mansfeld düster.

»Auf keinen Fall«, sagte Gerald von Olechnewitz. »Es wird nie wieder einen Krieg geben.«

»Da wäre ich mir nicht so sicher«, sagte Gebhard leise.

»Wir hoffen einfach mal, dass sich von Papen berappelt und weiterhin Kanzler bleibt. Auch wenn es nicht so aussieht«, sagte Onkel Erik beschwichtigend. »Wollen wir nicht in den Salon gehen und uns setzen? Die Leute sind schon dabei, alles abzuräumen.«

»Das Essen war köstlich«, sagte zu Mansfeld und lächelte Frederike zu.

»Unsere Köchin ist großartig«, nahm sie dankbar den Themenwechsel auf. Plaudernd gingen sie in den Salon.

Kapitel 25

Sobotka, Februar 1933

Es schneite wieder, und Frederike zog die dicke Drillichhose und die gefütterten Stiefel an. Sie stapfte in die Küche, Lore zeigte nur auf den Eimer mit den Fleischabfällen.

»Da hasse deen Fleesch fir de Wilfe, Marjellchen«, sagte sie und verzog das Gesicht. »Awwer jern gebe ich es nich, muss ich sajen.«

»Warum, Lore?«, fragte Frederike die Köchin. Bisher hatte es keine Probleme gegeben, Abfälle für die Wölfe zu sammeln.

»Ei, wird alles immer schwerer, Marjellchen. Und dann noch Wilfe fittern?«

»Die Wölfe gab es schon vor mir auf dem Gut. Und sie werden bleiben, solange ich hier bin«, sagte Frederike und nahm den Eimer. Fortuna hatte sie in ihrem Schlafzimmer gelassen. Die Hündin war trächtig und stand kurz davor zu werfen.

»Awwer wer weiß, ob we die Fleischreste nich doch noch brochen werden«, sagte Lore und senkte den Kopf. »Menschen sin wichtijer als deene Wilfe.«

Auf dem Gut herrschte eine seltsam gedrückte Stimmung. In der letzten Woche hatte es ununterbrochen geschneit – drei Tage und Nächte. Schwerer, nasser Schnee, der die alten Bäume zum Ächzen brachte und manche schließlich fällte. Auch einige Strom- und Telefonmasten waren gebrochen. Große Schneeverwehungen versperrten die Straße nach Posen – Sobotka war wie von der Außenwelt abgeschnitten.

Seit einer Woche hatte Frederike weder eine Zeitung noch einen Brief bekommen. Sie wusste nicht, was in der Welt passierte, aber im Grunde war ihr das im Moment auch egal. Nach Gertas Hochzeit im Oktober war Frederike nach Sobotka zurückgekehrt. Sie war wieder geröntgt worden, hatte eine weitere Dosis des Schildkrötenimpfstoffs bekommen. Ihr Sputum und auch die Blutproben waren frei von lebenden Tuberkelerregern gewesen, und Doktor Kolsowski erklärte sie für geheilt. Trotzdem empfahl er eine zweite Impfung, nur um sicherzugehen. Frederike stimmte zu, fühlte sich danach jedoch schwach und krank. Obwohl sie nicht viel getan hatte, waren die Tage auf Fennhusen anstrengend gewesen. Die kleinen Geschwister wollten Zeit mit ihr verbringen, und Gerta hatte sich mehr als einmal bei Frederike ausgeweint. Es war emotional anstrengend gewesen. Frederike merkte, dass es so nicht weiterging, und auch der Doktor riet ihr zu einer weiteren Ruhephase.

»Sie sollten sich schonen, dem Impfstoff die Zeit geben, zu wirken. Anstrengung und körperliche Arbeit belasten den Körper, dabei sollte dieser gerade nur eines tun – die Erreger bekämpfen. Ich rate Ihnen, sich noch weiter zu pflegen und zu ruhen.«

Da kam Tante Edeltrauts Angebot, mit ihr ein paar Wochen auf die Kurische Nehrung zu fahren, gerade recht. Sobotka wusste Frederike mit von Aaken gut betreut und versorgt. Wieder ließ sie ihren Koffer packen, fuhr an die Ostsee. Tante Edeltraut und sie wohnten in einem kleinen Haus in einem der Dörfer an der Nehrung. Es gab ein Mädchen für alles und eine alte Köchin, die gute Hausmannskost kochte. Es war schlicht, aber sehr erholsam. Sogar die ersten Herbststürme störten Frederike nicht. Sie schlief lange und endlich wieder gut, ging viel spazieren – manchmal mit der Tante, meist aber allein. Frederike hatte sich eine mit Wachs beschichtete Pelerine und einen Lodenmantel mit einer Kapuze gekauft und konnte so dem Wetter trotzen. Außerdem hatte sie endlich einmal wieder Zeit zu lesen, saß gerne mit Tante Edeltraut am gusseisernen Ofen und trank Tee. Tante Edeltraut strickte, stickte oder stopfte, ihre Hände brauchten immer etwas zu tun. Doch sie war eine angenehme Begleitung. Ihr machte es nichts aus, einige Stunden alleine zu sein, freute sich aber über Gesellschaft, ohne dabei aufdringlich zu werden.

Die beiden hatten eine gute Zeit, und Frederike kam erfrischt und erholt nach Hause. Dort warteten schon Nachrichten aus Davos auf sie.

Ax bat sie, das Weihnachtsfest mit ihm in der Schweiz zu verbringen, und auch der Professor hatte ihr geschrieben und um einen Besuch gebeten, er wollte mit ihr weitere Therapieoptionen besprechen. Frederike konnte sich jedoch nicht überwinden, nach Davos zu fahren. Sie wollte nicht mit all den Kranken konfrontiert werden, hatte Angst davor, ihre Zukunft dort zu sehen. Und außerdem wusste sie nicht, wie sie Ax gegenübertreten sollte. Sie hatte ihm nicht verziehen, dass er ohne eingehende Untersuchungen nach Hause gekommen war und alle dem Risiko einer Ansteckung ausgesetzt hatte.

Also verbrachte sie das Weihnachtsfest alleine auf Sobotka. Auch die Einladung aus Großwiesental von Thea und der Brief ihrer Mutter, die vorschlug, die Feiertage auf Fennhusen zu verbringen, schlug sie aus. Frederike wollte niemanden sehen, mit keinem sprechen. Sie haderte mit sich, mit ihrem Leben und mit Ax.

Anfang Januar, nachdem Doktor Kolsowski alle Leute und jeden, mit dem Ax auch nur irgendwie Kontakt hatte, zweimal getestet hatte, war klar, dass sich nur bei zweien der Leute Tuberkulose nachweisen ließ. Der eine war einer der Schweizer, aber seine Großmutter litt auch an Schwindsucht und mochte ihn angesteckt haben. Er hatte eine offene Tuberkulose, und der Doktor schickte ihn in Quarantäne und impfte ihn. Beim Zweiten, einem der Burschen im Haus, war die Tuberkulose noch nicht ausgebrochen, und es war nicht sicher, seit wann er die Keime schon in sich trug. Auch er wurde mit dem Impfstoff behandelt und in Quarantäne geschickt.

Diese Woche sollten neue Abstriche genommen werden, auch wieder bei Frederike.

All das ging ihr durch den Kopf, während sie zum Wolfsgehege stapfte. Der Schnee war tief und nass, sie kam nur schwer voran. Ihre Gedanken liefen im Kreis, schienen wieder Fangen zu spielen. Sie war froh, dass Ax offensichtlich niemanden außer ihr angesteckt hatte. Aber dass er sie angesteckt hatte, konnte sie ihm einfach nicht verzeihen. Es wäre etwas anderes gewesen, wenn er ihr gesagt hätte, dass er einige wichtige Tests vor seiner Heimkehr nicht absolviert hatte. Dann hätte sie die Wahl gehabt, aber so … Mehrmals hatte sie ihn gefragt, ob er auch wirklich geheilt sei, und er hatte dies bejaht, obwohl er es nicht mit Gewissheit hatte tun können.

Sie war unzufrieden mit sich und ihrem Leben. Es gab nur wenige Dinge, die ihr Freude bereiteten – die Wölfe gehörten dazu. Sie öffnete das Gatter, pfiff und rief. Dann wischte sie den Schnee von dem Baumstamm, wartete.

Valentina kam sofort, wich ihr aber aus, als sie die Fähe kraulen wollte. Sie knurrte, wirkte unruhig.

»Ranzzeit«, sagte Frederike seufzend und schüttete den Eimer mit den Essensresten aus. »Na gut, dann streitet euch eben.« Seufzend verließ sie das Gehege, blieb am Gatter stehen. Cantaloup kam, schubste Valentina zur Seite, fraß, ließ ihr aber genügend Reste. Balandine war nicht zu sehen. Frederike hatte die Leitwölfin schon einige Zeit nicht mehr entdeckt und machte sich Sorgen um sie. Die drei Jungwölfe warteten etwas entfernt nur darauf, auch etwas zu bekommen. Da die Wölfe nicht jagen mussten, weil sie alle paar Tage Futter bekamen, gab es kein großes Gerangel. Keiner war ausgehungert, auch für den Schwächsten blieb etwas übrig.

Frederike stapfte wieder zurück zum Gutshaus, ihre Stiefel waren durchnässt, als sie ankam. Victor, der Gärtner, kam ihr entgegen.

»Es taut«, sagte er und grinste. »Der Winter ist vorbei.«

»Das ist nicht dein Ernst. Meine Zehen sind quasi erfroren.« Sie setzte sich in der Diele auf einen der Stühle, zog die Stiefel aus und wackelte mit den Zehen.

»Solange Sie die Zehen noch bewegen können, ist nichts erfroren. Aber der Schnee taut. Er ist nass und klumpig, aber er taut. Ich wette, in zwei Tagen können wir wieder nach Posen.« Victor strahlte und ging zur Tür. »Und jetzt lasse ich mir Pferdedung aus dem Gestüt bringen, das ist schön warm und wird die Frühbeete auftauen.«

»Es ist zu früh für die Setzlinge«, gab Frederike zu bedenken.

»Weiß ich doch, will nur die Beete vorbereiten, Gnädigste.«

Frederike sah ihm hinterher. Mit Elan ging er durch die Tür und die

Treppe hinunter. Sie konnte sich ein Lächeln nicht verkneifen. Er war so engagiert, es war fast ansteckend.

»Der Gärtner sagt, es taut, aber ich merk da nichts von«, sagte Minna und reichte Frederike trockene und warme Kleidung. »Ich finde diesen Winter schrecklich. Kalt, aber auch nass. Trockene Kälte mit Schnee macht mir nichts aus, aber so?«

»Kann ich verstehen«, sagte Frederike. »Hat der Verwalter zugesagt, heute Abend zum Essen zu kommen?«

»Ja, sie kommen beide.«

»Ach, wie schön. Das freut mich. Dann kommen ja wohl die Kinder auch mit.«

Minna senkte den Kopf. »Die Kinder sollen bei uns unten essen.«

»Oh.« Frederike ahnte, dass die von Aakens eine Entscheidung getroffen hatten. Sie konnte es ihnen nicht verübeln.

»Steckrübensuppe. Köstlich«, lobte Frau von Aaken. »Aber alles, was Lore kocht, ist köstlich.«

»Ja, selbst am Ende des Winters schafft sie es immer noch, leckere und abwechslungsreiche Mahlzeiten zu zaubern.«

»Gnädigste«, sagte Heinrich von Aaken leise. »Wir müssen etwas mit Ihnen besprechen.«

»Das habe ich mir schon gedacht. Sie gehen, nicht wahr?«, sagte Frederike.

»Ja«, sagte Frau von Aaken. »Wir haben lange überlegt, aber nun …«

»Ich verstehe das sehr gut. Niemals hätte ich gedacht, dass Hitler an die Macht kommt. Doch nun ist es geschehen. Es kommen schwere Zeiten auf uns zu.«

»Das war schon abzusehen, als Hindenburg von Papen absetzte und stattdessen Schleicher ernannte«, sagte von Aaken leise. »Aber nun machen wir uns wirklich Sorgen. Haben Sie ›Mein Kampf‹ gelesen?«

Frederike schüttelte den Kopf.

»Ich aber«, sagte von Aaken. »Auch wenn es nicht leicht war. Dieser Hitler ist … krank.«

»Das ist nicht zu übersehen. Ich fürchte um die Weimarer Republik.«

Ruth von Aaken seufzte. »Müssen wir darüber reden?«, fragte sie. »Wir haben es uns wirklich nicht leichtgemacht, diesen Entschluss zu treffen. Und hätten wir keine Kinder, würden wir hierbleiben. Ich habe mich noch nirgendwo so wohl gefühlt wie hier auf Sobotka.«

Frederike griff über den Tisch und drückte Ruths Hand. »Sie haben eine wichtige und richtige Entscheidung getroffen. Für sich und vor allem für Ihre Kinder. Wissen Sie schon, wann Sie gehen?«

»Danke. Ich warte auf Post von meinem Cousin«, sagte Ruth von Aaken und erwiderte Frederikes Händedruck. »Aber im Moment kommt ja keine Post durch. Wir wollen zu ihm nach Amerika. Er will meinem Mann dort eine Anstellung vermitteln. Wohnen können wir erst einmal bei ihm.«

»Es gibt so viel zu tun«, sagte von Aaken und schüttelte den Kopf. »Die Visa, Einreiseerlaubnis, wir brauchen eine Überfahrt.«

»Dann müssen wir überlegen, was wir mitnehmen und was nicht. Vielleicht können wir die Möbel verkaufen – oder zumindest einen Teil davon«, sagte sie.

»Den Rest kann ich wohl auf dem Gut meines Vaters einlagern. Wer weiß, vielleicht ist der Spuk ja bald vorbei und wir können zurückkehren«, meinte er.

»Sollte das so sein, sind Sie hier immer herzlich willkommen. Ich kann mir keinen besseren Verwalter vorstellen.«

»Ich habe Ihnen gegenüber ein schlechtes Gewissen. Sie haben so viel für meine Familie und mich getan. So viel. Und jetzt lassen wir Sie einfach im Stich.«

Frederike lehnte sich zurück, sah ihn an. »Ich bin dankbar, dass Sie hier waren und sich um das Gut gekümmert haben. Aber die Sicherheit der Familie geht immer vor. Und Ihre Familie ist jetzt gefährdet. Leider habe ich keine Kontakte ins Ausland und kann Ihnen auch nicht helfen.«

Frans kam und räumte die Suppe ab, brachte dann den Hauptgang.

»Was sagt denn Ihre Familie dazu, dass Sie das Land verlassen wollen?«, wollte Frederike wissen.

»Sie halten uns für hysterisch. Zum einen ist ja nur die Mutter meiner

Frau Jüdin gewesen, sie selbst ist es ja nicht, und auch meine Familie hat keinen jüdischen Ursprung – sie meinen, dass wir übertreiben. Zum anderen halten sie Hitlers Parolen für überzogen. Er wird das nie in die Tat umsetzen können.«

»Das hoffe ich tatsächlich auch«, sagte Ruth von Aaken leise. »Neben ihm sind Männer wie von Papen als Vizekanzler, Hindenburg ist auch immer noch da. Und in der Regierung sind nur zwei weitere Nazis – Frick und Göring. Vermutlich kann Hitler gar nicht so viel Schaden anrichten.«

»Er wird auf Neuwahlen drängen«, meinte Frederike. »Und er wird danach die Demokratie abschaffen.«

»Das wird ihm nicht gelingen, nicht in Deutschland.«

»Das hat man über Italien auch gesagt und nun haben wir dort Mussolini, der ein faschistisches Regime führt. Genau das hat Hitler auch vor.«

Sie waren fast mit dem Essen fertig – Lore hatte zu früh geworfene Ferkel in Weinsoße geschmort, dazu gab es Porree und Stampfkartoffeln –, da klopfte es an der Eingangstür.

»Besuch?«, wunderte sich Frederike. »Es kommt doch keiner durch, die Straßen sind doch noch nicht geräumt.«

Gespannt sahen sie alle zur Tür. Frans war in die Diele gegangen und öffnete die Tür.

»N'abend, Frans«, hörten sie jemanden sagen. »Ei, ich komm aus Posen, war meine Mutter besuchen. Und da hat mich der Postmann jefracht, ob ich nich die Briefe fürde Baronin mitnehmen will. Hab ich jemacht.«

»Das ist einer der Schweizer«, sagte von Aaken. »Der Wilbur, ein guter Mann.«

»Er hat es von Posen bis hierher geschafft«, sagte Frederike. »Respekt. Ich bin ja schon beinahe beim Gang zum Wolfsgehege gescheitert. Der Schnee ist so nass und tief, es war eine Qual.« Sie stand auf und ging zur Tür, die zur großen Eingangshalle führte.

»Frans, lassen Sie dem Mann etwas zu essen und einen Schnaps geben. Und er kann sich in der Küche aufwärmen.«

»Danke, Baronin«, sagte Wilbur, der nicht mehr an der Tür, sondern in der Halle stand. Er zog seine Mütze und verbeugte sich. Um seine Stiefel hatte sich eine Wasserlache gebildet. »Awwer ich will nach Hause. Min Fruww wartet auf mich. Wollte ja nur de Post abjeben.«

»Danke. Ich schätze das sehr.« Sie machte Frans ein Zeichen. Er wusste Bescheid und würde dem Schweizer einen kleinen Obolus und sicherlich auch einen Schnaps geben. Sie nahm die Briefe entgegen und wünschte ihm noch einen schönen Abend. Es war auch ein Brief aus Amerika für die von Aakens dabei, den sie ihnen gab. Außerdem die letzten Zeitungen, eine Nachricht von ihrer Schwester und ein Brief aus Davos. Er war nicht von Ax, sondern von Professor Wagner. Unschlüssig sah Frederike ihren Besuch an. Sie hielten den Brief ihres Cousins in den Händen, und Frederike wusste, dass sie ihn jetzt öffnen und lesen wollten, genauso wie sie die Post aus Davos. Natürlich schickte es sich nicht, bei einem Essen Briefe zu lesen.

»Bitte entschuldigen Sie mich einen Moment«, entschied Frederike. »Diese Mitteilung ist aus Davos.« Sie ging nach nebenan in ihr Arbeitszimmer, setzte sich an ihren Sekretär. Für einen Augenblick hielt sie den Brief in den Händen, er schien schwer zu wiegen, auch wenn das Papier hauchdünn war. Dann nahm sie den Brieföffner, schlitzte ihn auf, nahm das Schreiben heraus.

Sehr geehrte Frau Baronin von Stieglitz,

leider war es Ihnen, trotz meiner Bitte, nicht möglich, Ihren Mann zur Weihnachtszeit zu besuchen. Sein Zustand hatte sich verschlechtert, aber wir haben dennoch darauf gehofft, dass eine Operation eine Verbesserung bringen würde.

Ich muss Ihnen jetzt mit großem Bedauern mitteilen, dass Ihr Mann einen Tag vor der Operation, am 4. Februar 1933, verstorben ist. Telefonisch konnte ich Sie nicht erreichen.

Mit freundlichen Grüßen

Professor Dr. Dr. C. Wagner

Frederike schnappte nach Luft. Ax war tot.

Kapitel 26

Sobotka, November 1933

Liebste Freddy, schrieb Thea Frederike. Zuletzt hatten sie sich im Sommer gesehen.

Wie geht es Dir? Ich mache mir so Sorgen um Dich. Da bist Du nun ganz allein auf Sobotka und hast die ganze Last des Gutes zu tragen.

Ja, dachte Frederike, das stimmt. Aber was sollte sie machen? Ihr Verwalter und seine Familie waren im Juni nach Amerika ausgewandert. Sie hatten noch mitbekommen, wie Hitler die Demokratie nach seiner Machtergreifung und dem Reichstagsbrand Stück für Stück zerlegte und durch sein Ermächtigungsgesetz den Grundstein einer Diktatur legte. So sehr es ihnen leidtat, Frederike zu verlassen, waren sie immer mehr davon überzeugt, die richtige Entscheidung getroffen zu haben. Onkel Erik hatte ihr einen neuen Inspektor vermittelt. Der Mann war sicherlich fleißig und verstand sein Handwerk, eine enge, fast freundschaftliche Beziehung, so wie sie zu den von Aakens bestanden hatte, ließ sich zu ihm jedoch nicht entwickeln.

Zum Glück machten sich die Veränderungen, die Frederike und ihr Verwalter im letzten Jahr angestoßen hatten, nun bezahlt. Viele Fohlen wurden geboren, die Milchwirtschaft hatte von Aaken mit dem Schweizer zusammen verbessert, und er hatte auch etliche Felder wieder bewirtschaftet. Dieses Jahr hatten sie eine gute Ernte einfahren können. Dennoch lastete die Verantwortung für das Gut schwer auf ihr. Nach Ax' Beerdigung auf dem Familienfriedhof hatte sein Cousin sie bedrängt, ihm das Gut zu überschreiben. Doch Onkel Erik riet ihr ab.

»Du bist die Erbin. Land zu besitzen ist kostbar in der heutigen Zeit. Du weißt nicht, was in den nächsten Jahren mit Geldvermögen passiert – die Weltwirtschaft liegt immer noch am Boden. Auf Sobotka hast Du ein siche-

res Auskommen und eine Heimat. Und in Polen ist es im Moment fast sicherer als im Reich. Wer weiß, was der braune Österreicher als Nächstes macht.«

Frederike nahm den Brief ihrer Freundin wieder zur Hand.

Ich stelle mir Deine Abende sehr schrecklich vor – alleine und einsam. Und die Vorstellung, dass Du die Weihnachtsfeiertage ohne Familie auf Sobotka verbringst, finde ich unerträglich. Deshalb möchte ich Dich ganz herzlich zu uns nach Großwiesental in die Prignitz einladen. Skepti würde sich auch freuen, Dich zu Gast zu haben. Klein Harry entwickelt sich großartig, eine wahre Freude für uns.

Ich akzeptiere kein Nein – Du kommst über die Feiertage zu uns.

Sende Dir die herzlichsten Grüße

Deine Thea

Frederike musste schmunzeln. Das war ein typischer Brief ihrer Freundin. Natürlich akzeptierte sie kein Widerwort, sie hatte es sich in den Kopf gesetzt, und so würde es nun stattfinden.

Auch Stefanie hatte Frederike über die Feiertage nach Fennhusen eingeladen, und kurze Zeit hatte Frederike mit dem Gedanken gespielt, nach Ostpreußen zu fahren. Sie hatte ihre Geschwister schon eine Weile nicht gesehen, aber das Verhältnis zwischen ihrer Mutter und ihr war immer noch mehr als unterkühlt. Die Vorstellung, das Weihnachtsfest auf Großwiesental zu verbringen, war verlockend. Sie würde es annehmen.

Heiligabend fiel auf einen Sonntag, deshalb gab Frederike Theas Drängen nach und kam schon am Donnerstag vor Weihnachten in die Prignitz. Sie war im Frühjahr dort gewesen, als Harry getauft wurde. Doch nun im Winter sah alles ganz anders aus. Frederike war mit der Bahn von Posen nach Berlin gefahren, dort in die Kleinbahn umgestiegen. In Großwiesental wartete schon der Chauffeur auf sie und brachte sie zum Gut.

»Wie schön, dass du da bist!« Thea umarmte Frederike herzlich, sah sie dann nachdenklich an. »Aber gut geht es dir nicht?«

»Doch, doch. Ich bin ganz gesund – ich schwöre es. Ich war erst letzte

Woche noch einmal zur Kontrolle. Der Abstrich ist frei, und auch die Blutuntersuchung zeigt keine Tuberkel.«

»Meine Süße, das meinte ich doch nicht.« Thea zog sie mit sich in den Salon. »Du siehst müde aus, abgespannt und blass.«

»Was hast du erwartet, Thea?«, sagte Werner, stand auf und kam ihnen entgegen. Er umarmte Frederike herzlich. »Gut, dass du da bist«, sagte er. »Was möchtest du trinken, Freddy? Soll ich raten? Einen Gin-Fizz?«

Frederike lachte auf. »Liebend gerne. Die Zugfahrt war anstrengend. Die Züge waren voll, immer wieder gab es Wartezeiten, weil die Gleise erst noch geräumt oder die Weichen aufgetaut werden mussten. Warum muss es auch diese Woche so schneien?«

»Willst du dich erst umziehen und frisch machen?«, fragte Thea. »Deinen Koffer habe ich nach oben bringen lassen, das Mädchen packt ihn aus.«

»Darf ich fünf Minuten am Kamin sitzen und mich aufwärmen?«, bat Frederike.

»Du kannst auch zehn Minuten hier sitzen oder zwanzig«, sagte Thea. »Skepti, mach uns Drinks, die können wir jetzt gebrauchen.«

»Für dich eine Bloody Mary?«, fragte Werner. »Würde ja passen.«

»Oh Skepti«, seufzte Thea. »Musste das sein? Aber ja, ich nehme eine Bloody Mary.« Sie wandte sich Frederike zu. »Ich habe meine Mens bekommen. Gestern. Dabei hofft Skepti auf weitere Erben. Ihm reicht Harry nicht.« Sie verdrehte die Augen.

»Mir würde ein Kind reichen«, sagte Frederike traurig.

»Oh, Süße, bitte sei nicht traurig.«

Frederike schüttelte den Kopf. »Nein, von Ax hätte ich kein Kind gewollt, nicht so, wie die Situation war. Aber nun … werde ich wohl nie Kinder haben.«

»Unfug«, sagte Werner und reichte ihr das Cocktailglas mit dem Gin-Fizz. »Du bist jung, du siehst gut aus, du bist kein Backfisch mehr. Alles Punkte, die dich attraktiv machen.«

»Du benimmst dich wie die Axt im Walde«, beschwerte Thea sich.

»Freddy trauert noch. Sie denkt sicherlich nicht über eine neue Ehe nach.«

»Nun ja, es gibt keine Bewerber, aber über meine Zukunft mache ich mir schon Gedanken.«

»Sobotka ist ein Fideikommiss?«, fragte Werner nach.

Frederike nickte.

»Dann ist es nicht so einfach, außer du gehst ein Bratkartoffelverhältnis oder eine Onkelehe ein.«

Thea schnappte nach Luft. »Skepti, wie kannst du so etwas nur sagen? Freddy wird sich sicherlich nicht auf eine Liebschaft einlassen.«

»Warum nicht?«, sagte Frederike leichter dahin, als es ihr zu Gemüte war. »Aber Bewerber habe ich trotzdem nicht.«

Werner schaute auf seine Armbanduhr. »Ich treffe mich gleich mit meinem Bruder. Wir müssen ein paar Dinge besprechen. Ich sehe euch Mädels dann beim Abendessen.«

»Caspar ist hier?«, fragte Thea verblüfft. »Seit wann?«

»Ich treffe mich mit Gebhard. Caspar kommt erst morgen.« Werner nickte ihnen zu und ging zur Tür.

»Willst du Gebhard nicht zum Essen bitten?«, rief ihm Thea nach. Sie wandte sich Frederike zu. »Er und seine Köchin haben nicht denselben Geschmack. Da steht wohl eine Änderung an. Aber gutes Personal …«

»… ist schwer zu finden«, beendete Frederike den Satz und lachte leise. »Das ist wohl wahr.«

»Du hättest doch nichts dagegen, wenn Skeptis Bruder zum Essen kommt?«

»Du nennst ihn wirklich immer noch Skepti?«

»Die ganze Familie macht es. Selbst seine Mutter. Warum soll ich es nicht tun? Ich glaube, auf Werner würde er gar nicht reagieren.«

Frederike lachte. »Deine Schwiegerfamilie scheint nett zu sein. Sie haben Humor.«

»Mal mehr, mal weniger«, seufzte Thea. »Ich freue mich aber, dass auch Caspar kommt. Er ist ein wirklich interessanter Mensch.« Sie warf Frederike einen Blick von der Seite zu. »Und er sieht auch gut aus.«

»Du willst mich doch wohl nicht verkuppeln?«

»Warum nicht? Du bist gerade erst vierundzwanzig Jahre alt, Witwe und kinderlos. Das willst du doch nicht bleiben?«

»Vermutlich nicht. Aber es ist noch zu früh, Thea.«

»Trauerst du sehr um Ax?«

Frederike dachte nach. Ihre ganze Jugend war sie in Ax verliebt gewesen. Sie hatte immer gedacht, dass er die Liebe ihres Lebens sei. Doch dann war alles anders gekommen. Wirklich geliebt hatte sie Rudolph. Doch der war nun gebunden. Sie hatten sich zufällig im Sommer in Berlin getroffen und waren gemeinsam einen Kaffee trinken gegangen. Rudolph war inzwischen stolzer Vater eines Kindes, das nächste war unterwegs. Ihm ging es jetzt so, wie es Frederike ein Jahr zuvor gegangen war – er konnte sich nicht scheiden lassen. Beide hatten es bedauert, hatten sich freundschaftlich getrennt und waren wieder ihrer Wege gegangen. Doch Rudolph war der Mann, dem ihr Herz hinterhertrauerte.

»Ich habe keine Zeit zum Trauern«, wich sie Theas Frage aus. »Es ist so viel zu tun, zu bedenken und zu berechnen. Ich habe den linken Flügel wieder geschlossen, aber vergessen, das Wasser abzustellen und aus dem Badeofen abzulassen. Durch die Kälte ist ein Rohr geplatzt. Solche Dinge passieren mir immer wieder. Ich muss den Schweizer kontrollieren, musste die Schnitter überwachen, muss das Gestüt, was meine Haupteinnahmequelle ist, im Auge behalten. Ich muss aber auch mit meinem Gärtner in Kontakt bleiben, der große Gemüsegarten sichert uns ja die Nahrung.«

»Grundgütiger, dass du das alles schaffst. Ich wüsste nicht, wo ich anfangen müsste.«

»So ging es mir zu Anfang. Aber mein Stiefvater unterstützt mich sehr. Ich kann ihn immer fragen. Und auch der neue Inspektor ist fachlich gut.« Sie trank den Gin-Fizz aus. »Aber jetzt sollte ich mich frisch machen und umziehen. Ein Tag in der Eisenbahn, und man hat das Gefühl, wie ein Otter zu riechen.«

»Du riechst nicht wie ein Otter«, beschwichtigte Thea sie. »Aber das

Bad steht für dich bereit.« Sie klingelte nach dem Mädchen. »In einer Stunde gibt es Essen.«

»Und Weihnachten? Was hast du geplant?«

»Heiligabend verbringen wir hier und bescheren die Leute. Den ersten Feiertag richtet meine Schwiegermutter aus, da kommt die ganze Familie. Am zweiten Feiertag sind wir hier – da kommt nur die nächste Familie und meine Eltern. Du bleibst doch bis ins neue Jahr?«

»Das weiß ich noch nicht, Thea«, gestand Frederike. »Es kommt darauf an, wie gut ich das alles verkrafte. Es sind das erste Weihnachten und das erste Silvester nach Ax' Tod.«

Thea nickte. »Mach einfach, wie es am besten für dich ist. Liebste. Willst du Harry noch sehen? Kurz vor dem Essen bringt ihn das Kindermädchen zu mir.«

»Das würde ich gerne.«

Das Badezimmer in Großwiesental war luxuriös, aber etwas anderes hätte Thea auch nicht ertragen. Wenigstens das Badezimmer und ein paar andere Dinge mussten so sein wie in der Großstadt, in Berlin. Viele andere Dinge dagegen waren hier in der Prignitz genauso provinziell wie auf Sobotka oder auf Fennhusen. So war das nun mal auf einem Gutshof. Da drehte sich das Leben nicht um das Theaterprogramm oder welche Show in welchem Cabaret gegeben wurde, sondern darum, ob die Putenküken schlüpften und die Kühe genug Milch gaben. Es ging um Kartoffelkäfer und um das Wetter. Oft war es zu nass, zu trocken, zu warm oder gar zu kalt. Das Wetter war nie wirklich richtig, aber man konnte es nicht ändern – damit musste man leben.

Aber Thea schien zufrieden mit ihrem Leben hier, etwas, was Frederike nie gedacht hätte. Aber vielleicht täuschte sie sich auch. Vielleicht verschwieg ihr Thea Dinge, so wie sie niemals mit ihrer Freundin über Rudolph geredet hatte.

Frederike nahm ein Bad, zog sich um und ging nach unten. Gerade rechtzeitig, um Harry in die Arme schließen zu können. Ihr Patenkind war nun fast eineinhalb Jahre alt. Ein zuckersüßer blonder Junge mit dem verschmitzten Lächeln der zu Mansfelds. In solchen Moment verfluchte Frederike ihr Schicksal sehr. Sie hätte gerne Kinder. Einen kleinen Jungen, der nach Seife und Puder roch, der kicherte, wenn man ihn kitzelte. Oder ein kleines Mädchen, das man schön anziehen, mit dem man eine Puppenteegesellschaft ausrichten konnte – etwas, was sie sich immer gewünscht hatte, aber Mutter hatte für solche Dinge nie Zeit gehabt.

Wenn ich einmal Kinder habe, sagte sich Frederike, dann kümmere ich mich um sie. Ich will sie stillen, wickeln, bei mir haben. Ich will sie aufwachsen sehen, mich mit ihnen befassen. Sie dachte an früher zurück. In Potsdam hatte ihre Mutter einen kleinen Haushalt geführt. Damals gab es mehr Gesellschaften, eine Weile hatte sie einen literarischen Salon geführt und Künstler und Literaten eingeladen. Auf Fennhusen lagen die Gewichtungen dann anders. Das Gut war groß und weitab von aller intellektueller Welt. Als Gutsherrin musste sich ihre Mutter um das Gemüse und die Küche kümmern, den Haushalt führen und die Streitigkeiten unter den Leuten schlichten – so wie Frederike nun auch.

Einige Zeit spielten sie und Thea mit dem kleinen Harald, dann ertönte der erste Gong, der zum Essen rief, und das Kindermädchen nahm den Jungen wieder mit nach oben.

»Ich sehe ihn jeden Tag drei Mal – morgens nach dem Frühstück, mittags nach dem Essen und abends vor dem Mahl. Zwischendurch gehe ich auch schon mal in das Kinderzimmer und beschäftige mich mit ihm«, sagte Thea stolz, dann räusperte sie sich. »Gebhard isst heute Abend mit uns. Ist dir das recht?«

»Du hast ihn aber nicht eingeladen, um ihn mit mir zu verkuppeln?«

Thea schüttelte den Kopf. »Nein. Er und Skepti führen zusammen das Gut Kleinwiesental, das eigentlich Caspar gehört. Aber Caspar ist ja Diplomat und kann sich nicht um die Liegenschaften kümmern. Deshalb haben die beiden immer wieder Dinge zu besprechen. Auch wird mein Schwiegervater … nun, wie soll ich es sagen? Er ist nicht mehr der Jüngste. Zudem macht uns die politische Entwicklung Sorge. Gebhard ist oft hier oder in Leskow – auf dem Hauptgut bei seinen Eltern. In

Mansfeld war ich bisher nur einmal. Es ist … nicht gemütlich dort, würde ich sagen. Und komfortabel erst recht nicht.«

»Er wohnt dort alleine?«

»Vor neun Jahren ist er nach Mansfeld auf den Burghof gezogen, nachdem seine Großmutter, die das Gut als Witwensitz hatte, starb. Er hat eine Sekretärin, eine Köchin, ein Mädchen, eine Mamsell und einen Gärtner. Er kümmert sich um seinen Boden und um den von Caspar, hilft manchmal auch den Eltern, verständigt sich gut mit Skepti – aber für sich tut er selten etwas. Er ist ein Gutsherr durch und durch. Sein Jahreshöhepunkt ist wohl die Grüne Woche in Berlin.« Thea schmunzelte.

»Ihr habt ihn zu Gertas Hochzeit mitgebracht«, sagte Frederike nachdenklich. »Da erschien er mir sehr umgänglich und nicht so kauzig, wie du ihn jetzt schilderst.«

»Das stimmt, da habt ihr euch getroffen. Dann brauche ich ja gar nichts mehr erklären.« Thea klang erleichtert.

»Magst du ihn nicht?«

»Doch, schon. Irgendwie ist er nett. Aber er kann gar nicht feiern. Also nicht so wie wir. Ich würde ihn als sehr bodenständig beschreiben.«

Das ist manchmal gar nicht so verkehrt, dachte Frederike, wenn man ein Gut führt. Der Gong erklang ein zweites Mal, und sie gingen zum Esszimmer. Ich glaube, die meisten Menschen würden mich auch als langweilig und bodenständig beschreiben. Ist das gut, oder ist das schlecht? Als langweilig gelte ich wohl sowieso. In der Diele vor dem Esszimmer warteten schon Skepti und Gebhard. Langsam ging sie auf die beiden zu.

»Gebbi, das ist Freddy. Kennt ihr euch?«, fragte Werner zu Mansfeld.

»Eure Hochzeit, die Hochzeit von Gerta von Fennhusen, die Taufe eures Sohnes – wir haben uns schon das ein oder andere Mal getroffen.« Gebhard zu Mansfeld reichte Frederike die Hand. »Schön, dich zu sehen. Wie geht es dir, Freddy?«

»Ich bin froh, über die Feiertage hier zu sein«, gestand Frederike. »Bin auch froh, dass du hier bist. Je mehr, desto besser. Auf Sobotka fühle ich mich oft allein.«

»Das glaube ich.«

Die Schiebetüren zum Esszimmer wurden geöffnet, und sie nahmen ihre Plätze ein. Für einen Moment stockte das Gespräch.

»Ich hoffe, es gibt keinen Eintopf«, sagte Werner und faltete die Serviette auseinander.

»Wir haben ja nicht Sonntag«, beschwichtigte Thea ihn.

»Eintopf? Sonntag?« Frederike schaute sie verblüfft an.

»Eine der wahnsinnigen Verordnungen unseres Führers. Hast du nicht davon gehört?«, erklärte Gebhard. »Der Eintopfsonntag. Einmal im Monat sollen wir sonntags nur Eintopf kochen und essen. Dadurch, so haben sie errechnet, spart jeder Haushalt etwa 50 Pfennige, die dann von der NSDAP eingesammelt werden und dem Winterhilfswerk zugutekommen. Ich habe nichts gegen Spenden für Arme, aber dieser Eintopfsonntag ist einfach nur lächerlich.« Er schnaubte wütend. »Überhaupt ist diese Regierung ein Witz.«

»Leider ein diktatorischer Witz«, sagte Werner, »gegen den man nicht mehr ankommt.«

»Gibst du etwa auf? Nimmst du das alles hin?«, fragte Gebhard wütend.

»Was soll ich denn tun, Gebbi? Ich habe Frau und Kind. Und die Verantwortung für das Gut und die Arbeiter. Was machst du? Engagierst du dich politisch?«

»Du weißt, dass ich Caspars und mein Gut zu führen habe. Ich werde aber auf keinen Fall diese unsägliche Partei unterstützen.«

»Können wir nicht das Thema wechseln?«, bat Thea. »Über Politik werden wir noch genug reden in den nächsten Tagen, wenn Caspar da ist.«

Kapitel 27

»Wieso musst du das Gut deines Bruders führen?«, fragte Frederike am nächsten Tag, als sie mit Gebhard einen Spaziergang machte. Es war kalt und windig, aber zumindest schneite es nicht mehr.

»Weil es sonst keiner macht«, sagte er lachend. »Mein Bruder Caspar ist ein netter Mensch. Aber hast du ihn schon kennengelernt?«

»Erbarmung, würde jetzt meine Köchin sagen«, entgegnete Frederike und schmunzelte. »Familien sind immer so weitläufig, und ich kann mir Gesichter und Namen nur schlecht merken.«

»Du würdest dich an ihn erinnern, wenn ihr einander vorgestellt worden wäret und du dich länger mit ihm unterhalten hättest.«

»Getroffen habe ich ihn bestimmt«, meinte Frederike nachdenklich. »Er war doch sicher bei der Hochzeit von Thea und Werner.«

Gebhard nickte. »Da bist du uns beiden aufgefallen«, gestand er. »Wir waren beide erleichtert, dass Skepti uns das Fortführen des Erbes erst einmal abgenommen hat, denn meine Mutter ließ kein Sonntagsmahl vergehen, ohne uns an unsere Pflicht zu erinnern.«

»Wie grässlich.«

»Es mag seltsam erscheinen«, sagte Gebhard, »aber ich möchte aus Liebe heiraten.« Er sah sie an. »Wie war das bei dir?«

»Das … willst du nicht wissen.« Frederike schluckte, dann gab sie sich einen Ruck. »Ich habe Ax lange sehr geliebt, eigentlich schon als Backfisch. Er war immer mein Traummann.«

»War immer … was ist passiert?«

»Das weißt du doch, das weiß jeder. Er hatte Tuberkulose.«

»Eine schreckliche Krankheit, aber die hat er sich ja sicher nicht absichtlich zugezogen.«

»Nein, aber er wusste davon und ich nicht. Meine Mutter wusste es auch und hat es mir verschwiegen. Sie wollte mich gut und sicher verheiraten, weil ich kein Erbe habe und keine Fennhusen bin.« Frederike lachte auf, es klang bitter. »Sie hat mich schon mit meiner Hochzeit zur frühen Witwe gemacht.«

Gebhard schwieg betroffen.

»Ich bin gar nicht so«, verteidigte Frederike sich. »Ich will nicht so sein, verbittert, hart, sarkastisch.«

»Ach Freddy«, sagte Gebhard und nahm ihre Hand. »Ich wusste, dass dein Mann Schwindsucht hatte und daran verstorben ist, aber die Umstände kannte ich nicht. Es tut mir sehr leid für dich.«

Frederike entzog ihm ihre Hand. »Er hat mich angesteckt«, sagte sie leise.

Gebhard blieb stehen. »Wirst du behandelt?«, fragte er voller Sorge.

»Ich bin nicht mehr ansteckend. Ich habe mich impfen lassen.«

»Impfen? Seit wann gibt es eine Impfung?«

»Schon einige Jahre, aber sie wird nicht überall anerkannt. Zumal der Forscher, der sie entwickelt hat, Jude ist.«

Gebhard senkte den Kopf. »Das ist so schrecklich unsinnig, was die Nazis machen. Und ich fürchte, wir stehen erst am Anfang.« Dann schaute er auf und sah sie an. »Ich bin froh, dass du dich hast behandeln lassen. Ich nehme an, deine Prognose ist gut?«

»Ich gelte als gesund. Und ich könnte noch Erben gebären, allerdings nicht mehr für Sobotka, außer ich heirate den Vetter meines Mannes. Was nicht geht, denn er ist verheiratet.«

»Das Gut ist riesig, nicht wahr?«

»Man kann davon leben.«

Sie gingen weiter, vermieden schwierige Themen. Gebhard nahm wieder ihre Hand, und sie ließ es zu. Es fühlte sich gut an. Nicht so wie mit Rudolph, der immer unter Strom zu stehen schien, aber dennoch gut und angenehm.

Was wäre wenn?, dachte sie, als sie nachmittags in der Wanne lag und sich einseifte. Heute war Heiligabend, und Gebhard war fast jeden Tag bei ihnen gewesen, hatte Sachen mit Werner besprochen und immer Zeit gefunden, die er mit Frederike verbringen konnte. Den Heiligabend aber verbrachte er in Mansfeld mit seinen Leuten. Frederike würde gleich mit Thea und Werner in die Kirche gehen, danach gab es die Leutebescherung in der Halle. Erst morgen würden sie nach Leskow fahren und mit der Familie feiern. Dort würden alle drei Brüder sein – Caspar, der Älteste, Gebhard und Werner. Nur Werner war bisher verheiratet und brachte das erste Enkelkind mit.

Frederike hatte Werners Eltern schon bei der Hochzeit und der Taufe getroffen, aber sie war noch nie bei so einem doch internen Familienfest dabei gewesen. Sie selbst hatte keine Schwiegereltern und sah dem morgigen Ereignis mit einer gewissen Erwartung entgegen. Außerdem würde Gebhard wieder da sein, der inzwischen oft ihre Gedanken beherrschte. War sie ein wenig in ihn verliebt? Oder genoss sie nur die Aufmerksamkeit, die er ihr schenkte? Sie war sich nicht sicher.

Waren ihre Gefühle durch die frühe Witwenschaft einfach abgeflacht, und würde sie nie wieder so unverdorben und ahnungslos jemanden lieben, wie sie Rudolph geliebt hatte? Rudolph war die große, leidenschaftliche Liebe ihres Lebens. Vor Rudolph hatte es nur Ax gegeben, aber sie hatte ihn eher angehimmelt als geliebt. Ja, in dem letzten halben Jahr, das sie tatsächlich als Ehepaar miteinander verbracht hatten, fühlte sie eine tiefe Zuneigung zu ihm, die abrupt endete, als sie erfuhr, was er ihr angetan hatte. Der Leidenschaft, die sie Rudolph entgegengebracht hatte, kam es aber nicht nahe. Würde sie jemals wieder so empfinden können?

Und brütete sie nicht gerade ungelegte Eier aus? Es war ja nicht so, als ob Gebhard sich ihr erklärt hätte. Auch wäre das viel zu früh – sie kannten sich ja kaum. Aber Gebhard machte sie neugierig. Sie mochte seine Art, seinen Humor, seine Bodenständigkeit. Er hatte Prinzipien und stand dafür ein. Nun, sie hatte noch einige Tage in der Prignitz und somit die Chance, ihn besser kennenzulernen. Wenn er es denn wollte. Eine gemeinsame Zukunft hatten sie aber eher nicht, dachte Frederike.

Denn was sollte dann aus Sobotka werden? Sie nahm ihr Erbe ernst und hing an dem Gut. Für eine flüchtige Liebschaft würde sie es nicht aufgeben. Und Rudolph war inzwischen unerreichbar – verheiratet und glücklicher Vater. Er hatte ihr einen unorthodoxen Kondolenzbrief zu Ax' Tod geschrieben: *»Wenn ich das gewusst hätte, hätte ich auf Dich gewartet. Doch nun ist es zu spät.«*

Sie hatte den Brief verbrannt und geweint.

Der Heilige Abend auf Großwiesental verlief so, wie er auch auf Fennhusen und auf Sobotka abgehalten wurde. Kirche, Vorträge in der Halle, Geschenke an die Leute. Während aber auf Fennhusen Tante Edeltraut und Tante Martha das ganze Jahr strickten und stickten, um den Leuten Socken und Taschentücher zu schenken, gab es auf Großwiesental gekaufte Ware – tatsächlich auch Socken, Handtücher und Tischwäsche. Frederike verstand Thea gut, auch sie hatte keine Zeit, zu stricken oder etwas zu säumen. Ebenso wie ihre Freundin verschenkte sie zu Weihnachten nichts Selbstgemachtes. Frederike aber ließ Frauen aus dem Dorf stricken und säumen, bezahlte sie dafür mit Waren. Geld war eine zu unsichere Währung geworden. Thea hatte Sachen beim Krämer und in Berlin gekauft.

Die Leute waren entzückt über Socken, die aus Berlin kamen – das war schließlich etwas Besonderes. Vielleicht so besonders, dachte Frederike, dass sie sie nicht anzogen und stattdessen lieber in den Schrank legten, denn die Qualität war eher minderwertig. Aber das konnte Thea, die sich nie mit so etwas befasst hatte, nicht beurteilen.

Der Abend war harmonisch und schön. Die alten Weihnachtslieder trieben Frederike die Tränen in die Augen. Für einen kurzen Moment sehnte sie sich nach Sobotka und ihren Leuten zurück. In der Nacht wäre sie noch zum Wolfsgehege gegangen und hätte die Wölfe gefüttert. Das würde nun der Stallmeister machen. Aber als Frederike nach dem Abendessen aus dem Fenster sah, vor dem dichter nasser Schnee fiel, war sie froh, dass sie nicht mehr hinausmusste.

Am nächsten Mittag ging es mit dem Schlitten nach Leskow. Werner lenkte den Schlitten, die Leute auf Großwiesental hatten heute »frei« – wobei das ja nicht stimmte. Der Haushalt musste trotzdem gemacht werden – die Öfen beheizt, die Zimmer gekehrt. Es gab nur ein Frühstück und würde einen kleinen Imbiss in der Nacht geben, wenn sie wiederkamen. Und Klein Harry blieb beim Kindermädchen zurück.

Die Leute auf Leskow jedoch hatten heute viel zu tun. Auch wenn nur Caspar dort übernachtete, war doch die ganze Familie anwesend, samt einigen alten Tanten und Frederike als Gast.

Frederike dachte darüber nach, über den Unterschied zwischen »ihnen« und den Leuten. Das machte sie immer wieder, und sie fühlte sich zunehmend unwohl damit.

»Darf ich Ihren Mantel nehmen?«, fragte das Mädchen, sobald sie in die Halle kamen.

»Es geht schon«, antwortete Frederike und zog den schweren Mantel aus. Aber dann sah sie sich unsicher um. Wo sollte sie ihn hinhängen? »Bitte«, sagte sie nur und reichte den Mantel weiter.

»Sie müssen Frederike sein«, sagte ein glattrasierter Mann mit dunklen kurzen Haaren. »Ich bin Caspar Gans Edler Herr zu Mansfeld.«

Frederike sah ihn an. Er stellte sich mit seinem vollen Adelsnamen vor, hatte aber ein lustiges Zwinkern in den Augen.

»Frederike von Stieglitz, geboren zu Weidenfels«, antwortete sie.

»Nun, belassen wir es dennoch bei den Vornamen? Ich bin Caspar.« Er lächelte.

»Na«, sagte Gebhard und trat zu ihnen. »Schindest du direkt Eindruck?«

»Bei einer schönen Frau sollte man das tun«, sagte Caspar verschmitzt.

»Und ich dachte, du interessierst dich nur für Politik.«

»Das tue ich meistens.« Caspars Stimme wurde tiefer, ernster. »Und man muss es auch tun. Es ist ein Elend.«

»Was ist ein Elend? Krieg ist ein Elend, aber das werden wir hoffentlich nie wieder erleben!« Der Hausherr war zu ihnen gekommen, schlug beiden Söhnen kräftig auf die Schultern. »Aber wir haben Weihnachten. Da gibt es doch wohl andere Themen, über die wir reden können.«

»Stimmt, Vater«, sagte Gebhard. »Kennst du schon unseren Gast Frederike von Stieglitz? Sie wohnt gerade bei Skepti und Thea.«

Der alte zu Mansfeld kniff die Augen zusammen. »Sie sind eine von Harrys Taufpatinnen, nicht wahr?«

Frederike nickte verschüchtert.

»Dann ist es mir eine Freude, Sie hier begrüßen zu können. Wie war noch mal Ihr Name?« Er hakte sie unter und führte sie in den Salon. »Mein Gedächtnis ist nicht mehr so gut. Und was möchten Sie trinken, Mädchen? Sind Sie eigentlich verheiratet, oder hat sie einer meiner Söhne mitgebracht? Zeit würde es ja, dass sie endlich einmal Frauen anschleppen würden. Diese Güter brauchen Erben, wissen Sie? Wie war noch mal ihr Name? Stieghans?«

»Stieglitz. Geborene Weidenfels, meine Mutter hat in die Fennhusens eingeheiratet.«

»Ach ja. Ax … nicht wahr? Ax von Stieglitz. Traurige, traurige Geschichte. Sie sind die Schwester? Seine Frau muss sehr leiden, ist wohl noch sehr jung, das Mädchen. Armes Ding. Schon verwitwet.«

»Ich bin das arme Ding, die Frau. Ax hatte keine Schwester.« Frederike befreite sich aus seinem Griff. Sie wusste, er meinte es nicht böse, aber dennoch blieb ihr gerade die Luft weg.

»Magst du einen Drink?«, fragte Gebhard. »Gin-Fizz, oder? Vater, entschuldige uns.« Er zog sie weg. »Hat er dich beleidigt?«, wisperte er. »Dafür hat er ein Händchen, aber er meint es nie so.«

»Er … nun … egal.« Frederike schluckte. »Es gibt Gin-Fizz?«

»Ich treibe alles für dich auf. Komm, stell dich hierher. Caspar redet zwar wirres Zeug, aber es geht nur um Politik. Ich hole die Getränke. Und nimm einfach nichts zu ernst, was gesagt wird.«

Frederike lachte leise. Zum ersten Mal seit Wochen fühlte sie sich wirklich wohl. Gebhard hatte eine Art an sich, die herzerwärmend war. Er war einfach er selbst und nahm sie so selbstverständlich auf, wie es sonst keiner tat. Das empfand sie als wohltuend.

»Und für dich, Caspar?«

»Egal, Hauptsache Umdrehungen. Du wirst schon das Richtige finden, Brüderchen.« Er schaute Frederike an. »Was genau hat dich in die Prignitz verschlagen?«

»Die Trauer und die Einsamkeit«, sagte sie ehrlich. »Mein Mann ist im Februar verstorben, und ich wollte Weihnachten nicht alleine verbringen. Thea hatte die Güte, mich einzuladen.«

»Mein Beileid. Das ist ja schrecklich. So jung und schon ...«

Frederike biss sich auf die Unterlippe. Sie dachte an Ax, wie er früher gewesen war. Und an ihre Träume, die sie gehabt hatte – an die gemeinsame Zukunft, ein Leben auf Sobotka. Die Gedanken machten sie traurig.

»Die Prignitz ist wunderschön«, sagte Frederike und räusperte die Tränen weg. »Aber du lebst gar nicht hier?«

»Nein, mich hat es nie dahin gedrängt, das Land meiner Väter zu bebauen. Ich bin im diplomatischen Dienst, auch wenn es heutzutage keine leichte Aufgabe ist.« Er seufzte. »Ich mache keinen Hehl daraus, dass ich nichts von Hitler und seiner Partei halte.«

»Aber viele Menschen sehen das anders«, sagte Frederike.

Caspar sah sie forschend an.

»Ich nicht!«, sagte sie sofort und hob die Hand. »Grundgütiger, nein. Aber da ich in Polen lebe und seit meiner Hochzeit auch die polnische Staatsbürgerschaft habe, kann ich nicht groß mitreden. Ich sehe nur die begeisterten Massen in den Wochenschauen, höre mit Verblüffung die Reden dieses Mannes mit dem unmöglichen Schnauz und wundere mich darüber, wie er so viele Menschen in seinen Bann ziehen kann.«

»Worüber wundert ihr euch?«, fragte Gebhard und reichte die Getränke. »Heute Abend ist Selbstbedienung angesagt. Fritz, der zweite Diener, ist auf dem Eis ausgerutscht und hat sich den Knöchel verstaucht. Joseph, unser erster Diener, wird gerade schier verrückt, weil er meint, dass er nicht alles hinbekommt.«

»Unfug. Joseph hat immer alles im Griff. Wie ist es denn bei dir in Burghof, Gebbi?«, fragte Caspar.

Gebhard verzog das Gesicht. »Nun ja, die Köchin ... ist nicht so gut wie unsere Köchin hier. Einen ersten Diener erspare ich mir, habe inzwischen aber zwei Mädchen und eine Sekretärin.«

»Eine Sekretärin?« Caspar lachte. »Du? Wofür?«

Gebhard nickte. »Das klingt sicher albern, aber ich habe eine Menge Papierkram zu erledigen, da ich ja Kleinwiesenhof für dich mitführe.«

»Du hast es von mir gepachtet.«

»Das stimmt, großer Bruder, dennoch ist es eine Menge an Verwaltung, die zu erledigen ist. Und es scheint mir, als würde das immer mehr werden. Mehr Formulare, mehr Kontrolle, mehr Formalitäten.«

»Ja, darauf setzt unser Führer.« Caspar verzog das Gesicht. »Auch in den Botschaften wird es immer schlimmer. Ich arbeite im Moment eng mit Klop von Smirnoff zusammen. Ein interessanter Mann.«

»Ein Russe?«

»Sein Vater war ein Württemberger russischer Herkunft, aber eingebürgert und mit dem Freiherrntitel anerkannt. Freiherr von Smirnoff. Sagt dir das nichts? Tante Lita kannte ihn.«

»Tante Lita kennt jeden, der von Rang und Namen ist. Ist sie nicht auch hier?« Gebhard sah sich um. »Ja, da hinten sitzt sie. Sie war eng mit Viktoria von Baden befreundet. Bis zu deren Tod.«

»Mit Viktoria, der Königin von Schweden?«, fragte Frederike erstaunt.

Gebhard nickte. »Einmal kam die Königin von Schweden mit ihrem Sonderzug sogar hierher in die Prignitz. Das war aber noch vor dem großen Krieg. Die beiden waren enge Freundinnen, und Tante Lita hat immer noch Verbindungen nach Schweden.«

»Tante Lita gehört aber zu der Retziner Linie des Geschlechts der zu Mansfelds«, erläuterte Caspar und grinste. »Aber das ist sicher alles uninteressant für dich, meine Gute.«

»Was ist denn nun mit diesem Smirnoff?«, wollte Frederike wissen.

»Er ist in der Botschaft in London tätig, wo ich auch gerade beschäftigt bin. Aber ich werde wohl demnächst in die Niederlande versetzt werden. Ein sehr interessanter Mann, der große Zweifel an unserem Führer hat.« Caspar räusperte sich.

»Lieber Himmel«, sagte Gebhard, »ich hoffe, du äußerst dich so nur, weil es erstens Weihnachten ist und wir zweitens eigentlich nur Familie sind. Bitte, pass auf, was du sagst.«

»Du hast natürlich recht. Aber wo, wenn nicht hier, könnte ich meine Zweifel zum Ausdruck bringen?«

Gebhard sah Frederike an. Frederike wurde rot.

»Ich bitte dich! Du weißt von meiner Haltung zu den Nazis. Ich verabscheue sie. Mein Verwalter ist nach Amerika ausgewandert, weil die Mutter seiner Frau Jüdin war. Die ganze Familie hält ihn für verrückt – ich nicht. Ich glaube, er hat zur rechten Zeit das Richtige getan.«

»Es können ja nicht alle, die einmal jüdische Vorfahren hatten, das Land verlassen.«

»Sie sollten es«, sagte Caspar leise. »Sie sollten es.«

»Was weißt du, was wir nicht wissen?«, fragte Gebhard.

»Reicht nicht das, was wir wissen? Die Gesetze, die Hitler verabschiedet hat – es sind keine Gesetze, es sind Dekrete, er hat das beschlossen, und nun ist es so. Es gibt einen Einparteienstaat, es gibt keine rechtliche Möglichkeit mehr, die Vorgehensweise seiner Partei zu kontrollieren. Wir sind aus dem Völkerbund ausgetreten, es gab Bücherverbrennungen … und das ist erst der Anfang. Hitler will den Krieg«, sagte Caspar.

»Krieg?« Frederike schüttelte den Kopf. »Er mag ja viele Leute durch seine Art mitreißen, aber niemand in Deutschland wird einen weiteren Krieg unterstützen. Nicht noch einmal.«

Gebhard und Caspar schauten Frederike schon fast mitleidig an.

»Viele Deutsche wollen den Krieg«, sagte Caspar leise. »Vielleicht auch nur, damit er diesmal ein anderes Ende nimmt. Die Schmach ist groß bei den einfachen Leuten, aber auch beim Adel.«

»Aber der Adel spielt doch keine Rolle mehr heutzutage.«

»Da täuschst du dich, Freddy«, sagte Gebhard. »Der Adel trauert all den Herrlichkeiten von früher hinterher. Vielleicht nicht mehr unsere Generation, aber die unserer Eltern ganz sicher. Nicht alle, aber viele. Sie wollen sicherlich das Kaiserreich zurück, aber erst einmal würde es ihnen reichen, wenn Ostpreußen wieder an das Reich angegliedert wäre. Und Hitler träumt laut von der Osterweiterung. Und mit ihm träumen auch andere.«

»Noch gibt es Hindenburg«, warf Frederike ein.

»Er spielt keine Rolle mehr«, sagte Caspar bedauernd.

»Sprecht ihr etwa über Politik?« Thea war zu ihnen getreten. »Es ist Weihnachten.« Sie sah sich um. »Und ich sehe niemanden, der Getränke mixt.«

»Was hättest du gerne?«, fragte Gebhard lächelnd. »Der Barkeeper hat sich den Fuß verstaucht, aber für dich übernehme ich das selbstverständlich. Eine Bloody Mary?«

Thea nickte. »Das wäre knorke. Danke.«

Gebhard nahm auch Frederikes leeres Glas, zwinkerte ihr zu. »Wir können alle einen zweiten Drink gebrauchen.«

Der Abend verlief harmonisch, das Essen war köstlich. Nachts fuhren sie mit dem Schlitten durch den Schnee zurück nach Großwiesental.

Thea kuschelte sich an Frederike. »Es ist ganz anders als in Berlin, aber manchmal mag ich es.«

»Morgen kommen deine Eltern?«, fragte Frederike.

»Oh, verdammt. Das habe ich ganz vergessen.« Thea setzte sich auf. »Aber die Mamsell wird schon alles gerichtet haben. Bleibst du über Silvester? Davon mache ich abhängig, ob ich auch meine Eltern bitte hierzubleiben.«

»Ich weiß es noch nicht«, gestand Frederike. »Vielleicht.«

»Bitte. Bittebittebitte«, flehte Thea. »Ich glaube, Gebhard mag dich. Und Caspar auch.« Sie sah ihre Freundin an. »Und wie ist es mit dir?«

»Ich mag Gebhard. Mehr als mir gerade lieb ist.«

»Dann bleib.«

Und Frederike blieb. Auch der zweite Weihnachtstag war entspannt und natürlich köstlich. Die Köchin gab ihr Bestes. Zwischen den Tagen ging man auf die Hasenjagd. Frederike verbrachte viel Zeit mit Gebhard, und er wurde ihr immer sympathischer. Er hatte einen feinen Humor, war aufmerksam und emphatisch. Sie mochte ihn. Nein – sie begann sogar, sich ein wenig in ihn zu verlieben, obwohl sie das nicht wollte.

Als Silvester alle auf die Uhr schauten, ging sie durch das Gartenzimmer nach draußen. Sie wollte in diesem Moment weder mit jemandem anstoßen noch reden oder Glückwünsche verteilen. 1933 war eins der schwersten Jahre in ihrem Leben gewesen, wie das kommende sein würde, wusste sie nicht. Sie hatte weder große Vorstellungen noch Hoffnungen.

Drinnen schlug die Uhr zur Mitternacht, und alle stießen an.

»Frohes neues Jahr«, sagte Gebhard, der leise zu ihr getreten war.

Kapitel 28

Januar, Februar 1935

Liebe Freddy,

ich schreibe Dir in der Hoffnung, dass es Dir gut geht. Ich erfreue mich bester Gesundheit. Wie Du schon weißt, liegt mir das Briefeschreiben wenig, ich überlasse das meist meiner Sekretärin Fräulein Berndt. Aber nach unserem Treffen auf der grünen Woche in Berlin muss ich Dir natürlich selbst schreiben, so schwer es mir auch fällt. Lieber würde ich Dich jedoch sehen.

Frederike lachte auf. Der Brief war so typisch für Gebhard, so wie sie ihn bisher kannte.

Ich nehme an, dass Du im Frühjahr genauso viel zu tun hast wie ich – schließlich leitest Du auch ein Gut. Aber vielleicht gibt es doch eine Möglichkeit, dass wir uns demnächst sehen. Ich reise nach Polen, um nach einem Wollschweineber zu suchen. Außerdem bräuchte ich noch zwei gute Stuten. Da fiel mir ein, dass Du ja ein Gestüt hast. Hast Du welche im Angebot? Ich bräuchte eine gute Zuchtstute und eine Jungstute, die ich als Reitpferd gebrauchen würde.

Bitte antworte mir doch bald, ich würde mich sehr freuen.

Ergebenst Dein Gebhard Gans Edler zu Mansfeld

Frederike war amüsiert. Er fragte nicht groß nach ihr, nach ihrem Wohlergehen, er kam direkt zum Anlass seines Schreibens. Natürlich hätte sie ein paar persönliche Worte schön gefunden, aber inzwischen kannte sie Gebhard gut genug – das brachte er nicht zustande, zumindest nicht schriftlich.

Nachdem sie das Weihnachtsfest 1933 in der Prignitz verbracht hatte, war ihr Kontakt zu Gebhard nicht abgebrochen. Sie schrieben sich – Frederike längere Briefe, Gebhard meist nur Postkarten oder kurze, sachliche Notizen. Im Frühjahr 1934 hatte er sie auf Sobotka besucht. Die Sommerfrische hatte Thea mit Harry und ihrer Schwiegermutter in Heiligendamm verbracht, und Frederike hatte sich zwei Wochen angeschlossen. Die Männer – sowohl Werner wie auch Gebhard und der alte zu Mansfeld – waren an den Wochenenden gekommen. Es war eine lustige Zeit gewesen. Für zwei Tage stieß sogar Caspar zu ihnen, doch er war weiterhin sorgenvoll, was die Zukunft anging.

Im Herbst waren die zu Mansfelds zu zwei Jagden nach Sobotka gekommen. Zu einer Hasenjagd war Frederike in die Prignitz gereist. Das Weihnachtsfest hatte sie diesmal jedoch auf Fennhusen verbracht, ihre Mutter hatte ihr die Abwesenheit im letzten Jahr schon nicht verziehen. Stefanie wünschte sich von ihrer Tochter, dass sie sich mehr in die Familie einbrachte, aber wie sollte Frederike das tun? Sie musste sich schließlich um Sobotka kümmern.

Gerta hatte sich abgekapselt. Zweimal war Frederike bei ihr in der Einöde gewesen, ihrer Schwester ging es zusehends schlechter. Die naturnahe Lebensweise hatte nur kurz eine Besserung ihrer Leiden gebracht. Anton, Gertas Mann, war verzweifelt. Und im Winter zogen sie gemeinsam zurück nach Fennhusen, wo sie erst einmal eins der Gesindehäuser bewohnten, da Gerta nicht mehr ins Haupthaus wollte. Sie ernährte sich vegetarisch, trug weite Kleidung und machte so viele gymnastische Übungen wie möglich.

Weihnachten 1934 verbrachte Frederike auf Stefanies Drängen dann also in Fennhusen. Sie war entsetzt über Gertas Zustand.

Auch Fritz war aus Berlin gekommen. Er hatte inzwischen sein Studium beendet, hatte eine Fluglizenz erworben und war als Testpilot bei Fieseler in Kassel beschäftigt. Er hatte am Europarundflug teilgenommen und war noch immer euphorisch.

»Fliegen ist die Fortbewegung der Zukunft«, schwärmte er. »Wir werden Passagierflugzeuge entwickeln und herstellen, die jedermann einen Flug in alle Teile der Welt ermöglichen werden.«

»Du bist und bleibst ein Spinner«, lachte Frederike ihn aus.

»Irgendwann, schon bald, wirst du mir recht geben. Ich verehre Erich Bachem, er ist ein Genie.«

»Flüge für jedermann?«, sagte auch Onkel Erik spöttisch. »Das geht doch gar nicht. Viel zu teuer und zu aufwendig.«

»Es gibt doch schon die Dornier als Passagierflugzeug. Und es gibt die Luftschiffe. Das alles wird sich weiterentwickeln, Erik, glaub mir. In der Luftfahrt liegt unsere Zukunft.«

»Sicher«, lachte Irmi, die inzwischen ein Backfisch war. »Und dann fliegen wir zum Mond.«

»Das halte ich nicht für ausgeschlossen«, sagte Fritz ernst. »Vielleicht werden wir das irgendwann tun.«

»Nun verdreh den Kindern mit deinen Sprüchen nicht den Kopf«, sagte Stefanie seufzend. »Jedes Mal nachdem du hier warst, sind die Jungs außer Rand und Band. Du machst sie noch ganz meschugge.«

»Das ist ein Wort, das du nicht mehr benutzen solltest, Mutter«, meinte Fritz leise.

»Bitte?«

»Nun, ich habe Kontakte. Wir alle werden demnächst den Ariernachweis erbringen müssen. Und meschugge ist ein Wort aus dem Jiddischen.«

»Meschugge ist ein Wort genauso wie Mischpoke … oder wie … wie Schickse. Alles Wörter, die wir schon immer gebrauchen«, meinte Stefanie empört. »Warum sollten sie jetzt tabu sein?«

»Weil Hitler es so will«, sagte Fritz. »Und er will …«

»Still«, unterbrach Stefanie ihn und hob die Hand. »Nicht vor den Kindern. Irmi, geh mit deinen Geschwistern ins Kinderzimmer. Zum Essen könnt ihr wieder herunterkommen.«

Irmi schob die Unterlippe nach vorne. »Warum dürfen wir nicht bei euch bleiben? Freddy und Fritz sind so selten hier. Ich will unten bleiben.«

»Kinder, die etwas wollen …«, sagte Stefanie leise, aber streng. Ihre Worte ließen keinen Protest zu. Die vier Kinder fügten sich.

Doch am nächsten Tag gingen Fritz und Frederike mit ihnen am See Schlittschuh laufen.

»Weißt du noch?«, fragte Frederike verträumt. »Früher …?«

»Es sah alles so aus wie heute, aber doch war es anders. Es war schöner, oder glaube ich das nur?«, antwortete Fritz.

»Liegt das an der Politik? Oder an uns? Oder daran, dass sich die ganze Welt verändert?«

Die Kinder juchzten, spielten Fangen auf dem Eis. Frederike und Fritz folgten ihnen langsam und sahen ihnen zu.

»Vielleicht ist es von allem etwas.«

»Aber du glaubst an die Zukunft, Fritz?«

Er nickte. »Ja, es gibt so viele Neuerungen und Entdeckungen. Sie müssen nur in die richtige Richtung gelenkt werden. Und im Moment passiert das nicht. Gerade marschieren wir schnurstracks auf einen weiteren großen Krieg zu.«

»Das sagt Caspar auch.«

»Wer ist denn Caspar, Schwesterlein? Hast du mir eine Romanze verschwiegen?«

Frederike lachte auf. »Nein. Caspar ist der Schwager von Thea. Einer der zu Mansfelds. Er ist bei der Botschaft und glaubt auch, dass es Krieg geben wird.« Sie sah ihren Bruder an. »Und du? Gibt es bei dir jemanden?«

»Es gab eine Frau, die ich sehr mochte. Aber daraus ist nichts geworden ...« Er nahm ihre Hand, lief schneller, zog sie mit sich. »Komm, lass sie uns fangen und da hinten ins offene Wasser werfen.«

Ali und Gilusch kreischten auf und liefen davon, so schnell sie die Kufen trugen. Nach einer Stunde schnallten sie die Schlittschuhe ab, gingen alle gemeinsam zurück zum Haus. Fritz hatte Frederikes Frage nicht wirklich beantwortet, er wollte es wohl auch nicht.

Genauso wie ich nicht über Gebhard sprechen möchte, dachte Frederike. Früher hatten sie keine Geheimnisse voreinander gehabt, ihre Leben waren miteinander verschmolzen gewesen. Das war nun anders, aber vielleicht gehörte das zum Erwachsensein dazu. Dennoch fühlte sie sich ihrem Bruder tief verbunden.

»Ich mache mir Sorgen um Gerta«, sagte sie, als sie im Windfang die Stiefel auszogen. »Sie ist schrecklich krank.«

»Ja, ich weiß. Und ihr Mann ist ein sturer Bock, der immer noch an seinen Idealen hängt. Ich habe einen Termin mit einem Spezialisten in Kassel ausgemacht. Erst im neuen Jahr allerdings.«

»Immerhin. Wird sie fahren? Trotz Anton?«

»Ja. Sie hat furchtbare Schmerzen. Ich habe mit diesem Spezialisten gesprochen – er hat mir wenig Hoffnung gemacht. Diese Strahlen, wenn sie falsch angewendet werden, können verheerende Folgen haben. Und das haben sie wohl bei ihr.«

»Was ist mit Anton?«

»Ihr geht es so schlecht, dass sie sich über ihn hinwegsetzt.«

»Ist das nicht traurig«, sagte Frederike leise, »dass es ihr erst so schlecht gehen muss, damit sie etwas für sich selbst entscheidet?«

»Ich glaube, sich für diesen Mann zu entscheiden, war schon sehr selbständig. Er hat bestimmt nicht Mutters Segen.« Fritz zog die Augenbrauen hoch.

»Ganz sicher nicht.« Frederike seufzte. »Sag mal«, fragte sie ihn dann, »wenn wir jetzt in die Küche gehen, meinst du, dass uns Schneider etwas Leckeres gibt?«

»Einen Versuch ist es wert«, sagte er und grinste. Zusammen gingen sie ins Souterrain. In der Küche dampfte und zischte es, der Ofen glühte, und Schneider kommandierte die Mädchen herum wie der beste Oberfeldmarschall. Frederike blieb stehen und schloss die Augen, schnupperte.

»Sie macht Glumseflinzen«, flüsterte Frederike verzückt. Das waren Klößchen aus Quark, Buttermilch und Mehl, die in Fett ausgebacken und mit Zucker und Zimt oder Kompott gereicht wurden.

»Und Hähnchen«, seufzte Fritz auf. »Ich glaube, sie macht auch Spirkel.«

»Jaaaa. Es duftet danach. Spirkel kann Lore nicht so gut wie unsere Schneider.«

»Erbarmung, was macht ihr denn da?«, fragte die Köchin, die sie gerade erst wahrgenommen hatte. »Marjellchen, hast awwer abjenommen, wa? Kocht meene Lore nich mehr jut jenuch?«

»Nein, Schneider, das ist es nicht«, antwortete Frederike. »Lore kocht hervorragend. Sie hat ja auch alles von Ihnen gelernt.«

»Ei, dann bin ich mal froh.« Die Köchin stemmte die Hände in die üppigen Hüften. »Awwer ihr habt sicher einen Janker nach 'nem Leckerchen. Ei, du doch och, min Piefke.« Sie strahlte Fritz an. »Wonach jankert euch denn?«

»Ich rieche Spirkel«, sagte Fritz. »Und sicher gibt es auch irgendwo ein Tellerchen mit Klunkermus.«

»Ei sicher. Dann kommtma mit, Kinderchen. Erbarmung, wie lang isset her, dass ihr hier bei mich inne Kiche wart?«

»Aber du hast doch Irmi, Gilusch, Ali und Klein Erik«, sagte Frederike.

»Erbarmung, ei sicher kommen die Marjellches un die Piefkes, awwer wie mit euch isset nimmer nie nicht mehr.«

»Was gibt es denn heute?«, wollte Fritz wissen.

»Ei, was wohl? Mach dir Hinnchen.«

»Ausgebackenes Hähnchen?«

»Sicher. Habs schon inne Buttermilch einjelegt.«

»Dafür würde ich töten.« Fritz umarmte die Köchin und küsste sie auf die Wange.

»Erbarmung, titen sollste nich, vor allem mich nich.«

»Nie im Leben, liebste Schneider. Keiner macht das Essen so gut wie Sie.«

Obwohl Schneiders Wangen durch die Hitze und den Dampf in der Küche immer gerötet erschienen, wurden sie nun noch etwas roter. Verlegen wendete sie sich ab. »Erbarmung«, murmelte sie. »Machst mich ja janz verlejen, Jungchen.«

Es hatte schon etwas, Fritz »Jungchen« zu nennen, dachte Frederike belustigt. Er war über einen Meter neunzig groß und stattlich gebaut, was ein gutes Zeugnis für Köchin Schneiders Küchenkünste war.

An diesem Abend schmückten sie den Baum in der Diele und legten die Geschenke für die Leute zurecht, die Tante Edeltraut wieder einmal liebevoll eingepackt hatte. Frederike schämte sich ein wenig, denn ihren Leuten hatte sie zwar auch Geschenke besorgt und verpackt, aber sie hatte sie ihnen vor ihrer Abreise einfach gegeben. Es fehlte dieser feierliche Moment, dieses weihnachtliche Gefühl. Im nächsten Jahr, nahm sich Frederike fest vor, mache ich das anders.

Heiligabend gingen sie alle zum Krippenspiel in die Kirche, sangen die altvertrauten Lieder.

»Es ist ein Ros entsprungen« und auch »Stille Nacht, heilige Nacht«.

Danach kehrten sie zum Gutshaus zurück, empfingen die Leute. Diesmal war Frederike nicht so ungeduldig wie früher. Sie genoss die Bescherung der Leute, sah die glücklichen und zufriedenen Gesichter. Aber sie sah auch die Ungeduld ihrer kleineren Geschwister. Der Zug der Leute, diesmal kamen auch die ledigen Männer des Gesindes und die Instmänner mit ihren Familien, schien kein Ende zu nehmen. Frederike ging zu den Kindern, nahm den kleinen Ali auf den Arm.

»Müssen wir hier bleiben?« Sein Blick wanderte zur Tür, die zum Salon führte. Dort waren die Geschenke für die Familie aufgebaut.

»Ja, das müssen wir. Schau, da vorne – das ist unser Schweizer mit seiner Frau und den Kindern.«

»Weiß ich doch, Freddy. Das ist der Alfons. Seine Frau heißt Hedwig und die Söhne Franz und Felix.«

»Gut. Es ist gut, dass du das weißt, denn diese Menschen sind wichtig für uns und das Gut. Sie kümmern sich um unsere Kühe und Schafe, melken sie und bringen die Milch, die wir nicht brauchen, zur Käserei. Ohne sie würden wir weder Milch noch Käse haben. Wir hätten niemanden, der die Tiere melkt, sie füttert und die Ställe ausmistet. Dann würden die Kühe sterben.«

Ali riss die Augen auf. »Wieso?«

»Weil sie Futter brauchen und jemanden, der sie melkt, sonst platzen ihre Euter. Und weißt du, der Schweizer steht morgens früh auf und macht das – er kümmert sich um die Kühe. Das hat er heute gemacht, das macht er morgen wieder.«

»Aber es ist doch Weihnachten.« Ali kaute an seinem Daumen.

»Das weiß ich. Du weißt es, und der Schweizer weiß es auch … aber den Kühen ist das egal. Sie müssen jeden Tag versorgt werden. Das macht der Schweizer. Heute bekommt er einen Glühwein von uns und ein kleines Geschenk, genau wie seine Frau und die Jungs. Sie freuen sich darüber. Also lass ihnen die Freude.«

»Na gut«, sagte Ali langgezogen.

Frederike lachte leise. »Deine Geschenke laufen nicht weg.«

»Ich wünsche mir so sehr ein neues Tretauto. Und Zinnsoldaten.«

»Nicht jeder Wunsch wird erfüllt. Aber vielleicht doch der eine oder andere … Gleich wirst du es wissen.« Zinnsoldaten, das wusste sie, würde er nicht bekommen. Mutter wollte nicht, dass ihre Söhne Krieg spielten. Aber ein neues Tretauto lag für ihn bei den Geschenken.

Der Abschied von ihrer Familie fiel ihr nicht leicht. Die Sorgen um Gerta wurden immer größer. An manchen Tagen konnte ihre Schwester das Bett nicht mehr verlassen. Die ständigen Schmerzen hatten tiefe Furchen in ihr Gesicht gegraben, und sie war furchtbar dünn geworden. Frederike versprach ihr, sie bald wieder zu besuchen.

Und dann brachte Onkel Erik sie zum Bahnhof. Sie fuhr nach Großwiesental, denn Silvester würde sie wieder mit den zu Mansfelds feiern.

»Gibt es da jemanden in deinem Leben?«, fragte Onkel Erik, als sie den Bahnhof erreicht hatten.

»Wie kommst du darauf?«

»Nun, Kind, ich kenne dich fast dein ganzes Leben.« Er schmunzelte.

Frederike nickte. Sie vertraute Onkel Erik mehr als vielen anderen, er war ihr Vater, wenn auch nicht der biologische. Er half ihr, wann immer sie Probleme mit dem Gut hatte, war für sie da – weitaus mehr, als es ihre Mutter jemals gewesen war.

»Ich will ja nicht neugierig sein, ich mache mir nur Gedanken um deine Zukunft«, sagte er leise.

»Das hat doch Mutter schon zur Genüge getan.«

»Du nimmst es ihr immer noch übel?« Er seufzte.

»Aber du hast recht«, antwortete Frederike. »Es gibt jemanden in meinem Leben. Ich mag ihn.«

»Das klingt nach zu wenig.«

»Vielleicht ist es auch mehr, manche Dinge müssen auch wachsen. Weshalb ist das so wichtig?«

»Du hast Sobotka geerbt. Aber es ist ein Fideikommiss. Wenn du wieder heiratest, verlierst du es.«

»Wer sagt denn, dass ich wieder heirate?« Frederike schaute in das entsetzte Gesicht ihres Stiefvaters und lachte leise.

»Nun, letztendlich ist es deine Entscheidung, wie du lebst …«

»Ich weiß, dass ich Sobotka aufgeben muss, wenn ich wieder heirate, Onkel Erik. Aber vielleicht ist das gar nicht so schlimm.«

»Das Gut bedeutet eine Menge Arbeit und Verantwortung. Ich bewundere es, wie du es meisterst. Das schafft nicht jede junge Frau.«

»Hatte ich eine Wahl?«

»Du hättest es Ax' Cousin überlassen können. Er bekommt es auch, wenn du wieder heiratest. Aber … nicht einfach so.«

»Bitte?«, fragte Frederike verblüfft.

»Ich habe mich erkundigt. Du wirst eine Entschädigung bekommen können. Die Summe muss allerdings verhandelt werden. Und ich fürchte, Ax' Cousin wird nicht amüsiert darüber sein.«

»Ich würde Geld bekommen?«

»Eine Erbschaft. Ja. Eine kleinere Summe. Natürlich nichts, was an den Wert des Gutes herankäme.«

»Wie viel denn?«

»Das weiß ich nicht, aber ich kann versuchen, mich zu erkundigen.«

»Danke, Onkel Erik.«

»Meinst du nicht, du könntest den ›Onkel‹ langsam mal weglassen? So wie Gerta und Fritz? Sie nennen mich schon lange nur beim Vornamen.«

»Für mich ist diese Bezeichnung aber etwas Besonderes. Sie ist für mich dein Rufname – so wie es ›Vater‹ für meinen Vater wäre. Natürlich gibt es viele Onkel, aber du bist mein Onkel Erik. Verstehst du, wie ich das meine?«

Erik schwieg für eine Weile, starrte nach vorne, dabei war das Frontfenster so beschlagen, dass er gar nichts sehen konnte. Dann nahm er umständlich ein großes Taschentuch hervor und putzte sich die Nase.

»Danke. Das ehrt mich. Sehr.«

Frederike lehnte sich zu ihm und küsste ihn auf die Wange. »Du bist und warst immer wundervoll. Danke dir.«

Erik räusperte sich, räusperte sich wieder. Er schien nach passenden Worten zu suchen, fand aber keine.

»Es eilt übrigens nicht mit den Erkundigungen«, sagte Frederike. »Ich habe vorläufig nicht vor, mich wieder zu verheiraten. Aber zu wissen, dass es eventuell eine Lösung gibt, die mich nicht direkt wieder von einem anderen Mann abhängig macht, ist beruhigend.«

»Abhängig?« Verblüfft sah er sie an. »So siehst du eine Heirat?«

»Als Frau ist das so.«

»Darüber habe ich mir noch nie Gedanken gemacht.«

Frederike schon. Sie glaubte, da ihre Mutter in den Jahren zwischen ihrer zweiten und dritten Ehe am freiesten und glücklichsten war, als sie als Witwe in Potsdam gelebt hatte. Sie hatte damals nur einen kleinen Haushalt zu führen, bekam eine Witwenrente und einen Zuschuss der Familie, musste niemandem Rechenschaft ablegen und auch kein großes Gut führen. Aber das würde sie Onkel Erik nie sagen. Ganz sicher war Stefanie auf Fennhusen nicht unglücklich, auch wenn es eine Zeit gedauert hatte, bis sie sich als Gutsherrin einlebte.

»Du musst los«, sagte Erik. »Ich kann den Zug schon hören.« Er stieg aus, holte Koffer und Reisetasche aus dem Kofferraum und öffnete Frederike die Beifahrertür. Er brachte sie bis in den Zug, stellte das Gepäck in ihr Abteil und nahm sie zum Abschied noch einmal in die Arme.

»Ich liebe dich, mein Kind.«

»Ohne dich wäre ich schon längst verloren, liebster Onkel Erik.«

Er blieb auf dem Bahnsteig und winkte, bis der Zug um die Kurve gefahren war. Frederike schob das Fenster nach unten und setzte sich.

Bisher hatte sie nicht ernsthaft darüber nachgedacht, sich wieder zu binden. Dennoch war sie zu jung, um für den Rest ihres Lebens alleine zu bleiben. Aber Tante Edel und Tante Martha hatten nach dem großen Krieg, in dem ihre Verlobten gefallen waren, auch keinen Mann mehr gefunden.

Sie mochte Gebhard, mochte ihn sehr – aber reichte das? Eigentlich kannte sie ihn viel weniger, als sie Ax gekannt hatte, der seit ihrer Kindheit immer wieder Gast auf Fennhusen gewesen war. Und dennoch hatte sie Ax nicht durchschaut. Hätte sie vorher gewusst … aber das war wohl so. Man wusste es vorher nicht.

Einiges, dachte Frederike plötzlich, kann man aber herausfinden. In der verbotenen, geheimen Woche mit Rudolph hatte sie mehr über ihn erfahren als bei all den Treffen zuvor. Und sie hatte gemerkt, wie liebevoll und leidenschaftlich zugleich er sein konnte. Etwas, was sie vor ihrer Ehe von Ax nicht gewusst hatte – und was auch nicht seins gewesen war. Den Sex mit Ax hatte sie über sich ergehen lassen, es gehörte nun einmal dazu. Aber sie wusste nun durch Rudolph, wie es sich anfühlte, wenn zwei Menschen zu einem wurden und sich leidenschaftlich liebten.

Doch das, wurde ihr plötzlich klar, kann ich wieder ausprobieren. Es muss ja nicht Venedig sein. Ja, sagte sie sich, bevor ich mich ein weiteres Mal binde, will ich das wissen, wenigstens ein bisschen. Gerta hat mit Anton wohl schon eine Weile zusammengelebt. Das kann ich nicht – wie soll das auf dem Gut auch gehen? Aber eine Woche wäre schon Probe genug. Zumindest was einige Dinge anging.

Doch so weit war es ja noch gar nicht. Gebhard zeigte zwar Interesse und Zuneigung, aber erklärt hatte er sich noch nicht. Er war, das hatte sie gemerkt, ein wenig schüchtern. Sie freute sich auf das Fest bei Thea, auf das Treffen mit den zu Mansfelds, die sie inzwischen gerne mochte. Und alles war besser, als den Jahresübergang alleine auf Sobotka zu feiern.

Nach dem schönen Silvesterfest traf sie Gebhard im Januar auf der Grünen Woche – der Woche der Landwirtschaft in Berlin. Traditionell tagte die Deutsche Landwirtschaftsgesellschaft im Januar in Berlin. Es gab einen immer mehr zunehmenden regen Straßenverkauf von Produkten und anderen Artikeln und deshalb wurde 1926 die erste Grüne Woche in den Messehallen abgehalten, um dieses Treffen in eine geordnete Form zu bringen.

Seitdem gehörte es zu den Höhepunkten mancher Gutsbesitzer. Die neuesten Maschinen wurden vorgestellt, ebenso Saatgut verkauft und

Dünger angepriesen. Das leibliche Wohl kam auch nicht zu kurz, und selbst Vieh wurde ausgestellt und bewundert.

Obwohl es für Frederike ein Umweg war, fuhr sie zuerst nach Berlin und traf sich dort mit Gebhard, bevor sie nach Osten, nach Fennhusen fuhr. Dort wartete Fritz schon auf sie, und gemeinsam brachten sie die kranke Gerta nach Kassel. Fritz hatte sich längst von seinem Laubfrosch verabschiedet und fuhr nun einen nagelneuen Tatra 77.

»Da steige ich nicht ein«, sagte Gerta entsetzt. »Können wir nicht im Landauer fahren?«

»Bis Kassel? Du hast sie ja nicht mehr alle«, sagte Fritz entsetzt. »Und noch dazu im Januar.«

»Aber was ist mit Eriks Wagen? Er wirkt viel …«

»Viel klobiger, da hast du recht. Der Tatra ist stromlinienförmig. Wie ein Flugzeug. Er wurde im Windkanal getestet und hat somit die optimalen Eigenschaften, um so wenig Windwiderstand wie möglich zu leisten.«

»Ich will fahren, Fritz, nicht fliegen«, sagte Gerta.

»Das ist ein Automobil, Schwesterchen. Es ist sehr viel besser gefedert als Eriks alter Adler Standard. Wir können schneller fahren, sitzen bequemer.«

»Glaub Fritz«, sagte Frederike und schob ihre Schwester sanft zum Wagen. »Die Fahrt wird so schon lang und anstrengend genug.«

Gerta seufzte auf. »Ich weiß nicht. Soll ich nicht noch einmal Anton fragen?«

»Nein«, sagte Stefanie entschieden und verstaute Gertas Koffer. »Du fährst jetzt mit deinen Geschwistern. Wir alle wollen, dass es dir bald bessergeht. Anton sicher auch.«

»Wo ist er denn?«, fragte Frederike und schaute sich um. Sie sah einen Schatten hinter der Gardine in dem Gesindehaus, das die beiden bewohnten.

»Frag nicht«, zischte Stefanie. »Es ist schon so Drama genug.«

Gerta stieg endlich ein. Stefanie gab ihr zwei Kissen und eine Decke, so dass Gerta es sich auf der Rückbank einigermaßen bequem machen konnte. Sie schien nur noch aus Haut und Knochen zu bestehen.

»Will er nicht, dass sie fährt?«, flüsterte Frederike ihrer Mutter verblüfft zu.

»Nein, er will, dass sie tanzt und durch die Natur läuft und glaubt, dass dann alles wieder gut wird.« Stefanie stemmte die Hände in die Hüften. »Ich weiß, dass die Strahlenbehandlung mein Kind so krank gemacht hat. Wir waren naiv und haben an die Medizin geglaubt. Vielleicht war das ein Fehler. Aber du hast auch an die Medizin geglaubt und wurdest durch deine Impfung geheilt. Doch dieser Mann hat eine Einstellung, die ihr nicht hilft. Sie mag ihn ja lieben, aber gut ist er nicht für sie.«

»Es ist zu spät, Mutter. Sie sind verheiratet.« Frederike schluckte. »Aber es freut mich, dass du deinen Blickwinkel geändert hast.«

»Wie bitte?«

»Bei mir kam es dir doch nur darauf an, mich gut zu verheiraten. Jetzt machst du dir Gedanken darüber, ob die Gatten gut für deine Töchter sind.«

»Werde nicht unverschämt, Freddy. Ich habe mir auch bei dir darüber Gedanken gemacht. Sehr viele sogar. Aber deine Ausgangslage war einfach eine andere.«

»Genau. Ich war mittellos. Aber das hast du ja geändert.« Frederike hielt die Luft an.

»Steig ein«, sagte Fritz knapp zu ihr. »Wir wollen hier nicht festfrieren. Ihr könnt euch beim nächsten Mal weiterstreiten.«

Frederike setzte sich auf den Beifahrersitz, mit Schwung schloss Fritz die Tür.

»Dass ihr euch immer noch so hasst, du und Mutter«, sagte Fritz, als sie Fennhusen hinter sich gelassen hatten.

»Hassen? Nein, ich glaube, wir verabscheuen uns nur«, meinte Frederike. »Schau mal, Schneider hat uns ein Fresspaket mitgegeben.«

»Das ist kein Paket«, lachte Fritz, »das ist eine Monatsration. Die gute Schneider, wie ich sie liebe!«

»Nur ihr Essen, oder?«

»Das vor allem.«

Kapitel 29

Sobotka, März 1935

»Wie geht es deiner Schwester?«, fragte Gebhard und streckte die Beine vor dem Kamin aus. Jeden Tag wurde es ein wenig später dunkel, aber heute hingen tiefe Wolken über dem Himmel, und es war erst gar nicht hell geworden. Gegen Mittag war Gebhard auf Sobotka eingetroffen. Frederike war sofort mit ihm zum Gestüt gefahren. Dort hatte ihn Jan Mazur, der Gestütsleiter, in Empfang genommen. Erst am späten Nachmittag war zu Mansfeld zurückgekehrt, hatte gebadet und sich umgezogen. Jetzt saßen Frederike und Gebhard vor dem Kamin im Salon und warteten darauf, dass zum Essen geläutet wurde.

»Es geht ihr schlecht«, sagte Frederike traurig. »Der Spezialist in Kassel konnte nichts für sie tun, außer ihr Morphium zu geben. Das lindert zumindest ihre Schmerzen. Aber ihr Innerstes haben die Strahlen zerstört.«

»Und wie lange dauert es, bis es heilt?«

Frederike sah Gebhard an und schüttelte den Kopf. »Es wird nicht mehr heilen«, sagte sie leise. »Jetzt geht es nur noch darum, Gerta die Schmerzen zu nehmen, bis sie stirbt.«

Gebhard schnappte nach Luft. »Verzeih. Den Ernst der Lage hatte ich nicht erkannt.«

»Es war mir auch nicht bewusst, bis wir in Kassel waren.« Frederike räusperte sich. »Möchtest du noch etwas trinken?«

»Gerne.« Er reichte ihr sein Glas.

»Hast du etwas von Caspar gehört?«

Nun räusperte Gebhard sich. »Wir schreiben viel, telefonieren manchmal. Aber in seinen Briefen und Telefonaten ist er immer eher kryptisch.«

»Warum?« Frederike kehrte mit den Drinks zurück, setzte sich wieder.

»Er misstraut dem Staat.«

»Er ist Diplomat, arbeitet für das Reich.«

»Es ist eher das Regime, dem er misstraut. Vielleicht sieht er Gespenster, ich weiß es nicht.«

»Europa verändert sich«, sagte Frederike nachdenklich. »Im letzten Jahr ist so viel passiert.« Sie dachte kurz nach. »In Österreich gab es einen Bürgerkrieg, in Lettland einen Staatsstreich, in Bulgarien einen Militärputsch. Der Reichsrat in Deutschland wurde aufgelöst.«

»Hitler hat sich mit Mussolini getroffen – die beiden scheinen sich gut zu verstehen«, sagte Gebhard bedrückt.

»Hindenburg ist gestorben.«

»Ja, was für ein Verlust.«

»Aber Hindenburg hatte zum Schluss keinen Einfluss mehr. Hitler reißt alles an sich.«

»Genau das macht Caspar auch Angst.«

»Die UdSSR ist in den Völkerbund aufgenommen worden.«

»Und wir sind ausgetreten – was sagt uns das?«

»Glaubst du, dass es Krieg geben wird, Gebhard?«, fragte Frederike betroffen.

»Hitler tut alles, um sich den Weg dahin zu ebnen. Er hat Kanzleramt und Präsidentenamt vereint – auf sich. Nun gibt es niemanden mehr, der ihn kontrolliert. Wir haben ein Einparteiensystem, es gibt quasi nur noch die NSDAP. Was glaubst du denn, was er vorhat?«

»Er hat mit Polen den Nichtangriffspakt geschlossen.«

»Und sagt, sein erstes Ziel ist es, die Ostgegenden zurück ins Reich zu holen. Er verdammt den polnischen Korridor.«

»Das tue ich auch und viele andere.«

»Würdest du dafür einen Krieg führen?«

»Natürlich nicht. Es darf nie wieder Krieg geben.«

»Es wird Krieg geben.«

Frans läutete zum Essen, und Gebhard reichte ihr die Hand, half ihr auf, führte sie hinüber zum Esszimmer.

»Du magst Caspar, nicht wahr?«, fragte er vorsichtig.

»Natürlich. Caspar ist ein unglaublich interessanter Mensch.«

Gebhard senkte den Kopf. »Ach so. Dann muss ich das wohl so zur Kenntnis nehmen«, sagte er leise.

Frederike sah ihn an. »Ich mag ihn, Gebhard. Als Mensch. Mehr nicht.«

Sie setzten sich, die Suppe wurde aufgetragen.

»Und mich?«, fragte Gebhard, nachdem er den Teller schweigend geleert hatte. »Magst du mich auch?«

Frederike legte den Löffel zur Seite und sah ihn an. »Ja. Sehr.«

Gebhard biss sich auf die Lippe. »Aber das reicht dir nicht, oder?«

»Das reicht mir nicht wofür?«

Er zögerte, dann griff er in seine Jackentasche, just als Frans kam, um die Teller abzuräumen. Frederike und Gebhard sahen sich an, Frederike zog die Augenbrauen hoch. Nun warteten sie, bis Frans den Hauptgang aufgetragen und den Wein nachgeschenkt hatte. Es gab geschmorten Hasen mit Wurzelgemüse und Sellerie-Kartoffel-Stampf, dazu Spirkel – geräucherter Bauchspeck mit Zwiebeln, der langsam ausgebraten wurde und somit fast die Konsistenz eines Ragouts hatte.

»Das ist köstlich«, sagte zu Mansfeld, legte dann aber das Besteck auf das Messerbänkchen. Wieder griff er in die Jackentasche und zog eine kleine Schmuckschatulle hervor. »Dies ist der Verlobungsring meiner Großmutter. Sie hat bis zu ihrem Tod im Burghof in Mansfeld gewohnt, in dem Haus, wo ich nun lebe. Eigentlich erbt der älteste Sohn diesen Ring, aber Caspar hat ihn mir überlassen …« Er stockte, stand auf. »Frederike«, sagte er ernst, »möchtest du meine Frau werden?«

»Grundgütiger«, wisperte Frederike. »Das kommt jetzt aber überraschend. So zwischen Hauptgang und Nachspeise.« Sie merkte, was sie gesagt hatte, und kicherte nervös.

»Das ist keine adäquate Antwort«, meinte Gebhard und grinste ebenfalls.

»Ich … ich bin gerade sprachlos. Setz dich bitte wieder.«

»Das heißt, du willst nicht«, sagte er und setzte sich. Sein Gesicht wurde bleich.

»Doch … nun ja, ich weiß nicht.«

»Was denn nun – ja? Oder nein? Ich habe damit noch nicht so viel Erfahrung. Um ehrlich zu sein, ist dies mein erster Antrag.«

»Ich mag dich sehr, nein, ich bin mir sicher, dass ich dich liebe. Ich frage mich nur gerade …«, sie stockte.

»Ja?«

»… wie viel Wert du auf den Nachtisch legst?«

»Wie bitte?«

»Lass uns rausgehen. Spazieren gehen. Bitte. Den Nachtisch können wir immer noch essen.«

»Wenn du das wünschst«, sagte er unsicher. Sie zogen sich Stiefel und Mäntel an, gingen nach draußen. Es war kühl, aber die Luft war klar.

»Ein wenig«, sagte Frederike und nahm Gebhards Hand, »kann man den Frühling schon riechen, findest du nicht?«

»Freddy, worüber möchtest du mit mir reden?«, fragte Gebhard und klang nervös.

»Über uns.«

Gebhard blieb stehen, entzog ihr die Hand, rieb seine Hände aneinander. »Dann bitte.«

Der Antrag war überraschend gekommen, auch wenn sich Frederike Gedanken über eine mögliche Zukunft mit Gebhard gemacht hatte. Sie ging mit forschen Schritten durch den Park, versuchte ihre Gedanken zu sortieren. Frederike mochte Gebhard, ja, sie mochte ihn sehr. Jeden Tag dachte sie inzwischen an ihn. Wenn eine Karte oder ein kurzer Brief von ihm kam, klopfte ihr Herz schneller und war dies die erste Post, die sie öffnete, die anderen Briefe legte sie zur Seite.

Aber wie sollte sie herausfinden, ob sie ihn liebte? Sie dachte an den Schmerz, den sie empfunden hatte, als Rudolph heiratete und ihr bewusst wurde, dass nun alles anders war. Der Schmerz war schrecklich gewesen, und so manche Nacht hatte sie sich in den Schlaf geweint.

Was wäre, fragte sie sich nun, wenn ich Gebhard nie wiedersehen würde? Was wäre, wenn er sich in eine andere Frau verliebte? Sie spürte in sich hinein und fühlte das Entsetzen, das diese Gedanken auslösten.

Gebhard war nicht so leidenschaftlich wie Rudolph, bis jetzt zumindest noch nicht. Er war ernsthafter und bodenständiger – aber gerade das mochte sie an ihm. Er lebte für sein Land, das Land seiner Väter. Und er würde ebenso für seine Familie leben und da sein. Zuverlässig, liebevoll und mit einem gewissen Quäntchen an Humor, das sie wirklich an ihm liebte.

Ja, dachte sie, ich möchte ihn nicht verlieren. Und ja, ich möchte mein Leben mit ihm verbringen. Aber …

»Ich glaube, dass ich dich liebe, Gebhard. Bei Ax war ich mir sicher, aber es war eine andere Art von Liebe, eine große Schwärmerei. Doch … die Ehe mit ihm war so ganz anders, als ich es mir vorgestellt hatte. Und es gab keinen Weg hinaus …« Sie hielt inne, sah Gebhard an. »Ich kann nicht … einfach so ›Ja‹ zu dir sagen.«

»Du musst noch überlegen?«

»Ich möchte dich um einen Gefallen bitten. Es ist wichtig für mich.«

Gebhard nickte.

»Ich möchte, dass wir zusammen wegfahren. Für eine Woche. Nur du und ich.«

»Als Hochzeitsreise? Gerne.«

»Nein. Vorher. Erst dann möchte ich mich entscheiden.«

Er sah sie mit großen Augen an. »Was?«

Kapitel 30

Gebhard war noch früh am nächsten Morgen gefahren. Er hatte die Stute gekauft, würde sie abholen lassen, nachdem sie rossig gewesen und gedeckt worden war. Den ganzen Abend und auch am nächsten Morgen war er kühl und reserviert. Er konnte Frederikes Anliegen nicht verstehen.

»Eine Woche? Wozu?«, hatte er sie gefragt.

»Zur Probe«, hatte sie ihm versucht zu erklären. Als ihm dann aufging, dass sie auch das Schlafzimmer und Bett in der Zeit mit ihm teilen wollte, wurde er ganz ruhig.

»Das ist unmoralisch. Wir sind nicht verheiratet, und du willst vorher mit mir wegfahren? Zeit verbringen? Sogar … ins Bett gehen?«

»Ich verliere ja nicht meine Unschuld, Gebhard«, sagte Frederike trocken. »Ich war ja schon verheiratet.«

»Hattest du seit Ax' Tod eigentlich noch andere Bewerber?«

Frederike sah ihn entrüstet an. »Ich bitte dich.«

»Nun, wer weiß, wie viele andere Kandidaten du hast, dass du so ein Auswahlverfahren brauchst.« Er senkte den Kopf. »Das war gemein, es tut mir leid. Aber du sagst, du liebst mich. Warum kannst du dann nicht einfach ›Ja‹ sagen?«

Frederike senkte den Kopf. Sie konnte ihm unmöglich von Rudolph erzählen. Das würde Gebhard nicht verstehen. Und außerdem war es eine Sache zwischen ihr und Rudolph.

»Hast du das mit Ax auch gemacht?«, fragte Gebhard noch einmal nach.

»Nein, natürlich nicht. Und gerade deshalb … ich kannte Ax mein halbes Leben, und dennoch kannte ich ihn nicht. Ich denke, in einer gemeinsamen Woche lernt man sich besser kennen, gut kennen …«

»Und wenn du danach ›Nein‹ sagst?«

»Ich glaube nicht, dass ich ›Nein‹ sagen werde. Ich liebe dich, Gebhard, aber …«, sie stockte. Es gab keine Möglichkeit, ihm ihre Beweggründe wirklich zu erklären. »… Ax hat mich angelogen … er wusste, dass er krank war.«

»Ich bin nicht krank. Wenn du willst, lass ich mich ärztlich untersuchen, mache alle Tests, auf die du Wert legst.«

»Aber darum geht es doch gar nicht.«

»Worum geht es dann?«

»Ich will mir sicher sein, dass wir zusammenpassen.«

»Und das weißt du nach einer Woche?«

»Ich hoffe.«

»Nein, Frederike, das mach ich nicht mit. Ich liebe dich und will dich heiraten, aber ich will nicht vorher eine Woche geprüft und bei Missfallen abgelehnt werden. Diese Woche wäre doch fürchterlich.«

»Vielleicht willst du mich ja nach der Woche nicht mehr.«

»Du glaubst doch nicht, dass ich Tage und Nächte mit dir verbringe und dann nicht dazu stehe? Das ist doch eine Sache der Ehre.« Er stand auf. »Ich habe dir einen Antrag gemacht. Weil ich dich liebe und weil ich dich heiraten will. Ich will den Rest meines Lebens mit dir verbringen, möchte Kinder mit dir haben und auf Mansfeld leben.« Er griff in seine Jackentasche, nahm das kleine Schmuckkästchen heraus, drehte es in den Fingern und stellte es dann auf den Kaminsims. »Überlege es dir. Ich lasse dir alle Zeit, die du brauchst.«

Und dann war er gefahren. Aus März wurde April, dann kam der Mai. Gebhard meldete sich nicht. Und sie meldete sich nicht bei ihm. Das kleine Schmuckkästchen stand wie ein mahnendes Zeichen immer noch auf dem Kamin, und jedes Mal, wenn Frederike es sah, gab es ihr einen unangenehmen Stich. Sie hatte Zweifel – hatte sie unrecht? War diese gemeinsame Woche vielleicht gar nicht so wichtig? Gebhard fehlte ihr schmerzlich, und wenn es auch nur seine kurzen Postkarten waren, die nicht mehr kamen. Sie vermisste zu wissen, dass es ihn für sie gab, dass da jemand war, der ihren Humor teilte und gerne Zeit mit ihr verbrachte. Sie traute sich noch nicht einmal, Thea zu besuchen, weil sie ja dann auf Gebhard gestoßen wäre, und so lehnte sie die Einladung von Thea zu Ostern ab.

Anfang Juni kam Jan Mazur, der Leiter des Gestüts, zu ihr.

»Jnädigste«, sagte er und zog die Kappe vom Kopf. »Wir ham ja das Stüttchen annen Jnädigsten ausse Prignitz verkooft.«

»An zu Mansfeld, ja. Ist etwas mit ihr?«, fragte Frederike besorgt.

»Sie war im April das erste Mal rossig. Habse decken lassen mit einem von unseren Hengsten. Gloob, sie hat aufjenommen, war nich mehr rossig seitdem. Jetzt hamwe Juni, un ich bin mir sicher, dass se tragend is. Der Jnädigste kannse abholen.«

»Danke, Mazur. Ich werde mich darum kümmern.«

»Jut, auch ansonsten sieht es jut aus mittem Jestüt. Ham reichlich Fohlen dies Jahr, alle jesund.«

»Haben wir denn auch Abnehmer?«

»Jau. Fast alle Zwei- und Dreijährigen sind verkooft. Gibt gerade eine reichliche Nachfrage an starken Pferden, vor allem aus'm Reich, wa?«

Frederike nickte bedrückt. Hitler hatte im März die Wehrpflicht wiedereingeführt und erklärt, die Truppen aufstocken lassen zu wollen. Das und auch die Gründung der Luftwaffe brachen das Versailler Abkommen, aber es gab nur wenige Proteste der anderen Staaten. Die Wehrmacht kaufte seit letztem Jahr starke Pferde aus allen Gestüten auf. Inzwischen fürchtete auch Frederike, dass es wieder Krieg geben würde. Italien hatte schon Ansprüche an Abessinien angemeldet und mit Frankreich einen Pakt geschlossen, in dem die verschiedenen Gebiete der ehemaligen Kolonien unter ihnen aufgeteilt wurden.

Sie setzte sich an ihren Schreibtisch und nahm einen Bogen Briefpapier hervor.

Lieber Gebhard, schrieb sie. Es fiel ihr schwer, sie wusste nicht so recht, was sie sagen sollte. Sie vermisste ihn sehr und merkte immer mehr, wie tief ihre Gefühle für ihn schon waren, aber wie sollte sie ihre Frage zurücknehmen? Natürlich könnte sie ihm einfach schreiben, dass sie ihn ohne Bedingungen heiraten wolle, aber wenn dann etwas schieflaufen sollte, würde sie sich für den Rest ihres Lebens Vorwürfe machen.

Ich will wenigstens wissen, wie es mit ihm ist – wie es ist, ihn anzufassen, zu schmecken und zu spüren. Vielleicht verführe ich ihn einfach für eine Nacht? Das schien ihr eine gute Idee zu sein. Das kann ich machen, dachte sie und fühlte sich plötzlich erleichtert, wenn er kommt und die Stute abholt. Vielleicht reicht es aber auch schon, wenn ich ihn einfach nur wiedersehe. Wenn ich ihn sehe, wenn er endlich wieder hier ist, wenn wir miteinander reden und schweigen können. Ihr wurde noch bewusster, wie sehr sie ihn vermisste.

Er fehlte ihr als Freund, als Vertrauter, als jemand, mit dem sie ihre Sorgen und Gedanken teilen konnte. War es nicht das, was eine Ehe ausmachte? Viel mehr als Leidenschaft und Sex? War es nicht wichtiger, dass man miteinander reden, lachen und schweigen konnte? Eine Ehe war viel mehr als nur ein Deckakt wie bei den Pferden.

Natürlich wollte sie auch Kinder. Und so wie Gebhard mit Harry umging, zeigte er ihr, dass er ein liebevoller Vater sein würde.

Sie mochte seine Art, wie er mit den Leuten sprach, sie ernst nahm und auf sie einging.

Und sie liebte seinen Geruch.

Eigentlich, wurde ihr klar, brauchte sie diese Woche nicht. Eigentlich hatten diese Monate des Schweigens gereicht, um ihr aufzuzeigen, dass sie ihn wirklich und wahrhaftig liebte.

Lieber Gebhard, schrieb sie also,

die Stute, die Du gekauft hast, war rossig, und mein Stallmeister ist sich sicher, dass sie aufgenommen hat. Du kannst sie gerne jederzeit abholen. Das Finanzielle regeln wir dann. Sie legte den Füllfederhalter nieder, überlegte. Was sollte sie noch schreiben?

Ich folge einfach meinen Gefühlen, beschloss sie und nahm den Füller wieder zur Hand.

Ich vermisse Dich. Sehr. Und ich möchte wirklich gerne wieder persönlich mit Dir sprechen. Weißt Du, ich liebe Dich nämlich. Und ich werde auch kein Dickkopf sein.

In Liebe

Deine Freddy

Sie schlief noch eine Nacht darüber, dann war sie sich aber sicher – sie wollte Gebhard heiraten, auch ohne diese Woche auf Probe. Also gab sie den Brief zur Post. Es würde ein paar Tage dauern, bis er die Prignitz erreichte, und Gebhard war ja kein großer Briefeschreiber, dennoch wartete sie jeden Tag auf die Post, nahm sie voller Spannung entgegen. Doch er antwortete nicht. Hatte sie ihn für immer verprellt? So schätzte sie ihn nicht ein. Aber vielleicht hatte er ihre Beziehung überdacht und bereute nun seinen Antrag.

Die Wochen vergingen, und der Juli hielt Einzug. Es kam kein Brief von Gebhard, auch keine Postkarte, er rief auch nicht an, was er schon mal getan hatte, auch wenn die Verbindung immer schlecht war. Frederike war traurig und zweifelte an sich. Sie hatte wohl die falsche Entscheidung gefällt. Jetzt würde sie anders handeln, aber es schien zu spät zu sein.

Nachdem im späten Frühjahr der Winter noch einmal Einzug gehalten hatte, war es jetzt warm. Die Kartoffeln hatten sie erst spät legen können, aber der Weizen spross, und auch der Roggen sah gut aus. Frederike sattelte Kobold, ritt über die Felder. Die Leute bereiteten die Schnitterhäuser schon vor, Anfang des Herbstes würden sie eine gute Ernte haben.

Auch zum Gestüt ritt sie. Die Stutenwiese mit den Fohlen war gut gefüllt, die Hengste waren auf abgelegenere Weiden gebracht worden. Jetzt war die Zeit vorbei, in der sie Stuten decken ließen, denn sie wollten keine Fohlen im Frühjahr oder Herbst. Der Zuchtmeister nahm es sehr genau.

»Ich will im April keine Fohlen« sagte Mazur. »Dann wird es noch mal kalt, und se müssen im Stall stehen, und wir müssen Kraftfutter geben. Das sind nie jute Fohlen. Ab Mai isses optimal. Dann sindse stark, und auch's Wetter spielt mit. Meistens.« Er kniff ein Auge zu und klopfte auf die Boxenwand.

Frederike nickte. »Was macht die Stute, die wir an zu Mansfeld verkauft haben?«

»Wat sollse machen? Fressen und abäppeln, wie alle anderen och.« Mazur lachte. »Der jeht es jut. Schade drum isses, is 'ne jute Stute. Hat uns schon ein Hengstfohlen jebracht. Ich würdse ja behalten.«

»Vielleicht müssen wir das auch«, murmelte Frederike, pfiff nach Fortuna und stieg wieder auf. »Bis morgen, Mazur«, sagte sie.

»Jau.« Er tippte an seine Mütze, ging zurück in die Stallungen.

Als sie zurück zum Gutshof ritt, roch sie die Abgase eines Autos. Es gab hier nicht viele Automobile. Sie hatte sich letztes Jahr einen Opel gekauft, der Doktor fuhr immer noch einen Laubfrosch, und es gab den ein oder anderen Wagen in der weitläufigen Nachbarschaft. In Posen sah das ganz anders aus, da nahm der Verkehr immer mehr zu. Aber das war natürlich nichts im Vergleich zu Berlin, wo es inzwischen mehr Autos als Kutschen zu geben schien.

Sie ritt auf den Hof und zu den Stallungen, stieg vom Pferd. Stanis, der Stallmeister des Guts, kam ihr entgegen und nahm die Zügel.

»Da is wohl Besuch für Sie, Jnädigste«, sagte er.

»Ich habe Benzin gerochen. Wer ist es denn?«

»Weeß ich doch nich«, sagte Stanis. »Awwer er war schon ma hier, Baronin.«

Sie pfiff nach Fortuna, die ihr wie ein Schatten folgte, und ging neugierig zum Gutshaus. In der Auffahrt vor dem Haus stand ein Horch. Frederike blieb einen Moment stehen, ihr Herz pochte, ein kleiner Specht, gefangen in ihrer Brust. Rudolph fuhr einen Horch, doch dieser hier war anders. Sie schaute in das Auto und entdeckte Gebhards Mantel, sie erkannte ihn sofort. Nun klopfte ihr Herz noch stärker.

Wie würden sie sich begegnen? Sie wünschte, er hätte vorab eine Notiz geschickt, aus der sie wenigstens hätte erahnen können, wie er nun zu ihr stand. Aber das hatte er nicht.

Ich habe mir die Suppe eingebrockt, jetzt muss ich sie auslöffeln, sagte sich Frederike, holte tief Luft und ging zum Haus.

Die Treppen, die zum Eingang führten, schienen plötzlich viel höher und steiler zu sein. Vor der Tür blieb sie kurz stehen, dann aber zog sie sie auf und ging in die Halle. Draußen hatte die Sonne gebrannt, die Hitze waberte über den Feldern, aber im Haus war es kühl, fast schon kalt. Über Frederikes Rücken zog ein Schauer. Frans kam ihr entgegen.

»Sie haben Besuch, Gnädigste«, sagte er.

»Das habe ich schon gesehen. Wo ist er?«

»Ich habe dem Baron das übliche Zimmer fertigmachen lassen. Er ist nun im Bad.«

»Wie lange ist er denn schon hier?«, fragte Frederike verwundert.

»Er kam heute Morgen an, kurz nachdem Sie weggeritten sind.«

Frederike schaute auf die große Uhr, die in der Diele stand. Sie war fast fünf Stunden unterwegs gewesen.

»Wenn er so lange gewartet hat, kann er auch noch länger warten. Ich werde mich erst frisch machen.«

»Davon bin ich ausgegangen, Gnädigste.« Frans lächelte. »Und ich glaube, er auch. Die Küche bemüht sich gerade um ein Menü, aber Lore wird das schon hinbekommen. Sie hat allerdings den Plan für heute umgeschmissen.«

»Ich vertraue ihr voll und ganz. Danke, Frans«, sagte Frederike. Das übliche Zimmer von Gebhard lag im linken Flügel. Es war nich Ax' Zimmer, sondern eins der Kinderzimmer, die Frederike nach dem Auszug der von Aakens zu einem weiteren Gästezimmer gemacht hatte.

Rudolph hatte bei seinen Besuchen immer ein Gästezimmer im rechten Flügel bekommen. Ganz sicher wussten die Leute einiges mehr über Rudolph und Frederike, als sie anging. Aber es waren gute Leute, die ihren Mund hielten.

Frederike ging die Treppe hoch, nach fünf Stufen blieb sie stehen, drehte sich um und ging zurück nach unten. Sie nahm die kleine Schmuckschachtel vom Kaminsims. Erst nachdem sie gebadet und sich angezogen hatte, öffnete sie die Schachtel. Es war ein entzückender Ring aus Weißgold mit einer kleinen Perle. Sie steckte ihn an den Ringfinger ihrer linken Hand und war erstaunt, wie perfekt er passte.

Sie hatte schon vor einer Weile gehört, dass Gebhard nach unten gegangen war. Nun sah sie sich noch einmal im Spiegel an, drehte sich dann entschlossen um und ging ebenfalls ins Erdgeschoss.

Gebhard wartete im Salon. Er stand vor dem kalten Kamin, die Hände auf dem Rücken, und schaute ihr entgegen. Frederike blieb stehen, ihre Blicke tauchten ineinander. Plötzlich spürte Frederike eine große

Sehnsucht, ihn zu umarmen, ihn festzuhalten, ihn zu spüren und zu riechen. Er roch immer so gut nach Leder und Seife, nach sich selbst.

Gebhard ist ehrlich – in allem, wurde Frederike plötzlich klar.

»Du … ich … also …«, stotterte sie und streckte ihm die Hände entgegen. »Ich freue mich so, dich zu sehen. So sehr. Ich habe dich vermisst.«

»Ich habe dich auch vermisst«, sagte er leise und mit rauer Stimme.

»Es tut mir leid, ich habe …«

»Warte«, unterbrach er sie. »Ich muss dir etwas sagen.«

Frederike ließ die Hände sinken.

»Ich habe lange über deine Forderung … nein, deinen Wunsch, nachgedacht. Und ich kann ihn verstehen. Lass es uns tun.« Er griff in seine Tasche und zog einen Schlüsselbund hervor. »Das sind die Schlüssel zu einem Haus in Heiligendamm. Es gehört der Freundin meiner Tante. Wir können dorthin. Eine ganze Woche schaffe ich nicht, aber ein paar Tage. Und dann kannst du dich entscheiden, ob du mich willst oder nicht. Ich hoffe immer noch sehr, dass die Wahl zu meinen Gunsten ausfällt.« Er hielt die Luft an. »Was sagst du? Wir können morgen früh direkt fahren.«

»Das … kommt überraschend.« Frederike schüttelte den Kopf. Dann ging sie zu ihm, küsste ihn. »Ich danke dir. Aber ich habe es mir überlegt.«

»O nein«, seufzte er getroffen.

»Ich brauche diesen Test mit dir nicht.« Sie streckte die linke Hand aus, zeigte ihm den Ring. »Ich will dich heiraten, wenn du mich auch noch willst.«

Er zog sie in seine Arme, hielt sie fest. »Ich will es. Aber lass uns das machen, lass uns nach Heiligendamm fahren.«

»Das müssen wir nicht, Gebhard. Wirklich nicht.«

»O doch«, sagte er und grinste. »Darauf bestehe ich jetzt. Pack deine Sachen, wir fahren ganz früh am Morgen. Es ist eine weite Strecke.«

Plötzlich klopfte Frederikes Herz wild, Vorfreude breitete sich in ihr aus, ein leichtes Kribbeln, eine Erwartung und Freude, wie sie sie schon lange nicht mehr gefühlt hatte.

»Ja.«

Sie küssten sich – erst zögerlich, dann hungrig. Es war ein Versprechen, ein Ausblick auf das, was kommen würde.

Am nächsten Morgen fuhren sie bei Tagesanbruch los. Die Köchin hatte ihnen einen Korb mit Leckereien gepackt und stellte ihn auf den Rücksitz.

»Wann kommse wieder, Jnädigste?«, fragte sie.

»In ein paar Tagen. Wir wollen nur mein Patenkind besuchen«, log Frederike und war froh, dass es noch dämmerig war und niemand ihre roten Wangen sah.

Gebhard startete den Wagen und fuhr los. An der Kreuzung würgte er ihn zweimal ab.

»Ich bin nervös«, gab er zu. »Ich habe das Gefühl, etwas Verbotenes zu tun.«

»Nein, es ist nicht verboten. Wir tun das aus unserer freien Entscheidung heraus.«

»Und wenn es jemand erfährt?«

Frederike nickte. »Ja, das wäre dann ein kleiner Skandal. Aber nur für eine kurze Zeit.«

»Dass du so gelassen bist, bewundere ich.«

Wenn du wüsstest, dachte Frederike. »Der Wagen ist neu?«, lenkte sie ab.

»Nicht ganz, ich habe ihn meinem Bruder abgekauft. Er hat jetzt einen Bugatti.«

»Skepti?«

»Glaubst du, Thea würde das erlauben?« Gebhard schmunzelte. »Natürlich Caspar.«

»Wie geht es ihm?«

»Er ist in großer Sorge. Sein Freund Klop zu Smirnoff ist aus dem diplomatischen Dienst entlassen worden. Er hat zuletzt an der Botschaft in London gearbeitet, musste aber gehen, weil er sich weigerte, einen Ariernachweis vorzulegen. Caspar sagt, das könne er auch gar nicht – die Familie stammt aus sämtlichen Kulturkreisen Europas, spricht mindestens acht Sprachen, aber keine davon richtig. Er hat äthiopische und jüdische Vorfahren, in ihm fließt russisches Blut genauso wie deutsches.«

»Dieser verfluchte Ariernachweis. Und diese Gesetze zur Rassenreinheit – welch ein Blödsinn«, fauchte Frederike. »Was macht der arme Mann denn nun?«

»Er und seine Familie haben sich in Großbritannien einbürgern lassen. Das war vermutlich eine gute Entscheidung. Womit er sein Geld verdient, weiß ich nicht. Aber ich bin mir sicher, dass er Mittel und Wege findet, sich über Wasser zu halten. Er hat vielfältige Kontakte und pflegt sie – auch zu Caspar.«

»Ist das nicht gefährlich für Caspar?«

»Er ist ein großer Junge und kann auf sich aufpassen.«

»Ich wünschte, das könnte ich von meinem Bruder auch sagen«, seufzte Frederike.

»Die Luftwaffe?«

»Er ist immer noch als Testpilot bei Fieseler beschäftigt, aber es ist nur eine Frage der Zeit. Es gibt zu wenig Piloten. Aber Fritz hat seinen Flugschein.«

»Wie steht er zur Partei?«

»Ich glaube nicht, dass er ideologische Interessen hat. Fritz interessiert sich nur für Technik – und da könnte ihm jedes Mittel recht sein. Zumal sie gerade diese jungen Männer einziehen.«

»Deine Ansichten kenne ich, aber deine Familie …?«, fragte Gebhard leise.

»Onkel Erik verabscheut Hitler, bei Mutter bin ich mir nicht so sicher. Diese ganze Propaganda mit ›Heim ins Reich‹ spricht sie an. Sie ist da verblendet. Vielen anderen Ostgutsbesitzern geht es ähnlich. Der polnische Korridor ist ein Ärgernis mehr. Und darum geht es ihnen, nicht um die Ideologie der Nationalsozialisten. In der Tiefe ihres Herzen sind sie doch alle noch monarchistisch.«

»Wir werden nie wieder eine Monarchie haben, aber vielleicht irgendwann wieder eine Demokratie«, sagte Gebhard sehr ernst. »Ich hoffe, ich werde das noch erleben.«

Kapitel 31

Juli 1935

»Ich brauche noch meine Reithosen. Und den Frack«, sagte Frederike, die wie ein aufgescheuchtes Huhn durch die Räume lief. »Außerdem das blaue Kleid. Wo ist das denn? Ich finde es nicht.« Sie schlug die Hände zusammen.

»Das blaue Kleid ist unten und wird gedämpft, Gnädigste«, beruhigte Minna sie. »Und Ihre Reitsachen sind in der Wäsche. Wir kümmern uns darum.«

»Ich will übermorgen nach Fennhusen fahren und von da aus weiter nach Steinort!«

»Das wissen wir alle, Gnädigste. Und wir werden bis dahin alles beieinanderhaben.« Minna lächelte. »Gehen Sie doch hinunter und trinken einen Kaffee. Ich kümmere mich um das Gepäck.«

»Ich bin eine Furie, nicht wahr, Minna?« Frederike lachte auf. »So kenne ich mich gar nicht.«

»Das ist schon in Ordnung, Gnädigste. Ich weiß ja, warum Sie so nervös sind. Ich wäre es auch. Was wird Ihre Mutter sagen?«

»Entweder bringt sie mich um oder sie lässt Champagner ausschenken. Bei meiner Mutter ist alles möglich«, meinte Frederike und spürte, wie unruhig sie war. Sie konnte unmöglich weiter hier im Haus bleiben, sie brauchte dringend Bewegung. Kobold war schon gestern verladen und direkt nach Steinort gebracht worden. Sie würde dort nicht nur zur alljährlichen Entenjagd am Mauersee fahren, sondern auch auf Jagd gehen. Füchse und Marder wurden natürlich immerzu gejagt, aber auch Frischlinge und Böcke, die die Sprösslinge abästen, waren unerwünscht. Zudem gab es eine Kaninchenplage seit einigen Jahren.

Frederike ging es nicht um das Antragen und Erlegen des Wildes, ihr machte das Mitreiten genügend Spaß. Außerdem war die Jagd gut für Fortuna, damit sie in Übung blieb. Zweimal hatte ihre Hündin bisher geworfen, einen dritten und damit letzten Wurf schloss Frederike nicht aus. Die Welpen waren jedes Mal hervorragend gewachsen und gediehen, und sie hatten Fortunas Gemüt, aber auch ihre Jagdfähigkeit geerbt. Ein nächster Wurf war ganz sicher begehrt.

Sie pfiff nach ihrer Hündin und verließ das Haus, ging an den Stallungen vorbei und durch den Wirtschaftsgarten. Victor, der Gärtner, winkte ihr zu. Dieses Jahr hatten sie, bis auf die Kartoffeln, großes Glück gehabt. Der späte und heftige Wintereinbruch im Mai hatte ihre Ernte nicht geschwächt. Alle Setzlinge waren zu der Zeit noch in den geschützten Frühbeeten gewesen, und nun auf den Beeten wuchs alles bestens.

Die Hausschweine wurden gerade gefüttert, und Frederike hörte ihr lautes und wohliges Grunzen, ihr Schmatzen.

Sie ging weiter, den Eimer mit den Fleischresten fest in der Hand. Es war ein gutes Stück bis zum Wolfsgehege, aber sie brauchte die Bewegung.

Die Tage in Heiligendamm mit Gebhard waren wunderschön gewesen. Sie liebte ihn. Leidenschaftlich. Und er sie. Sie war froh, dass sie diese vier Tage gehabt hatten. Es war anders gewesen als mit Rudolph, vielleicht weil sie inzwischen Erfahrungen gemacht hatte und wusste, was sie mochte. Für Gebhard war es zuerst ein wenig … schwierig gewesen. Er hatte sich nicht getraut, aber sie hatte ihm die Scheu schnell genommen. Es war eine wundervolle, leidenschaftliche und intensive Zeit gewesen. Sie liebte es, neben ihm einzuschlafen und in seinem Arm aufzuwachen. Mit ihm das Frühstück einzunehmen und über den Strand zu laufen. Sie waren baden gewesen und hatten sich, wie kleine Kinder, nassgespritzt, gelacht und gejohlt. Sie waren nach dem Abendessen spazieren gewesen, beeindruckt von der Weite des nächtlichen Himmels. Es war eine wunderschöne, eine kostbare Zeit, die sie miteinander verbrachten.

Am letzten Abend sah Gebhard sie an. »Wie habe ich abgeschnitten?«

»Ich werde den Ring deiner Großmutter behalten.« Frederike lächelte und küsste ihn. »Und wenn du mir noch einmal diese frischen Matjes vom Hafen holst, werde ich dich heiraten.«

»Wenn ich gewusst hätte, dass es so einfach ist, hätte ich dir direkt Matjes gegeben und keinen Ring.« Er lachte und stand auf.

Am nächsten Morgen brachte er sie nach Schwerin, wo Frederike den Zug nach Posen bestieg.

»Nächstes Wochenende komme ich mit dem Zug und hole die Stute ab«, sagte Gebhard und küsste sie zum Abschied. »Und dann planen wir unsere Hochzeit. Wann geben wir es bekannt?«

Frederike schluckte. »Was wird deine Familie sagen?«

»Sie wird entzückt sein. Thea wird tanzen.« Er sah sie an. »Deine nicht?«

»Ich weiß es nicht«, gestand Frederike. »Kommst du Ende Juli nach Steinort?«

»Zur Entenjagd? Ich bin eingeladen, habe aber noch nicht zugesagt.«

»Sollen wir es nicht dort offiziell machen?«

»Eine wunderbare Idee. Dann kann dort die Gerüchteküche kochen, und keiner braucht Buschtrommeln.« Er lachte. »Du nimmst andere Dinge so gelassen, was beunruhigt dich jetzt?«

»Es ist nur meine Mutter. Nichts Schlimmes, das vergeht.« Sie beugte sich zu ihm, der Schaffner hatte schon das dritte Mal gepfiffen, küsste Gebhard und schloss dann die Tür, eilte zu ihrem Abteil. Dort schob sie das Fenster nach oben. Gebhard winkte ihr zu. Als der Zug losfuhr, lief er zu ihrem Abteil und neben dem Zug her, reichte ihr eine Tasche. »Ich habe heute Morgen in der Früh noch einen Matjes ergattert – nur, damit du mich nicht vergisst«, sagte er lachend.

»Ich liebe dich!«

Ich liebe ihn sehr, dachte Frederike auf dem Weg zum Wolfsgehege. Er hat einen köstlichen Humor. Ihre Entscheidung stand fest, und sie war sich sicher, das Richtige zu tun. Nur hatte sie es immer noch nicht ihrer Familie mitgeteilt. Irgendwie erschien es ihr falsch, ihnen einfach nur einen Brief zu schreiben. Gerade Onkel Erik wollte sie persönlich sprechen, alleine schon, weil er sich mit ihr zusammen um Sobotka gekümmert und auch mit einem Anwalt ihre Rechte diskutiert hatte. Sie würde eine Erbschaft bekommen, wenn sie wieder heiratete. Die Summe stand noch nicht fest, aber Onkel Erik, das wusste Frederike, würde so viel für sie herausholen, wie möglich war.

Übermorgen würde Frederike in Fennhusen sein und auf Stefanie und Erik treffen. Hatte Erik ihrer Mutter von Gebhard erzählt? War sie schon vorgewarnt? Frederike glaubte es nicht. Wie sollte sie ihrer Mutter von ihrer Verlobung erzählen? Sie hatte Gebhard in den letzten zwei Jahren, in denen er in ihrem Leben eine gewisse Rolle spielte, nie groß erwähnt. Ihre Mutter würde vielleicht außer sich sein. Vielleicht war es ihr aber auch inzwischen egal – Frederike war nicht nur volljährig, sie war auch verwitwet, und im Falle eines Falles waren nun die von Stieglitz für sie verantwortlich. Stefanie hatte ihr nur nahegelegt, in der Verwandtschaft der von Stieglitz nach einem möglichen Ehemann zu schauen, aber das hatte Frederike nicht getan. So sehr sie inzwischen an Sobotka hing – ihre Zukunft würde sie nicht davon abhängig machen.

Gebhard und sie hatten überlegt, im nächsten Jahr zu heiraten. In welchem Rahmen, war noch nicht klar. Als Witwe würde sie keine zweite »weiße« Hochzeit feiern. Aber das verschafft ihm die Zeit, um das Haus in Mansfeld umzubauen. Gebhard wohnte auf dem kleinen Burghof, dem Witwensitz der Familie. Bis zu ihrem Tod hatte dort seine Großmutter mit der unverheirateten Tochter gewohnt, dann stand es leer. Noch betrieb er einen Junggesellenhaushalt – hatte eine Köchin, zwei Mädchen und natürlich den Gärtner, der den Gutsgarten betrieb. Weil Gebhard aber alleine lebte und oft auf Leskow, dem Gut seiner Eltern, weilte und dort auch aß, ging das meiste Gemüse an das Gesinde.

Wenn sie nun heirateten, würde der Burghof, so wie er war, zu klein sein. Deshalb plante Gebhard, zwei Flügel anzubauen, um der künftigen Familie den nötigen Platz zu schaffen. Vorgestern war eine Postkarte von ihm angekommen – wie immer knapp und sachlich.

Liebste Freddy,

Bauarbeiten haben begonnen. Die Arbeiter gießen die Ziegel. Zwanzig sind schon fertig. Das Fundament wird ausgegraben. Es geht voran.

In Liebe
Dein Gebhard

Zwanzig Ziegel, Frederike hatte laut lachen müssen. Aber sie wusste, war erst einmal ein Anfang gemacht, ging es oft schneller voran als gedacht. Dieser Sommer war zum Glück warm und trocken. Dass im nächsten Jahr das Haus zwei kleine Gebäudeflügel haben würde, bezweifelte sie nicht. Gebhard hatte ihr die Pläne in Heiligendamm auf einem Briefumschlag aufgezeichnet, voller Begeisterung, eine Euphorie, die ansteckend war. Sie freute sich auf das Leben auf Gut Mansfeld, sie freute sich auf ihre Zukunft in der Prignitz. Aber ein Punkt, außer dem Gespräch mit ihren Eltern, machte ihr sehr zu schaffen – was würde aus den Wölfen werden? Sie hing an ihnen. Aber das Wolfsrudel war instabil geworden. Balandine war im letzten Winter gestorben. Den kleinen Snorre hatte Frederike schweren Herzens im März in die Freiheit entlassen. Ein Instmann nahm ihn mit bis nach Russland und ließ ihn dort im Wald laufen. Sie hoffte, dass er einen Weg in den Norden fand, wo es noch Wolfsrudel gab und wo er frei leben konnte. Seitdem hörte sie sich immer um, aber ein Jungwolf war zum Glück bisher nicht geschossen worden. Nun gab es nur noch Cantaloup, den Leitwolf, Valentina und die beiden kleinen Fähen – Freya und Svea. Valentina hatte im Frühjahr das erste Mal geworfen, ihren Wurf hatte Frederike aber bisher nur kurz gesehen, ihn bisher noch nicht näher in Augenschein nehmen können.

Wie immer ließ Frederike Fortuna am Tor Platz machen, ging dann in das Gehege. Sie schnalzte leicht mit der Zunge, und schon bald raschelte es im Gebüsch.

»Wo seid ihr, meine Süßen?«, rief Frederike leise. Cantaloup schob seinen massigen Kopf durch die Zweige, schaute Frederike mit seinen bernsteinfarbenen Augen an.

»Komm«, lockte Frederike. »Wo sind denn die anderen?«

Cantaloup kam langsam auf sie zu, den Kopf gesenkt, die Rute aufrecht, die Ohren stehend. Er war wachsam, wirkte angespannt, aber nahm sich von dem Fleisch, das Frederike ihm hinwarf. Wieder raschelte es hinter Frederike. Es waren die beiden jungen Fähen – Freya und Svea. Auch sie holten sich ihren Anteil, rasch und nervös.

»Was ist denn los?«, fragte Frederike verblüfft. »Va-len-tina«, rief sie nun und stand auf. »Tina, wo bist du? Komm, es gibt Futter.«

Sie ging den Pfad entlang zur Wurfhöhle, trug den Eimer mit sich. Fortuna war aufgesprungen und bellte am Tor. Etwas stimmte hier ganz und gar nicht. Doch was? Cantaloup folgte ihr, den Kamm aufgestellt, die Ohren angelegt und die Lefzen gefletscht. Seine Rute hing hinunter, und er knurrte leise, aber grollend, ein bedrohliches Grollen, das Frederike Angst machte. Sie blieb stehen. »Canta?«, fragte sie leise. »Canta, was ist los?« Er schlich weiter, an ihr vorbei und ins Unterholz. Frederike blieb stehen. Sie hörte ein weiteres tiefes Grollen, ein Knurren, für Menschen kaum hörbar. Langsam ging sie den Pfad weiter zur Wurfhöhle. Dort hatte Balandine geworfen, und auch Valentina hatte die natürliche Höhle unter den dicken Baumwurzeln im Frühjahr genutzt. Längst waren die Welpen aber schon so weit, dass sie aus der Höhle herauskamen und Fleisch aßen. Frederike hatte ein paar Mal einen Blick auf sie erhascht, aber dieser Wurf schien sehr ängstlich zu sein. Überhaupt hatte sich das Verhalten der Tiere in den letzten Wochen verändert, wie ihr jetzt klarwurde. Sie waren scheuer geworden, ängstlicher, hatten sich nicht mehr anfassen lassen. Frederike hatte es darauf geschoben, dass sie viel weniger Zeit mit ihnen verbracht hatte – durch das Gut und durch Gebhard hatte ihr die Zeit gefehlt. Und jetzt kam ihr auch ein Gerücht wieder in den Sinn – die Instmänner wollten einen Wolf gesehen haben, einen fremden Wolf. Größer und älter, als dass es Snorre hätte sein können. Frederike betrat vorsichtig die Lichtung vor der Wurfhöhle, sah schon den ersten Kadaver. Einer der Welpen lag dort, zerfetzt und verwest. Einen zweiten sichtete sie im Unterholz. Valentina war in der Höhle, sie knurrte laut und bedrohlich.

»Ich bin es«, sagte Frederike leise und hockte sich auf den Boden. Sie streckte den Arm aus. »Ich bring dir Futter.«

Valentina sah sie mit gefletschten Lefzen an, das Maul krausgezogen, die Ohren angelegt. Sie knurrte böse. »Ich tu dir nichts«, sagte Frederike wieder leise. »Komm.« Sie warf etwas von dem Fleisch hin. Dann noch einen Brocken. Plötzlich war da ein Schatten, ein dunkler Fleck im Unterholz. Und dann ging alles ganz schnell. Ein großer fremder Wolf mit gelben Augen sprang aus dem Gebüsch hervor, stürzte sich auf den Eimer, der neben Frederike stand. Sie konnte gar nicht so schnell aufspringen, wie er da war. Valentina kam aus der Wurfhöhle, heulte heiser und biss den Wolf, er wich aus, und Frederike stand auf einmal zwischen ihnen. Valentina griff wieder an – aber es war Frederikes Arm, den sie erwischte, sie biss zu in ihrer Angst und Wut, schüttelte den Kopf, riss das Fleisch ab, merkte, dass es das falsche Opfer war, ließ los, ging wieder auf den fremden Wolf los. Auch Cantaloup stürzte sich nun aus dem Gebüsch kommend auf den Fremden. Frederike stand unter Schock, sie sah die Wölfe im Kampf, sah ihren Arm, aus dem das Blut lief, sah die offene Fleischwunde. Wie in Trance nahm sie ihr Halstuch, band den Arm ab und lief zurück zum Tor. Wo war Fortuna? Hatte sie nicht eben noch hier gestanden und gebellt? Obwohl sie den Arm abgebunden hatte, floss das Blut immer noch. Ich brauche Hilfe, dachte sie, und nun kamen auch die Schmerzen. Es pochte in ihrem Arm, der Schmerz kam in Wellen und schien das Blut aus ihr herauszudrücken. Ihr wurde übel, und sie sah Sterne vor den Augen. Bisher hatte sie das für eine dumme Floskel gehalten, aber es war tatsächlich so. Frederike mochte ihren Arm nicht anschauen, er sah fürchterlich aus. Ich schaffe das nicht bis zum Haus, dachte sie und stöhnte auf … und dann wurde ihr schwarz vor Augen.

»Das muss genäht werden«, hörte Frederike eine Stimme sagen. »Sie hat mehr Glück als Verstand gehabt. Welcher Hund war das?«

»Das war kein Hund«, sagte die Mamsell schmallippig. »Das war ein Wolf.«

»Ich lasse sie alle sofort töten«, hörte Frederike den Verwalter sagen und zwang sich, die Augen zu öffnen.

»NEIN! Nicht töten. Nein!«

»Baronin, die Wölfe haben Sie angefallen«, sagte die Mamsell beschwichtigend. »Sie sind gefährlich.«

»Da ist ein fremder Wolf im Gehege, ein wilder Wolf. Er war das.«

Frederike sank zurück auf das Kissen, sah sich verwundert um. Sie war in ihrem Schlafzimmer. »Wie bin ich hierhingekommen?«

»Fortuna ist zum Stall gerannt und hat so lange gebellt, bis einer der Burschen nach ihr sah. Sie hat ihn zum Gehege geführt, und da lagen Sie, Baronin.«

»Gute Fortuna«, flüsterte Frederike erschöpft. Ihr Arm pochte unerträglich, und sie kniff schmerzgepeinigt die Augen zusammen.

»Sie haben Ihren Arm abgebunden – das hat Ihnen vermutlich auch das Leben gerettet«, sagte Doktor Kolsowski. »Aber ich werde nähen müssen, und Sie werden eine unschöne Narbe zurückbehalten. Ich habe den Arm gesäubert und verbunden, wir bringen Sie jetzt nach Posen ins Krankenhaus.«

Frederike nickte. »Mamsell«, sagte sie leise. Die Mamsell trat zu ihr. »Bitte rufen Sie in Fennhusen an und sagen, was passiert ist. Meine Eltern erwarten mich doch.«

»Natürlich, Gnädigste. Ich werde auch auf Mansfeld Bescheid geben.«

Doktor Kolsowski hatte ihr irgendetwas gegeben, was sie benommen machte, dennoch spürte sie jedes Schlagloch auf der Straße – und es gab viele. Immer wieder schwand ihr das Bewusstsein, sie war froh, als sie endlich die Klinik in Posen erreicht hatten.

»Ich werde eine Äthernarkose machen müssen«, erklärte Doktor Kolsowski, als Frederike im Operationssaal lag. »Aber vorher möchte ich noch etwas prüfen. Bitte schließen Sie die Augen und sagen mir, wenn Sie etwas spüren.« Mit einer Nadel stach er ihr sacht in die Fingerspitzen. Frederike konnte jeden Finger spüren. »Sehr gut«, meinte der Arzt. »Die Nerven scheinen nicht beschädigt zu sein. Und jetzt möchte ich Sie bitten, auch wenn es weh tut, eine Faust zu ballen.«

Frederike stiegen die Tränen in die Augen, sie keuchte auf, aber es gelang ihr.

»Sie scheinen Glück zu haben. Es ist eine große, sehr hässliche Fleischwunde, aber weder Nerven noch Muskulatur sind durchtrennt.

Die Schwester wird jetzt die Narkose legen. Sie werden einschlafen und nichts von der Operation mitbekommen.«

Frederike war schlecht, sie wollte die Augen öffnen, aber es ging nicht. Ihr Kopf schmerzte, ein kleines Hämmerchen schien gegen ihre Schläfen zu stoßen. Der rechte Arm brannte regelrecht. Sie versuchte zu schlucken, doch ihr Mund war trocken und fühlte sich staubig an.

»Alles wird gut, Freddy«, hörte sie eine tiefe und besorgte Stimme sagen. Sie kannte die Stimme – aber sie kam nicht darauf, wer es war. »Ich bin bei dir«, sagte er. »Ich bin sofort losgefahren, nachdem deine Mamsell mich angerufen hat.«

Es war … es war … ihr fiel der Name nicht ein, aber sie hatte ein Gesicht vor Augen. Dann dämmerte sie wieder weg.

Sie wusste nicht, wie lange sie geschlafen hatte. Frederike versuchte erneut, die Augen zu öffnen, aber sie hatte das Gefühl, als wären ihre Augenlider aus Blei. Nur langsam gelang es ihr, aber der Schwindel ließ nicht nach. Die Hämmerchen waren auch noch da, hatten aber nun einen langsameren Takt. War da nicht jemand bei ihr gewesen? Ein Mann? Oder hatte sie das geträumt? Ihre Träume waren wild und verworren gewesen, doch die Stimme war ihr real erschienen. Es war doch Gebhards Stimme gewesen, ging ihr nun auf, doch das konnte ja nicht sein.

»Baronin?«, hörte sie eine Stimme, die ganz sicher nicht Gebhard gehörte, es war Doktor Kolsowski. »Baronin? Sind Sie wach?«

»Hmmm«, stöhnte Frederike. Sie öffnete die trockenen, gesprungenen Lippen, versuchte etwas zu sagen, aber sie konnte nur krächzen.

»Schwester, bringen Sie Wasser«, sagte der Arzt. »Wir setzen Sie etwas höher, Baronin«, erklärte er. »Dann können Sie etwas trinken. Es wird vermutlich weh tun, aber wir versuchen, vorsichtig zu sein.«

Es tat weh, es war wie ein Messerstich in ihrem Arm, als sie sie bewegten und die Kissen aufschüttelten. Die Schwester schob ein weiteres Kissen unter Frederikes Kopf, und schon gleich war ihr nicht mehr so schwindelig. Sie konnte auch die Augen ein wenig weiter öffnen. Nebel schien durch den Raum zu wabern, und sie konnte immer noch nicht klar sehen. Gierig trank sie das Wasser, das die Schwester ihr an die Lippen hielt.

»Mehr«, brachte Frederike heraus. »Bitte.«

»Langsam«, beschwichtigte der Doktor sie. »Wir müssen erst schauen, wie Sie es vertragen.«

Frederike atmete tief ein und aus. Das Hämmern im Kopf ließ nach, aber das Brennen im Arm nicht. Sie hatte kurz das Gefühl, sich übergeben zu müssen, doch dann wurde es allmählich besser.

»Wasser«, bat sie wieder. »Bitte.«

»Gut, noch ein paar Schlucke. Nicht zu hastig trinken.«

Endlich verschwand das staubige Gefühl in ihrem Mund, und sie konnte wieder schlucken. Auch ihren Blick konnte sie wieder fokussieren.

»Grundgütiger«, seufzte sie.

Doktor Kolsowski musterte sie gründlich. Er legte seine Hand auf ihre Stirn, nickte dann. »Wie geht es Ihnen, Baronin?«

»Ich habe Durst.«

»Sie bekommen gleich noch etwas zu trinken.«

»Mir ist ein wenig schwindelig, aber es wird besser.« Frederike lauschte in sich hinein. »Der Arm tut weh.«

»Auf einer Skala von eins bis zehn – zehn ist das Höchste, wie sehr schmerzt es?«

Frederike überlegte. »Sieben oder acht.«

»Tut Ihr Kopf weh?«

»Ich fühle mich, als hätte ich zwei rauschende Feste hintereinander gefeiert – ohne Pause, aber mit viel Gin.« Sie konnte sich ein kleines Lächeln abringen.

»Das kommt von der Äthernarkose.«

»Nun gut, lieber so, als die Operation mitzuerleben. Wie sieht es aus? Seien Sie ehrlich, Doktor.«

»Das bin ich immer, das wissen Sie doch.« Er sah sie skeptisch an. »Ich habe die Wunde gesäubert, gründlich gesäubert, und dann zusammengenäht. Ein Muskel ist ein wenig betroffen, aber nur zum Teil. Mit gezielten Übungen werden Sie die Hand und den Arm wieder voll nutzen können, denke ich. Aber ich möchte mir die Wunde gerne einmal ansehen. Ich bin froh, dass sie kein Fieber haben. Das ist jetzt das größte Risiko – dass sich die Wunde entzündet.« Er nickte der Schwester zu, die ein weißes Tuch brachte und es auf den Bettrand legte.

»Können Sie Ihren Arm auf das Tuch legen, Baronin? Oder soll ich das tun?«

Frederike biss die Zähne zusammen. Langsam und vorsichtig hob sie den Arm an, bewegte ihn nach rechts. Tränen stiegen ihr in die Augen, und sie musste schlucken, wimmerte leise. Doch sie schaffte es.

»Großartig«, lobte Kolsowski sie. »Ich werde jetzt den Verband vorsichtig entfernen und mir die Wunde ansehen.«

»Welchen Tag haben wir heute?«, fragte Frederike.

»Donnerstag, Gnädigste«, sagte die Schwester, die dem Doktor assistierte.

Der Unfall war am Dienstag zur Mittagszeit gewesen. Sie hatte zwei Tage verloren. »So lange habe ich geschlafen?«, fragte sie verblüfft.

»Der Äther wirkt unterschiedlich lange, und ich musste die Narkose zweimal nachfüllen lassen. Ich kann mir gut vorstellen, dass Sie einen schweren Kater haben.« Der Doktor lachte leise. »Aber dagegen geben wir Ihnen gleich etwas.«

Frederike zuckte zusammen, als er den Verbandsstoff langsam abwickelte. »Warum bekomme ich nicht sofort Schmerzmittel?«, fragte sie durch zusammengebissene Zähne.

»Weil ich überprüfen möchte, ob die Nerven alle ansprechen. Tut mir leid, Baronin. Es dauert nicht lange.« Er ließ den Verband in die Schale fallen, die die Schwester ihm hinhielt, nahm die Pinzette und hob vorsichtig die Mullbinden an. Frederike wagte einen Blick auf die Wunde. Ihr Unterarm war dunkelrot, die Naht und das Gewebe darum waren sogar schwarz.

»Guter Gott«, stöhnte sie. »Es stirbt ab. Ist das alles Wundbrand?«

»Nein. Das ist alles Jod, altes Blut, und leider hatte ich nur noch schwarzes Garn. Das sieht erst mal scheußlich aus«, sagte er leise. »Ich werde jetzt das alte Blut vorsichtig abwaschen. Es könnte brennen.« Er tunkte einen Mullbausch in eine klare Flüssigkeit, die beißend roch.

»Was ist das? Das ist kein Wasser«, wollte Frederike wissen.

»Alkohol. Bitte nicht bewegen.«

Frederike drückte ihren Kopf nach hinten in das Kissen, biss sich auf die Lippe, bis sie den leicht rostigen Geschmack von Blut auf der Zunge schmeckte.

»Sie machen das hervorragend, Frau Baronin«, lobte Kolsowski sie wieder.

»Hören Sie auf!«, stöhnte Frederike. »Es tut weh.«

Der Doktor lehnte sich zurück. »Es sieht sehr gut aus. Ich hoffe, das bleibt so. Schauen Sie – die Wundränder heilen schon, nichts ist gerötet, von einer Entzündung keine Spur. Bei wilden Tieren ist das immer so eine Sache – sie fressen Aas, und wer weiß, wen sie zuvor gebissen haben.«

»Ich habe also Glück«, murmelte Frederike und schloss die Augen wieder.

»Wenn es so bleibt, dann schon. Ich möchte Sie noch ein paar Tage hierbehalten und die Wunde kontrollieren. Jetzt verbinden wir erst noch einmal neu. Schwester, die Flasche mit dem Sepso, bitte.« Er goss reichlich von der Jodtinktur über die Wunde, verband den Arm dann neu. »Und jetzt teste ich noch einmal ihre Nerven.«

»Meine Nerven haben Sie in der letzten halben Stunde überstrapaziert, Kolsowski«, stöhnte Frederike, schloss aber nach seiner Anweisung die Augen. »Aua«, sagte sie jedes Mal, wenn er in einen ihrer Finger stach.

»Wunderbar.« Er strich mit dem Finger über ihre Handfläche. »Spüren Sie das?«

»Ja, aber es kommt mir unangemessen vor.«

Kolsowski schmunzelte. »Können Sie eine Faust ballen?«

»Vermutlich werde ich sie dann in Ihr Gesicht rammen«, sagte Frederike und bemühte sich. Es gelang. »Verzeihen Sie meine deplatzierte Bemerkung.«

»Ich bin froh, dass Ihre Hand noch funktioniert und Sie Ihren Humor behalten haben. Haben Sie Hunger?«

»Nur Durst. Ich fühle mich ausgetrocknet, wie nach einem Ritt durch die Wüste.«

»Sie waren schon einmal in der Wüste?«

»Nein, und jetzt brauche ich die Erfahrung auch nicht mehr. Aber Wasser. Ich würde auch einen Schnaps nehmen.« Sie lächelte mühsam.

»Schwester, geben Sie der Baronin Schmerzmittel. Und etwas zu trinken. Und lassen Sie Schonkost bringen.« Er sah Frederike an. »Sie sind wirklich tapfer. So mancher Mann wäre aus dem Bett gekippt.«

»Dafür fehlt mir die Kraft.«

Kolsowski lachte auf. »Aber Sie sind noch nicht einmal annähernd ohnmächtig geworden. In ein paar Wochen werden Sie mir wieder kräftig die Hand reichen können, da bin ich mir sicher.« Er räusperte sich. »Die Schwester wird sich um Sie kümmern. Ich … ich komme gleich noch einmal.« Dann ging er mit strammem Schritt aus dem Raum.

Frederike sah die Schwester fragend an, doch die lächelte nur. »Ich bring Ihnen ein wenig kräftige Brühe«, sagte sie und stellte eine Karaffe mit Wasser auf den Nachttisch, füllte Frederikes Glas. »Und dann machen wir Sie ein wenig frisch.« Auch sie verließ den Raum. Frederike trank das Glas leer, schenkte sich nach, auch wenn es umständlich war, aber sie hatte das Gefühl, fast verdurstet zu sein. Nach jedem Glas ging es ihr besser.

Frisch machen, dachte sie dann und sah an sich herab. Das blutige und mit Jod befleckte Laken, das unter ihrem verwundeten Arm gelegen hatte, war verschwunden. Frederike trug ein Nachthemd, was ihr nicht gehörte. Sie griff in den Nacken und fühlte dort den Knoten – es war ein Operationshemd, hinten offen und sehr weit.

Grundgütiger, dachte sie entsetzt und griff unter die Decke. Zu ihrer Erleichterung stellte sie fest, dass sie wenigstens Unterhosen trug, und hoffte, dass es ihre eigenen waren. Jemand hatte sie ausgezogen. Ein erniedrigender Gedanke.

Und da waren immer noch die Träume, die sie gehabt hatte. Gebhard … Sie hatte geträumt, dass er hier gewesen wäre. Und sie hatte von den Wölfen geträumt. Mit ihrem Verwalter musste sie unbedingt sprechen, und mit der Mamsell. Wussten ihre Eltern Bescheid? Es war Donnerstag, und draußen dämmerte es schon. Sie hatte zwei ganze Tage verloren.

Die Schwester kam wieder, brachte eine große Tasse Brühe. »Trinken Sie langsam«, sagte sie. »Es ist heiß, und ihr Magen muss sich erst wieder an Nahrung gewöhnen.«

Die Brühe war köstlich, stellte Frederike überrascht fest. »Das kann meine Köchin auch nicht besser«, lobte sie. »Ich hätte nicht gedacht, dass es so gutes Essen in einem Krankenhaus gibt.«

»Das ist von Ihrer Köchin, Gnädigste. Sie hat uns einen riesigen Topf Fleischbrühe geschickt.«

»Meine Leute«, sagte Frederike und verspürte Stolz.

»Ich helfe Ihnen beim Waschen«, sagte die Schwester. »Und beim Umziehen. Ihre Mamsell hat Sachen gebracht.«

»Das ist wunderbar«, sagte Frederike, die aber bei dem Gedanken zusammenzuckte, jede noch so kleine Bewegung schmerzte.

Doch die Schwester verstand ihr Handwerk, ganz sachte zog sie den Kittel aus, stellte die Schüssel mit dem warmen Wasser auf den Schemel neben dem Bett, rieb den Waschlappen mit Seife ein und gab ihn Frederike. Um Frederike herum hatte sie alles mit Handtüchern abgedeckt. Frederike wusch sich und spürte sofort, wie gut es ihr tat, auch wenn sie lange brauchte und immer wieder Pausen einlegte, weil es einfach zu weh tat, sich zu bewegen. Den Rücken wusch ihr die Schwester und auch den linken Arm. Danach schaute sie in den Schrank, in dem Frederikes Sachen lagen. Sie nahm frische Wäsche hervor und ein weißes Nachthemd. »Wollen Sie das anziehen? Es ist weit geschnitten, und wir werden es über den Verband bekommen. Ansonsten hole ich noch ein Hemd aus dem Operationssaal.«

Frederike überlegte. Sie war erschöpft. Das Schmerzmittel, was ihr die Schwester gegeben hatte, wirkte zwar schon, aber alleine der Gedanke, sich wieder aufsetzen zu müssen, war schmerzhaft.

»Was meinen Sie?«, fragte Frederike leise.

»Ich würde das Nachthemd nehmen. Wirklich. Es dauert nicht lange, und ich bin auch ganz vorsichtig.«

»Nun gut.«

Sie war vorsichtig, aber es war trotzdem kein Spaziergang für Frederike, die den Arm anheben und anwinkeln musste. Zum Schluss schüttelte die Schwester noch die Kissen auf, holte eine frisch bezogene Decke. Sie besah sich das Zimmer und nickte dann. »Nun können Sie ihn empfangen«, sagte sie zufrieden.

»Wen?«, fragte Frederike verblüfft.

»Ihren Verlobten. Er sitzt im Flur. Hat Ihnen der Doktor das nicht gesagt? Ihr Verlobter ist schon seit gestern hier und will auch nicht gehen.«

»Gebhard? Dann habe ich das nicht geträumt? Holen Sie ihn rein.«

»Du lebst. Gott, bin ich froh«, sagte er und setzte sich, nahm ihre linke Hand. »Ich war gestern schon hier, bin hergekommen, nachdem deine Mamsell mich angerufen hatte. Bin sofort los. Und gestern dachte ich, dass du stirbst. Du hast mich nicht erkannt, niemanden.« Er küsste ihre linke Hand.

»Oh, Gebhard …«

»Ich habe mit deiner Familie gesprochen. Es hat drei Stunden gedauert, bis ich eine Verbindung hatte, aber ich habe mit ihnen gesprochen«, sagte er.

»Was hast du ihnen gesagt?«

»Ich habe von dem Unfall mit den Wölfen erzählt und dass wir nicht nach Steinort kommen werden.«

»Wir?«, fragte Frederike schwach.

»Nun, ich bin dein Verlobter, nicht wahr? Ich werde doch nicht nach Steinort fahren und auf die Jagd gehen, wenn du schwerverletzt im Krankenhaus liegst.«

»Wie haben sie es aufgenommen?«

»Sie sind sehr besorgt um dich, was ist das für eine Frage, Freddy?«

»Nein, ich meinte, dass du dich als mein Verlobter vorgestellt hast.« Sie musste leise lachen.

»Wussten sie das etwa noch nicht?«

»Ich wollte es ihnen persönlich sagen. Eigentlich gestern – dazu bin ich nicht gekommen.«

Kapitel 32

Fennhusen, Dezember 1935

»Frohe Weihnachten!«, rief Frederike und blieb für einen Moment in der Diele stehen. Gebhard war ihr auf dem Fuß gefolgt.

»Was für ein schöner Baum«, sagte er ehrfurchtsvoll.

Die Tanne am Ende der Eingangshalle schien in diesem Jahr besonders schön zu sein. Sie war gerade und gleichmäßig gewachsen. Zwei Mädchen standen auf Leitern und tauschten die heruntergebrannten Kerzen gegen neue aus. Gestern war der Heilige Abend gewesentk, und die Leute waren beschert worden. Heute Abend würde nur die Familie in der Halle sitzen und den Baum bewundern.

»Freddy«, rief Tante Edeltraut, die aus dem Souterrain kam. »Ich habe den Wagen gar nicht gehört.« Sie nahm ihre Stiefnichte herzlich in den Arm. »Wie geht es dir? Hattet ihr eine gute Fahrt?« Sie sah zu Gebhard, reichte ihm die Hand. »Ich weiß, wir sind uns schon begegnet. Herzlich willkommen, Baron zu Mansfeld.«

»Nennen Sie mich ruhig Gebhard, Comtesse Fennhusen«, meinte er.

Sie lachte, ein herzliches Lachen. »Gerne. Ich bin Tante Edel. Wir können uns auch gleich duzen. Kommt rein, Kinder. Wo ist euer Gepäck?«

»Noch im Wagen, Tante Edel.« Frederike zog den Mantel aus. »Der Baum ist wunderschön. Ich habe auch einen Baum aufstellen lassen, aber meiner ist nicht so imposant.«

»Hallo, Freddy.« Stefanie kam die Treppe herunter. »Da bist du ja.« Sie begrüßte ihre Tochter mit einem kühlen Kuss auf die Wange, reichte Gebhard die Hand. »Mansfeld«, sagte sie und nickte. »Dass ihr doch noch kommen konntet.« Ihre Stimme klang ein wenig spitz.

»Mutter …«

»Hallo, hallo, hallo! Habe ich doch richtig gehört.« Onkel Erik kam aus seinem Arbeitszimmer. »Endlich bist du da, Freddy. Zeig mir deinen Arm. Hmmm. Sieht schon besser aus als vor zwei Monaten.«

»Es wird immer besser«, sagte Frederike. »Aber die Narbe wird nie verschwinden.«

»Was ist mit den Wölfen?«, wollte Tante Edeltraut wissen – sie hielt die Luft an.

Frederike senkte den Kopf. Gebhard legte ihr seine Hand auf die Schulter. »Die Wölfe sind alle tot. Der wilde Wolf hat sie getötet. Ihn hat der Inspektor dann aber erschossen.«

»Was für ein Drama«, hauchte Tante Edeltraut. »Du Arme, du hast so an ihnen gehangen, nicht wahr? Nun kommt doch erst einmal hinein. Möchtet ihr etwas trinken? Ein Likörchen, Freddy?«

»Ich fand es immer schon falsch, wilde Tiere in einem Gehege zu halten. Und dann auch noch Wölfe«, schnaubte Stefanie. »Es ist besser, wenn sie tot sind. Sie waren eine Gefahr, das siehst du ja an deinem Arm, Freddy.« Stefanie ging voraus in den Salon.

»Sie ist immer noch miesepetrig, nicht wahr?«, flüsterte Frederike Onkel Erik zu. »Sie hat es mir nicht verziehen, dass ich nicht schon vorgestern gekommen bin.«

»Sie hat es nicht verstanden, mein Kind«, sagte er sanft. »Sie meint, du wolltest Weihnachten nicht mit uns verbringen.«

»Aber ich bin doch jetzt da, und es ist immer noch Weihnachten. Ich wollte einmal den Heiligen Abend mit meinen Leuten auf Sobotka verbringen. Es war ja auch zugleich ein Abschied.«

»Auch das macht ihr zu schaffen«, sagte Erik kaum hörbar. Er sah Frederikes Blick. »Lass uns später darüber reden.«

»Wenn sie etwas an meiner Verbindung auszusetzen hat, wird sie es schon selbst sagen, da bin ich mir sicher.«

»Da könntest du recht haben.« Erik seufzte auf.

Sie folgten den anderen in den Salon.

»Was möchten Sie trinken, Mansfeld?«, fragte Erik. »Einen Bourbon, Cognac, Gin?«

»Bourbon wäre mir recht.«

Stefanie mixte sich einen Cocktail, Tante Edeltraut nahm wie immer den Likör, den Schneider selbst machte.

»Wo ist Tante Martha? Und die Kinder?«, fragte Frederike und nahm ihren Gin-Fizz entgegen.

»Martha fühlt sich nicht gut«, sagte Tante Edeltraut. »Zum Essen wird sie aber herunterkommen. Die Kinder sind draußen – Schlittschuh laufen.«

Stefanie setzte sich an den Kamin, sah Gebhard an. »Nun, Mansfeld«, sagte sie. »Sie wollen meine Tochter heiraten?«

»In der Tat.« Gebhard lächelte.

»Ihre Familie … nun … sie haben einige Schwierigkeiten, hörte ich.«

»Ja?« Gebhard nippte an seinem Glas, zog die Augenbraue hoch. »Das ist mir neu.«

»Weder Sie noch Ihre Brüder oder Ihr Vater sind in der Partei, wurde mir gesagt.«

»Mein Vater war lange in der Zentrumspartei. Das ist ja nun leider verboten.« Er lächelte.

»Was halten Sie von unserem Führer?«

Gebhard schwieg. Er sah Frederike an, sie zuckte mit den Schultern.

»Mutter, ist dies ein Verhör? Bist du plötzlich bei der Gauleitung?«

»Nein, aber ich bin deine Mutter und will das Beste für dich.«

»Das kommt mir bekannt vor«, sagte Frederike eisig. »Das war bei meiner ersten Ehe auch so. Nur dass du da unbedingt wolltest, dass ich einen schwerkranken Mann heirate.« Sie schnaubte wütend. »Und was ist es jetzt? Ich soll nur jemanden heiraten, der den Führer ehrt? Diesen Wicht aus Österreich mit seinen rassistischen Ideologien? Du kannst doch diesen kleinen Mann mit der lächerlichen Frisur und dieser Potenzbürste unter der Nase nicht wirklich gut finden, Mutter«, ereiferte sie sich.

»Der Führer wird den Osten zurück ins Reich holen. Und den polnischen Korridor eleminieren. Er wird das Reich wieder stark machen.«

»Er wird einen Krieg anzetteln und Europa in Brand stecken.« Empört stand Frederike auf. »Du kannst dem Führer huldigen, das ist deine Sache. Aber es wird Krieg geben. Nicht jetzt, aber in ein paar Jahren. In sieben Jahren ist Erik achtzehn. Willst du, dass er Soldat wird? Oder Ali?

Ali ist neun – noch neun Jahre, und auch er wird eingezogen werden. Möchtest du, dass deine Söhne im Krieg fallen?«

»Sei nicht so unverschämt zu mir«, empörte sich Stefanie. »Der Führer will keinen Krieg. Es wird auch keinen geben. Er hat andere Mittel.«

»Er hat die Wehrpflicht wieder eingeführt und rüstet auf. Frag Fritz. Die Luftwaffe wird ausgebaut – Bomber. Fritz wird ganz sicher eingezogen werden.«

»Er ist es schon«, sagte Erik leise.

»Findest du das gut, Mutter?«, fragte Frederike.

»Ja. Fritz ist Testpilot für die Bomber. Er tut etwas für sein Vaterland – und somit für uns. Hitler droht doch nur, er hat gesagt, dass er keinen Krieg, sondern nur die deutschen Interessen deutlich vertreten will. Endlich stellen wir wieder etwas dar.«

»So ähnlich hat der Kaiser auch gesprochen.« Frederike schüttelte den Kopf. »Und was hat es uns gebracht? Wenn es Krieg gibt, wird Russland hier einmarschieren. Hier, auf Fennhusen.«

»Es gibt doch ein Nichtangriffsabkommen mit Russland«, sagte Tante Edeltraut, klang aber hilflos. »Es ist Weihnachten, ihr werdet doch nicht streiten?«

Erik räusperte sich. »Ich habe neue Traktoren gekauft, Mansfeld. Haben Sie daran Interesse? Auch eine Dreschmaschine und einen Heubinder habe ich mir besorgt. Ich habe sie noch nicht ausprobiert, aber sie soll mindestens zehn Arbeiter ersetzen können.«

»Ich liebäugel mit einer Kartoffelerntemaschine.« Die beiden gingen zur Tür. »Welches Fabrikat haben Sie gewählt?«

Frederike wartete, bis die beiden den Raum verlassen hatten. »Was fällt dir ein, Mutter?«, fragte sie dann. »Gebhard ist mein Verlobter.«

»Seine Familie genießt keinen guten Ruf.«

»Nur weil sie nicht in der Partei sind?«

»Sie äußern sich gegen den Führer, wird gesagt.«

»Ich kann nicht glauben, dass ihr alle hier den Führer verehrt.« Frederike schüttelte den Kopf. »Als Onkel Erik vor zwei Monaten auf Sobotka war, hat er sich auch kritisch geäußert.«

»Erik ist teilweise sehr naiv«, sagte Stefanie. »Aber er macht das nicht so offenkundig wie die zu Mansfelds.«

»Caspar ist Botschafter des Reichs – ist das nicht Reputation genug? Er ist in der Partei, soweit ich weiß.«

»Du verlierst alles, wenn du wieder heiratest. Du wirst Sobotka verlieren – eins der größten Güter des Ostens.«

»Ich bekomme eine Entschädigung, ein Erbe.«

»Du bekommst Geld, aber nicht annähernd im Wert des Gutes. Und Geld … das verliert schnell den Wert. Land und Boden nicht.«

»Was habe ich von einem Gut, wenn ich es niemandem vererben kann? Wenn ich bis an das Ende meiner Tage alleine bleiben muss. Mutter, du hast dreimal geheiratet, du musst mich doch verstehen!«

»Ich hatte euch Kinder.«

»Ich hätte auch gerne Kinder«, sagte Frederike.

»Aber dieses Geld …«

»Noch verhandeln wir mit Ax' Cousin. Wenn wir uns einig sind, und das werden wir bald sein, dann wird er mein Erbe in Gold anlegen. In England.«

»Frederike, du begehst einen Fehler, wenn du diesen Mann heiratest.«

»Das mag sein, aber diesmal habe ich mich dafür entschieden und nicht du.« Frederike trank ihr Glas aus, stellte es hart auf den Tisch und verließ den Salon. Wütend stapfte sie nach oben, überlegte, ob sie nicht direkt wieder abreisen sollten. Doch oben auf dem Absatz stand Irmi und strahlte sie an. Vierzehn war ihre kleine Schwester nun, ein echter Backfisch.

»Freddy! Endlich bist du da!« Sie fiel ihr um den Hals. »Du hast dich mit Mutter gestritten«, flüsterte sie traurig.

»Ja, das habe ich. Es tut mir leid.«

»Das muss es nicht«, sagte Gilusch, die nun auch auftauchte. Sie war dreizehn, hatte lange Arme und Beine, zu denen der Rest des Körpers noch nicht so richtig zu passen schien. Aber auch sie lächelte breit. »Es ist keine Kunst, sich mit Mutter zu streiten. Es passiert einfach.«

»Freddy! Freddy!« Nun kamen auch Erik und Ali aus dem Kinderzimmer. Alle vier zogen Frederike mit sich.

»Zeig deinen Arm!«

»Haben dich wirklich die Wölfe überfallen?«

»Ein wilder Wolf hat deinen Arm abgerissen, und der Doktor hat ihn wieder angenäht? Das hat einer der Stallburschen gesagt.«

»Sind sie wirklich alle tot? Selbst Valentina?«

»Wo ist Fortuna? Hast du sie nicht mitgebracht?«

»Darf ich Blumen bei deiner Hochzeit streuen?«

Frederike lachte auf und hob die Hände. »Eine Frage nach der anderen.«

Sie verbrachte den Rest des Nachmittags mit den Kindern, ging dann in ihr Zimmer. Der Ofen glühte, ihre Sachen waren schon ausgepackt. Sie machte sich frisch und zog sich um. Beim Essen, das schwor sie sich, würde sie auf ihre Zunge beißen und nichts sagen, was ihre Mutter provozieren konnte. Sie wusste allerdings nicht, wie sie das schaffen sollte, dabei würden Gebhard und sie nur bis übermorgen bleiben. Es ist nur heute Abend, morgen bei der Andacht, beim Mittag und beim Abendessen, versuchte sie sich zu beruhigen. Morgen Abend kommen Gäste, da wird Mutter sich sicher zusammenreißen. Und am Freitagmorgen fahren wir weiter nach Mansfeld. Das schaffe ich.

Aber was war mit Gebhard? Sie hatte gemerkt, dass er sich hatte zusammenreißen müssen. Wie fühlte er sich wohl jetzt? Sie sah sich im Spiegel an, wählte die Perlenohrstecker, die Gebhard ihr zu Weihnachten geschenkt hatte, und nahm ihren Schal. Dann ging sie zu dem Gästezimmer, in dem er untergebracht war, und klopfte.

»Gebbi? Darf ich hereinkommen?«

Er öffnete die Tür. »Kannst du mir helfen?«, fragte er. »Ich hasse diese Binder.«

»Wer macht das sonst?«, wollte sie wissen und zog den Schlips zurecht.

»Meine Sekretärin.«

»Oha«, sagte Frederike und lachte leise. »Darüber werden wir noch sprechen müssen.« Dann wurde sie wieder ernst, trat einen Schritt zurück. »Wie geht es dir?«

»Dein Stiefvater hat einen Traktor von Deutz, der ist wirklich gut. Ich hatte mir einen ähnlichen schon angesehen, aber damit werde ich die Kartoffelerntemaschine nicht ziehen können, glaube ich. Ich habe da eine im Blick, die ist von der Firma Cramer aus Leer. Die würde ich wirklich gerne kaufen, aber es gibt natürlich auch noch gute Landmaschinen von Bednar.«

»Bednar?« Frederike horchte auf, und ein Stich ging ihr durchs Herz. Rudolph hatte eine Charlotte von Bednar geheiratet. Stellte ihre Familie etwa Landmaschinen her? Aber dann holte sie tief Luft, das konnte ihr nun ja auch egal sein.

»Ja, das ist eine Firma aus Tschechien. Sie sind gut, ich habe schon mehrere Gerätschaften von ihnen im Gebrauch gesehen. Aber dann gibt es noch die Firma Bautz, die auch sehr gute Maschinen herstellt. Und von den amerikanischen Herstellern wollen wir gar nicht reden. Dein Stiefvater macht es schon richtig – Landmaschinen werden immer besser und wichtiger. Wir Landwirte müssen praktisch denken.« Er hielt inne. »Aber darüber wolltest du gar nicht mit mir sprechen, nicht wahr?«

»Nein«, sagte sie und lächelte gequält. »Es geht um meine Mutter …«

Gebhard seufzte. »Noch sind viele Familien aus unseren Kreisen von Hitler geblendet. Gerade hier in Ostpreußen. Hitler hat das Saarland zurückgeholt, er macht ein Versprechen nach dem anderen, scheint ganz auf der Seite des Adels und der alten Gutsbesitzer zu sein. Dass er es nicht ist, ist vielen noch nicht klar. Es wird ihnen bewusst werden.«

»Aber dann ist es zu spät.«

»Das kann sein, aber du und ich – wir können sie nicht alle umstimmen, und wir können nicht die ganze Welt retten. Ich fände es schön, wenn wir einfach unser gemeinsames Leben hinbekommen würden.«

»Morgen Abend kommen die Nachbarn. Ich fürchte, sie sind inzwischen alle braun.«

»Das ist ihre Sache und nicht meine«, sagte Gebhard und nahm Frederike in den Arm. »Es ist deine Familie. Ich kann so manche Kröte schlucken und so manches Wort überhören. Wir sind ja nicht ständig hier.«

»Vielleicht sind wir das letzte Mal hier …«

»Das glaube ich nicht. Deine Mutter liebt dich. Tief, tief in ihr ist die

Liebe für dich. Das weiß ich, weil sie sich Gedanken und Sorgen macht. Du bist ihr nicht gleichgültig.«

»Aber ich soll das machen, was sie sich wünscht.«

»Sie kann sich eine Menge wünschen, Freddy. Du bist erwachsen. Du kannst deine eigenen Entscheidungen treffen.« Er zögerte. »Oder … zweifelst du jetzt an unserer Verbindung?«

»Nein, Gebhard. Ich liebe dich, und ich will dich heiraten.«

»Dann machen wir das.« Er küsste sie. »Diese Ohrstecker stehen dir übrigens ausgezeichnet«, sagte er zufrieden. In dem Moment erklang der Essengong zum ersten Mal.

Gebhard unterhielt sich angeregt mit Erik über Landmaschinen, sie sprachen über Hersteller, Zulieferer, Ersatzteile und Wartung.

»Unsere Welt wird zunehmend technologisiert werden«, prophezeite Gebhard. »Die Zukunft liegt in den Maschinen.«

»Und was wird aus den Arbeitern?«, fragte Tanta Martha, die alt geworden war und in sich zusammengesunken auf ihrem Platz saß.

»Für die Arbeiter wird es andere Stellen geben. Niemand muss mehr Kartoffeln ausgraben – das wird demnächst eine Maschine machen. Aber die Kartoffeln müssen weiterverarbeitet werden«, sagte Gebhard. »Wir in der Prignitz brennen Schnaps aus den Kartoffeln. Erst war das ein Nebenerwerb, aber nun gehört es zu den Haupteinnahmequellen.«

»Wie geht es deinem Vater?«, fragte Tante Edeltraut. »Ich habe ihn vor Jahren kennengelernt, und deine entzückende Tante Lita.«

Gebhard verzog das Gesicht. »Mein Vater ist leider sehr krank.«

»Was hat er denn?« Tante Edeltraut legte die Gabel zur Seite.

»Er ist im Herbst gestürzt und hat sich ein Bein gebrochen. Seitdem geht es ihm immer schlechter.«

»So ein Bruch dauert doch auch«, meinte Martha. »Ihr Vater ist ja nicht mehr der Jüngste.«

»Er ist Jahrgang 1873.«

Man sah Martha an, dass sie rechnete. »Oh«, sagte sie dann. »Er ist ja jünger als ich.«

»Nein«, sagte Tante Edeltraut. »Er ist zehn Jahre älter als du. Aber das ist auch noch kein Alter. Er wird sich sicher erholen.«

»Das hoffen wir sehr.«

Frederike biss sich auf die Innenseite ihrer Wange. Bitte jetzt keine weitere Diskussion über Gebhards Familie, betete sie.

»Wie war denn dein Weihnachten auf Sobotka, Freddy?«, fragte Martha. »Es war dir doch so wichtig.«

»Ja, es war mir wichtig. Ich wollte es so machen wie hier. Aber es ist mir nicht ganz geglückt. Fünf Jahre war ich jetzt auf Sobotka. Ich habe aber nie Weihnachten dort so verbracht, wie wir es hier tun. Dabei war das immer einer der schönsten Tage des Jahres. Ich wollte das auch haben, vielleicht nur einmal, als Abschied. Aber die Leute kannten es nicht. Ax hat solche Traditionen nicht gepflegt, es war ihm nicht wichtig, glaube ich.« Sie hielt inne. »Es war schon schön.« Ihr Blick suchte den von Gebhard.

»Ja, das war es«, stimmte er zu.

»Sie waren gestern da?«, fragte Stefanie und klang pikiert.

»Natürlich. Ich kann doch wohl kaum die Strecke von Mansfeld nach Sobotka und dann nach Fennhusen an einem Tag fahren, Frau Baronin.«

»Natürlich kannst du das nicht, Gebhard«, sagte Onkel Erik.

Sie duzen sich, fiel Frederike erleichtert auf. Dann wird Mutter auch irgendwann einknicken, dachte sie. Der weitere Abend verlief relativ friedlich, es saßen ja auch die Kinder mit am Tisch. Erst später, als sie in der Halle saßen – alle Kerzen am Weihnachtsbaum waren noch einmal angezündet worden – und einen Drink zu sich nahmen, die Herren rauchten eine Zigarre, kam Stefanie wieder auf die Politik zu sprechen. Frederike antwortete einfach nicht auf ihre Fragen, verabschiedete sich bald, um ins Bett zu gehen.

Auch der nächste Tag verlief friedlich. Frederike ließ sich einfach auf kein Gespräch mit ihrer Mutter ein. Abends kamen die nächsten Nachbarn – die Olechnewitz, die Hermannsdorfs und die Himmelhausens. Mutter ließ groß auftragen, Schneider gab ihr Bestes. Das Menü war fünfgängig.

»Wir haben Weihnachten«, sagte Frederike verblüfft zu Stefanie.

»Richtig. Und wir haben Gäste.«

»Aber bisher haben wir an Weihnachten die Leute geschont. Schneider und die Mädchen haben für dieses Menü sicher schon seit zwei Tagen in der Küche gestanden.«

»Wie ich meinen Haushalt führe, lass meine Sorge sein. Du lässt dir ja auch nichts mehr sagen.«

»Ihr habt euch verlobt«, sagte Olechnewitz und hob das Glas. »Auf Freddy und … Mansfeld.«

»Gebhard«, sagte er und lächelte. »Gebhard zu Mansfeld.«

»Sie sind aus der Prignitz, habe ich gehört. Meine Cousine ist dort mit einem der Arnims verheiratet. Kennen Sie die Arnims?«, fragte Baronin Olechnewitz.

»Natürlich. Ihre Cousine ist Anne? Sie ist mit Friederich verheiratet, nicht wahr?«

»Ganz genau. Die Welt ist ein Dorf.« Die Baronin lächelte.

»Wir sind ein Dorf – wir Adligen«, sagte Baron von Hermannsdorf und räusperte sich. »Wir sind fast alle irgendwie miteinander bekannt und meistens sogar verwandt. Und wir alle verfolgen das gleiche Ziel.«

»Das da wäre?«, fragte Gebhard trocken.

»Nun, ein großdeutsches Reich unter Einschluss Österreichs. Eine erneute Monarchie wäre vermutlich vermessen, obwohl mir das gut gefallen würde.«

»Dadurch, dass unser Führer eine Wehrmacht aufstellt, ist unsere Zukunft auf jeden Fall rosiger als noch zu Weimarer Zeiten«, meine Baron Himmelhausen.

»Wie meinst du das?«, fragte Frederike nach. »Es gibt eine Wehrmacht, und dadurch geht es unseren Familien besser?«

»Natürlich, Freddy. Wir alle haben Fideikommisse, das wurde eingeführt, damit die Güter nicht zersplitterten. Und das war immer schon eine sinnvolle Sache. In der Weimarer Republik gab es große Bestrebungen, dies zu ändern, und ich vermute, das lag an ihren Steuergesetzen – je mehr Erben, desto mehr Steuern. Die Güter wären alle aufgeteilt worden und schließlich untergegangen. Und sei ehrlich – bist du nicht froh, dass es Fennhusen so gibt, wie es ist?«

»Ich bin keine Fennhusen«, sagte Frederike leise. »Und mich hätte es nicht gestört, wenn der Cousin meines Mannes einen Teil von Sobotka geerbt hätte und ich einen anderen – es hätte noch nicht einmal hälftig sein müssen. Ich habe fünf Jahre Sobotka geleitet – das mag nicht viel erscheinen, aber ich hänge an dem Gut. Und nun muss ich es ganz aufgeben. Fideikommiss bedeutet als Witwe – ganz oder gar nicht.«

»Aber nur, weil du keine Kinder hast, Freddy«, meinte daraufhin Baronin Himmelhausen.

Frederike schluckte.

»Nun, aber du willst wissen, warum ich zu unserem Führer stehe? Das kann ich dir sagen – die Wehrmacht ist wichtig. Was ist ein Staat ohne Armee? Nichts. Wir können uns nicht verteidigen. Und außerdem ist die Armee schon seit Jahrhunderten der ideale Ort für unsere Söhne. Dort können sie Karriere machen. Dort oder im diplomatischen Dienst. Oder siehst du einen deiner Brüder in einer Bank oder gar in einem Kaufhaus arbeiten, Freddy?«

»Fritz ist Testpilot bei Fieseler. Er ist Ingenieur.«

»Er ist bei der Luftwaffe, Freddy.«

»Jetzt ja, welch ein Unglück.«

»Warum sagst du so etwas?«, fragte Baronin Olechnewitz. »Er kann in der Luftwaffe Karriere machen. Eine tolle Karriere. Denk an den Roten Baron.«

»Wie ist der Rote Baron gestorben?«, fragte Frederike leise. »Seht ihr alle nicht die Gefahr, die von Hitler ausgeht? Es wird wieder Krieg geben.«

»Wenn es Krieg gibt, dann wird er nicht lange dauern. Wir sind den anderen Staaten bald überlegen.«

Frederike sah Gebhard an. So lecker das Essen von Schneider war, sie brachte keinen Bissen mehr hinunter.

»Hitler ist natürlich ein Kleingeist«, sagte Himmelhausen jetzt. »Er ist eine lächerliche Figur, die nicht weiß, wann man Rotwein bestellt und wie man ein Fischmesser benutzt. Aber hinter dem Führer stehen ganz andere Kaliber. Und wenn der Adel es richtig anstellt und in die entsprechenden Positionen kommt, werden wir das Land wieder lenken. So wie früher, auch ohne Monarchen.«

»Das glaubst du?«, fragte Frederike verblüfft.

»Ich weiß es, weil es so ist. Wenn ich nicht so alt wäre, würde ich zusehen, jetzt einen Offiziersgrad zu bekommen. Aber das übernehmen meine Söhne.«

»Und sie treten in die Partei ein?«

»Das ist doch nur eine formelle Sache. Man muss nicht allen Zielen der Partei folgen, aber man sollte in den heutigen Zeiten ein Parteibuch haben, sonst ist man nichts wert. Das sehen Sie doch sicherlich auch so, Mansfeld?«

Gebhard lächelte. »Ich sehe das ein wenig differenziert. Eins stimmt allerdings – heute kann man wieder Karriere machen, mein Bruder ist Diplomat. Und er hofft, Einfluss nehmen zu können.«

»Guter Mann.« Olechnewitz prostete ihm zu.

Geschickt gelang es Erik, das Gespräch in andere Bahnen zu lenken. Später, im Salon, ging es jedoch wieder um die Politik. Frederike konnte es nur schwer ertragen, was die Freunde ihrer Eltern und ihre Mutter von sich gaben, doch ihr wurde bewusst, dass viele Gutsbesitzer so dachten. Natürlich gefielen ihnen einige Dinge nicht, die der Führer und die Partei vertraten, aber sie nahmen sie billigend in Kauf, weil sie hofften, dass der Status ihrer Güter und Familien erhalten bleiben würde.

Endlich hatten die zweiten und dritten Söhne wieder eine Chance, Karriere zu machen und etwas in der Gesellschaft darzustellen. Militär, Kirche oder Politik – das waren die Bereiche, die die Folgesöhne des Adels schon immer bedient hatten und nun wieder bedienen konnten.

Frederike verabschiedete sich, ging nach oben und schaute noch einmal nach ihren Geschwistern. Irmi saß am Fenster und las, die anderen schliefen schon. Frederike strich Erik und Ali über die Haare, küsste sie sanft. Sie hoffte sehr, dass ihre dunklen Ahnungen sich nicht erfüllen würden.

Kapitel 33

Leskow, Frühjahr 1936

»Du kannst mich Hilde nennen«, sagte Adelheid zu Mansfeld – eine geborene zu Hofer von Lobenstein – und lächelte. »Nach anfänglicher Skepsis bin ich nun froh, dass sich Gebhard für dich entschieden hat, Freddy.«

Frederike nahm ihre Hand, drückte sie. »Danke.«

»Was eure Hochzeit angeht …«

»Ja, ich weiß«, sagte Frederike. »Ich habe schon mit Gebhard gesprochen. Es ist alles schwierig im Moment.«

»Nun, schwierig ist sehr milde ausgedrückt«, sagte Baronin zu Mansfeld. »Wie du weißt, ist mein Gatte schwerkrank. Wir können eure Hochzeit auf Leskow nicht ausrichten.«

»Das wissen wir«, sagte Frederike und fühlte sich müde. Auch Stefanie hatte ihr gesagt, dass Frederike auf keinen Fall auf Fennhusen die zweite Ehe würde schließen können. Auf Sobotka zu heiraten erschien ihr und auch Gebhard pietätlos. Natürlich könnten sie sich in der Kirche in Mansfeld das Jawort geben, doch dann hätten sie ein großes Fest für die Instmänner und die Leute ausrichten müssen. Thea stand kurz vor der Geburt ihres zweiten Kindes und hatte somit andere Sachen im Kopf.

»Wir werden in Potsdam heiraten«, sagte Frederike. »In zwei Wochen. Nur wir – eine ganz kleine Feier.«

»Wirklich?« Heide zu Mansfeld setzte sich auf und sah ihre zukünftige Schwiegertochter erstaunt an. »Das reicht dir?«

Frederike nickte. »Ich hatte eine große Hochzeit. Es war eine wunderschöne Feier, sehr romantisch. Wie die Ehe endete, weißt du. Ich lege darauf keinen Wert mehr, auf all dieses Getue – Schleier und Kleid, Blumen und Torten. Gebhard und ich wollen zusammen sein, wir wollen den

Rest unseres Lebens gemeinsam verbringen. Diese Hochzeit ist eigentlich nur eine Formalität, damit es amtlich ist. Gebhard hat schon alle Papiere eingereicht, und ich habe auch eine Genehmigung bekommen.«

»Genehmigung?«

»Durch meine Ehe mit Ax von Stieglitz habe ich die polnische Staatsbürgerschaft. Ich bin im Moment Polin.« Frederike verkniff sich ein Lächeln.

»Ach du liebe Güte, auch das noch.«

Frederike sparte sich die Antwort.

»Dann ist ja alles geklärt«, sagte Baronin zu Mansfeld und stand auf. Sie reichte Frederike die Hand. »Auf Wiedersehen.«

Auch Frederike hatte sich erhoben. Sie schüttelte die Hand ihrer zukünftigen Schwiegermutter, ging dann in den Hof. Dort stand ihr kleiner Opel. Sie war das erste Mal mit dem Auto hier. Noch kannte Frederike sich in der Prignitz nicht gut aus, aber den Weg bis Großwiesental würde sie sicher finden. Sie fuhr vom herrschaftlichen Gelände, auf der linken Seite war das Haus des Inspektors, das fast ebenso groß war wie Gebhards Haus in Mansfeld, bevor er die Anbauten hatte errichten lassen. An der Hauptstraße bog sie nach rechts ab. Vor Kopf war die große Brennerei. Seit hundert Jahren wurde hier Kartoffelschnaps destilliert. Erst nur aus den Überresten der Ernte, aber nun wurden in den sandigen Böden der Prignitz Kartoffeln für das Schnapserzeugnis angebaut. Es gab sogar eine Kleinbahnlinie von Berlin bis hierher, um die Erzeugnisse abtransportieren zu können. Das war für die Bevölkerung ein Gewinn, denn die Züge hatten auch Personenabteile, und so konnte man in anderthalb Stunden die Hauptstadt erreichen.

Frederike fuhr am Brennhaus vorbei auf die Straße. Dort hinten waren die Insthäuser, dahinter eine Reihe Schnitterhäuser, die sehr viel schlichter waren und keine Gärten hatten. Auf der rechten Seite stand eine große Weide, dahinter begrenzte ein schmiedeeiserner Zaun mit einem Törchen den Leutefriedhof. Die zu Mansfelds hatten in dem Buchenwald hinter dem Park in Leskow ihren Privatfriedhof. Gebhard hatte ihn ihr gezeigt. Inmitten des Waldes auf einer kleinen Lichtung lagen seine

Ahnen begraben. Die Grabsteine waren alle aus dem hellen Sandstein der Gegend gehauen.

»Hier möchte ich begraben werden«, sagte ihr Gebhard andächtig. »Und hier werden auch meine Eltern ihre letzte Ruhe finden.«

Frederike schauderte es. »Hoffentlich nicht so bald«, wisperte sie und zog die Jacke enger um sich. Im Gebüsch knackte es. Ein Rudel Rehe sprang auf die Lichtung, an deren Rand ein kleiner Bachlauf sprudelte. Tausende von Windröschen bedeckten den Waldboden, verströmten einen zarten Duft. Dazwischen standen kleine Teppichflicken aus Bärlauch.

»Es ist wunderschön hier«, sagte Frederike leise. »Und so friedlich. Aber an den Tod möchte ich nicht denken, wir wollen doch mit unserer Verbindung das Leben feiern.«

»Da hast du recht«, meinte Gebhard und küsste sie. »Aber dieser Ort ist mir wichtig, fast heilig. Meine Familie bedeutet mir viel!«

Das wurde Frederike nun wieder bewusst, als sie nach Großwiesental fuhr. Die Mansfelds waren ein wenig anders als die Familien in Ostpreußen – vielleicht ein wenig dickköpfiger, aber ganz sicher auch freier. Das mochte daran liegen, dass ihre Güter in der Prignitz und nicht in Ostpreußen lagen. Hier gab es keinen polnischen Korridor und die damit verbundenen Beschränkungen. Man war schnell in Berlin oder Potsdam – dafür brauchte man keine Genehmigung und keine Unterlagen. Man setzte sich ins Auto oder den Zug und fuhr los.

Hier war es auch ganz anders als auf Sobotka. Gebhards Gut hatte nur ein Drittel der Größe ihres Gutes, aber er hatte noch die beiden Vorhöfe seines älteren Bruders gepachtet und kümmerte sich jetzt, da sein Vater erkrankt war, auch mit um Leskow. Aber hier reihte sich ein kleiner Acker an den nächsten, die Kartoffelfelder überwogen. Schweine und Milchvieh wurden nicht nur zum Eigenbedarf des Gutes gehalten, sondern auch als Ertragsgüter. Dafür gab es hier kein Gestüt. Natürlich hatten sie Pferde – Arbeits- und auch Reittiere – aber sie züchteten nicht. Hin und wieder gab es ein Fohlen, meist für den eigenen Gebrauch.

Frederike fuhr weiter. Dort lag ein Teil der Nutzwälder, doch auch diese waren nicht so groß wie die Wälder auf Sobotka. Ihr gefiel die Landschaft, die ihr viel freundlicher erschien. Hier blühte schon der Raps, während Sobotka noch in der Winterstarre zu liegen schien.

Ich werde hier glücklich sein, sagte sie sich und bog in die Auffahrt von Großwiesental ein.

»Ich bin fett wie ein Walross«, klagte Thea, die kurz vor der Entbindung stand. »Ich brauche fast einen Kran, um aus dem Bett zu kommen. Du ahnst gar nicht, wie lästig Schwangerschaften sind.«

»Ich hoffe, ich weiß es bald«, sagte Frederike.

»Ich kann gar nicht glauben, dass du Gebhard wirklich heiratest«, seufzte Thea.

»Ich dachte, das hättest du eingefädelt?« Frederike lachte auf. »Du wolltest doch eine Schwägerin à la carte. Bin ich die falsche Wahl?«

Thea zögerte, und Frederike runzelte die Stirn. Hatte sie einen wunden Punkt getroffen? Gab es auch hier Familiengeheimnisse, hinter die sie erst nach der Hochzeit kommen würde?

»Nein, nein.« Thea lachte. »Ich suche nur immer noch nach der perfekten Schwägerin, die Caspar heiratet. Aber ich glaube, die gibt es nicht. Du solltest es sein, du wärst es, aber Caspar hat Gebhard vorgeschoben und nun nimmt er dich.«

»Verzeihung«, sagte Frederike leise, »das klingt nach einem abgekarteten Spiel.«

»Ach Unsinn, Liebes. Es ist ein Gedankenspiel, und wie du siehst, funktioniert es nicht. Liebst du Gebbi? Skepti ist immer skeptisch, was das angeht.« Sie lachte laut auf. »Aber er ist immer skeptisch, egal worum es geht.«

»Was meint Skepti denn, warum ich Gebhard heiraten will? Wegen des Geldes? Das ist lächerlich.« Frederike fühlte sich plötzlich unwohl.

»Natürlich nicht. Skepti sieht doch, dass ihr euch liebt. Das tut ihr doch?«

»Ja«, sagte Frederike, »wir lieben uns, und wir wollen den Rest unseres Lebens zusammen verbringen. In zwei Wochen werden wir heiraten. In Potsdam.«

»Kommt jemand von deiner Familie?«, fragte Thea leise.

Frederike schüttelte den Kopf. »Nein. Meine Mutter ist nicht begeistert von dieser Ehe, aber das spielt keine Rolle. Ich liebe Gebhard und er mich – das ist alles, was zählt.«

»Ich würde kommen«, sagte Thea mit Nachdruck. »Wirklich. Kannst du nicht noch drei Monate warten?«

»Nein, das kann ich nicht«, sagte Frederike und lächelte. »Vielleicht könnte ich es, aber ich will es nicht. Wir werden jetzt heiraten. Punkt.«

»Musst du ihn heiraten?«

»Selbst wenn, Thea, wäre es so. Meine Familie könnte trotzdem teilnehmen, aber sie will nicht. Also ist es so.« Frederike stand auf, nahm ihre Freundin in die Arme. »Wir sehen uns. Vermutlich demnächst häufiger, als dir lieb ist«, sagte sie und zwinkerte Thea zu. Dann ging sie in den Hof, schaute sich noch einmal das große Anwesen an, startete den Motor ihres Autos und legte den Gang ein. Sie fuhr über die Chaussee nach Mansfeld zum Burghof. Die Anbauten waren inzwischen fertig – zwei symmetrische Flügel, die Gebhard an das kleine Haupthaus hatte setzen lassen. Nun gab es genügend Räume für eine Familie und das Personal.

Frederike fuhr auf den Hof, stellte den Wagen ab. An der linken Seite war die alte Schmiede, rechts waren Gesindehäuser und dahinter einige Schnitterhäuser. Der Betriebshof mit den Stallungen lag die Straße etwa tausend Meter hinunter. Dort hatte auch der Inspektor seine Bleibe.

Frederike stieg aus und streckte sich. Das Haus mit den Anbauten links und rechts war wirklich schön geworden. Grüne Läden zierten die Fenster, und Wein kletterte schon die Fassade empor. Vor dem Haus stand Gebhard und diskutierte wild mit einem Mann. Frederike trat zu ihnen. Erst jetzt schien Gebhard sie wahrzunehmen.

»Ich dachte, du bist bei meiner Mutter, Liebes.«

»Da war ich. Und danach bei Thea.« Frederike lächelte mild, sah den Mann an, der den Kopf gesenkt hatte. »Und Sie sind?«, fragte sie freundlich.

»Blumenthal. Der Gärtner.«

»Er will sich selbständig machen. Das wollte er schon immer. Er hat immer davon gesprochen«, sagte Gebhard und klang so, als würde er sich entschuldigen.

»Ja?«

»Nein!«, sagte Blumenthal entschieden. »Also, ich meine – ja, ich will mich irgendwann selbständig machen, aber noch nicht jetzt. Das ist noch zu früh. Ich brauche noch Kapital, und Sie wissen, wie das heute mit dem Geld ist. Ist schneller weg, als man es drucken kann.«

»Die Reichswährung ist stabil«, sagte Gebhard.

»Das Reich aber nicht, Herr Baron. Nichts für ungut, aber ich würde meine Stelle gerne behalten, wenn die Gnädigste nichts dagegen hat.« Er drehte seine Mütze nervös in den Händen.

»Was soll ich dagegen haben?«, fragte Frederike verblüfft.

Gebhard sah sie an. »Das fragst du noch? Ich meine, du warst in Bad Godesberg, auf der Gartenbauschule und …«

»Entschuldigen Sie uns«, sagte Frederike freundlich, aber entschieden und zog Gebhard mit sich zum Hauseingang. »Was meinst du damit?«, zischte sie.

»Du bist doch Gärtnerin, dann brauchen wir Blumenthal ja wohl nicht mehr. Seine Aufgaben kannst du doch übernehmen.«

»Ich weiß, dass du ein ganz großartiger Landwirt bist und dein Gut und die Werke von Caspar gut in Schuss hältst, aber was glaubst du, macht ein Gärtner wie Blumenthal?«

»Er pflegt die … Beete.«

»Welche Beete?«

Gebhard wies um sich. »Diese hier und hinten im Garten … ich weiß es gar nicht genau.«

»Stimmt, du weißt es nicht.« Frederike lachte leise. »Was macht der Gärtner auf Leskow? Und auf Großwiesental?«

»Er kümmert sich um die Blumen. Was ist daran so verkehrt? Du hast es doch gelernt, du warst auf einer Gartenbauschule und kannst die Beete ebenso bepflanzen. Du musst ja nicht jedes Unkraut rausreißen, dafür finden wir noch jemanden.«

»Gebhard, wo isst du?«

»Nun«, er senkte den Kopf. »Meist auf Leskow bei meinen Eltern. Meine Köchin ist … nicht so gut. Deshalb esse ich hier kaum. Das musst du ändern.« Er räusperte sich verlegen.

»Frag doch mal bitte deine Eltern oder ihre Mamsell, was der Gärtner dort macht, Gebhard. Du weißt doch über alles Bescheid, was das Gut angeht, dass du nicht weißt, was Blumenthal hier macht, erstaunt mich.«

»Haushaltsdinge sind nicht meins, dafür ist die Mamsell zuständig.«

»Und was hat sie dir gesagt, wofür Blumenthal da ist?«

»Na, für den Garten. Wofür denn sonst?«

Frederike stemmte die Fäuste in die Hüften. »In einem Gutsgarten werden sicherlich auch Blumen angepflanzt. Rosen, Malven, Phlox, Sonnenblumen und Astern. Viele blühende Pflanzen, damit man Tischschmuck hat. Aber ein Gutsgarten ist viel mehr. Da wird das ganze Gemüse gezogen, das man braucht. Wurzeln, Kohl, Salat, Zwiebeln, Kräuter … komm. Ich zeig es dir.« Frederike war erst zweimal hier gewesen und hatte sich bisher den Gutsgarten nicht angeschaut, aber sie war sich sicher, dass sie ihn finden würde. »Dort«, sagte sie und zeigte auf eine Kuhle neben der Küche, »stehen die Frühbeete. Dort werden die Setzlinge gezogen. Wenn das Wetter es zulässt und sie kräftiger sind, ziehen die Setzlinge um in die Beete. Die sind dort. Schau, das sind Möhren, dort sprießt der Mangold, hier ist ein Beet mit Cardy. Dort sind die Beete mit den Gewürzen. Rosmarin, Schnittlauch, Petersilie. Über den Sommer wird das gezogen, dann getrocknet oder in Öl eingelegt. Sieh mal, hier ist ein Frühbeet mit Zwiebeln, und dort wächst Knoblauch. Der Knoblauch muss dringend gewässert werden. Die Gurken, Paprika und Tomaten sind noch in den Frühbeeten, die können erst in einigen Wochen raus, wenn das Wetter stabil ist.«

»Siehst du, du weißt das alles«, sagte Gebhard und klang stolz. »Das finde ich gut.«

»Ja, das habe ich gelernt in Bad Godesberg. Aber ich bin keine Gärtnerin.«

»Nicht?«

»Nein. Ich habe gelernt, wie man einen Gutsgarten anlegt und verwaltet. Ihn zu hegen und zu pflegen bedeutet viel Arbeit. Von morgens bis abends. Man muss Unkraut jäten, Schnecken vernichten, zur rechten Zeit gießen und düngen, man muss säen und ernten, Setzlinge umsetzen, ein Gutsgarten ernährt, wenn man ihn gut führt, das ganze Gut – die Leute, das Gesinde und manchmal auch noch die Schnitter. Und außerdem die Herrschaft – also uns.«

»Dann macht Blumenthal etwas falsch, denn hier schmeckt es nicht. Deshalb esse ich lieber bei meinen Eltern.«

»Blumenthal macht alles richtig. Schau dir die Beete an, das sieht besser aus als bei mir auf Sobotka. Der Mann weiß, was er tut, und er macht es gut. Deine Köchin … erfüllt vielleicht nicht deine Ansprüche. Seit wann hast du sie?«

Gebhard räusperte sich wieder, es war ihm anzusehen, dass die Antwort unangenehm für ihn war. »1898 hat mein Vater den Burghof für seine Mutter und meine Tante erbauen lassen. Es war der Witwensitz für sie. Meine Großmutter starb kurz nach dem großen Krieg, und meine Tante folgte ihr 1922. 1924 bin ich hier eingezogen. Die Köchin war schon da, ebenso wie Blumenthal, der Gärtner.«

»Liebster Gebhard«, sagte Frederike, »ich liebe dich und freue mich auf die Ehe mit dir. Aber in manchen Dingen bist du entzückend naiv. Das Personal ist dazu da, damit es Dinge so erledigt, dass es dir gutgeht. Du hast eine Köchin, isst aber lieber bei deinen Eltern, weil es da besser schmeckt? Dann taugt die Köchin nicht.« Sie hielt inne. »Aber wenn du denkst, dass du mit mir eine gute Partie machst, weil ich auf einer Gartenbauschule war und du dir jetzt den Gärtner sparen kannst, muss ich dich enttäuschen. Das mache ich nicht – also, den Garten. Ich werde das Haus führen und mich mit dem Gärtner abstimmen. Blumenthal scheint patent zu sein, lass ihn uns behalten.«

»Ich dachte ja nur …«, sagte Gebhard verlegen. »Ich wusste ja nicht …«

»Ich weiß es aber. Wie man ein Gut führt, habe ich gelernt. Nicht nur in Bad Godesberg, ich wurde auf Sobotka ins kalte Wasser geschmissen. Aber was die Gutsführung angeht, bist du ja da. Ich werde den Haushalt übernehmen. Ich werde auch den Garten leiten, aber das erspart uns nicht den Gärtner.«

»Ich habe es verstanden, Freddy. Wirklich. Es tut mir leid. Ich spreche auch gleich noch mit Blumenthal.«

»Darf ich die Köchin entlassen?«

»Wer kocht dann für uns?«

»Lore. Ich würde sie gerne mitnehmen.«

»Deine Lore?«

»Ich habe sie aus Fennhusen mitgebracht nach Sobotka. Und ich würde sie sehr gerne weiterbeschäftigen.«

»Das wäre mir ein Fest. Gerne. Hast du sie schon gefragt?«

»Nein. Aber das werde ich noch. Und wegen einer Mamsell müssen wir schauen.«

»Ich weiß, du hast das alles gut im Griff, und ich vertraue dir.«

Sie sahen sich an und küssten sich, ein langer und inniger Kuss. Plötzlich wusste Frederike wieder, warum sie Gebhard heiraten wollte.

Zwei Wochen später gaben sie sich ganz schlicht im Schloss Marquard in Potsdam das Jawort. Caspar kam und war ihr Trauzeuge. Thea hatte ein paar Tage zuvor entbunden, Frederikes Familie hatte etliche Entschuldigungen.

»Ich hoffe, es ist nicht zu schlimm für dich«, sagte Gebhard leise. Der Trausaal im Schloss wirkte seltsam leer. Sie waren nur zu viert dort – Frederike, Gebhard, Caspar und der Standesbeamte. Dieser vollzog die Zeremonie auch, so schnell es ging. Draußen wartete keiner, niemand warf Rosenblüten oder Reis.

»Ich habe einen Tisch bestellt«, sagte Caspar. »Oder wolltet ihr direkt in die Flitterwochen aufbrechen?«

»Nein«, sagte Frederike. »Wir würden gerne mit dir essen gehen.«

»Vater geht es schlecht«, sagte Gebhard leise.

»Ja.« Caspar nickte. »Ich glaube, er wird bald sterben. Und das ist auch gut so.«

»Wie kannst du so etwas sagen?«, empörte sich Gebhard.

»Weil unser Vater nicht ertragen würde, was im Reich passiert. Wenn keiner Hitler aufhält, wird es Krieg geben.«

»Das sagt mein Stiefvater auch«, sagte Frederike leise. »Er ist davon überzeugt, dass Hitler den nächsten Krieg plant.«

»Das tut dieser Mann auch. Und er will die Juden vernichten.« Caspar holte tief Luft. »Er ist schon dabei.«

»*Die Juden* gibt es nicht, und vernichten kann man sie erst recht nicht, wie soll das gehen?«, meinte Gebhard und zog ein Etui aus der Tasche. Er bot Caspar eine Zigarette an, sein Bruder nahm gerne, zückte ein Feuerzeug.

»Doch, für Hitler gibt es die Juden, und es gibt die Arier – das sind wir, mit ein wenig Glück. Tatsächlich haben wir Mansfelds keine jüdische Großmutter in unserer Ahnentafel, wie sieht es bei dir aus, Freddy?«

»Soweit ich weiß, nicht. Ich musste meinen Ariernachweis erbringen, bevor ich die Genehmigung zur Heirat bekam. Eines von vielen Papieren. Dein Freund, dieser von Smirnoff, der hat jüdische Vorfahren?«

»Klop hat Vorfahren aus jeder Region der Welt, denke ich. Ich kenne keine andere Familie, die so multikulturell ist. Sie faszinieren mich immer wieder. Hätte Klop eine ledige Schwester, ich würde sie sofort heiraten, einfach um es zu tun – die könnte drei Warzen auf der Nase haben.« Caspar lachte. Dann wurde er wieder ernst. »Hitler ist gefährlich, das ist uns allen bewusst, aber es gibt nur wenige Wege, ihn aufzuhalten.« Er blieb stehen und sah sich misstrauisch um, zog an seiner Zigarette. »Eigentlich gibt es nur einen Weg …«

»Und der wäre?«, fragte Gebhard. »Neuwahlen sind so weit entfernt wie der Mond.«

»Richtig.« Caspar trat die Zigarette aus.

»Das … das ist gefährlich«, wisperte Frederike. »Das darf keiner wissen. Ihr wollt ihn … umbringen?«

Caspar sah sie an, seine Augen verengten sich. »Das habe ich niemals gesagt. Niemals! Und du hast das auch nie von mir gehört.« Er drehte sich zu Gebhard um. »Du führst meine Güter, und vielleicht bekommst du deshalb irgendwann einmal Schwierigkeiten. Dann sag dir eines: Land ist nur Land. Und Leben ist wichtiger. Wenn sie dich jemals zwingen sollten, gegen mich auszusagen, dann machst du das. Ich weiß, die Gestapo ist nicht zimperlich. Dein Leben ist dein Leben, und ab jetzt bist du auch für Freddy und eure zukünftigen Kinder verantwortlich. Bitte, denke an sie. Und an dich.«

»Und was ist mit dir?«

»Ich kann auf mich selbst aufpassen, aber nicht auf das Land, auf mein Erbe. Und um ehrlich zu sein, will ich es auch gar nicht. Mir sind andere Dinge wichtiger. Es ist gut, dass du die Güter führst, du machst das hervorragend. Aber mach es nicht für mich. Rette deine Haut, Gebbi.«

»Das Land unserer Eltern, unserer Vorväter … es ist so wichtig. Es ist unser Erbe, unsere Identität, unser Leben.«

»Deins, Gebhard, aber nicht meins.« Sie waren an dem Gasthof angekommen, in dem Caspar einen Tisch bestellt hatte. »Lass uns essen. Und nicht mehr darüber reden. Ich werde in zwei Stunden wieder nach Rotterdam aufbrechen, treffe mich übermorgen mit Smirnoff, aber das muss niemand wissen.«

Frederike nickte und verstand.

»Hast du Mutter besucht?«, fragte Gebhard.

»Ja, heute Mittag.«

»Gut, dann lass uns endlich etwas essen. Falls du nicht auf Leskow gewesen wärst, hätte ich dich dorthin gepeitscht.« Er schlug seinem Bruder freundlich auf die Schulter. »Nur gut, dass Mutter nicht ahnt, was du so treibst. Sie würde vor Sorge wahnsinnig werden.«

Kapitel 34

Mansfeld, Januar 1937

Das Telefon klingelte mitten in der Nacht. Ein unheilvolles Schrillen hallte durch die Diele. Gebhard sprang auf, griff nach seinem Morgenmantel. Ilse, das Hausmädchen, kam aus ihrem Zimmer in der Mansarde.

»Ich geh schon«, brummte Gebhard und eilte die Treppe hinunter. Das Telefon stand in der Eingangshalle auf einem Tischchen. Das schrille Läuten verstummte, als Gebhard abnahm.

Frederike war ihm in den Flur gefolgt, blieb auf dem Treppenabsatz neben Ilse stehen.

»Wer ruft denn um diese Zeit an?«, wisperte das Mädchen. »Das kann doch nichts Gutes bedeuten.«

Das fürchtete Frederike auch. Sie zog ihr Umschlagtuch fester um sich, legte die rechte Hand auf ihren Bauch, der sich schon leicht wölbte. Im Sommer erwarteten sie ihr erstes Kind.

»Ja«, hörte sie Gebhard sagen. »Ja, verstehe. Ich komme sofort.« Dann legte er auf, rührte sich aber nicht.

»Gebhard?« Frederike ging die Treppe hinunter, sah ihn an. Sein Gesicht war bleich und wirkte wie versteinert. »Was ist passiert?«

»Mein Vater ist gestorben.« Nun senkte er den Kopf und wischte sich über die Augen. »Ich fahre nach Leskow.«

»Soll ich mitkommen?«

Er sah sie an, schien zu überlegen. »Du solltest dich schonen.«

»Aber ich sollte auch für deine Mutter da sein. Sie braucht uns jetzt. Weiß Skepti schon Bescheid?«

»Ich denke, dass Mutter ihn auch anruft.«

»Sie hat angerufen? Nicht Joseph?« Joseph war der erste Diener auf Leskow.

Gebhard schüttelte den Kopf. »Sie wollte es mir selbst sagen. Sie klang sehr gefasst.«

Die Trauer, dachte Frederike, wird wahrscheinlich erst später kommen. Der Tod ihres Schwiegervaters kam nicht überraschend, er war sehr krank gewesen und in den letzten Wochen zunehmend schwächer geworden. Weihnachten hatte er nicht mehr aufstehen können. Da hatte er noch gehofft, sein drittes Enkelkind im Sommer zu sehen. Frederike schossen die Tränen in die Augen. Auch wenn ihr Schwiegervater manchmal ruppig gewesen war, hatte sie ihn und seine raue Art sehr gemocht.

Langsam ging Gebhard die Treppe nach oben. »Ich nehme den Wagen.«

Frederike folgte ihm. Seit Anfang Januar gab es starken Frost. Über Weihnachten hatte es nicht geschneit, und alle Gutshöfe bangten, denn der Schnee schützte die Bäume und Sträucher. So aber waren sie der Kälte ausgeliefert. Die Straßen waren glatt, die Temperaturen sanken zum Teil unter zehn Grad minus.

»Ich komme mit dir«, sagte Frederike entschieden und ging in das kleine Ankleidezimmer, das neben dem Schlafzimmer lag. Seit dem Umbau gab es hinten eine große Veranda aus Holz, die mit grüner Farbe gestrichen worden war, ebenso wie die Fensterläden. Blumenthal hatte Wein rund um das Haus gepflanzt, und schon im ersten Jahr rankten die jungen Triebe bis zum Dach der Veranda. Im Erdgeschoss war mittig die Diele, wo auch das Telefon stand, und von da führte eine geschwungene Treppe nach oben. Unten gab es ein großes Esszimmer, ein Klavier- und Gartenzimmer, den Salon und Gebhards Arbeitszimmer. Es gab neben dem Esszimmer ein kleines Anrichtezimmer, wo auch der Speisenaufzug war. Im Souterrain waren die Küche- und die Gesinderäume. Gebhard hatte auch die Anbauten links und rechts unterkellern lassen, so dass dort inzwischen reichlich Platz auch für die Vorratshaltung und die Leute war.

Das Schlafzimmer lag im Haupthaus, Gebhard hatte ein modernes Bad mit Wanne und Badeofen dort einbauen lassen. Die kleine Kammer, in der früher das Torfklo gewesen war, war nun Frederikes Ankleidezimmer. In den Anbauten gab es weitere Zimmer – eins davon richtete Frederike gerade als Kinderzimmer her. Daneben würde das Kindermädchen schlafen. Auch hier gab es noch ein kleines Bad. Im Dachboden hatten die Mädchen und Lore ihre Zimmer, auch dort hatte Gebhard ein Bad mit Ofen einbauen lassen. Allerdings gab es dort nur eine Zinkwanne und keine aus Emaille. Aber dieses Haus war in Frederikes Augen schon sehr luxuriös, und sie fühlte sich sehr wohl hier.

Schnell zog sie sich warme Sachen an. Im Treppenhaus stand immer noch Ilse, das Hausmädchen. »Sag Lore, dass wir kein Frühstück brauchen, ich denke, wir werden auf Leskow frühstücken. Schön wäre es aber, wenn sie später am Tag eine gute Suppe und herzhafte Kleinigkeiten bereithaben würde. Ich weiß nicht genau, wie lange wir bleiben und was in den nächsten Tagen noch auf uns zukommt.«

»Natürlich, Gnädigste. Und mein herzlichstes Beileid auch an Ihren Herrn Gemahl.«

»Danke. Ich werde es ihm ausrichten.«

Gebhard war schon vorgegangen zur Remise, die neben der Schmiede stand. Dort war das Auto. Sie hörte den Motor aufheulen und nahm ihren Mantel und die Handschuhe. Es war eine klare Nacht und bitterkalt.

»Es tut mir so leid, Gebhard«, sagte Frederike, als sie in den Wagen stieg. Er antwortete nicht, fuhr schweigend bis nach Leskow. Das große Haus war hell erleuchtet, als sie in die Einfahrt fuhren. Gebhard parkte den Wagen an der Seite, stieg aus und ging zur Beifahrertür, half Frederike heraus. »Danke, dass du mitgekommen bist«, sagte er heiser. »Ich bin froh, dass ich dich habe.«

»Aber natürlich, Liebster.« Frederike küsste, und er erwiderte den Kuss, nahm dann ihre Hand und gemeinsam gingen sie zum Haus.

Kurz vor der Treppe blieb Gebhard stehen und atmete tief durch. Dann drückte er Frederikes Hand und ging weiter. Joseph, der erste Diener, öffnete ihnen die Tür. »Mein Beileid«, sagte er. In der Halle saß Willi, der Kutscher. Er schnaufte immer wieder in sein großes, kariertes Taschentuch. »Ne, ne«, seufzte er. »Ne, ne.«

»Willi«, sagte Gebhard und blieb vor ihm stehen. »Ach Willi, was ein Elend.«

Willi stand auf, schüttelte ihm die Hand. »Jau, Gebhard. Hätt ich nich jedacht. Da is der Baron vor mir jejangen. Wie kann denn det nur sein?« Wieder musste er sich schnäuzen, seine Augen waren rot verquollen. »Ich kannet jar nich fassen. Mein Herr is dot!« Er setzte sich wieder und schlug die Hände vor das Gesicht. Gebhard tätschelte seine Schulter, ging dann weiter zum Salon.

Seine Mutter saß auf dem Sofa, knetete ein Taschentuch. Sie sah ihnen entgegen. »Freddy, Kind, was machst du denn hier?«, fragte sie. »Es ist so eine kalte Nacht. Du hättest doch nicht kommen müssen. Du musst jetzt auf dich aufpassen. Und auf das Kind unter deinem Herzen.«

»Ach, Heide.« Frederike umarmte ihre Schwiegermutter. »Es tut mir so leid.«

»Wir haben es ja schon seit einiger Zeit befürchtet, aber nun … kam es doch so plötzlich.« Jetzt liefen ihr die Tränen über die Wangen. Gebhard küsste sie. »Mutter, was können wir tun?«

»Willst du noch mal Abschied nehmen? Er liegt oben, wir haben ihn schon gewaschen und angezogen, die Hedwig und ich. Er sieht so friedlich aus.«

»Kommst du mit?«, fragte Gebhard seine Mutter. Sie schüttelte den Kopf.

»Nein, jetzt nicht. Ich habe Abschied genommen. Nachher werde ich noch einmal hochgehen. Aber jetzt nicht.«

Gebhard sah Frederike an. »Bleibst du bei meiner Mutter?«, fragte er leise. Sie nickte.

Die beiden Frauen setzten sich auf das Sofa am Kamin. »Wissen Skepti und Caspar Bescheid?«

»Skepti habe ich erreicht, Caspar aber nicht. Ich habe in der Botschaft eine Nachricht hinterlassen. Wo mag er um diese Zeit wohl sein? Ob da eine Frau dahintersteckt? Es wird Zeit, dass er heiratet und seine Güter übernimmt. Er ist unser Erstgeborener, er erbt Leskow. Und er hat ja auch noch die beiden Vorhöfe – Kleinwiesental und Mannshof. Die hat Gebhard ja schon von ihm gepachtet, aber Gebhard kann nicht auch noch Leskow verwalten.«

»Kann Skepti da nicht helfen?«

»Ich hoffe.« Die Baronin nahm Frederikes Hand. »Ach Kind, du hättest wirklich nicht kommen müssen. Geht es dir gut?«

»Heide, wie geht es dir denn? Möchtest du etwas trinken? Einen Tee oder einen Kaffee?«

»Es wird so viel zu tun geben die nächsten Tage. Ich weiß gar nicht …« Sie klingelte. Hedwig schien vor der Tür gestanden zu haben, sie kam sofort. »Bitte lass uns einen Tee aufgießen. Wir brauchen etwas, was wärmt.«

»Sofort, Gnädigste.« Hedwig räusperte sich. »Ich weiß, dies ist ein ungünstiger Zeitpunkt, aber die Köchin fragt …«

»Grundgütiger, Hedwig, ich kann mich jetzt doch nicht mit diesen Dingen befassen.« Die Baronin schnaubte fassungslos in ihr Taschentuch.

»Darf ich das übernehmen?«, fragte Frederike leise. »Ich weiß, was zu tun ist.«

Heide zu Mansfeld sah Frederike an. »Ich vergesse immer, was du alles schon durchgemacht hast. Ich war mit meinem Walter ja lange Jahre glücklich. Du hattest nur wenig Zeit mit deinem ersten Mann, du Ärmste. In so jungen Jahren Witwe zu werden, muss furchtbar sein.« Wieder hob sie ihr Taschentuch.

»Es gibt sicher einiges in der Küche zu klären, liebe Heide. Ich kann das gerne machen.«

In diesem Moment hörten sie ein Auto vorfahren. Der Kies spritzte auf, die Reifen quietschten, als der Wagen zum Stehen kam.

»Das muss Skepti sein«, sagte die Baronin und stand auf. »Oder sollte es Caspar sein? Er hat sich noch nicht zurückgemeldet.« Sie eilte zur Tür, drehte sich noch mal um. »Du kümmerst dich um die Küche?« Dann ging sie in die Halle, um ihren Sohn zu begrüßen.

Ja, dachte Frederike und folgte ihr. Ich werde mich um die Küche kümmern. Es war Werner, der gekommen war. Alleine. Thea war wohl bei den Kindern geblieben. Werner schloss seine Mutter in die Arme. »O Mutter«, sagte er laut und voller Jammer. Den Kutscher Willi, der immer noch in der Diele saß, hatte er übersehen. Willi war nicht ein normaler

Kutscher, er war im großen Krieg der Bursche von Frederikes Schwiegervater gewesen. Die beiden hatten so manche Schlacht, erst an der Ostfront und später dann in Frankreich, zusammen erlebt und überlebt. Es ging das Gerücht, dass Willi seinem Herrn mehr als einmal das Leben gerettet hatte, weil er ihn zurück in den Graben zog. Nach dem Krieg hatte Willi die Stelle im Gutshaus bekommen, hatte den Stall unter sich gehabt und auch fahren gelernt. Bis heute betreute er die Automobile genauso wie die Fuhrwerke. Er durfte sich einiges erlauben, und Frederike war sich sicher, dass er mindestens genauso trauerte wie die Familie. Ihn hatte viel mit dem alten Baron verbunden – sicherlich auch Dinge, die zu schrecklich waren, um erzählt zu werden.

Frederike ging zu ihm, nahm seine Hand. »Komm, Willi, lass uns in die Küche gehen. Da bekommst du sicherlich einen Kaffee. Auch mit Schuss. Und ein Brot. Wir können es jetzt nicht brauchen, dass du uns auch noch umfällst.«

Er sah sie an, blinzelte, rieb sich über die Augen, nickte dann. »Ach Deern, hast ja recht, wa?« Schwerfällig stand er auf und folgte ihr nach unten in das Souterrain. Wie überall waren hier die Küche und die Gesinderäume. Aus der Küche duftete es nach frischem Brot, Kaffee und kräftiger Brühe.

Das ist es, was wir brauchen, dachte Frederike. Die Köchin Anna Jobst war schon lange auf dem Gut, sie kannte sich aus und war verlässlich. Gebhard sagte manchmal, dass sie die beste Köchin der Welt sei, aber für Frederike war das immer noch Meta Schneider auf Fennhusen – obwohl Lore, die nun im Burghof auf Mansfeld kochte, nicht mehr weit von den Künsten ihrer Lehrerin entfernt war.

»Nun mach schon«, schnauzte die Köchin eins der Mädchen an. »Hamwe etwa Zeit? Ne, hamwe nich. In ein paar Stunden wird es hier voll sin, wie inne Kirche zu Weihnachten. Hochzeiten un Beerdigungen sind immer arbeitsam. Frieda, such mich den Kümmel, 'ne Beerdigung ohne Kümmelplätzchen gibbet hier nie nich.«

»Guten Morgen, Frau Jobst«, machte sich Frederike bemerkbar. Die Köchin fuhr herum.

»Mein liewer Herr Jesangsverein«, sagte die Köchin und wischte sich mit dem Unterarm über die Stirn. »Da hamse mir aber erschreckt, Jnädigste.«

»Das wollte ich nicht.« Frederike wies auf Willi. »Sie haben doch bestimmt einen Kaffee für ihn? Einen sehr starken Kaffee. Gerne auch mit Schuss?«

»Ei sicher. Willi, komm bei mich bei. Setz dich annen Tisch inne Ecke. Kriegst gleich dein Kaffee. Hab enen ordentlichen Rum. Is schon schrecklich, wa?«

»Kanns nich fassen«, sagte der Kutscher und wankte zum Tisch, ließ sich schwer auf einen der Stühle fallen. »Kann's immer noch nich fassen. Mein Baron, der gute Herr Walter. Ei, war ja krank, aber sterben hätt er doch nicht müssen, wa?«

»Der Herr gibt's, der Herr nimmt's«, murmelte die Köchin und gab ihm einen Pott mit Kaffee, gab einen großen Schluck Rum dazu. »Und Sie, Baronin?«

»Gerne nehme ich einen Kaffee, aber bitte ohne Rum.« Frederike lächelte. »Die Baronin schickt mich. Sie hat gerade keinen Kopf für alles, was organisiert werden muss. Wo ist denn die Mamsell?«

»'ne Mamsell hamwe nich mehr. Hat sich doch verheiratet. Noch knapp vor de Feiertaje. Musste alles alleene wuppen. Hat ja awwer geklappt.« Die Köchin zwinkerte Frederike zu. »Wird awwer Zeit, das we wieder 'ne Mamsell kriejen. Ich kann mich ja nich och noch umme Wäsche und umme Leute kümmern. Die Küche reicht mir.«

»Das glaube ich. Nur … jetzt ist sicher nicht der richtige Zeitpunkt …«

»Ei, sicher nich, bin ja nich doof. Also«, sagte sie und füllte zwei weitere Becher mit dem starken Kaffee, der in einer großen Blechkanne auf dem Herd blubberte, »nu setzen Se sich doch.« Sie wies auf den Tisch, der hinten in der Küche stand und an dem schon Willi saß. Frederike ging durch die Küche. Dort schlug ein Mädchen Eier auf, ein weiteres ließ weißen Speck aus, und ein drittes rührte in einem riesigen Kessel, aus dem köstliche Düfte durch die Küche waberten.

»Hab direkt drei Hühner jeschlachtet und Suppe anjesetzt«, sagte die

Köchin, Stolz klang in ihrer Stimme mit. »Ham ja nich mehr viel Jemüse, aber Porree und Wurzeln hamwe noch im Sand im Keller. Zwiebeln hamwe sowieso immer, und dann hab ich jedacht, dass der Anlass die Mittel rechtfertich, und hab mir zwee Flaschen Wein jeholt. Dat jibt Jeschmack sag ich Sie. Und 'n Stück Speck is och drinne.«

»Es riecht köstlich.« Frederike setzte sich. Plötzlich merkte sie, wie die Anspannung der letzten Stunden von ihr abfiel. Schnell trank sie einen Schluck des heißen und starken Kaffees und spürte die belebende Wirkung. Der Tag würde sicherlich entsetzlich lang werden.

Die Köchin wies auf das Mädchen, das in einer großen Schüssel Eier verrührte. »Wir broochen Kuchen, jede Menge Kuchen für de Beerdigung. Un Kümmelplätzchen. Auf Leskow gibbet immer Kümmelplätzchen, wenn eener unter de Erde jebracht wird. Is Tradition.«

»Aber wir wissen doch noch gar nicht, wann es … ich meine, wann mein Schwiegervater beerdigt wird.«

»Na, det wird wohl in zwee Tajen sein. Heute wird er aufjebahrt werden innen Salon, und morjen wird er och noch da liejen, damit de Leute und Instmänner och Abschied nehmen kinnen. Und dann kimmt er unter de Erde, wa?«

»Also übermorgen?« Frederike dachte nach. Heute war Montag – nein, es war schon Dienstag. Nach der Rechnung der Köchin wäre die Beerdigung am Donnerstag.

»Jau. Heute kommen sicher schon janz viele vonne Verwandtschaft und vonne Nachbarschaft, um ihr Beileid aussedrücken. Die wollen alle wat essen und trinken. Dafür hamwe die jute Suppe, und Brot werde ich och noch backen.« Die Köchin überlegte. »Wir ham noch Schinken im Rauch. Awwer we sollten och noch een Schaf schlachten. Dann kann ich Ragout kochen und Braten machen. Is ja 'ne magere Zeit jerade. Im Jarten wächst nüscht. Nur Jrünkohl hamwe noch zu stehen und Rosenköhler och.« Sie seufzte. »Wir müssen mit sechzig Jästen rechnen, mindestens.«

»Sechzig?«, sagte Frederike und schnappte nach Luft.

»Nun ja, de Baron war allseits beliebt. Sin nur so vierzich Jäste oben, awer zwanzig Leute – Kutschers und Chaffeurs und och Burschen oder Mädchen vonne Jäste von weiter her.«

»Wo kommen die denn unter?«, fragte Frederike. Die Köchin warf ihr einen langen Blick zu, und Frederike begriff. Natürlich würde sie auch auf dem Burghof Gäste aufnehmen müssen.

»Heute gibbet Suppe und Schrippen, dazu Schmalz und Schwarzsauer – davon habe ich noch jenuch. Am Mittwoch werden nur de Instleute kommen und inne Kirche zur Aufbahrung jehen. Die kriejen nüscht. Manche Jäste werdn wohl och schon am Mittwoch anreisen, wa?« Die Köchin überlegte. »Wir ham noch wat Wild vonne letzte Treibjacht inne Eiskeller. Wie isset im Burghof?« Sie sah Frederike fragend an.

»Das muss ich mit Lore besprechen. Aber sicher können wir einige Gäste verköstigen und etwas dazu beisteuern.«

»Die Lore is man patent, wa? Die schafft dat schon. Bei de Kichin auf Großwiesental bin ich mich nicht so sicher.« Die Köchin schüttelte den Kopf. »Liegt awwer och anne Baronin, die will immer nur so Schicki-Micki-Sachen, als obwe inne Stadt wohnen würden. Tun we awwer nich. Ob die 'ne jute Erbsensuppe kochen kann, weß nich, weß nich.«

»Also heute gibt es Suppe und Schrippen?«

Die Köchin nickte. »Und Kümmelplätzchen.«

»Am Mittwoch kommen wahrscheinlich Gäste – Familie und gute Freunde –, die müssen wir unterbringen und verköstigen.«

Wieder nickte die Köchin.

»Und am Donnerstag ist die Beerdigung …«

»Da jibbet den Leichenschmaus. Mach ich schon. Un Sie Ihre Lore kann och helfen, wa?«

Jetzt nickte Frederike. »Wir müssen zusehen, dass meine Schwiegermutter etwas isst. Sie hat schon so abgenommen.«

»Jau, dat war all die Sorje ummen Baron. Awwer nun isset vorbei, und wir werden sie schon wieder aufpäppeln, das könnse mich glooben, da sorch ich für.«

»Danke, Frau Jobst«, sagte Frederike, stand auf und sah zu Willi, der zusammengesunken am Tisch saß, leise vor sich hin schniefte.

»Um ihn kümmer ich mich och, da seinse man sicher. Und für Sie bin ich die Anna, wa?« Sie zwinkerte Frederike zu. »Ich bin man froh, datse hier sind. Dem Werner seene Fruu ist nich zu jebrochen. Ich weiß wohl, datse Freunde sind, aber die Baronin is nich praktisch veranlacht – Sie awwer schon. Jemeinsam werden wir dat wohl wuppen, Baronin.« Sie stand auf, zog ihre Schürze zurecht. »Un jetzt wird ich Brot backen, für die Schrippen.«

Frederike gab ihr die Hand, der Händedruck der Köchin war fest und warm. Er gab ihr Zuversicht, die nächsten schwierigen Tage meistern zu können.

»Ich denke, wir könnten oben eine Kanne Tee und eine Kanne Kaffee gebrauchen«, sagte Frederike und schaute zu ihrem Becher, den sie nicht ganz geleert hatte. »Den Kaffee vielleicht nicht ganz so stark …«

Die Köchin lachte auf. »Machen we.«

Da es keine Mamsell mehr gab, gestalteten sich einige Dinge auf Leskow schwierig. Frederike versuchte, das Manko auszugleichen. Zimmer mussten hergerichtet werden, man musste die Verwandtschaft informieren. Die Nachricht würde in der Nachbarschaft sicher schnell die Runde machen, dennoch waren persönliche Mitteilungen wichtig.

Gebhard hatte einige Zeit gebraucht, um sich von seinem Vater zu verabschieden. Seine Augen waren gerötet, seine Stimme klang heiser, aber er wirkte gefasst. Werner dagegen hing wie ein Sack nasses Getreide im Sessel und schluchzte. Er wollte nicht nach oben, konnte sich nicht vorstellen, zu seinem toten Vater zu gehen.

Frederike holte einen Schreibblock aus dem Arbeitszimmer ihres verstorbenen Schwiegervaters, setzte sich an den Tisch im Salon. »Ich möchte nicht gefühllos erscheinen, aber wir müssen einige Dinge regeln.«

»Jetzt?« Werner schaute auf, sah sie entsetzt an. »Wie kannst du so etwas jetzt sagen?«

»Es geht darum, wie wir die Verwandtschaft informieren«, sagte Frederike sachlich. »Wen hast du angerufen, Heide?«, fragte sie ihre Schwiegermutter.

»Nur Gebbi und Skepti. Und ich habe versucht, Caspar zu erreichen.«

»Wen müssen wir noch informieren? Die Köchin meinte, dass sicherlich vierzig Leute zur Beerdigung kommen würden. Und war der Arzt schon da?«, fragte Frederike.

»Arzt? Bist du irrsinnig, Weib?«, fuhr Werner sie an. »Mein Vater ist tot, was soll da noch ein Arzt ausrichten?«

»Bleib ruhig, Skepti. Freddy will nur helfen«, sagte Gebhard leise, aber bestimmt.

»Der Arzt muss den Totenschein ausstellen. Das ist wichtig«, versuchte Frederike zu erklären. »Und danach muss man die Bestattung anmelden …«

»Walter wird auf dem Familienfriedhof beigesetzt werden«, sagte Heide leise. »Das hat er sich immer gewünscht. Aber Freddy hat recht. Wir können ihn da ja nicht eigenhändig verbuddeln. Wir brauchen den Arzt für den Totenschein. Und der Zimmermann muss einen Sarg zimmern. Außerdem … ja, wir müssen alle informieren. Wie machen wir das? Ich kann niemanden mehr anrufen.« Sie sackte in sich zusammen.

Frederike stand auf, schenkte ihr eine Tasse Tee ein, gab zwei Löffel Zucker dazu und reichte ihr die Tasse. »Trink, das wird dich beleben. Überhaupt sollten wir ein ganz frühes Frühstück einnehmen. Wir alle werden unsere Kräfte brauchen.« Sie sah auf die Kaminuhr und stellte verwundert fest, dass es schon sechs Uhr war – die Zeit für die Andacht und das erste Frühstück war schon vergangen. Im Haus regte sich alles, sie hörte Fußgetrappel auf den Treppen, Türenschlagen und leises Stimmengemurmel. Die morgendliche Andacht hatte ihr Schwiegervater immer gehalten, genauso wie Onkel Erik es tat. Nur in den letzten Wochen war er dazu nicht mehr fähig gewesen.

Frederike nahm die Familienbibel, die auf dem Regal neben dem Kamin stand. In der Bibel lagen die Wochenlosungen. »Ich werde mit den Leuten die Andacht halten, danach frühstücken wir alle. Ein wenig Routine wird gut sein.«

Gebhard stand auf. »Du hast recht. Wir müssen sehen, wie es weitergeht. Ich werde die Andacht halten.«

Sie reichte ihm die Bibel. »Schaffst du das?«, fragte sie leise.
»Ja, Liebste. Ich schaffe es, weil du da bist. Danke dafür.«

Es war ein seltsamer Tag – er war voller Hektik, und zugleich schien er nie enden zu wollen. Frederike kam sich vor, als hätte sie jemand in Sirup getaucht. Jede Bewegung, jeder Schritt, der getan werden musste, war mühselig.

Sie holten den Arzt, der den Totenschein ausstellte.

Gebhard ließ seine Sekretärin kommen. Gemeinsam erstellten sie Listen mit Leuten, die informiert werden mussten und sollten. Dann ging die Sekretärin zur Post und verschickte Telegramme, während Gebhard einige Telefonate übernahm. Die Nachricht von Walters Tod hatte sich in der Nachbarschaft schnell verbreitet. Viele Leute kamen zum Kondolieren. Gegen Mittag wurde Walter vorerst im Gartenzimmer aufgebahrt. Der Zimmermann kam – es war ihm sichtlich unangenehm, aber er musste für den Sarg Maß nehmen.

»Es herrscht starker Frost«, gab er zu bedenken. »Die Erde ist gefroren.«

»Und?«, fragte Werner mürrisch. »Sollen wir jetzt das Wetter ändern?«

»Das nicht, aber Sie müssen ein Grab ausheben lassen – in gefrorener Erde wird das nicht gehen, Baron.«

»Was kann man da tun?«, fragte Frederike.

»Ein Feuer auf der Grabstätte. Heute den ganzen Tag. Stellen Sie ein paar von den Burschen ab, die sollen das bewachen. Und wenn die Erde auftaut, sollen sie graben.«

Gebhard nickte. »So werden wir es tun. Danke.«

Heide zog sich nach dem Mittagessen zurück. Sie wirkte erschöpft und entkräftet.

»Wir haben Caspar noch nicht erreicht«, sagte Gebhard besorgt. »Ich glaube, das macht Mutter sehr zu schaffen.«

»Wo ist er denn im Moment?«, fragte Werner.

»Immer noch in der Botschaft angestellt, aber er reist oft durch England und auch auf das Festland. Vielleicht ist er gerade dort.«

»Hat er nicht diesen Freund, diesen Smirnoff? Vielleicht können wir ihn ja in London ausfindig machen«, sagte Frederike.

»Du hast recht, er hat oft von Klop von Smirnoff gesprochen. Ich werde versuchen, ihn ausfindig zu machen.«

Gebhard ging in die Diele zum Telefon und ließ sich verbinden. Kurz darauf kam er zurück. »Es dauert, bis es eine Leitung nach London gibt.« Er sah Frederike an. »Schatz, du siehst müde aus. Lass dich nach Hause fahren und leg dich hin.«

»Ich kann doch jetzt nicht nach Hause fahren«, protestierte Frederike.

»Das solltest du aber. Denk an das Kind, unseren Erben. Du musst auf dich achtgeben. Skepti und ich werden hier schon alle Zügel in der Hand behalten. Und außerdem ist da ja noch Fräulein Berndt, meine Sekretärin.«

Frederike nickte. Ursa Berndt war tatsächlich eine sehr patente Frau. Für einen Moment schloss sie die Augen. Der Gedanke, nach Mansfeld zu fahren, war verlockend. Ihr Bett, ein wenig Ruhe … aber dann schüttelte sie den Kopf. »Ich kann mich doch sicher oben einen Moment ausruhen. Dafür muss ich doch nicht zum Burghof fahren.«

»Wie du willst. Ich hätte dich lieber im Burghof. Aber natürlich wird es auch hier die Möglichkeit geben, damit du etwas zur Ruhe kommst.« Gebhard klingelte nach dem Mädchen.

»Ich werde ein Zimmer fertigmachen«, sagte Hedwig. »Und ordentlich einheizen.«

Eine halbe Stunde später folgte Frederike Hedwig nach oben. Sie hatte eines der kleinen Zimmer im Flügel hergerichtet. »Das Zimmer ist klein, deshalb ist es auch schneller warm«, erklärte Hedwig und knickste. »Ich habe Ihnen Wasser und eine Kanne Tee bringen lassen. Brauchen Sie sonst noch etwas, Baronin?«

»Nein, danke. Das ist alles wunderbar, ich will mich nur einen Moment ausruhen.«

»Das kann ich verstehen. Es ist ein anstrengender Tag für die Familie.«

Frederike sah Hedwig nachdenklich an. »Seit wann sind Sie auf dem Gut?«, fragte sie.

»Oh, ich bin vor zehn Jahren, mit sechzehn, hierhergekommen und habe zuerst in der Küche gelernt und bin dann Zimmermädchen geworden.«

»Sie kennen sich aus auf dem Gut.«

»Natürlich.« Hedwig nickte lächelnd. »Es ist meine Heimat geworden.«

»Können Sie sich nicht vorstellen, hier Mamsell zu werden?«

Hedwig schüttelte den Kopf. »Nein, das kann ich nicht. Das würde ich nicht schaffen.«

»Warum?«

»Weil das Haus und das Gut zu groß sind. Wir haben viele Leute, und allenthalben gibt es Streit. Die Mamsell muss sich um die Wäsche kümmern, um die Leute, sie muss die Arbeiten einteilen und vieles mehr. Und …« Hedwig senkte den Kopf. »Sie muss gut lesen, schreiben und rechnen können – das ist alles nicht meins.«

»Ich verstehe«, sagte Frederike nachdenklich. »Aber hier muss schnell eine Mamsell her. Ganz schnell. Meine Schwiegermutter ist ja jetzt alleine und wird viele Dinge regeln müssen.«

»Meine Tante«, sagte Hedwig zögerlich. »Also … meine Tante … die ist Mamsell, aber sie sucht eine neue Stelle.«

»Bei wem ist sie denn Mamsell?«

»Sie ist mit der Tochter des zu Kyritz nach Bayern gegangen, als sie sich dorthin verheiratete – also die Baronin Kyritz, nicht meine Tante«, sagte Hedwig. »Aber sie fühlt sich da unwohl und will zurück in die Prignitz.«

»Sie hat doch sicher ein Zeugnis. Ich sehe da gute Chancen für Ihre Tante.«

»Das wäre wundervoll. Ich werde ihr sofort schreiben … lassen«, wieder senkte Hedwig den Kopf. »Selber schreiben kann ich nicht so gut, verstehen Sie?«

»Gib mir doch die Adresse, und ich setze mich mit deiner Tante in Verbindung«, sagte Frederike und lächelte. »Du kannst vielleicht nicht gut schreiben, aber du hast andere Fähigkeiten. Jeder tut das, was er am besten kann. Und du scheinst eine wunderbare erste Hausdame zu sein.«

»Danke, Baronin.« Hedwig errötete verlegen. »Danke. Wenn Sie etwas brauchen, dann klingeln Sie.«

»Das werde ich.« Frederike war froh, endlich ihre Stiefel ausziehen zu können. Sie legte sich auf das Bett, zog die Wolldecke über sich und schlief fast sofort ein. Seit sie schwanger war, war sie immerzu müde, egal wie lange sie schlief. Und jetzt brauchte sie Kraft, denn die nächsten Tage und die Beerdigung würden nicht einfach werden.

Kapitel 35

Anna Jobst, die Köchin, hatte gut vorbereitet. Tatsächlich kamen etliche Nachbarn, um ihr Beileid zu bekunden, nahmen auch gerne einen Teller gute Suppe und von den belegten Broten, die, so schien es, unablässig aus der Küche nach oben gebracht wurden. Jedenfalls tauschten die Mädchen ein Tablett nach dem anderen aus. Die Köchin hatte ihre Vorräte geplündert – eingelegte Gurken wurden ebenso angeboten wie Silberzwiebeln. Und zu guter Letzt brachten die Mädchen auch noch Blechkuchen.

Für das leibliche Wohl war gesorgt.

Frederike war erstaunt, wie viele Leute kamen, um zu kondolieren. Ihr hatte die Ruhe gutgetan, aber jetzt wollte sie wieder für die Familie da sein. Ihre Schwiegermutter saß in dem großen Ohrensessel am Kamin, das Gesicht wie eingefroren, aber die Augen geschwollen. Sie war noch eine der großen Damen, die das Kaiserreich miterlebt hatten, und würde sich in der Öffentlichkeit nie gehenlassen.

Was sie das wohl an Kraft kostet, dachte Frederike voller Mitleid.

»Haben Sie einen Moment Zeit?«, fragte Fräulein Berndt und zupfte Frederike am Ärmel. »Ich möchte die gnädigen Herren nicht stören.«

»Worum geht es?« Frederike folgte ihr in das Arbeitszimmer.

»Die Beerdigung wird am Freitag sein. Das gibt uns einen Tag Luft. Wir haben schon zehn Zusagen. Drei Paare kommen aus Berlin, die werden am Abend wieder abreisen, aber bisher kommen sieben weitere von weiter her. Für die brauchen wir Unterkünfte. Nun gibt es im Haus leider gerade keine Mamsell …«

»Ich weiß und werde mich des Problems annehmen. Vielleicht habe ich schon eine Lösung, aber ganz sicher nicht bis Freitag.«

»Das erste Mädchen ist sehr tauglich und fähig.«

»Hedwig. Sie ist gut, aber sie will nicht Mamsell werden.«

»Das ist bedauerlich.«

»Hedwig wird es sicherlich schaffen, die Tage zu überbrücken, solange sie keinen Bericht darüber schreiben muss und auch das Haushaltsbuch jemand anderes führt.«

Fräulein Berndt nickte verstehend. »Das werden wir sicher meistern. Wichtig ist nur, dass wir die Verwandtschaft unterbringen. Es gibt ja noch die Cousins und Cousinen in Wolfenhagen und auf den anderen Gütern der Prignitz, irgendwie scheinen ja alle miteinander verwandt zu sein. Aber einige kommen auch von weiter her.«

Frederike drehte sich um und klingelte nach Hedwig. »Das werden wir jetzt klären«, sagte sie.

Das Mädchen erschien, blass sah sie um die Nase aus.

»Keine Angst«, sagte Frederike. »Setzen Sie sich. Wir müssen nur ein paar Dinge besprechen.«

»Um Gottes willen«, murmelte das Mädchen.

»Sie sind nun mal das erste Hausmädchen, und wir müssen die nächsten Tage organisieren. Wie viel Gäste können Sie kurzfristig unterbringen?«

Hedwig überlegte. »Wir haben sechs Zimmer, die wir schnell herrichten können. Die anderen sind nichts im Winter. Für Sommerfrischler geht es, aber nicht jetzt, wo es so kalt ist.«

»Doppelzimmer oder nur für eine Person?«, fragte Fräulein Berndt und schob die Brille zurecht.

»Vier Doppelzimmer. Das macht … acht Gäste«, sagte Hedwig langsam. »Und dann noch zwei Einzelzimmer – in dem einen waren Sie heute, Gnädigste«, sagte sie zu Frederike. »Das Zimmer war doch in Ordnung?«

»Das Zimmer war prima. Danke.« Frederike sah Fräulein Berndt an. »Hier könnten zehn übernachten. Aber nur, wenn es nicht anders geht. Wer hat sich angekündigt?« Sie nahm die Liste.

»Natürlich die nächste Verwandtschaft, aber die können alle wieder nach Hause reisen. Aber wir haben vier Personen aus Baden, eine aus Bayern und zwei aus Niedersachsen. Dann kommt noch eine Tante hinzu, die gleich angekündigt hat, länger bleiben zu wollen.«

»Ich kenne die weitläufige Familie noch nicht«, sagte Frederike nachdenklich. »Meinen Sie, Frau Berndt, dass Sie herausbekommen, wer davon schwierig ist und wer nicht? Es gibt ja immer Familienmitglieder, die anstrengender sind als andere. Diese möchte ich meiner Schwiegermutter in der schweren Zeit ersparen. Wir haben fünf Gästezimmer, die wir bereitstellen können. Auf Großwiesental gibt es sicher auch noch Möglichkeiten.«

Fräulein Berndt lächelte. »Ich werde es herausfinden und bei der Zimmerverteilung berücksichtigen.«

»Es ist eine Beerdigung, aber wir reden, als ginge es um die Sommerfrische«, seufzte Frederike. »Den Leichenschmaus – auch so ein fürchterliches Wort – müssen wir noch planen.«

»Das wird Frau Jobst sicherlich machen. Ich werde mit ihr sprechen, falls ihr Vorräte fehlen. Dann kann sie sich mit Ihrer Köchin und der Mamsell auf Großwiesental abstimmen.«

»Wunderbar«, sagte Frederike. »Wenn es Sie nicht gäbe …«

»Dann würde jemand anderes all die Dinge erledigen. Wahrscheinlich würden Sie das tun, Frau Baronin. Aber Sie sollten sich jetzt schonen.«

Kapitel 36

Irgendwann hatte Gebhard endlich Klop von Smirnoff in London erreicht, der auch wusste, wo Caspar war. Er wollte es ihnen nicht sagen, gab aber die Nachricht an Caspar weiter. Am nächsten Tag traf der übernächtigte Caspar auf dem Burghof in Mansfeld ein, wo Frederike ihn empfing.

»Darf ich bei euch wohnen? Mein Gutshaus steht seit Jahren leer. Und in Leskow bei Mutter möchte ich nicht schlafen, ich glaube, das würde ich im Moment nicht ertragen«, sagte er niedergeschlagen.

»Natürlich«, sagte Frederike und nahm ihn in den Arm. »Du bist hier immer willkommen. Immer.«

»Sag das nicht zu früh, Schwägerin«, murmelte Caspar. »Vielleicht werdet ihr mich irgendwann hassen.«

»Dich? Niemals.« Frederike schaute ihm in die Augen. »Egal, was du tust. Es ist das Richtige, ich weiß es.«

Sie sahen sich an, nickten beide und verloren kein Wort mehr über ihre Gedanken.

»Warst du schon bei deiner Mutter?«, fragte Frederike leise.

Caspar schüttelte den Kopf. »Ich komme direkt aus England. Habe den ersten Flieger genommen – mein Diplomatenstatus war sehr hilfreich.« Er grinste schief. »Ich weiß nicht, wie ich ihr begegnen soll …«

»Das machen wir gemeinsam. Eure Mutter leidet und trauert, aber der Tod deines Vaters kam nicht überraschend. Und sie weiß sehr wohl, dass es für ihn eine Erlösung war. Das tröstet auch Gebhard und Skepti.«

»Ich habe mit Vaters Tod gerechnet, aber jetzt, wo er gestorben ist, kann ich es nicht begreifen.«

»Ja, ich weiß, wie das ist.«

»Grundgütiger, natürlich, Freddy, du hast ja schon einen Ehemann verloren – das muss noch schlimmer sein. Es tut mir leid.«

»Ach, Caspar … magst du etwas trinken?« Sie führte ihn in den Salon.

»Einen Bourbon. Ich nehme mir schon. Du trinkst Gin-Fizz, nicht wahr?«

Frederike lachte leise. »Im Moment nicht.« Sie legte die Hand auf ihren Bauch. »Nicht, bevor das Kind da ist.«

Caspar fuhr herum, sah sie an. »Du bekommst ein Kind?«

Frederike nickte.

»Das ist großartig. Ich wette, Gebbi platzt vor Stolz.«

»Das tut er.« Frederike wandte sich ab.

»Aber? Ich höre ein Aber. Was ist es?«

»Er ist fest davon überzeugt, dass wir einen Sohn bekommen. Einen Erben. Skepti hat nun schon zwei Söhne – Gebhard möchte aufholen, so fühlt es sich zumindest an.«

Caspar lachte. »So sind wir. Nimm das nicht zu ernst.«

»Aber was, wenn es ein Mädchen wird?«, fragte Frederike leise.

»Dann wird halt das nächste Kind ein Junge.« Caspar schlug ihr sanft auf die Schulter und nahm ihr das Glas mit dem Bourbon ab.

Hoffentlich, dachte Frederike.

»Wo ist er denn?«, fragte Caspar.

»Auf Leskow. Es gibt viel vorzubereiten.«

»Das glaube ich. Tut mir leid, dass ich erst heute kommen konnte.«

»Ich bin froh, dass du überhaupt hier bist. Wir hatten schon Sorge, dass wir dich gar nicht rechtzeitig erreichen.« Sie sah ihn an. »Mir fiel nur dein Freund Klop ein.«

»Das war sehr gut. Ich wollte erst nächste Woche nach London zurückkehren und hätte die Nachricht sonst gar nicht erhalten.« Er räusperte sich. »Kommt morgen die ganze Verwandtschaft?«

»Viele reisen schon heute an. Wir haben sie, soweit es geht, verteilt. Einige leben ja auch in der Nähe – in Retzin, in Wolfenhagen … so ganz durchschaue ich eure Verwandtschaft immer noch nicht«, gab sie zu. »Und es kommen ja auch Freunde deines Vaters, um Abschied zu nehmen.«

Caspar starrte durch das Fenster nach draußen, ein eisiger Wind heulte um das Haus. »Ich habe eine Bitte«, sagte er leise. »Können wir sagen, dass ich aus London gekommen bin, und meine Reisen verschweigen?«

»Natürlich. Deine Mutter und Skepti wissen allerdings, dass du nicht in London warst. Aber sie werden sicherlich nichts verraten.« Nachdenklich sah sie ihn an. »Ich mache mir Sorgen um dich.«

»Das musst du nicht.« Er runzelte die Stirn. »Sicher ist es nicht ungefährlich, was wir tun, aber wir sehen keine andere Lösung. Mutter darf das nicht wissen, und auch Skepti sollte es nicht erfahren.«

Frederike nickte, dann sah sie auf die Kaminuhr. »Ich wollte gleich zum Essen hinüberfahren nach Leskow. Du kommst doch sicher mit?«

Caspar trank sein Glas aus, stellte es auf das Tischchen. »Ich mache mich noch eben frisch und ziehe mich um.«

»Du hast noch Zeit für ein Bad. Ilse hat den Ofen angeheizt.«

»Das klingt wunderbar.«

Eine Stunde später saßen sie in Frederikes Auto und fuhren nach Leskow.

»Soll ich fahren?«, fragte Caspar besorgt.

Frederike sah ihn erstaunt an. »Ich fahre schon einige Jahre. Du bist auch schon mit mir mitgefahren – so schlecht ist mein Fahrstil gar nicht. Saßt du mal bei Thea im Auto?«

»Einmal«, lachte Caspar, »und ich werde es nie wieder tun. Ich dachte nur, weil du ja jetzt …« Er schaute auf ihren Bauch, der kaum zu sehen war.

»Ich bekomme ein Kind, ich bin nicht plötzlich geisteskrank oder so. Und das Kind kommt auch erst im Sommer. Du musst also keine Angst haben.« Sie zwinkerte ihm zu und stieg ein.

»Ich bin so ungeschickt im Umgang mit Ehefrauen«, sagte Caspar und setzte sich auf den Beifahrersitz.

»Das liegt daran, dass du keine hast. Es wird Zeit, dass du heiratest, Caspar.«

Er schüttelte den Kopf. »Nicht jetzt, nicht in diesen Zeiten. Nicht mit der Verantwortung, die ich gerade trage.« Nachdenklich rieb er sich über das Gesicht. »Ich weiß auch gar nicht, ob ich in diesen Zeiten eine Familie gründen wollen würde.« Caspar warf ihr einen Blick zu. »Versteh mich nicht falsch. Für Gebhard war es das einzig Richtige, dich zu heiraten. Er liebt dich, er braucht eine Familie, er ist so viel bodenständiger, als ich es je sein werde. Er liebt das Land, er ist ganz anders damit verbunden, als ich es je war. Und zu Land gehört auch Familie – eine Frau und Kinder. Zu meinem Leben passt das nicht und wird vielleicht nie passen.«

»Ach, Caspar«, sagte Frederike leise und legte ihm die Hand auf den Arm. »Ich verstehe dich.«

»Wie läuft es denn mit den Gütern?«

»Ich glaube, Gebhard ist sehr zufrieden. Wir haben einen großartigen Inspektor – Nikolaus Pirow. Er hat viel Erfahrung und ist sehr arbeitsam. Außerdem hat Gebhard diese sehr patente Sekretärin – Ursa Berndt. Ohne sie würde er die ganze Arbeit vermutlich nicht schaffen. Sie ist ein Organisationstalent, und ohne ihre Hilfe hätten wir es nicht geschafft, die Beerdigung so schnell hinzubekommen.«

Caspar senkte den Kopf. »Ich kann immer noch nicht glauben, dass Vater tot ist – auch wenn es abzusehen war. Er war mir immer ein Vorbild.«

»Weißt du, wer auch sehr leidet?«

»Willi. Für ihn muss es schlimm sein.«

»Ja«, sagte Frederike nur.

»Vater hat nie über den Krieg gesprochen, aber Willi. Er hat allerlei erzählt.«

»Willi ist schon ein besonderer Mensch.«

»Aber nicht immer einfach.« Caspar schmunzelte. Dann wurde er wieder ernst. »Ich hoffe, es kommt zu keinen Konflikten auf der Beerdigung.«

»Wieso?«

»Da treffen Welten aufeinander. Du weißt, ich bin in der Partei. Ich musste eintreten, um meinen Posten zu behalten. Ich habe es nicht gern und absolut nicht aus Überzeugung getan.«

»Das wissen wir.«

»Nicht alle. Mein Cousin hat mir verboten, sein Haus zu betreten, solange ich Parteimitglied bin. Er kann ja nicht wissen … was ich mache. Und ich kann auch nicht darüber reden.«

»Meinst du, die Politik wird bei so einem Anlass eine Rolle spielen?«

»Ich fürchte es. Da sind ja noch andere, diejenigen, die den Führer als den großen Heilsbringer sehen. Die, die darauf hoffen, dass alles wieder so wird wie früher.«

»Ein monarchistisches Land ohne Monarchie, aber mit den Vorteilen des Adels. Pfff. Das ist so unwahrscheinlich wie eine Reise zum Mond.«

»Trotzdem glauben es die Leute, weil sie es glauben wollen. Die anderen Dinge, die schrecklichen Dinge, blenden sie aus.«

»Lass dich bitte nicht provozieren, geh auf keine Diskussion ein. Denk daran, dass es die Beerdigung eures Vaters ist. Nur das zählt. Wir müssen vor allen Dingen für eure Mutter da sein.«

»Du hast so recht, Freddy.«

Frederike bog in die Einfahrt ein und parkte vor der Treppe.

»Wenn ich meine Mutter sehe, werde ich weinen wie ein Schlosshund«, sagte Caspar leise.

»Das ist doch in Ordnung. Komm, du schaffst das.« Frederike stieg aus. Sie ließ ihn vorgehen, die letzten Stufen rannte er fast.

Gebhard hatte den Wagen schon gehört und öffnete ihnen die Tür. »Mutter ist im kleinen Salon«, sagte er. Caspar nahm ihn stumm in die Arme, ging dann zum kleinen Salon.

»Wir lassen die beiden eine Weile allein«, sagte Gebhard zu Frederike und half ihr aus dem Mantel. »Möchtest du einen Kaffee?«

»Gerne.«

Er führte sie in das Gartenzimmer. Im Kamin knisterte ein warmes Feuer, und Frederike setzte sich auf das Sofa. Durch die großen Fenster hatte sie einen wunderbaren Blick auf den schön angelegten Park. Der Frost hatte die kahlen Bäume mit einer Eisschicht überzogen, die Sträucher wirkten, als hätte jemand Puderzucker über sie gestäubt. Die tiefstehende Sonne ließ die Eiszapfen funkeln.

»Wann ist Caspar gekommen?«, fragte Gebhard und setzte sich neben sie, nahm ihre Hand.

»Vor zwei Stunden etwa. Er war ganz erschöpft. Er hat durch Zufall und Glück einen Platz in einer Imperial Maschine nach Berlin bekommen, von dort hat er sich einen Wagen genommen.«

»Ich bin froh, dass er hier ist. Mutter hat so auf ihn gewartet.«

»Er möchte nicht, dass man erfährt, wo er war. Wir sollen allen sagen, dass er direkt aus London kommt.«

»Natürlich. Wer weiß es außer uns? Skepti und Mutter.«

»Und das Personal.«

»Dem Personal sagen wir natürlich nichts, das gibt nur noch mehr Gerede.« Er seufzte. »Ich hoffe, Caspar weiß, was er tut.«

»Er weiß es. Aber er macht sich Sorgen um uns.«

»Das muss er nicht. Wenn es nicht Leute wie ihn und Smirnoff gäbe, würde ich den Glauben an die Menschheit verlieren.« Gebhard sah Frederike an. »Meinst du, ich sollte auch etwas tun?«

»Du tust genug – du kümmerst dich um Land und Erbe. Und du hast deine Meinung, die du vertrittst. Was willst du sonst machen? Es muss auch Menschen wie dich geben, die alles am Laufen halten.«

»Ich bin mir da manchmal nicht so sicher«, sagte Gebhard leise.

Es klopfte, und Hedwig brachte Kaffee. »Fräulein Berndt möchte mit Ihnen sprechen, gnädiger Herr.«

»Sie soll reinkommen. Bringen Sie noch eine Tasse für das Fräulein, Hedwig.« Gespannt sah Gebhard seiner Sekretärin entgegen.

»Tut mir leid, dass ich störe«, sagte sie geknickt.

»Sie stören nicht«, sagte Frederike und stand auf, reichte ihr die Hand. »Ohne Sie wären wir aufgeschmissen.«

»Da hat meine Frau recht. Setzen Sie sich.«

Hedwig brachte eine weitere Kaffeetasse, und Frederike schenkte ihnen allen ein.

»Ihr Vater hatte einen Wunsch«, sagte Fräulein Berndt. »Ich weiß nicht, ob Sie das wussten. Er hat sich gewünscht, in seinem Sarg einmal um den Park getragen zu werden.«

»Das war sein Wunsch?«

»So sagten es mir Ihre Mutter und der Kutscher.«

»Wer wird den Sarg tragen?«

»Nun, der Kutscher besteht darauf, dabei zu sein. Und dann Fritz Dannemann.«

»Der Inspektor meines Vaters? Das ist gut. Ja, er sollte dabei sein.«

»Und dann ist da noch ein Fred Spitzner – er ist wohl für die Schafe und Ziegen zuständig.«

»Ein guter Mann. Die drei und wir drei Brüder – das sollte doch reichen«, sagte Gebhard nachdenklich. »Und wenn es Vaters Wunsch war, sollten wir ihn auch erfüllen.«

»Die Gäste habe ich so weit alle untergebracht. Es sind gar nicht so viele, die eine Übernachtungsmöglichkeit brauchen. Einige Ihrer Verwandten nächtigen in Wolfenhagen, Retzin und in Philippshof. Hier werden drei Freunde Ihres Vaters bleiben und eine Schwester Ihrer Mutter.«

»Welche Gäste beherbergen wir?«, fragte Frederike. »Ich habe ganz vergessen zu sagen, dass Caspar bei uns wohnt. Ein Zimmer ist schon belegt. Er ist heute aus London gekommen und muss am Sonntag schon wieder abreisen.«

»Ich hatte den Baron schon entweder hier oder bei Ihnen eingeplant«, sagte Ursa Berndt lächelnd. »Ich glaube, in den letzten Jahren hat er nicht ein Mal auf seinem Vorwerk gewohnt.«

»Es gibt in Kleinwiesental ein schönes Haus, aber es steht seit Ewigkeiten leer. Irgendwann wird Caspar Leskow erben und dann hier wohnen. Ich hoffe, bis dahin hat er Frau und Kinder. Sonst wird es eine sehr einsame Angelegenheit für ihn«, sagte Gebhard.

»Ich kann mir nicht vorstellen, dass Caspar hier sesshaft wird«, sagte Frederike. »Das passt gar nicht zu ihm.«

»Auch Caspar wird älter. Er wird nicht für den Rest seines Lebens durch die Weltgeschichte tingeln.«

Eine Stunde verbrachte Caspar bei seiner Mutter, danach ging er in den großen Salon, in dem sein Vater aufgebahrt worden war, und nahm lange Abschied. Als er aus dem Salon kam, sah er gefasst aus, doch seine Augen waren rot unterlaufen und verquollen.

Auch Werner und Thea waren inzwischen gekommen, dazu einige Verwandte aus der Umgebung – Tanten und Onkel, Cousins und Cousinen. Manche von ihnen hatte Frederike bisher noch nicht kennengelernt. Frederike saß neben Heide auf dem großen Sofa und hielt die Hand ihrer Schwiegermutter. Thea wanderte unruhig auf und ab.

»Was ist denn mit dem Essen?«, fragte sie. »Ich dachte, wir essen alle zusammen.«

»Die Köchin hat ein kaltes Buffet hergerichtet. Und eine kräftige Suppe«, sagte Frederike. »Möchtest du das Buffet eröffnen, Heide?«

»Ich bekomme keinen Bissen herunter«, sagte die Baronin leise. »Aber geht nur, Kinder, und esst.«

»Wunderbar.« Werner rieb sich die Hände und öffnete die Schiebetüren zum Esszimmer. Tatsächlich hatte sich Anna Jobst wieder einmal übertroffen. Allerdings hatte sie sich auch die Hilfe von Lore erbeten.

Für die Leute auf Burghof sorgte das erste Küchenmädchen, schon gestern hatte Lore eine kräftige Suppe gekocht und Brot gebacken. »Wennse ma einen Tach nur Suppe un Schrippen kriejen, werden se schon nich verhunjern. Un zur Not kann dat Liesken Kartoffeln kochen un Stippe dazu«, hatte Lore gesagt und einiges von ihren Vorräten eingepackt. »Werden wohl viel in Aspik machen – bei dem Wetter isset ja schnell fest, wa?«

Fräulein Berndt trat zu ihnen. »Gnädige Frau Baronin«, sprach sie Heide zu Mansfeld leise an. »Haben alle der Familie Abschied von Ihrem Mann genommen? Die Leute warten nämlich. Sie möchten dem Baron auch die letzte Ehre erweisen.«

»Grundgütiger, natürlich. Daran habe ich gar nicht gedacht.«

»Dann lasse ich sie jetzt durch den Nebeneingang herein.«

»Nein, Fräulein Berndt, das machen Sie nicht. Diese Leute haben für meinen Mann gearbeitet, manche sind schon seit Generationen bei der Familie. Sie werden die Flügel der Haupttüre öffnen und die Leute hineinbitten.«

»Jawohl, Gnädigste«, sagte Fräulein Berndt und klang froh.

Die Zahl der Trauernden schien kein Ende zu nehmen. Die Türen zum kleinen Salon und zum Esszimmer blieben allerdings geschlossen. Die Baronin hätte es nicht ertragen, jetzt auch noch jedem die Hand geben zu müssen. Immer wieder kamen ihr die Tränen.

Caspar und Gebhard wechselten sich in der Halle ab. Der Kutscher Willi hatte sich neben den Sarg seines verstorbenen Herrn gesetzt und wollte ihm offensichtlich nicht von der Seite weichen.

Es war schon dunkel, als alle Abschied genommen hatten und die großen Türen wieder verschlossen waren. Auch die Verwandtschaft war wieder gefahren. Am nächsten Morgen würden sie wiederkommen. Nur Willi wollte immer noch nicht gehen.

»Darf ich ihn zu uns holen?«, fragte Frederike ihre Schwiegermutter. »Es sitzt die ganze Zeit wie angewachsen da und sieht so aus, als würde er gleich vom Stuhl kippen.«

»Den Willi? Natürlich. Er muss zu uns kommen. Ist noch heiße Suppe da?«

Erst als Willi auf einem Stuhl neben ihr saß – er wollte nicht auf dem Sofa sitzen – und Suppe, Soleier und Weißsauer aß, konnte Frederike die Baronin überreden, auch etwas zu sich zu nehmen.

»Morgen wird ein anstrengender Tag, Heide. Du musst etwas essen.« Sie reichte ihr einen Teller mit Roastbeef und Cumberlandsoße, zwei Soleiern, mit Gänseleberpastete gefüllten Broten und eine Tasse mit guter Consommé.

»Du hast ja recht, Kind.« Heide nahm den Teller, pickte erst am Essen, langte dann aber doch zu.

Caspar trat zu ihnen, nahm Frederike beiseite. »Liebste Freddy«, sagte er und klang verlegen. »Ich habe es mir anders überlegt.«

»Was?«

»Ich werde hier schlafen, auf Leskow. Damit Mutter nicht alleine ist.«

»Das ist eine gute Entscheidung.«

»Aber ich habe euch Umstände gemacht.«

»Ach, Caspar – wenn das alles ist, was du an Umständen machst. Ich werde in Burghof anrufen und deine Sachen packen lassen.«

»Du bist mir nicht böse?«

Frederike schüttelte den Kopf.

Sie suchte Thea, aber die war schon gefahren.

»Um sechs ist immer ihre Stunde mit den Kindern«, erklärte Werner ihr. »Die wollte sie nicht ausfallen lassen. Es ist wichtig, dass die Kinder ihre Mutter sehen.«

»Und es ist wichtig, dass es jeden Tag um sechs ist?«, fragte Frederike verwundert.

»Werde du erst einmal Mutter. Im Herbst sprechen wir uns wieder.« Werner tätschelte ihr gönnerhaft die Schulter.

»Du solltest auch nach Hause fahren«, sagte Gebhard besorgt. »Du warst fast den ganzen Tag hier, und der morgige Tag wird noch länger werden. Du musst auf dich und unser Kind achten.«

»Was ist mit dir?«

»Ich bleibe über Nacht. Zusammen mit Caspar werde ich die Totenwache bei Vater halten.« Sein Gesicht war grau, er hatte dunkle Ringe unter den Augen, aber Frederike verstand ihn.

»Pass auf dich auf«, sagte sie und küsste ihn zärtlich. »Ich komme morgen früh wieder.«

»Nehmen Sie mich mit, Jnädigste?«, rief Lore und rannte ihr in der Halle hinterher. »Der olle Bursche sollte mich nach Hause fahren, aber er hat mich jlatt verjessen.«

»Aber natürlich, Lore.«

Kaum saßen sie im Wagen, schnaufte Lore.

»Es tut mir leid, dass du heute … ich meine, es ist ja nie einfach, bei einer anderen Köchin in der Küche … also …«

»Hörnse auf, Jnädigste«, lachte Lore. »Des war 'n Notfall, un ich mach das jerne, wenn es hilft. Un die Anna Jobst, Menschenskind, die is 'ne Kichin wie unsere Schneider. Vom alten Schlach isse noch. So wat jibbet selten. War mir en Bockbierfest, och wenne Anlass traurich is.« Sie warf Frederike einen Blick zu. »Awwer Sie müssen sich schonen, Jnädigste. Ofpassen müssen Sie of sich unned Kindchen.«

»Ich weiß«, seufzte Frederike. »Aber ich konnte doch weder die Baronin noch Gebhard alleine lassen. Thea … nun ja, Thea ist für solche Sachen nicht geschaffen.«

»Ne, isse nich. Wenn ich ma ehrlich sein darf, Ihre Frau Schwägerin is 'ne faule Socke. Un dasse keene Hilfe jeschickt hat, hat alle Leute schockiert, wa!«

»Nun, Thea hat sicher viele positive Eigenschaften, aber an einer gewissen Empathie mangelt es ihr.«

»Wird ja zustimmen, wenn ich wüsste, wass es bedeutet«, sagte Lore und grinste. »Awwer wenn Sie et sajen, wird et stimmen, ejal wattet is, wa?« Die Köchin verschränkte die Arme vor ihrer üppigen Brust. »Morjen fahr ich wieder mit, wa? Die Anna broch morjen doppelt viel Hilfe wie heute. Wird mich gleich noch inne Küche ans Werk machen.«

»Liebe Lore, das musst du nicht.«

»Oh doch, jeht umme Ehre fürs Haus. Dat lass ich mir nich nehmen.« Sie setzte ein zufriedenes Gesicht auf. »Macht mir nüscht, das kinnense mir glooben.«

»Danke«, sagte Frederike leise.

Der nächste Tag begann früh. Da Gebhard in Leskow geblieben war, hielt Frederike alleine die Morgenandacht ab. Nachdem sie das Vaterunser gesprochen hatte, sah sie in die Runde.

»Sie alle wissen, dass wir gerade Tage haben, die nicht der Norm entsprechen. Heute wird mein Schwiegervater, der Baron Mansfeld, zu Grabe getragen. Schon gestern ist Lore mit nach Leskow gefahren und hat da in der Küche geholfen. Auch heute und vielleicht sogar morgen werden wir Lore auf Leskow brauchen, die Köchin dort schafft es alleine nicht. Ich weiß, für Sie alle bedeutet das Einschränkungen. Ich bitte Sie, das zu verstehen.«

Ilse, das erste Hausmädchen, trat vor. »Wir alle, alle Leute aus dem Haus, das Gesinde und die Instleute, möchten Ihrem Mann, Ihnen und der ganzen Familie unser Beileid aussprechen. Das wollten wir schon früher, aber wir hatten keine Gelegenheit.« Sie sah sich um, ihr Kopf war krebsrot. Verzweifelt räusperte sie sich. »Ich … kann so Reden nicht«, stammelte sie. »Aber ich wollte Ihnen sagen, dass wir alle Verständnis haben. Für alles. Ist ja nicht so, als ob wir hier jemals hätten hungern müssen. Da haben es andere Leute auf anderen Gütern schon viel schlechter. Wir essen auch zwei Tage Kartoffeln mit Stippe, einfach weil Lores Stippe so gut und lecker ist. Bitte, machen Sie sich keine Gedanken um uns und richten Sie der Baronin unser gesammeltes Beileid aus.« Sie schluckte, schaute sich dann um. »Sagt man das so?«, fragte sie unsicher.

Frederike zog das Taschentuch aus ihrem Ärmel, ging zu Ilse und umarmte sie. »Danke.« Sie sah in die Runde. »Ich danke euch allen. Und wenn das alles vorüber ist, wird ein Spanferkel geschlachtet – für euch, für die Leute. Danke noch mal.«

Tief gerührt ging Frederike nach oben. Aus der Trauerzeit von Ax hatte sie etliche schwarze Kleider, aber es passten nicht mehr viele. Sie zog einen Rock an, ließ den Reißverschluss auf, zog eine schwarze Bluse drüber und nahm den dunklen Mantel.

Das muss reichen, dachte sie sich.

Wieder nahm sie Lore mit und mit ihr auch etliche Töpfe und Gläser.

»Ich hab letztes Jahr viel einjekocht«, sagte Lore stolz. »Dat können wir allet jetzt verwenden.«

»Hervorragend.«

Um zehn kam der Pfarrer und hielt die Andacht, dann schulterten die Träger den Sarg, rechts die drei Brüder, links die Leute vom Hof – der Kutscher, der Verwalter und der Schafhirte, der dem Baron auch nahegestanden hatte.

Die sechs trugen den Sarg auf ihren Schultern durch das Gartenzimmer, dann über die Veranda hinab zum Park. In der Mitte war der große Teich, der nun zugefroren war. Mit dem Sarg gingen die Träger einmal um den Park, so wie es sich Walter zu Mansfeld gewünscht hatte, dann wandten sie sich dem Mischwald hinter dem Haus zu, in dem der Familienfriedhof lag. Nun folgten auch alle anderen – Familie und Freunde – der Prozession. Vor dem Grab versammelten sie sich. Die Erde war verbrannt, zwei Tage hatte hier ein Feuer gebrannt, um den Boden aufzutauen. Nach und nach hatten die Burschen eine um die andere Schicht Erde ausgehoben, bis das Grab die erforderliche Tiefe hatte.

»Asche zu Asche, Staub zu Staub«, sagte der Pfarrer.

»Möge Vater in Frieden ruhen«, wisperte Caspar.

»Amen«, sagte Gebhard.

Kapitel 37

Mansfeld, Juni 1937

»Du wirst das nicht für immer machen können«, sagte Frederike und hielt ihren inzwischen dick geschwollenen Bauch. »Gebhard, ich bitte dich. Du kannst nicht Mansfeld, Kleinwiesental und Leskow führen. Wie soll das gehen?«

»Was für eine Wahl habe ich denn? Kleinwiesental habe ich auf zehn Jahre von Caspar gepachtet. Die Felder müssen bewirtschaftet werden. Und meine Mutter kann Leskow nicht ohne Hilfe führen.«

»Es gibt dort auf Leskow einen Inspektor. Wie heißt er noch?«

»Dannemann. Ein fähiger Inspektor, dennoch kann ich ihm das Gut nicht einfach überlassen. Ich muss mich mit ihm absprechen.«

»Was ist mit uns? Für uns bleibt keine Zeit mehr.«

»Freddy, das ist nur eine Frage der Zeit. Bald wird es sicher wieder besser. Ich muss nur alles unter einen Hut bekommen.«

»Was ist mit Skepti, kann er nicht etwas übernehmen?«

»Nein, dann würden wir anfangen, die Güter zu zerstückeln. Und das wollte Vater nie. Deshalb hat er ja für jeden von uns ein Gut gekauft. Caspar bekommt irgendwann Leskow – bis dahin hat er Kleinwiesental. Das sind zwei Vorhöfe, die gar nicht so klein sind. Skepti ist mit Großwiesental gut beschäftigt. Er würde nichts pachten, auch keine Ländereien von Leskow.«

»Also wirst du jetzt drei Güter betreuen.« Frederike holte tief Luft. »Mansfeld, Kleinwiesental und Leskow.«

»Ich unterstütze meine Mutter nur …«

Frederike legte die Hand auf ihren Bauch, der sich plötzlich schmerzhaft zusammenzog. »Und wann unterstützt du mich?«

»Dich? Liebste Freddy, ich kenne keine Frau, die weniger Unterstützung braucht. Du bist so stark. Das bewundere ich sehr. Wobei sollte ich dich unterstützen?«

»Ich glaube, ich brauche jetzt deine Hilfe, weil das Kind kommt«, stöhnte Frederike.

»Jetzt? Hier?« Gebhard sah sie entgeistert an.

»Ja.«

Er stand auf. »Ich hole den Wagen.« Dann drückte er eine Klingel. »Ilse wird sich um dich kümmern. Ich habe nach ihr geschellt, sie wird gleich hier sein.«

Frederike sah ihm erstaunt hinterher, als Gebhard aus dem Zimmer stürmte. Sie schmunzelte, dann zwang die nächste Wehe sie in die Knie. Er würde den Wagen holen und sie nach Wittenberge ins Krankenhaus bringen. So hatten sie es besprochen.

Ilse kam in das Esszimmer. »Soll ich schon abräumen, gnädige Frau?«, fragte sie erstaunt. Sie hatte gerade erst die Suppe serviert, und die Teller waren noch voll. »Schmeckt es nicht?«

»Die Suppe ist sicher köstlich«, sagte Frederike und stand auf. »Aber ich glaube, wir werden heute nicht essen.« Sie lehnte sich gegen den Stuhl, schnaufte.

»Kommt das Kind?«, fragte Ilse mit dünner Stimme.

»Ich denke schon. Allerdings habe ich damit noch keine Erfahrungen gemacht.« Frederike lachte leise. »Mein Mann holt gerade den Wagen, wir werden ins Krankenhaus nach Wittenberge fahren.«

»Dann ist es ja gut«, sagte Ilse erleichtert.

»Ich habe oben einen Koffer stehen. Könnten Sie den holen, Ilse?« Die nächste Wehe rollte heran, und Frederike atmete tief ein.

»Den Koffer, den hole ich. Oder soll ich bei Ihnen bleiben?« Ilse war unsicher.

»Nur den Koffer holen.« Mehr brachte Frederike gerade nicht heraus. Sie krümmte sich zusammen und schnappte nach Luft.

Ilse stand für einen Moment wie erstarrt da, dann rannte sie in die Diele. »Das Kind kommt!«, rief sie. »Das Kind kommt.«

Hoffentlich kommt es schnell, dachte Frederike, die gerade wieder

Luft holen konnte, aber nicht zu schnell. Ich möchte es schon noch bis ins Krankenhaus schaffen.

Die Fahrt nach Wittenberge schien unendlich lange zu dauern. Es war ein heißer Tag. Auf den Feldern wurde das erste Getreide eingebracht, der Staub zog in dicken Wolken über die Felder. Auch Frühkartoffeln wurden schon geerntet, sie waren eine der wichtigsten Einnahmequellen in der Prignitz. Etliche Lastwagen mit Kartoffeln kamen ihnen entgegen, sie fuhren zur Brennerei in Leskow. Immer wieder musste Gebhard ausweichen. Nach Tangendorf war vor ihnen auf der Straße plötzlich ein Deutz, der eine Dreschmaschine zog.

»Verdammt«, fluchte Gebhard, »ich komme nicht an ihm vorbei.« Er konnte nur noch im Schneckentempo fahren. Immer wieder warf er Frederike einen Blick zu. Sie saß bleich auf dem Beifahrersitz, hielt den Bauch mit beiden Händen umfangen. Hin und wieder krümmte sie sich stöhnend zusammen.

»Geh bloß ins Krankenhaus«, hatte Thea ihr geraten. »Und lass dir Lachgas geben. Ansonsten wirst du die Geburt nicht überstehen.«

Die meisten Frauen haben die Geburten irgendwie überstanden, dachte Frederike nun. Nur im Auto möchte ich das Kind nicht zur Welt bringen.

Endlich konnte Gebhard überholen, er gab Gas, und der Wagen raste durch ein Schlagloch. Frederike schrie erschrocken auf.

»Ist es so schlimm?« Gebhard wischte sich den Schweiß von der Stirn und traute sich kaum, zu seiner Frau zu schauen.

»Ich hoffe, du bringst uns nicht um«, flehte Frederike. »Fahr lieber langsamer und dafür vorsichtiger.«

»Ich will nur rechtzeitig da sein.«

»Es sind immer nur Krämpfe, dazwischen geht es«, stellte Frederike verblüfft fest. »Und ich glaube nicht, dass es so schnell geht.« Sie spürte die nächste Wehe kommen, hielt die Luft an. Der Schmerz begann im Oberbauch, es fühlte sich an, als würde jemand ein großes Tuch um ihren Bauch zusammenziehen und ziehen und ziehen und ziehen. Der Druck wurde riesig, und gerade als sie dachte, dass sie es nicht mehr aushalten könnte, ließ er nach. Sie schnaufte, holte tief Luft und wunderte sich, dass sie vor ein paar Sekunden dachte, sterben zu müssen, und sie sich nun wieder ganz normal fühlte.

»Ich hasse es, dich leiden zu sehen«, sagte Gebhard bedrückt.

»Es haben ja schon so viele Frauen geschafft«, meinte Frederike. »Meine Mutter, deine Mutter, Thea … ich werde es wohl auch schaffen. Und dann haben wir endlich unser Kind.«

»Wir haben noch kein Kindermädchen. Es tut mir leid«, sagte Gebhard zerknirscht. »Ich wollte mich schon längst darum gekümmert haben.«

»Du hast einfach zu viel um die Ohren«, sagte Frederike und versuchte sachlich zu bleiben. »Aber wenn unser Kind da ist, musst du wieder mehr Zeit auch für uns haben.«

Gebhard nahm ihre Hand, küsste sie. »Ich verspreche es dir, mein Herz. Wirklich. Vielleicht kommt Caspar ja und übernimmt sein Erbe.«

Frederike spürte die nächste Wehe und schloss die Augen. Sie stemmte ihre Füße gegen den Boden, bäumte sich ein wenig auf, die Schmerzen nahmen zu, aber wenn die Wehe verebbte, war es so, als wäre sie nie da gewesen. Diese Art von Schmerz hatte sie noch nie gespürt, und sie wusste, das war erst der Anfang.

Thea hat es geschafft, sagte sich Frederike, ich werde es auch schaffen.

Gebhard musste an der Kreuzung anhalten, wieder kamen ihnen Landmaschinen entgegen. »Bist du dir sicher, dass das Kind kommt? Du redest noch ganz normal«, sagte er erstaunt. »Manchmal schnaufst du und wirkst angespannt, aber du schreist ja gar nicht.«

»Ich glaube, bis das Kind da ist, dauert es noch. Und es wird nicht besser«, sagte Frederike und schnappte nach Luft. Inzwischen war es kein Tuch mehr, was sich um ihren Bauch zog, es war nun eine Schelle aus Metall.

»Was habe ich dir angetan?«, warf sich Gebhard vor und überholte die Landmaschine, fuhr nun rasant in Richtung Wittenberge.

»Du hast mir das größte Geschenk meines Lebens gemacht, Gebbi. Du hast mich zu einer glücklichen Frau gemacht. Und bald werde ich Mutter sein, etwas, was ich mir immer gewünscht habe. Ich muss dir danken.«

»Aber die Schmerzen …«

»Ich werde es wohl überleben«, sagte Frederike schmunzelnd. Dann kam die nächste Wehe, sie hielt gespannt die Luft an, schrie auf dem Höhepunkt. »Vielleicht werde ich es überleben«, sagte sie anschließend geschwächt.

»O mein Gott.« Gebhard gab noch einmal Gas, hupte ohne Unterlass und fuhr endlich auf den Hof des Krankenhauses. Er sprang aus dem Wagen, öffnete die Beifahrertür und half Frederike heraus. »Soll ich einen Rollstuhl holen?«, fragte er besorgt. »Oder eine Trage?«

»Ich bekomme ein Kind«, sagte Frederike, »ich hatte keinen Unfall und bin auch nicht querschnittsgelähmt.« Sie stieg aus, sah sich um. »Nein, Gebhard – das ist doch das Stiftskrankenhaus«, sagte sie und schüttelte den Kopf. »Hier will ich nicht entbinden.«

»Das ist das Krankenhaus in Wittenberge, Liebste. Das Haus der Gerhardt-Stiftung. Und das einzige Krankenhaus der Stadt.«

»Nein! Nein, Gebhard. Ich will bei Doktor Bosse entbinden. Er war hier Chefarzt, ihm wurde aber gekündigt, da seine Frau nicht arisch ist. Er hat hier in Wittenberge eine Klinik.«

»Machst du Witze?«

»Er soll der beste Gynäkologe in der Gegend sein.« Frederike krümmte sich wieder, keuchte, schrie auf. Die Schmerzen nahmen zu. »Bitte, bitte«, sagte sie schwach, »fahr mich zu der Klinik von Bosse.«

Gebhard stapfte zum Eingang des Krankenhauses. Eine Ordensschwester kam ihm entgegen.

»Meine Frau bekommt ein Kind. Jetzt.«

»Kann sie noch laufen?«, fragte die Schwester.

»Ich denke schon, aber sie will nicht.« Gebhard räusperte sich verlegen. »Sie will nicht hier entbinden, sondern bei einem anderen Arzt. Gibt es hier noch eine Klinik in Wittenberge?«

Die Schwester lächelte. »Ihre Frau will zu Doktor Bosse? Seine Privatklinik ist eine Straße weiter.« Sie runzelte die Stirn. »Allerdings ist er jüdisch versippt.«

»Was?«, fragte Gebhard entgeistert.

»Nun ja, Doktor Bosses Frau ist keine reine Arierin, deshalb musste er auch die Stellung hier aufgeben.«

»Ist er ein guter Frauenarzt?«

»Der beste.«

»Würden Sie bei ihm entbinden?«

Die Schwester lachte leise und zeigte auf ihre Tracht. »Würde ich Kinder kriegen, dann bei ihm.«

»Gut, und wo ist diese Klinik?«

»Die Straße runter, dann rechts und wieder rechts. Es ist eine große Villa, ein Schild steht vor der Tür, Sie können es nicht verfehlen. Alles Gute für Ihre Frau.«

Gebhard nickte nur, eilte zurück zum Auto. »Das ist die falsche Klinik.«

»Habe ich doch gesagt.« Frederike lächelte, aber es war mehr eine Maske, sie war zunehmend angespannt. Die Wehen folgten schneller aufeinander, wurden heftiger.

Gebhard fuhr vom Parkplatz und dann in die nächste Straße, er hielt vor einer Gründerzeitvilla. »Das muss es sein.« Wieder sprang er aus dem Wagen, schellte. »Meine Frau bekommt ein Kind. Jetzt«, sagte er aufgeregt der Schwester, die die Tür öffnete.

»Und wo ist sie?«, fragte die Schwester lächelnd. »Wo ist Ihre Frau?«

»Im Wagen.«

»Dann bringen Sie sie doch her, und um alles Weitere kümmern wir uns.«

»Wirklich?« Gebhard war am Ende seiner Kräfte. Er machte sich Sorgen um seine Frau, und die aufreibende Fahrt hatte ihr Übriges getan.

»Ich komme mit Ihnen«, sagte die Schwester und fasste seinen Arm. »Wo ist denn der Wagen, und wer sind Sie überhaupt?«

»Gebhard Gans Edler zu Mansfeld. Es ist unser erstes Kind, und meine Frau wollte unbedingt hier entbinden. Ich war zuerst im Krankenhaus eine Straße weiter …«

»Gut, dass Sie Ihren Weg hierher gefunden haben. Wir werden uns um Ihre Frau kümmern, Baron. Machen Sie sich keine Sorgen.«

Gebhard half Frederike die Eingangsstufen nach oben, dann standen sie in einer Halle, die mit rot-blauen Fliesen ausgelegt war. Eine geschwungene Treppe führte nach oben, rechts und links gingen jeweils zwei Türen von der Halle ab. Die Schwester wartete in der Halle auf sie, hatte einen Anmeldebogen auf einem Klemmbrett.

»Sie sind …?«, fragte sie.

»Frederike zu Mansfeld.«

»Das erste Kind?«

Frederike nickte, dann kam die nächste Wehe. Jetzt war sie nicht mehr im Auto, konnte sich nicht mit den Füßen abstemmen und den Rücken durchbiegen. Frederike krümmte sich, hielt die Luft an, wimmerte.

Die Schwester ging zu ihr, reichte Gebhard das Klemmbrett. »Füllen Sie das aus. Zweite Tür links«, sagte sie knapp, dann nahm sie Frederike in die Arme. »Schhh. Schhh. Tief einatmen und wieder ausatmen. Das kannst du. Tief einatmen. Dein Kind braucht Luft. Einatmen, jetzt.« Frederike entspannte sich, holte tief Luft. Tatsächlich war die Wehe so viel leichter zu ertragen.

»Und jetzt gehen wir ins Untersuchungszimmer. Mein Name ist Gudrun. Ich bin Hebamme und werde bei dir bleiben. Du musst keine Angst haben.«

Erst war Frederike irritiert, dass die Hebamme sie duzte, aber dann gab es ihr Vertrauen und Sicherheit. Es war so, als wäre eine Freundin an ihrer Seite.

»Wir gehen jetzt in das Behandlungszimmer und untersuchen dich. Und wenn die Geburt wirklich ansteht, kommst du in den Kreißsaal.«

»In einen Saal?«, fragte Frederike entsetzt und hatte plötzlich ein schreckliches Bild vor Augen.

Die Hebamme lachte. »Unser Kreißsaal ist nur ein weiteres Zimmer«, sagte sie gelassen. »Doktor Bosse kommt gleich. Er wird dich untersuchen, und dann sehen wir weiter.«

Bisher hatten Frederike nur der Hausarzt und die örtliche Hebamme untersucht. Es war ihr schrecklich peinlich gewesen. Der Doktor hatte ihren nackten Bauch abgetastet, die Hebamme in Mansfeld hatte sogar intime Bereiche untersucht. Nun war ihr aber alles egal. Sie entkleidete sich, zog das Hemd an, das eine Schwester ihr gab, legte sich auf den Untersuchungstisch.

»Bosse«, stellte sich der Arzt vor. »Doktor Paul Bosse.« Er sah sie an. »Sie sind?«

»Frederike zu Mansfeld«, sagte Frederike keuchend.

»Ich muss das vorher klären«, entschuldigte der Arzt sich, »aber Sie sind sich sicher, dass Sie hier entbinden wollen und nicht in der Klinik des Paul-Gerhardt-Stifts?«

»Wie bitte?«, fragte Frederike mühsam und kniff die Augen zusammen, jammerte, eine nächste Wehe kam.

»Ich weiß ja nicht, wie Sie zu unserem Führer stehen, aber ich weiß, wie er zu mir steht – nämlich nicht gut. Ich bin mit einer Frau verheiratet, deren Eltern christlich sind, sie ist es auch, und ebenso sind all unsere Kinder getauft. Dennoch gelte ich durch meine Ehe als ›jüdisch versippt‹. Meine Familie ist so weit arisch, aber die meiner Frau nicht.«

»Doktor Bosse?«, sagte Frederike schwach. »Ich bekomme ein Kind, können Sie mir dabei bitte helfen?«

»Natürlich, ich wollte nur, dass Sie wissen …«

»Das ist mir egal«, fauchte Frederike. »Ich will dieses Kind bekommen und die Geburt überleben.«

Bosse nickte und lächelte. »Das bekommen wir hin. Darf ich Sie untersuchen?«

»Grundgütiger«, murmelte Frederike und schloss die Augen. »Nun machen Sie schon.«

»Es wird nicht mehr lange dauern«, sagte der Arzt zuversichtlich. »Gudrun, bring Baronin zu Mansfeld in den Kreißsaal.«

»Lachgas«, keuchte Frederike und krümmte sich zusammen. »Ich will Lachgas haben.« Sie hielt verzweifelt die Luft an, ihre Hände krallten sich in das Betttuch.

»Meine Liebe«, sagte die Hebamme. »Du musst tief einatmen, du verkrampfst dich ja, und dann tut es noch mehr weh. Atme tief ein und ganz langsam wieder aus.«

Nach der Wehe führte sie Frederike in ein größeres Zimmer. Dort standen drei Betten, die durch Vorhänge getrennt waren. Auf einem Tisch standen Nierenschalen aus Metall, daneben lag Operationsbesteck. Erschrocken starrte Frederike die Instrumente an.

»Das ist nur für den Notfall«, erklärte die Hebamme ruhig und freundlich. »Ich glaube nicht, dass du das brauchst.«

Die Hebamme sollte recht behalten. Nur fünf Stunden später hielt Frederike eine gesunde Tochter im Arm. Doch eine Schwester nahm ihr das Kind bald ab. »Ich werde die Kleine waschen und anziehen. Und Sie kommen jetzt auf Ihr Zimmer, da wird eine Schwesternschülerin Ihnen helfen, sich frisch zu machen.«

»Ich habe Ihren Mann angerufen«, sagte die Schwesternschülerin. »Er wird gleich kommen.«

»Wo ist denn mein Kind?«, wollte Frederike wissen.

»Das schläft jetzt im Kinderzimmer. Im Moment haben wir nur drei Säuglinge im Haus, und eins davon wird uns morgen verlassen. Wie heißt Ihre Tochter denn?«

Frederike zögerte. Sie hatte zwar mit Gebhard über Namen gesprochen, doch er war der festen Überzeugung gewesen, dass sie einen Sohn und Erben bekommen würden, und dieser sollte dann natürlich seinen Namen tragen. Über Mädchennamen war er immer hinweggegangen.

»Ich bin mir nicht ganz sicher. Aber mein Mann kommt ja gleich«, sagte Frederike erschöpft und ließ sich in die Kissen sinken.

»Ich bringe Ihnen etwas zu essen und zu trinken.«

Frederike schloss die Augen. Sie konnte immer noch nicht ganz begreifen, dass sie gerade ein Kind zur Welt gebracht hatte. Es war das Intensivste, was sie bisher erlebt hatte. Die Schmerzen waren unvorstellbar gewesen, aber nun konnte sie sich kaum noch daran erinnern. Die Hebamme Gudrun war stets an ihrer Seite gewesen, hatte ihr geholfen, richtig zu atmen und sich zwischen den Wehen zu entspannen. Doktor Bosse war erst ganz zum Schluss dazugekommen. Eigentlich hätte Frederike ihn gar nicht gebraucht.

Es ist ein Mädchen, dachte sie voller Freude. Eine kleine Tochter. Sie wollte ihr eine bessere Mutter sein, als es Stefanie für sie gewesen war.

Die Tür öffnete sich, und die Schwesternschülerin brachte ihr ein Tablett mit Essen, stellte eine Flasche Wasser auf den Tisch.

»Wo ist mein Kind?«, fragte Frederike voller Sehnsucht.

»Sie schläft gerade. Ich bringe sie Ihnen später. Stärken Sie sich erst einmal.«

Kurz darauf kam Gebhard. Er hatte einen Strauß Rosen im Arm, die er aber achtlos auf den Tisch legte, dann eilte er zu Frederike und küsste sie innig.

»Meine liebste, meine süßeste Freddy. Ich danke dir. Ich danke dir so sehr!« Dann sah er sich um. »Wo ist er?«

»Wer?«

»Unser Sohn.«

»Unsere Tochter ist im Säuglingszimmer. Sie wird uns gleich gebracht.«

Gebhard schluckte. »Ein … Mädchen?«

»Ja, und sie ist wunderschön.«

»Das glaube ich. Und das nächste Kind wird ein Junge.« Gebhard strahlte nun doch.

Die Schwesternschülerin brachte das Kind. Es war fest in ein Tuch eingepackt, fast wie in einen Kokon, nur der Kopf war zu sehen.

Das kleine Mädchen öffnete die Augen und gähnte dann ausgiebig.

»Du hast recht«, flüsterte Gebhard überwältigt. »Sie ist wunderhübsch.«

»Wie sollen wir sie nennen?«

»Wir werden sie Friederike nennen – nach dir. Unser Sohn wird Gebhard heißen.«

Ganz verliebt schaute Frederike ihre Tochter an, dann küsste sie sie sacht auf den mit weichem Flaum bedeckten Kopf. »Sie riecht so gut. Meine kleine Fritzi.«

»Freddy und Fritzi – das gefällt mir.« Gebhard streckte stolz die Brust hervor.

Die Schwesternschülerin nahm die Rosen, die immer noch auf dem Tisch lagen. »Ich stelle sie in eine Vase«, sagte sie. »So wunderschöne Blumen.«

»Danke«, sagte Frederike und schaute Gebhard an. »Dass du mir Blumen schenkst …« Sie schmunzelte.

»Ich gestehe, Fräulein Berndt hat sie besorgt. Ich war viel zu aufgeregt und habe nicht daran gedacht.«

»Wenn wir Fräulein Berndt nicht hätten.«

»Sie ist eine Perle.« Dann wurde Gebhard ernst. »Wie geht es dir denn? War es sehr schrecklich?«, fragte er leise.

»Dass es kein Spaziergang werden wird, wusste ich ja. Aber ich habe es mir anders vorgestellt. Es ist, als ob eine gewaltige Macht mich ergriffen hätte. Ich konnte nichts dagegen tun. Die Hebamme war mir eine große Hilfe.«

»Und der Arzt?«

»Er hat mich nur am Anfang untersucht und war dann zum Schluss da. Viel musste er nicht tun. Aber dass er da war, hat mir eine gewisse Sicherheit gegeben.«

Es klopfte.

»Hier ist Gudrun, die Hebamme.«

»Kommen Sie herein«, sagte Gebhard.

»Herzlichen Glückwunsch, Baron. Sie haben eine starke Frau und eine gesunde und kräftige Tochter.« Sie zögerte kurz. »Ich müsste jetzt aber Ihre Frau noch einmal untersuchen. Und danach muss sie sich ausruhen.«

Gebhard verstand den Hinweis. Die Hebamme verließ das Zimmer kurz, damit er sich verabschieden konnte.

Frederike sah ihren Mann an, ihre Blicke tauchten ineinander. Sie sagten nichts, aber beide spürten, dass sich ihre Beziehung verändert hatte. Sie waren nun Eltern, hatten gemeinsam ein kleines Wunder vollbracht – ein neues Leben.

»Ich liebe dich«, sagte Gebhard heiser. »Ich liebe dich so sehr.«

»Und ich dich!«

Hebamme Gudrun untersuchte Frederikes Bauch und zeigte sich zufrieden. Die Gebärmutter begann sich zurückzubilden, und auch die Blutung war normal.

»Hygiene«, sagte sie, »ist wichtig. Aus mangelnder Hygiene entsteht das Kindbettfieber, an dem früher die Frauen im Wochenbett verstorben sind.«

Fritzi jammerte und quäkte leise. Die Hebamme nahm das Kind hoch, lächelte. »Sie hat Hunger. Ich werde Ihnen beim Anlegen helfen.«

Tatsächlich hatte Fritzi ihre kleine Faust in ihren Mund gesteckt und saugte daran.

Frederike öffnete die Knöpfe des Nachthemds. Ihre Brüste waren in der Schwangerschaft immer größer geworden und die Brustwarzen dunkler. Gudrun legte Frederike das Kind in die Arme, nahm sachte die kleine Faust aus dem suchenden Mund und drehte das Köpfchen vorsichtig an die richtige Stelle. Schnell fand Fritzi, was sie suchte, saugte hungrig. Frederike biss sich auf die Lippe. »Das tut weh«, sagte sie leise, fast schon beschämt.

»Nur am Anfang, das legt sich bald. Das Kind sollte in den ersten Wochen alle zwei Stunden trinken, danach alle vier.«

»Alle zwei Stunden? Auch nachts?«

»Ja, auch nachts, zumindest in den ersten Wochen.«

»Schläft sie denn nicht?«

»Wenn sie schläft, müssen Sie sie wecken. Ein Rhythmus ist wichtig für das Kind. Nach dem Stillen muss sie gewickelt werden. Sobald der Nabelrest abgefallen ist, kann man das Kind einmal in der Woche in warmem Wasser baden.«

»Ob ich mir das alles merken kann?«, fragte Frederike und fühlte sich plötzlich hilflos.

»Haben Sie keine Mutter, die Sie im Wochenbett unterstützt?«

»Meine Eltern haben ein großes Gut in Ostpreußen. Gerade beginnt die Erntezeit. Und ich habe noch jüngere Geschwister …«

»Haben Sie denn kein Kindermädchen?«

»Noch nicht.« Frederike senkte den Kopf. Plötzlich fiel ihr wieder ein, wie es früher auf Fennhusen gewesen war, als Irmi, Gilusch, Erik und Ali geboren wurden. Ihre Mutter hatte die Kinder zu Hause bekommen. In den ersten Wochen nach der Geburt hatte sie das Schlafzimmer nicht verlassen, außer um in das Bad zu gehen. Die Säuglinge allerdings schliefen im Kinderzimmer zusammen mit dem Mädchen. Sie hatte die Babys immer zu Stefanie ins Schlafzimmer gebracht, wenn sie schrien, kein Wecker war gestellt worden.

Warum fällt mir das jetzt erst ein, wunderte Frederike sich. Genauso möchte ich das auch machen. Ich brauche nur eine gute Säuglingsschwester. Räumlichkeiten waren ja genügend vorhanden, und die Familienwiege stand schon aufgebaut im zukünftigen Kinderzimmer.

»Wann kann ich die Klinik verlassen?«, fragte sie plötzlich euphorisch.

»Nun, Sie sind hier keine Gefangene, Baronin.« Die Hebamme schmunzelte. »Trotzdem sollten Sie noch ein paar Tage bleiben. Nur um sicherzugehen, dass sich alles zurückbildet und das Stillen klappt.«

»Unter der Geburt haben wir uns geduzt – also Sie mich«, fiel Frederike auf.

»Ja, das tut mir leid, Baronin. Das war vielleicht respektlos, aber das mache ich immer so, um einen persönlichen Bezug herzustellen, auch wenn es nicht angemessen ist.«

»Es hat wunderbar funktioniert. Ich konnte mich gleich fallenlassen«, sagte Frederike leise. Dann sah sie die Hebamme an. »Kennen Sie ein gutes Kindermädchen?«

»Nun, haben Sie schon unsere Schwesternschülerin Else kennengelernt?«

»Die kleine Blonde?«

»Genau die.« Gudrun lächelte. »Sie ist eine Seele von Mensch und kann wirklich gut mit Säuglingen umgehen. Ich kenne niemanden, der Babys so schnell beruhigt wie sie. Allerdings ist sie für den Beruf als Krankenschwester oder gar Hebamme nicht geeignet. Sie kann kaum Blut sehen … und das ist bei einer Geburt fatal.«

»Sie macht so einen herzlichen Eindruck.«

»Der Eindruck täuscht auch nicht. Sie ist eine Seele von Mensch. Und ich bin mir fast sicher, dass sie gerne als Kindermädchen bei Ihnen arbeiten würde.«

»Ich denke darüber nach und werde es mit meinem Mann besprechen.«

Die Hebamme beugte sich über Frederike. Fritzi war eingeschlafen, nuckelte aber immer noch an der Brust. Sacht schob Gudrun die Spitze ihres kleinen Fingers in den Mundwinkel des Kindes. Mit einem leisen Ploppen ließ Fritzi die Brustwarze los. Gudrun nahm das Kind hoch, legte es an ihre Schulter und klopfte ihm leicht auf den Rücken. »Das sollten Sie immer tun, so kann die Luft, die das Kind geschluckt hat, wieder entweichen und gelangt nicht in die Gedärme, wo sie Blähungen verursachen würde.«

Tatsächlich rülpste Klein Fritzi kräftig, gähnte einmal und schlief weiter.

»Soll ich sie ins Kinderzimmer bringen?«

»Darf ich sie noch bei mir behalten?«, fragte Frederike.

»Natürlich. Die Nachtschwester nimmt sie Ihnen ab. Sie müssen nur klingeln.«

Frederike konnte sich nicht vorstellen, ihr Baby noch einmal aus den Händen zu geben. Als die Hebamme gegangen war, legte sie das Kind auf ihre Beine und löste die feste Decke aus Leinen, mit der das Kind gepuckt war. Sie wusste, es war üblich, Neugeborene so fest einzuwickeln, aber bis auf den kurzen Blick direkt nach der Geburt hatte sie ihr Kind noch nicht richtig anschauen können. Und nun hatte sie plötzlich die rosa Beinchen, die perfekten kleinen Füßchen vor sich, die aus der großen Mullwindel ragten. Entzückt sah sie sich die winzigen Zehen an, zählte sie. Es waren fünf auf jeder Seite, mit zierlichen Zehennägeln. Frederike schlug die Decke ganz auseinander, nahm die kleinen Hände ihrer Tochter, küsste jeden winzigen Finger. Vorsichtig zog sie das Wickeljäckchen aus, hatte ein wenig Sorge, den zierlichen Körper zu verletzen, aber alles ging gut. Da lag sie nun vor ihr, ihre kleine Tochter. Noch schrumpelig und ein wenig faltig, aber die Haut rosa und duftend. Frederike konnte sich an dem kleinen Wesen nicht sattsehen. Vor allem konnte sie nicht glauben, dass es noch bis vor wenigen Stunden in ihrem Bauch gewesen war. Sie legte die Hand auf den Bauch, der zu ihrer Enttäuschung nicht sofort wieder in dem Zustand war wie vor neun Monaten, sondern nun immer noch dick, aber nicht mehr prall, sondern eher weich war.

Dort bist du gewachsen, dachte sie ehrfürchtig.

Ganz vorsichtig öffnete sie nun auch die Windel und erschrak. Die Windel war ganz schwarz und schmierig. Zitternd griff sie zur Klingel. Irgendetwas stimmte nicht.

»Ja?« Es war die Schwesternschülerin Else. »Oh«, sagte sie nach einem Blick auf das Bett und lächelte. »Sie haben so eine hübsche Tochter, Frau Baronin. Mussten Sie überprüfen, ob auch alles dran ist? Ist es.«

»Aber … aber«, stotterte Frederike. »Was ist das?«

»Das ist das Kindspech, der erste Stuhlgang, den Säuglinge absetzen. Ich nehme sie und bringe sie ins Kinderzimmer. Da werde ich sie saubermachen und frisch wickeln.«

»Es ist nichts Schlimmes?«

»Nein, das ist ganz normal, Frau Baronin.« Vorsichtig schlug Else die Tücher wieder um das Kind, nahm es hoch. »Sie sollten sich nun ausruhen. Ich bringe sie Ihnen in zwei Stunden wieder.«

»Gehst du nicht nach Hause?«

»Ich habe heute Nachtschicht.«

Frederike lehnte sich erleichtert zurück. Sie vertraute dem Mädchen. Vielleicht wäre die kleine Else ja tatsächlich ein gutes Kindermädchen für Mansfeld.

Kapitel 38

Mansfeld, Weihnachten 1937

»Was bist du doch für ein bezauberndes kleines Mädchen«, sagte Caspar zu Mansfeld entzückt und hielt Fritzi hoch. »So ein Schatz.«

»Na?«, scherzte Gebhard gut gelaunt, »Überkommt dich nicht langsam auch der Wunsch nach einer Familie?«

Caspar drückte seine Nichte an sich. Er schnupperte an ihrem Kopf. »Im ersten Lebensjahr riechen sie so gut.«

»Außer, sie haben sich die Windel vollgemacht«, sagte Frederike lächelnd. »Möchtest du einen Drink, Caspar?«

»Gerne. Es scheint ewig her zu sein, seit ich das letzte Mal mit dir angestoßen habe.«

»Ich … ich trinke nicht«, sagte Frederike leise. »Ich stille die Kleine ja noch und außerdem …«

»Außerdem?«, fragte Gebhard überrascht.

»Es könnte sein, dass ich wieder schwanger bin.« Frederike seufzte.

»Was? Das ist ja wunderbar! Das ist das beste Weihnachtsgeschenk, das du mir machen kannst«, jubelte Gebhard.

»Ich bin mir noch nicht ganz sicher«, sagte Frederike, »also jubelt nicht zu früh.«

Sie selbst fand den Gedanken eher erschreckend. Vier Tage nach Fritzis Geburt hatte sie die Privatklinik von Doktor Bosse verlassen, und sie hatte tatsächlich die Schwesternschülerin Else mitgenommen. Das Mädchen war begeistert und erleichtert gewesen.

»Ich liebe Säuglinge und Kinder. Aber ich glaube, als Krankenschwester eigne ich mich nicht so gut«, hatte sie gesagt. »Gerade in der Geburtshilfe – es fließt so viel Blut, und wenn die Frauen jammern und schreien, möchte ich auch weinen. Ich kann das nicht gut ertragen.«

»Wenn du Windeln wechseln kannst, reicht das schon fast«, hatte Frederike gesagt. Aber Else war ein wahrer Glücksgriff. Sie kümmerte sich rührend um Fritzi und auch um Frederike im Wochenbett. Auch wenn das private Entbindungsheim mit viel Komfort ausgestattet war, konnte sich Frederike zu Hause sehr viel besser entspannen und erholen. Dennoch blieb sie vom Tagesgeschäft des Gutes nicht verschont. Nun hielt sie ihre täglichen Besprechungen mit der Köchin und dem Gärtner im Schlafzimmer ab, solange sie im Wochenbett war. Gerade jetzt gab es viel zu besprechen, zu organisieren und zu planen. Lore besprach mit ihr die Vorratshaltung für den Winter. Es mussten neue Weckgläser und Gummiringe besorgt, Einkochzucker musste bestellt werden. Noch hatten sie genügend Eis im Eiskeller, aber die Vorräte schrumpften. Doch bis zum nächsten Eisbruch war es noch gut ein halbes Jahr, sie mussten sorgfältig einteilen. Frederike musste entscheiden, ob das Obst eingekocht, getrocknet oder anderweitig verarbeitet werden sollte, auch ging es darum, was sie mit dem Gemüse machten. Einkochen, trocknen, salzen, sauer einlegen, in Sand lagern – es gab vielfältige Möglichkeiten, aber alle mussten bedacht und geplant werden. 1937 war ein gutes Jahr für den Garten auf Mansfeld, die Ernte reichlich. Besonders stolz war der Gärtner über die Cardypflanzen, die über zwei Meter groß waren und reichlich Knospen trugen.

»Ich kann die Cardy bleichen und dann eenkochen«, meinte Lore. »Die Blütenböden sowieso. Awwer da brooch ich mindestens zwee Fruun als Hilfe. Dat is ma 'ne Sauarbeit.«

»Du brauchst doch sowieso Frauen aus dem Dorf für die Bohnen und Erbsen, dann nimm noch zwei mehr dazu. Ich liebe Cardy.«

»Zwee werden awwer nich reichen, Jnädigste.«

»Dann eben vier.« Frederike verdrehte die Augen. »Darüber werden wir doch jetzt nicht diskutieren, oder? Du holst dir so viel Hilfe, wie du brauchst.«

»Erbarmung, wie sollet denn bezahlt werden? Meene Kasse jibt dat nich her.«

Frederike überlegte. »Ich bespreche das mit dem Baron.«

»Ei, nun hat er inne letzte Jahre immer Deputate jezahlt. Dat wär den Fraun auch recht, gloob ich.« Lore zwinkerte ihr zu. »Wat willste denn mit Jeld inne heutije Zeit? Kannste nix mit anfanjen. Büschen auf die Hand für Weckgummis un Salz is sicher fein, awwer der Rest in Deputaten is allen liewer.«

»Da finden wir einen Weg«, sagte Frederike erleichtert.

Und so machten sie es auch. Inzwischen zahlte Gebhard kaum noch Bargeld aus – er gab Teile der Erträge als Deputat an die Instmänner ab, erließ so manche Pacht, wenn denn die Arbeitskraft zur Verfügung stand. Es war ein Modell, das sich für alle als lohnend herausgestellt hatte. Die Pächter, Instmänner und die Leute bekamen Milch, Getreide, Fleisch, Krebse und auch Fische aus den Teichen. Sie bekamen etwas Obst und Gemüse – wobei das die meisten selbst anbauten, manche auch Holz. Und alle bekamen Kartoffeln – in roher Form oder auch destilliert, da drückte Gebhard zwei Augen zu.

Auch in diesem Jahr hielt er es wieder so.

»Was machst du mit den Erträgen?«, fragte ihn Frederike verblüfft.

»Verrat das niemandem«, bat Gebhard. »Ich lege sie in Gold in England an. Unserer Wirtschaft traue ich nicht mehr. Und diesem Regime würde ich nie Anleihen abkaufen. Auch alle anderen Geldanlagen sind mir zu unsicher. Das Einzige, was zählt, sind Boden, Backsteine und Gold.«

Daran musste sie jetzt denken, als sie für Gebhard und Caspar die Drinks mixte. In der Halle stand der große Tannenbaum, den sie gestern geschmückt hatten. Gleich würden sie mit den Leuten zur Kirche gehen, die nur einen Steinwurf entfernt vom Gutshaus stand. Caspar hatte sich dazu entschieden, den Heiligen Abend mit ihnen zu verbringen, Heide feierte den Tag das erste Mal nicht auf Leskow, sondern mit Thea, Werner und den Kindern auf Großwiesental.

»Skepti wird nicht besser«, sagte Caspar, der zwei Tage bei seinem jüngsten Bruder verbracht hatte, bevor er zum Burghof in Mansfeld gekommen war. »Ich hatte lange gehofft, dass die Ehe ihm guttut, so wie sie dich verändert hat, Gebbi. Aber Skepti bleibt Skepti. Er sieht alles negativ und skeptisch. Ich hätte es keinen weiteren Tag dort ausgehalten.«

»Er führt seine Ländereien gut«, sagte Gebhard beschwichtigend.

»Aber er sieht die Gefahren nicht«, warf Caspar ein. »Du schon.«

Fritzi weinte leise, und Frederike klingelte nach Else. »Gib sie mir, sie ist jetzt müde«, sagte Frederike und nahm ihrem Schwager das Kind ab. »Sie ist ein Sonnenschein, aber wenn sie müde ist, kann sie Glas zum Zerspringen bringen allein dadurch, dass sie ihren Mund aufmacht.«

Else kam und nahm Fritzi mit sich.

»Welche Gefahren?«, fragte Frederike, nachdem Else gegangen war.

»Hitler steuert direkt in den nächsten großen Krieg«, seufzte Caspar. »Und die Briten wollen das nicht sehen. Dabei wäre es so einfach, ihn jetzt noch aufzuhalten.«

»Wie denn?«, fragte Gebhard.

»Die Wehrmacht ist noch lange nicht so weit, einen Krieg zu führen. Hitler protzt immer mit seiner Luftwaffe, aber bisher gibt es erst dreißig Piloten mit genügend Erfahrung. Er blufft.«

Frederike senkte den Kopf. »Mein Bruder Fritz ist einer dieser dreißig Piloten und total enthusiastisch. Aber er spricht nicht von Krieg.«

»Wovon dann?«, fragte Caspar. »Hitler will die Osterweiterung. Er will Österreich und Polen. Böhmen wird sein erstes Ziel sein … und dann – ich glaube, er will die Welt. Dieser Mann ist krank.« Caspar schaute sich um, sie saßen im Salon. »Wie sicher ist es hier?« Er stand auf, ging umher. »Wo ist die Leitung vom Telefon?«

»In der Diele. Du glaubst doch nicht, dass jemand uns überwacht?«, fragte Gebhard lachend.

»Lach nicht. Man weiß es nicht. Kube ist zwar längst abgesetzt, aber seine Tentakel hat er dennoch hier überall. Ich würde mich nicht wundern, wenn er wieder auftaucht. Und Podbielski ist Ortsgruppenleiter in Perleberg. Da sind alles SS- und SA-Leute an der Macht. Die sind brandgefährlich. Menschenskind, Gebbi, siehst du das denn nicht?«

»Meine Leute sind mir hier treu. Ja, es gibt auch welche, die bei der NSDAP sind, natürlich, aber … nur wenige. Ich bin Landwirt, kein Politiker.«

»Die Politik prägt auch unser Leben, davor können wir nicht die Augen verschließen, Gebhard«, sagte Frederike leise. »Wie siehst du Deutschlands Zukunft, Caspar?«

Caspar stand auf, ging bis zu den bodentiefen Fenstern, schaute in den Park, dann drehte er sich um. »Ich sehe einen weiteren Krieg kommen, wenn wir diesen Verrückten nicht stoppen. Wir versuchen es«, sagte er leise. »Das Oberheereskommando ist besorgt. Sie sehen, was Hitler will, und wissen, dass es nicht machbar ist. Und dass es idiotisch ist.« Er schüttelte den Kopf. »Aber wir brauchen Unterstützung von außen. Chamberlain ist dafür vielleicht nicht der richtige Mann.«

»Plant ihr einen Putsch?«, fragte Gebhard flüsternd.

»Das wäre die letzte Möglichkeit. Im Moment hoffen wir noch auf diplomatische Lösungen.«

»Ich will keinen weiteren Krieg.« Frederike stand auf. »Ich mag gar nicht daran denken.«

»Im Moment bin ich Militärattaché in London, aber ich werde wohl bald nach Den Haag versetzt«, sagte Caspar. »Das macht einige Dinge einfacher, andere nicht.«

»Dein Freund, dieser Klop von Smirnoff … er ist Agent, nicht wahr?«, fragte Frederike.

»Bitte stell mir diese Fragen nicht«, bat Caspar. »Und falls irgendetwas passiert – distanziert euch von mir. Gebhard, vielleicht musst du irgendwann auch in die Partei eintreten.«

»Nein! Das werde ich nicht. Ich werde diese Nazis nie unterstützen. Niemals.«

»Du hast jetzt Familie. Eine Frau, eine Tochter, vielleicht bald ein weiteres Kind. Du musst auch an sie denken und deine und ihre Haut retten.«

»Weil ich an sie denke, trete ich nicht in die Partei ein. Das kann ich mit meinem Gewissen nicht vereinbaren.«

Frederike stand auf. »Es wird schon dunkel«, sagte sie. »Dabei ist es erst vier Uhr am Nachmittag. Um fünf ist der Gottesdienst. Wir sollten uns umziehen, in der Kirche ist es kalt.«

Die beiden Männer nickten und leerten ihre Gläser.

Kurz vor fünf hatten sich die Leute vor dem Gutshaus versammelt.

Auch der Inspektor mit seiner Familie war gekommen. Er wohnte im Inspektorhaus knapp einen Kilometer entfernt auf dem Betriebshof des Gutes, auf dem die Stallungen für die Pferde und die Kühe, die Maschinen und die Silos für das Getreide, das Lager für die Kartoffeln und anderes untergebracht waren. Frederike liebte den Betriebshof mit seiner Gelassenheit. Hier kam selten Hektik auf.

Auch ihr Hengst Kobold stand dort im Stall. Sie kam zwar nur noch selten dazu, ihn zu reiten, aber wenn es die Zeit zuließ, lief sie zum Betriebshof und gab ihm einen Apfel. Im Nutzwald unweit des Betriebshofes hatte der Verwalter auf ihr Bitten hin ein Gehege gebaut. Dort lebte Valentina – die einzige Wölfin ihres Rudels, die den Angriff des wilden Wolfes überlebt hatte. Frederike wusste, dass sie die Wölfin entweder erschießen oder freilassen sollte. In Freiheit würde sie, die in einem Gehege geboren worden war, jedoch nicht überleben. Und sie zu erschießen brachte Frederike nicht übers Herz. Gebhard wusste natürlich von dem Gehege und auch Lore, die wieder Resteeimer in der Küche füllte. Aber die Dörfler wussten es nicht und sollten es nicht erfahren. In der Prignitz gab es, anders als in Polen, schon einige Zeit keine Wölfe mehr. Die Mythen und Geschichten, die sich um die scheuen Tiere rankten, wurden dafür immer wilder. Valentina war ein wildes Tier, ohne Frage, aber sie hatte viele Instinkte verloren oder Verhaltensweisen gar nicht erst erlernt. Sie war nicht menschenscheu, denn Menschen fütterten sie. Und sie war weder Jäger noch Räuber. Sie freizulassen wäre ihr Tod. Sie alleine gefangen zu halten, war auch grausam, das war Frederike bewusst.

Daran dachte sie nun, als sie im Salon standen. »Caspar, du hast doch viele Kontakte. Weißt du jemanden, der eine Wolfsfähe unterbringen könnte?«

»Ich dachte, sie wären alle tot«, sagte Caspar.

»Valentina war verletzt, hat aber überlebt.«

»Hast du mal über einen Zwinger nachgedacht?«

»Was?«

»Hier im Hof. Ein Zwinger, eine Hütte, Halsband, Leine. Diese Wölfin ist dir ergeben …«

»Meine Kinder werden im Hof spielen«, sagte Gebhard entsetzt.

»Gebhard, diese Wölfin wird weder dir noch deinen Kindern etwas tun.«

»Woher willst du das wissen? Es sind ja nicht deine Kinder.«

»Und was sage ich den Leuten? Es ist eine Wölfin …«

»Du sagst ihnen, dass es ein irischer Wolfshund ist. Die sehen ähnlich aus. Mach es. Bring sie hierher in einen Zwinger.«

Frederike kniff die Augen zusammen, nickte dann. »Ich werde mit Pirow darüber sprechen. Er weiß immer eine Lösung.«

Sie gingen gemeinsam mit den Leuten zur Kirche. Der Weg auf die Empore der Familie zu Mansfeld führte über eine Holztreppe an der linken Seite. Drei Reihen Holzbänke standen dort, an der Balustrade prangten die Wappen der Familie.

Der Weihnachtsgottesdienst war besinnlich. Der Pfarrer beschränkte sich auf gute Wünsche und Hoffnungen, meist nahm er kein Blatt vor den Mund, aber an dem heutigen Abend war die Kirche gefüllt auch mit Leuten, die nur zu Weihnachten kamen und ansonsten anderen Versammlungen beiwohnten.

Es geht der Geist der Angst um, wurde Frederike klar. Man muss immer überlegen, was man sagt, der Falsche könnte es hören und gegen einen verwenden. So eine seltsame Stimmung zwischen Angst und hoffnungsvoller Freude hatte sie noch nie erlebt. Es war die Schwelle zu einer neuen Zeit, aber sie versprach nichts Gutes.

Nach dem Gottesdienst verteilten Frederike und Gebhard Geschenke an die Leute, so wie es auch Brauch auf Fennhusen gewesen war. Auch die Kinder bekamen Kleinigkeiten. In diesem Moment war die Welt wieder in Ordnung, und alle Augen strahlten.

Kapitel 39

Leskow, März 1938

Am Samstag, den 12. März 1938, als die Nazis in Österreich einmarschierten, war sich Frederike sicher – sie würde wieder ein Kind bekommen. Gebhard freute sich, diesmal, davon war er überzeugt, würde es der ersehnte Erbe werden.

Fritzi entwickelte sich prächtig. Sie war ein bezauberndes Kind mit blonden Löckchen, blauen Augen und fast immer fröhlich. Else hatte sich perfekt in den Haushalt eingefunden und kümmerte sich hingebungsvoll um das kleine Mädchen.

»Anschluss an das Reich nennen sie es«, sagte Gebhard. Sie saßen eine Woche nach dem Einmarsch in Österreich in Leskow zusammen beim sonntäglichen Essen. Auch Werner und Thea waren gekommen.

»Habt ihr etwas von Caspar gehört?«, fragte Heide besorgt.

Gebhard schaute sich um, doch keiner der Leute war zugegen. Dennoch senkte er die Stimme. »Er ist in Berlin und will auf dem Rückweg nach Den Haag hier vorbeischauen.«

»Was machst du dir denn Sorgen um Caspar?«, fragte Werner. »Er hat doch einen sicheren Posten. Und die Nazis gewinnen ja überall an Land – im wahrsten Sinne des Wortes. Nun ja, die Österreicher haben es ja wohl so gewollt.«

»Bestimmt nicht alle«, meinte Gebhard. »Und das ist sicherlich auch noch nicht das Ende der braunen Fahnenstange. Caspar fürchtet, dass es wieder Krieg geben wird.«

»Ja, das sagt er schon seit Jahren immer mal wieder. Und natürlich – es gibt die Wehrpflicht, und das Reich rüstet auf. Aber ich glaube nicht, dass Hitler so verrückt ist, einen Krieg anzuzetteln. Er will doch die Wirtschaft stärken.«

In der Halle klingelte das Telefon. Alle hielten inne, schauten zur Tür. Ein Telefonanruf bedeutete meist eine wichtige Nachricht, und oft war sie mit Kummer verbunden. Man telefonierte ja nicht einfach so.

»Es ist für Sie, Baronin«, sagte Joseph, der erste Diener, der das Gespräch angenommen hatte, und sah Frederike an.

»Für mich?«, fragte sie verblüfft, legte die Serviette auf den Tisch und stand auf.

»Eine Leitung aus Fennhusen«, erklärte er.

Frederike schrak zusammen. Was war auf Fennhusen passiert? Zuletzt war ihre Familie hier gewesen, als Fritzi getauft wurde. Sie hatten die Feier nur im kleinen Rahmen gehalten, da sie noch im Trauerjahr waren. Etwas mit ihrer Mutter? Oder Onkel Erik? Er hatte im Herbst einen fidelen Eindruck gemacht.

Schnell eilte sie in die Halle zum Telefon.

»Freddy?« Die Stimme ihrer Mutter klang dünn und dumpf. »Frederike?«

»Mutter, was ist passiert?«

»Kannst du mich hören, die Leitung ist sehr schlecht? Ich hatte schon auf Mansfeld angerufen, aber euer Mädchen sagte mir, dass du in Leskow bist.«

»Ich höre dich.«

»Fritz hatte einen Unfall.« Die Leitung knackte und knisterte. Frederike konnte noch andere Stimmen hören.

»Fritz?«

»Er ist mit einem Testflugzeug abgestürzt. Es ist ganz schrecklich.«

»Ist er …«

»Er liegt in einem Krankenhaus in Berlin.«

»In welchem?« Doch bevor Stefanie antworten konnte, war die Leitung unterbrochen.

»Fräulein«, sagte Frederike und schnappte nach Luft. »Fräulein? Können Sie die Leitung wiederherstellen?«

»Ich versuche es. Aber im Moment ist es schwierig. Seit einer Woche sind ständig alle Leitungen überlastet, Baronin.«

Natürlich, seit einer Woche war nichts mehr wie vorher, auch wenn Hitler immer wieder betonte, dass alles diplomatisch geklärt wäre. Englands Premier Chamberlain verfolgte eine sogenannte Appeasementpolitik und versuchte alles, um einem weiteren Krieg zu entgehen. Er hatte der Annektierung Österreichs zugestimmt.

»Bitte versuchen Sie es weiter«, sagte Frederike und fühlte sich plötzlich schwach.

»Setz dich.« Gebhard schob ihr einen Stuhl hin, hielt ihren Arm, bis sie saß. »Was ist geschehen? Du bist ganz bleich. Hedwig«, rief er laut. »Wasser.«

»Mein Bruder ist mit einem Testflugzeug abgestürzt – mehr weiß ich nicht. Er soll in Berlin im Krankenhaus sein, aber ich weiß noch nicht einmal, ob er noch lebt.«

»Wenn er in einem Krankenhaus ist, lebt er«, sagte Gebhard sachlich.

»Aber ich weiß nicht, wo er ist und was passiert ist. Die Leitung war plötzlich unterbrochen.«

»Komm, trink einen Schluck Wasser. Und reg dich nicht auf, denk an unseren Sohn.«

»Ich muss nach Berlin!«

»Ich auch«, sagte Thea seufzend. »Ich war schon ewig nicht mehr dort.« Sie war ihnen in die Halle gefolgt.

»Was willst du in der Stadt?«, fragte Werner, der ihr nachgefolgt war.

»Einfach mal Luft holen, Skepti. Ich hocke jetzt seit Jahren auf dem Gut und kümmere mich um die Kinder. Ich würde so gerne meine Eltern besuchen, mal ins Kabarett und in eine Show gehen oder in den Filmpalast.«

Die beiden Männer sahen sich an. »Ihr habt Kinder – du und Freddy. Ihr seid Mütter und Gutsfrauen«, sagte Werner. »War das nicht immer euer Ziel? Meine Mutter ist nie nach Berlin gereist, um ins Kabarett zu gehen.«

»Das stimmt«, sagte Heide. »Aber ich bin nach Berlin gefahren und in die Oper gegangen. Wisst ihr das nicht mehr, Jungs? Zweimal im Jahr hatte ich drei Tage für mich. Meistens zur Grünen Woche Anfang des Jahres, dann ist euer Vater auch mitgefahren, und dann noch einmal im

Herbst. Euer Vater ging zur Grünen Woche, und ich ging in die Stadt.« Sie lächelte verzückt. »Das sollte ich wieder tun.« Sie sah ihre Schwiegertöchter an. »Wir könnten gemeinsam fahren.«

»Und … und wir?«, fragte Werner verdutzt.

»Ihr wart auf der Grünen Woche im Januar.«

»Aber die Kinder …«

»Die haben ihre Kindermädchen. Zwei oder drei Tage werden sie es auch ohne Mama aushalten. Ihr seid ja auch noch da und könnt euch kümmern.« Heide schmunzelte.

Thea klatschte in die Hände. »Das ist wunderbar. Wir können sicher bei meinen Eltern wohnen. Ich rufe sie gleich an.« Sie wollte zum Telefon greifen, doch Frederike hob die Hand.

»Ich muss erst wissen, was mit meinem Bruder ist.«

»Natürlich, Liebes«, sagte Heide. »Wollen wir nicht wieder ins Esszimmer gehen? In der Halle zieht es immer so fürchterlich. Das Telefon werden wir ja nicht überhören.«

Gebhard hielt Frederike im Arm, blieb noch kurz mit ihr in der Halle. »Wenn dein Bruder in Berlin in einer Klinik liegt, dann fahren wir hin«, sagte er.

»Ich schaff das schon alleine. Du hast im Moment so viel mit den Gütern zu tun …«

»Ich habe immer mit den Gütern zu tun, Freddy. Das wird sich auch nicht ändern.«

»Ich weiß. Aber das wusste ich auch, als ich dich geheiratet habe.« Sie küsste ihn.

Bis zum Nachtisch musste sie auf die neue Verbindung warten, dann endlich kam sie nach Fennhusen durch.

»Freddy?«, schrie ihre Mutter in das Telefon. Doch nun stand die Leitung, und Frederike hielt den Hörer erschrocken von ihrem Ohr weg.

»Ich höre dich gut, du brauchst nicht zu schreien«, sagte sie.

»Fritz ist abgestürzt. Er ist schwerverwundet und liegt in der Charité. Er ist bewusstlos, sagte man mir.« Sie schluchzte laut. »Ich werde morgen nach Berlin fahren.«

»Gut, wann bist du da?«

»Ich nehme den ersten Zug um sieben und werde gegen achtzehn Uhr ankommen. Das hoffe ich zumindest. Im Moment fahren die Züge so furchtbar unpünktlich, manche fallen auch aus. Es soll wohl mit den Truppentransporten zusammenhängen.«

»Mutter, komm einfach nach Berlin, und dann sehen wir weiter.«

»Ich habe Mimi schon angerufen, ich kann bei ihnen wohnen.«

»Das ist gut. Dann sehen wir uns morgen.« Frederike hängte ein und ging zurück ins Esszimmer, wo alle schon auf sie warteten.

»Mein Bruder ist bei einem Testflug abgestürzt. Er ist bewusstlos und schwerverletzt, liegt in der Charité in Berlin. Meine Mutter kommt morgen aus Fennhusen mit dem Zug. Sie wird bei Tante Mimi wohnen.« Frederike setzte sich hin, schluckte. »Ich treffe mich morgen mit ihr in Berlin.«

»Ich komme mit«, sagte Thea.

Aber Heide schüttelte den Kopf. »Ich glaube, dieser Anlass ist nicht dazu geeignet, dass wir einen Ausflug daraus machen, das können wir später immer noch.« Sie legte Frederike die Hand auf den Arm und beugte sich zu ihr. »Ich hoffe, dein Bruder erholt sich wieder.«

Frederike sah sie dankbar an. »Das hoffe ich auch.«

»Fährst du mit dem Zug?«, fragte Gebhard sie, als sie kurze Zeit später auf dem Weg nach Mansfeld waren.

»Natürlich. Was hast du denn gedacht?«

»Ich kann dich fahren. Ich kann mitkommen.«

»Jetzt? Wo der Winter gerade vorbei ist?«

»Ach weißt du, das ist übermorgen auch noch so. Bitte, lass mich dich nach Berlin bringen. Dort bleiben kann ich nicht, aber ich kann dich immerhin sicher hinfahren. Wirst du auch bei Theas Mutter wohnen?«

»Darüber habe ich noch nicht nachgedacht. Ich werde sie gleich anrufen.«

»Wenn es nicht geht, nimmst du dir ein Hotelzimmer.«

»Gebhard, das ist doch zu teuer.«

Er räusperte sich. »Wir können kein Geld mit ins Grab nehmen, und wer weiß, wohin uns Hitler führt«, sagte er düster. »Und vielleicht nutzt du die Zeit auch und gehst einkaufen. Such dir ein paar schöne Sachen aus. Ich werde dir Geld mitgeben.«

»Mir steht der Sinn nicht nach Einkaufen«, sagte Frederike leise. »Fritz war immer schon ein Draufgänger, ein Hitzkopf. Alles mit Technik hat ihn magisch angezogen. Der Rote Baron war sein großes Vorbild – er wollte immer ein außergewöhnlicher Pilot werden.«

»Das ist er doch auch, soweit ich weiß.«

Fritz war in den letzten Monaten immer wieder mal auf eine Stippvisite nach Mansfeld gekommen, da er auf einem Fliegerhorst an der Ostsee stationiert war.

»Ich hoffe, er überlebt das«, flüsterte Frederike.

»Das wird er.« Gebhard drückte ihre Hand.

Frederike stillte Fritzi nur noch morgens und abends. Die Milch wurde weniger, und Frederike hatte das Gefühl, dass sie Fritzi nicht mehr schmeckte, was vielleicht an der erneuten Schwangerschaft lag. Aber somit war es immerhin kein großes Problem, das Kind auf Mansfeld bei Else zu lassen. Bei ihr, das wusste Frederike, war ihre Tochter in guten Händen. Gebhard fuhr den Wagen vor, der ansonsten in der Remise auf dem Betriebshof stand.

Schweigend fuhren sie los. Es war früh, die Morgenandacht hatte Gebhard gehalten, und die Sonne stand noch tief. Gebhard hatte das morgendliche Ritual von Frederike übernommen, es war etwas, was das Haus mit seinen unterschiedlichen Bewohnern zusammenhielt, auch wenn einige inzwischen nicht mehr zur Kirche gingen. Der Nationalsozialismus hatte seine eigene Religion und zog immer mehr Menschen an. Es erschreckte die zu Mansfelds, aber ändern konnten sie es nicht.

Hin und wieder kam der Gauleiter der sogenannten »Kurmark« auf dem Burghof vorbei. Gebhard blieb immer höflich, bat ihn herein, führte ihn aber nie in den Salon, sondern immer nur in das Gartenzimmer, das zur Veranda führte und einen schönen Blick auf den Park hatte. Von dort aus sah man aber nicht die Schmiede und auch keine anderen Wirtschaftsgebäude wie die Käserei. Man hatte einen herrlichen Blick auf Park und Teich, auf den Hügel mit den Ruinen der alten Gänseburg.

Zu trinken bot Gebhard nur Kaffee oder Wasser an. Auch setzte er sich nie, obwohl er seinem Gast Platz anbot. Der Gauleiter blieb nie lange, aber er fragte immer nach, wann Gebhard denn endlich in die Partei eintreten würde. Bisher hatte Gebhard dazu einfach nie Zeit gefunden – das sagte er dem Gauleiter auch immer bedauernd. Dass auch der Wille fehlte, verschwieg er.

Schweigend fuhren nun Gebhard und Frederike durch die Prignitz. Noch bedeckte Schnee die Felder, der Winter war extrem kalt gewesen. In Fennhusen hatten sie Temperaturen von minus zwanzig Grad gemessen, auf Mansfeld nur minus siebzehn Grad. Aber die Teiche und Seen waren immer noch zugefroren, der Boden voller Frost.

»Wenn es nicht bald taut, wird das ein furchtbares Jahr für uns«, sagte Gebhard nachdenklich.

»Das sagt Blumenthal auch. Er kann noch nicht einmal die Frühbeete befüllen. Jetzt hat er Setzlinge in Kästen in die Küche gestellt. Lore ist nicht begeistert.«

»Kann er die Kästen nicht in das Gartenzimmer tun? Dort können wir den Kamin anheizen, und es gibt reichlich Licht. Im Winter brauchen wir den Wintergarten sowieso nicht. Wir heizen dort nur, weil dort das Klavier steht.«

»Das ist eine gute Idee. Das sollten wir machen.«

Vier Stunden dauerte die Fahrt durch die Prignitz, bis sie Berlin erreichten. Gebhard lenkte den Wagen in die Innenstadt und zur Wohnung von Theas Eltern. Sie hatte sie gestern noch erreicht, und Mimi hatte Frederike herzlich bei sich eingeladen. Obwohl sie auf halber Strecke eine Pause gemacht und das Essen, das ihnen Lore eingepackt hatte, verspeist hatten, waren beide nun doch gerädert.

Gebhard stellte den Wagen ab, half seiner Frau heraus. Dann klingelten sie. Das Mädchen öffnete, aber hinter ihr stand schon Mimi – Theas Mutter, die Baronin von Larum-Stil.

»Da bist du ja endlich!«, sagte sie und nahm Frederike herzlich in die Arme. Auch Gebhard wurde von ihr freundlich begrüßt.

»Bleibst du auch?«, fragte sie ihn.

»Eigentlich wollte ich heute schon wieder zurückfahren …«

»Nein, du musst bleiben. Mindestens eine Nacht. Zimmer haben wir genug, zumal ihr euch ja wohl ein Bett teilt.« Sie lachte auf, wurde dann wieder ernst. »Weißt du schon mehr?«

Frederike schüttelte den Kopf.

»Kommt erst einmal herein. Nun kommt«, sagte Mimi und zog sie in die Wohnung. »Ich habe heute früh schon den Badeofen anheizen lassen. Ihr könnt beide baden oder duschen, euch frisch machen, dann essen wir erst einmal eine Kleinigkeit. Ich habe auch die Station herausgefunden, wo Fritz liegt.«

»Er lebt noch?«, fragte Frederike.

»Natürlich. Doch ist er immer noch ohne Bewusstsein«, sagte Mimi leise.

»Ein Bad wäre schön«, sagte nun Gebhard und streckte sich. »Das würde ich gerne in Anspruch nehmen.«

»Wo ist euer Gepäck?«

»Noch im Auto«, sagte Frederike. Sie sah ihren Mann an. »Für dich habe ich gar nicht gepackt.«

»Schätzchen, das macht nichts. Er bekommt frische Wäsche von Heinrich. Wir haben auch sicher noch einen Schlafanzug übrig. Du kannst heute die Strecke nicht zurückfahren, das wäre mörderisch.«

Gebhard und Frederike sahen sich an. Natürlich war der Grund ihres Aufenthalts unerquicklich, aber wann hatten sie das letzte Mal gemeinsam eine Nacht außer Haus verbracht? Noch dazu ohne Kind?

»Wenn es dir nichts ausmacht, Mimi«, sagte Gebhard, »würde ich gerne über Nacht bleiben und morgen früh erst wieder zurückfahren.«

»Wundervoll«, sagte Mimi.

Frederike fuhr schon am Nachmittag zur Charité, doch sie kam nicht bis zu ihrem Bruder. Er lag auf der Intensivpflegestation, bekam sie als Auskunft. Die Besuchszeiten beschränkten sich auf eine Stunde morgens und eine Stunde am Nachmittag. Sie war um zehn Minuten zu spät.

Abends holten sie Stefanie vom Bahnhof ab.

»Er lebt, er hat sich viele Knochen gebrochen, ein Schädel-Hirn-Trauma und ist bewusstlos. Er hört und sieht nichts, reagiert nicht«, erklärte Frederike Stefanie. »Ich habe mit den Ärzten gesprochen.«

»Und wann wacht er wieder auf?«

Frederike zuckte mit den Schultern. »Eigentlich sollten wir hoffen, dass er überhaupt wieder aufwacht.«

»Wie kannst du so etwas sagen?«, empörte sich Stefanie. »Du bist herzlos.«

»Ich zitiere nur die Ärzte, Mutter«, sagte Frederike müde.

Am nächsten Morgen fuhr Gebhard wieder zurück. Sie hatten den Abend mit Stefanie und Mimi schnell abgebrochen, waren früh auf ihr Zimmer gegangen. Dort hatten sie die Ruhe genossen und die Zweisamkeit, die sie so schon lange nicht mehr gehabt hatten.

»Wir sollten öfter wegfahren«, sagte Gebhard, als sie nebeneinander im Bett lagen, die schwitzigen Körper aneinandergepresst. »Ohne Familie.«

»Eine schöne Idee«, seufzte Frederike, die genau wusste, dass morgen wieder der Gutsalltag einkehren würde.

Frederike sah dem Horch hinterher, winkte, ging dann zurück in das große Wohnhaus. In der Straße heulte unerbittlich der kalte Wind, in diesem Jahr schien es dem Winter schwerzufallen, Abschied zu nehmen.

»Bei uns liegt Schnee auf den Feldern, noch ein halber Meter«, beklagte Stefanie sich. »Der Gärtner kann die Frühbeete nicht bepflanzen. Ich weiß gar nicht, wie das werden soll.«

»Wir werden die Setzlinge in den Wintergarten tun, da müssen wir natürlich heizen, aber es muss keine angenehme Zimmertemperatur sein.«

»Setzlinge im Gartenzimmer, das ist eine gute Idee«, sagte Stefanie und musterte ihre Tochter. »Bist du wieder schwanger?«

Frederike errötete und nickte. »Ja.«

»So schnell?«

»Mutter, du weißt doch, wie das geht und dass man es nicht plant.«

»Heute kann man es schon planen, es gibt ja Mittel. Zu meiner Zeit …«

»Das Krankenhaus hat angerufen«, unterbrach Mimi die beiden. »Ihr könnt kommen, der Professor will mit euch sprechen.«

Drei Tage blieb Frederike in Berlin, dann fuhr sie mit der Bahn zurück nach Mansfeld. Der Zustand ihres Bruders war ernst, aber stabil. Die Knochenbrüche würden heilen, aber niemand konnte ihnen sagen, ob Fritz jemals wieder aufwachen würde und wie dann sein Zustand wäre. Noch war er auch zu schwach, um verlegt zu werden. Sobald es möglich wäre, wollte Stefanie ihn nach Fennhusen holen. Sie blieb noch ein paar Tage länger, fuhr dann aber auch zurück – in Ostpreußen blieb das Leben ebenso wenig stehen wie in Mansfeld.

Die Tage in Berlin waren gleichermaßen anstrengend wie auch schön gewesen. Frederike und Stefanie verbrachten viel Zeit miteinander. Und obwohl ihr Verhältnis weiterhin unterkühlt war, hatte Frederike das erste Mal das Gefühl, dass ihre Mutter sie endlich als erwachsene und gleichberechtigte Frau wahrnahm.

Zum Abschied umarmte Stefanie sie und küsste sie auf die Wange. »Aber lass dir nicht noch mehr Kinder von ihm andrehen«, flüsterte sie dann. »Diese Familie zu Mansfeld war nicht deine beste Wahl.«

Frederike zuckte zusammen; wie achtlos hatte ihre Mutter das zerstört, was in den letzten Tagen so mühsam herangewachsen war.

Kapitel 40

Frederike nahm den Zug, sie hatte sich auch nicht angekündigt. Die Leitungen waren schwer herzustellen in den letzten Tagen. Über Europa breitete sich das Gespenst Krieg aus, auch wenn viele das nicht wahrhaben wollten.

Vom Bahnhof in Mansfeld bis zum Gutshaus lief man eine gute halbe Stunde. Ihren Koffer gab Frederike dem Bahnhofsvorsteher. Einer der Leute würde ihn später abholen.

Der Schnee schmolz, auch wenn die Luft noch kalt war und die Sonne niedrig am Horizont stand. Frederike lief am Betriebshof vorbei, dachte kurz daran, nach Kobold zu schauen, aber dazu war sie zu müde. Also lief sie weiter. Dann kam der Park und schließlich das Gutshaus in Sicht. Links die Schmiede, dahinter die kleinen Schuppen und langen Gärten. Die Stepenitz, die den Teich hinter dem Haus speiste und sich um die Burgruine schlängelte, schien ein Nebelband mit sich zu führen – es war das erste Zeichen des Frühlings.

Frederike ging die Treppe hoch, öffnete die Haustür, sie schellte nicht, sondern wollte in Ruhe ankommen. Fritzi würde um diese Zeit von Else gefüttert und gebadet werden, dann ging sie zu Bett. Frederike verbrachte meist die Nachmittage mit ihrer Tochter, wenn sie jetzt ins Kinderzimmer ginge, würde sie die Routine durchbrechen, und das wollte sie nicht.

Sie stand im Flur, als sie plötzlich aufgeregte Männerstimmen aus dem Salon hörte. Langsam ging sie zur Tür. Caspar, es war Caspar, mit dem Gebhard diskutierte. Sollte Frederike erst hochgehen, sich frisch machen und umziehen?

»Hitler ist eine Krake«, hörte sie Caspar sagen. »Er macht uns Angst. Und es scheint nur einen Weg zu geben, um dieser Krake zu entkommen.

Demokratische Wahlen kann es nicht mehr geben. Wir müssen den Führer absetzen.«

»Um Gottes willen, Caspar, wer soll dazu fähig sein?«, fragte Gebhard entsetzt. »Jeder, der das versucht, ist quasi schon tot. Hitler wird nie freiwillig gehen.«

»So sehen wir das auch.«

»Wer ist wir?«

Frederike öffnete sachte die Tür. »Guten Abend«, sagte sie leise. »Ich will euch nicht unterbrechen, aber ich will hören, was Caspar zu sagen hat.«

Caspar stand auf, küsste sie auf die Wange, Gebhard nahm sie in den Arm.

»Wie bist du hierhergekommen?«, fragte er. »Warum hast du nicht angerufen?«

»Die Leitungen sind alle überlastet. Ich bin einfach in den Zug nach Mansfeld gestiegen und gefahren. Vom Bahnhof aus bis hierher war es ein schöner, angenehmer Gang.« Sie lächelte. »Nur muss jemand noch meinen Koffer abholen, den habe ich nicht getragen.«

Gebhard klingelte nach dem Hausmädchen. »Gib mir deinen Mantel«, sagte er. »Möchtest du dich umziehen?«

»Nein, ich will hören, was Caspar zu erzählen hat. Berlin hat mich erschreckt.« Frederike setzte sich.

»Was hat dich erschreckt?«, fragte Caspar und zog an seiner Zigarette.

»Die Braunen. Sie sind überall. Und auch die Maßnahmen gegen die Juden, die Parolen. Was ist bloß aus unserer Hauptstadt geworden?«

»Wie geht es denn deinem Bruder?«, unterbrach Gebhard sie.

»Unverändert. Darüber können wir später reden.«

Ilse, das erste Hausmädchen, klopfte und öffnete die Tür. »Sie wünschen? Oh, Gnädigste, wann sind Sie denn gekommen?«

»Gerade erst«, sagte Frederike lächelnd.

»Soll ich Else Bescheid geben, dass sie Fritzi bringt?«

»Jetzt nicht. Mein Koffer steht noch am Bahnhof, jemand müsste ihn abholen.«

»Das leite ich in die Wege und gebe der Köchin Bescheid, dass Sie heute mitessen.«

»Danke, Ilse.« Frederike wartete, bis das Mädchen die Tür wieder hinter sich geschlossen hatte, dann sah sie Caspar an. »Was wird mit Hitler?«

»Das Problem sind die Briten«, erklärte Caspar leise. Sie alle saßen eng beieinander vor dem Kamin. »Wir brauchen Unterstützung. Aber wo sollen wir die herbekommen? Italien fällt aus. Österreich – nun, ihr wisst es, das haben sie sich schon einverleibt. Als Nächstes will der Führer die Tschechoslowakei. Spätestens im Herbst will er sie annektieren.«

»Das glaube ich nicht«, sagte Gebhard entsetzt.

»Ich habe es schriftlich« sagte Caspar. »Es ging ein Schreiben an alle Botschaften raus, in dem Hitler sagt, dass er das Problem bis zum Herbst gelöst haben will.«

»Was sagt Chamberlain dazu?«, fragte Frederike.

»Wir verhandeln.« Caspar senkte den Kopf. »Aber Chamberlain will keinen weiteren Krieg, er bereitet das Land unglücklicherweise auch nicht darauf vor. Ich habe erst letzte Woche Sir Vansittart getroffen, zusammen mit Klop von Smirnoff.« Er sah Gebhard und Frederike an. »Klop arbeitet jetzt für den MI5.«

»Er ist Spion?«, fragte Gebhard.

»Ja.« Caspar biss sich auf die Lippen. »Und ich auch.«

»Du arbeitest für den MI5?«, flüsterte Frederike. »Menschenskind, das ist ja lebensgefährlich.«

»Das darf niemand wissen. Auch nicht Skepti oder Mutter.« Caspar sah sie eindringlich an. »Bitte.«

»Natürlich«, wisperte sie. »Aber was wollt ihr gegen den Führer tun?«

»Im Moment versuchen wir alles, um Chamberlains Unterstützung zu bekommen. Hitler hat aufgerüstet, aber einen Mehrfrontenkrieg kann er nicht führen. Und er will zuerst in den Osten expandieren.«

»Was bedeutet das?«

»Er will neuen Lebensraum für seine Arier«, erklärte Caspar mit Grabesstimme. »Natürlich will er Ostpreußen wieder an das Reich anschließen, aber das reicht ihm nicht.«

»Du glaubst doch nicht, dass Hitler in Russland einmarschieren will?«, fragte Gebhard.

»Ich glaube es nicht nur, ich habe Dokumente vorliegen, die das beweisen.«

»Und … und was sagen die Briten?«, fragte Frederike. Sie hatte zwar damit gerechnet, dass Hitler absurde Pläne hatte, aber dass die Pläne derart monströs waren, konnte sie kaum begreifen.

»Chamberlain will verhandeln. Wie gesagt, er will keinen Krieg.«

»Verhandeln? Was gibt es da zu verhandeln?«

»Chamberlain hofft, dass sich Hitler mit Böhmen erst einmal zufriedengibt.«

»Und Polen?«

»Wenn Hitler – und das wird er – in Polen einmarschiert, haben wir den zweiten Weltkrieg«, sagte Caspar leise. »Das wollen wir verhindern.«

»Wer ist ›wir‹?«, fragte Gebhard. »Du und dieser Smirnoff?«

»Ich bin der Informant, Smirnoff ist der Koordinator und Strippenzieher.«

»Und auf deutscher Seite? Habt ihr überhaupt Leute in der Führung, die euch unterstützen?«

»Leise«, wisperte Caspar. »Ja, die haben wir. Sie sind an uns herangetreten. Aber wir alle haben ein Ziel – Hitler muss weg.«

»Wer ist es, und wie soll das gehen?«

»Da ist der Staatssekretär …«

»Doch nicht von Weizsäcker?«

Caspar nickte. »Und General Oberst Beck. Und die Brüder Kordt. Erich gehört zum Stab von Ribbentrop, verabscheut ihn aber. Theodor Kordt ist der Staatssekretär an der Deutschen Botschaft in London.«

»Ihr wollt Hitler putschen?«

»Ja«, sagte Caspar. »Aber nur, wenn alle Verhandlungen uns nicht weiterbringen. Lieber hätten wir eine andere Lösung.«

»Das sind ja alles bekannte Namen. Die Kordt-Brüder kenne ich gut«, sagte Frederike überrascht.

»Wir sind noch viel mehr, aber ich möchte keine weiteren Namen nennen. Sollte ich verhaftet werden, bestreitet, etwas gewusst zu haben. Die Nazis lieben Sippenhaft, aber bei guten Argumenten kann man sich dem entziehen.«

Frederike wurde plötzlich ganz schlecht. Sie legte die Hand auf ihren Bauch. »Kannst du dich nicht … ich meine, muss das sein? Du bringst nicht nur dich in Gefahr, sondern uns alle.«

»Ich will uns alle retten, Freddy. Ich und die anderen auch. Hitler ist unser Tod. Das steht fest.« Caspar sah sie an. Frederike nickte. Dann stand sie auf und strich sich über den Rock.

»Ich verstehe, was du tust. Es ist sehr mutig, und es ist wahrscheinlich auch notwendig. Aber … was, wenn es misslingt?«

»Dann gehöre ich nicht mehr zu euch. Ihr sagt euch von mir los.«

»Und ich werde in die Partei eintreten müssen.« Gebhard seufzte.

»Ja.«

»Ich gehe hoch, zum Essen komme ich wieder«, sagte Frederike leise.

Langsam ging sie nach oben, lauschte an der Kinderzimmertür. Fritzi war noch wach und weinte. Leise öffnete Frederike die Tür und ging hinein.

»Baronin«, sagte Else überrascht. »Sie sind zurück?«

»Gerade erst.« Sie ging zur Wiege und nahm ihre Tochter hoch. »Hast du mich vermisst, mein Schatz?«, fragte sie leise und setzte sich in den Schaukelstuhl am Fenster. Frederike knöpfte ihre Bluse auf, schob den Büstenhalter zur Seite und gab Fritzi die Brust.

»Sie isst gut vom Teller inzwischen. Und sie trinkt aus dem Becher – das ist noch etwas unsicher, aber wir haben ja Lätzchen. Ich glaube nicht, dass sie die Brust als Mahlzeit braucht …«, meinte Else.

»Nein, sie will meine Nähe und ich ihre.« Frederike schloss die Augen, genoss das warme Kind in ihrem Arm, den saugenden Mund an ihrer Brust.

Näher kann man niemandem sein, dachte sie und verfluchte für einen kurzen Moment ihren Schwager. Aber dann wurde ihr klar, dass Caspar viel mehr opferte – sein Leben, und alle seine Mitstreiter auch. Sie alle hatten Familie. Wie viel leichter und einfacher war es, wegzuschauen. Das machten diese Männer nicht.

Sie versuchten einen diplomatischen Weg zu finden, um Hitler auszuschalten, und Frederike betete, dass es ihn geben würde. Aber sie hatte Caspar angesehen, dass er den Glauben daran verloren hatte.

Was wird mit uns, dachte sie und drückte Fritzi fester an sich, legte die andere Hand auf ihren Bauch. Dort wuchs das nächste Leben, das nächste Kind. In welche Welt würde sie es hineingebären? Sie hatte die Stimmung in Berlin als aggressiv empfunden, es gab überall Parolen gegen Juden, die SS, die Gestapo und die SA waren allgegenwärtig. Angst saß in den Nacken vieler. Ein freies und unbeschwertes Leben, so wie es vor zehn Jahren noch war, gab es nicht mehr.

Frederike hatte auch Angst, Angst vor einem weiteren Krieg, Angst um ihre Familie. Wenn es einen Weg gibt, diesen fürchterlichen Menschen aufzuhalten, dann sollte jemand ihn beschreiten und es wagen. Wenn Caspar dazugehörte, dann hatte er ihren größten Respekt. Er handelte nicht für sich, nicht für die Familie, er tat es für das ganze Land. Und jetzt hoffte sie, dass er Erfolg haben würde.

Fritzi war an ihrer Brust eingeschlafen, ihr Kopf kippte sacht zur Seite. Ein Tropfen Milch lief ihr über die Wange. Frederike wischte ihn vorsichtig ab, übergab dann das Kind dem Mädchen. Else nahm es, lächelte.

»So ein Sonnenschein.«

»Hoffentlich wird das Nächste auch so!«

Frederike wusch sich, zog sich um. Mit dem Reisestaub fiel auch ein wenig der Last von ihr. Sie war wieder in Mansfeld, hier war sie zu Hause, hier gehörte sie hin.

Nach dem Essen saßen sie noch zusammen im Salon, das Feuer prasselte. Draußen fielen endlich die Eiszapfen vom Dachfirst.

»Was genau habt ihr vor?«, fragte Gebhard leise.

»Noch hoffen wir darauf, dass Chamberlain Hitler mit Krieg droht, sollte er weiter ins Baltikum vordringen. Wir hoffen einfach, dass die Drohung vorerst reicht. Die Wehrmacht ist noch nicht stark genug für einen Zweifrontenkrieg, und wenn Chamberlain sich aufstellen würde, wird Hitler vielleicht kuschen.« Caspar seufzte. »Einen wirklichen Plan B haben wir noch nicht.«

»Den werdet ihr brauchen. Hitler ist größenwahnsinnig. Er wird sich nicht einschüchtern lassen. Und Großbritanniens Heer ist ein Witz – sie haben noch nicht mal mehr die Wehrpflicht.«

»Die wird kommen, da bin ich mir sicher.«

»Sie muss. Was ist mit Frankreich?«, fragte Frederike. »Wie stehen die dazu?«

»Frankreich muss sich erst selbst wiederfinden, aber sie haben ein Abkommen mit Böhmen und werden das sicherlich auch einhalten. Und wenn Frankreich Deutschland den Krieg erklärt, wird es England auch tun.«

»Und Amerika?«

»Vergiss es. Die wollen doch keinen weiteren Krieg auf dem Kontinent führen, was hätten sie davon? Die halten sich raus.«

»Ich habe Angst«, gestand Frederike. »Große Angst.«

Gebhard nahm ihre Hand, drückte sie. »Ich auch.«

»Nun ja«, sagte Caspar und grinste schief. »Ich bin völlig furchtlos.« Er trank sein Glas leer, stellte es auf das Tischchen. »Das war ein Scherz. Ich glaube, wir alle haben im Moment die Hosen voll. Aber was für Alternativen gibt es? Weglaufen? Den Kopf einziehen? Ich mochte Vögel noch nie und Strauße schon gar nicht, zumal der Sand hier zu fest ist, um den Kopf darin zu verstecken.«

»Guter Mann!« Gebhard schlug ihm auf die Schulter. »Fährst du morgen nach Leskow zu Mutter?«

»Natürlich. Wie geht es ihr?«

»Ganz gut, wir überlegen nur, wie wir die Fruchtfolge dieses Jahr festlegen. Dannemann hat da andere Ansichten als ich.«

»Dannemann?«

»Der Inspektor auf dem Gut unserer Eltern.«

»Ach, natürlich. Und was macht Skepti?«

»Wie immer macht Skepti sein Ding.« Gebhard grinste.

»Ihr sprecht jetzt über Gutsangelegenheiten«, sagte Frederike und stand auf. »Dann möchte ich mich entschuldigen. Dazu habe ich nichts beizutragen.«

»Stell dein Licht nicht unter den Scheffel. Du könntest so manchen Gutsherrn in die Tasche stecken«, sagte Gebhard, und man hörte ihm seinen Stolz an.

»Euch beide muss ich nicht in die Tasche stecken«, sagte Frederike und lächelte. »Aber mein Tag war lang, die Woche anstrengend. Ich würde gerne zu Bett gehen. Ihr könnt ja noch debattieren. Wir sehen uns morgen bei der Andacht.«

Caspar verzog das Gesicht. »Ihr macht das immer noch? In aller Herrgottsfrühe? Vor dem ersten Frühstück?«

Gebhard lachte. »Ja, das machen wir. Aber es reicht, wenn du zum Frühstück erscheinst.«

»Erzähl mir von deinem Bruder«, bat Gebhard, als sie später nebeneinander im Bett lagen. Der Ofen glühte noch, draußen wehte ein heftiger Wind, fing sich immer wieder heulend in den Dachtraufen. Es hatte angefangen zu regnen. Anzeichen für den Frühling, auch wenn es nass und immer noch kalt war, aber die winterliche Starre war vorbei.

»Fritz … ich weiß es nicht. Und ich weiß auch nicht, was ich ihm wünschen soll. Wenn er aufwacht, kann es sein, dass sein Gehirn massiv geschädigt ist. Dann ist er … sehr krank. Und dann wäre es besser, wenn er vorher stirbt. Solche Gedanken sollte man nicht haben, aber sie sind in meinem Kopf.«

»Ich verstehe dich«, sagte Gebhard leise. »Wirklich.« Er zögerte, fragte dann trotzdem. »Und wie war es mit deiner Mutter?«

»Sie mag deine Familie nicht«, sagte Frederike. »Aus politischen Gründen. Meine Mutter ist Hitler verfallen. Du glaubst nicht, was sie sich alles an braunem Zeugs in Berlin gekauft hat.«

»Das liegt an der Lage, Freddy. Fennhusen ist abgeschnitten vom Reich. Denk doch nur einmal an die Zugfahrt im verplombten Zug durch den polnischen Korridor. Das war einer der großen Fehler der

Versailler Verträge. Die ganzen Gutsbesitzer mögen Hitlers Programm und seinen Parolen nicht viel abgewinnen, aber den Anschluss an das Reich sehnen sie alle herbei. Und nachdem Österreich wieder deutsch ist, wollen sie das auch für Ostpreußen und den Korridor.«

»Onkel Erik denkt da anders.«

»Dein Stiefvater ist ein sehr, sehr kluger Mensch. Er wird sich auch den polnischen Korridor wegwünschen, aber er würde das nie laut aussprechen. Und er verfällt nicht der Propaganda dieses kleinen hässlichen Österreichers, der unser Führer ist.«

»Gibt es eigentlich Juden in Mansfeld?«

»Wieso?«

»In Berlin müssen alle jüdischen Läden schließen. Die es nicht tun, bekommen Ärger. Einige weigern sich, sie haben auch noch Kundschaft. Aber … es ist grauenvoll.«

»Wir haben hier nur den Uhrmacher Levin und seine Familie. Er ist der einzige Uhrmacher in der Gegend, deshalb kann er gar nicht schließen. Berlin ist weit weg und anders, wir leben in der Provinz.«

»Gerade bin ich sehr froh darum«, sagte Frederike müde.

Gebhard legte ihr seine warme Hand vorsichtig auf den leichtgewölbten Bauch. »Und wie geht es meinem Erben?«

»Ich hoffe, es geht dem Kind gut.«

»Ich werde alles dafür tun, damit wir hier sicher leben können. Du und die Kinder.« Er küsste sie sanft.

»Ich weiß, Gebhard, das weiß ich.«

»Und das nächste Mal sind wir auch schneller in der Klinik in Wittenberge.«

Frederike räusperte sich. »Ich möchte dort nicht mehr entbinden.«

»Was?«

»Nun, ich möchte das nicht noch mal.«

»Du wolltest unbedingt in die Klinik zu Doktor Bosse. Warum jetzt nicht mehr?«

»Es war doch meine erste Geburt, ich wusste nicht, was auf mich zukommt. Ich war verängstigt, in Panik. Doktor Bosse war mir von Thea, deiner Mutter und drei weiteren Nachbarinnen empfohlen worden. Ich habe mich dort auch sicher gefühlt. Aber …«

»Aber?«, fragte Gebhard erstaunt.

»Jetzt weiß ich ja, was passiert. Thea hat mir Lachgas empfohlen, ich habe einmal davon genommen, doch mir wurde nur übel, geholfen hat es nicht. Die Hebamme im Dorf ist gut, ich vertraue ihr. Ich werde zu Hause entbinden.«

»Nein!«

»Doch!«

»Mein Sohn soll dort geboren werden, wo es die besten Möglichkeiten gibt, falls etwas sein sollte …«

»Dein zweites und auch alle anderen Kinder, die ich vielleicht noch bekommen werde, kommen hier zur Welt. In diesem Haus. Und ich diskutiere das nicht mit dir.« Sie gab ihm einen Kuss und drehte sich zur Seite. »Außerdem solltest du darüber nachdenken, dass auch dieses Kind ein Mädchen sein könnte.«

»Nein, wir werden einen Sohn bekommen, das spüre ich.«

»Ach, Gebbi«, seufzte Frederike und schloss die Augen.

Kapitel 41

Diese Schwangerschaft machte Frederike mehr zu schaffen als die erste. Und das Wetter trug einiges dazu bei. Immer wieder gab es schwüle Tage mit großer Hitze, die oft mit einem heftigen Gewitter endeten. Doch es kühlte sich nicht ab.

Frederike saß an einem Nachmittag Anfang Juni auf der Veranda und pulte Erbsen. Neben ihr schlief Fritzi friedlich in einem gepolsterten Korb.

Auf einmal sah sie Gebhard heranreiten. Jeden Morgen ging er über die Koppel hinüber zum Betriebshof, besprach sich mit Pirow, bestieg dann meist sein Pferd, um die Felder zu begutachten oder die Pächter aufzusuchen. Nur wenn er nach Leskow oder Großwiesental musste, nahm er das Auto.

Gebhard sprang vom Pferd, band den Zügel an der Veranda an, wischte sich über die Stirn.

»Wir haben ein Problem. Pirow ist schon dabei, alle Leute zusammenzutrommeln.«

»Wieso, was ist los?«, fragte Frederike erstaunt.

»Kartoffelkäfer.«

»O nein!«

»Leider doch. Es müssen alle mitmachen, vielleicht können wir so die Ernte noch retten. Lore soll Suppe kochen und Schrippen schmieren. Wir brauchen auch Getränke. Wir fangen heute schon an. Die Lehrer wissen auch Bescheid, ab morgen früh müssen die Kinder ebenfalls auf die Felder.«

Seit ein paar Jahren trat der Kartoffelkäfer auch in Deutschland auf. Die kleinen Käfer konnten eine ganze Ernte vernichten und in kürzester Zeit die Felder kahlfressen, zumal manchmal sogar zwei Käfergenerationen im

Jahr auftauchten. Das Einzige, was dagegen half, war, sie abzusammeln. Möglichst noch bevor die Weibchen ihre Eier gelegt hatten – aber auf jeden Fall, bevor sie in die Erde krochen und sich dort verpuppten.

Schnell kamen die Instmänner, die Pächter, die Dorfbewohner, ihre Frauen und Kinder am Dorfeingang zusammen. Jeder erhielt eine Dose. Dann wurden die Reihen abgesucht. An diesem Nachmittag fand man keinen Käfer. Abends brachte Hannes einen großen Topf mit einer kräftigen Gemüsesuppe zum Feld. Ilse trug einen Korb, der mit belegten Broten gefüllt war. Außerdem gab es Bier und Limonade für alle. Frederike hatte sich an der Suche beteiligen wollen, doch Gebhard untersagte allen Schwangeren die Teilnahme. Ansonsten war fast jeder – Groß und Klein – auf den Feldern. Sie brauchten die Kartoffeln ja nicht nur als Nahrungsmittel, der größte Teil der Ernte ging zur Brennerei und wurde zu Schnaps verarbeitet. Viele Arbeitsplätze hingen daran.

Lore, Frederike und Else mit der kleinen Fritzi waren auch zum Feld gekommen. Ein Feuer loderte im Licht der Abendsonne – dort hätten sie alle Käfer verbrannt.

»Kein Fund?«, fragte Frederike erleichtert.

»Heute nicht. Mal sehen, was morgen wird.« Gebhard besprach mit Pirow und dem Ortsbürgermeister, welche Felder am nächsten Tag abgesucht werden sollten.

»Wo sind denn Käfer gefunden worden?«, wollte Frederike wissen.

»In Wolfenhagen bei meinem Vetter. Nur zehn, aber daraus kann schnell eine Plage werden.«

»Hamse dett schon jehört?«, fragte der Ortsbürgermeister. »Dannhof is in Parzellen einjeteilt worden, da soll 'n Dorf entstehen.«

»Mein Cousin hat das Land dort verkaufen müssen. Was wird denn dort gebaut?«, fragte Gebhard verblüfft.

»'n Dorf fürre Arier. Die kriejen 'n Haus, 'nen Schuppen und 'ne Parzelle mit Land und soll 'n uns hier infiltrieren.«

»Nein, sie sollen sich hier niederlassen«, erklärte Pirow. »Müssen aber alle in der Partei sein.«

»Und Arier!«

»Grundgütiger«, murmelte Gebhard, »was lässt sich der kleine Österreicher als Nächstes einfallen?«

»Psst!«, sagte Frederike erschrocken und sah sich um. Es gab einige Dorfbewohner, die ein Parteiabzeichen am Revers stecken hatten.

Gebhard räusperte sich. »Dann wollen wir mal alle von der guten Suppe essen, die unser Lorchen gekocht hat«, sagte er. »Und morgen früh gehen wir alle wieder in die Kartoffelfelder. Sollte doch gelacht sein, wenn wir diesem Mistvieh nicht den Garaus machen können.«

Nach einer Woche intensiver Suche hatten sie nur eine Handvoll Käfer gefunden und diese verbrannt. In zwei Wochen würden sie noch mal nachkontrollieren müssen, doch die Gefahr schien gebannt zu sein.

Der Sommer blieb heiß und stickig. Ein Knistern lag über den Feldern, und die Brandgefahr stieg. Es lag aber auch etwas anderes in der Luft. Jeden Abend schaltete Gebhard nach dem Essen den Deutschen Kleinempfänger ein. Zusammen hörten sie die neusten Nachrichten, immer in Sorge, dass die politische Situation eskalieren würde. Die Sudetenkrise hatte sich zugespitzt. Mehrfach kam Caspar bei ihnen vorbei. Er pendelte zwischen Berlin, Den Haag und London. Meist kam er spätabends und fuhr morgens schon vor dem Morgengrauen wieder, so dass kaum jemand seine Besuche mitbekam.

»Chamberlain hofft immer noch auf eine diplomatische Lösung«, seufzte Caspar. »Verschiedene Leute haben versucht, mit ihm und Halifax zu sprechen, es gibt auch Kontakte zu Sir Vansittart. Weizsäcker hat mit ihm geredet, gerade war Hans Böhm-Tettelbach in London, aber Chamberlain wollte ihn nicht empfangen. Halifax steht der ganzen Sache leider kritisch gegenüber.«

»Der ganzen Sache?«, fragte Frederike.

»Nun, geplant ist ein Putsch. Erich Kordt soll Oberstleutnant Oster die Tür öffnen, dann wollen sie Hitler festnehmen, ihn gegebenenfalls erschießen. Die Truppen des dritten Armeekorps stehen bereit, um in Berlin einzumarschieren. Sie sollen gemeinsam mit der Polizei die SS in Schach halten. Generaloberst Ludwig Beck soll die Staatsgeschäfte übernehmen.«

»Und was wollen sie von Chamberlain?«

»Rückendeckung. Aber Halifax meint, sie wären Landesverräter und der Putsch wäre ein Staatsstreich. Außerdem ist man sich in London nicht sicher, dass die Bevölkerung sich gegen Hitler und die SS stellen wird. Das ist tatsächlich ein Risiko.«

»Wenn der kleine österreichische Despot erschossen wäre, dann würde sich die SS auch schnell auflösen«, meinte Gebhard.

»Die größte Gefahr geht von Himmler aus. Er ist noch viel radikaler als Hitler. Und man befürchtet, dass Himmler dann die Macht übernehmen würde.«

»Dann muss Himmler auch ausgeschaltet werden.«

»Das ist nicht so einfach. Und dann ist da ja auch noch die Gestapo …«

»Grundgütiger, Caspar, du begibst dich in gefährliche Kreise.«

»Es sind gefährliche Zeiten. Wenn Hitler das Sudetenland annektiert, stehen wir vor dem zweiten Weltkrieg. Frankreich wird das nicht tolerieren. Und falls doch – nach der Tschechoslowakei ist Polen dran.«

»Ja, das ist zu befürchten.«

»Es werden weitere Konzentrationslager gebaut.«

Frederike schüttelte entsetzt den Kopf. »Hitler kann doch nicht jeden einsperren oder umbringen, der gegen ihn ist.«

»Er versucht es zumindest. Und sollte er Wind von unseren Plänen bekommen, wird seine Rache fürchterlich sein. Doch ohne die Unterstützung Chamberlains sind uns die Hände gebunden. Smirnoff versucht alles, was in seiner Macht steht, um die britische Regierung zu einer härteren, einer überzeugten Haltung gegenüber Hitler zu bewegen.«

Jeden Abend warteten Frederike und Gebhard darauf, dass in den Nachrichten die Meldung kam, dass Generaloberst Ludwig Beck Hitler abgesetzt und die Führung übernommen hatte. Aber die Nachricht blieb aus.

Es war an einem Abend Anfang September, gut zwei Monate nach Fritzis erstem Geburtstag, als Frederike plötzlich blutete. Sie ging ins Bad, wusch sich und zog sich etwas anderes an, legte dicke Binden in ihre Unterhose. Noch spürte sie keine Wehen, aber heute, das wusste sie, würde ihr zweites Kind zur Welt kommen. Gebhard war in seinem Arbeitszimmer und kontrollierte die Bücher. Die Schnitter-Kolonnen waren bei der Ernte. Obwohl sie inzwischen einige Landmaschinen besaßen, arbeiteten die Schnitter immer noch effektiver als die Maschinen. Zudem waren sie billiger. Die Preise für Weizen und Roggen waren in diesem Jahr gut.

Frederike klopfte, öffnete die Tür. Gebhard hob den Kopf, sah sie an und lächelte. »Liebste«, sagte er. »Komm doch herein.«

»Ich wollte dich bitten, jemanden zur Hebamme zu schicken«, sagte sie und lächelte.

»Ist etwas? Geht es dir nicht gut?« Gebhard stand auf.

»Mir geht es im Moment ganz wunderbar, aber ich glaube, dass heute Nacht das Kind kommt.«

»Wirklich?« Er ging zu ihr, nahm sie in den Arm. »Was kann ich tun?«, fragte er leise.

»Du kannst die Hebamme holen. Und dann wirst du warten müssen.«

Gebhard drückte sie an sich. »Ich liebe dich. Ich liebe dich sehr. Und ich liebe dich ganz besonders dafür, dass du das auf dich nimmst.«

»Nun, ich würde es auch lieber dir überlassen … leider geht das nicht.« Frederike lachte leise.

»Du wirkst so ruhig.«

»Noch habe ich keine Wehen, aber sie werden bald kommen. Ich zeichne. Deshalb soll die Hebamme kommen und nachsehen.«

»Du blutest? Sag das doch gleich.« Er griff nach seinem Jackett, das über der Stuhllehne hing, und zog es eilig an. »Ich mache mich sofort auf den Weg. Oder …«, er zögerte, »… soll ich bei dir bleiben?«

»Nein.« Frederike schob ihn sacht, aber bestimmt aus dem Zimmer. »Ich weiß genau, du wirst gleich nervös – und dann werde ich es auch. Also hol die Hebamme. Es ist noch kein Kind dringeblieben. Und rückgängig machen können wir es jetzt auch nicht mehr.«

»Freddy …«

»Geh, Gebhard. Bitte!«

Gebhard ging. Frederike fühlte, spürte in sich hinein. Das Kind bewegte sich, trat ihr in die Rippen. Sie legte die Hand auf die Stelle.

Noch bist du in meinem Bauch, morgen wirst du atmen müssen, wachsen, zu einer Person werden, dachte sie. Wer bist du? Ein Sohn, ein kleiner Gebhard? Oder wieder eine Tochter? Fritzi ist eine Wonne, eine weitere Tochter würde mich nicht stören, aber dein Vater will einen Erben. Es wäre besser, du wärst ein Gebhard. Mach es uns beiden nicht so schwer, denn auf die Welt kommen musst du, mein Kind.

Langsam ging Frederike die Treppenstufen der Veranda hinunter in den Park. Vor ihr lag der Teich, Libellen sirrten über das Wasser. Die Schwalben flogen um das Haus herum, sammelten sich für den Winterzug gen Süden. Im Frühjahr würden sie wiederkommen. Wie würde es dann sein? Wie würde sich die politische Lage entwickeln? Frederike fürchtete sich vor der Zukunft, vor einem weiteren Krieg. Aber jetzt fürchtete sie sich erst einmal vor der kommenden Nacht und der Geburt.

Sie ging zu dem Zwinger, den sie hatten bauen lassen. Er stand neben der Schmiede am Rande des Parks. Sie hatten eine große Hütte gebaut, aber natürlich ersetzte der Zwinger nicht das Freigehege, das Valentina bisher gewohnt war. Doch die Fähe hatte sich im Gehege verändert. Sie war noch zahmer geworden, schüchterner, ängstlicher. In ihrem Zwinger schien sie sich geschützt zu fühlen. Sie kam immer sofort, wenn sie Frederike hörte, und leckte ihre Hände. Das Halsband, dass Frederike ihr hatte anpassen lassen, akzeptierte sie ebenso wie den langen Longiergurt, den Frederike ihr anlegte. Damit konnte sie durch den Park laufen und toben. Meist blieb Valentina aber an Frederikes Seite. Valentina benahm sich wie ein zahmer Hund, blieb bei ihr, hörte auf Zuruf. Dennoch oder gerade deshalb ließ Frederike sie nicht laufen. Wenn etwas passierte, wäre das Geschrei groß geworden.

Nun ging sie zum Zwinger, öffnete die Tür. Lore hatte ihr Essensreste in den Eimer getan, aber diesmal verschmähte Valentina das Essen. Sie schnupperte an Frederike, schnupperte, dann legte sie sich auf den Boden, winselte, so wie nur Wölfe winseln können.

»Was ist mit dir?«, fragte Frederike erschrocken. »Geht es dir nicht gut?«

Valentina stand auf und stupste sie an. Stupste wieder. Sie schien Frederike nahezu aus dem Zwinger hinauszudrängen. Dabei leckte sie ihr immer wieder sanft über die Hände.

»Willst du raus?«, fragte Frederike. Die Fähe legte sich wieder auf den Boden. Frederike hockte sich zu ihr, streichelte sie. Wieder schob die Fähe sie mit der Schnauze zur Tür.

»Ich soll gehen?« Lachend leerte Frederike den Eimer mit Essensresten aus, dann ging sie. Sie hatte gerade die Veranda erreicht, da überfuhr sie die erste heftige Wehe. Frederike sackte zusammen, hielt sich an den Stufen fest, schnaufte. Valentina hob den Kopf und heulte ihr Wolfsheulen.

»Du hast recht, das Kind kommt«, stöhnte Frederike. Sie wartete ab, eine Wehe dauerte etwa eine Minute lang, das wusste sie noch von Fritzis Geburt. Dann gab es eine Pause. Frederike stand auf, ging in die Halle und schellte nach dem ersten Mädchen – Ilse. Sie kam schon bald von unten.

»Gnädigste?«

»Das Kind kommt.« Frederike atmete tief ein und aus, stöhnte. Alles ging schneller, als sie gedacht hatte. Wo blieb denn nur Gebhard mit der Hebamme? Beim letzten Mal hatte es länger gedauert, sich langsam aufgebaut, jetzt musste sie nach Luft schnappen.

Else hatte den Tumult in der Halle gehört und kam nach unten. »Ist es so weit, Gnädigste?«

Frederike schaffte es gerade, zu nicken.

»Wir brauchen die alten Bettlaken, die wir ausgekocht haben, warmes Wasser und Mulltücher. Außerdem Trinkwasser und zwei Gummiunterlagen, die sind im Keller.« Else dachte nach. »Damit bereiten wir das Bett vor. Eins der Mädchen soll für den Gnädigsten das Gästezimmer fertigmachen.«

»Danke, Else«, sagte Frederike und lachte auf. »Du bist toll. Und jetzt sagst du noch, dass Lorchen Brühe aufsetzen und nachschauen soll, ob wir noch eingelegte Heringe haben. Der Gnädigste wird sich heute sicher betrinken und sie morgen brauchen.«

Else kicherte. »Jawohl, Baronin.« Dann sah sie Frederike an. »Wie fühlen Sie sich?«

»Verunsichert. Unruhig. Ängstlich – was, wenn es wieder ein Mädchen wird? Mein Mann wünscht sich so sehr einen Erben.«

»Lieber Herr Jesus, er soll sich eine leichte Geburt und ein gesundes Kind wünschen«, schimpfte Else.

»Und dann fühle ich mich leicht und schwer zugleich. Es ist ein seltsames Gefühl.« Die nächste Wehe kam, Frederike krümmte sich keuchend zusammen.

»Tief einatmen«, sagte Else, »tief in den Bauch. Nicht die Luft anhalten, einatmen.«

»Es tut so weh«, jammerte Frederike.

»Nicht, wenn Sie in den Bauch atmen.« Else legte ihre Hand auf den Bauch, tief unten, kurz vor der Scham. »Dorthin müssen Sie atmen. Ganz bewusst den Atem dorthin lenken.«

»Das kann ich nicht.«

»Doch, das können Sie.«

Die nächste Wehe kam, und Frederike versuchte sich an die Anweisungen zu halten. Tief einatmen, den Atem nach unten drücken, langsam ausatmen. Es funktionierte, stellte sie überrascht fest, als die Wehe verebbte. Und es war nicht so schmerzhaft gewesen. Jetzt erinnerte sie sich auch daran, was die Hebamme in Wittenberge ihr bei Fritzis Geburt gesagt hatte – sie sollte langsam atmen. Tief einatmen und ganz langsam die Luft wieder auspusten.

»Es bleibt keins drin«, sagte Frederike, als sie langsam nach oben ging. »Noch nie ist eins dringeblieben.« Das war sowohl Drohung wie auch Versprechen.

Um fünf Uhr morgens erblickte das zweite Kind von Gebhard und Frederike das Licht der Welt.

»Is 'n Mädel«, sagte die Hebamme und legte das feuchte, blutige Bündel auf Frederikes Brust. »Sie is wunderschön.«

Laut protestierte die kleine Comtesse zu Mansfeld gegen diesen Eintritt ins Leben. Schnell ließ sie sich aber mit warmer Muttermilch und einer wärmenden Decke beruhigen. Schmatzend saugte sie an der mütterlichen Brust, schaute mit großen blauen Augen in die Welt.

Die Hebamme half Frederike, sich zu waschen und umzuziehen, Else badete das Kind und zog es an, dann legte sie es in Frederikes Arme. Das Bett war frisch bezogen, die Hebamme sah sich prüfend um und nickte.

»Dann kanner Baron getzt wohl kommen«, sagte sie zufrieden.

Frederike biss sich auf die Lippen. »Jetzt schon?«

»Wat stimmt nich, Baronin?«, fragte die Hebamme.

»Es ist wieder ein Mädchen und kein Erbe.«

»Ach? Der Baron will 'n Erben? Un 'n Mädchen is nich jut jenuch? Na, wat soll dat denn sinn? Dat is Unfuch. Dat Kind is jesund und munter, hat fünf Finger an jeder Hand un fünf Zehen anne Füße. Wat willste mehr? Son Blödsinn mitten Erbe. Schau doch mal nach England, die hatten doch auch Königinnen, oder nich? Die olle Viktoria. War det keene Frau?« Die Hebamme schüttelte den Kopf. »Ich sprech mittem Baron. Mach'n Sie sich keene Sorjen.«

Gebhard wartete im Flur vor der Tür.

»Ah«, sagte die Hebamme. »Da sindse ja.«

»Meine Frau …?«

»Ei, ihr jeht es jut, wie es nun mal 'ne Frau nache Jeburt jeht, wa?« Sie lachte. »Hatse jut jemacht, Ihre Frau.«

»Und dem Kind?«

»Na, dat is jesund un munter, wa?«

»Oh, dem Herrn sei Dank«, seufzte Gebhard erleichtert.

»Is 'n wunderschönes Mädchen, ihre Tochter, Baron«, fügte die Hebamme hinzu und stemmte die Fäuste in die Hüfte. »Die Jeburt war nich so eenfach für Ihre Frau, Baron. Awwer se hat et jemeistert.«

»Ein Mädchen?«

»Ja, eene Tochter hamse bekommen.«

»Ich habe schon eine.«

»Ne, jetzt hamse zwee. Und beede wunderscheen. Un ein Ton gegen Sie Ihre Frau, datse liewwer 'nen Bub hätten haben wollen, un ich lass Sie verprügeln. Kenn jenuch, die sich austoben wollen, Baron, das glooben Se ma. Is nix Persönliches, awwer Ihre Frau kann ooch nix dafür.«

Gebhard senkte den Kopf und nickte. »Verstehe. Sie haben ja recht. Darf ich zu ihr?«

»Klar. Immer rin mit Sie.«

Gebhard öffnete die Tür zum Schlafzimmer, trat ein. Frederike lag im Bett, hielt das Neugeborene im Arm und bestaunte es.

»Sie ist so niedlich«, flüsterte Frederike. »Sie hat deine Augen und deinen Mund, noch mehr als Fritzi.«

Gebhard nahm das in eine Decke gewickelte Kind hoch, küsste es. Dann sah er Frederike an. »Ich habe mir einen Sohn gewünscht. Jetzt haben wir zwei Töchter.«

»Ich habe dir keinen Erben geschenkt.«

»Wer weiß, ob ich einen Erben brauche, so wie sich alles entwickelt. Wir haben ein Kind, und es ist gesund. Und wir haben uns.« Er beugte sich vor und küsste Frederike. »Danke.«

»Wie werden wir sie nennen?«

»Such du einen Namen aus.«

»Was hältst du von Mathilde?«

Er sah seine Tochter an, lächelte. »Hallo, Mathilde, willkommen in unserer Familie.«

Kapitel 42

Am 15. September 1938 erklärte sich Chamberlain bereit, Hitler zu treffen. Auch Mussolini, der Machthaber Italiens, und Daladier, der französische Ministerpräsident, stimmten dem Treffen Ende des Monats in München zu. Dies war das Ende der Septemberverschwörung.

Am 30. September saß ein bedrückter Caspar zu Mansfeld in Salon im Burghof. Sie hatten den Volksempfänger eingeschaltet und lauschten. Hitler erklärte, dass durch das Abkommen endlich die Deutschen in Böhmen und dem Sudentenland wieder ihrer wahren Heimat zugehören würden.

»Das ist erst der Anfang«, sagte Caspar leise. »Nächstes Jahr wird es Krieg geben. Chamberlain glaubt immer noch, dass nun Hitlers Wünsche erfüllt seien und somit weiterhin Frieden herrschen wird, auch wenn es auf Kosten der Tschechoslowakei geschieht. Es ist nicht zu fassen, dass sie den Staatspräsidenten Benes einfach übergangen haben.«

»Was wird Hitler als Nächstes tun?«, fragte Gebhard bedrückt.

»Als Nächstes ist Polen dran. Auch dafür gibt es schon Pläne. Ich habe einige Dokumente, die das belegen, an Smirnoff weitergeleitet, und er hat sie Sir Vansittart gegeben, aber Chamberlain will es nicht wahrhaben.«

»Was ist mit den Offizieren? Was ist mit Oster und Beck?«, fragte Frederike, die auf dem Sofa lag, in eine Decke gekuschelt. Sie war noch im Wochenbett, verbrachte den Tag aber lieber hier unten statt im Schlafzimmer.

»Unser Plan ist gescheitert. Im Moment haben wir keine Handhabe. Wenn wir Hitler jetzt absetzen, werden wir weder das Volk noch andere Staaten auf unserer Seite haben. Hitler ist ein großer Manipulator. Im Moment sehen ihn viele als denjenigen, der uns die Grenzen von vor dem großen Krieg wiedergegeben hat. Er ist der Retter des Reichs. Aber Hitler ist noch lange nicht satt.« Caspar seufzte. »Die Verschwörer werden jetzt stillhalten und abwarten müssen. Vielleicht bekommen wir noch einmal eine Chance. Ich hoffe es, denn ein zweiter großer Krieg wäre furchtbar.«

Frederike zog die Decke enger um sich zusammen. Sie fröstelte, dabei war es ein lauer Abend. »Ich hoffe nur, niemand kommt euch auf die Spur.«

»Das weiß man nicht. Die Gestapo hat ihre Leute überall. Auch ihr müsst aufpassen. Bleibt einfach so unauffällig wie möglich.«

Gebhard nahm sich den Rat seines Bruders zu Herzen. Immer wieder wurde er dazu aufgefordert, in die Partei einzutreten, doch er fand jedes Mal eine Ausrede, warum es im Moment nicht möglich war.

Und dann kam der 9. November. Zwei Tage vorher hatte Herschel Grynszpan einen Anschlag auf den deutschen Botschafter in Paris verübt. Die Familie des siebzehnjährigen Grynszpan war aus Deutschland vertrieben und nach Polen gebracht worden, so wie viele andere auch. Doch Polen wollte die Juden nicht aufnehmen. Tagelang mussten Tausende von Menschen ohne Nahrung und Wasser an der Grenze im Freien ausharren. Ein Teil von ihnen kam schließlich in jüdischen Gemeinden in Polen unter, andere wurden inhaftiert. Entsetzt und wütend über das Schicksal seiner Familie, besorgte sich der Siebzehnjährige eine Pistole und stürmte die Deutsche Botschaft in Paris. Er schoss auf Ernst vom Rath, der zwei Tage später seinen Verletzungen erlag.

Für Hitler und Goebbels war dies ein willkommener Anlass, um den Volkszorn anzuheizen. In der Nacht auf den zehnten November brannten zahlreiche Synagogen, jüdische Geschäfte wurden zerstört und Wohnhäuser verwüstet. Es war der Auftakt des Pogroms.

In Mansfeld verlief die Nacht ohne Störungen. Aber einen Tag später reiste ein Schlägertrupp aus Perleberg an. Sie überfielen das Geschäft des Uhrmachers Levin, verprügelten ihn und seine Frau, zerstörten die Gerätschaften, zerschlugen Einmachgläser und schütteten die klebrigen

Scherben in die Betten. Es geschah so schnell und war von so einer großen Brutalität, dass niemand eingriff.

Am nächsten Tag ging Gebhard an dem Haus, welches unweit des Burghofs stand, vorbei. Frau Levin kehrte gerade die Scherben zusammen. Gebhard nahm einen Fünfzigmarkschein aus der Jackentasche, ließ ihn auf das Kehrblech fallen und nickte ihr zu.

Zwei Tage später klopfte es an der Tür zum Burghof in Mansfeld, als Frederike und Gebhard gerade das Abendessen einnahmen. Ilse öffnete die Tür, und ihr wurde ein lautes »Heil Hitler!« entgegengeschmettert.

Frederike und Gebhard sahen sich entsetzt an. Gebhard stand auf, ging in die Halle.

»Ja, bitte?«, fragte er.

Wieder erklang: »Heil Hitler, Baron.«

»Mensch, Olaf, bist du das?«, fragte Gebhard. »Man erkennt dich ja gar nicht in der braunen Uniform.«

»Ich habe den Auftrag, Sie morgen ins Parteibüro in Perleberg zu bringen. Um neun Uhr«, sagte der junge Mann, dessen Vater bei Gebhard angestellt war.

»Soso. Und weshalb?«

»Das weiß ich nicht. Bitte halten Sie sich morgen bereit, Herr Baron.« Der junge Mann schlug die Hacken zusammen und ging.

»Ob es etwas mit Caspar zu tun hat?«, fragte Frederike ängstlich.

»Das glaube ich nicht«, meinte Gebhard nachdenklich. »Das hätten wir schon über andere Kanäle gehört. Vielleicht hat jemand gesehen, dass ich Frau Levin Geld zugesteckt habe.«

»Was wird das für Konsequenzen haben?«

»Liebes, mach dir keine Gedanken«, sagte Gebhard. »Ich werde es schon richten.«

»Wir müssen aufpassen«, flüsterte Frederike. »Wir müssen an die Kinder denken.«

»Ich weiß.«

Am nächsten Morgen stand Olaf pünktlich mit seinem Wagen vor der Tür. Er fuhr Gebhard nach Perleberg in das Parteibüro.

»Heil Hitler«, begrüßte der Büroleiter und Ortsgruppenführer Dieter Hegemann ihn schnittig, laut und mit ausgestrecktem Arm.

»Guten Morgen, Herr Hegemann«, sagte Gebhard. »Oder sagt man jetzt die Tageszeit nicht mehr?« Damit brachte er Hegemann sichtlich aus dem Konzept. »Darf ich mich setzen? Was führt mich zu diesem Besuch?« Gebhard wartete nicht auf eine Antwort, sondern zog sich den Stuhl zurecht und setzte sich.

»Wir haben eine Meldung, Herr Baron. Sie haben die jüdische Familie Levin finanziell unterstützt.«

»Wie kommen Sie denn darauf?«

»Sie brauchen es nicht zu leugnen, es gibt Zeugen.«

»Wen?«

»Das muss Sie nicht interessieren.«

»Aber natürlich interessiert es mich.« Gebhard atmete tief ein. »Frau Levin ist eine Arierin, das wissen Sie doch wohl?«

Der Ortsgruppenführer zuckte zusammen, schaute in seine Unterlagen. »Das steht hier nicht«, murmelte er. Dann sah er wieder auf. »Das ist auch egal. Sie haben eine jüdische Familie unterstützt und das, nachdem die Juden gegen das deutsche Volk agiert und unseren Botschafter in Paris ermordet haben. Das Volk der Juden hat nach den Nürnberger Gesetzen keinen rechtlichen Bestand mehr in Deutschland. Sie zu unterstützen bedeutet, dass Sie sich, Herr Baron, gegen das Reich stellen. Und gegen unseren Führer.«

»Das ist doch abwegig, Herr Hegemann. Kein Mensch will sich gegen den Führer stellen«, seufzte Gebhard ergeben. »Es tut mir leid. Ich wusste nicht, dass ich einer arischen Frau, die einen Juden geheiratet hat, nicht helfen durfte.«

»Sie haben sich damit strafbar gemacht.« Hegemann grinste diabolisch. »Ich könnte Sie inhaftieren lassen.«

»Tut das wirklich not?«, fragte Gebhard und versuchte, seine Nervosität zu überspielen.

»Sie könnten aber auch dem Winterhilfswerk eine größere Summe spenden – als Zeichen Ihrer Reue.«

»Ach? Das könnte ich?« Gebhard biss sich auf die Zunge. »Wie groß muss denn meine Reue sein?«

»Das Hundertfache dessen, was Sie der Frau gegeben haben. Sie hat gegenüber dem Bürgermeister ausgesagt, dass es zwanzig Mark gewesen wären. Also zweitausend Reichsmark.«

Gebhard schnappte nach Luft. »Das ist nicht Ihr Ernst?«

»Doch.« Hegemann lehnte sich zurück, verschränkte die Arme vor der Brust.

Gebhard überlegte. Er wollte sich keinesfalls noch verdächtiger machen und noch weiteres Augenmerk auf seine Familie lenken. Er musste an Frederike und die Kinder denken. Er dachte an das Versprechen, das er Frederike gegeben hatte. Wäre er noch unverheiratet und kinderlos, würde er diesem frechen Piefke ganz anders gegenübertreten, aber so …

»Dann werde ich das einmal so zur Kenntnis nehmen«, sagte Gebhard, langte in die Innentasche seines Jacketts, zog das Scheckheft heraus, das er vorsorglich eingesteckt hatte. Er füllte den Scheck aus, legte ihn auf den Tisch und ging wortlos.

»Sie sollten endlich der Partei beitreten!«, schrie ihm Hegemann hinterher. »Heil Hitler.«

»So leicht kriegt ihr mich nicht«, murmelte er und stieg zu Olaf in den Wagen. »Fahr mich nach Hause. Wie geht es denn deiner Großmutter? Kämpft sie immer noch so mit der Gicht?«

Olaf startete den Wagen, sein Gesicht glich einer überreifen Tomate. »Ich erfülle nur meine Aufgaben, Herr Baron«, flüsterte er. »Ist nichts Persönliches.«

»Weiß ich doch, Junge, weiß ich doch.«

»Was wollten sie von dir?«, fragte Frederike, die nervös zu Hause gewartet hatte. »Du bist wieder da. O Gott, du bist wieder da.« Sie küsste ihn fest und leidenschaftlich.

»Wenn du mich danach immer so begrüßt, werde ich mich öfter von den Leuten abholen lassen«, scherzte Gebhard und wurde dann wieder ernst. »Es ging um die Levins. Ich hatte ihr ja Geld gegeben, das hat jemand beobachtet und mich denunziert.«

»Wer tut so etwas?«

Gebhard zuckte mit den Schultern. »Das weiß ich nicht. Aber es zeigt, dass wir auch hier im Dorf niemandem mehr vertrauen können.«

»Ja, das fürchte ich auch.« Frederike führte ihn in den Salon, wo Fritzi vor dem Kamin saß und Mathilde friedlich im Körbchen schlummerte. »Else, du kannst gehen«, sagte sie zu dem Mädchen. »Sag Ilse Bescheid, dass der Baron zum Essen da ist.«

»Ja, Gnädigste.« Else knickste und ging.

»Bei unseren Leuten, zumindest denen im Haus, bin ich mir sicher, dass sie zu uns stehen, aber … die Dorfbewohner? Nicht jeder ist bei mir beschäftigt, und es gibt einige, die das Parteiabzeichen haben.«

»Was für eine fürchterliche Zeit.«

»Wir werden sie gemeinsam meistern, Liebste«, sagte Gebhard zuversichtlich. Er nahm Fritzi auf den Schoß und kitzelte sie. Das kleine Mädchen lachte laut auf.

»Papa«, sagte es. »Papa!« Es war das erste Mal, dass sie ihn Papa nannte, und er schloss kurz die Augen. »Für euch tue ich alles«, sagte er leise.

Frederike drückte seine Hand. »Ich habe mit Frau Levin gesprochen.«

»Bist du wahnsinnig?«

»Nein, ich bin fürsorglich.«

»Wo ist ihr Mann?«

»Die Schergen wollten ihn in die Stepenitz werfen – schwerverletzt. Aber die Deichsel des Leiterwagens ist gebrochen, und Levin ist in die Böschung gestürzt. Die Müllerfamilie hat das gesehen, ihn zu sich ins Haus genommen und den Arzt gerufen. Nachdem er ihn versorgt hat, ist Levin verschwunden. Sie wollte mir nicht sagen, wohin.«

»Das ist vielleicht auch besser so.«

»Ich habe heute ein neues Mädchen eingestellt«, sagte Frederike leise. »Als Wäscherin. Jetzt mit zwei Kindern haben wir doch mehr Weißwäsche als zuvor. Sie ist erst vierzehn und heißt Paula.« Frederike räusperte sich.

»Paula Levin?«, fragte Gebhard verblüfft.

»Nein, sie trägt jetzt den Mädchennamen ihrer Mutter – Kretschmann.«

»Gut. Und die Mutter?«

»Die ist bei Verwandten untergekommen.«

Gebhard nickte. »Es gibt keine weiteren Juden in Mansfeld, also werden wir von Spektakeln dieser Art verschont bleiben, aber es ist schrecklich, was im Land passiert.«

»Was hat Hitler gegen die Juden? Warum macht er das?«, fragte Frederike.

*

»Es geht ihm nicht um den Glauben, der ist ihm egal«, sagte Caspar, als sie Weihnachten in Leskow zusammensaßen. »Hitler denkt zwar, dass die Juden eine Rasse für sich sind und uns Ariern unterlegen, aber das ist nicht der Grund für die Judenverfolgung.«

»Was denn dann?«, fragte Frederike. »Ich verstehe es einfach nicht.«

»Liebste Freddy«, sagte Caspar und nahm ihr Mathilde ab, schaukelte sie und lauschte ihrem entzückten Glucksen, »es geht um Geld. Traditionell haben die Juden Geld. Ihr Glaube verbot es nicht, Geld zu verleihen, so wie es der altchristliche Glauben tat. Also bekamen sie die Rolle der Geldverleiher und Banker. Das hat ihnen immer schon Missgunst und Neid gebracht. Es gab etliche Judenverfolgungen in den letzten Jahrhunderten, und alle Christen vergessen dabei, dass Christus Jude war.«

»Aber das Christentum ist Hitler doch egal«, sagte Heide verächtlich. »Er glaubt nur an sich.«

»Das stimmt wohl«, meinte Caspar. Er gab Mathilde, die inzwischen eingeschlafen war, ihrer Mutter zurück, nahm eine Zigarre, sah Frederike fragend an, sie nickte leicht. Sie hatte nichts dagegen, dass er rauchte, auch wenn sie den Zigarrengeruch nicht als angenehm empfand. Wichtiger war es ihr, hier mit der Familie zusammenzusitzen und reden zu können. »Aber Hitler braucht Geld. Alle Juden mussten in den letzten Jahren ihr Vermögen offenlegen. Alles. Und die reichsten Juden werden nun systematisch in die Konzentrationslager gebracht – Familienväter, rechtschaffene Menschen, Firmeninhaber. Dort werden sie unter Druck gesetzt, kommen in Arbeitslager. Manch älterer Mann darf seine Medikamente nicht mehr nehmen, das Essen ist schlecht, die Behandlung noch schlechter. Sie kommen raus, aber nur, wenn sie ihr Vermögen abgeben und ihre Firmen verkaufen – zu lächerlichen Preisen. Und dann auch nur, wenn sie ein Visum für ein anderes Land haben. Aber keiner will sie mehr aufnehmen. Da muss man schon über gute Beziehungen verfügen, um ausreisen zu können.«

»Er kann doch nicht alle einsperren«, sagte Heide entsetzt.

»Doch. Genau das wird er tun.«

»Und die Frauen und Kinder?«, fragte Frederike leise.

»Die werden auch drankommen, glaub es mir. Er ist skrupellos und macht vor nichts halt.«

»Er kann doch unmöglich Tausende Leute inhaftieren?«

»Er wird sie alle umbringen, weil er an ihr Geld will. Das braucht er. Dem Reich fehlt Geld.«

»Was?«, fragte Werner überrascht. »Das ist nicht dein Ernst.«

»Doch. Hitler will das Reich ›judenfrei‹ machen, aber das Vermögen der Juden will er behalten. Und er braucht es auch, um die Wehrmacht weiter auszubauen. Das Reich hat große Schulden, der Staatshaushalt ist eine Katastrophe.«

»Caspar, das ist ungeheuerlich, was du da berichtest«, sagte seine Mutter mit erstickter Stimme.

»Es ist leider wahr.«

»Und die Juden? Wissen sie es nicht? Warum gehen sie nicht? Ich würde sofort das Land verlassen, wäre ich Jüdin«, sagte Frederike voller Entsetzen.

»Wohin würdest du gehen? Die meisten Länder nehmen keine Juden mehr auf. Die neutrale Schweiz beschwert sich, dass eine ›Überjudung‹ bei ihnen stattfindet, seit Österreich wieder zu Deutschland gehört. Sie haben die Grenzen geschlossen. Die armen Leute kommen hier nicht weg, können nirgendwo hin, und hier wird ihnen sukzessive die Grundlage zum Überleben genommen. Sie dürfen ihre Geschäfte nicht mehr führen, müssen ihr Vermögen an- und dann auch abgeben. Sogar Zahngold will die Verwaltung haben, sobald jemand gestorben ist. Es ist grauenvoll.« Er zog an seiner Zigarre. »Ich bin mit dem Zug von Den Haag nach Berlin gefahren. Erster Klasse. In meinem Abteil war ein sehr gutsituierter Mann. Aber er war nervös. Wir kamen ins Gespräch, und er erzählte mir, dass er unterwegs nach Berlin sei, zu seinen alten Eltern.« Caspar hielt inne, runzelte die Stirn. »Er ist Jude, und seine Eltern natürlich auch. Er lebt eigentlich ganz normal, aber seine Eltern haben ihr Leben lang koscher gelebt, was in Berlin kein Problem war. Sie hatten ein Geschäft, aber ich habe vergessen, was es war.«

»Dieser Jude ist zurück nach Deutschland gefahren?«, fragte Frederike verblüfft. »Wieso?«

»Um seine Eltern zu sehen, Freddy. Er lebt schon seit Jahren in Amsterdam.«

»Warum ziehen sie nicht zu ihm?«

»Kennst du den Spruch: Einen alten Baum verpflanzt man nicht? Ich denke, das ist es. Sie sind Berliner. Sie sind hier geboren, aufgewachsen, alt geworden. Sie leben koscher, aber sie feiern nicht den Sabbat, oder nur bedingt. Für sie war Freitagabend Sabbat, aber am Tag hat man, so wie alle anderen auch, gearbeitet. Nur auf das koschere Essen, da haben sie, so sagte er mir, immer Wert gelegt.«

»Und dann?«, fragte Heide. »Hinter deiner Geschichte steckt doch noch mehr.«

»Er wurde zunehmend unruhiger, je näher wir der Grenze kamen. Nun hatten wir uns ja schon recht gut unterhalten, also fragte ich ihn, was ihn pressierte. Es war eine Gans, die er im Gepäck hatte. Seine Eltern hatten seit Monaten kein koscheres Fleisch mehr gegessen, weil der Schlachter schließen musste. Und nun ist Weihnachten. Sie feiern, auch als Juden, Weihnachten – weil sie eben auch Deutsche sind. Es ist die Geburt eines Juden, der vieles gut gemacht hat, aber Jesus ist eben nicht ihr Messias, erklärte er mir.«

»Ach.« Frederike schlug die Hände vor das Gesicht. »Ich sehe sie vor mir, die beiden alten Leutchen. Das ist schrecklich.«

»Und dann?«, fragte Werner sachlich.

»Er hatte also diese koschere Gans im Gepäck und noch einige andere Dinge. Er war nun Niederländer, hatte einen niederländischen Pass, sollte, obwohl er Jude war, sicher über die Grenze kommen und zurück. Doch seine koschere Gans würden die Zollbeamten vielleicht, und sei es nur aus Schikane, beschlagnahmen.« Caspar zog wieder an seiner Zigarre. »Also habe ich sie genommen, die Gans. In mein Gepäck. Und die anderen Geschenke auch. Ich habe ja den Diplomatenstatus.«

»Das hast du wirklich getan?«, fragte Frederike. »Hattest du keine Angst?«

»Wovor, Freddy? Ich bin Arier. Dank dir, Mutter.« Er grinste schief, wurde dann aber wieder ernst. »Tatsächlich kamen die Zöllner. Sie haben ihn gefilzt, und das nicht zu knapp. Aber er hatte nichts, was sie beanstanden konnten, also gingen sie wieder. Mein Gepäck haben sie nicht überprüft.« Er lächelte. »Es war mir ein halber Reichsparteitag, ihm die Gans zurückzugeben. Schließlich ist die Gans unser Wappentier. Ob nun koscher geschlachtet oder nicht.« Dann nickte er traurig. »Der Mann meinte, dass dies das letzte Weihnachtsfest mit seinen Eltern wäre. Und ich fürchte, wenn er sie nicht doch dazu überredet auszuwandern, hat er recht.« Caspar sah in die Runde, schaute seine Mutter lange an, dann seine beiden Brüder, die Schwägerinnen und die Kinder. Die beiden Söhne von Thea und Werner spielten friedlich mit Fritzi auf dem Teppich vor dem Kamin. Mathilde schlief selig in Frederikes Armbeuge. »Und ich hoffe, dies ist nicht mein letztes Weihnachten mit euch.«

»Grundgütiger«, murmelte Gebhard. »Sag doch nicht so etwas Scheußliches. Hast du Grund zur Sorge?«

»Die Gestapo scheint mir auf den Fersen zu sein.«

»Wieso?«, fragte Heide nach. »Hast du etwas angestellt?«

»Nein, Mutter. Aber ich hätte gerne.« Er lachte leise, aber nicht fröhlich. »Doch die Chance ist vertan. Ich bin sowieso nur Mittelsmann. Beziehungsweise ich war es.«

Frederike sah ihn fragend an, es gab so viel, was sie noch wissen wollte, aber vor Werner und vor der Mutter würde Caspar nicht reden, das wusste sie. Er nächtigte diesmal auf Leskow, es war ein offizieller Besuch, keine dieser überraschenden Stippvisiten, die es im vergangenen Jahr auf Mansfeld häufig gegeben hatte.

»Muss ich mir Sorgen machen?«, fragte Heide alarmiert und richtete sich auf.

»Keinesfalls. Menschenskinder, lasst uns über etwas anderes reden, über erfreuliche Dinge.«

»Das kann ich«, sagte Thea und strahlte. »Wir bekommen ein weiteres Kind. Ich bin schwanger.«

»Das ist eine wundervolle Nachricht«, sagte Heide. »Darauf müssen wir anstoßen. Du bekommst sicher wieder einen Jungen, du weißt ja, wie das geht.«

Der letzte Satz ließ Frederike zusammenzucken. Er tat weh, egal, wie sehr sie Fritzi und Mathilde liebte. Sie hatte bisher keinen Erben für die Familie hervorgebracht.

»Wie geht es deinem Bruder?«, fragte Caspar sie und ging mit ihr zum Kamin. Es war ein gewollter Themenwechsel, Caspar hatte ihr Leid bemerkt. Sie nahm es dankbar an.

»Fritz? Nun, vier Wochen war er im Koma. Er reagierte auf nichts, und die Ärzte hatten ihn aufgegeben. Meine Mutter hat eins der Gesindehäuser für ihn herrichten lassen – Bad und Schlafzimmer im Erdgeschoss. Im Obergeschoss ein kleines Bad und ein Zimmer für eine Schwester, sie hat Beziehungen zu einem polnischen Kloster. Und dann hat er doch die Augen geöffnet. Nach vier Wochen, kann man das glauben?«

Caspar nickte. »Wie geht es ihm jetzt?«

»Er muss alles neu lernen – essen, sprechen, laufen. Aber er stellt sich gut an. Er wird zwar nie wieder der Alte sein, wird nie wieder fliegen können. Aber wenn ich mir die politische Entwicklung so ansehe, ist das vielleicht auch besser so. Fritz wäre der zweite Rote Baron geworden, wenn es nach seinen Ambitionen gegangen wäre. Ihm ist die Politik egal, er wollte immer nur fliegen.«

»Deine Schwester ist gestorben, habe ich gehört«, sagte nun Thea. »Ich habe es über Dritte erfahren. Es gab keine Trauerfeier?«

»Gerta war sehr krank«, sagte Frederike traurig. »Sehr, sehr krank. Und ihr Mann ist leider sehr speziell.«

»Wie meinst du das?«, fragte Heide.

»Anton gehört der Bewegung der Lebensreform an. Hast du davon schon einmal etwas gehört? Meine Mutter sagt immer, die sind verrückt, sie umarmen Bäume und tanzen mit nackten Füßen im Gras. Tatsächlich wollen sie ›ursprünglich‹ leben – wobei das ein weites Feld ist. Anton zum Beispiel ist Vegetarier.«

»Was bedeutet das?«, fragte Heide irritiert.

»Er isst keine tierischen Produkte. Kein Fleisch. Und er versucht, das Leben anders zu achten.« Frederike seufzte. »Ich habe bestimmt schon zwanzig Vorträge von ihm über mich ergehen lassen, aber ich verstehe es trotzdem noch nicht. Dass sie kein Fleisch essen wollen, ist ja ihre Sache. Ich kann es bis zu einem gewissen Grad verstehen – sie wollen Tieren kein Leid zufügen.«

»Leid? Welches Leid?«

»Kühe, Schweine, Schafe und Ziegen leben hier nur, damit wir sie ausbeuten und sie töten, um sie dann aufzuessen, sagt er.«

»Sie sind dazu da, gegessen zu werden. Dafür gibt es diese Tiere.« Heide schüttelte den Kopf. »Sie sind für die Milch und zum Essen da.«

»Ja, aber die Lebensreformer sehen das anders. Sie wollen im Einklang mit der Natur leben.«

»Du lieber Himmel. Und was essen sie? Gras?«

»Gemüse. Glaub ich. Ich gehöre nicht der Lebensreform an, Heide. Und ich liebe die Weihnachtsgans, so wie sie hier serviert wird. Ich mag auch Koteletts von unseren Schweinen und einen guten Rinderbraten mit Rotweinsoße.« Frederike seufzte. »Ich mag Lamm und Kalbsbries. Aber sie tun das nicht. Ich habe immer gedacht, man muss das respektieren und hinnehmen, man muss es achten, denn es ist eben ihre Art zu leben. Toleranz wird heute nicht sehr großgeschrieben. Aber wir können es im Kleinen leben.«

»Da hast du recht, Kind. Doch was ist mit deiner Schwester?«, fragte Heide.

»Sie ist gestorben. Sie hatte schwere Psoriasis. Und die Ärzte haben sie mit Röntgenstrahlen behandelt, aber dabei sind ihre Organe wohl verbrannt. Die letzten Jahre war ihr Leben die Hölle. Sie litt an unerträglichen Schmerzen. Dagegen half nur Morphium. Und davon war sie zum Schluss abhängig.« Frederike senkte den Kopf. Es fiel ihr schwer, über Gerta zu sprechen. »Ihr Mann wollte eine Waldbestattung ohne Familie. Meine Mutter hat sich dagegen gewehrt, aber verloren. Gerta ist ohne unser Beisein und auch ohne unser Wissen beerdigt worden.«

»Ach Kind, das tut mir so leid.«

»Haben wir heute nur schreckliche Themen? Dann kann ich ja auch zurück zur Botschaft fahren«, sagte Caspar bemüht scherzhaft.

»Hast du über die neue Landmaschine nachgedacht?«, fragte Werner Gebhard. »So eine Art Mähdrescher. In Amerika gibt es das schon. Vielleicht sollten wir uns so etwas anschaffen.«

»In Amerika sind die bewirtschafteten Flächen viel größer als hier. Da lohnt sich so ein Maschinenbetrieb. Hier nicht«, sagte Gebhard.

»Wir haben drei Güter – fast schon vier. Die Vorwerke von Caspar – Großwiesental, Burghof Mansfeld, Leskow und meine Felder auf Kleinwiesental. Wenn wir uns zusammentun und eine Maschine für alle drei Güter kaufen, dann wäre es gewinnbringend.«

»Falls nicht wieder die Maul- und Klauenseuche herrscht, werde ich zur Grünen Woche nach Berlin fahren«, sagte Gebhard. »Kommst du mit, Skepti?«

»Ja, lass uns das machen. Ein paar Tage ohne Frauen und Kinder«, feixte er. »Darauf kann man sich direkt freuen.«

Thea warf ihm einen wütenden Blick zu.

»Du wirst eingezogen werden, Skepti, wenn es zu einem Krieg kommt«, sagte Heide leise. »Und du auch, Caspar. Ihr alle wart schon im großen Krieg, wenn auch nicht lange. Ich hoffe, es gibt keinen zweiten Krieg dieses Ausmaßes.«

Thea sah sie entsetzt an. »Skepti kann nicht eingezogen werden. Das geht nicht.«

»Ich bin Offizier in der Reserve. Natürlich kann ich eingezogen werden«, sagte Werner.

»Tu etwas dagegen!«

»Und was? Soll ich mir etwa die Hand abhacken?«

»Was ist mit dir?«, fragte Frederike Gebhard leise. »Wirst du auch eingezogen werden?«

Er zuckte mit den Schultern. »Ich hoffe nicht. Ich bewirtschafte kriegswichtige Felder. Nahrung ist jetzt schon knapp. Wenn es tatsächlich Krieg geben sollte, könnte es sein, dass Deutschland einfach von innen verhungert. Es muss doch jemanden geben, der Hitler das erklären kann.«

»Davon gibt es viele«, sagte Caspar und zog an seiner Zigarre. »Aber der Führer hört nicht auf sie.«

»Was wird nur werden?«, fragte Frederike leise.

Kapitel 43

Prignitz, Juni 1939

Es war ein stilles Weihnachten gewesen, auch wenn sie alle noch einmal zusammengekommen waren. Die Angst vor dem nächsten Krieg beherrschte sie alle. Sie schienen allein mit dieser Meinung zu sein. Hitler wurde bejubelt und gefeiert. Frederike sah das mit wachsendem Schrecken.

»Begreift denn keiner, was da passiert?«, fragte sie und nahm sich eine weitere Handvoll Erbsen, um sie auszupulen. Sie saßen auf der Terrasse von Großwiesental.

Thea lehnte sich stöhnend zurück. Sie war hochschwanger, das Kind würde bald kommen. Ihr Sohn Harry, Frederikes Patenkind, spielte mit seinem Bruder und Fritzi auf dem Rasen.

»Grete«, rief Thea, »schau bitte nach den Kindern!«

»Wer ist diese Grete, ich kenne sie gar nicht.«

»Sie kommt aus Westfalen«, erklärte Thea. »Hast du dich etwa noch nicht eintragen lassen? Für ein Pflichtjahrmädchen?« Thea hatte sich verändert. Aus dem lockeren und fröhlichen Mädchen von damals war eine richtige Gutsfrau geworden. Sie nahm ihre Pflichten ernst, überließ aber viel der Mamsell. Frederike war sich nicht ganz sicher, wie Thea politisch eingestellt war, und sie mochte auch nicht fragen. Sie hoffte immer nur, dass die Familienloyalität über der politischen Gesinnung stand, vor allem wegen Caspar.

»Pflichtmädchen. Ja, ich habe davon gehört, aber auch, dass es nur für kinderreiche Familien sei.« Sie schaute zur Wiese, wo Fritzi hinter Wolfgang, Theas zweitem Sohn, herlief. Mathilde krabbelte im niedrigeren Gras und juchzte. Fritzi würde in der nächsten Woche zwei Jahre alt werden und Mathilde im September ihren ersten Geburtstag feiern.

»Ich bekomme mein drittes Kind«, sagte Thea und klang fast stolz. »Vielleicht wird es ja diesmal ein Mädchen. Darum beneide ich dich. Ich meine, es ist gut und wichtig, dass wir Harry und somit einen Erben haben. Auch ein zweiter Sohn ist nicht verkehrt, aber das dritte Kind darf ruhig ein Mädchen sein. Ich möchte Kleider kaufen, Puppen und Haarspangen.«

Frederike hielt kurz die Luft an. »Das stimmt«, sagte sie dann so fröhlich wie möglich.

»Wie trägt denn Gebhard sein Schicksal?«, wollte Thea wissen.

»Sein Schicksal? Meinst du damit unsere beiden Töchter?«

»Ihr habt keinen Erben.«

»Grundgütiger, Thea, ist das dein Ernst?«

Thea sah sie an. »Bist du etwa missgünstig?«

»Thea! Du warst immer meine Freundin, meine engste Vertraute. Wie kannst du so etwas sagen?«

Thea seufzte. »Skepti. Es ist mein Skepti. Er sagt, wenn ihr keine Söhne bekommt und Caspar nicht heiratet, dann erben unsere Söhne Leskow.«

»Harry ist sieben und Wolfgang drei Jahre alt. Wie kannst du da jetzt von einem Erbe reden?«, fragte Frederike entrüstet. »Deine Söhne können alles haben, das kannst du mir glauben, wenn wir nur die nächsten Jahre überleben.«

»Du und Gebbi, ihr seid so … sicher, was viele Dinge angeht«, sagte Thea nachdenklich. »Wie kommt das? Liegt das an Caspar? Zu ihm habt ihr viel engere Verbindungen als wir.«

»Gebhard und ich sind uns einfach einig, was viele Dinge angeht. Ich kann nicht glauben, dass es bei euch anders ist.«

»Skepti ist in der Partei, das musste er machen, wegen der Repressalien.« Thea sah Frederike an.

»Gebbi ist nicht in der Partei.«

»Mansfeld ist ein viel kleinerer Hof als Großwiesental.«

Frederike sah Thea an. »Was willst du mir sagen? Ich weiß, dass Skepti kein Nazi ist. Das weiß ich wirklich. Auch wenn er in der Partei ist, Caspar ist es schließlich auch. Gebbi wird, das wissen alle, auch irgendwann in die Partei eintreten müssen. Noch hat er es nicht getan. Aber das hat mit anderen Dingen nichts zu tun. Aber du willst mir offensichtlich etwas sagen, Thea. Dann tu es doch auch.«

»Ich finde, wir sollten die Vorteile nutzen, die uns das Regime bietet«, sagte sie. »Beantrage auch ein Mädchen. Die suchen Stellen. Und sieh zu, dass du die Juden auf deinem Gut loswirst. Die bringen nur Unglück.«

»Es gab nur einen Juden in Mansfeld. Und nun ist er fort«, sagte Frederike und atmete tief ein. »Else!«, rief sie. »Wir müssen gehen.«

»Ihr bleibt nicht zum Essen?«, fragte Thea erstaunt.

»Nein. Heute wurden zwei Felder auf Probe abgesucht. Wir fürchten schon wieder den Kartoffelkäfer. Wenn die Leute etwas gefunden haben, müssen wir wieder eine große Suchaktion vorbereiten.«

»Das möge Gott verhüten«, sagte Thea leise.

»Ja, das wäre schlimm. Und wenn das so ist, muss ich das mit den Leuten planen.«

»Du hast immer noch keine Mamsell, nicht wahr?«

»Nein, ich habe meine Köchin, die Mädchen und den Gärtner. Ich brauche keine Mamsell.«

»Sie würde dir Arbeit abnehmen.«

»Nein, Thea, das würde sie nicht. Nicht auf so einem kleinen Gut wie Mansfeld.« Frederike stand auf. »Bei euch ist das anders.«

»Du hast dich verändert«, sagte Thea.

»Ja. Und du dich auch.«

Frederike war nicht froh über die Entwicklungen. Sie wusste, sie konnte Lore, der Köchin, Ilse, dem Mädchen, Paula, der Wäscherin, und Blumenthal, dem Gärtner, vertrauen. Aber was war mit den anderen? Es gab noch zwei weitere Zimmermädchen auf dem Gut, das Gesinde und zahlreiche Instmänner. Irgendjemand aus dem Dorf hatte Gebhard nach dem 9. November denunziert. Und sie wussten nicht, wer es war. Der Jude Levin war verschwunden, seine Frau bei Verwandten untergekommen, die Tochter hatte eine unauffällige Stelle bei ihnen auf dem Gut bekommen. Aber dennoch gab es Nazis im Dorf. Nazis gab es überall. Wenn

Frederike die Wochenschau ansah, schien es sie nur noch zu geben. Überall streckten die Leute euphorisch ihren rechten Arm aus, brüllten »Heil Hitler«. Es konnten doch nicht wirklich alle von diesem kleinen Mann so begeistert sein?

Juden waren schon immer verachtet worden. Immer wieder hatten sie leiden müssen. Obwohl sie genauso lebten wie alle anderen auch. Die wenigsten deutschen Juden feierten den Sabbat, lebten koscher. Die meisten waren noch nicht einmal wirklich gläubig – sie hatten lediglich eine jüdische Mutter, Großmutter oder Urgroßmutter. Der Glaube wurde über die Mutter »vererbt«. Und damit, so sagten es die Nazis, war es kein Glaube, sondern eine Rasse. Aber Caspar hatte ihr erklärt, dass es den Nazis gar nicht wirklich um das Judentum ging, sondern um Geld. Man verfolgte und ermordete Juden, um an ihr Vermögen zu gelangen, mit dem Geld wiederum sollten die Wehrmacht, die Flotte und die Luftwaffe aufgebaut werden, um so noch mehr Menschen zu töten. Es war ein Kreislauf des Mordens und Tötens. Und sie waren erst am Anfang.

Es wurden zehn Kartoffelkäfer gefunden. Das reichte, um wieder eine große Suchaktion zu starten. Gebhard ging am nächsten Morgen schon mit den Schulklassen auf die Felder, Frederike folgte ihm. Reihe um Reihe suchten sie ab, hoben die Blätter. Schauten nach Eiergelegen und dem Käfer. Schon nach zwei Stunden tat Frederike der Rücken weh. Sie liefen in gebückter Haltung an den Pflanzenreihen entlang, hin und wieder richteten sie sich auf, streckten die Schultern, den Rücken und nickten sich aufmunternd zu.

Am Ende des Tages wartete wieder der Wagen mit Getränken, Suppe und Schrippen. Alle setzten sich um das Lagerfeuer, und Frederike konnte fast nicht glauben, dass es Leute gab, die ihnen aus parteilichen Gründen nicht wohlgesonnen waren.

Gegen Ende der Woche hatten sie alle Felder durchsucht. Es gab Kartoffelkäfer, aber sie hatten sie gefunden und verbrannt. Die Suche hatte noch einmal den Zusammenhalt zwischen dem Gut und den Leuten gezeigt – sie zogen an einem Strang. So dachte jedenfalls Frederike und genoss den Abend am Lagerfeuer mit Gebhard und den anderen.

Im August brachte Thea einen weiteren Sohn zur Welt.

»Ich möchte gerne mit den Kindern nach Fennhusen fahren und meine Familie besuchen«, sagte Frederike Mitte August zu Gebhard. »Jetzt. Solange es noch möglich ist. Ich möchte noch mal dorthin.«

Gebhard nickte. »Dann tu das. Möglichst bald.«

An diesem Abend und am nächsten Tag bekam Frederike keine Leitung nach Fennhusen, erst am übernächsten Tag.

»Mutter? Ich würde gerne kommen. Mit Fritzi und Mathilde.«

»Ein Abschiedsbesuch? Ja, komm. Für euch wird es immer Zimmer geben, solange wir noch hier sind.«

Sie klang ganz anders, als Frederike ihre Mutter kannte.

Es regnete, als sie ankamen. Ein warmer Sommerregen. Hans holte Frederike und die Kinder am Bahnhof ab. Sie fuhren über die Landstraße, dann über die Chaussee zum Gutshof. Frederike strich über die Glasscheibe, schaute auf die abgeernteten Felder. Die Störche versammelten sich, um bald auf ihre große Reise gen Süden zu gehen.

»Die Schwalben sind schon ausgezogen«, sagte Hans. »Ob sie wiederkommen?«

»Die Zugvögel kommen immer zurück.«

»Auch in dieses Land?«

Frederike schluckte und wusste keine Antwort.

Stefanie wartete schon auf der Freitreppe und begrüßte sie herzlich.

»Du kleine Zuckerpuppe. Wie süß du bist. Du siehst deinem Großvater ähnlich.«

»Tatsächlich?«, fragte Frederike, die nur zwei Bilder von ihrem Vater hatte.

»Ja, sehr. Kommt doch aber herein. Der Wind ist kühl und herbstlich.«

»Es ist zu kalt und zu nass«, sagte auch Onkel Erik, als sie später am Tisch saßen.

Frederike hatte Else, ihr Kindermädchen, mitgenommen. Sie brachte die Kinder zu Bett.

»Was möchtest du trinken, Freddy?«, fragte Onkel Erik. »Einen Gin-Fizz?«

»Gerne. Ich hatte schon lange keinen mehr. In den Schwangerschaften nicht und während ich stille, trinke ich nur auf Anlässen einen Sekt. Aber jetzt kann ich mir einen Gin-Fizz erlauben.«

»Wie alt ist Mathilde jetzt?«, fragte Stefanie.

»Fast ein Jahr, Mutter. Und nein, ich bin noch nicht wieder schwanger.«

»Euch fehlt ein Erbe.«

»Jetzt fang du nicht auch noch damit an.«

»Macht dir Gebhard Druck?«

»Nein, er nicht, aber seine Mutter, seine ganze Familie. Bis auf Caspar.«

Erik gab ihr den Drink, setzte sich, schaute sie an. »Habt ihr viel Kontakt mit Caspar?«

»Wieso?«, fragte Frederike leise.

»Es gibt da Gerüchte.«

»Über Caspar?«

Erik nickte.

»Darf ich telefonieren?« fragte Frederike. »Ich will Gebhard sagen, dass wir gut angekommen sind.«

Erik begleitete sie in den Flur, wo das Telefon stand. »Pass auf deine Wortwahl auf«, flüsterte er.

»Wir haben Codes vereinbart«, sagte Frederike kaum hörbar. »Ich werde euch nicht in Gefahr bringen.«

»Das ist gut.«

Es dauerte nicht lange, bis sie eine Verbindung mit Mansfeld hatte.

»Wir sind gut angekommen«, sagte sie gewollt fröhlich. »Das Wetter ist prima. Aber ich glaube, dein Bruder hat Läuse.«

Sie hörte Gebhard schlucken. »Ich freue mich. Grüß deine Familie. Ich werde Läusemittel besorgen.« Dann hängte er ein.

Frederike blieb auf dem gepolsterten Stuhl in der Diele sitzen, hielt den Hörer fest. »Gnade uns Gott«, wisperte sie.

Fritz lebte auch wieder auf Fennhusen. Er wohnte in dem Gesindehaus, das ihre Eltern für Gerta eingerichtet hatten. Er konnte laufen, auch wenn seine Bewegungen noch etwas stockend waren. Er sprach wieder, stotterte aber manchmal oder suchte lange nach Worten. Aber alles in allem hatte er sich einigermaßen von seinem Unfall erholt.

»Ich stehe mit Erik Bachem in Kontakt«, erklärte er Frederike. »Wir machen Pläne. Auch für die Zeit nach dem Krieg, denn ein Krieg wird kommen. Und irgendwann werde ich wieder fliegen, Freddy. Ich werde wieder fliegen.«

»Es freut mich, dass es dir so gutgeht, aber muss es wirklich fliegen sein? Kannst du nicht einfach auch reisen?«

»Reisen?«

»Man fliegt, damit man in andere Sphären kommt. Man reist, um andere Länder zu sehen. Flieg doch auf dem Boden, dann kannst du nicht so tief stürzen.«

»Du meinst einen Wohnwagen?« Fritz dachte nach. »Ein Reisewohnwagen, das ist eine gute Idee. Das werde ich Bachem nahelegen.«

Am zweiten Tag ihres Besuches war das Wetter besser, die Sonne schien. Sie hatten sich zu einem Spaziergang durch den Park hinunter zum Teich entschieden. Der Steg war inzwischen erneuert worden.

»Weißt du noch?«, sagte Frederike. »Die Sommer-Zwillinge?«

»Ja. Und Mutters Gartenfest. Es gibt so viele Erinnerungen hier. Gerta … o mein Gott. Ich sehe Gerta überall.«

»Ich wäre zu ihrer Beerdigung gegangen.«

»Wir alle«, sagte Fritz und klang heiser. »Wie konnte sie nur sterben? Sie war jünger als wir und immer so ein Lämmchen. Lieb und süß.«

»Sie war krank, Fritz. Ich glaube, der Tod hat sie erlöst.«

»Hast du sie noch gesehen?«

»Nein, ihr Mann wollte es nicht. Wir haben uns geschrieben. Zuletzt waren es nur noch Postkarten von ihr.«

»Schrecklich.«

»Und doch hatten wir hier eine schöne Kindheit.«

»Das stimmt, Freddy.« Fritz sah sich um. »Bald werden die Russen hier sein. Sie werden das alles wegnehmen.« Er räusperte sich. »Unser Leben, so wie es ist, ist bald vorbei. Hitler wird es mit der Kriegserklärung beenden.«

Frederike nickte. Vor ein paar Jahren hätte sie solche Worte als Unfug abgetan, aber jetzt wusste sie, dass ihr Bruder recht hatte.

»Ich wollte es noch einmal sehen. So sehen, wie es jetzt ist, so, wie es früher war. Hier habe ich immer das Gefühl, dass die Zeit stehenbleibt. Ja, es gibt mittlerweile Strom und Telefon, da vorne stehen die Masten. Aber ansonsten ist es wie früher, wie immer. Die Störche auf den Feldern, die Schwalben in den Nestern, die wie festgeklebt unter den Dachtraufen hängen. Die weiten Felder. Der einmalige Geruch des geernteten Weizens, der Staub, der dann über dem Land hängt. Tagelang, bis es regnet.«

»In den heißen Monaten riecht die Erde nach Sommer – warm und würzig, aber nicht verbrannt. Verbrannt riecht es erst im Herbst, nach den Kartoffelfeuern«, fügte Fritz hinzu. »Und der Teich ist immer kühl und frisch.«

»Nein«, widersprach Frederike. »Wenn es richtig heiß ist, ist das Wasser oben warm. Man taucht den Fuß ein und denkt: oh, wunderbar, es ist wie eine Badewanne, und dann springt man hinein. Aber die warme Schicht sind nur zwanzig Zentimeter, und darunter ist das Quellwasser, und das ist immer kalt, fast eisig. Aber nach einer Runde ist das egal.«

Fritz schaute auf, blickte zum nächsten Feld. »Schau, die Enten. Sie ziehen jetzt davon, sie fliegen zu den großen Seen.«

»Und dort erwarten sie die Treibjagden. Gebratene Entenbrust … bei dem Gedanken läuft mir das Wasser im Mund zusammen.«

»Wisch dir den Sabber ab«, sagte Fritz und lachte. »Schneider macht heute ihr Buttermilchhühnchen.«

»Es gibt nichts Besseres.«

»Das stimmt. Lass es uns genießen, vielleicht ist es das letzte Mal.«

Frederike streifte durch den Betriebshof, ging in die Stallungen. Viele der Dorffrauen traf sie und kaum Männer. Hier war es ähnlich wie in der Prignitz und wie überall im Land – die jungen Männer waren eingezogen worden, und die Frauen mussten ihre Arbeit übernehmen.

Irmi und Gilusch kamen die Chaussee entlang und gingen auf das Gutshaus zu. Sie sprachen miteinander, sahen Frederike nicht, die ihre jüngeren Schwestern beobachtete. Beide trugen die Uniform des Bund Deutscher Mädchen – weiße Blusen, dunkelblaue Röcke und schwarzes Halstuch mit Lederknoten. Dazu flache Schuhe. Irmi war grade erst von ihrem Landfrauenjahr zurückgekehrt, Gilusch würde am 1. September fahren müssen. Irmi hatte Glück gehabt und war bei den Olechnewitz untergekommen, doch Gilusch würde ins Rheinland reisen müssen.

Ihr war, das hatte sie Frederike gesagt, ganz angst und bange davor. Auch nach Fennhusen würden in den nächsten Tagen einige neue Mädchen kommen. Es war nicht erlaubt, den Dienst in der eigenen Familie und bei Verwandten abzuleisten.

Hinter den jungen Frauen kamen nun auch Erik und Ali die Straße entlang. Natürlich, heute war der wöchentliche Heimatnachmittag der Hitlerjugend gewesen. Auch die beiden Jungen trugen uniformähnliche Kleidung – kurze dunkle Hosen, das braune Hemd und das schwarze Halstuch mit dem Lederknoten. Der kleine Ali hatte den Kopf gesenkt, schlorrte mit den Schuhen durch den Staub. Die Hände tief in den Hosentaschen vergraben. Erik redete auf ihn ein.

Frederike ging den Jungs entgegen. »Ist dir eine Laus über die Leber gelaufen?«, fragte sie ihren jüngsten Bruder.

»Ne, Freddy. Aber es ist doof, Pimpf zu sein. Wir werden immer herumgejagt. Und überhaupt, warum muss ich unbedingt in der Hitlerjugend sein?«

»Weil alle es müssen«, sagte Erik und schubste seinen Bruder. »Stell dich nicht so an wie ein Mädchen.«

»Vorsichtig«, warnte Frederike ihn. »Ich bin ein Mädchen.«

»Du bist doch kein Mädchen mehr, du bist eine Frau«, sagte Erik und lachte. »Und schon alt.«

Sie gab ihm eine Kopfnuss. »Frechdachs!« Dann sah sie ihn nachdenklich an. »Was macht ihr jetzt?«

»Raus aus dieser blöden Uniform«, murmelte Ali. »Und dann werden wir helfen müssen, wie immer.«

»Ihr könnt mir helfen. Gibt es ein Pferd, was ich reiten könnte?«

»Na klar«, sagte Erik. »Du kannst Mutters Stute nehmen. Wir haben auch einen jungen Wallach, der sehr brav ist.«

»Lieber, kleiner Erik«, sagt Frederike lachend. »Ich will ein Pferd reiten, nicht mit einem Schaukelpferd spielen.«

»Gut, dann sattle ich dir Amatea.«

»Amatea? Den Namen kenne ich.«

»Das Pferd ist aus Polen, aus Sobotka. Wir haben sie letztes Jahr gekauft.«

»Wo ist sie?«, fragte Frederike und folgte Erik zum Stall. Tatsächlich, das Pferd stammte aus ihrer Zucht. Sie hatte nur sehr wenig Kontakt zu Ax' Vetter, der jetzt Sobotka führte, aber es rührte sie, die junge Stute zu sehen.

»Du musst aufpassen, die hat Hummeln im Boppes«, sagte Erik und grinste.

»Ich weiß. Du sattelst sie, und ich geh mich umziehen.«

»Darf ich mitkommen?«, fragte Ali.

Frederike sah ihn an. Sie dachte an den Tag, als sie mit Irmi ausgeritten und ihr die kleine Gilusch heimlich gefolgt war – es hatte einen schrecklichen Unfall gegeben.

»Weißt du was«, schlug sie ihrem Bruder vor, »ich werde eine Runde alleine über die Felder reiten, aber beim Abreiten darfst du mich begleiten.«

»Das ist knorke!«

Frederike ging beschwingt zum Haus. Else saß mit Mathilde auf der Veranda und kümmerte sich um die Flickwäsche.

»Wo ist Fritzi?«, fragte Frederike.

»Ihre Schwestern haben sie mit nach oben genommen. Die Kleine war hin und weg«, sagte Else schmunzelnd.

»Ich werde ausreiten«, sagte Frederike, nahm Mathilde kurz hoch und küsste sie. »Sei brav, meine Süße. Mami kommt gleich wieder.«

Stefanie hatte alte Stoffpuppen und Holzspielzeug vom Dachboden holen und reinigen lassen. Mathilde hielt einen kleinen Stoffhund fest an sich gepresst.

»Mutter?« Frederike ging von der Veranda in das kühle Haus. Die Sonne malte bunte Pfützen auf die Fliesen der Halle. »Mutter?« Sie klopfte an die Tür des kleinen Salons, wo Stefanies Schreibtisch stand.

»Komm herein, Freddy«, sagte Stefanie.

»Kann ich mir Reitsachen leihen? Ich würde so gerne ausreiten. Zu Hause komme ich meist nicht dazu.«

»Natürlich. Aber zum Essen bist du zurück?«

Frederike nickte. Ihre Mutter wirkte seltsam bedrückt. »Ist etwas passiert?«

»Nein, es ist nur, dass Gilusch abreisen muss. Und sie will nicht. Sie kann dem BDM nichts abgewinnen, sie erinnert mich mit ihrer rebellischen Art oft an Gerta.« Stefanie seufzte.

»Ja, das stimmt.«

»Deshalb habe ich veranlasst, dass sie ins Rheinland kommt. Das wird ihr guttun. Weit weg von zu Hause und auf sich gestellt. Dann lernt sie das Leben mal richtig kennen.«

»Du hast das veranlasst?«

»Natürlich. Sie hätte genau wie Irmi auch bei den Olechnewitz ihr Arbeitsjahr ableisten können, aber dann hätte sie auch gleich hierbleiben können. Das wäre witzlos. Sie soll in dem Jahr etwas lernen.«

»Hat Irmi etwas gelernt?«

»Irmi hat von dem Jahr profitiert, natürlich. Dieses Jahr auf einem anderen Gut, nicht als Gast, sondern als Arbeitskraft, ist fast so gut, wie eine Gartenschule zu besuchen. Und Irmi hat sich angestrengt, das hat mir die Baronin mehrfach gesagt und geschrieben.« Sie beugte sich wieder über ihren Schreibtisch. »Reitsachen findest du oben. Oder du fragst eins der Mädchen. Und denk daran – um sieben gibt es Essen.«

Nachdenklich ging Frederike nach oben. Aus Irmis Zimmer hörte sie Fritzis Glucksen und Lachen. Wenn sie jetzt hineinginge, würde Fritzi sie nicht gehen lassen wollen. Also nahm sich Frederike die Reitsachen aus dem Schrank und zog sich um, dann ging sie nach unten.

Erik hatte die Stute schon gesattelt. Frederike stieg auf Amatea und ritt die Chaussee entlang, dann über den Wirtschaftspfad zu den Feldern. Die

Ernte war im Gang. Dieses Jahr gesellten sich zu den Schnitterkolonnen auch Männer des Reichsarbeitsdienstes. Im nächsten Jahr wurde Erik sechzehn, und wenn er nicht zur Kadettenschule ging, so wie es sich Mutter wünschte, würde auch er ein halbes Jahr RAD ableisten müssen. Die NSDAP hatte das Leben aller vollständig organisiert und unter Kontrolle, wollte es Frederike erscheinen. Auch das Arbeitsjahr, das ihr Schwestern ableisten mussten, erschien ihr befremdlich.

Frederike hatte in der letzten Woche Post vom Ortsverband der NSDAP bekommen, dass auch auf dem Burghof zwei Mädchen Dienste würden ableisten müssen. Frederike war für Kost und Logis verantwortlich, konnte die Mädchen aber für alle Arbeiten einsetzen. Die Mädchen würden mit Beginn des neuen Schuljahres am ersten September kommen, das war schon in zwei Wochen. Frederike hatte Namen, Anschrift und Alter der Mädchen erhalten – die kleine Erna war gerade erst vierzehn Jahre alt. Sie kam aus dem Ruhrgebiet. Wie mochte es für das Mädchen sein? Kannte sie das Leben auf einem Gut? Das immerhin kannte Frederikes Schwester Gilusch. Onkel Erik hatte auch bei seinen vier Kindern dafür gesorgt, dass sie das Gutsleben von der Pike auf erlernt hatten. In den Ferien mussten sie in allen Gewerken mit anfassen, überall helfen. Sie konnten misten, melken, füttern, putzen, ernten, sogar ein wenig kochen. Sie hatten etwas Ahnung vom Garten, von der Vorratshaltung, vom Einkochen, Trocknen und Einlegen. Die Jungs hatten dem Zimmermann, Küfner und Hufschmied helfen müssen. Sie konnten den Traktor fahren und die Maschinen bedienen. Erik war besonders geschickt dabei. Er unterstützte den Mechaniker, wann immer es ging – etwas, was Stefanie aufregte, denn an kaum einem Tag hatte er kein Schmieröl unter den Fingernägeln. In der Hitlerjugend war sein technisches Talent auch schon erkannt, und er war dem Sonderbereich Motor-HJ zugeteilt worden. Stefanie machte das stolz, Onkel Erik sah das eher skeptisch, aber es gab keine Möglichkeit, sich dagegen zu wehren, zumal Klein Erik völlig begeistert den Doktrinen folgte. Aber er kannte es ja auch nicht anders. Drill, Gehorsam, Völkerkunde – all das wurde schon in der Schule unterrichtet. Und die vier Fennhusen-Kinder hatten die Volksschule zu besuchen, ein Hauslehrer wurde nur noch in Ausnahmefällen gestattet.

Frederike lenkte das Pferd, das hitzig an den Zügeln zog, auf eins der abgeernteten Felder. Weil es gestern geregnet hatte, war es nicht so staubig wie sonst. Sie ließ die Zügel locker, lehnte sich nach vorne, roch den würzigen Duft des Tieres. Amatea streckte sich in einen schönen Galopp, raste über das Feld. Sie warf Erdklumpen auf, dumpf donnerten die Hufe auf dem Boden.

Es war ein magischer Moment, Frederike fühlte sich Jahre zurückversetzt, war plötzlich wieder jung. Ihre Haare flatterten im Wind, die Sonne brannte auf ihrer Haut. Dort hinten war ein Graben, das Pferd hielt darauf zu, hob im rechten Moment ab, für einen Augenblick flogen sie über das brackige Wasser, das mit Entengrütze bedeckt war. Dann setzte Amatea auf der anderen Seite sicher wieder auf.

So frei und ungebunden, so sorglos und glücklich war Frederike schon lange nicht mehr. Doch es war nur ein kleiner Augenblick, den sie sich vom Leben gestohlen hatte.

Sie richtete sich auf, zügelte das Pferd, klopfte ihm anerkennend auf den Hals. »Du bist ein Prachtstück«, sagte sie zufrieden. »Und du entstammst meiner Zucht. Ich hoffe, es wird noch viele deiner Art geben.«

Dann kehrte sie um.

Ali und Erik warteten schon auf ihren Pferden vor der großen Koppel.

»Einen Wettritt«, gestand Frederike ihnen zu. »Von hier bis zu den Strohballen dort hinten.«

Sie genoss die Tage mit ihren Geschwistern und ihren Eltern, auch wenn es immer wieder Spannungen zwischen ihr und Stefanie gab. Sie waren einfach zu verschieden.

Auch auf Fennhusen saß man jeden Abend vor dem Volksempfänger und lauschte den Nachrichten. Hitler machte Polen immer mehr Druck, er wollte Danzig haben, aber die polnische Regierung weigerte sich. Frankreich und England sicherten Polen Unterstützung zu.

»Wir sitzen auf einem Pulverfass«, sagte Onkel Erik. »Es fehlt nur der Funke …«

»Er wird sich doch nicht gegen Frankreich und England stellen«, hoffte Frederike.

»Das hat er in der Sudentenlandfrage auch getan. Und was haben sie gemacht? Nichts.«

»Aber diesmal ...«

»Diesmal wird es Krieg geben«, meinte Onkel Erik.

»Wenn das so sein sollte, wird er nicht lange dauern«, sagte Stefanie voller Überzeugung.

»Diese Worte habe ich schon einmal gehört«, seufzte Onkel Erik. »Das war 1914.«

Nach einer Woche reiste Frederike wieder ab. Die Spannungen zwischen den beiden Staaten waren deutlich zu spüren und die Fahrt durch den polnischen Korridor noch beängstigender als früher. Die Deutschen wurden mehrfach genau kontrolliert, die polnischen Zöllner wirkten nervös. Die Vorhänge wurden zugezogen, als die Reise begann, und die Züge verplombt. Diesmal meinte Frederike das dumpfe Grollen von Panzern zu hören – vielleicht verlegten die Polen ihre Truppen zur Grenze? Durch den Korridor gab es mehrere Grenzen, und Fennhusen war nicht weit davon entfernt. Gerne hätte Frederike noch einmal einen Blick auf die polnische Stadt Bromberg geworfen. Dorthin war sie öfter mit Mutter zum Einkaufen gefahren, dort war ihr Zahnarzt gewesen, und dort hatte sie die externe Abschlussprüfung für die Schule abgelegt. Viele weitere Erinnerungen kamen hoch, aber die Vorhänge blieben zu.

Kapitel 44

Eine Woche später saß sie mit Gebhard vor dem Radio. Es knisterte, eine Sondersendung mit einer Rede des Führers war angekündigt worden.

»Polen hat heute Nacht zum ersten Mal auf unserem eigenen Territorium auch mit bereits regulären Soldaten geschossen. Seit 5:45 Uhr wird jetzt zurückgeschossen! Und von jetzt ab wird Bombe mit Bombe vergolten! Wer mit Gift kämpft, wird mit Giftgas bekämpft. Wer selbst sich von den Regeln einer humanen Kriegsführung entfernt, kann von uns nichts anderes erwarten, als dass wir den gleichen Schritt tun. Ich werde diesen Kampf, ganz gleich, gegen wen, so lange führen, bis die Sicherheit des Reiches und bis seine Rechte gewährleistet sind.«

Frederike sah Gebhard entsetzt an. Er nahm ihre Hand, drückte sie. Am Ende der Übertragung bebte der Volksempfänger. »Heil Hitler«, erscholl es. »Sieg Heil!«

»Caspar hat in allen Punkten recht behalten«, sagte Gebhard.

»Und was wird jetzt?«

»Wir ziehen den Kopf ein und hoffen, dass der Sturm über uns hinüberpflügt und so wenig Schäden wie möglich anrichtet.«

»Was ist mit Caspar?«

»Ich habe ihm und auch Smirnoff eine Nachricht geschickt, aber nichts von ihnen gehört.«

»Ich habe Angst.«

»Die habe ich auch, Liebes.« Er drehte an dem Knopf, suchte die BBC. Eigentlich sollten jetzt die vier tiefen Paukenschläge, das Kopfmotiv aus Beethovens fünfter Sinfonie, erklingen, die immer am Beginn einer deutschsprachigen Sendung erklangen. Doch er fand den Sender nicht. Stattdessen war die Stimme eines deutschen Sprechers zu hören.

»Vom heutigen Tag an ist das Hören von Feindsendern im Reich auf Strafe verboten. Der Sender BBC Deutschland wurde abgeschaltet.«

Fassungslos sahen sie sich an. In diesem Moment hielt ein Wagen vor der Tür. Gebhard stand auf und ging in die Halle.

»Mutter?«

»Habt ihr es schon gehört?«, rief sie entsetzt.

»Gerade eben. Komm herein. Möchtest du etwas trinken? Du, Freddy?« Es war das Zeichen seiner Hilflosigkeit und der Versuch, wenigstens ein wenig Normalität aufrechtzuerhalten.

»Ich kann einen Schnaps gebrauchen«, sagte Gebhards Mutter und ließ sich in den Sessel fallen, fächerte sich entsetzt Luft zu. »Da hat dieser kleine Österreicher doch tatsächlich einen Krieg angefangen. Wegen Danzig, ist das zu fassen?«

»Danzig ist nur der Aufhänger«, sagte Frederike und stand auf. »Bleibst du zum Essen?«

»Ich bekomme bestimmt nichts herunter.«

Frederike kannte diese Aussagen ihrer Schwiegermutter, sie bedeuteten: ja, ich bleibe. Sie ging zur Klingel, läutete nach Ilse. »Meine Schwiegermutter wird mit uns speisen«, sagte sie dem Mädchen.

Ilse knickste, zögerte. »Stimmt es, was alle sagen?«

»Was sagen denn alle?«

»Dass wir im Krieg sind.«

»Ich fürchte, das stimmt. Sind die neuen Mädchen schon da?«

Ilse schüttelte den Kopf. »Nein, aber die Zimmer stehen bereit.«

»Das ist gut.« Frederike ging zur Anrichte, mixte sich einen Gin-Fizz.

»Die BBC wurde abgeschaltet«, sagte Heide empört. »Wie können die das machen? Wir brauchen doch Informationen.«

»Ich denke, das waren unsere Spezis«, sagte Gebhard. »Die BBC wird Wege finden, weiter zu senden, auf anderen Frequenzen. Aber es ist ab jetzt bei Strafe verboten, sie zu hören.«

»Das hat uns doch noch nie von irgendetwas abgehalten«, sagte Heide zu Mansfeld.

»Leise, Heide«, ermahnte Frederike. »Du weißt nie, wer vor der Tür steht.«

»Vertraust du deinen Leuten etwa nicht, Kind? Dann machst du etwas falsch.«

»Meinen Leuten vertraue ich. Bisher. Sicher kann man sich aber nicht mehr sein. Und wir bekommen jetzt zwei BDM-Mädels. Das eine arme Kind ist erst vierzehn. Das andere siebzehn. Mehr als das Alter, den Namen und woher sie kommen, weiß ich nicht über sie.«

»Müssen sie im Haus schlafen?«

Frederike nickte. »Ich habe eine gewisse Fürsorgepflicht ihnen gegenüber. Wenn ich sie in ein Gesindehaus stecke, kann ich das nicht gewährleisten.«

»Der Führer will doch Kinder.«

»Das mag sein, aber bei mir wird keine Vierzehnjährige geschwängert. Wahrscheinlich würde sie viel lieber noch mit Puppen spielen.« Frederike seufzte. »Wobei es ja nicht mehr viele Burschen gibt. Mit Kriegsbeginn werden vermutlich auch Reservisten mobilisiert.«

»Ich fürchte auch. Vielleicht haben sie ein Einsehen und lassen Skepti auf Großwiesental.«

»Hast du etwas von Caspar gehört?«, fragte Gebhard leise.

Heide schüttelte den Kopf. »Ich weiß, ihr sagt mir nicht alles, um mich zu schonen, aber es gibt Grund zur Sorge?«

Frederike und Gebhard nickten betreten.

»Es ist ja nicht so, als ob ich das nicht mitbekommen hätte. Ich bin vielleicht alt, aber noch nicht verkalkt oder umnachtet.« Sie schnaubte. »Will ich wissen, was er getan hat?«

»Nein, Mutter, das willst du nicht. Wir wissen es auch nicht konkret.«

»So schlimm?«

»Einige Leute wollten den Krieg verhindern …« Frederike schluckte. »Macht es euch etwas aus, wenn wir den Volksempfänger wieder anstellen? Vielleicht gibt es ja schon neuere Berichte.«

Frederike hatte eine Leitung nach Fennhusen herstellen wollen, aber das Amt machte ihr keine Hoffnung.

»Ich fürchte um meine Eltern und Geschwister.«

»Aber natürlich, meine Liebe«, sagte Heide. Gebhard stellte den Volksempfänger wieder an.

Die Nachrichten, die kamen, waren euphorisch, aber auch widersprüchlich. Es gab Kampfgeschehen in Danzig und an einigen anderen Orten an der Grenze vom polnischen Korridor nach Ostpreußen. Aber die Meldungen waren propagandistisch, und man konnte ihnen natürlich nicht glauben. Frederike wurde schier verrückt vor Angst.

»Wir müssen hin – am besten mit einem Lastwagen – und sie abholen«, beschwor sie Gebhard.

»Sie würden doch nicht gehen. Dein Stiefvater würde nie seine Ländereien im Stich lassen. Vergiss es, Frederike. Er ist Bauer, so wie ich. Er hängt an seiner Scholle und wird sie nicht hergeben. Ihm ist egal, wer das Land regiert, auf dem er seine Früchte anbaut. Ob dass das Reich ist oder Polen oder sogar Russland – egal. Für ihn zählt nur das Land, nicht die Herrschaft.«

»Du würdest das Gut weiter betreiben, auch wenn hier plötzlich Russland wäre?«, fragte Frederike verblüfft.

»Das würde ich nicht können, Freddy. Russland ist ein sozialistischer Staat. Da gehört keinem etwas, sondern allen alles – in der Theorie. In der Praxis sieht das wohl anders aus.« Er biss die Zähne zusammen, sie sah die Muskeln an seinen Wangen hervortreten. »Aber ich würde schon viel auf mich nehmen, um weiterhin dieses Land zu bewirtschaften, ja.«

Frederike nickte. Bevor sie noch etwas sagen konnte, kam Ilse. »Die Mädels sind da«, meldete sie.

Die kleine Erna, die Vierzehnjährige, war ein Hungerhaken. Sie trug Kleider, die viel zu groß waren, und einen dicken Mantel mit Pelzbesatz, der ihr fast bis auf die Füße reichte.

»Grundgütiger«, sagte Frederike. »Ist dir nicht warm, Kind?«

Das Mädchen nickte. »Mutter meinte, is kalt hier oben inne Prignitz. Deshalb hattse mir den Mantel vonne Omma mitgegeben. Omma macht das nix, die is schon unter der Erde.«

»Da gehört der Mantel auch hin«, murmelte Frederike und nahm ihn dem Mädchen mit spitzen Fingern ab. »Ilse, bring ihn weg, der muss gereinigt werden.«

Das zweite Mädchen, Gisela, war etwas älter. Laut den wenigen Unterlagen, die Frederike bekommen hatte, war sie siebzehn, aber sie sah aus, als wäre sie schon über zwanzig. Sie war geschminkt, trug eine Dauerwelle, Seidenstrümpfe und hochhakige Schuhe. Und sie sah Frederike gelangweilt an.

»Hallo, Gisela«, sagte Frederike. »Ich hoffe, du hast noch andere Schuhe mitgebracht. Ich zeige euch euer Zimmer in der Mansarde. Ihr könnt dann auspacken und euch einrichten. Um sechs gibt es Essen in der Gesindeküche. Über eure Aufgaben reden wir dann morgen.«

Die ersten Tage mit den Mädchen waren anstrengend. Die kleine Erna litt schwer unter Heimweh. Außerdem hatte sie keine Erfahrung – weder was den Hofbetrieb anging noch was Küchenarbeit betraf. Gisela schien sich nicht nach Hause zu sehnen, sie stellte sich auch etwas geschickter an, aber verrichtete die Arbeiten, zu denen sie eingeteilt worden war, nur im Schneckentempo. Vor allem war es für die Familie ungewohnt, Fremde im Haus zu haben. Die ledigen Dienstmägde, die mit im Haus wohnten, gehörten quasi zur Familie – ihnen vertrauten sie. Doch Vertrauen zu den beiden Mädchen wollte sich nicht einstellen, zumal Frederike Gisela mehrfach in Zimmern überraschte, in denen sie nichts zu suchen hatte.

Ein Ereignis überschattete jedoch schon bald die häuslichen Sorgen. Am 2. und 3. September, dem ersten Wochenende nach Kriegsbeginn, kam es zu zahlreichen Schießereien in Bromberg, der kleinen Stadt an der Grenze des polnischen Korridors. Die ersten Angaben darüber waren widersprüchlich. Es hieß, Volksdeutsche, von denen eine große Anzahl in Bromberg lebten, hätten auf polnische Soldaten geschossen. Daraufhin machte die Miliz gezielt Jagd auf deutschstämmige Bewohner. Vor allem junge Männer wurden brutal ermordet. Der Bromberger Sonntag war erst der Anfang großen Grauens.

Die Wehrmacht startete einen Fliegerangriff und bombardierte Bromberg. Etliche Volksdeutsche, aber auch polnische Bewohner flüchteten in die Wälder.

Frederike kam vor Sorge fast um – Fennhusen war nicht weit entfernt von Bromberg. Was, wenn ihre Familie ermordet werden würde? Oder wenn es zu Kampfhandlungen auf dem Gut käme?

Erst einige Tage später bekam sie eine Leitung nach Fennhusen.

»Bei uns ist alles ruhig«, sagte Onkel Erik. »Aber wir sind natürlich aufmerksam. Und wir können die Gefechtshandlungen an der Grenze hören, manchmal sieht man auch eine Explosion oder Feuer.«

»Wollt ihr nicht ins Reich kommen?«, bat Frederike.

»Nein, Kind. Der Krieg wird nicht hier entschieden werden. Die Wehrmacht hat Bromberg schon erobert, auch Krakau, soweit ich weiß. Die Front wird sich verschieben, und wir können in Ruhe wieder unseren Aufgaben nachgehen.«

»Ihr könnt immer zu uns kommen«, sagte Frederike. »Bitte sag das auch Mutter.«

»Danke.«

Am 6. Oktober kapitulierten Polens letzte Feldtruppen.

»Hitler hat den Westmächten den Frieden angeboten«, sagte Heide. Sie kam seit Kriegsbeginn fast jeden zweiten Tag nach Mansfeld, um zusammen mit ihnen die Nachrichten zu hören.

»Ich glaube nicht, dass die Westmächte sich darauf einlassen«, sagte Gebhard. »Und ich glaube außerdem nicht, dass sich Hitler an ein Friedensabkommen halten würde. Bisher hat er alle Verträge gebrochen.«

Gebhard stand auf, öffnete die Tür zur Halle und sah sich um. Dann ging er zurück zum Volksempfänger und stellte die BBC ein. Er hatte bald schon die neue Funkfrequenz gefunden. Das Signal ertönte vier Mal, dann die Stimme: »Hier ist BBC London in deutscher Sprache.«

Sie hatten die Lautstärke heruntergedreht, hockten Kopf an Kopf vor dem Gerät. Plötzlich klopfte jemand, und die Tür zum Salon wurde geöffnet, ohne dass Frederike oder Gebhard hereingebeten hätten.

»Gnädigste«, sagte Erna. »Die Köchin schickt mir. Se soll'n inne Küche kommen.«

Gebhard hatte das Radio sofort ausgestellt. Erschrocken sahen sie sich an. Wie viel hatte das Kind mitbekommen, und was wusste es über das Hören von Feindsendern?

»Erna«, sagte Frederike streng. »Wenn du klopfst, dann musst du warten, bis du Antwort bekommst. Du darfst nicht einfach so einen Raum betreten.«

Erna senkte den Kopf. »'tschuldigung«, murmelte sie.

»Nun ist ja gut, dann lass uns mal in die Küche gehen und sehen, was Lore von mir will.«

Von nun an passten sie noch mehr auf, bevor sie den Sender einstellten. BBC London sendete zu unterschiedlichen Zeiten in deutscher Sprache. Die nächste Sendung wurde jedes Mal angekündigt, aber es gab auch Sondersendungen.

Am 9. November war Heide mal wieder zu Besuch auf Mansfeld. Sie hörten von dem Anschlag auf Hitler im Bürgerbräukeller am Tage zuvor und dass er gescheitert sei. Auch die BBC berichtete davon und hatte eine weitere Meldung – zwei britische Geheimdienstoffiziere waren in Venlo in eine Falle geraten und von deutschen Geheimdienstlern über die Grenze gelockt und dann verhaftet worden.

»Um Gottes willen«, sagte Gebhard. »Was ist mit Caspar?«

Caspar war immer noch in Den Haag beschäftigt. Sie hatten ihn schon eine Weile nicht mehr gesehen, hatten aber über verschiedene Kanäle Kontakt. Es gab jedoch kaum eine Möglichkeit, ihn jetzt zu warnen. Dennoch versuchte Gebhard eine Leitung nach Den Haag zu bekommen, doch das Amt konnte keine herstellen.

Am nächsten Morgen hörten sie einen Wagen die Einfahrt hochfahren. Sie saßen gerade beim Frühstück.

»Erwartest du jemanden?«, fragte Frederike.

Gebhard schüttelte den Kopf. Er stand auf und ging zum Fenster.

»Zwei Männer«, sagte er leise. »Ich kenne sie nicht.«

»Uniform?« Frederikes Stimme zitterte.

»Nein. Das wird wohl die Gestapo sein«, sagte Gebhard langsam und drehte sich zu ihr um. Sie sahen sich schweigend an. Dann stand Frederike auf, umarmte ihn.

»Gebhard«, flüsterte sie. »Was machen wir denn nun?«

»Erst einmal wollen wir hören, was sie wollen.« Er holte tief Luft. »Liebling, egal was passiert, du weißt, ich liebe dich. Dich und die Kinder. Mehr als alles auf dieser Welt.«

Sie küssten sich, es war ein verzweifelter Kuss.

Es klopfte an der Haustür, Ilse öffnete.

»Heil Hitler!«, rief jemand. »Wir möchten zu Freiherr Gebhard Gans Edler zu Mansfeld.« Sie warteten nicht auf eine Antwort, sondern schoben sich an dem Hausmädchen vorbei in die Halle.

Gebhard drückte Frederikes Hand, holte tief Luft, öffnete dann die Tür.

»Sind Sie Mansfeld?«, fragte einer der beiden Männer.

»Was kann ich für Sie tun?«, fragte er ruhig.

»Packen Sie ein paar Sachen, Sie kommen mit uns nach Potsdam.«

Wieder sahen sich Frederike und Gebhard an, Frederike biss sich auf die Unterlippe, dann eilte sie nach oben. Es konnte nur mit Caspar zusammenhängen. Frederike befürchtete Schreckliches. Tränen stiegen ihr in die Augen, die sie wegblinzelte.

Ich darf jetzt nicht meine Fassung verlieren, dachte sie. Ich muss stark bleiben, für Gebhard und für die Kinder.

Schnell packte sie Wäsche, Handtücher und Pflegebedarf zusammen, ein paar saubere Hemden und Hosen. Sie tat alles in eine Tasche, brachte diese nach unten. Die drei Männer standen sich immer noch schweigend gegenüber.

»Wie lange wird mein Mann fortbleiben?«, fragte sie und versuchte, ihrer Stimme einen festen Klang zu geben.

»Das kommt darauf an«, erwiderte der Offizier.

Drei Tage blieb Gebhard in Potsdam, dann kam er sichtlich erschöpft wieder. Überglücklich schloss Frederike ihn in die Arme.

»Wie geht es dir? Was wollten sie?«, fragte sie.

»Caspar. Er ist aufgeflogen.« Gebhard seufzte und nahm sich einen Cognac. Er sah Frederike fragend an, doch sie schüttelte den Kopf. Sie vermutete, wieder schwanger zu sein, war sich aber noch nicht sicher.

»Caspar hatte Glück, habe ich erfahren.«

»Von der Gestapo?«, wunderte sich Frederike.

»Nein, ich habe mich mit jemandem in Potsdam getroffen, nachdem mich die Irren haben gehen lassen. Ich konnte ihnen glaubhaft machen, dass ich nichts von Caspars Verbindungen wusste. Hab mich wohl gut als tumber Landwirt verkaufen können.«

»Und was ist mit Caspar?«

»Nachdem das MI5 von der Verhaftung der beiden Geheimdienstler erfahren hat, hat Smirnoff sofort ein Flugzeug nach Den Haag geschickt und Caspar abholen lassen. Er ist jetzt in London in Sicherheit.« Gebhard schüttelte den Kopf. »Er wird jedoch nicht mehr zurückkehren können. Ich weiß gar nicht, wie ich das Mutter beibringen soll.«

»Die Hauptsache ist doch, dass er lebt.«

»Da hast du wohl recht.«

Einige Wochen später wurde ihnen ein Brief von Caspar zugespielt.

Meine Lieben,

ich hoffe, es geht Euch gut. Leider ist ja alles so gekommen, wie wir es immer befürchtet haben. Dennoch hoffen wir alle, dass dieser Krieg nicht ewig andauern wird. Irgendjemand muss Hitler stoppen, aber daran bin ich nun nicht mehr beteiligt.

Wie Ihr sicherlich wisst, bin ich der Verhaftung nur ganz knapp entkommen. Smirnoff hatte mir ein Auto zur Botschaft geschickt, das brachte mich zum Flughafen in Den Haag. Dort wartete schon am Rand des Rollfeldes eine kleine Maschine.

Mein Herz klopfte, als ich einstieg. Was, wenn dies ein Komplott der Gestapo war? Dann wäre ich verloren.

Wir starteten und flogen über das Meer. Wenn nun rechts von mir Land in Sicht kam, war es Deutschland. Land auf der linken Seite bedeutete England und die Rettung. Schon bald tauchte ein englisches Militärflugzeug auf und eskortierte uns nach London. Menschenskinder, nie wieder brauche ich »Heil Hitler« zu sagen.

Lieber Gebhard, pass auf Dich und die Familie auf. Kümmere Dich um Mutter. Ich denke, ich werde in Abwesenheit zum Tode verurteilt und enteignet werden. Wenn Du es schaffst, versuch das Land zu bekommen.

Ich hoffe, dass wir uns irgendwann alle lebend wiedersehen.

Euer Caspar Gans Edler zu Mansfeld.

Heide las den Brief am ersten Weihnachtstag vor und wischte sich die Tränen von den Wangen. Sie saßen zusammen in Leskow, auch Werner und Thea waren gekommen. Es war ein trauriges Weihnachten und eines voller Furcht vor dem, was noch kommen würde.

Caspar sollte recht behalten, er wurde enteignet und in Abwesenheit zum Tode verurteilt. Da Gebhard aber ein tüchtiger Landwirt war, durfte er die Felder von Kleinwiesental weiter bewirtschaften.

Kapitel 45

Mansfeld, März 1941

Im letzten Jahr, zwischen April und Juni, hatte das Deutsche Reich Dänemark und Norwegen angegriffen und besetzt. Dann begann Hitler im Mai auch noch den Westfeldzug, marschierte in Luxemburg, Belgien, den Niederlanden und Nordfrankreich ein. Er ließ Paris besetzen und führte einen schweren Luftkrieg mit England.

Im Osten besetzte die Sowjetunion die baltischen Länder. Es zeichnete sich ab, dass Hitler den Nichtangriffspakt mit der Sowjetunion brechen würde.

Ebenfalls im letzten Jahr, nachdem Nordfrankreich Ende Juni besetzt worden war, waren die ersten Kriegsgefangenen in die Prignitz gekommen. Die Schnitterkolonnen von einst gab es nicht mehr, und auch die Zahl der Instmänner war sehr ausgedünnt, da die meisten jungen Männer eingezogen worden waren.

»Es ist ein Wahnsinn«, sagte Gebhard, der mit den beiden Verwaltern – Pirow und Dannemann – und seiner Mutter zusammensaß. Auch Frederike wohnte der Besprechung bei. »Rommel steht in Afrika, die Luftschlacht über England nimmt kein Ende, und nun verlegt er auch noch Truppen in den Osten. Er kann doch nicht auf allen Seiten kämpfen lassen.«

»Er tut es aber«, sagte Heide bedrückt.

»Ja. Das macht mir große Sorge. Aber ich habe aus einem anderen Grund zu diesem Treffen gerufen«, sagte Gebhard. »Ich wurde vom Reichsnährstand nach Wittenberge einbestellt. Wir werden französische Kriegsgefangene bekommen, und zwar dauerhaft. Vielleicht auch ein paar Polen.«

»Wie viele?«, fragte Dannemann.

»Das weiß ich noch nicht. Aber allen drei Gütern werden welche zugeteilt. Auch Skepti wird Zwangsarbeiter bekommen. In Burghof werde ich die Schnitterhäuser zwischen dem Gutshaus und dem Betriebshof umbauen lassen. Auf Kleinwiesental werde ich Wohnungen bauen lassen.«

»Wir haben die Schnitterhäuser hinter der Brennerei. Sie sind allerdings in keinem guten Zustand.«

»Dann müssen wir das ändern.« Gebhard räusperte sich. »Diese Männer sind zwar unsere Feinde, aber auch nur, weil die Braunhemden sie dazu gemacht haben. Die Gefangenen trifft keine Schuld an diesem Krieg. Deshalb möchte ich, dass sie ordentlich behandelt werden. Wir brauchen sie, ohne Erntehelfer und Arbeiter können wir die Güter nicht mehr führen. So viele Männer sind weg, die Frauen helfen zwar, wo immer es geht, aber sie können nicht die ganze Arbeit übernehmen.«

»Da hast du recht, Gebhard«, sagte Heide. »Wir müssen sie auch verpflegen?«

»Ja, und sie bekommen auch einen kleinen Sold ausgezahlt, aber das ist durchaus machbar.« Wieder sah er auf. »Ich weiß, dass viele Gutsbesitzer und Bauern an Kost sparen. Aber diese Männer werden harte Arbeit verrichten müssen, deshalb sollen sie nicht hungern.«

Pirow und Dannemann nickten. »Wir haben ja noch etwas an Kontingenten«, sagte Pirow leise.

»Bitte?«, fragte Heide zu Mansfeld.

»Nun, wir haben mehr Vieh, als wir angegeben haben. Zum Glück kontrolliert der Reichsnährstand nicht regelmäßig und immer mit Ankündigung. So haben wir Zeit, das Vieh wegzubringen.«

»Ist das nicht gefährlich? Ich meine, was wenn es herauskommt?«, fragte Frederike. »Ihr wisst, wir stehen sowieso unter Beobachtung.«

»Es geht nicht um Hunderte Kühe, sondern um ein paar – drei, vier Kühe mehr, vielleicht acht Schweine – insgesamt«, sagte Gebhard. »Ich lass mir doch nicht von den Braunen vorschreiben, wie viel Vieh ich halte und wie viel ich davon schlachten darf.«

»Wir mogeln uns so durch«, gestand Pirow. »Und bisher sind wir auch nicht aufgeflogen.«

»Ihr müsst vorsichtig sein. ›Der Feind hört mit‹ – unsere Feinde wohnen nebenan oder in unseren Häusern«, gab Frederike zu bedenken.

»Natürlich, Freddy. Reg dich nicht auf.« Gebhard sah sie sorgenvoll an.

Frederike hatte zweimal in den letzten Jahren gehofft, schwanger zu sein. Die Hoffnung hatte sich jedoch nicht erfüllt. Aber nun erwartete sie das dritte Kind, und natürlich wünschten sich alle, dass es der langersehnte Sohn werden würde.

Doch die letzten Jahre hatten Spuren hinterlassen. Der Krieg und die Sorgen zehrten an Frederike. Sie war dünn geworden, und oft hatte sie dunkle Ringe unter den Augen.

Inzwischen waren ihnen drei BDM-Mädchen zugeteilt worden, und Else kümmerte sich noch immer hingebungsvoll um Fritzi und Mathilde. Doch Blumenthal, der Gärtner, war eingezogen worden, und nun musste Frederike den Garten mit Hilfe der Mädchen alleine bewirtschaften.

»Vielleicht«, sagte Gebhard, »können wir einen der Männer als Gärtner beschäftigen.«

»Auf jeden Fall sollten wir die Häuser schnell instand setzen, je eher die Kriegsgefangenen kommen, umso besser für uns. Die Böden müssen vorbereitet, die Felder bestellt werden«, sagte Pirow.

Es war den Gutsherren erlaubt, die Gefangenen von morgens um sechs bis abends um zehn zu beschäftigen. Sie hatten Anrecht auf zwei Mahlzeiten pro Tag – vorgeschlagen war Suppe mittags und Brot mit etwas Margarine und dünnem Belag abends.

Ein Strohlager oder zwei raue Decken sollten reichen.

Viele der Franzosen, von denen einige im Sommer des letzten Jahres gefangen genommen worden waren, hatten nur dünne und inzwischen verschlissene Kleidung. Ihnen stand einmal im Monat ein großes Paket aus der Heimat, zweimal kleine Pakete zu. Aber nicht jeder hatte Familie, die etwas schicken konnte.

Auf dem Burghof wurden fünfundzwanzig Männer untergebracht.

Gebhard hatte die Schnitterhäuser, die ja eigentlich Übergangswohnungen für die Kolonen waren, umbauen lassen. Statt der Holzläden hatten die Wohnungen richtige Fenster bekommen, dazu Öfen, Betten und Schränke. Er hatte Wasserleitungen verlegen und Latrinen hinter den Häusern bauen lassen. Jeder Mann bekam ein Bettgestell, eine Strohmatratze und zwei Decken. Dazu kamen Essgeschirr und Blechbecher.

Es war nicht erlaubt, aber Gebhard gab den Männern die Möglichkeit, die Wiese hinter dem Haus zu bestellen. Natürlich konnte er nichts von dem teuren Saatgut entbehren, aber einige kleine Setzkartoffeln und Gemüsesetzlinge und Steckrüben gaben sie ab.

Schon bald merkten die Franzosen, dass sie es gut getroffen hatten. Sie bekamen morgens Brot und manchmal auch Marmelade, mittags einen deftigen Eintopf, manchmal auch Kartoffeln, Gemüse und Soße, abends wieder Brot. Wenn es ging, bekamen sie Butter, ansonsten Margarine. An manchen Sonntagen schaffte Lore es, ihnen wenigstens eine kleine Portion Fleisch zu servieren. Sie hatte inzwischen ein großes Talent entwickelt, aus wenig viel zu machen.

Der Gemüsegarten war früher schon wichtig gewesen, aber inzwischen kam ihm eine noch größere Bedeutung zu. Frederike hatte die Fläche in den Park hinein vergrößern lassen. Reihe um Reihe wuchsen die Bohnen und Erbsen, die Möhren und Bete. Auch Salat in den Frühbeeten, Mangold und Cardy zog sie in größeren Mengen.

Apfel- und Birnbäume wurden im Park gepflanzt, auch wenn es noch ein paar Jahre dauern würde, bis sie Ertrag bringen würden.

Die Vielfalt von früher hatte die Küche nicht mehr, zumal nun auch noch für die Gefangenen gekocht werden musste – das waren mehr als früher das Gesinde. Viele der Arbeiter hatten nur ihre Vesperdose vom Gut bekommen und ansonsten Deputate. Mit ihren Familien wohnten sie im Dorf oder in den Insthäusern, versorgten sich selbst.

Für die tägliche Mittagsmahlzeit musste Gemüse geputzt und geschnitten werden, mindestens zwei große Kessel standen auf dem Herd. Außerdem buk man ein Brot nach dem anderen. Hatten sie das Backhaus früher nur zweimal in der Woche befeuert, so war es nun täglich in Gebrauch.

Es duftete immer köstlich aus der Küche, auch wenn Lore Buchweizen dem Mehl untermischte und Kartoffeln mit Steckrüben streckte. Der Kaffee wurde dünner, Butter oft durch Margarine ersetzt. Aber ihnen ging es deutlich besser als vielen Leuten, die in den Städten wohnten und sich nicht selbst versorgen konnten, dennoch hatten sie weniger als früher.

Frederike musste sich morgens nicht mehr mit dem Gärtner treffen, denn es gab keinen mehr. Gebhard hatte ihr einen der Franzosen zugeteilt, aber er war kein gelernter Gärtner, er war Philologe. Sie musste ihm erklären, was es zu tun gab und wie er es machen sollte. Er hatte ein Notizbuch und schrieb sich alles wissbegierig auf.

»Das ist großartig, Baronin«, sagte er. »Ich komme aus der Stadt, habe auf dem Markt gekauft. Und nun lerne ich, wie es ist, diese Lebensmittel selbst zu produzieren.«

Allerdings musste Frederike ein Auge auf alles haben, täglich. Pascal kam aus dem Süden, er war das strengere Wetter in der Prignitz nicht gewohnt. Und er wusste nicht, dass man nachts häufig noch die Deckel der Frühbeete schließen und bei Nachtfrost, der manchmal bis in den Mai hinein auftrat auch noch Decken darüberlegen musste. Er wusste nicht, wie man Setzlinge pikiert, und konnte das Unkraut nicht von den Nutzpflanzen unterscheiden. Aber er lernte schnell. Zum Glück sprach Frederike etwas Französisch und Pascal ein wenig Deutsch. Den Rest erledigten sie mit Händen und Füßen. So schafften sie es, im Frühjahr 1941 einen anständigen Gemüsegarten anzulegen. Das Wissen, was er von Frederike erlangte, setzte er auch auf dem Stück Grund hinter dem Feld um. Zuerst waren seine Kameraden nicht begeistert, als er sie dazu anhielt, nach getaner Arbeit den Boden umzugraben und mit etwas Kuhdung, den sie sich besorgten, zu düngen. Danach mussten sie Kartoffeln, Zwiebeln und Steckrüben pflanzen, hatten ein paar Samen für Möhren und Kohl. Alle hofften natürlich, dass sie vor der Ernte wieder zu Hause wären, aber falls nicht, erklärte Pascal, konnten sie so ihre Mahlzeiten aufwerten. Hunger war ein effektiver Antrieb, und somit legten sie ihren eigenen Gemüsegarten an.

»Wenn das die Gestapo sieht«, sagte Frederike voller Sorge.

»Wer sagt denn, dass es ihr Gemüse ist?«, fragte Gebhard und schmunzelte. »Ich bin übrigens nach Perleberg beordert worden«, erzählte er leise. »Der Kreisleiter wollte mich sprechen.«

»Weshalb?«, fragte Frederike, die im Sessel saß, die Hand auf dem Bauch. Sie konnte inzwischen das Kind strampeln fühlen, ein beruhigendes Gefühl.

»Ich muss die Schnitterhäuser mit Gittern an den Fenstern versehen, damit die Gefangenen nicht flüchten.«

»Große Güte«, sagte Frederike entsetzt.

»Ich habe Pirow angewiesen, genügend Hasendraht zu besorgen. Morgen werden wir alle Fenster mit Hasendraht absichern. Auch in Leskow und Kleinwiesental.«

»Reicht das etwa?«

»Wahrscheinlich nicht, aber es ist mir egal. Ich glaube kaum, dass einer dieser Männer zu fliehen versucht. Wie soll er von hier nach Frankreich kommen? Und wenn es doch einer tut – dann ist das so. Die Männer wissen – sobald sie zurück sind, werden sie wieder an die Front geschickt. Hier mag das Leben für sie nicht üppig sein, aber wir bemühen uns. Sie haben ein Dach über dem Kopf, statt im Schützengraben zu liegen, sie bekommen Mahlzeiten, die vielleicht kein französisches Essen ersetzen. Und sie müssen ihr Leben nicht aufs Spiel setzen.«

»Klingt fast wie ein Urlaub«, sagte Frederike und lächelte.

»Nein, das ist es nicht. Sie müssen auch hart arbeiten. Viele Landmaschinen kann ich nicht mehr einsetzen, seit es die Benzin- und Dieselmarken gibt. Man muss jedes Mal überlegen, wofür man den Sprit verwendet und ob sich das lohnt. Ich lasse die Felder im Moment mit Pferdepflügen bestellen. Das ist schwere Arbeit, aber günstiger, als den Traktor einzusetzen, auch wenn das schneller ginge.« Er seufzte. »Und dieser Frühling ist immer noch zu nass und kalt. Zwei warme, trockene Tage, und ich nehme den Traktor.«

Frederike beugte sich zu Fortuna, die zu ihren Füßen lag. Die Hündin war alt geworden, aber immer noch treu. Sie folgte Frederike auf Schritt und Tritt.

Gebhard war überall – auf Leskow, auf Kleinwiesental, natürlich auch auf den Ländereien von Mansfeld. Er ritt morgens los, nahm mittags meist den Wagen, um nach Leskow zu fahren, kam abends erst wieder und hatte oft schon bei seiner Mutter gegessen. Frederike vermisste Zeit, die sie miteinander verbrachten. Selbst an den Sonntagen war Gebhard kaum zu Hause.

»Fritzi wird in einem Monat vier«, sagte sie nun. »Sie wünscht sich ein Pony.«

»Das ist eine gute Idee. Fritzi ist sicher in ihren Bewegungen, kann sich gut ausbalancieren. Ich werde mich umsehen.«

»Mit einem Pony ist es nicht getan, Gebhard«, versuchte Frederike zu erklären. »Jemand muss ihr das Reiten beibringen. Und wir haben keinen Stallmeister mehr.«

»Ich bringe ihr das Reiten bei.«

»Wann? Nachts um elf?«

Gebhard setzte sich neben sie, nahm ihre Hand. Die andere Hand legte er auf ihren Bauch. »Sei nicht ungerecht«, sagte er leise. »Ich kann nichts dafür, dass ich so wenig Zeit habe. Ich würde gerne viel mehr mit dir und den Kindern zusammen sein, aber wie soll das gehen?«

»Über eine Freundin könnte ich ein Haus in Heiligendamm für einige Zeit im Sommer mieten. Vielleicht kann ich es auch kaufen.«

»Kaufen?«

»Nun ja, ich habe immer noch die Abfindung für Sobotka. Das Geld verliert an Wert, aber Ziegel nicht.«

»Aber warum Heiligendamm?«

»Ich möchte einen Ort haben, an den wir in die Sommerfrische fliehen können. Jetzt und auch später. Weißt du noch …?«

»Ich kann keine Wochen von hier fort, um in die Sommerfrische zu gehen.«

»Das ist mir bewusst. Aber … ich könnte mit den Kindern dorthin. Du könntest uns hinbringen, zwei Tage bleiben und uns abholen und noch mal zwei Tage bleiben. Bitte. Ich habe dich selten um etwas gebeten, aber dies wäre mir wichtig.«

»Die Zeiten sind nicht leicht …«

»Gebhard, ich fahr auch alleine«, sagte Frederike. »Aber gefallen würde mir das nicht.«

»Lass mich das Wetter in den nächsten Wochen abwarten und wie weit wir auf den Feldern vorankommen.«

»Ich werde das Haus mieten und hinfahren, ob du nun mitkommst oder nicht.«

Frederike war sehr enttäuscht.

»Liebling, die Güter …«, sagte Gebhard und klang hilflos.

»Und die Familie?«, fragte Frederike. Sie mietete das Haus für Anfang Juli.

Am 22. Juni begann der Ostfeldzug.

»Du willst wirklich fahren?«, fragte Gebhard.

»Ich habe das Haus gemietet. Was macht es, dass Hitler die Sowjetunion angreift? Die Russen werden doch nicht direkt in Heiligendamm einfallen. Ich habe zwei kleine Kinder, das dritte ist unterwegs. Seit Jahren schufte ich für das Gut, davor habe ich Sobotka geleitet. Hierhin kommen die Verwandten, um ihre Sommerfrische zu genießen, wann habe ich dafür die Möglichkeit? Mathilde hustet. Sie hat empfindliche Bronchien. Wusstest du das? Erzählt habe ich es dir, aber hast du es aufgenommen oder warst du in Gedanken auf den Feldern deiner Mutter oder deines Bruders?« Frederike schnaufte wütend. »Mathilde wird das Seeklima guttun. Und auch mir wird es guttun, mal nicht für das Gut da sein zu müssen, sondern mich nur um die Kinder kümmern zu können.« Sie sah ihn an. »Und es sind nur zwei Wochen.«

»Ich komme mit«, sagte er leise. »Ich bringe euch hin. Zwei Wochen kann ich nicht bleiben, aber zwei Tage.« Er nahm Frederike in die Arme, küsste sie. »Es tut mir leid. Als Ehemann bin ich wohl ein Versager.«

»Nein, Liebling, das bist du nicht. Die Zeiten sind schwer.«

Während die Ostfront sich formierte, fuhren sie nach Heiligendamm. Frederike hatte eine Villa am Stadtrand gemietet. Sie war groß, sie war weiß und schön. Und zum Strand war es nicht weit. Leider ließ das Wetter zu wünschen übrig, es war bedeckt und kühl. Den Mädchen machte das nichts, begeistert spielten sie am Strand im weichen weißen Sand. Else war mitgekommen und behütete die Kinder. Endlich hatten Frederike und Gebhard wieder die Möglichkeit, Zeit miteinander zu verbringen, und taten dies auch.

Sie redeten viel miteinander, gingen Hand in Hand spazieren. Es waren intensive Tage, die sie nutzten, um ihre Ressourcen wieder aufzufüllen. Frederike küsste Gebhard lange, bevor er ins Auto stieg und wieder fuhr. Es fiel ihm sichtlich schwer, sie alleine zu lassen, aber er hatte keine Wahl. Zehn Tage verbrachte Frederike mit den Kindern an der Ostsee. Es war herrlich. Das Wetter besserte sich, und sie konnten schwimmen und Sandburgen bauen, nach Krebsen fischen und Krabben pulen. Dann kam Gebhard zurück, und sie verbrachten weitere zwei Tage zusammen.

»Ich könnte das Haus kaufen«, sagte Frederike. »Dafür reicht mein Geld. Wenn wir etwas mehr Kapital haben, können wir Heizungen einbauen. Wenn es unser Haus wäre, könnten wir von Frühjahr bis Herbst immer hierherkommen. Es sind nur drei Stunden Fahrt. Und wenn Heizungen da wären, könnte man das Haus ganzjährig nutzen und auch vermieten. Dann würde es sich selbst tragen.«

»Das klingt gut«, sagte Gebhard. »Willst du es?«

»Ich bin hier so glücklich wie schon lange nicht mehr.«

»Dann kaufen wir es.«

Sie kauften das Haus und fuhren mit den Kindern zurück nach Mansfeld. Die paar Tage hatten ihnen gutgetan, und Frederike hoffte, dass sie Ende August noch einmal an die Küste fahren konnten.

In diesen Tagen brachte Gebhard ein batteriebetriebenes Radio nach Hause und versteckte es im Kartoffelkeller.

»Man weiß nie, wer wann wie wo lauscht«, sagte er. »Und wir wollen weiter die BBC hören.«

»Aber … wie erklären wir den Leuten, dass wir in den Kartoffelkeller gehen?«, fragte Frederike.

»Wieso müssen wir den Leuten irgendetwas erklären? Wir sind die Gutsleute und machen es«, entgegnete Gebhard verblüfft.

»Wenn du plötzlich mit deiner Mutter in den Kartoffelkeller gehst, wird es den Leuten auffallen und sie werden darüber reden.«

»Dann verstecken wir das Radio im Dachboden.«

»Auf keinen Fall, da oben sind die BDM-Mädchen untergebracht. Ihnen können wir nicht vertrauen.«

»Was schlägst du vor?«

»Du hast ein batteriebetriebenes Gerät gekauft?«

»Ja. Ich will vom Strom unabhängig sein, wer weiß, was kommt.«

»Ich spreche mit Lore«, sagte Frederike. »Ihr vertraue ich.«

Das Radio wurde im Kartoffelkeller versteckt. In einem kleinen Abstellraum daneben wurden Tisch und Bänke aufgestellt. Davor ein Regal mit Wein- und Kartoffelschnapsflaschen. Wenn man den Raum betrat, sah man nur die Regale mit den Flaschen. Es war kein ideales Versteck, aber es war eine Zuflucht.

Heide kam mehrfach in der Woche, um mit ihnen Schnäpse und Weine zu probieren«, so nannten sie es.

»Die Mansfelds werden als Alkoholiker gebrandmarkt werden«, seufzte sie.

»Besser das denn als Volksverräter«, sagte Frederike nüchtern.

»Da hast du recht, Kind.«

* * *

Ende August fuhr Frederike mit Else und den Kindern noch einmal nach Heiligendamm. Nun war es ihr Haus. Es fühlte sich anders an, und mit träumerischem Blick ging sie durch die Zimmer, überlegte, was sie alles würde ändern müssen und wollen. Trotzdem hatten sie eine schöne Zeit. Der Husten von Mathilde besserte sich.

Als sie nach Hause kamen, stand ein Pony im Hof.

»Das gehört dir«, sagte Gebhard und setzte Fritzi auf den Sattel. Er führte sie auf dem Pony einmal um den Hof und wies dann auf einen Mann, der am Rand stand.

»Darf ich vorstellen? Claude – Fritzi, Fritzi – Claude. Claude wird dir alles beibringen. Wie man ein Pony putzt, es sattelt, ihm die Trense anlegt, es reitet. Er weiß darüber Bescheid.« Gebhard sah Frederike an und biss sich auf die Lippe. Frederike wandte sich ab.

»Er hat eine Stallung und eigene Pferde gehabt«, versuchte Gebhard später, als sie gemeinsam im Bett lagen, zu erklären. »Ich habe die Zeit nicht, aber Fritzi soll ihr Pferd haben und reiten lernen.«

»Ich kann dich verstehen«, sagte Frederike. »Aber Fritzi hätte lieber mehr Zeit mit dir als ein Pony.«

Gebhard stöhnte auf. »Dieser Krieg zerstört so viel. Nicht nur Gebäude.«

»Liebst du mich?«, flüsterte Frederike.

»Ich liebe dich. Ja, das tue ich.«

»Dann werde ich es aushalten und hoffen, dass der Krieg ein Ende findet.«

* * *

Es war Anfang September, Stalin war inzwischen der Oberbefehlshaber der Roten Armee, und die sowjetische Luftwaffe hatte das erste Mal Berlin angegriffen. Die Schlacht um Kiew tobte, und wie immer unterschieden sich die Berichte des Deutschlandsenders von denen der BBC. Ihre Treffen im Kartoffelkeller, um den Feindsender zu hören, bekamen mehr und mehr einen unheimlichen Charakter. Sie taten wissentlich etwas, was verboten war. Aber es war ihnen wichtig.

An einem dieser Septembertage, es war kühl, und Regenwolken jagten über den Himmel, entluden sich aber nicht, ging Frederike in den Garten. Obwohl Pascal ein blutiger Anfänger war, hatten sie reiche Ernte zu verbuchen. So viel, dass Lore fast schon fluchte. Sie musste neue Gläser und Gummis bestellen, um alles einzuwecken. Auch der Obstgarten brachte viel Ertrag in diesem Jahr, prüfend ging Frederike durch die Reihen und befühlte hier einen Apfel und dort eine Birne. Die süßen Kirschen, die Mirabellen und Reineclauden waren schon geerntet worden. Keine Frucht hing mehr an den Bäumen, die matschigen und solche, die

Maden hatten oder von den Vögeln angepickt waren, hatten die Franzosen genommen. Einer von ihnen, Pierre, stammte von einem Weingut in der Provence. Dort stellten sie auch Fruchtwein, Schnaps und Essig her. Dafür konnte man auch die minderwertigen Früchte nehmen, erklärte er Frederike und Lore. Er war ein kleiner Tausendsassa in der Küche. Erst hatte es Lore Nerven gekostet, aber nun schätzte sie seine Anwesenheit und seine Ratschläge.

»Is ganz einfach«, sagte er. »Du nimmst Früchte und ein wenig Essigansatz, und Wein. Muss sein guter Wein, oui? Dann legst du die Früchte 'inein und deckst ab das Gefäß mit Tuch, wegen Fliegen, oui? Und dann«, sagte er und strahlte, als hätte er es erfunden, »bildet sich Essig. Superb. Oui! Kannst du glauben.«

Pierre wollte Frederike und Lore auch davon überzeugen, dass sie eigenen Käse herstellen sollten. »Ihr 'abt Ziegen, Schafe und Kühe. Ihr 'abt Lab. Das ist alles, was ihr braucht, oui? Und ihr 'abt Kräuter. Wir können machen Käse superb. Wie in Fronkraisch. Lass uns machen Käse, Lore«, sagte er und nahm sie in den Arm.

»Wenn du das ausprobieren willst, meinen Segen hast du«, sagte Frederike. »Es darf nur nicht von der normalen Arbeitszeit abgehen.«

Lore und Pierre sahen sich an und nickten. Das war vor zwei Wochen gewesen, seitdem roch es oft intensiv nach Ziegenmilch im Souterrain und in der Küche.

Die Franzosen sind eine Bereicherung für das Gut, dachte Frederike, als sie plötzlich ein Schmerz durchfuhr. Stöhnend ging sie in die Knie, schnappte nach Luft, richtete sich langsam wieder auf. Was war das? Es war noch vier Wochen zu früh für die Geburt. Sie legte die Hände auf den runden Bauch, spürte das Kind in sich. Dann kam der nächste Schmerz, und wieder sackte sie zusammen. Es war intensiv und so anders als bei den anderen Geburten. Es war beängstigend.

Dann spürte sie auf einmal etwas Warmes und Nasses zwischen ihren Beinen. War die Fruchtblase schon geplatzt? Sie schob ihre Hand in den Schritt, zog sie hervor, die Hand war voller Blut. Und nun kam die nächste Wehe, heftig und bedrohlich. Frederike wollte schreien, konnte es aber nicht, der intensive Schmerz nahm ihr die Luft. Sie sank zu Boden.

Hier im Obstgarten war sie alleine, keiner vermisste sie, sie würden erst zur Mittagszeit nach ihr suchen. Ein paar Meter weiter stand Valentinas Zwinger. Und auf einmal begann die alte Wölfin zu heulen. Ein lautes Wolfsheulen. Sie saß in dem Zwinger, den Kopf erhoben und heulte.

Guter Wolf, dachte Frederike. Danke. Dann kam jemand, es war Pascal.

»Qu'est-ce qui ne va pas?«, rief er und schaute die Wölfin an. »Mach nich so eine Krach, oui? Ös erschröcken sich ja alle.«

»Hilfe!«, rief Frederike schwach. »Hilf mir, Pascal. Bitte!«

Er drehte sich um, suchte sie, sah Frederike unter dem Mirabellenbaum liegen.

»Was ist passiert? Sind Sie gestürzt?«

»Wehen, und ich blute«, keuchte Frederike.

Er packte sie, nahm sie hoch und trug sie zum Haus.

»'ilfe«, rief er laut. »Wir brauchen 'ilfe!«

Ilse kam angelaufen. »Was ist passiert?«

»Das Kind kommt. Aber irgendetwas stimmt nicht«, keuchte Frederike. »Hol die Hebamme und den Arzt. Und meinen Mann.«

Kapitel 46

»Zu viel Blut«, sagte die Hebamme besorgt. »Ik brooch mehr Tücher.« Sie sah Ilse an, die nickte und eilte aus dem Raum. »Un noch abgekochtes Wasser, wa?«

Frederike drückte die Hand auf den Mund, versuchte nicht zu schreien, aber die Schmerzen waren furchtbar. Es war nicht so wie bei den anderen Geburten. Die Wehen kamen nicht in Wellen und steigerten sich, es war ein durchgehender Schmerz, als würde sie jemand aufschneiden.

Verzweifelt schnappte Frederike nach Luft.

»Ruhich«, sagte die Hebamme. »Tief einatmen, wa?«

»Ich kann nicht«, stöhnte Frederike. Der Schweiß stand ihr auf der Stirn, gleichzeitig zitterte sie unkontrolliert. Die Hebamme sah sie besorgt an.

»Was stimmt nicht?«, flüsterte Frederike.

Die Hebamme schüttelte nur den Kopf. »Weeß ik nich jenau. Zuviel Blut.« Sie nahm das hölzerne Hörrohr hervor, drückte es auf Frederikes Bauch und suchte nach den kindlichen Herztönen. »Hmm«, murmelte sie und tastete den Bauch ab, drückte tief hinein. Frederike schrie auf. Vorhin hatte sie das Baby noch gespürt, aber nun waren da nur noch Schmerzen.

Ilse brachte die Tücher, und die Hebamme versuchte das Blut, das schwallartig aus Frederike herauslief, aufzunehmen und die Blutung zu stoppen. Sie tastete. »Der Muttermund is oof. Ik fühl aber dat Köpfchen nich.« Sie schob ihre Hand noch tiefer. Frederike glaubte sterben zu müssen und schrie. Dann wurde sie bewusstlos.

In den nächsten Stunden schwankte sie zwischen Ohnmacht und Bewusstsein. Sie hörte die Stimmen des Arztes und der Hebamme.

»Placenta praevia«, sagte der Arzt ernst.

»Un hat sich ooch abjelöst«, meinte die Hebamme.

»Intrauteriner Fruchttod, vermute ich.«

»Ja, awwer was machen we nun?«

»Muttermund ist vollständig. Sie hat keine Kraft, wir müssen es rausdrücken und die Zange nehmen.« Jemand schob Frederike ein zusammengerolltes Laken unter den Körper und schlang es um ihren Bauch. Dann war alles um sie herum nur noch schwarz.

Als sie wieder zu sich kam, war es schon dunkel. Nur eine kleine Lampe brannte auf der Kommode. Sie fühlte sich, als wäre sie unter ein Ochsengespann gekommen, alles tat ihr weh, und zuerst wusste sie nicht, was passiert war.

»Liebes«, sagte Gebhard, der neben dem Bett saß und ihre Hand hielt. »Sie wird wach«, sagte er zu jemandem, den sie nicht sehen konnte.

»Ich hole die Hebamme und Brühe.« Es war Ilse, das Mädchen.

»Was … was …?«, versuchte Frederike zu sagen. Ihre Lippen waren trocken und rissig, ihre Kehle brannte.

»Psst, Liebes. Ganz ruhig«, sagte Gebhard mit brüchiger Stimme.

Bruchstückhaft erinnerte sie sich an Satzfetzen, die sie gehört hatte. Placenta praevia, intrauteriner Fruchttod, keine Herztöne, Zange –, was hatte das alles zu bedeuten? Ihr war schwindelig, und sie fühlte sich kraftlos.

»Gebbi …«

»Ruhig, Liebes, ruhig. Du hast viel Blut verloren.«

Ilse kam und brachte einen Teller. »Taubenbrühe. Die bringt viel Kraft, sagt die Köchin.« Sie stellte das Tablett auf den Nachttisch. »Und warmes Bier mit verquirltem Ei, das baut auch auf«, sagte sie leise.

Ihr war die Hebamme gefolgt. »Sindse wach, Baronin?«

Als Frederike die Hebamme sah, fuhr ihre Hand zu ihrem Bauch, der schmerzte und geschwollen war, aber nicht mehr prall. Auch spürte sie das Kind nicht.

»Unser Baby?« Sie sah Gebhard an, er senkte den Kopf.

»Nu, nu«, sagte die Hebamme und sah Gebhard streng an. »Muss ma mit Sie Ihre Frau sprechen.«

Gebhard stand auf, küsste Frederike. Sie hielt ihn fest. »Geh nicht.«

»Täubchen, is besser, wenn er jeht, muss Sie ma untersuchen.«

»Was ist mit dem Kind?« Frederike fuhr sich mit der Zunge über die spröden Lippen, sie konnte kaum sprechen, der Hals schnürte sich ihr zu.

»So, nun nehmse ma ein paar Löffels vonne jute Suppe. Hat die Lore extra mitten Täubchen jemacht. Täubchen brinjen de Kraft zurück, und det brauchen Se.« Sie nahm den Suppenteller, führte ein paar Löffel zu Frederikes Mund. Frederike war zu schockiert, um sich zu wehren. Ihr Mund füllte sich mit der Flüssigkeit, die sättigend und salzhaltig war, sie schluckte, schluckte noch mal. Dann stellte die Hebamme den Teller zur Seite und sah Frederike an. »Es tut mir leid«, sagte sie leise, »awwer Ihre Tochter ist jestorben.«

Frederike schloss die Augen. Beide Hände legte sie auf den Bauch, presste sie fest darauf, auch wenn es schmerzte. Da hatte sie vor wenigen Stunden noch die Bewegungen des Kindes gespürt.

»Warum?«

»Nu ja, is manchmal so. Kann keener wat für, wa? Sie Ihr Mutterkuchen lach vorm Muttermund. Der hat sich jeöffnet, und dann hat sich de Mutterkuchen jelöst. Sie Ihre Tochter hat denn keene Luft mehr bekommen, um et eenfach zu sajen. Se is jestorben, als se noch in Sie Ihrem Booch wa. Könnse awwer nix für.«

»Eine Tochter?«

Die Hebamme nickte.

»Wo ist sie?«

»Nebenan. Ik finds ja immer jut, wenne Eltern dat Kind sehen und sich verabschieden können. Wollnse dat?«

Frederike nickte.

»Jut. Awwer ik muss getz erst ma nach Sie Ihrem Booch sehen.« Sie schob die Decke zur Seite, tastete Frederikes Bauch ab, untersuchte sie, nickte dann zufrieden. »Bildet sich allet zurück, wie et seen muss.«

»Kann ich noch … ich meine …?«

»Jo. Klaro. Sie können noch Kinders kriejen, wie Se wollen. Jeht allet.«

»Und kann das wieder passieren?«

»Kann, muss nich.«

»Kann man das verhindern?«

»Nö.« Die Hebamme schüttelte den Kopf. »Kann man nich. Awwer besser untersuchen kann man schon getz.«

»Und wenn es wieder passiert?«

»Na ja, dann können Sie sich hn Keeserschnitt machen lassen. Müssense nach Wittenberge.«

Frederike dachte nach. Das Kind war vier Wochen zu früh gekommen. Sie hätte es nicht nach Wittenberge geschafft. Es lag nicht an ihnen, dass die Tochter gestorben war.

»Ich möchte sie sehen.«

»Dat finne ich jut.« Die Hebamme stand auf. »Ik komm nachher nochma wieder.« Dann verließ sie das Zimmer, kurz darauf kam Gebhard zurück. Er trug einen kleinen Weidekorb, der mit Tüchern ausgepolstert war, darin lag das kleine tote Mädchen. Es war gewaschen, angezogen und in eine Decke gewickelt worden. Frederike nahm es heraus, hielt es fest und weinte bittere Tränen. Die ganze Nacht saßen sie zusammen, bestaunten ihr perfektes Kind, das nicht atmete und dessen wächserne Haut immer bleicher wurde. Sie hatte fünf winzige Finger an jeder Hand, halbmondförmige Fingernägel, ein zarter dunkler Flaum bedeckte das Köpfchen. Ihre Zehen waren perfekt, wie kleine Reiskörner.

Frederike und Gebhard hielten die Kleine abwechselnd, vergossen Tränen des Kummers und der Sehnsucht.

Zwei Tage später wurde sie auf dem Familienfriedhof in Leskow beerdigt. Sie fand ihre Grabstätte neben Gebhards Vater. Da das Kind im Bauch verstorben war und nie geatmet hatte, galt sie als keine Person mit rechtlicher Grundlage. Auch war sie deshalb nicht getauft worden.

»Für mich ist es die kleine Sophie«, sagte Frederike. »Ich hätte sie gerne nach deiner Großmutter genannt.«

»Ja, das wäre schön gewesen«, sagte Gebhard gepresst. »Es ist also unsere Sophie.« Er drückte ihre Hand.

Frederike fand Trost bei Fritzi und Mathilde, die zu entzückenden, wachen und lebhaften Kindern heranwuchsen. Die französischen Gefangenen hatten die beiden auch in ihr Herz geschlossen, und oft verbrachten die Kinder Zeit mit ihnen.

»Dass du das zulässt«, sagte Thea im November, als sie im Burghof zusammensaßen, missbilligend. »Überhaupt, dass ihr die Schnitterhäuser so habt umbauen lassen. Bei uns leben die Fremdarbeiter in einer Scheune. Wir haben Doppelstockbetten aus Metall für sie aufgestellt, Strohmatratzen und eine Decke, das muss doch reichen. Der Krieg ist bald vorbei, die Fremdarbeiter wieder weg, und was wird dann aus dem Material?«

»Irgendjemand wird ja die Felder bewirtschaften müssen. Und für diese Leute haben wir dann Wohnungen. Noch glaube ich aber nicht an ein schnelles Ende des Krieges.« Die Totgeburt hatte Frederike ernster gemacht, schweigsamer, nachdenklicher. Gebhard betrauerte das Kind auch, aber anders. Vielleicht auch, weil es wieder ein Mädchen war und er sich so sehr nach einem Sohn sehnte.

Theas Söhne stromerten mit Frederikes Töchtern über den Hof. Pierre hatte sie immer im Blick. Nur Theas Jüngster war bei ihnen im Gartenzimmer und spielte auf einer Decke am Boden.

»Ich würde euch alle gerne am ersten Weihnachtstag zu uns einladen«, sagte Thea. »Es ist immer so mühsam, mit den Kindern nach Leskow zu fahren.«

»Was sagt Heide dazu?«

»Sie weiß es noch nicht, ich wollte zuerst mit dir sprechen und mir deine Unterstützung zusichern lassen.«

»Wenn Heide nichts dagegen hat – ob wir nun zu euch oder nach Leskow fahren, macht keinen großen Unterschied.«

»Eigentlich könnten wir ja diesmal schon den Heiligen Abend zusammen verbringen. Eine große Feier mit den Leuten wird es ja nicht geben. Die meisten Männer sind im Krieg.«

Darüber hatte Frederike noch gar nicht nachgedacht. »Aber du hast doch deine Leute im Haus noch.«

»Ja, die habe ich noch. Und ich hoffe, das bleibt so und ich habe nicht irgendwann eine russische oder polnische Köchin.«

»Das sind doch auch nur Menschen. Und ich glaube nicht, dass sie gerne hier sind.«

»Eben. Willst du eine vergiftete Suppe essen?« Thea hatte sich noch viel mehr verändert, fand Frederike. Sie war skeptisch geworden, so wie ihr Mann, kritisch. Das Hitler-Regime mochte sie jedoch zum Glück auch nicht.

»Frag Heide, was sie davon hält. Den Heiligen Abend möchte ich gerne in Burghof feiern. Wir haben noch ein paar Leute, die wir beschenken möchten.«

Frederikes Mittel waren begrenzt. Trotzdem schaffte sie es, für alle Fremdarbeiter Geschenke zu besorgen. Es waren nur Kleinigkeiten, aber Dinge, die die Männer schätzten. Rasierklingen, gute Seife, Zigaretten und Socken. Für den ein oder anderen, der keine Pakete aus der Heimat bekam, hatte sie schon warme Kleidung besorgt. Pullover, Jacken, Hosen.

»Wie feiern wir Weihnachten?«, fragte Frederike Gebhard.

»Du kommst mit Ideen! Wie sollen wir Weihnachten schon feiern? So wie immer.«

»Wir haben viel weniger Instmänner, dafür aber die Gefangenen.«

Er sah sie überrascht an. »Du hast recht.« Dann dachte er nach. »Ich werde Pierre fragen.« Der kleine Pierre hatte so etwas wie eine Sprecherfunktion der Kriegsgefangenen übernommen. Er sammelte die Klagen und Beschwerden, verteilte die Post, vermittelte. Manchmal waren die Latrinen verstopft, hin und wieder tropfte es durch Dächer, sie hatten zu wenig Holz – eigentlich, das wussten Frederike und auch Gebhard – hatten sie zu wenig von allem. Vor allem fehlten ihnen die Heimat und die Familie. Manche Dinge konnte man beheben, andere nicht.

»Es ist Weihnachten. Lass es uns so feiern wie immer. Und lass sie uns mitnehmen in die Kirche. Ich spreche mit dem Pfarrer, aber er wird nichts dagegen haben.«

»Ich glaube, viele sind katholisch.«

»Und wennschon. Weihnachten ist Weihnachten, wir feiern die Geburt Christi. Überhaupt sollten wir überlegen, ob wir ihnen nicht auch Gottesdienste anbieten.«

»Grundgütiger, Freddy, das bringt uns in Teufels Küche.«

»Küche – ich muss runter«, sagte Frederike und sprang auf.

»Was ist denn nun schon wieder?«

»Heute wollen Pierre und Lore den ersten Käse anstechen, und ich will dabei sein.«

»Man könnte fast meinen, du profitierst von unseren Franzosen.«

»Vielleicht«, sagte Frederike und lachte.

* * *

Weihnachten 1941 feierten die französischen Kriegsgefangenen zusammen mit den Putlitzern in der evangelischen Kirche am Burghof. Der Bereich für sie war abgetrennt worden und wurde bewacht. Nicht jeder konnte das gutheißen, aber der Pfarrer fand einfühlsame Worte. »Jesus Christus wurde für uns alle geboren und ist für uns alle gestorben. Seine Botschaft an die Welt war, dass wir uns lieben sollen, so wie sein Vater, Gott der Allmächtige, uns liebt. Auch wenn es Grenzen gibt, Fronten und verschiedene Meinungen und Ansichten, so sollten wir uns in diesem Moment vereinen und die Geburt Christi zusammen feiern. Amen.«

Dann stimmte der Chor »Stille Nacht« an, und nicht nur Frederike kamen die Tränen.

Nach dem Gottesdienst kamen die Leute in die große Halle. Sie sangen, die Kinder trugen Gedichte vor, und Frederike verteilte Geschenke. In diesem Jahr musste sie einige Geschenke an Familien verteilen, in denen der Vater, Bruder oder Sohn gefallen war. Tränen liefen auf beiden Seiten. Erst als das Gesinde beschenkt war, durften die Franzosen in die Halle kommen. Sie standen staunend vor der großen geschmückten Tanne, an der schon einige Kerzen heruntergebrannt waren.

Dann stellten sie sich auf, Pierre trat vor, drehte sich zu den Männern um. Sie summten erst, fingen dann an zu singen: »Il est né le divin enfant«. Danach sangen sie noch die französische Version von »Oh Tannenbaum«. Es war ergreifend. Frederike wischte sich die Tränen von den Wangen, verteilte ihre Geschenke an die Männer und wünschte ihnen ein schönes und friedliches Weihnachtsfest. Lore hatte für die Männer einen glasierten Honigschinken zubereitet. Davor gab es eine französische Zwiebelsuppe und als Nachtisch einen Vanillepudding.

Die Männer bedankten sich artig und sehr gerührt, gingen zurück in ihre Baracken.

Auch für die Männer auf Kleinwiesental hatte Frederike extra Essen und kleine Gaben bereitgestellt. Heide hat es ihr auf Leskow nachgetan.

Endlich durften Fritzi und Mathilde in den Salon und zu ihren Geschenken. Fritzi hatte sich eine Puppe gewünscht und Mathilde einen ganz besonderen Stoffhund, den sie bei ihrem Besuch in Heiligendamm gesehen hatte. Die Geschenke für die Kinder waren bescheiden, aber erfüllte die Hoffnung, stellte Frederike fest. Wenn der Krieg noch länger dauern würde, gäbe es bald nichts mehr zu schenken.

Gebhard tat sich ein wenig schwer. »Ich habe da etwas für dich, aber ich weiß nicht, ob du dich darüber freust oder nicht. Es war eine spontane Idee, ein Einfall – aber jetzt gefällt es mir gerade gar nicht mehr. Ich will dich nicht traurig machen.«

»Du machst es auf jeden Fall spannend«, sagte Frederike. »Nun spuck es schon aus! Ich kann ja immer noch weinend zu meiner Mutter laufen«, sagte sie und schmunzelte.

»An dem Tag, an dem du zu deiner Mutter läufst, fallen Weihnachten und Ostern auf ein Datum. Ob du dabei nun lachst oder weinst.«

»Was ist es, Gebbi?«

Er senkte den Kopf und zog eine Schmuckschatulle hervor. »Es ist eine silberne Anstecknadel. Ich habe sie für dich anfertigen lassen.«

Frederike öffnete die Schatulle. Es war ein Wolfskopf – nicht irgendein Wolfskopf, es war Valentina. Überrascht sah sie Gebhard an, dann füllten sich ihre Augen mit Tränen.

»Das habe ich befürchtet«, sagte er bedrückt. »Es tut mir leid, ich lass es einschmelzen.«

Wortlos ging sie zu ihm und küsste ihn. Es war nicht nur ein leichter

Kuss auf die Lippen, es war ein richtiger Kuss, voller Leidenschaft und Innigkeit.

»Danke«, presste Frederike hervor.

»Der Arzt hat mir erklärt, dass Valentina dein Leben gerettet hat. Hätte sie nicht geheult, hätte dich Pascal nicht gefunden und dann wäre nicht nur Sophie verstorben, sondern du auch. Valentina wird immer eine Zuflucht bei uns haben, jetzt noch mehr als zuvor.«

Frederike nickte. Sie wusste, welchen Anteil die Fähe an der Geschichte hatte, aber hatte nicht darüber reden wollen. Vorsichtig nahm Frederike die Nadel aus der Schatulle, steckte sie an ihre Bluse. »Es ist wunderschön. Danke. Es ist nicht nur eine Hommage an Valentina, sondern auch an unsere kleine Sophie.«

»Ja.«

* * *

Am 7. Dezember 1941 hatten die Japaner Pearl Harbor angegriffen. Es war eine unfaire Schlacht, unvorhergesehen und mit den Kamikazefliegern etwas, was den westlichen Truppen nicht erklärbar war. Es gab Menschen, die sich bereit erklärten, in den Tod zu fliegen, sich für die Sache zerbomben zu lassen.

Jeder Soldat wusste, dass er dem Tod gegenüberstand, dass er sterben konnte. Aber vielleicht auch nicht. Vielleicht würde er überleben und seinen Enkeln von diesem Krieg erzählen können. Die Kamikazeflieger würden niemandem irgendetwas berichten können. Sie ließen sich wissend in den Tod fallen.

Amerika, das bisher nur die Alliierten unterstützt hatte, trat daraufhin in den Krieg ein.

Die zu Mansfelds trafen sich, wie immer, am ersten Weihnachtstag auf Leskow. Heide hatte den Vorschlag ihrer Schwiegertochter, doch auf Großwiesenfeld zu feiern, mit einer Handbewegung weggewischt.

»Leskow ist der Stammsitz der Familie. Punkt.«

Es gab reichlich zu essen, aber andere Speisen als in den Vorkriegsjahren. Die Kinder wurden beschenkt, doch die Geschenke waren eher praktischer Natur – Kleidung, Schuhe, für Harry ein Ranzen, Bettwäsche. Natürlich gab es auch ein wenig Spielzeug, und so waren die Kinder zufrieden unter der großen Tanne.

Die Erwachsenen tauschten ihre Befürchtungen aus. »Amerika wird das Kriegsblatt wenden«, sagte Werner.

»Du kannst froh sein, wenn das so ist. Noch wurdest du nicht eingezogen, Skepti«, meinte Heide. »Aber das kann sich ändern.«

»Das möge Gott verhüten«, seufzte Thea.

»Der Gott der heutigen Tage ist Hitler, und er hat wenig Einsehen«, sagte Frederike sachlich.

»Der Russlandfeldzug ist aussichtslos«, meinte Werner. »Ich weiß gar nicht, was sich der kleine Österreicher dabei denkt.«

»Psst«, flüsterten Thea und Heide. »Wie kannst du nur?«

»Die Braunen sind mir egal«, sagte Werner und zog an seiner Zigarre.

»Mir nicht«, seufzte Gebhard. »Ich war einmal im Gestapogefängnis in Potsdam. Es waren nur drei Tage, und ich war in Untersuchungshaft, aber ich möchte da nie wieder hin.«

»Bist du jetzt in der Partei?«, fragte Skepti.

»Nein. Bisher nicht. Obwohl es mir immer wieder ›nahegelegt‹ wird.«

»Ich bin eingetreten. Ich hatte keine Wahl«, sagte Skepti leise.

»Es ist nur ein Abzeichen«, meinte Heide. »Es bedeutet nichts.«

Kapitel 47

Mansfeld, 1942/1943

Als Ende März die Nachricht kam, dass Lübeck brannte, waren alle entsetzt. Natürlich hatte es schon Bombenangriffe gegeben. Berlin und vor allem das Ruhrgebiet waren getroffen worden. Nun schienen die Einschläge näher zu kommen. Die Brandbomben vernichteten große Teile der Stadt.

»Wir müssen uns nicht wundern«, sagte Gebhard, als sie in dem Kartoffelkeller saßen und die Nachrichten der BBC hörten. »Wir haben London einen Bombenhagel verpasst. Die Menschen müssen dort unendlich leiden.«

»Die Menschen im Ruhrgebiet auch. Und es nimmt kein Ende«, sagte Heide.

»Mutter, wir haben angefangen.«

Sie seufzte. »Ich weiß. Und es ist schrecklich. Für alle Seiten.«

»Ich hatte heute Besuch«, sagte Frederike leise. »Vom Reichsnährstand. Sie haben die Unterkünfte inspiziert.«

»Warum?«, fragte Heide.

»Sie fragten, ob wir genügend Fremdarbeiter hätten. Sie sind mit unserem Ertrag nicht zufrieden.«

»Das sagst du jetzt erst?«, fragte Gebhard.

»Du warst den ganzen Tag nicht da.« Frederike versuchte, den Vorwurf aus ihrer Stimme zu nehmen.

»Ich habe Aufgaben«, sagte Gebhard schroff und seufzte. »Ich wäre lieber mehr hier … aber …«

»Das weiß ich wohl«, sagte Frederike. »Aber ich weiß nicht immer, was ich antworten soll.«

»Wie lauteten denn die Fragen?«

»Ob wir mehr Fremdarbeiter brauchen und ob wir sie unterbringen könnten. Die Unterbringung müsste gesichert sein.«

»Das sind die Schnitterhäuser auch …«

»Jetzt nicht mehr – die Männer haben die Hasendrähte von den Fenstern gerissen und verlangen, dass wir bis zur nächsten Woche die Häuser ordentlich vergittern.«

»Idioten!«, empörte sich Gebhard und stand auf. »Das wollen wir doch mal sehen.«

Zwei Stunden später hatte er mit Hilfe der Franzosen die Gitter wieder angebracht.

»Das muss reichen«, sagte er schnaufend und voller Zorn.

Es reichte nicht. Ein paar Wochen später standen zwei Wachtmeister der Gestapo vor dem Haus und nahmen nach einigen Diskussionen Gebhard mit sich nach Wittenberge. Schnell hatte Frederike eine Tasche mit Sachen gepackt, man wusste ja nie, wie lange so eine Befragung dauerte.

Diesmal waren es nur zwei Tage, und die Anklage ging glimpflich aus. Trotzdem war Gebhards Gesicht grau, und er wirkte erschöpft.

»Diese Schweine«, murmelte er und setzte sich. »Diese furchtbaren Nazischweine.«

Frederike setzte sich schweigend neben ihn, nahm seine Hand. »Was ist passiert? Was wollten sie von dir?«, fragte sie schließlich.

»Ich bin angezeigt worden, weil ich die Fremdarbeiter zu gut behandele.« Er lachte lautlos. »Ist es zu fassen? Sie sind Gefangene und müssen schwer arbeiten. Nur dadurch hat dieses verflixte Reich mit seinem verdammten Despoten Nahrung und Güter, um diesen unseligen Krieg zu führen.«

»Was haben sie mit dir gemacht?«

Gebhard sah sie an, seine Augen wirkten uralt. »Nichts«, log er, und sie wusste es. Er räusperte sich. »Ich bin in die Partei eingetreten.«

»Nein!«

»Ich hatte keine Wahl. Das oder … Brot und Wasser.«

Brot und Wasser war eine Bezeichnung für Lagerinhaftierung. Es gab einige Lager, die schlimmsten waren im Osten. Entlassen wurde keiner, das wussten sie. Mit Glück blieb man am Leben, aber es war nur eine Frage der Zeit.

»Es ist nur ein Abzeichen«, sagte Frederike und strich ihm über die Wange. »Ein blödes Abzeichen. Wie es in dir aussieht, kann keiner bestimmen.«

Gebhard sah sie an, und dann küsste er sie sacht. »Danke.« Er schluckte. »Ich muss auch noch eine ›Spende‹ an das Winterhilfswerk leisten.«

»Ach«, sagte Frederike, »was ist schon Geld?«

Gebhard nickte. »Ja, aber wir werden auch noch Ostarbeiter bekommen. Russische Soldaten und polnische Zivilisten.«

»Wo bringen wir die unter?«

»Sie müssen auf dem Betriebshof in einer der Scheunen untergebracht werden. Und sie müssen bewacht werden.«

»Wir haben kaum noch Männer auf dem Hof. Wer soll das machen?«

»Unsere Franzosen unter der Aufsicht vom Inspektor.«

»Da wird sich Pirow ja freuen.« Frederike schüttelte den Kopf. »Die Welt ist verrückt geworden.«

Während auf der ganzen Welt der Krieg tobte, lief das Leben auf den Gütern weiter. Zu den Franzosen kamen noch polnische und russische Kriegsgefangene dazu. Es gab die Anweisung, die Ostgefangenen schlechter zu behandeln als die Franzosen.

Gebhard konnte darüber nur den Kopf schütteln. »Hundert satte Männer arbeiten mehr und besser als zweihundert hungrige und kraftlose Männer. Wir werden den Russen geben, was wir können. Punkt.«

Aber die Ernten waren schlechter als in den Vorkriegsjahren. Das lag zum Teil daran, dass Stickstoff, den man für Düngemittel brauchte, nun fast vollständig in der Rüstungsindustrie verbraucht wurde. Außerdem war der Winter 1941/42 einer der kältesten und härtesten Winter, die sie bisher erlebt hatten. Das Frühjahr war nass und feucht. Sie hatten Mühe, die Kartoffeln zu legen und die Felder für die Saat vorzubereiten.

Schon lange wurde in der Brennerei in Leskow kein Schnaps mehr produziert, die Kartoffeln galten als Brotersatz. Auch Steckrüben wurden wieder in großem Maße angepflanzt.

Durch die Planung des Reichsnährstandes verhungerte kaum ein Deutscher in diesen Kriegstagen. Öl und Fett waren jedoch Mangelware, alle Lebensmittel waren rationiert und konnten nur mit Marken erworben werden. Hitlers Plan, die Ukraine so schnell wie möglich zu erobern und die landwirtschaftlichen Erträge für das Reich und die Wehrmacht zu verwenden, ging nicht auf.

Die russischen Gefangenen jedoch verhungerten – und das war vom Führer so gewollt. Es war Mord auf Raten.

Die Landwirte wurden angehalten, die Erträge zu steigern, doch das war trotz der Fremdarbeiter nicht möglich.

* * *

Auch der Winter 1942/43 war kalt und schneereich. Die zu Mansfelds blickten auf ein anstrengendes Jahr zurück. Aber sie konnten sich glücklich schätzen – sie mussten nicht hungern und hatten auch keine Bombenangriffe zu befürchten.

Die Nachricht von der Niederlage der Wehrmacht in Stalingrad machte ihnen Hoffnung. Nun wurde großen Teilen der deutschen Bevölkerung klar, dass Goebbels sie anlog.

»Es wird nichts ändern«, sagte Gebhard düster. »Sie laufen den Schergen immer noch hinterher.«

»Wir werden den Krieg verlieren«, sagte Frederike.

»Ja, aber es wird noch dauern, wenn nicht bald jemand diesen Wahnsinnigen stoppt.«

Auch wenn Gebhard in die Partei eingetreten war, standen sie unter Beobachtung. Vor allem ein Vorarbeiter, ein gewisser Harald Hittlopp, machte Gebhard zu schaffen. Hittlopp war ein begeisterter Nationalsozialist. Jeden Morgen begrüßte er Gebhard und Pirow mit der aufgestellten rechten Hand und einem lauten »Heil Hitler!«. Meist fand Gebhard einen Weg, die Begrüßung anders zu erwidern, aber nicht immer. Mehrfach hatte sich der Vorarbeiter schon missbilligend darüber geäußert.

Er ging auch sehr hart mit den russischen Fremdarbeitern um, schlug sie oder nahm ihnen die zugeteilten Essenrationen weg. Gebhard hatte keine Möglichkeit, Hittlopp zu entlassen, er war vom Reichsnährstand für Mansfeld eingeteilt worden.

Am 25. April 1943, Ostersonntag, kam Gebhard wütend nach Hause. »Wenn ich könnte, würde ich diesen unsäglichen Mann in die Stepenitz schmeißen. Oder gleich noch eine endgültigere Lösung finden.«

»Hittlopp?«, fragte Frederike. Sie saß auf der Veranda, es war sonnig und mild, die Kinder spielten mit Fortuna im Park.

»Wer sonst?«, schnaubte Gebhard.

»Was hat er angestellt?«

»Wir haben einige neue polnische Zwangsarbeiterinnen bekommen. Da ist eine junge Frau dabei – sie ist sehr abgemagert und wirkt schwach. Er hat sie dennoch aufs Feld geschickt, und als sie ohnmächtig wurde, hat er sie an den Haaren wieder hochgezogen und ihr befohlen weiterzumachen. Ich bin eingeschritten. Sie ist jetzt auf der Krankenstation.«

»Hast du mit ihr gesprochen?«

»Nur kurz. Sie heißt Wanda und war Lehrerin. Ihre Familie wurde ausgerottet.«

»Ich schaue sie mir an«, sagte Frederike. »Wir können demnächst noch ein Mädchen gebrauchen.«

»Wieso?«

Frederike lächelte. »Ich bekomme ein Kind.«

Gebhard sah sie erstaunt an. »Tatsächlich?« Sie hatten lange auf eine weitere Schwangerschaft gewartet und inzwischen vermutet, dass es nach der Totgeburt nicht klappen würde. Er küsste sie zärtlich. »Diesmal müssen wir gut auf dich aufpassen.«

»Ja. Die Hebamme meint, ich solle in ein paar Wochen nach Wittenberge fahren und mich dort untersuchen lassen.«

»Das machen wir. Und ab sofort nimmst du dich zurück, was Haus und Garten anbelangt.« Er lachte und küsste sie wieder. »Von nun an wird das Fest der Auferstehung für mich immer eine besondere Bedeutung haben.«

Die zierliche Wanda wurde von ihnen aufgenommen und aufgepäppelt. Sie war ihnen unendlich dankbar und hatte eine wunderbare Hand im Umgang mit den Kindern. Somit erwies sie sich als Glücksgriff.

Auch die Untersuchung in Wittenberge verlief ohne besorgniserregenden Befund.

»Man kann natürlich Komplikationen nie ausschließen«, sagte Dr. Paul Bosse zu Frederike. »Aber es sieht nicht so aus, als sei es wieder eine Placenta praevia. Hatten Sie Blutungen in den letzten Wochen?«

Sie schüttelte den Kopf. »Aber bei der letzten Schwangerschaft habe ich immer mal wieder leicht geblutet. Die Hebamme meinte, dass ich mich überanstrengen würde. Da die Blutungen immer schnell aufhörten und ich keine Wehen hatte, habe ich mir keine Sorgen gemacht.«

»Sobald Sie diesmal bluten sollten, lassen Sie sich liegend hierherbringen. Und zwar sofort.«

Frederike nickte. »Ich habe Angst«, sagte sie leise. »Ich habe Angst, dass ich es wieder verliere oder dass es bei der Geburt stirbt.«

»Das kann ich verstehen, aber im Moment sieht alles gut aus. Wenn Sie möchten, können Sie in zwei Monaten noch einmal zur Kontrolle kommen. Und sobald Sie Probleme haben oder sich nicht gut fühlen, kommen Sie sofort.« Er reichte ihr die Hand. »Aber ich bin ganz zuversichtlich, dass es diesmal gutgeht.«

Doch trotz dieser ermunternden Worte blieb Frederike voller Sorge. Sie war froh, als sie das Kind das erste Mal spürte. Die Hebamme kam oft vorbei und kontrollierte die Herztöne mit ihrem Hörrohr. Auch sie versuchte Frederike zu beruhigen. Doch die Angst blieb.

Im August 1943 kam eine große Hitzewelle. In den zerbombten Städten herrschten Wassermangel und Seuchengefahr. Frederike hielt es nur noch im Schatten aus, die geschwollenen Füße in einer Schüssel mit Wasser. Fritzi, die inzwischen sechs war und im September in die Schule kommen würde, und die fast fünfjährige Mathilde spielten am Ufer der Stepenitz. Das Flüsschen führte viel weniger Wasser als sonst. Sie hatten einen Heidenspaß, in den Schlammpfützen zu matschen und sich in das kühlende Wasser zu legen.

Gebhard war den ganzen Tag unterwegs – er ritt über die Felder, fuhr mit dem Wagen nach Leskow und Kleinwiesental, beaufsichtigte die Ernte. Immer wieder geriet er mit Hittlopp aneinander, weil dieser die Ostarbeiter malträtierte.

»Irgendwann wird er dafür büßen müssen«, hoffte Gebhard.

An manchen milden Abenden kam er zum Hof geritten, nahm Fritzi und Mathilde auf sein Pferd und ritt mit ihnen zum Wirtschaftshof. Dort stand Fritzis Pony. Mit Mathilde vor sich im Sattel und Fritzi stolz auf ihrem Pony, ritten sie noch eine Runde über die Koppeln.

»Ich will auch ein Pony«, sagte Mathilde.

»Das wirst du auch bekommen«, versprach Gebhard ihr.

»Bekommt Wanda auch ein Pferd?«, wollte Mathilde wissen.

»Wanda?«, fragte Gebhard überrascht. »Wie kommst du denn darauf?«

»Na, sie gehört doch jetzt zu unserer Familie.«

Gebhard lachte.

Wenn sie zurückkehrten, stand das Essen auf dem Tisch. Meist gab es an diesen heißen Abenden eine kühle Suppe aus Gurken oder passierten Tomaten, manchmal hatte Lore aber auch eine süße Beerensuppe zubereitet. Klunkermus durfte nicht fehlen, denn Sahne zum Schlagen gab es nicht mehr, der Rahm wurde abgebuttert. Fleisch gab es nur noch selten. Aber der Garten gab zum Glück viel her, und so aßen sie Gemüse, Kartoffeln und Salate.

»Immer mehr Frauen und Kinder aus den zerbombten Städten werden einquartiert«, erzählte Frederike. »Ich fürchte, irgendwann werden wir auch welche aufnehmen müssen.«

»Wenn dieser schreckliche Krieg doch endlich vorbei wäre«, sagte Gebhard.

Anfang September 1943 löste Italien das Bündnis mit dem Deutschen Reich. Mussolini war im Sommer abgesetzt und verhaftet worden. Sofort verlegte die Wehrmacht Truppen nach Italien und befreite ihn. Werner zu Mansfeld wurde nun einberufen und musste nach Italien. Da Gebhard drei Güter leitete, blieb ihm die Einberufung erspart.

Der Oktober begann kühl und regnerisch. Am Morgen des fünften Oktober ging Frederike in die Küche, um sich mit Lore zu besprechen. Ihr Bauch war groß und rund, das Kind sollte bald kommen.

Lore reichte ihr eine Tasse Kaffee, ein inzwischen kostbares Getränk. Echter Kaffee war kaum noch zu bekommen, und oft wurde er mit gerösteten und gemahlenen Bucheckern oder Kastanien gestreckt.

»Sie sehn nich jut aus, Jnädigste«, meinte Lore besorgt. »Is Ihnen schlecht?«

Frederike setzte sich, nippte an dem Kaffee. »Ich bin nur müde«, sagte sie und lauschte in sich hinein. Das Kind bewegte sich. Plötzlich fühlte sie ein Ziehen, das im Rücken begann und sich über den Bauch fortsetzte. Sie stellte ihre Tasse ab, biss sich auf die Lippen. »Lore, lass die Hebamme holen.«

»Jeht es los?«

»Ich weiß nicht. Aber sie soll sofort kommen.« Langsam stand Frederike auf und ging nach oben. In der Halle musste sie stehen bleiben. Ja, das waren Wehen, nun war sie sich sicher. Sie schnappte nach Luft, die Tränen schossen ihr in die Augen.

»Gnädigste?«, fragte Wanda, die gerade aus dem Kinderzimmer nach unten kam. »Fehlt Ihnen etwas?«

»Das Kind kommt«, schluchzte Frederike.

»Kommen Sie«, sagte Wanda und fasste Frederikes Arm. »Ich helfe Ihnen nach oben.«

Frederike zitterte und konnte nicht aufhören zu weinen.

»Ist es so schlimm?«, fragte Wanda besorgt.

»Nein, es tut noch fast gar nicht weh, aber ich habe solche Angst. Ich habe Angst, dass es sterben wird. Und ich auch.«

»Aber nicht doch«, versuchte Wanda sie beruhigen. »Alles wird gutgehen.«

Gemeinsam gingen sie nach oben.

»Wollen Sie sich hinlegen?«, fragte Wanda.

Frederike schüttelte den Kopf. »Nein, aber ich werde zur Toilette gehen und hoffen, dass ich nicht blute«, flüsterte Frederike.

Sie blutete nicht, das Ziehen wurde stärker und regelmäßiger. Es war so, wie sie es von den beiden ersten Geburten kannte. Die Wehen waren nicht vergleichbar mit den fürchterlichen Schmerzen, die sie bei der Totgeburt vor zwei Jahren gehabt hatte. Dennoch schien es ihr unendlich lange zu dauern, bis endlich die Hebamme kam.

Frederike hatte Wanda und Ilse angewiesen, dass Bett schon einmal vorzubereiten. Sie legten eine Unterlage aus Gummi über die Matratze, darüber alte, aber saubere Laken. Handtücher wurden bereitgelegt und eine Schüssel mit Wasser auf den Frisiertisch gestellt.

Auf dem Tischchen lagen Windeln, Hemdchen und Jäckchen bereit. Sachen, die auch schon Fritzi und Mathilde getragen hatten. Noch konnte sich Frederike nicht vorstellen, dass sie in absehbarer Zeit wieder ein Baby in den Armen halten würde. Immer wieder kamen ihr die Tränen, und sie konnte die Hand nicht vom Bauch nehmen, war froh über jede noch so kleine Bewegung des Kindes. Sie lief auf und ab, schaute zum Fenster heraus auf die Zufahrt, sehnte die Hebamme herbei. Es regnete und war windig, die Wolken jagten nur so über den Himmel.

Endlich sah sie die Hebamme kommen. Erleichtert setzte sie sich, stand sofort wieder auf. Die Wehen waren im Stehen besser zu ertragen, stellte sie fest.

»Nu, Jnädigste«, sagte die Hebamme, als sie hereinkam, »isset endlich so weit? Wurd ja och Zeit, wa?« Sie wusch sich die Hände. »Allet so weit normal?«

Frederike nickte. In diesem Moment hörte sie ein leises Knacken, und es lief ihr warm die Beine hinunter. Sie zuckte zusammen, schrie auf. »Nein!«

Die Hebamme drehte sich zu ihr um, sah das Malheur und lachte. »Nu, janz ruhich. Dat war doch nur de Fruchtblase, Jnädigste.«

Frederike hatte die Augen zusammengekniffen, jetzt öffnete sie sie wieder und schaute zu Boden. Tatsächlich stand sie in einer Pfütze Wasser – kein Blut, wie sie befürchtet hatte.

»Also«, sagte die Hebamme, »dat jeht so nich, wa? Ik weeß, Sie ham Angst, awwer et jibt keenen Jrund. Wir bekommen heute 'n Kind, janz normal, wie bei de beeden anderen och, wa?« Sie drehte sich zu Wanda um, die an der Seite stand. »Mädel, jeh ma inne Küche un frach die olle Köchin, obse noch irjendwo 'n Fläschchen Sekt hat. So 'n Gläschen wirdse beruhijen und locker machen, wa, Jnädigste?«

»Sekt?«, fragte Frederike erstaunt.

»Na, Se sind ja voller Anspannung, wa? Da könnse keen Kind kriejen. Und jetz schaunwe ma, wie weit Se sind.« Sie führte Frederike zum Bett, untersuchte sie und schmunzelte. »Dat sieht ja schon ma janz jut aus, wa?«

Frederike erinnerte sich daran, wie sie atmen musste, um die Wehen gut zu überstehen. Bei Beginn der Wehe tief einatmen, tief in den Bauch bis hin zum Kind, und dann ganz langsam ausatmen, so langsam wie möglich. Sie versuchte sich zu entspannen, aber es wollte ihr nicht gelingen.

Wanda kam mit dem Sekt. Erst zögerte Frederike, doch dann trank sie ein Glas. Sie hatte schon lange keinen Alkohol mehr getrunken und spürte die Wirkung sofort. Ihr wurde schwummerig.

»Na, wie isset Sie?«, fragte die Hebamme lächelnd.

»Ich fühle mich ganz blümerant«, sagte Frederike. Aber dann kam die nächste Wehe und holte sie auf den Boden zurück. Sie atmete tief ein und wimmernd aus.

»Nun, nun«, sagte die Hebamme. »Ik weeß, dat tut weh, awwer nich jammern. Nehmse ein tiefes Ah!«

»Was?« Frederike schaute sie verwundert an.

Die Hebamme wartete, bis die nächste Wehe kam. Frederike holte tief Luft. Als sie ausatmete, sah die Hebamme sie an und tönte laut ein tiefes »Ahhhh«. Frederike stimmte mit ein und stellte fest, dass es tatsächlich half.

Gegen Mittag rissen die Wolken auf, und die Sonne kam durch. Es war das milde, das schöne Licht des Herbstes, das das Kind als Erstes erblickte. Es schrie laut und kräftig. Frederike schloss die Augen und dankte Gott – das Kind lebte.

»Na, det is ja ma 'n kräftiger Bursche«, sagte die Hebamme und legte das warme, feuchte Kind in Frederikes Arme.

»Ein … ein …?«

»Is ’n Junge, Jnädigste«, lachte die Hebamme.

Gebhard konnte sein Glück kaum fassen – Frau und Kind hatten die Geburt gut überstanden, und endlich hatte er seinen ersehnten Stammhalter, der natürlich Gebhard heißen würde.

Zur Feier des Tages schickte er Hittlopp nach Hause, wies Pirow an, drei Ferkel zu schlachten und braten zu lassen. Außerdem bekam jeder auf dem Gut einen Schnaps.

Kapitel 48

Mansfeld, 1944

Das Jahr begann schneereich. Aber der Winter, auch wenn er frostig war, war nicht so kalt wie die letzten beiden. Wieder feierten sie den Heiligen Abend mit den Fremdarbeitern. Die Geschenke fielen klein aus, aber die Männer freuten sich auch über ein Stück Seife oder ein paar Zigaretten. Gebhard hatte dafür gesorgt, dass sie Weihnachten eine Portion Fleisch bekamen, vor allem den russischen Soldaten war dies eigentlich verboten, doch Gebhard scherte sich nicht darum.

In diesem Jahr feierten sie den ersten Feiertag nicht auf Leskow, sondern auf dem Burghof in Mansfeld. Frederike hatte darum gebeten, sie wollte mit dem kleinen Gebhard nicht über die glatten Straßen durch die Kälte fahren. Heide stimmte zu, sie war ganz entzückt von dem Kleinen, konnte gar nicht genug von ihm bekommen. Auch Thea und ihre vier Kinder kamen. Sie waren ganz froh, Weihnachten nicht auf Großwiesental verbringen zu müssen – dieses Fest ohne den Vater zu feiern, war schwierig genug für sie. Thea hatte 1941 nach drei Jungen endlich eine Tochter bekommen.

Die Kinder spielten im Gartenzimmer, während die Erwachsenen vor dem Volksempfänger saßen.

»Hast du etwas von Skepti gehört?«, fragte Heide.

Wortlos reichte Thea ihr mehrere Postkarten. Heide las sie, schüttelte dann den Kopf. »Er schreibt nicht, wo er ist und wie es ihm geht. Er schreibt fast gar nichts.«

»Mutter, sie dürfen nichts schreiben. Das ist verboten«, sagte Gebhard.

»Ja, ja, ich weiß. Feindnachrichten und Zersetzung und so.« Heide schnaubte. »Die Gestapo wird immer hässlicher.«

»Sie hat auch Grund dazu. Der Widerstand gegen Hitler wächst«, sagte Frederike leise. »Die Weiße Rose ist kein Einzelfall, auch wenn Freisler das behauptet.« Die Hinrichtung der Geschwister Scholl am 22. Februar 1943 hatte Frederike tief erschüttert.

»Ja, immer mehr von uns stellen sich gegen ihn, auch wenn sie hohe Posten im Militär bekleiden. Die Septemberverschwörung ist noch nicht vorbei. Ich weiß, dass es etliche Versuche gab, Hitler zu ermorden. Aber leider bisher ohne Erfolg«, sagte Gebhard.

»Von uns?«, fragte Thea verblüfft. »Wie meinst du das?«

»Ich meine den Adel, liebste Thea. Ja, viele sind beim Militär und waren froh, dort wieder Karriere machen zu können, aber sie sehen schon lange, was Hitler wirklich betreibt – das ist Völkermord und nicht mit unseren Gewissen zu vereinbaren. Es gibt den Widerstand. Und ich hoffe, er wird irgendwann erfolgreich sein, auch wenn ich nichts dazu beitragen kann.«

»Du tust schon viel«, sagte Heide leise. »Unseren Fremdarbeitern geht es besser als vielen, vielen anderen. Aber du musst aufpassen. Der Feind hört mit, und er beobachtet uns.«

»Ich wünschte, ich könnte Hittlopp feuern«, murmelte Gebhard.

Es klopfte. »Ja?«, rief Frederike.

Ilse öffnete die Tür. »Das Essen ist fertig«, sagte sie. Im Vergleich zu den Vorjahren war es ein bescheidenes Weihnachtsessen, aber Lore hatte zwei Gänse schlachten lassen. Es gab keine Hummersuppe und auch nur drei Gänge, aber diese waren köstlich.

Nachdem Ende Januar 1944 die Rote Armee den Belagerungsring der Wehrmacht um Leningrad zerschlagen hatte, mussten die deutschen Truppen immer weiter zurückweichen. Ab April tobte die Schlacht um die Krim. Im Mai hatten die Russen die Krim zurückerobert. Im Juni standen sie vor Ostpreußen.

Die Amerikaner und die Briten bombardierten nicht nur Berlin, sondern auch Frankfurt am Main. Dort brannte am 18. März die Paulskirche aus. Vier Tage später brannte die ganze Altstadt von Frankfurt. Im Mai befreiten die Alliierten Rom.

Am 6. Juni war D-Day. Die zu Mansfelds saßen im Kartoffelkeller und lauschten den englischen Nachrichten.

»Was haben sie gesagt?«, fragte Heide aufgeregt.

»Die alliierten Truppen haben die Küste der Normandie erreicht, und von dort werden sie sich vorkämpfen«, sagte Gebhard leise. »Das ist der Anfang des Endes.«

»Du meinst, dieser schreckliche Krieg hat endlich ein Ende?«

»Ja, jetzt ist es absehbar. Mir macht nur die Rote Armee Sorge.«

»Sie stehen vor Ostpreußen. Was wird mit meiner Familie?«, fragte Frederike. »Wir müssen sie holen.«

* * *

Im Februar waren Onkel Erik und Stefanie das letzte Mal im Burghof gewesen. Es war nur ein kurzer Besuch, sie wollten den kleinen Gebhard sehen.

Wenn es ging, telefonierte Frederike einmal in der Woche mit Fennhusen, oder sie schrieb Briefe. Doch weder in den Telefonaten noch brieflich konnte das gesagt werden, was sie sagen wollten. Deshalb war das persönliche Treffen so wertvoll gewesen.

Klein Erik war 1942 mit achtzehn Jahren in die Waffen-SS eingetreten und kommandierte einen Tiger-Panzer. Er wurde 1943 verwundet festgenommen und kam in russische Gefangenschaft. Anfang 1944 konnte er fliehen und kam zurück zu den Truppen.

»Er hat sich verändert«, erzählte Onkel Erik. »Seine Augen …«

Stefanie senkte den Kopf. »Seine Augen sind alt, er hat viel gesehen, spricht aber nicht darüber«, sagte sie leise. »Ich habe Hitler so viel zugetraut, habe gehofft und war mir sicher, dass er es richtig machte. Ich glaube, das habe ich auch an die Kinder weitergegeben, auch wenn Erik dem immer entgegenstand. Doch ich habe mich geirrt«, gab sie nun zu. »Die Nazis sind nicht gut für unser Land. Hitler ist verrückt. Was er all diesen Menschen antut …«

»Was ist denn jetzt mit Erik?«

»Er ist noch im Lazarett, aber er wird wieder an die Front müssen«, seufzte Stefanie.

»Wenn es dann noch eine Front gibt«, wisperte Onkel Erik. »Ich weiß, dass es militärischen Widerstand gegen Hitler und seine Schergen gibt. Viele sind in den letzten Jahren aufgewacht. Es gab schon einige Versuche, Hitler umzubringen, aber alle sind gescheitert.«

»Ja«, sagte Gebhard. »Deshalb ist auch mein Bruder auf der Flucht.«

»Wo ist er jetzt?«, fragte Stefanie.

»Er war erst in England, dann auf Jamaika und ist jetzt in den USA. Ich bekomme nur sporadisch Nachrichten und auch nur verschlüsselt über Umwege.«

»Es gibt einen Umsturzplan«, sagte Onkel Erik leise. »Das weiß ich von meinem Onkel.«

»Dem General?«

Onkel Erik nickte.

»Hoffentlich werden sie Erfolg haben.«

»Das hoffe ich auch, denn ansonsten … es wird uns alle betreffen. Wir sind alle irgendwie miteinander befreundet, verschwägert oder verwandt. Hitler wird keinen großen Prozess machen, er wird die Sippenhaft anwenden.«

»Das darf die Männer aber nicht abhalten«, sagte Frederike. »Oder doch?« Sie sah Gebhard an.

»Ich weiß es nicht, Liebes. Immer wenn ich an euch denke, an dich und meine Kinder, dann wird mir ganz angst und bang ums Herz.«

Frederike schluckte. »Sie werden dir nichts tun. Caspar ist schon so lange weg. Und du … du streitest dich höchstens mit Hittlopp, diesem Idioten.«

»Jeder Parteiling kann gefährlich werden«, sagte Onkel Erik. »Und man weiß nie, wen man so vor sich hat. Wir haben einige ausgebombte Familien aus dem Reich auf dem Hof. Ich vertraue ihnen kein Stück, auch wenn sie nett sind.«

»Wir werden auch welche bekommen«, sagte Frederike. »Da alle Gesindehäuser mit Zwangsarbeitern belegt sind, werde ich sie im Haus aufnehmen müssen.«

»Wann kommen sie?«, fragte Stefanie.

»In den nächsten Wochen. Genaueres weiß ich noch nicht.« Frederike holte Luft. »Und Irmi? Wie geht es Irmi?«

»Sie hat ja letztes Jahr geheiratet, ihr Mann steht im Kurland. Sie wird im Sommer ein Kind bekommen.«

»Geht es ihr gut?«

»Ja, bis auf die Tatsache, dass Stefan im Krieg ist.«

»Wollt ihr nicht hierbleiben? Und die Kinder herholen?«, fragte Frederike.

»Das geht nicht. Es ist bei Strafe verboten, das Gut zu verlassen. Wir gelten als Bollwerk gegen die Rote Armee, aber wenn sie kommt, dann gnade uns Gott. Die Wehrmacht hat grausame Taten vollzogen, die Russen werden sich bis aufs Blut rächen.«

»Ich bereite schon jetzt heimlich einen Treck vor. Ich habe Leiterwagen verstärken und mit Gummireifen ausstatten lassen«, sagte Onkel Erik. »Wir versuchen Vorräte anzulegen, aber das ist nicht einfach.«

»Vielleicht wird der Krieg ja beendet, bevor die Russen einmarschieren«, hoffte Frederike, und sie stand mit ihrer Hoffnung nicht alleine da.

Doch schon bald mussten die Fennhusens wieder abreisen. Zum Abschied nahm Stefanie Frederike fest in den Arm.

»Du hast es gut gemacht«, sagte sie leise.

»Was?«, fragte Frederike erstaunt.

»Dein Leben. Ich bin stolz auf dich.«

Frederike schluckte, Tränen stiegen ihr in die Augen.

»Und auch dein Mann, seine Familie – ich habe sie verkannt, und es tut mir leid.«

»Nach dem Krieg wird alles anders, Mutter«, sagte Frederike voller Hoffnung.

»Vielleicht. Ich hoffe es.«

Onkel Erik nahm sie wortlos in die Arme. Frederike sah ihn an, beide wussten, was der andere dachte.

»Passt auf euch auf«, wisperte Frederike und versuchte die Tränen wegzublinzeln.

»Das machen wir. Mach dir keine Sorgen!«

Aber die Sorgen blieben.

* * *

»Wir müssen meine Familie retten«, flehte Frederike. »Die Russen werden sie töten.«

»Erik wird das nicht zulassen«, sagte Gebhard. »Und wir können sie nicht retten. Es wurde wieder durchgegeben, dass alle zu verharren haben. Hitler glaubt immer noch, dass es eine Wende geben wird. Er ist komplett wahnsinnig. Wir können nicht an vier Fronten kämpfen. Überall verlieren wir.«

»Die Invasion der Alliierten – meinst du, das könnte ihn dazu bewegen, aufzugeben?«

»Nein. Er ist verblendet. Er wird niemals aufgeben. Nie. Ihn stoppt nur eins …«

»Der Tod.«

Gebhard nickte.

Und dann kam der 20. Juli 1944. Am Abend wurde eine Sondersendung angekündigt. Es wurde über das misslungene Attentat auf Hitler in der Wolfsschanze berichtet. Sie eilten in den Keller, wollten die BBC Deutschland hören, aber aus dem Radio erklang nur Rauschen. Gebhard drehte den Senderknopf, aber auch die englische BBC berichtete nur vom Frontverlauf und nicht vom Attentat.

Doch in den nächsten Tagen erfuhren sie mehr. Da waren General von Stauffenberg, General Beck, Werner von Haeften, Albrecht Ritter Mertz von Quirnheim und Friedrich Olbricht schon tot. Es folgten viele weitere.

Zwei Wochen nach dem Attentat kündigte Himmler auf der Gauleitertagung in Posen an, er werde eine absolute Sippenhaftung einführen. Er schrie: »Sie brauchen bloß die germanischen Sagas nachzulesen. Wenn (…) eine Blutrache in einer Familie war, dann war man maßlos konsequent. Wenn die Familie vogelfrei erklärt wird und in Acht und Bann getan wird, sagten sie: Dieser Mann hat Verrat geübt, das Blut ist schlecht, da ist Verräterblut drin, das wird ausgerottet bis zum letzten Glied in der ganzen Sippe. Die Familie Graf Stauffenberg wird ausgelöscht werden bis ins letzte Glied.«

Frederike und Gebhard hörten diese Nachrichten voller Grauen. Auch Eriks Onkel war verhaftet worden. Und würden die Nazis über Beck den Weg zurück zur damaligen Septemberverschwörung finden? Zu Caspar und letztendlich zu ihnen? Ihnen war angst und bange.

Immer öfter kam nun auch Heide. Zusammen saßen sie im Keller, lauschten den Nachrichten.

»Ich wünschte«, sagte Gebhard ein paar Wochen später, als er sein Pferd bestieg, um auf die Felder zu reiten, »Operation Walküre wäre erfolgreich gewesen. Dann müssten wir uns nicht mehr mit diesem Schwachsinn hier abgeben.« Erst als er die Worte gesagt hatte, sah er Hittlopp an der Ecke stehen. Der Vorarbeiter zog noch einmal an seiner Zigarette, warf sie dann zu Boden und trat sie aus.

»Es war dumm von mir«, gestand Gebhard später Frederike. Sie lagen nebeneinander im Bett. Draußen leuchteten die Blitze eines Sommergewitters. Den ganzen Tag schon waren die Schwalben tief über den Hof geflogen. Frederike war kurz zuvor noch einmal im Kinderzimmer gewesen und hatte nach Klein Gebbi geschaut. Der Junge schlief fest und zufrieden.

»Du musst aufpassen.«

»Das weiß ich ja. Ich werde mich noch mehr bemühen.«

Frederike sah mit Argwohn, dass Hittlopp nun immer wieder auf dem Hof auftauchte. Er verbrachte viel Zeit mit den BDM-Mädchen, die gerade neu eingetroffen waren. Drei waren es inzwischen. Sie waren alle vierzehn oder gerade fünfzehn, hatten die achte Klasse absolviert und keine Ahnung vom Leben und von Arbeit. Hittlopp leitete die örtliche Gruppe der Hitlerjugend, organisierte die Heimatnachmittage und die Arbeitseinsätze. Er hatte eine schmierige Art, aber die Kinder mochten ihn seltsamerweise.

Immer wenn Frederike ihn sah, wurde ihr anders. Wie eine kalte Hand, die über ihren Rücken fuhr, breitete sich Gänsehaut aus, und die Härchen im Nacken stellten sich auf. Sein Grinsen war diabolisch, aber sie fand nie einen Grund, ihn vom Hof zu schicken. Er war ein Geier, der auf Beute lauerte.

Im Oktober, sie hatten gerade Klein Gebbis ersten Geburtstag gefeiert, klingelte frühmorgens das Telefon. Frederike schauderte es. Gebhard war schon unterwegs, also ging sie in die Halle, nahm ab.

»Freddy«, hörte sie Thea schluchzen. »Freddy …«

»Was ist passiert?«

»Skepti …«

Frederike stockte der Atem. »Was ist mit ihm?«

»Skepti … er … er …«, schluchzte Thea.

Frederike nahm allen Mut zusammen und stellte die Frage, die sie nie hatte stellen wollen: »Ist er gefallen?«

»Nein.«

Erleichtert stieß Frederike die Luft aus. »Was dann?«

»Gefangenschaft.«

»In Italien?«

»Jahaaaa«, schluchzte Thea.

»Gott sei Dank!«

»Wie kannst du so etwas sagen?«

»Er ist in Gefangenschaft der Westalliierten, nicht im Osten. Und er ist unverletzt. Nun kann er nicht mehr fallen oder verletzt werden, er muss nicht mehr kämpfen, er wird nicht verhungern. Das ist gerade das Beste, was ihm passieren konnte.«

»So habe ich es noch gar nicht gesehen.«

»Dann sieh es jetzt so.« Sie war froh, dass Werner einen zuverlässigen Inspektor hatte und Gebhard sich nicht auch noch um ein viertes Gut kümmern musste.

Erst abends konnte sie Gebhard davon erzählen.

»Dein Bruder ist in Gefangenschaft geraten«, sagte sie vorsichtig.

»Ist er verletzt?«

»Nein.«

»Wo ist er? Immer noch in Italien?«

»Ja!«

»Menschenskind, hat der ein Glück.«

Frederike schmunzelte. »So sehe ich das auch.« Dann schaute sie Gebhard an. »Was bedrückt dich?«

»Ich habe diesen Stellmacher, diesen Martin Klaas. Er ist Invalide und auch ein Brauner. Außerdem säuft er und verprügelt seine Frau. Zur Arbeit kommt er immer nur dann, wenn ihm danach ist. Und das ist nicht oft der Fall.«

»Das ist ärgerlich. Aber wie immer in den letzten Jahren kannst du ihn nicht entlassen.«

»Nein, der Ortsgruppenführer würde mir aufs Dach steigen. Zum Glück gibt es Jules, einen unserer Franzosen. Er ist auch Stellmacher und um Welten besser als Klaas. Doch Klaas hat mich heute beschimpft. Ich würde den Franzosen vorziehen. Was stimmt.«

»O Gebhard«, sagte Frederike entsetzt.

»Ich habe ihm auch gesagt, dass ich Jules nur nehme, nehmen muss, weil er ja nicht zur Arbeit erscheint. Er hat wütend die Faust geballt und ist gegangen.«

»Leg dich nicht mit den Leuten an.«

»Ich muss die Höfe führen, da kann ich nicht die Ärsche pudern. Auch wenn sie noch so braun sind.«

Frederike wusste, dass er recht hatte. Aber Angst hatte sie trotzdem.

Am Morgen des 9. November 1944 klingelte wieder früh das Telefon. Es schrillte, ein unheilvoller Klang.

Sie hatten wie immer die Andacht gehalten, saßen beim Frühstück. Gebhard legte seine Serviette zur Seite, ging in die Halle. Als er wiederkam, war er bleich.

»Pack mir Sachen ein. Warme Sachen. Reichlich«, sagte er zu Frederike.

»Was …?«

»Mutter wurde verhaftet. Wegen staatsfeindlicher Einstellung und Verbreitung von Feindnachrichten. Und lauf erst in den Keller – wirf das Radio in den Brunnen. Schnell.«

Frederike lief. Sie nahm das batteriebetriebene Radio, sah es an. Wenn sie es jetzt in den Brunnen werfen würde, wäre ihre Verbindung zur Welt und den wahren Nachrichten fort.

Lore kam.

»Jestapo?«, fragte sie nur.

Frederike nickte.

»Jeben Sie es mir. In meene Dreckwäsche wühlt bestimmt keener vonne Jestapo.«

»Danke.« Frederike lief nach oben, packte eine Tasche. Socken, warme Unterhemden, Wollpullover, Hosen. Es klopfte. Wanda trat ein.

»Lore schickt mich.« Sie brachte eine Tasche. »Die hat Lore genäht. Guter Stoff«, sagte sie und zeigte auf zwei geheime Taschen unter dem Boden. »Da ist Schokolade drin.« Gemeinsam packten sie die Tasche und brachten sie nach unten. Als sie in die Halle kamen, hörten sie schon den Wagen die Einfahrt entlangfahren.

Gebhard umarmte Frederike, küsste sie. »Ich liebe dich, meine Liebste. Ich liebe dich sehr. Kümmere dich um die Kinder. Sag ihnen, wie sehr ich sie liebe.«

»Wirst du zurückkommen?«, fragte Frederike unter Tränen.

»Ich verspreche es dir.« Sie sahen sich an, und jeder wusste, was der andere dachte. Gebhard konnte es gar nicht versprechen.

»Pass auf dich auf, Liebster. Ich brauche dich.«

»Und ich dich. Und kümmere dich um die Güter.«

Die zwei Männer der Gestapo brachten die Anklage vor, sie war die gleiche wie bei Gebhards Mutter.

Wer hat uns denunziert, dachte Frederike wütend und verzweifelt zugleich. Wer denunziert eine alte Frau? Wer ist so unmenschlich? Leider waren es zu viele in dieser Zeit.

Sie führten ihn ab, steckten ihn in das Auto, fuhren davon. Frederike blieb in der Tür stehen, sah ihnen nach, bis sie schon längst nicht mehr zu sehen waren.

Niemals die Hoffnung aufgeben, sagte Frederike sich, Gebhard wird zurückkommen. Er war schon zweimal inhaftiert und ist nach wenigen Tagen zurückgekehrt. Er wird es auch diesmal schaffen. Sie können nichts beweisen. Und dann … dann wird bald der Krieg zu Ende sein, und unser wahres Leben wird beginnen. Mit den Kindern. Hier auf dem Gut.

Ich muss nur daran glauben.

ENDE

Nachwort

Dieses Buch ist ein Roman, eine Fiktion, eine Geschichte, die ich mir ausgedacht habe – zumindest in weiten Teilen. Dennoch beruht es auf der wahren Lebensgeschichte von Friederike Wilhelmine von Plato. Ihre Lebensgeschichte ist quasi ein Gerüst, wie eine dieser Schneiderpuppen aus Draht, die ich dann mit meiner Fiktion füttere, anfülle und auskleide. Viele Dinge, die ich schildere, waren so, viele hätten so sein können, und einige habe ich schlicht erfunden.

Friederike, die von der Familie Wilfried genannt wurde, war die Mutter von Gebhard Gans Edler zu Putlitz. Er hat mir diese Geschichte seiner Mutter und seiner Familie geschenkt, und ich bin ihm zu tiefem Dank verpflichtet. Zu den Danksagungen komme ich aber noch.

Durch ihn habe ich viele Dokumente, Informationen, Hinweise erhalten, die es mir möglich machten, dieses Buch zu schreiben. Ich habe Briefe gelesen, Unterlagen gesehen, DVDs geschaut. Er ist mit mir durch die Prignitz gefahren, über die Waldwege, durch die Wälder und tatsächlich auch über die Felder an der Stepenitz entlang. Er hat mir die alten Gutshäuser, die Friedhöfe, die Dörfer und die Besitzung seines Vaters, Großvaters und der Onkel gezeigt. Das sind Tage, die ich nie vergessen werde und die sich mir eingeprägt haben.

Ich habe die Prignitz im Herbst, Sommer und im Frühjahr besucht, habe die Orte aufgesucht, die wichtig für diese Geschichten waren. Dennoch ist es heute anders als damals.

Ich habe versucht, das Gefühl für die Gegend einzufangen und wiederzugeben.

Dieses Buch war eins der schwersten Bücher, die ich jemals geschrieben habe. Und das liegt an der Zeit. Das Dritte Reich. Das ist eine schwere Zeit, eine Zeit, die Traumata geschaffen hat. Eine Zeit, die Familien getrennt hat. Eine Zeit des Misstrauens und der Denunziation.

Es war das Ende der Weimarer Republik. Plötzlich tauchten überall Machthaber auf, die despotisch waren – Mussolini, Stalin, Hitler. Es gab Kundgebungen, es gab Märsche, es gab Gewalt gegen Schwächere.

Die Juden waren damals die offensichtlichen Opfer, aber die Roma und Sinti, die Kranken, die Homosexuellen und viele andere Randgruppen mussten ebenso leiden.

Während ich recherchiert habe, liefen die Demonstrationen der Pergida im Osten. Es gibt Anschläge auf Flüchtlingsheime, schreckliche Verbrechen gegen Menschen, die einfach nur eine sichere Heimat suchen.

Im Dritten Reich wurden den Juden nach und nach alle Rechte aberkannt. Sie wurden gedemütigt, verfolgt, vertrieben, entsetzlich getötet. Es gibt heutzutage Menschen auf der Welt, die ein ähnliches Schicksal haben. Man darf nicht wegschauen.

Wenn Machthaber sagen, dass ihr Land das »erste und beste« auf der Welt sei, dann sollte man an damals denken. Oft gehen diese Ideologien auf Kosten von anderen. Muss das sein? Können wir nicht alle friedlich miteinander leben? Wir sollten es versuchen.

»Die Jahre der Schwalben« ist wahr und Fiktion, wie alle meine Bücher.

Wahr ist:

Es gab Frederike.

Es gab Ax, und er war an Tuberkulose erkrankt, steckte seine junge Frau an. Er starb in Davos, bevor der Professor ihn operieren konnte.

Frederike hat die Ansteckung ohne Folgen überlebt, ob sie diesen Impfstoff genommen hat? Vermutlich nicht.

Wahr ist aber, dass es diesen Impfstoff gab und der Entdecker wegen seiner »Rasse« verfolgt wurde. Wenn man bei Google die »Friedmann Bazillen« eingibt, kommt man immer auf Dr. Enderlein. Aber wer sich dafür interessiert, kann ordentlich nachlesen. Friedmann hat den Impfstoff entwickelt. Diesen Impfstoff gab es.

Wahr ist, dass Frederike Anfang der 30er Jahre zu jemandem eine Liebe entwickelte und mit ihm eine Woche in Venedig verbrachte. Rudolph gab es, er hieß nur anders. Er heiratete tatsächlich, bevor Ax starb, was Frederike und Rudolph sehr unglücklich machte, aber nicht mehr zu ändern war.

Wahr ist, dass Frederike Gebhard kennenlernte. Ihre Freundin Thea heiratete tatsächlich Gebhards Bruder. Frederike und Gebhard zu Pulitz verliebten sich sehr ineinander. Es war eine glückliche Beziehung unter einem unglücklichen Stern.

Wahr ist, dass Gebhards Bruder Botschafter war. Er hieß nicht Caspar, so wie Werner, »Skepti«, nicht Werner hieß. Ich habe die Namen geändert. Es gab den deutschen Gesandten, aber er hieß nicht Smirnoff, sondern Ustinov. Es gibt eine Fernsehdokumentation der ARD über die Septemberverschwörung unter dem Titel »Das Geheimnis der Ustinovs«. Leider ist die Dokumentation nicht mehr als Podcast zu sehen, aber man kann die DVD anfordern.

Wahr ist, dass es schon früh Verschwörungen, auch bei ranghohen Militärs, gegen Hitler gab. Wahr ist allerdings auch, dass es etliche Adlige gab, die erst einmal die Richtung des Führers unterstützten.

Wahr ist, dass Frederikes Bruder Testpilot war und vor dem Krieg noch verunglückte. Er überlebte. Ob er aber mit Erik Bachem zusammengearbeitet hat? Wahrscheinlich nicht. Dieser kleine Zusatz ist meiner Liebe zu dem Eriba Wohnwagen geschuldet.

Wahr ist, dass Frederikes Schwester durch eine zu hohe Dosis an Röntgenstrahlen innerlich verbrannt ist. Sie nahm Morphium und starb elendig. Ob sie und ihr Mann der Lebensreform folgten? Vermutlich nicht, aber diese Reformbewegung gab es durchaus.

Wahr ist, dass Gebhard die Güter seines Bruders pachtete und nach Caspers Verurteilung zum Tode weiter bewirtschaften konnte, ebenso hat er das Gut seiner Eltern mit verwaltet. Es gab eine sehr kluge Sekretärin, sie hieß allerdings nicht Ursa Berndt. Es gab auch die beiden Verwalter – aber sie hießen nicht Pirow und Dannemann. Pirow und Dannemann sind allerdings Namen, die sich im heutigen Putlitz sehr hervortun und deren Träger mich sehr unterstützt haben. Genauso wie »Fräulein Berndt«. Danke.

Wahr ist, dass es den Gärtner Blumenthal gab. Er machte sich selbständig, die Gärtnerei gibt es immer noch.

Wahr ist, dass Frederike das erste Kind in Wittenberge in einer Klinik entbunden hat. Aber meiner Phantasie ist es geschuldet, dass es die Klinik von Dr. Paul Bosse war. Sein Schicksal kann man nachlesen. Vielleicht hat sie tatsächlich dort entbunden, ich weiß es nicht.

Wahr ist, dass Frederike Else als Kindermädchen mitgenommen und behalten hat.

Wahr ist, dass es nur den Uhrmacher Levin in Putlitz gab und keine weiteren Juden. Wahr ist auch meine Schilderung der Taten nach der Reichskristallnacht. Levins Tochter Paula kam in einem Nachbargut unter, das habe ich ein wenig angepasst. Die ganze Familie überlebte den Krieg, es gibt einen Stolperstein in Putlitz, der an sie erinnert.

Wahr ist, dass es einen Vorarbeiter gab, der sehr unangenehm war. Und der sich schuldig machte. Er hieß nicht Hittlopp.

Wahr ist, dass es französische und russische Gefangene auf den Gütern gab, die Zwangsarbeit leisten mussten.

Wahr ist aber auch, dass Gebhard dafür verfolgt, denunziert und verurteilt wurde, weil er die Gefangenen »zu gut« behandelte.

Wahr ist das Radio im Kartoffelkeller, eine »Goebbelschnauze«, und die Verhaftung wegen Hörens der Feindsender.

Wahr ist, dass es die Wölfe auf Sobotka gab und dass eine sonst freundliche Wölfin Frederike angegriffen und verletzt hat.

Wahr ist Wanda und dass Gebhard sie vom Feld rettete. Wanda hat später der Familie sehr geholfen.

Wahr ist, dass es diese Familie gab und gibt, dass sie herzlich ist, dass sie einmalig ist, dass sie mich unterstützten, wo es nur geht. Ich bin sehr beeindruckt von dieser Familie.

Die Namen habe ich zum größten Teil ausgetauscht. Die Familie zu Mansfeld gibt es nicht unter dem Namen.

Ich habe Orte und Personen umbenannt – das hat verschiedene Gründe. Zum einen ist dies ein Roman, eine Fiktion, eine Geschichte, die ich mir zu großen Teilen ausgedacht habe. Zum anderen leben zum Glück noch viele, viele Nachkommen. Aber es ist nicht ihre Geschichte, keine Biographie, sondern eine Familiensaga aus meiner Feder.

Ich kann nicht alle *dies ist wahr, dies nicht* aufführen. Die wahren Sachen, die mir wichtig waren, habe ich aufgeführt. Jeder Leser, der noch Fragen hat, kann mich gerne per E-Mail anschreiben, ich werde versuchen, Antworten zu finden.

Ich habe versucht, genau zu recherchieren. Ich war an Orten, ich war in Archiven, ich habe Experten angesprochen. Dennoch ist dies mein Buch, und alle Fehler, und davon gibt es sicher einige, gehen auf mich. Man möge es mir verzeihen.

Danksagung

»Imagine there's no countries
It isn't hard to do
Nothing to kill or die for
And no religion, too«

The Beatles

Dieses Buch hat mir Einiges abverlangt. Ich wusste, dass es so sein würde, aber nicht, wie sehr.

Und natürlich hätte ich es nicht geschafft, wenn da nicht diese Leute hinter mir wären, die da sind, die für mich da sind, an mich glauben und mich unterstützen.

Dieses Buch gäbe es nicht ohne die Familie zu Putlitz. Es ist ein Buch über ihre Familie, aber es ist auch viel mehr und viel weniger. Es ist keine Biographie. Es sind Fragmente, die mir geschenkt wurden und die ich verändert und geändert habe.

Gleichzeitig ist da eine Verbundenheit zur Familie, fast schon eine Freundschaft, zu ihnen entstanden, die ich nicht mehr missen möchte. Ganz herzlichen Dank, liebe Susanne und lieber Gebhard zu Putlitz. Danke für alles – für die Abende in Mansfeld, die Tage in Putlitz. Für Essen, Spaziergänge und vor allem für die vielen Gespräche und Telefonate. Und dann das Huhn … was soll ich sagen? Es tut mir immer noch leid, und irgendwie werde ich das nie vergessen. Danke, dass es Sie gibt und dass Sie das mitmachen – das gilt auch für Sophie, Friederike und Moritz.

Danken möchte ich auch Ulla Berndt, Claus Pirow und den anderen Putlitzern. Ich werde wiederkommen. Ganz sicher!

Liebste Anne Sudmann – ich möchte nie wieder eine andere Lektorin. Danke für Ihre Geduld, Ihr Wissen und Ihre Gelassenheit. Danke, dass Sie meine Bücher so mögen.

Danke, Reinhard Rohn, der von Anfang an an mich geglaubt hat.

Und dann ist da noch Gerald. Mein LA. Ohne dich … du weißt das schon. Danke, dass es dich gibt. Und Christiane. Irgendwie ist das schon etwas Besonderes.

Und dann Conny Heindl – können wir mal eben telefonieren? Bitte! Ich liebe die Telefonate mit dir. Und dich. Und das es dich gibt. Danke.

Und dann natürlich alle, die bei mir sind, mich aushalten und trotzdem bleiben. Christian und Ela – Lieblingsbruder –, sagte ich dir schon mal, wie gern ich dich habe? Danke, dass du alle meine Fragen beantwortest. Andrea und Christian. Susanne und Fred. Michael und Bärbel. Und die anderen. Danke!

Joan. Hmmm. Joan. Meine Joan. Unsere fast täglichen Mails. Sie tragen mich in dieser Freundschaft, die außerordentlich ist. Und danke für die Blumen, die vielen, vielen Blumen. Bitte schreib weiter viele, viele Bücher. Bitte, liebe Leser, kauft, verschenkt, liebt Joan Weng. Und wenn ihr wissen wollt, wer der schönste Mann der UFA wirklich war, dann müsst ihr Joan Weng lesen.

Und ich sing für uns: Oooh, you make me live.

You are my best friend.

Kirsten und Klaus … ihr seid besonders. Immer. Und immer da. Danke. Danke, dass es euch gibt. Kirsten, Schneckie, ich liebe dich. Alles Weitere besprechen wir bei einem Glas Wein.

Danken möchte ich auch meiner Schwiegermutter Regina Hermbusche. Du bist so bezaubernd. Danke, dass ich dich habe.

Ohne meine Eltern gäbe es mich gar nicht. Nun ja, das geht wohl jedem so. Aber ohne MEINE Eltern, ohne ihren Glauben an mich, ihre Zuversicht und ohne ihre Unterstützung wäre ich nicht mehr. Euch kann ich gar nicht genug danken. Ich liebe euch.

Philipp, Lisa, Tim – es ist so gut, euch zu haben, euch lieben und haben zu dürfen. Und ich freue mich über Lutz und Elli. Schön, dass es euch jetzt in unserer Familie gibt.

Robin – du bist mein besonderes Kind, aber gerade deshalb glaube ich an dich. Und ich liebe dich deshalb und dafür. Auch wenn du es gerade nicht glaubst. Ich glaube es für uns beide.

Und dann ist da noch mein Mann. Claus. Es gibt keine Worte der Dankbarkeit. Du bist da, immer. Egal, was ich mache und wie blöd du es findest, du machst es mit. Ich liebe dich. Von hier bis in die Unendlichkeit und für immer.

Ich sag es mit Gene, weil Olympian schon immer unser Lied war und ist.

I, I wanted to be there with you
For I can only be normal with you